MAEVE HARAN

Liebling, vergiß die Socken nicht!

Buch

Ally will alles: persönliche Unabhängigkeit, Erfolg und ein glückliches Familienleben. Darum entschließt sie sich nach sechzehn Jahren Familienpause, wieder in ihren Beruf einzusteigen. Anfangs findet Ehemann Matt das auch ganz in Ordnung. Man(n) ist ja schließlich tolerant und den Selbstverwirklichungswünschen der Frau gegenüber aufgeschlossen.

Aber als Ally immer erfolgreicher wird, während er einen totalen Karriereknick hinnehmen muß, findet Matt das gar nicht mehr komisch. In den Armen einer hübschen Kollegin sucht er Trost und Anerkennung. Als dann auch noch ihre ältere Tochter von zu Hause wegläuft, steht Ally vor einem einzigen Scherbenhaufen. Aber Ally wäre nicht Ally, wenn sie jetzt nicht kämpfen würde ...

Autorin

Maeve Haran hat lange als Produzentin fürs englische Fernsehen gearbeitet. Wegen ihrer Kinder entschloß sie sich schließlich, diesen Beruf aufzugeben. Sie weiß also, worüber sie schreibt. Bereits ihr erster Roman *Alles ist nicht genug* wurde dank seiner einzigartigen Mischung aus brandaktueller Thematik, Witz, Wärme und Tempo zu einem Bestseller. Maeve Haran lebt mit ihrer Familie in London.

Außerdem im Taschenbuch erschienen:

Alles ist nicht genug. Roman (41398)
Wenn zwei sich streiten. Roman (43055)
Ich fang noch mal von vorne an. Roman (43584)
Schwanger macht lustig. Roman (35199)
Die Scheidungsdiät. Roman (35187)

Maeve Haran

Liebling, vergiß die Socken nicht!

Roman

Aus dem Englischen von
Ariane Böckler und Irene Nießen

BLANVALET

Die Originalausgabe erschien unter dem Titel
»Scenes from the Sex War«
im Verlag Michael Joseph, London

Die Übersetzung des Gedichtauszugs von T. S. Eliot auf S. 116
stammt aus dem Buch: T. S. Eliot, *Gesammelte Gedichte*,
hrsg. von Eva Hesse (Frankfurt, 1972)

Blanvalet Taschenbücher erscheinen im Goldmann Verlag,
einem Unternehmen der Verlagsgruppe Bertelsmann.

Umwelthinweis:
Alle bedruckten Materialien dieses Taschenbuches
sind chlorfrei und umweltschonend.

Einmalige Sonderausgabe zum Welttag des Buches

Umschlaggestaltung: Design Team München
Umschlagfoto: Gillian Ferreira
Druck: Elsnerdruck, Berlin
Verlagsnummer: 35660
Herstellung: Sebastian Strohmaier
Printed in Germany
ISBN 3-442-35660-1
www.blanvalet-verlag.de

Für meine Mutter,
der das ganze Theater gefallen hätte

1. Kapitel

Allegra Boyd lehnte sich auf dem großen Doppelbett zurück und sah ihrem Ehemann Matt dabei zu, wie er mit der einen Hand die Socken auszog, während die andere den Sportteil der Zeitung umklammert hielt. Er warf die Socken auf den Teppich, wo sie auch liegenbleiben würden. Irgendein dienstbarer Chauvi-Geist hatte sie durch Zauberhand unsichtbar werden lassen, bis Ally oder Mrs. O'Shock, ihre irische Zugehfrau, sie aufhoben.

Immer noch in die Beschreibung der sensationellen Abwehrtaktik der Tottenham Hotspurs vertieft, streifte Matt seine Boxershorts ab und griff nach der Schlafanzugjacke, die neben ihm auf dem Bett lag. Er kaufte hartnäckig immer wieder das gleiche Modell, allerdings in zehn verschiedenen Farben, trug dann aber nur das Oberteil, so daß seine Eier einladend herausguckten, was ihm bei seinen zwei halbwüchsigen Töchtern lauten Spott einbrachte und Mrs. O'Shock zu einem wissenden Blick veranlaßte, wenn sie sich durch die Bügelwäsche arbeitete.

Während sie ihren Mann beim Zubettgehen beobachtete, stieg eine Welle der Zärtlichkeit in Ally auf, und sie fragte sich, was wohl seine Zuschauerinnen von dem Anblick halten würden, den Englands Talkshow-Moderator Nummer eins ohne Schlafanzughose bot. Sie wären begeistert – soviel war sicher. Seine Sekretärin hatte ihr einmal anvertraut, daß Matts Fanpost selbst Linda Lovelace die Schamesröte ins Gesicht treiben würde. Ally schüttelte den Kopf, als sie die anstößigen Kleidungsstücke aufsammelte. Eigentlich hätte sie ihm sagen müssen, er solle es selbst tun. Zum Glück war ihre beste Freundin Susie nicht Zeugin dieser Szene geworden. Susie warf ihr nämlich ständig vor, den Fußabstreifer zu spielen.

Als sie die Sachen in den Wäschekorb stopfte, sah Matt von seiner Zeitung auf und lächelte. »Kommst du bald ins Bett?« fragte er und klopfte mit verführerischer Miene auf ihre Seite des Bettes.

Ally grinste. Matt ging auf die vierzig zu, was ihm gut stand, da es den spitzbübischen Charme verstärkte, der ihn im Fernsehen so gut wirken ließ. Und dann noch das verruchte Glitzern in seinen blauen Augen. Matt Boyd war alles andere als ein ›Neuer Mann‹. Im Gegenteil – er war sogar ein Musterexemplar der alten Schule, was sein Publikum offensichtlich hinreißend fand. Aber das Publikum mußte auch nicht mit ihm leben.

»Komme gleich.« Ally beugte sich hinab und gab ihm einen Kuß, bevor sie nach nebenan ging, um sich auszuziehen.

Im Badezimmer zog sie ihren BH zur Taille herab, schob ihn herum, bis die Häkchen nach vorne zeigten, und machte ihn auf. Diese Methode hatte ihre Mutter ihr beigebracht, als sie dreizehn war, und aus irgendeinem Grund machte sie es mit achtunddreißig immer noch so. Meist fiel ihr diese kleine Eigenheit nicht auf, aber heute, wo sie vor dem Badezimmerspiegel stand, eben doch.

Warum hatte ihre Mutter ihr nicht gezeigt, wie man den BH von hinten öffnet, gleich einer schmollenden Marilyn Monroe? Nicht, daß es wichtig gewesen wäre, sie zog sich ja schon seit Monaten hier aus. Aber als sie in den Spiegel sah, fragte sie sich, warum eigentlich. Abgesehen von den leichten Pölsterchen unten an den Hüften und der etwas breiter gewordenen Taille war ihr Körper noch immer straff. Ihr schulterlanges Haar war mit einem Minimum an Unterstützung von L'Oréal so glänzend und braun wie eh und je. Als Teenager hatte sie es gebügelt, damit es glatt wurde, doch heute war sie froh darüber, daß es sich sanft wellte und die Krähenfüße verdeckte, die sich um ihre Augen eingenistet hatten. Matt sagte immer, die Augen mit ihrem hellen, grünlichen Blau seien das schönste an ihr. Sie haderte auch nicht mit ihren Falten, denn sie stammten vom Lachen, nicht von Enttäuschungen. Die frühe Sonne in diesem Jahr hatte lustige Sommersprossen auf ihrem blassen Teint hinterlassen. Trotz allem war es ihr peinlich, sich zu zeigen. Vielleicht kam es daher, daß sie an all die glamourösen Frauen dachte, die zum Fernsehen strömten, als würden dort die Kandidatinnen für die Wahl der Miß World ausgesucht. Aber da war auch noch etwas anderes. In letzter Zeit hatte sich eine kaum merkliche Distanziertheit zwischen Matt und ihr eingeschlichen, und Matt war aus Gründen, die sie nicht richtig durchschaute, ständig launisch und reizbar.

Aber heute abend war es anders. Vielleicht konnten sie heute nacht etwas von der alten Zärtlichkeit zurückerobern. Matts einladenden Blick im Gedächtnis, putzte Ally sich schnell die Zähne und fuhr mit dem Kamm durchs Haar. Sie sprühte sich ein wenig Parfüm hinters Ohr und hauchte rasch in die Hand. Minzfrisch. Mit einem Lächeln auf den Lippen ging sie zurück ins Schlafzimmer.

Sie war vermutlich keine zwei Minuten draußen gewesen. Matt lag im Bett und umklammerte noch immer seine Zeitung. Doch als sie sich hinabbeugte, um ihn zu küssen, sah sie, daß seine Augen geschlossen waren. Er schlief tief und fest.

Sanft nahm sie ihm die Zeitung aus der Hand und streifte mit ihren Lippen die seinen. Dabei spürte sie das vertraute Kratzen seines Schnurrbarts an ihrem Kinn, dieses Schnurrbarts, den Matt unter keinen Umständen abrasieren wollte, weil er dessen verwegene Ausstrahlung schätzte, auch wenn ihn die Maskenbildnerinnen deshalb als Camel-Mann aufzogen.

Als sie nach dem Nachthemd griff, mußte sie sich zu ihrer eigenen Schande eingestehen, daß sie nicht den Schmerz unerfüllten Begehrens empfand, sondern verwirrenderweise erleichtert war. Jetzt konnte sie ihr Buch lesen.

Seit mehr als zehn Jahren bewies Matt Boyd dreimal pro Woche, daß er der König der Talkshow war. Jüngere, mehr am Zeitgeist orientierte Rivalen waren gekommen und wieder gegangen, doch Matt hatte durchgehalten. Dem Publikum gefiel es, daß er seinen Gästen wirklich zuhörte, aber trotzdem die Wichtigtuer mit seinen vernichtenden Einwürfen auf den Teppich zurückholte. Er schien stets genau darüber im Bilde zu sein, was die Zuschauer zu Hause wissen wollten, und traute sich, die entsprechenden Fragen zu stellen. Und irgendwie kam er damit durch. Die Stars hingegen – und das war das wichtigste – fühlten sich trotzdem in seinen Händen sicher. Und ihren Agenten gefielen seine Zuschauerzahlen.

Viele glaubten Matt sehr gut zu kennen. Ally, seine Frau, Stephen Cartwright, der Programmdirektor, und Bernie Long, der Produktionsleiter seiner Show. Aber eines wußten sie nicht:

Matt Boyd begann sich zu langweilen.

Während der Tontechniker das Mikrofon an ihm befestigte, blickte Matt sich im Studio um. Er fand die neue Kulisse entsetzlich. Alles in Rot- und Lilatönen mit einem riesigen Neonschild, das die *Matt-Boyd-Show* ankündigte. Matt schauderte und dachte, daß so wohl die Schwulennacht in einer Disco aussehen müsse.

Er riß ein paar Witze mit dem Praktikanten auf Kamera vier und überflog den Ablaufplan für die bevorstehende Show. Das übliche Konzept. Erst die Null, Andy Green, ein »Schauspieler« aus einer zweitklassigen Seifenoper, der gern mit nackter Brust und einer Gurke in der Hose posierte. Die Chance, daß er etwas sagen könnte, das auch nur im entferntesten von Interesse war, schien minimal. Danach die mittelmäßige Berühmtheit, Linzi Watson, eine Rock-Journalistin mit scharfer Zunge und einem Faible für zarte Jünglinge, die nur geringfügig dynamischer war als Green. Wenn sie nüchtern war.

Zum Schluß der Star oder vielmehr, was in einer Zeit, in der alle Prominenten der Stadt das Frühstücks- und Nachmittagsfernsehen sowie die abendlichen Talkshows abklapperten, bis das Publikum mehr über sie wußte als die eigene Mutter, als Star gelten konnte. Heute war es Jon Leighton, die neueste Größe in der Garde der jungen Hollywoodschauspieler. Er war erst zweiundzwanzig und konnte drei Millionen Dollar für einen Film verlangen, obwohl er als ausgesprochen launisch galt und sich selbst viel zu ernst nahm.

Der Tontechniker war bereit zur Aussteuerung. Matt grinste hinterhältig.

»Produzent, Produzent, hinter der Wand.« Er wedelte mit seinem Skript und sprach klar und deutlich ins Mikrofon, so daß alle, die außer Sichtweite im Regieraum saßen, ihn verstehen konnten. »Wer ist der dümmste Star im ganzen Land?«

Die Produktionsassistentin im Regieraum kicherte nervös und blickte nach hinten zu der verglasten Galerie, wo sich die Gäste vor ihrem Auftritt in der Show gelegentlich aufhielten. Dort saß tatsächlich Andy Green, der aber glücklicherweise die Bemerkung überhört hatte.

»Was, zum Teufel, ist mit Matt los?« fauchte Bernie Long, der Produktionsleiter.

»Keine Ahnung«, entgegnete die Produktionsassistentin mit einem Schulterzucken und unterdrückte ein Lachen. Sie mochte Matt. Er behandelte sie wie einen Menschen. Für Bernie Long dagegen war eine Produktionsassistentin eine Kreuzung aus einem Doppelbett und einer automatischen Kaffeemaschine.

Belinda Wyeth, die zuständige Produzentin, strich verärgert ihr langes dunkles Haar zurück. »Er soll sich mal ein bißchen zusammenreißen. In zwei Minuten sind wir auf Sendung.«

Belinda schloß die Augen und fluchte leise vor sich hin. Sie war neu im Team der Show und fest entschlossen zu beweisen, daß sie besser war als die beiden männlichen Produzenten, die im Wechsel mit ihr je eine Show pro Woche produzierten. Doch langsam hatte sie die Nase voll von dem verdammten Matt Boyd. Seit Wochen wurde er zunehmend schwieriger. Aufbrausend, gelegentlich unflätig zu den Gästen. Wenn es nach ihr ginge, würde Belinda ihn hinauswerfen und sich jemand anders suchen.

»Noch eine Minute bis zur Sendung«, erinnerte die Produktionsassistentin und begann mit dem Countdown. »Und Ton ab.« Die vertraute Titelmelodie der *Matt-Boyd-Show* erklang.

In den folgenden fünfzehn Minuten beobachtete Belinda mit wachsender Verärgerung, wie Matt sich durch die ersten beiden Gespräche lavierte. Als Andy Green, der Seifenopernstar, sich darüber ausließ, wie schwierig und problematisch es war, mega-berühmt zu sein, konnte Matt ein Gähnen kaum unterdrücken.

»Du lieber Gott!« Belinda rollte mit den Augen und fragte Bernie: »Warum, um alles in der Welt, wirfst du ihn nicht raus?«

Die Produktionsassistentin funkelte sie giftig an. In diesem Moment führte der Aufnahmeleiter Jon Leighton durch den Regieraum und hinaus ins Studio, wobei er ihn unterwegs Belinda und Bernie vorstellte. Leighton sah sie kaum an. An der Tür blieb er stehen und lehnte sich gegen die Wand.

»O Gott«, flüsterte Belinda und konnte ihr Pech nicht fassen. »Er ist besoffen.«

Als die Musik aus Jon Leightons neuestem Film ertönte, stand Matt auf. »Und nun begrüßen Sie bitte meinen letzten Gast.« Er blickte sich erwartungsvoll um und konnte mitansehen, wie Leighton durch das Studio stolperte und elegant auf dem Sofa zusammenklappte.

Belindas Magen machte einen Satz, und ihre Handflächen wurden feucht. Sie war es gewesen, die darauf bestanden hatte, Jon Leighton einzuladen, während Matt dagegen argumentiert hatte, weil er ihn für langweilig und eingebildet hielt. Guter Gott, warum hatte sie ihn nicht unter die Lupe genommen, als er eingetroffen war? Dann hätte sie wenigstens einen Ersatzmann auftreiben oder Matt warnen können. Belinda vergrub vor Grauen das Gesicht in den Händen. Sie mußten noch zwölf Minuten der besten Sendezeit durchstehen. Sie rang um Fassung und ging ihre Möglichkeiten durch. Sie konnten ausblenden und etwas anderes senden. Das Studio müßte ein paar Trickfilme auf Lager haben. Doch das wäre eine demütigende Niederlage. Sie zwang sich dazu, auf den Bildschirm vor ihren Augen zu schauen.

Auf der Stelle hatte Matt die Lage erfaßt. »Ach du liebe Zeit.« Er wandte sich zum Publikum, lächelte breit und genoß sichtlich jede Minute. »Hat vielleicht jemand eine Alka-Seltzer?«

Der Sturm von Beifall und Gelächter schien nicht enden zu wollen. Belinda schaute verblüfft. Alles würde gut gehen. Matt war nicht aufgeschmissen. Er würde es auf die witzige Tour nehmen. Langsam entspannte sie sich und hoffte, daß niemand ihre Verzweiflung bemerkt hatte.

»Du fragst, warum wir Matt nicht rauswerfen.« Belinda spürte, wie sich Bernie Longs spöttischer Blick tief in ihren Rücken bohrte. »Jetzt weißt du's. Weil Matt Boyd der beste ist, den es gibt.«

Als der Nachspann lief, klatschte das gesamte Team Matt Beifall, und Leightons betretener PR-Mann half seinem Schützling aus dem Studio. Normalerweise hätte Belinda sich jetzt zu den anderen ins Studio gesellt, um Matt zu gratulieren, doch sie blieb noch eine Weile in der Dunkelheit des leeren Regieraums und tat so, als suche sie ihre Sachen zusammen.

Auf einmal stand Matt in der Tür. »Hast du Bernie gesehen?«

Belinda sah auf. Sie war verlegen, weil sie ihn dermaßen unterschätzt hatte. »Ich glaube, er ist reingegangen, um dir zu gratulieren.«

Matt lächelte und wandte sich zum Gehen.

»Matt...« Belinda schwieg verzagt.

Verwundert über ihren plötzlichen Mangel an Selbstbewußtsein, drehte er sich um. Belinda mit ihrem messerscharfen Verstand und den kurzen Röcken, die verwirrenderweise weniger sexuelle Verfügbarkeit als vielmehr eine Warnung vor streng verbotenem Terrain bedeuteten, jagte allen Mitarbeitern der Sendung Angst ein. »Post-Feministin« hatte Bernie sie einmal genannt und sie damit beleidigen wollen. Doch Belinda hatte nur gelacht.

»Ich wollte mich bloß entschuldigen.« Sie sah beiseite und fingerte an ihrem Skript herum. »Wegen Jon Leighton, meine ich. Ich hätte es mitkriegen und dich warnen müssen.«

»Es hat mir Spaß gemacht.« Matt lächelte entwaffnend, und ihr wurde klar, daß er es ernst meinte. »Er war interessanter als in nüchternem Zustand.«

Belinda begegnete seinem Blick und spürte zum erstenmal, was es mit seinem berüchtigten Charme auf sich hatte.

»Und überhaupt« – auch in Matts Tonfall lag ein Hauch von Verlegenheit – »bin ich derjenige, der sich entschuldigen sollte. Ich war in letzter Zeit eine echte Landplage.«

»Stimmt.« Nun erwiderte sie sein Lächeln. »Du warst absolut nervtötend.«

Matt zuckte mit den Achseln und wurde plötzlich ernst. »Ich weiß.« Er zögerte einen Moment. »Das Problem ist, daß ich mich zu Tode langweile. Ich mache diese Show jetzt seit zehn Jahren. Heute abend war ich endlich einmal wieder gefordert.«

»Wenn du so über die Show denkst«, die Herausforderung in ihren dunklen Augen war fast maskulin in ihrer Direktheit, barg aber einen Hauch von Provokation, der alles andere als maskulin war, »warum tust du dann nichts dagegen?«

Ally kam eine Viertelstunde zu früh vor Janeys und Jess' Schule an, um auch ganz bestimmt einen Parkplatz zu bekommen, wo die beiden sie sehen würden. Sie hatte ihren Töchtern nicht gesagt, daß sie sie abholen würde, aber es war ein so schöner Tag, und deshalb hatte sie beschlossen, sie mit einem Picknick zu überraschen. Stunden hatte sie damit zugebracht, winzige Gurkensandwiches zu machen und Janeys geliebte Schokoladentörtchen zu backen. Sie hatte über sich selbst gelacht, als sie eine frische weiße Tischdecke, Teetassen und Untertassen zusammenpackte. Perfekt organisierte Picknicks gehörten zu Allys Leidenschaften. Sie fiel regelmäßig auf Zeitschriftenartikel herein, in denen beschrieben wurde, wie man am Fuß eines Wasserfalls eine Lachsmousse für vier Personen hervorzaubert. Nicht einmal das sichere Wissen, daß die Speisen lackiert waren, damit sie fotogener wurden, konnte ihre Phantasie erschüttern.

Ally drückte auf den Knopf, um das Verdeck herunterzulassen, und stellte sich die Gesichter ihrer Töchter vor, wenn sie sie hier entdeckten. Seit Jahren hatten sie kein richtiges Picknick mehr gemacht. Als die ersten Mädchen in ihren braun-weiß karierten Sommerkleidern aus der Hill-Hall-Schule kamen, wurde Ally plötzlich unsicher. Was, wenn sie keine Lust hatten?

Ally wußte, daß Unsicherheit ihr ganz persönliches Problem war. Sie hatte nie richtig gelernt, Janey und Jess loszulassen. Es gab zwar eine Menge Bücher darüber, wie man kleine Kinder versorgte, aber keines, das erklärte, wie man sich später von großen wieder löste. Daß Kinder sich auf Risiken einlassen, ausbrechen und einen vergessen mußten, war ihr bekannt. Aber niemand sagte einem, wie schmerzhaft dieser Prozeß war und welche Lücke er hinterließ. Einen Augenblick lang beneidete sie Matt um seinen Beruf, in dem er völlig aufging. An ihren eigenen konnte sie sich kaum noch erinnern. Witzig, sich vorzustellen, daß sie auch einmal Fernsehmoderatorin gewesen war, allerdings in kleinerem Rahmen, als Nachrichtensprecherin für MidWest TV. Und sie war gut gewesen.

Doch dann waren die Kinder gekommen, und sie hatte den Job aufgegeben. Als Jess zwei war, hatte man ihr angeboten, wieder einzusteigen. Es hätte sie auch durchaus gereizt, aber dann war Matts große Chance gekommen, und sie waren in den Süden gezogen. Und später wurde er einfach zu berühmt und erfolgreich, als daß es sich für sie gelohnt hätte, zu arbeiten. Und sie hatte es nicht bereut. Es machte ihr Freude, die Kinder aufzuziehen und für sie da zu sein, ein sicherer Fels inmitten ihrer Familie.

Doch heute regte sich erstmals eine leise Angst in Ally. Matt war in letzter Zeit seltsam distanziert gewesen, abgesehen von der einen Nacht, in der er mit ihr schlafen wollte. Irgendwo tief in ihrem Inneren wußte sie, daß er ihr entglitt. Und bald würden auch die Kinder aus dem Haus sein.

»Hallo, Mum!« Jess' laute Begrüßung schnitt ihre Überlegungen ab, und sie sah mit einem Lächeln auf. »Was machst du denn hier?«

»Ich habe ein Picknick vorbereitet.« Ally deutete auf den Korb, der neben ihr auf dem Sitz stand. »Ich dachte, wir könnten uns eine schöne Stelle suchen und dann dort essen.«

»Aber ich habe dir doch heute morgen gesagt, daß ich zu Alice rübergehe und mir ihre neue Platte von Take That anhöre.« Jess schüttelte ihren Rucksack ab und stellte ihn auf den Rücksitz. In ihrer Stimme lag ein Hauch von Ungeduld, aber dann glitt ein Anflug von Schuldbewußtsein über ihr Gesicht. »Oder soll ich ihr sagen, daß ich nicht kommen kann?«

»Nein, natürlich nicht.« Ally fummelte am Außenspiegel herum, um ihre Enttäuschung zu verbergen. »Wo ist Janey?«

»Heute ist doch Mittwoch. Theatergruppe. Sie kommt erst um sechs raus.«

Ally lachte und streckte ihrer Tochter die Hand entgegen. »Das hab' ich ganz vergessen. Wie dumm von mir.«

»Weißt du, was dein Problem ist, Mum?« Jess neigte sich mit der ganzen Weisheit ihrer fünfzehn Jahre zu ihr herab. »Du hast nicht genug zu tun.« Ohne den Schmerz in Allys Blick zu bemerken, winkte sie wie wild ihrer Freundin Alice zu. »Warum suchst du dir nicht auch einen Job wie alle anderen Mütter?«

2. *Kapitel*

Ally sah erstaunt auf den Wecker. In nicht einmal einer Stunde mußten Janey und Jess in der Schule sein, und Matt war an der Reihe, sie hinzubringen. Sie sprang aus dem Bett und stolperte durch das stockfinstere Zimmer, um die Vorhänge aufzuziehen. Erst kürzlich hatten sie das Schlafzimmer von einem Raumausstatter renovieren lassen, und dabei hatte er Vorhänge angebracht, die so dick und undurchdringlich waren, daß kein Lichtstrahl hereinfand und sie ständig verschliefen. Außerdem, jammerte Matt, sei überall so viel Chintz, daß er das Gefühl habe, in einem Blumenbett zu liegen.

Ally klopfte an Janeys Tür und stellte verärgert fest, daß sie schon wieder ihre Jeans zum Trocknen aufs Treppengeländer gehängt hatte.

»Jane!« rief sie der schlafenden Gestalt zu, die völlig von der Daunendecke verborgen wurde. »Es ist acht Uhr. Und wie oft hab' ich dir schon gesagt, daß du deine Jeans nicht auf das Treppengeländer hängen sollst?«

Aus dem Bettzeug kam ein schlaftrunkener Kopf hervor. »Wo soll ich sie denn sonst trocknen«, fragte Janey und zog ihr Rettet-den-Regenwald-Nachthemd aus, »nachdem dein tuntiger Dekorateur die Heizung mit Gittern verkleidet hat?«

»Warum versuchst du's nicht mit dem Wäschetrockner?« schlug Ally vor, wobei ihr klar war, daß ihre elterliche Logik einen Haken haben mußte.

»Mum«, antwortete Janey langsam und geduldig, »es weiß doch jeder, daß man eine 501 nicht in den Wäschetrockner stecken kann. Sie sind vorgewaschen.«

Ally gab den aussichtslosen Kampf auf, mit einer Siebzehnjährigen, die noch dazu die eigene Tochter war, zu streiten.

Das Sonnenlicht strömte in die große Küche, einen der wenigen Räume, die der Raumausstatter nicht aufpoliert hatte. Hier gab es tatsächlich ein Kissen, das nicht zu den Vorhängen paßte, welch ein Frevel! Angetan von der liebenswerten Schäbigkeit, blickte Ally sich um und beschloß, von nun an sämtliche Musterbücher und Farbtabellen aus dem Haus zu verbannen. In diesem Raum fühlte sie sich wirklich zu Hause.

Bevor sie hier eingezogen waren, war Fairlawns mit seinen viktorianischen Türmchen und Giebeln und dem Labyrinth von Zimmern ein Club gewesen, und zwar einer von der noblen Sorte, wo reifere Herren gern auf einen Drink und eine Partie Billard hereinschauten, während sie vorgaben, das Hündchen Gassi zu führen. Bei ihrem Einzug hatte Matt darauf bestanden, den Billardtisch in der Vorhalle stehenzulassen, und alle Jubeljahre einmal schneite ein alter Knabe mit Panamahut herein, der einen Billardstock unter dem Arm hielt und einen Gin Tonic bestellen wollte.

Ally schaltete den Wasserkocher ein und rief noch einmal nach Matt und den Mädchen. Sie holte die Müsli-Schüsseln heraus und deckte den Tisch. Als sie die Spülmaschine öffnete, sah sie, daß sie voll von schmutzigem Geschirr war. Niemand hatte sich die Mühe gemacht, sie am Vorabend einzuschalten. Typisch.

Ally spürte, wie der Ärger in ihr hochstieg und beschloß, sich mit einer Dosis aus dem Klassiksender zu beruhigen. Doch kaum hatte sie die Radiotaste gedrückt, zerriß ihr ohrenbetäubende Rockmusik fast das Trommelfell. Vor Schreck schüttete sie sich den Kaffee über den Morgenrock. Sie holte tief Luft. Familienleben.

»Hallo, Mum.« Ally fuhr herum und entdeckte ihre jüngere Tochter Jess, die fertig angezogen hinter dem Wirtschaftsteil der Tageszeitung hervorgrinste. »Ich hab' gar nicht gewußt, daß du auf Heavy Metal stehst.«

Jess studierte mit Hingabe die Börsenberichte. Mit neun hatte sie herausgefunden, daß man für jedes Jugendsparbuch, das man anlegte, ein Geschenk bekam. Innerhalb eines Jahres hatte sie gleich mehrere eingerichtet und dafür gratis ein Snoopy-Federmäppchen, zwei Sparschweine aus Keramik, ein Werbe-T-Shirt und ein Abonnement für die *Junior-Computerwelt* auf Lebenszeit bekommen. Falls Ally jemals das Geld ausging, wußte sie, an wen sie sich wenden mußte, und Matt drohte von Zeit zu Zeit, seinem Steuerberater zu kündigen und statt dessen Jess zu engagieren.

»Möchtest du Toast?« fragte Ally mit einem Blick auf die Uhr.

»Gibt es keine Croissants?«

»Nein, gibt es nicht«, erwiderte Ally streng. Wie, um Himmels willen, hatten sie ein Kind in die Welt setzen können, das an Werktagen Croissants erwartete? Matts Mutter wäre entsetzt. Die Boyds waren immer stolz auf ihre Herkunft aus der Arbeiterklasse gewesen. »Die sind für besondere Gelegenheiten.«

»Schade«, meinte Matt, der gerade auftauchte und wundersamerweise bereits angezogen war. »Ich hätte auch gern eines gehabt.«

Ally tätschelte die leichte Wölbung in seiner Taille. »Du kriegst sowieso keines. Die Kamera legt noch mal zehn Pfund drauf, vergiß das nicht.«

»Vielen Dank, Liebling.« Er packte sie von hinten, fuhr mit den Händen in ihren Morgenrock und tastete nach den Pölsterchen an ihrer Taille. »Dann ist es ja gut, daß du nicht im Fernsehen auftrittst.«

Ally schob lachend seine Hände beiseite.

»Warum könnt ihr zwei euch nicht wie Erwachsene benehmen?« fragte Jess, ohne vom Ergebnis einer Studie über die ertragreichsten Investmentfonds des Jahres aufzusehen.

»Frag' ich mich auch«, bekräftigte Janey, die gerade hereingekommen war und trotz ihrer Schuluniform aussah wie eine Siebzehnjährige, die auf die Fünfundzwanzig zugeht. Janey besaß ein Gefühl für raffinierte Veränderungen – ein etwas hochgenommener Saum, bis zum Ellenbogen aufgekrempelte Manschetten, umgeklappte Krägen –, die sogar die langweilige Schuluniform von Hill Hall wie frisch vom Laufsteg aussehen ließ. Wenn Matt recht hatte und die Montur dazu gedacht war, die Moral der Schülerinnen zu schützen, so hatte sie in Janeys Fall kläglich versagt.

Ally blickte an ihrem nun von Kaffeeflecken beschmutzten Morgenrock hinunter und dachte, daß Janeys Sinn für Schick nicht zu den Eigenschaften gehörte, die sie von ihrer Mutter geerbt hatte.

»Komm, sei ein braves Kind und iß deinen Teller leer«, witzelte Matt, schnappte Jess die Zeitung weg, bevor sie protestieren konnte, und schlug die Seite mit der Fernsehvorschau auf. Zu seinem Verdruß grinste ihm Danny Wilde, der junge Talkmaster von Big City TV, frech auf einem großen Foto entgegen. Der *Matt-Boyd-Show* waren nur drei Zeilen gewidmet.

Matt schlug die Zeitung wieder zu. Es war lächerlich, sich aufzuregen. Die Presse schätzte eben neue Gesichter. Danny Wilde war kein ernstzunehmender Rivale. Er gefiel nur der Jugend und den Schicki-Mickis. Matts Publikum war fünfmal so groß.

Jess, die ihren Toast aufgegessen und die Schultasche griffbereit neben sich stehen hatte, drückte auf die Fernbedienung, und der Fernseher auf der Küchenarbeitsfläche begann zu laufen. Matt sah das Gesicht des Premierministers auf der Bildfläche auftauchen. Angewidert schaltete Jess um. Nun erschien Danny Wilde und kündigte seine Show für den Abend an.

»Hey, toll! Er hat King Rap in der Sendung!« Jess begann, im Takt mit dem penetranten Beat zu zappeln. Matt versuchte, ihr die Fernbedienung wegzunehmen, aber Jess hielt sie kokett außer Reichweite. »Dad«, fragte sie mit Unschuldsmiene, »warum hast du nicht auch so interessante Leute wie King Rap in deiner Show?«

Matt schwieg einen Moment und suchte nach einer Antwort. Schließlich beugte er sich über den Tisch, packte die Fernbedienung und gönnte sich die Befriedigung, Danny Wilde ins Nichts verschwinden zu lassen. Dabei ging ihm auf, daß er keine Ahnung hatte, wer King Rap war.

»Los, Leute. Bewegt euch.« Ally überlegte kurz, ob sie Matt fragen sollte, wann er heimkäme. Sie hätte gern etwas gekocht, um dann nach dem Essen mit ihm zusammenzusitzen und über den Tag sprechen zu können. Doch jedesmal wenn sie diese Frage stellte, kam sie sich vor wie eine nörgelnde Ehefrau. Sie fragte trotzdem.

»Wann kommst du heute abend heim, Liebes?«

Matt dachte kurz nach. »Wir werden nach der Show noch etwas trinken, und vielleicht muß ich mit Bernie die nächste Woche besprechen. Ich weiß es nicht genau.«

Matt bemerkte den ausweichenden Unterton in seiner Stimme und spürte einen Anflug von Schuldbewußtsein. »Wann kommst du wieder?« war eine der ewigen Fragen zwischen Männern und Frauen, die der gefragten Person Macht verlieh und sie der fragenden wegnahm.

»Paß auf«, sagte er einlenkend. »Komm doch einfach nach der Show auf einen Drink in den Gesellschaftsraum.«

Ally wurde angst und bange bei dem Gedanken an all die intelligenten und schicken jungen Leute, die an Matts Sendung mitarbeiteten. Sie war schon öfter bei solchen Anlässen zugegen gewesen und hatte sich zum Schluß immer wie die Mutter von irgend jemandem gefühlt. Vor fünfzehn Jahren hätte sie sich noch behaupten können, doch die jahrelangen Pendeldienste zur und von der Schule und die ewigen Sitzungen des Elternbeirats hatten ihren Geist abgestumpft. Worüber hätte sie, um alles in der Welt, mit diesen Fernsehleuten reden sollen? Ihre Antwort kam eine Idee zu schnell.

»Ich kann nicht. Jess hat Klavierstunde.«

»Ach, Mum.« Jess schüttelte verzweifelt den Kopf. »Sei doch nicht doof. Ich fahre mit dem Bus. Geh ruhig und amüsiere dich ein wenig mit den glitzernden Fernsehtypen.«

Wie ein Blitz durchzuckte Ally die Erkenntnis, daß Jess nicht abgeholt werden *wollte*. Im Grunde brauchte also nicht einmal Jess sie noch.

Einen Moment lang schwieg Ally unschlüssig. Sie sollte sich eigentlich von diesen Fernsehleuten nicht so einschüchtern lassen. Ihre Entscheidung fiel, als sie sich vorstellte, Bernie Long zu begegnen, der schon Matts Produzent gewesen war, als sie noch beide bei MidWest TV gearbeitet hatten. Bernie Long war rüde, unfreundlich und herablassend. Einmal hatte sie mitbekommen, welchen Spitznamen er ihr verpaßt hatte: Mrs. Boyd, die spießige Doppelhaushälfte.

»Vielleicht nächste Woche«, hörte sie sich selbst sagen und versuchte, Jess' Blick auszuweichen.

Als Ally Matt und den Kindern vom Garten aus nachwinkte, wurde ihr bewußt, daß sie ungeschminkt und noch in Hausschuhen, wie sie war, mustergültig dem Klischee über das langweilige Hausfrauendasein entsprach. Ihre Mutter hatte immer gesagt, es sei nachlässig, nach halb neun noch einen Morgenrock zu tragen.

Ally sah auf ihre Uhr. Viertel vor neun.

Matt kurbelte sein Fenster herunter und warf ihr einen Kuß zu. »Komm doch. Du wirst dich amüsieren.«

Sie sah dem Auto nach, bis es verschwunden war. Es war ein herrlicher Morgen. Der Himmel zeigte bereits ein strahlendes, optimistisches Blau, und nur ganz hoch oben schwebten ein paar flaumige Wölkchen. Immer wieder staunte sie, wenn sie daran dachte, daß zwischen ihrem Dorf in Surrey und London nur vierzig Kilometer lagen, es hier aber so grün und ruhig war, als lebte man mitten auf dem Land. Doch anders als in richtig ländlicher Umgebung waren hier alle Nachbarn reich und versteckten sich hinter hohen Hecken. Es war keine Gegend, wo man sich über den Gartenzaun beugen und eine Tasse Zucker hätte borgen können. Die Leute hier hatten Filipinos angestellt, die dafür sorgten, daß ihnen der Zucker nicht ausging.

Mit einem Mal zog Ally den Morgenrock enger um sich zusammen. Zum Teufel mit ihrer Mutter und den versnobten Fernsehleuten. Sie drehte sich um und ging auf das Haus zu. Während ihr die warme Sonne den Rücken wärmte, faßte sie einen Entschluß. Matts Aufforderung war eine Geste gewesen, die sie törichterweise zurückgewiesen hatte. Sie würde heute abend zu Century gehen und ihm eine Überraschung bereiten.

»Hier ist es gut, Dad.« Matt mußte darüber lachen, wie sehr Janey daran lag, daß er sie außer Sichtweite der Schule absetzte. Janey haßte es, wenn jemand sie darauf ansprach, wer ihr Vater war. Als man ihn einmal gebeten hatte, einen Preisverleihung in der Schule zu moderieren, hatte sie eine Grippe vorgetäuscht.

Matt drehte sich um und gab ihr einen Kuß, während sie bereits die Tür öffnete und schnell aussteigen wollte, bevor jemand sie sah. Er bekam einen Schreck, als er die hochgewachsene, fast frauliche Gestalt betrachtete, die sich elegant aus dem Wagen schlängelte. Sie war nicht mehr sein kleines Mädchen. Und doch schien es wie gestern, daß er vor dem Kreißsaal nervös eine Zigarette nach der anderen geraucht und sich geschworen hatte, das Rauchen für immer aufzugeben, wenn nur alles gut ging. Und es war alles gut gegangen. Er konnte sich noch genau an den Augenblick erinnern, an dem die Hebamme ihm eine niedliche, plärrende Janey in die ausgestreckten Arme gelegt hatte. Am liebsten hätte er einen Freudentanz aufgeführt, hatte aber zu große Angst, dabei das kleine, zerbrechliche Wesen fallen zu lassen, das so dick verpackt war, daß man nur ein Eckchen des winzigen Gesichts sah.

Zu Allys großem Vergnügen hatte Matt Janey, sobald sie alt genug war, als Kumpel behandelt, als Wildfang, der seine Begeisterung für Schach und Fußball teilte. Bei den Boyds lachte man noch heute darüber, daß Janey, seit sie zehn Jahre alt war, jeden Spieler mit Namen kannte, der seit 1951 ins Pokalendspiel gekommen war.

Matt verehrte die Frauen, und Mädchen hatte er im Grunde schon immer den sich raufenden und prügelnden Jungen vorgezogen. Und er sorgte dafür, daß sich seine Töchter genauso stark fühlten wie Jungen. Das Motto, nach dem er sie erzog, hieß: »Mädchen können *alles*!«

Er drückte auf den Knopf, um das Fenster herunterzulassen und lehnte sich hinaus. »Bye, meine Schöne!« rief er, was Janey furchtbar peinlich war. »Und vergiß nicht: Mädchen können...«

»Alles!« murmelte Janey und marschierte los. Warum wiederholte Dad das ständig? Natürlich konnten Mädchen alles. Wer hatte je etwas anderes behauptet?

Matt wandte sich zu Jess, die neben ihm saß. »Steigst du nicht hier aus?«

Jess schüttelte den Kopf. Im Gegensatz zu Janey genoß sie den Prominentenstatus ihres Vaters.

»Ist schon recht, Dad. *Mich* kannst du am Vordereingang absetzen.«

Vor den Toren der Hill Hall-Schule standen in drei Reihen Volvo-Kombis und Range Rovers. Die meisten der Eltern, die ihre Kinder herbrachten, waren es gewohnt, in mächtigen und einflußreichen Kreisen zu verkehren und hatten es weiß Gott nicht nötig, stehenzubleiben und ihn anzustarren. Trotzdem drehten sich ein paar Köpfe diskret in ihre Richtung, um zuzusehen, wie Matt Boyd seiner jüngeren Tochter die Tür aufmachte. Und eine oder zwei Mütter empfanden – auch wenn sie es nie zugegeben hätten – leisen Neid, als er Jess in die Arme nahm und sie voller Zuneigung übertrieben heftig an sich drückte.

Jock Wilson, einer der diensthabenden Wachmänner, sah, wie Matt sich in seinem Wagen der Rampe näherte, die in die Tiefgarage von Century Television führte, und drückte auf den Knopf, damit die Schranke aufging. Er winkte, als das Auto auf dem gewohnten Platz einparkte. Im Gegensatz zu einigen anderen Stars war Matt privat genauso freundlich wie vor der Kamera.

»Guten Morgen, Jock. Schöner Tag heute.«

»Traumhaft.« Er lächelte und freute sich, daß er aus seinem Kasten wenigstens ein Stückchen Himmel sehen konnte. »Ein Jammer, daß Sie im Studio sitzen müssen.«

»Erst später. Erst mal habe ich eine zweistündige Besprechung im sechzehnten Stock.«

Matt erwiderte Jocks Lächeln und ging zum Lift. Unterwegs blieb er kurz stehen, um Bryony zu becircen, die furchterregende Empfangsdame, auch »der Rottweiler« genannt, die hinter einem riesigen grauen, mit Telefonen übersäten Tisch saß und den Zugang zum Allerheiligsten von Century Television bewachte. Matt fragte sich manchmal, ob man Bryony in Wahrheit vielleicht eingestellt hatte, um alle Leute abzuwimmeln, anstatt des Naheliegendere zu tun und ein paar von ihnen hereinzulassen. Aber immerhin war sie demokratisch. Als nach langwierigen, heiklen Verhandlungen von seiten der Nachrichtenredaktion der König von Norwegen eingewilligt hatte, in der Mittagssendung ein Kommuniqué zu verlesen, hatte Bryony sich Gerüchten zufolge bei seinem Eintreffen vorgereckt und ihm nachgebrüllt: »He, Sie! Was haben Sie noch mal gesagt, wo Sie König sind?«

Matt betrat den Sitzungssaal ein paar Minuten bevor die allwöchentliche Produktionssitzung beginnen sollte. Er schenkte sich eine Tasse Kaffee ein und starrte aus dem Fenster auf den von der Sonne beschienenen Fluß hinab, der mehr als fünfzig Meter unter ihm dahinfloß. Century Television befand sich in der besten Lage Londons, an einer Biegung der Themse, von wo man eine atemberaubende Aussicht auf die Lambeth Bridge und das Parlament hatte. Zur Tate Gallery waren es nur fünf Minuten zu Fuß. Matt schlich sich manchmal zur Mittagszeit davon und vertiefte sich in die Turners.

Doch heute hatte er kein Auge für die Pracht, die sich vor ihm erstreckte und im Licht einer frühsommerlichen Hitzewelle glänzte. Immer wieder ging ihm im Kopf herum, was, zum Teufel, er tun sollte. Seine Langeweile und Unruhe nahmen langsam bedrohliche Ausmaße an.

Bernie Long brauchte ihm gar nicht erst zu sagen – obwohl er dies mit Vergnügen tun würde –, daß er seine eigene Karriere ruinieren würde, wenn er nicht aufpaßte. Matt hatte bemerkt, daß man seine Gereiztheit inzwischen auf dem Bildschirm erkennen konnte, und das war unverzeihlich.

»Hallo, Matt, altes Haus!« Als er den vertrauten, knurrenden East-End-Tonfall hörte, wandte Matt sich um. »Da bin ich ja froh, daß ich dich allein erwische.«

»Ist schon recht, Bernie, du mußt es gar nicht erst sagen.«

»Was sagen?« fragte Bernie ruhig, zog seine ramponierte Lederjacke aus und drapierte sie über einen Stuhl. Darunter trug er ein Sweatshirt und eine Trainingshose, was völlig irreführend war, da Bernie gern behauptete, einer der unsportlichsten Menschen von ganz London zu sein. Seine einzige Körperübung bestand darin, ab und zu einen zu heben. Und das machte er, wie sie beide wußten, ein bißchen zu oft.

»Daß du stinksauer auf mich bist.«

Bernies Mundwinkel hoben sich um einen Millimeter. »Nicht so stinksauer wie damals, als wir Tom Jones bei MidWest hatten und du ihn andauernd Engelbert Humperdinck genannt hast.«

»Das ist fünfzehn Jahre her«, wandte Matt ein. »Außerdem war es am ersten April.« Er grinste bei der Erinnerung. Damals hätte man ihn beinahe hinausgeworfen, doch dann hatte Bernie die Direktoren davon überzeugen können, daß das Ganze ein Scherz sein sollte.

»Wir haben es weit gebracht seit damals.« Bernie legte Matt die Hand auf die Schulter. Das stimmte allerdings. Weiter als sie sich jemals hätten träumen lassen. Fünfzehn Jahre erfolgreiche Zusammenarbeit, die Matt Boyd zu einem der bekanntesten Namen im Fernsehen hatten werden lassen.

Matt sah Bernie in die Augen. »Und jetzt meinst du, daß ich alles verpfusche.«

Bernie betrachtete einen Moment lang den Fluß. »Du respektierst das Publikum nicht mehr, Matt. Glaub bloß nicht, daß sie es nicht merken.« Er wandte sich wieder zu ihm um. Mit seiner narbigen, zerfurchten Haut kam er Matt wie ein altes, mitgenommenes Nashorn vor. Er hatte ihn selten so ernst erlebt. »Du hältst dich nicht an die Regeln, Matt. Es ist ein Abkommen. Es macht ihnen Spaß, weil es dir Spaß macht. Du betrügst dein Publikum.«

Hinter ihnen ging die Tür auf, und Bernies Sekretärin Marie kam herein. Nach und nach trudelte jetzt der Rest des Teams ein. Zuerst kamen die Eifrigen, meist Neulinge, die sich unbedingt profilieren wollten. Sie schleppten solche Mengen an Zeitungsausschnitten mit sich herum, daß sie ein Pressearchiv hätten anlegen können. Als letzte kam Belinda. Sie hatte eine dunkle Brille auf der Nase und ein großes Glas Mineralwasser in der Hand, als hätte sie eine harte Nacht hinter sich.

Trotz des schönen Wetters trug sie etwas, das wie ein Herrenanzug aussah. Darunter lugte jedoch deutlich ein weißes Seidentop hervor, das eher fürs Schlafzimmer als für den Sitzungssaal gemacht schien. Matt dachte sich, daß es ihr vermutlich Spaß machte, widersprüchliche Signale auszusenden.

Bernie schlug mit seiner Kaffeetasse gegen die Untertasse, um für Ruhe zu sorgen. »Also, Leute, legen wir mal los! Wer hat ein paar brillante Eingebungen für die nächsten Shows?«

Matt wartete ab. Mit fast hundertprozentiger Sicherheit sah er voraus, welche langweiligen und abgegriffenen Namen fallen würden. Namen von Leuten, die nur dann in der Show mitwirken würden, wenn sie dabei für ein neues Buch, einen Film oder einen Auftritt die Werbetrommel rühren konnten. Oder sie waren schon so jenseits von Gut und Böse, daß sich von vornherein niemand für sie interessierte.

Er schaute aus dem Fenster und versuchte, eine Entscheidung zu treffen. Er und Bernie arbeiteten schon so lange zusammen, daß er ihn jetzt nicht überfahren wollte. Auf einmal spürte Matt, ohne in ihre Richtung zu sehen, daß Belinda ihn anblickte und an ihr Gespräch einige Abende zuvor dachte. Er wandte sich um. Als läse sie seine Gedanken, begann sie zu lächeln.

Matt beschloß, daß es Zeit zum Handeln war. »Bernie, bevor wir ins Detail gehen –« Er sprach ganz beiläufig, da er Bernie nicht gegen sich aufbringen wollte. »Könnten wir vielleicht kurz über die Show im allgemeinen sprechen?«

Bernie hob den Blick von dem linierten Block, den er bei solchen Besprechungen immer benutzte, und legte seinen Lieblings-Drehbleistift hin. So etwas hatte er befürchtet. »Natürlich, Matt. Schieß los.«

»Das Problem mit der Show ist«, fuhr Matt fort, »daß wir mittlerweile nur noch kalten Kaffee aufwärmen. Leightons betrunkener Auftritt neulich war das aufregendste Ereignis seit Monaten.« Matt begegnete dem Blick seines alten Freundes. »Wir müssen mehr Risiken eingehen, gewagte Interviews führen, mehr an die Grenzen gehen. Sonst schläft uns das Publikum noch ein.« Er setzte sein berühmtes provokantes Lächeln auf. »Oder ich.«

»Ist noch jemand dieser Ansicht?« fragte Bernie.

Die Mitglieder des Teams sahen sich nervös um. Sie spürten, wie gefährlich es war, zuzustimmen, ohne die Konsequenzen bedacht zu haben.

Belinda überlegte kurz. Sie wußte, daß Bernie ihr nie verzeihen würde, wenn sie sich jetzt äußerte. Wenn Bernie sich überhaupt auf demokratische Diskussionen einließ, dann darüber, ob man Filter- oder Pulverkaffee einkaufen sollte. Und sogar da setzte er sich regelmäßig durch.

Doch noch bevor sie den Mund aufmachen konnte, meldete sich jemand anders. »Ich schließe mich Matt an.« Es war Helen, die Produktionsassistentin.

Matt lächelte. Er wußte, was es sie gekostet haben mußte, ihre Meinung zu sagen. Sie war ein schüchternes Mädchen und außerdem leicht ersetzbar. Sicher hatte sie ihren ganzen Mut zusammennehmen müssen.

Belinda ärgerte sich, daß ihr jemand zuvorgekommen war und zögerte. Doch schließlich ergriff sie das Wort. »Ich mich auch. Es ist an der Zeit, die Show aufzupolieren.«

Matt zwinkerte fast unmerklich. Zu ihrem Erstaunen genoß Belinda seine Zustimmung.

Matt wandte sich an seinen alten Gefährten. »Und du, Bernie, was meinst du?«

»Ich meine«, – Bernies Äuglein funkelten gefährlich – »daß wir eine verflucht erfolgreiche Show haben und an ihr festhalten sollten. So, können wir nun vielleicht die Besprechung fortsetzen?«

Matt stand auf, und einen Moment lang dachte Bernie, er würde den Raum verlassen. Aber Matt ging nur langsam zum Tisch an der Wand hinüber und goß sich eine Tasse Kaffee ein. Dann nahm er einen Teller mit Plätzchen und offerierte sie der Runde. »Möchte jemand einen Ingwerkeks?«

Vom anderen Ende des Tisches ertönte ein unterdrücktes Kichern, und alle lächelten erleichtert, als sich die Spannung löste. Außer Bernie. Er kannte Matt gut genug, um sich darüber im klaren zu sein, daß es gerade erst losging. Und als er mitbekam, wie Matt Belindas Blick auffing und einen Moment lang festhielt, fragte er sich, ob die beiden womöglich unter einer Decke steckten.

Ally stand unter dem starken Strahl eiskalten Wassers und warf den Kopf in den Nacken. Das Wasser war so kalt, daß es ihr zuerst den Atem geraubt hatte, doch nun genoß sie es als eine Art masochistisches Vergnügen. Von allen Häusern, in denen sie je gewohnt hatte, war dieses das erste mit einer leistungsfähigen Dusche. Matt, ein eingefleischter Anhänger der Badekultur, war auf einer Amerika-Reise über Nacht zum Duschen bekehrt worden. Inzwischen duschte er zweimal täglich und zog Ally manchmal, wenn sie nicht gerade allzu emsig ihren hausfräulichen Pflichten nachging, mit zu sich hinein.

Ally stieg aus der Dusche, schmiegte sich in anderthalb Meter angewärmtes Frottee und ging ins Schlafzimmer. Überall lagen Kleider herum. Wenn sie sich gegen die furchteinflößenden jungen Schicki-Mickis in Matts Show behaupten wollte, mußte sie selbstbewußt auftreten. Und – ob ihr das nun behagte oder nicht – ihr Selbstbewußtsein hing zumindest teilweise davon ab, daß sie gut aussah.

Nachdem sie fast ihren ganzen Schrank durchprobiert hatte, mußte sie zu ihrem Bedauern feststellen, daß sie zwar genügend Kleider dafür hatte, sich groß in Schale zu werfen oder im Haus herumzugammeln, aber das atemberaubende und doch unaufdringliche Stück, das Matts Produktionsteam angesichts ihres Schicks und Stilgefühls die Sprache verschlagen würde, fand sich leider nicht.

Ally tauchte erneut in ihren Fundus und zog einen mit grellfarbenen Spiralen bedruckten Kasack hervor, von dem ihr die Verkäuferin seinerzeit eingeredet hatte, er sei die perfekte Kopie eines Versace-Modells, nur zu einem Viertel des Preises. Sie zog ihn mit dazu passenden Leggings an und betrachtete sich im Spiegel. Unscheinbar war das jedenfalls nicht.

Sie hörte, wie unten die Haustür ging. Jess mußte von ihrer Klavierstunde heimgekommen sein. Janey würde nicht vor sechs aus der Schule kommen. Nun gut, dann mußte eben Jess sie beraten.

Ein paar Minuten später ging die Schlafzimmertür auf, und Jess spähte mit einem Erdnußbutter-Marmelade-Sandwich in der Hand herein.

»Hi, Mum.« Sie warf einen Blick auf den Aufzug ihrer Mutter. »Gehst du auf ein Kostümfest?«

Ally widerstand dem Wunsch, Jess den Hals umzudrehen, und schob sie zum Schrank. Jess, die sich fast überhaupt nicht für ihre eigene Kleidung interessierte, hatte ein Händchen für die anderer Leute.

»Okay, meine Modespezialistin, such *du* aus.«

Jess legte ihr Sandwich beiseite, wühlte ein paar Minuten zwischen den Kleiderbügeln herum und zog schließlich zwei Gewänder hervor.

»Welchen Typ möchten Madame denn heute abend verkörpern? Eher Madonna oder Simone Signoret?«

»Vielleicht irgend etwas dazwischen?« fragte Ally hoffnungsvoll.

Jess drückte ihr ein dunkelgrünes Kostüm in die Hand, das sie für die Hochzeit eines Cousins gekauft hatte. Ally schlüpfte hinein.

»Stinkfad«, befand Jess, verzog das Gesicht und griff nach ihrer anderen Wahl, einem schwarzen Volantkleid aus Crêpe de Chine.

Ally sah es erstaunt an. Dann fiel ihr ein, daß sie es noch nie getragen hatte, weil der Saum acht Zentimeter über dem Knie saß.

»Mach schon. Laß uns wenigstens mal schauen, wie du darin aussiehst.«

Ally schälte sich aus dem grünen Kostüm und schlüpfte in das Volantkleid. Während Jess hinter ihr stand und den Reißverschluß zuzog, bemerkte sie mit Erstaunen, daß sie schon wieder gewachsen war. Ihre Tochter war bereits drei Zentimeter größer als sie.

Als sie in dem Kleid steckte, betrachtete Ally sich im Spiegel und war ganz verblüfft, wie jung und schick sie aussah. »Okay.« Sie grinste Jess an. »Dann ziehe ich das an.«

»Toller Entschluß.« Jess umarmte ihre Mutter stürmisch, wie um sie zu beglückwünschen, wodurch der Saum weitere fünf Zentimeter nach oben rutschte. Ally begann es sich noch einmal zu überlegen. Das Kleid würde Janey oder Jess hervorragend stehen, aber bei ihr sah es doch wohl danach aus, als wollte sie auf jung machen. »Nein«, entschied sie dann. »Ich kann es nicht tragen. Sie würden mich auslachen.«

»Oh, Mum!« Ally entging der frustrierte Tonfall ihrer Tochter nicht. »Du bist so feige! Es sieht toll aus!«

Ally zog das Kleid aus und griff nach dem Kostüm. Eigentlich sollte es ihr mit fast vierzig egal sein, was die Leute dachten. Aber das Leben funktionierte anscheinend nicht so. Jedenfalls ihres nicht.

Jess zuckte mit den Schultern und zog mit ihrem Sandwich ab, um sich an die Hausaufgaben zu machen.

Ally öffnete ihre Wäscheschublade und holte olivgrüne Strümpfe heraus. Aber irgendwie schienen sie den trostlosen Eindruck des Kostüms noch zu verstärken. Sie zog sie wieder aus und suchte nach hauchdünnen Strümpfen mit Schleifchen an den Fersen. Vorsichtig schlüpfte sie hinein und betrachtete ihre Beine im Spiegel. War das nun zu frivol?

Plötzlich schloß sie die Augen. Jess hatte recht. Sie war ein Jammerlappen. Wen kümmerte es schon, was sie für Strümpfe trug? In ihrer Wut auf sich selbst bohrte sie mit dem Fingernagel ein Loch in das dünne Gewebe. Sie sank auf dem Bett zusammen und war den Tränen nahe. Früher war sie munter und selbstsicher gewesen. Heute setzte sie schon die kleinste Entscheidung außer Gefecht. Wie, zum Teufel, sollte sie mit dem Rest ihres Lebens fertig werden, wenn sie nicht einmal in der Lage war, sich für ein Paar Strümpfe zu entscheiden!

Als Janey zehn Minuten später von der Schule heimkam, wäre sie in der Diele fast über ihre Mutter gestolpert. Ally griff sich ihren Mantel und konnte es nicht lassen, im Vorbeigehen die welken Blüten aus dem riesigen Bund Lilien auf dem Tisch auszusortieren.

»Hi, Mum. Wohin des Wegs?«

»Ins Studio, um Dad zu einem Überraschungsessen zu entführen.«

»Dann kommst du wohl spät zurück?« Janeys desinteressierter Tonfall konnte Ally nicht eine Sekunde lang täuschen. Sie nahm Janey in den Arm und wußte genau, was sie dachte. »Zu spät dafür, daß du dir das Auto ausleihen könntest. Wie sehe ich aus?«

Janey legte den Kopf schief. »Äußerst dezent.«

Ally seufzte.

Das Wetter war immer noch herrlich, und Ally spürte, wie sich ihre Stimmung besserte, während sie langsam auf baumgesäumten Sträßchen zur Autobahn tuckerte. Beim Gedanken daran, daß sie unerwartet auftauchen und Matt zum Abendessen entführen würde, stieg langsam eine verrückte, mädchenhafte Aufgeregtheit in ihr hoch. Ein bißchen mehr Spontaneität war genau das, was ihrer Ehe fehlte.

Eine Stunde später kam sie bei den Studios an. Gerade in dem Moment hüpfte ein Vertreter mit einer dicken Aktentasche in seinen Wagen und machte einen Parkplatz frei.

Ally parkte sorgfältig ein, nahm ihre Tasche vom Rücksitz und schritt summend die Stufen zu Centurys imposanter Eingangshalle aus grauem Marmor empor. Der heutige Abend könnte ein Neubeginn sein. Es war dumm von ihr gewesen, nicht hierherzukommen, bloß weil Matts Kollegen sie vielleicht einschüchtern könnten.

Sie lächelte auf ihrem Weg durchs Foyer und rechnete damit, daß Bryony am Empfang sitzen würde. Aber es war nicht Bryony. Es war eine andere, ebenso streng blickende junge Frau, die sie noch nie gesehen hatte. Matt vermutete immer, daß die Empfangsdamen für Century vom Geheimdienst ausgebildet wurden.

»Kann ich Ihnen helfen?« fragte sie.

»Ich möchte gern zu dem Empfang nach der *Matt-Boyd-Show.*«

Das Mädchen sah auf ihrer Liste nach. »Wie war noch mal Ihr Name?«

»Boyd. Ich bin die Frau von Matt Boyd. Aber ich stehe sicher nicht auf Ihrer Liste.«

Das Mädchen zog noch einmal ihren Zettel zu Rate. »Sie stehen leider nicht auf der Liste.«

»Nein, das habe ich ja gesagt. Es soll eine Überraschung sein.«

Die Empfangsdame beäugte sie mißtrauisch und bat sie, auf einem der weichen, grauen Sofas Platz zu nehmen, die um einen großen Fernsehbildschirm im Eingangsbereich gruppiert waren. Dann drehte sie sich um und telefonierte mit irgend jemandem so leise, daß Ally nichts verstehen konnte.

Offensichtlich war das Ganze doch keine so gute Idee gewesen.

»Tut mir leid, Mrs. Boyd«, rief das Mädchen, »aber im Büro scheint niemand zu sein. Vermutlich sind sie im Studio.«

»Könnte ich dann nicht dorthin gehen?«

Das Mädchen sah sie an, als hätte Ally gefragt, ob sie in den Zehn-Uhr-Nachrichten einen Tango vortanzen dürfe. »Es ist eine Live-Sendung. Außer den Gästen darf bei einer Live-Sendung niemand hinein.«

Fast eine halbe Stunde lang saß Ally da, schaute sich Matts Show auf dem Bildschirm an und wünschte, sie wäre der Typ Frau, der ein Talent für Szenen hatte. Ihre beste Freundin Susie säße garantiert nicht einfach herum. Susie hätte mit der Faust auf den Tisch geschlagen und verlangt, daß jemand die Sache regelte. Doch leider war sie nicht Susie. Zum zehntenmal sah sie auf die Uhr. Sie hätte genausogut zu Hause bleiben können.

»Allegra, wie schön, Sie zu sehen!« Ally fuhr herum. Hinter ihr stand Stephen Cartwright, der Programmdirektor von Century. »Wollen Sie Matt bei der Arbeit zuschauen?«

Ally stieß einen Seufzer der Erleichterung aus. »Stephen, hallo! Ja. Ich wollte Matt eine Überraschung bereiten und ihn zum Abendessen entführen.« Befriedigt nahm sie wahr, wie die Empfangsdame plötzlich aufmerksam wurde. »Aber diese junge Dame kann niemanden von der Show auftreiben.«

»Du lieber Himmel, Melanie, warum haben Sie denn Mrs. Boyd nicht einfach zum Gesellschaftsraum geschickt?«

»Sie steht nicht auf der Liste.«

»Schicken Sie sie in Gottes Namen auf der Stelle hoch. Sie braucht keinen Passierschein.« Er brachte sie selbst zu den Aufzügen. »Entschuldigen Sie bitte, Allegra. Melanie ist nicht gerade ein Einstein.« Er lächelte bedauernd. »Aber wenn sie das wäre, säße sie auch nicht an unserem Empfang. Amüsieren Sie sich gut.«

Ally stieg aus dem Lift und blieb kurz stehen. Von links drang das Geräusch eines Fernsehers an ihr Ohr, und sie folgte ihm in einen großen, offen angelegten Raum mit einer Bar am einen Ende. Hier trafen sich Darsteller, Team und Gäste nach der Sendung. Ein weißbefrackter Barkeeper verteilte Kartoffelchips in kleine Schälchen.

Zwei junge Frauen sahen auf, als sie hereinkam. Die größere von ihnen trug blaßgelbe Shorts mit dicken schwarzen Strümpfen darunter und einen schwarzen Rollkragenpullover. Ihr Haar war kurz und stachelig. In einem Ohr hatte sie einen Ohrring in Form des Weiblichkeitssymbols. Die andere trug ein weißes T-Shirt, auf dem die Aufschrift »SPUNK« prangte. Die Alltagsuniform von Fernsehleuten.

Der Raum begann sich zu füllen, und Ally nahm an, daß die Show gerade zu Ende war. Sie nahm sich einen Drink. Irgendwie hatte sie das Gefühl, sie würde ihn brauchen. Von allen Seiten drangen Fachsimpeleien an ihr Ohr, deren Jargon sie nicht verstand.

»Hallo, Allegra.« Ally fuhr herum und sah Bernie Long neben sich stehen. Sein Lächeln war so einladend wie Salzsäure. »Ich wußte gar nicht, daß Sie heute abend kommen.«

Ally lächelte zurück. Bernie würde ihr nicht die Laune verderben. Nach so vielen Jahren sollte sie doch an ihn gewöhnt sein.

»Es ist eine Überraschung.«

»Wie reizend.« Er sah drein, als fände er irgend etwas überaus komisch. »Und wie geht's der Familie?«

Am liebsten hätte Ally gesagt: »Bestens. Janey nimmt Ecstasy, und Jess geht auf den Strich.« Aber wahrscheinlich hörte Bernie sowieso nicht zu. Langsam bereute sie, daß sie gekommen war. Das war nicht ihre Welt. Der Raum war überfüllt, es war unglaublich heiß, und Matt war nirgends zu sehen. Vielleicht kam er ja gar nicht? Sie entschuldigte sich und schlüpfte unauffällig zur Damentoilette. Als sie sich an die Tür einer Kabine lehnte, konnte sie die kühle Luft aus der Klimaanlage spüren und fühlte sich auf der Stelle besser. Gleich würde sie wieder hineingehen.

Dann hörte sie die beiden Mädchen mit den ausgefallenen Klamotten im Vorraum tratschen, während sie sich vor dem Spiegel die Haare toupierten und Gel darin verteilten.

»Tun sie's, was meinst du?«

»Tun sie was?«

»Du müßtest es doch gerade wissen, wo du die größte Expertin in Sachen Bumsen mit dem Boß bist.«

»Ach, das.«

»Ja, *das*.«

Büroklatsch, dachte Ally. Er gehörte genauso zur Arbeitswelt wie die Kaffeemaschine oder die allwöchentliche Lohntüte. Das ewige Spekulieren darüber, wer was mit wem hatte.

»Nein, ich glaube nicht. Oder jedenfalls noch nicht.«

Ally betätigte geräuschvoll die Spülung und öffnete die Tür. Sie nickte den beiden zu, und sie nickten zurück und fragten sich, wer sie wohl war.

Ally nahm all ihren Mut zusammen, strich sich das Haar glatt und ging wieder auf das Stimmengewirr zu. Der erste Mensch, den sie in dem lauten, überfüllten Raum entdeckte, war Matt, ins Gespräch mit einem berühmten Schauspieler vertieft. Sie war jedesmal aufs neue verblüfft, wenn sie Matt bei der Arbeit beobachtete. Er stand so sehr im Mittelpunkt, alles kreiste um ihn. Neben ihm bildete sich eine kleine Schlange von Leuten, die hofften, seine Aufmerksamkeit auf sich ziehen zu können. Aufstrebende Stars, ein PR-Agent und eine junge Redakteurin mit einer alten Dame am

Arm, die aussah wie ihre Oma. Die Aussicht darauf, Matt Boyd kennenzulernen, ließ ihre Augen leuchten.

Dann sah er sie. Auf der Stelle kam er herüber und lächelte erfreut. »Ally, Liebes, du hast gar nicht gesagt, daß du kommen würdest!« Er umarmte sie und gab ihr einen Kuß. »Was ist denn mit Jess' Klavierstunde passiert?«

»Sie ist mit dem Bus gefahren.«

»Was hat deinen Umschwung ausgelöst?« Er hielt einen Kellner an und besorgte ihr ein Glas Wein. »Ich dachte, du fändest uns Fernsehleute oberflächlich und egozentrisch.«

»Tu ich auch.« Sie drückte voller Zuneigung seine Hand. »Deshalb habe ich einen Tisch für uns bestellt, damit ich dich ihrem Einfluß entreißen kann.«

»O Gott, Liebes, warum hast du das nicht heute morgen gesagt?« Man konnte seine Enttäuschung heraushören. »Ich habe versprochen, mit zu Joe Allen's zu gehen. Alle gehen dorthin. Ein seltener Anfall von Teamgeist. Warum kommst du nicht mit? Es wird sicher lustig.«

Allys Mut schwand. »Okay. Natürlich. Mit Vergnügen.«

»Fein. Ich sage es gleich Bernies Sekretärin. Sie organisiert das Ganze.«

Ally nahm einen Schluck Wein. Es war nicht ganz das, was sie geplant hatte, aber immerhin ... Sie wollte sich schließlich stärker für seine Arbeit interessieren, und das *war* seine Arbeit.

Auf der anderen Seite des Raumes blieb er stehen und sprach mit einer aufsehenerregenden jungen Frau mit langen dunklen Haaren, die einen Herrenanzug zu tragen schien. Sie war groß und schick und strahlte jene lässige Selbstsicherheit aus, die Ally stets gefehlt hatte. Sogar aus dieser Entfernung konnte Ally erkennen, daß sie übertrieben dicht bei ihm stand und immer wieder seinen Arm berührte. Dann lächelte sie ihn mit einem Ausdruck solcher Vertrautheit an, als wären sie allein im Raum. Ally durchzuckte ein warnender Anflug von Angst.

Sie drehte sich zu Bernie Long um, der sich neben sie gequetscht hatte, um noch einen Drink zu ergattern. »Bernie«, Ally beugte sich zu ihm hinüber, »wer ist denn das dunkelhaarige Mädchen, mit dem Matt spricht?«

Bernie sah von Ally zu der jungen Frau hinüber und wieder zurück. »Das ist Belinda, die neue Produzentin. Ihr Geburtstag wird heute abend gefeiert.« Er hob sein Glas und stieß damit gegen ihres. »Hat Matt nichts davon gesagt?«

Ally starrte verwirrt zu ihnen hinüber. Und dann fiel ihr das Gespräch wieder ein, das sie auf der Toilette mitgehört hatte. Jetzt war ihr klar, um wen es sich gedreht hatte.

Und ganz plötzlich hatte sie keine Lust mehr, essen zu gehen.

3. Kapitel

»Hallo, Ma.« Janey lag auf dem Sofa vor dem Fernseher und reckte ihrer Mutter überrascht die Arme entgegen. »Du kommst aber früh.«

Gerührt von der ungewohnten Wärme, mit der ihre ältere Tochter sie begrüßte, beugte sich Ally hinab und gab ihr einen Kuß. Dann ließ sie sich neben sie auf die weichen, chintzbezogenen Polster sinken. Normalerweise lehnte Janey im Moment jeglichen Körperkontakt ab. Ally wußte, daß das ganz normal und völlig in Ordnung war und zum Erwachsenwerden gehörte. Da ihre Abnabelung vom Elternhaus aber mittlerweile so weit ging, daß Janey bereits die schlichte Frage danach, wo sie hinging, als unerträglichen Eingriff in ihre persönliche Freiheit betrachtete, war es etwas anstrengend geworden.

Als Janey sich an sie kuschelte, stellte Ally mit Entsetzen fest, daß sie ihre Fallschirmspringerstiefel auf der neuen Polstergarnitur hatte. Diese Angewohnheit hatte sie von ihrem Vater, obwohl der wenigstens erst die Schuhe auszog.

»Füße runter«, kommandierte sie und gab Janey einen Klaps auf die Beine.

»Ach, Mum«, protestierte Janey, »ist das hier ein Zuhause oder ein Museum?«

Angesichts der Ungeheuerlichkeit dieser Unterstellung mußte Ally grinsen. Trotz der Bemühungen des Raumausstatters, die Ally nun sowieso unterbinden wollte, war Fairlawns alles andere als ein Museum. Sogar im Wohnzimmer lag haufenweise Zeug herum, das Ally unaufhörlich dorthin zurückzubringen versuchte, wo es hingehörte. Matts Schuhe, Janeys riesige Ohrringe, die sie abnahm, weil sie drückten, um dann Jess vorzuwerfen, sie hätte sie gemopst, abgelegte Pullover, die übersät waren mit weißen Haaren von Sox, ihrem alten englischen Hirtenhund. All diese Dinge trugen das ihre dazu bei, das Haus ausgesprochen wohnlich zu machen.

Eigentlich sollte Sox nicht aufs Sofa, da sie aber als einzige die Abschlußprüfung in Miss Watsons Hundetrainingsinstitut nicht geschafft hatte, durfte sie doch. Nachdem sie die Höchstzahl an Stunden gehabt und so gut wie keine Fortschritte gemacht hatte, bat Miss Watson die Boyds darum, Sox nicht mehr zu bringen, da sie einen schlechten Einfluß auf die anderen Hunde hätte. Ally hatte Verständnis für Sox. In ihren eigenen Schulzeugnissen hatte in etwa das gleiche gestanden.

Ally bemerkte die ausgetretenen Stellen in den türkischen Teppichen. Auf dem goldbraunen, gebohnerten Parkettboden gefielen sie ihr alt und verblichen wesentlich besser als neu und mit leuchtenden Farben. Sox hatte die Teppiche verabscheut, da sie auf ihnen ständig ins Rutschen kam und Sachen umwarf, bis Ally das Zauber-Antirutsch-Band entdeckte, das man auf die Unterseite kleben konnte. Sie lächelte, und ihr Blick fiel auf einen von Sox' Wassernäpfen, die Jess während der Hitzewelle hartnäckig in jedem Zimmer aufstellte. Gestern war Matt in einen hineingetreten und war dann Jess damit nachgerannt und hatte gedroht, ihr das Wasser in den Kragen zu kippen, wenn sie ihn nicht in die Küche zurückbrachte, wo er hingehörte. Ab und zu wünschte Ally sich zwar, daß das Haus ein bißchen mehr nach *Schöner Wohnen* aussähe, aber stets fiel ihr ein, daß sich dann niemand mehr darin wohl fühlen würde.

»Wo ist Jess?« fragte sie, als ihr aufging, daß ihre jüngere Tochter nirgends zu sehen war.

»Oben an diesem gräßlichen Computer. Meinst du nicht, daß es schädlich ist, wenn eine Fünfzehnjährige ihre ganze Zeit mit Computerspielen vergeudet?«

»So wie ich Jess kenne, wird sie bald ihre eigenen auf den Markt bringen.«

»Du hast sie immer lieber gemocht als mich.« Janeys Tonfall war scherzhaft, aber Ally entgingen die Spuren geschwisterlicher Rivalität nicht. Manchmal schien es gar nicht so lang her zu sein, daß eine eifersüchtige Zweieinhalbjährige dermaßen wütend darüber gewesen war, auf einmal ein Schwesterchen zu haben, daß sie es mit Komposterde gefüttert hatte.

»Janey, du bist meine Große, meine Erstgeborene. Du wirst immer etwas Besonderes für mich sein.«

Janey wurde kurz schwach und ließ sich knuddeln. »Vielleicht wäre es ja möglich«, sagte sie schmeichelnd, »nachdem du schon so früh wieder zurück bist, deiner Erstgeborenen für eine Stunde das Auto zu leihen?«

»Zieh los.« Sie hielt ihr den Autoschlüssel hin. »Aber du mußt versprechen, nicht schneller als sechzig und nicht weiter als bis Guildford zu fahren.«

Janey sprang auf. Alle Anzeichen von Rivalität waren mit einem Mal wie weggeblasen.

»Danke, Ma. Bis später. Mach's gut.«

Ally stand auf, um ihr nachzuschauen. Es war schon nach zehn, aber noch erstaunlich hell. Auf einmal war ihr danach, in den Garten zu gehen.

Es war kühl und duftete nach Goldlack und Abendlevkojen. Goldlack hatte sie eigentlich nie gemocht, da sie sein Rot und Orange neben den zurückhaltenderen Rosatönen der Wiesenblumen viel zu grell fand. Doch in letzter Zeit hatte sie sich mit seinen verborgenen Reizen angefreundet. Sie setzte sich einen Moment lang unter den Fliederbusch und atmete tief durch. Über ihr begannen die Vögel ihren abendlichen Dämmergesang. Im Flieder zwitscherte eine Amsel. Oder war es eine Drossel? Aus einer plötzlichen Laune heraus stellte sich Ally auf die Bank, pflückte einen Arm voll Flieder und ging damit zum Haus zurück.

»Mum, das darfst du nicht mit hereinbringen.« Jess hatte ihren Computer verlassen und stand barfuß in der Diele. »Es bringt Unglück!«

»Jessy, schäm dich! Du hast schon wieder auf deine Großmutter gehört.« Allys Mutter Elizabeth war weltweit die führende Autorität, was Unglücksverheißungen anging. Keine Schuhe auf den Tisch, sonst gibt es einen Todesfall in der Familie. Keine Pfauenfedern, sonst bekommt man den bösen Blick. Nie Rot und Weiß tragen, da es an Blut erinnert. Keine Perlen für jemand anders kaufen, da ein jeder sie – warum auch immer – selbst aussuchen muß. Für Elizabeth war die Welt voller gefahrenträchtiger Entscheidungen.

Jess sah Ally betrübt dabei zu, wie sie die dicken, duftenden Blüten arrangierte und das Gesicht hineintauchte, um ihren Duft aufzusaugen.

»Ich bin nicht abergläubisch«, betonte Ally.

»Ich weiß«, räumte Jess ein, »aber das paßt überhaupt nicht zu deinem Charakter. Du bist pessimistisch, ängstlich und eine geborene Schwarzseherin. Wieso bist du dann nicht auch noch abergläubisch?«

»Vielleicht dachte der liebe Gott, daß ich schon genug gestraft bin.« Ally mußte daran denken, wie Matt einmal zu ihr gesagt hatte, daß sie hinter jedem Silberstreif eine dunkle Wolke entdekken würde.

»Tja, ich hoffe, du weißt, was du tust.«

»Weiß ich.«

Als sie wieder aufsah, war Jess verschwunden. Gleich würde sie wieder das Piepsen des Computers hören. Eigentlich sagte man immer, nur Jungen würden sich stundenlang in ihren Zimmern verschanzen und die Finger nicht mehr von den Tasten nehmen. Aber für Jess war die Vorstellung, daß Jungen *irgend* etwas tun könnten, das Mädchen nicht noch besser beherrschten, ein Greuel. Wenigstens ein Gutes, das wir ihr beibringen konnten, dachte Ally, ging zurück ins Wohnzimmer und setzte sich aufs Sofa. Sie blätterte beiläufig eine Illustrierte durch und suchte dann nach der Fernbedienung für den Fernseher. Natürlich war sie mal wieder verlegt, deshalb stand sie auf und schaltete ihn direkt ein. Als sie sich wieder umdrehte, stand Jess mit einem Glas Wein in der Hand neben dem Sofa.

»Für dich.« Sie stellte es auf den Couchtisch. »Also. Warum bist du so früh wiedergekommen?«

»Dad hatte bereits zugesagt, mit dem Team essen zu gehen. Belinda hat Geburtstag.«

»Wer ist Belinda?«

»Die neue Produzentin. Riesengroße braune Augen. Und genauso großen Ehrgeiz.« Ally suchte nach irgendwelchen Mängeln. Dann leuchtete ihr Gesicht auf. »Allerdings hat sie einen dicken Hintern.«

»Wie entsetzlich. Männer stehen auf dicke Hintern. Warum bist du nicht mitgegangen?«

»Eigentlich wollte ich ja.« Ally wich dem lauernden Blick ihrer Tochter aus. »Aber du weißt ja, wie sie sind. Sie reden von nichts anderem als vom Fernsehen.«

»Also kein romantisches Abendessen für zwei?«

»Fehlanzeige.«

»Oh, Mum!«

Ally nahm ihr Weinglas in die Hand und rang sich wegen Jess' Tonfall ein Lächeln ab. Sie wollte nicht, daß ihre Töchter sie bemitleideten. Das ginge zu weit.

»Weißt du was?« Jess setzte sich neben sie und legte beschützend einen Arm um ihre Mutter. »Ich habe Dad zum Umfallen lieb, aber eines mußt du jetzt mal über ihn kapieren.«

»Was denn?«

»Er wird langsam zu einem egoistischen Arschloch, und das weißt du auch.«

Ally blieb der Wein im Hals stecken. Im Grunde hätte sie Jess für eine so unerhörte Anschuldigung schelten müssen. Statt dessen warf sie den Kopf in den Nacken und lachte.

»Du mußt etwas dagegen tun, Mum.«

»Darauf trinke ich.« Ally streckte die Hand aus und umfaßte die ihrer Tochter. »Irgendwelche Vorschläge, womit ich anfangen soll?«

Das erste, was Ally sah, als sie am nächsten Morgen aufwachte, waren Matts ordentlich auf dem Stuhl zusammengelegte Kleider. Die Tatsache allein war schon umwerfend genug, um in einer Klatschspalte erwähnt zu werden. Sie fragte sich, wie spät es wohl geworden war. Sie war um Mitternacht ins Bett gegangen, und da war er noch nicht in Sicht gewesen.

Allys Freundin Susie hatte einmal berechnet, daß der kritische Zeitpunkt für Untreue bei drei Uhr morgens lag. Bis zwei Uhr war es in London noch ohne weiteres möglich, sich in aufrechter Körperhaltung zu amüsieren. Doch ab drei gab es nur noch eine Möglichkeit.

Als sie Matts schlafendes Gesicht betrachtete, hatte sie nicht den Eindruck, daß er irgend etwas angestellt haben könnte. Vielleicht machte sie sich ja etwas vor, aber sie spürte instinktiv, daß mit ihrer Beziehung schon einiges im Argen liegen müßte, bevor er achtzehn Jahre Ehe für eine aufreizende Fünfundzwanzigjährige aufs Spiel setzte. Matt mochte ein Egoist sein, aber untreu war er nie gewesen.

Leise, damit sie ihn nicht weckte, schlich sie sich ins Badezimmer und goß blauen Kräuterbadezusatz ins Wasser, bis es eine so kräftige, saphirblaue Färbung angenommen hatte wie das Meer in Reiseprospekten sie hatte. Es war Samstag, und Janey und Jess schliefen aus. Janey hatte das Auto um elf Uhr sicher zurückgebracht und es wesentlich gekonnter in die Doppelgarage geparkt, als es Ally je gelungen wäre. Ally ließ sich in das heiße Bad gleiten und shamponierte ihre Haare ein. Dann lehnte sie sich zurück und genoß es, wie das Wasser sie umfing. Die Welt draußen war lautlos und weit weg. Sie fühlte sich verletzlich und unverwundbar zugleich.

War Matt wirklich so selbstsüchtig, wie Jess behauptete? Falls das stimmte, war es auch ihr Fehler. Sie ließ es ihm durchgehen. Es war ihre Kompromißbereitschaft, die sein Verhalten stützte. Natürlich spielte auch sein Ruhm eine Rolle, da sie viele einfache Dinge nicht von ihm verlangen konnte. Aber wäre es wirklich so viel anders, wenn er nicht berühmt wäre?

Plötzlich wurde Ally klar, daß Jess recht hatte. Sie mußte aufhören, den Fußabstreifer zu spielen und endlich zur gleichwertigen Partnerin werden. Sie dachte daran, wie er mit Belinda gesprochen hatte, und an das herausfordernde Funkeln, das dabei in seinen Augen gestanden hatte. Nun, das konnte sie auch. Sie hatte es nicht nötig, eine spießige Doppelhaushälfte zu sein.

Ally erhob sich, wobei ihr das nasse Haar über den Rücken fiel, und griff nach einem Handtuch.

»Ich *werde* etwas dagegen tun«, sagte sie mit vom Handtuch gedämpfter Stimme zu sich selbst, »und ich fange gleich heute damit an.«

Sie frottierte ihr Haar gründlich, nahm das Handtuch herunter und stieß einen Schrei aus.

Matt stand direkt neben der Badewanne, hielt ihr ein Badetuch hin und lachte. Sein Pimmel, gekrönt von einer blauen Ringelsocke, wippte ihr einladend entgegen.

»Tut mir ehrlich leid wegen gestern abend, Liebes.« Um seine blauen Augen bildeten sich Fältchen, als er das Lächeln aufsetzte, das sie so liebte. »Du mußt gedacht haben, ich ließe dich im Stich, aber ich konnte mich wirklich nicht loseisen.«

Beim Anblick von Matt und seiner Socke spürte Ally, daß ihre Entschlossenheit mit dem Badewasser davonfloß. Sie rollte sich in das Handtuch ein, das er ihr hinhielt, und wickelte ihr Haar in ein kleineres Frotteetuch, das sie zu einem Turban schlang. Diese Aufmachung verlieh ihr einen gewissen hoheitsvollen Charme, und sie fühlte sich gleich sicherer. Sie würde sich weder von Matts Entschuldigungen noch von seinem sockengeschmückten Pimmel ablenken lassen.

»Wie recht ich hatte, als ich dich für egoistisch hielt.« Sie schwebte an ihm vorbei. »Ich sehe wirklich nicht ein, warum du Belindas Geburtstagsfeier einem Essen mit mir vorziehen mußtest.«

»Aber Ally« – Matt war anzuhören, wie ungerecht er sich behandelt fühlte – »ich wußte ja nicht einmal, daß du kommen würdest. Als ich dich zum geselligen Beisammensein eingeladen habe, hast du völlig entsetzt dreingeschaut.«

Eines von Allys angeborenen Handikaps war ihre Tendenz, stets die Sichtweise des anderen zu bedenken. Glücklicherweise konnte sie sich dieses Mal gerade noch zurückhalten, ihm recht zu geben. Sie mußte auf ihrem Standpunkt beharren. Männer taten das auch. Frauen zogen den kürzeren, weil sie zu einsichtig waren.

»Paß auf«, sagte Matt mit einem gewinnenden Lächeln, »heute ist Samstag. Ich könnte ja heute abend ein romantisches Dinner kochen. Die Mädchen schicken wir einfach auf eine Crack-Party.«

Trotz allem mußte Ally kichern. Als er auf sie zukam, sah sie, daß die Socke trotz aller Widrigkeiten die Stellung gehalten hatte.

»Wie wär's, Mrs. Boyd?« Er begann ihr Handtuch zu lösen. »Heute ist Samstag. Sollen wir nicht noch ein bißchen ins Bett gehen?«

Eine halbe Stunde später hopste Ally summend die Treppen zur Küche hinunter. Sie nahm eine kleine Kaffeekanne und füllte sie.

Jess saß am Tisch, löffelte Mousse au chocolat und trank eine Cola light dazu. Sie ließ ihre Mutter nicht aus den Augen.

»Für wen ist das?« fragte sie argwöhnisch, als Ally das Kännchen und eine Tasse auf ein Tablett stellte.

»Für den Mann, der in meinem Bett liegt. War es vielleicht Sting? Oder Tom Cruise? Ich weiß es nicht mehr.«

»Mum, hör auf zu summen. Das ist ja geradezu obszön. Du hast dich noch nicht beschwert, oder?«

»Worüber?« Ally tat so, als wüßte sie von nichts, und begann geschäftig, Milch warm zu machen.

»Darüber, daß er dich nicht zum Essen ausgeführt hat. Darüber, daß er Gott weiß wann heimgekommen ist. Darüber, daß er ein Egoist ist.«

»Für das mit dem Abendessen konnte er nichts. Er hatte bereits zugesagt.« Ally wich dem Blick ihrer Tochter aus, der in seiner jugendlichen Kompromißlosigkeit und Gewißheit scharf und tödlich wie der eines Adlers war.

Jess ging hinüber zum Kühlschrank und schenkte sich Cola light nach. Als sie neben ihrer Mutter stand, bemerkte sie die roten Flekken an deren Hals. »Also ehrlich, Mum, früher haben sie die Bauern mit Brot und Spielen bestochen. Für dich hat schon ein Baguette gereicht.«

Ally lachte und zog ihren Morgenmantel enger zusammen. »Jedenfalls kocht er heute abend zur Entschuldigung.«

»Dad kocht?« Jess schlug sich in gespieltem Erstaunen gegen die Stirn. »Tut mir leid, Mum, aber mir ist gerade wieder eingefallen, daß ich heute abend woanders eingeladen bin.«

»Gut«, erwiderte Ally. »Dann können Dad und ich unser romantisches Dinner allein genießen.«

Plötzlich fing Sox, die bisher friedlich in ihrem Korb in der Küche gelegen hatte, heftig zu bellen an.

Jess packte sie am Halsband und versuchte, sie davon abzubringen, an der Tür zum Garten zu kratzen. Von draußen ertönte ein Bellen als Antwort, und dann stand auch schon Elizabeth in der Tür, Allys Mutter, und zerrte ihren riesigen Pudel hinter sich her.

»Granola!« kreischte Jess, stürzte auf ihre Großmutter zu und gab ihr einen Kuß. »Was machst du denn hier?«

»O Gott«, murmelte Ally. Ihr war auf einmal wieder eingefallen, daß ihre Mutter sie dazu überredet hatte, auf das gräßliche Vieh aufzupassen, während sie zum Einkaufen nach London fuhr.

»Keine Zeit«, verkündete ihre Mutter, als hätte ihr jemand eine Tasse Kaffee angeboten, was nicht der Fall war. »Das Taxi wartet. Hier ist das Futter.« Sie stellte zwei Dosen Hundefutter auf den Küchentisch. »Bin um fünf zurück.«

»Das kann er doch an einem Tag nicht alles fressen«, protestierte Ally.

»Doch, das kann er, oder nicht, mein Süßer?« gurrte Elizabeth. »Er ist ja noch im Wachstum.«

Das Tierchen im Wachstum begann, ein unpassendes Interesse an Sox' unteren Gefilden zu entwickeln. Sox schnappte nach ihm.

»Laß das, Bitzer«, befahl Ally. »Das mag sie nicht.«

»O doch«, widersprach Elizabeth. Und zu Allys Beschämen schien Sox sich nun genüßlich Bitzers Aufmerksamkeiten hinzugeben.

»Das Problem mit dir«, sagte Jess und kraulte Sox hinter den Ohren, während sie sie sachte aus Bitzers Operationsradius entfernte, »ist, daß du nicht weißt, was du willst.« Jess warf ihrer Mutter einen boshaften Blick zu. »Genau wie dein Frauchen.«

»Verdammt noch mal!« Ally überhörte Jess' Bemerkung, setzte sich und schaute Elizabeth hinterher. »Jetzt können wir den ganzen Tag damit zubringen, die beiden voneinander fernzuhalten.«

»Wie Romeo und Julia.«

»Warum, zum Teufel, habe ich mir Bitzer aufhalsen lassen? Ich finde das Vieh abscheulich.«

»Weil du zu den Mädchen gehörst, die nicht nein sagen können.« Jess beäugte die Etiketten auf den Hundefutterdosen. Gourmethäppchen vom Kaninchen und Mr. Wuffs Hühnerbrüstchen Cordon bleu. »Sieh's doch mal positiv. Wenn Dad heute abend das Essen verhunzt, müssen wir wenigstens nicht hungern.«

Allys Blick fiel auf das Kaffeekännchen. »O Gott! Ich habe Dad schon vor Stunden eine Tasse Kaffee versprochen.«

»Kopf hoch.« Jess kitzelte Sox am Kinn. »Sprich sechs Ave-Marias, vielleicht kommt er dann und holt ihn sich selbst. Es soll ja noch Wunder geben.«

Ally ignorierte sie und löffelte mehr Kaffeepulver in das Kännchen. Als sie ihn gerade verrührte, damit er dick und stark wurde, so wie Matt ihn mochte, klopfte es schon wieder an der Hintertür.

»Vielleicht hat Oma es sich anders überlegt«, meinte Jess hoffnungsvoll und gab dem mittlerweile schlafenden Bitzer einen sanften Tritt.

Dieses Mal ging Ally selbst an die Tür. »Susie!« Ihre Augen strahlten vor freudiger Überraschung, als sie ihre beste Freundin auf der Schwelle stehen sah. »Komm rein! Trink eine Tasse Kaffee mit mir.«

Susie zog ihre Kaschmir-Strickjacke aus und hängte sie auf einen Stuhl. Es machte ihr einen Heidenspaß, konventionell auszusehen und dabei alles andere als das zu sein. Susie war groß und schlaksig, hatte einen blassen Teint und feines blondes Haar, das sie mit einem schwarzsamtenen Haarband aus dem Gesicht gestreift trug. Sie kleidete sich mit Vorliebe in weiße Spitzenblusen und marineblaue Strickjacken, so daß sie aussah wie eine Debütantin. Dabei hatte sie aber das Mundwerk eines Bauarbeiters.

»Wo ist Trevor?« Ally holte noch eine Tasse und eine Untertasse heraus und stellte beides vor Susie. Susies Ehemann war der Typ des Neuen Manns in höchster Vollendung. »Sag nichts. Kämpft er sich durch den Supermarkt, während du zur Maniküre gehst?«

Susie lachte. Man mußte Trevor nicht zwingen, das Samstagsgewühl im Supermarkt auf sich zu nehmen, er tat es freiwillig.

»Der liebe Trev.« Susie nahm sich einen Keks. »Er hat das Einkaufen zu einer Kunstform gemacht. Stell dir vor, er hat sogar einen Plan von Safeways auf dem Computer gespeichert.« Sie seufzte glücklich. »Schon der Gedanke an diese hektischen Menschenmassen an der Feinkosttheke macht mich müde. Deshalb wollte ich auf ein Schwätzchen reinschauen. Wo ist denn Matt?«

Sie lachte gekünstelt. »Auch beim Einkaufen?«

Jess und Ally wechselten einen Blick. Susie sah sehnsüchtig das Kaffeekännchen an. »Ist der Kaffee vielleicht noch zu haben?«

»Greif zu«, empfahl Jess. »Mum war kurz davor, ihn Dad hochzubringen, aber ich habe ihr gesagt, damit würde sie nur die ungerechtfertigte männliche Erwartung erfüllen, daß die Frauen ständig um sie herumscharwenzeln.«

»Tut mir leid«, Susie bat lachend um Verzeihung. »Ich dachte, das sei eine Kaffeekanne, kein Symbol für die Unterdrückung der Frau.«

»Ich setze Wasser auf und mache noch mehr Kaffee.« Ally erhob sich. Dann drehte sie sich um und sah Susie gespannt an. »Findest *du*, daß Matt ein Egoist ist, Susie?«

Susie blieb angesichts der plötzlichen Wendung, die das Gespräch nahm, völlig ungerührt.

»Ist der Papst katholisch? Natürlich ist er ein Egoist. Alle Männer sind Egoisten. Es liegt in ihrer Natur. Denk bloß an das ganze Testosteron. Eigentlich müßte ›Achtung, gefährliche Chemikalien‹ auf ihren Unterhosen stehen.«

»Aber *warum* sind sie solche Egoisten?«

»Möchtest du die nachsichtige Version hören oder die Wahrheit? Die Männer würden sagen, es läge daran, daß sie anders denken. Für sie hat die Hausarbeit keinerlei Priorität. Erst kommt das Rugby-Match im Fernsehen, und wenn nach dem Spiel noch Zeit ist, kann man sich ja ein bißchen um den Haushalt kümmern. Bloß bleibt die Zeit leider nie. Das ist die nachsichtige Version. In Wahrheit wissen die Jungens genau, daß sie etwas nur lange genug liegen zu lassen brauchen, dann machen wir es schon. Und das tun wir ja auch.« Susie nahm einen Schluck von Matts Kaffee. »Kennst du die alte Redensart nicht: ›Frauen hoffen bei der Hochzeit, daß die Männer sich ändern, aber das tun sie nicht. Männer hoffen, daß die Frauen sich nicht ändern, aber sie tun es.‹«

Ally und Jess fingen zu kichern an. Deshalb bemerkten sie nicht, wie Matt zur Tür hereinkam.

»Was ist denn mit meinem Kaffee passiert?« fragte er. »Ich hatte mich schon so darauf gefreut. Hallo Susie, ich wußte nicht, daß du hier bist.« Angesichts dieses Prachtexemplars von Mann flogen drei Köpfe herum. Matt setzte sein reizendstes Lächeln auf. »Schon gut, schon gut. Jetzt könnt ihr langsam wieder aufhören, mich so anzustarren.«

»Dich wie anzustarren, Matt?« Sich mit Matt zu kabbeln, gehörte zu Susies größten Vergnügungen. Trevor war ein Spielverderber. Wenn sie ihn auf die Schippe nahm, fragte er bloß, ob ihr das prämenstruelle Syndrom zu schaffen mache.

»Als wäre ich King Kong und ihr die neuesten Kandidatinnen für die weiße Frau.»

Susie lehnte sich in ihrem Stuhl zurück und sah ihn einen Moment lang an. »Ally hat mich bloß gerade gefragt, ob ich dich für besonders oder nur durchschnittlich selbstsüchtig halte.« Ally schüttelte den Kopf, aber Susie ignorierte sie. »Was meinst du?«

Matt grinste. »Ich halte mich überhaupt nicht für selbstsüchtig.«

»Das meinen alle Männer.« Susie wühlte in den Tiefen ihrer riesigen Tasche herum. »Es gehört einfach zu den männlichen Charaktereigenschaften.« Schließlich fand sie, was sie gesucht hatte. Einen Prospekt mit Eselsohren. »Das ist genau das Richtige für dich.« Sie reichte Ally das Heftchen. »Es ist ein Workshop zur Stärkung des Selbstvertrauens, zu dem ich nächsten Samstag gehe. Komm doch einfach mit. Tu den ersten Schritt darauf zu, dir Matt vorzuknöpfen.«

Matt lachte nervös. »Wenn du noch eine Spur mehr Selbstvertrauen hättest, Susie, könntest du Kommandeurin bei der Fremdenlegion werden.«

Ally sah den Prospekt zweifelnd an. Sie hatte nicht viel für gefühlsduselige Veranstaltungen übrig, bei denen man schon vor dem zweiten Frühstück sein Seelenleben bloßlegen mußte. »Ich glaube nicht, daß das etwas für mich ist, Susie.« Sie gab ihr das Heftchen zurück.

»Natürlich könnte man auch sagen« – Susie nahm einen Schluck Kaffee und lächelte Matt zuckersüß an – »daß sich die Männer ihren Egoismus nur leisten können, weil die Frauen ihn zulassen.«

Matt lächelte zurück und wandte sich an Ally. »Wo hast du noch mal meine Tasse Kaffee hingestellt?«

»Weißt du was, Susie?« meinte Ally und goß sich die letzten Tropfen von dem Kaffee ein, den sie für ihn gekocht hatte. »Vielleicht komme ich doch.«

Als er zwei Tage später ins Studio fuhr und über seine Sendung nachgrübelte, begann Matt sich auf einmal zu fragen, ob ein Körnchen Wahrheit in dem steckte, was Susie und Ally gesagt hatten. War er wirklich so egoistisch? Schließlich tat er verdammt viel mehr, als sein Vater je getan hatte. Er räumte ab und zu die Spülmaschine aus, mähte den Rasen – okay, er machte nicht gerade besonders viel im Haushalt, aber wofür hatten sie denn Mrs. O'Shock? Als er in die Tiefgarage von Century fuhr, hatte er den Entschluß gefaßt, ab sofort mehr zu helfen, und fühlte sich auf der Stelle besser. Wie wenn man beschloß, eine Diät anzufangen oder einen Neujahrsvorsatz faßte, trat der moralische Aufschwung sofort ein, ohne daß man sich bisher ernsthaft hatte anstrengen müssen.

Zu seinem Verdruß stand ein Auto auf seinem gewohnten Parkplatz, aber der von Bernie war noch frei. Es war fünf nach zehn. Die Produktionskonferenz sollte um zehn anfangen. Das würde Bernie lehren, zu spät zu kommen. Eigentlich sollte er ja mit gutem Beispiel vorangehen.

Oben im Büro der *Matt-Boyd-Show* stellte Matt den Aktenkoffer ab und nahm sich seine Post. Zuoberst lag ein hellbrauner Umschlag, den Matt ohne einen Blick auf den Absender öffnete. Es waren die Einschaltquoten seiner Show. Meist war er sich seiner Position als beliebtester Talkmaster im Fernsehen gewiß und kümmerte sich nicht darum, sie im Auge zu behalten, doch heute sah er die einzelnen Spalten durch. Die Show hatte einige Zuschauer verloren, aber angesichts des herrlichen Wetters in letzter Zeit war das nicht verwunderlich. Die Leute hielten sich wahrscheinlich im Garten auf und mähten den Rasen. Er blickte hinüber zu den Zahlen seiner Rivalen, um zu sehen, wie es den anderen während der Hitzewelle ergangen war, und traute seinen Augen nicht. Big City, der Konkurrenzsender, hatte keine Zuschauer verloren. Im Gegenteil: Er hatte noch welche dazugewonnen.

Es war also nicht das Wetter, das Matt um sein Publikum gebracht hatte. Es war Danny Wilde. Matt legte die Blätter in Bernies Posteingangskorb, blieb einen Moment stehen und sah aus dem Fenster. Sie mußten etwas tun. Sie waren ihrer Sache zu lange sicher gewesen.

»Was machst du denn noch hier oben?«

Matt fuhr schuldbewußt herum und sah Bernie Long in der Tür stehen.

»Bin schon unterwegs.« Aus der finsteren Miene Bernies schloß Matt, daß sein Kater heute besonders schlimm sein mußte, und spielte mit dem Gedanken, ihm das Patentrezept seiner Oma zu empfehlen, nämlich Knoblauch zu kauen. Aber irgendwie fürchtete er, daß Bernie ihm den Tip übelnehmen würde. »Du bist spät dran heute.«

»Ja«, brummte Bernie säuerlich. »Irgendein Arsch steht auf meinem Parkplatz.«

»Ts, ts«, äußerte Matt mitfühlend und ging dabei zur Tür hinaus. »Wer würde wohl so was tun?«

Stephen Cartwright, der Programmdirektor von Century, saß in seinem Büro und starrte aus dem Fenster. Er hatte den Kopf voller Probleme, und an erster Stelle stand die *Matt-Boyd-Show*.

Die Tür öffnete sich einen Spalt und Janet, seine Sekretärin, steckte den Kopf herein und fragte, ob er seine Termine durchgehen wolle, doch Stephen schüttelte den Kopf, und sie verschwand wieder. Janet gehörte zu den erfreulichsten Seiten seines Jobs. In der Fernsehbranche, wo sich auf jede Sekretärinnenstelle zweihundert aufgedonnerte Bewerberinnen meldeten, von denen keine einzige Tippen im Sinn hatte, stellte Janet als kompetente Kraft, die nun schon seit zwanzig Jahren dabei war, ein ausgesprochen seltenes Phänomen dar. Sie war sachlich, mittleren Alters und Gold wert. Außerdem hegte sie keinerlei Ehrgeiz, die Management-Leiter zu erklimmen, Produzentin zu werden oder sich hochzuschlafen. Sie war einfach hervorragend auf ihrem Gebiet. Wenn Stephen verreiste, gab sie ihm einen Plastikhefter mit, der sämtliche Daten sowie Antworten auf jede nur denkbare Frage enthielt. Manchmal wußte Stephen nicht einmal, wo er hinfuhr, bevor er dort ankam. Deshalb zahlte er ihr ein hohes Gehalt und stellte ihr einen Firmenwagen zur Verfügung, während sie für ihn Augen und Ohren offenhielt und in schwierigen Zeiten den Klatsch auf der Damentoilette belauschte.

Und eines der Häppchen, die sie jüngst aufgeschnappt hatte, besagte, daß Stephens Lieblingskind *Hello*, eine Nachmittagsshow unter der Moderation von Centurys Grande Dame und Nervensäge Nummer eins, Maggy Mann, nicht gut lief. Aus irgendeinem Grund, der sich Stephen nie erschlossen hatte, hielt das Publikum Maggy für ein freundliches, fürsorgliches Wesen, dem das Wohlergehen aller am Herzen lag. Dagegen wußte jeder in Maggys Umgebung, daß sie eine unkontrollierte Neurotikerin war, die ein hochentwickeltes Gespür dafür besaß, was ihrem eigenen Wohlergehen diente, sowie eine ausgeprägte Abneigung gegen ihr Publikum, das ihr zu Füßen lag. Zum geselligen Beisammensein nach den Shows tauchte sie nur ganz kurz auf, da sonst womöglich einer der Studiogäste es hätte wagen können, sie in ein Gespräch zu verwickeln. Und trotzdem hing das Publikum nach wie vor an ihr.

Das Telefon auf seinem Schreibtisch klingelte, und Janet meldete sich. »Bill Ford ist dran. Er sagt, es sei dringend.«

Stephen seufzte. Bill Ford war der überbezahlte und, wie sich herausstellte, minderbegabte Produzent, den sie für den Start von *Hello* engagiert hatten. Was, zum Teufel, war jetzt schon wieder los?

»Bill«, Stephens Tonfall war nicht gerade ermutigend. »Was kann ich für Sie tun?«

»Tja, Stephen, wir haben da ein kleines Problem.«

»Wo fehlt's denn?«

»Es geht um diese Beratungsschiene. Wir haben jede verfluchte Kummertante in London getestet, und sogar noch ein paar Onkels, aber keine von ihnen war auch nur halbwegs brauchbar. Ich raufe mir schon die Haare. Die einzige aus dem ganzen Haufen, die weder zu süßlich noch zu salbungsvoll auftrat, war June Reynolds.«

»Hören Sie, Bill.« Mein Gott, war der Mann dämlich! Das alles hatten sie schon *fünfmal* besprochen. »June Reynolds ist wunderbar. Warmherzig, fröhlich und sympathisch. Aber leider ist sie die Kummertante von Cititele. Wir wollten uns doch ein neues Gesicht suchen, haben Sie das vergessen? Vielleicht keine völlig Unbekannte, aber doch eine Frau, die noch nie als Kummertante zu sehen war. Eine Schauspielerin vielleicht oder eine Psychologin, damit wir damit ein eigenes Image aufbauen können.« Stephen sprach sehr langsam, um deutlich zu machen, daß er keine Lust hatte, sich noch einmal wiederholen zu müssen. »Es soll nicht die übliche, konventionelle Kummerkastenschiene sein. Wir brauchen etwas Mutiges, Verwegenes, das uns in die Schlagzeilen bringt.«

»Ich weiß, Stephen, ich weiß. Aber bislang habe ich einfach noch nicht die Richtige gefunden.«

Stephen wurde langsam wütend. »Tja, tut mir leid, aber das ist Ihr Job, nicht meiner. Dafür zahlen wir Ihnen ja zwei Riesen pro

Woche. Wenn hier irgend jemand schlaflose Nächte deswegen hat, dann sollten Sie das sein. Vielleicht werfen Sie einfach noch mal einen Blick in Ihr Adreßbuch. Wo haben Sie denn bisher gesucht?«

»In Frauenzeitschriften und in *Spotlight*, und wir haben jeden Agenten in London und alle Lokalradiosender angerufen. Sämtliche naheliegenden Adressen.«

»Dann ist es vielleicht Zeit, ein bißchen quer zu denken. Suchen Sie doch mal unter den *fern*liegenden Adressen. Außerdem können Sie immer noch ein Vorsprechen ausschreiben.«

»Meine Güte, Stephen, tun Sie uns das nicht an. Als wir für *True Story* annoncierten, haben wir zehntausend Bewerbungen bekommen, und die Vorsprechrunden zogen sich über Monate hin.«

»Dann lassen Sie sich besser eine andere Methode einfallen, Bill. Ich muß jetzt weg. Zu einer Besprechung.«

»Stephen?«

»Ja, Bill?« Also ehrlich. Er hatte schon, ohne daß ihn Bill Ford mit seinen banalen Problemen belästigte, genug um die Ohren.

»Wegen Maggy.«

Stephen seufzte und warf einen Blick auf die Uhr. »Was ist mit Maggy?«

»Sie meint, ihre Freundin Anne Adamson vom *Sunday Examiner* wäre absolut ideal.«

»Und was meinen Sie? Sie sind der Produzent.«

»Ich würde meine Probleme lieber einer Politesse erzählen.«

»Dann sagen Sie Maggy ganz offen vielen Dank beziehungsweise nein danke. Sie ist ein Profi. Sie verkraftet das. Maggy ist wie alle Tyrannen. Wenn Sie sich ihr gegenüber behaupten, hat sie Respekt vor Ihnen.«

»Okay, Stephen.« Bill klang alles andere als überzeugt. »Ich werd's ihr sagen.«

Stephen bat Janet über den Summer um eine Tasse Earl Grey und wandte seine Aufmerksamkeit dem nächsten und weitaus dringlicheren Problem auf seiner Liste zu. Was, zum Teufel, sollte er bloß mit Matt Boyd anstellen?

4. Kapitel

Ally wachte auf, rollte sich in die Mitte des Betts, schmiegte sich wie ein Löffel an Matts warmen Körper und küßte ihn auf den Hinterkopf. Scheinbar ohne daß er aufwachte, schlängelte sich einer von Matts Armen unter der Decke hervor und drückte sie kurz an sich.

Im Unterbewußtsein erinnerte sich Ally dunkel daran, daß sie früh aufstehen mußte, obwohl es Samstag war, wußte aber im ersten Moment nicht mehr, warum. Dann fiel es ihr ein. Heute war der Selbstvertrauen-Workshop. Sie steckte den Kopf wieder unter die Decke. O Gott, warum hatte sie nur eingewilligt, mitzugehen? So etwas lag ihr wirklich nicht, und überhaupt – was konnte so eine Veranstaltung schon bewirken? Wenn Susie nicht in einer halben Stunde käme, um sie abzuholen, hätte sie abgesagt. Von unten drang das Geräusch des Staubsaugers an ihr Ohr. Mrs. O'Shock war offenbar schon da.

Ally stand auf, zog sich rasch an und ging nach unten. Vor der anstehenden Tortur brauchte sie unbedingt ein Frühstück. Durch die geöffnete Terrassentür fiel warmes Sonnenlicht auf den massiven Eschenholztisch und beleuchtete das altmodische Arrangement von pinkfarbenen Rosen, das Ally gestern abend dorthin gestellt hatte. In einem Artikel über die Stadt Grasse, wo einige der berühmtesten Parfüms der Welt hergestellt werden, hatte Ally gelesen, daß man Rosen idealerweise im Morgengrauen schneidet, wenn der Tau noch auf ihnen liegt. Ally hatte diesbezüglich ihre eigene Theorie. Der ideale Zeitpunkt, fand sie, war der Abend. Nach dem ersten, aber vor dem zweiten Glas Wein. Vielleicht würde sie einen Artikel darüber schreiben. Doch wen interessierte schon, was sie über irgend etwas dachte?

Nachdem sie sich Toast und Kaffee gemacht hatte, erschien Mrs. O'Shock in der Tür und trug am ausgestreckten Arm eine von Matts Socken vor sich her.

»Die habe ich unterm Sofa gefunden, Mrs. Boyd.« Sie legte das Corpus delicti auf die Waschmaschine. »Sagen Sie mal: Hat Mr. Boyd vielleicht irgendwelche irischen Vorfahren?« Sie machte sich mit einer Grillzange an der Socke zu schaffen, als fürchtete sie, sie könne davonkrabbeln oder plötzlich ein heißblütiges männliches Eigenleben entwickeln. Schließlich pfefferte sie die Socke in die Waschmaschine und knallte die Tür zu, damit sie auch ja nicht entkommen konnte. »Ich sage Ihnen, die Mütter sind schuld. Irische Männer haben eine geheiligte Beziehung zu ihren Müttern. Jeder hält seine für die Jungfrau Maria.« Sie begann, Waschpulver einzufüllen. »Und sie halten ihre Söhne für den lieben Herrn Jesus.« Sprachlos sah Ally zu, wie Mrs. O'Shock die Maschine anwarf, um genau eine Socke zu waschen. »Sind Sie ganz sicher, daß er keinen Tropfen irisches Blut in den Adern hat, Mrs. Boyd?«

Ally lachte und schüttelte den Kopf.

Mrs. O'Shock nahm den Prospekt für den Workshop in die Hand und blätterte ihn durch. »Genau das bräuchte ich jetzt.«

»Was denn, Mrs. O'Shock?«

»Selbstvertrauen. Damit ich den Mut dafür aufbringe, meinem Mann zu sagen, er soll sich gefälligst für fünf Minuten vom Sofa scheren, damit ich darunter saugen kann.«

»Nein, nein, nein, Mrs. O'Shock«, protestierte Ally und steckte noch eine Scheibe Brot in den Toaster. »Sie müssen ihm sagen, er solle sich vom Sofa scheren und gefälligst selbst saugen.«

»Also, Mrs. Boyd, ich bin zwar katholisch, aber an Wunder glaube ich trotzdem nicht.«

Fünf Minuten bevor Susie kommen sollte, rannte Ally die Treppen hinauf, um sich von den Mädchen zu verabschieden. Janey schlief noch, aber Jess war gerade dabei, sich das T-Shirt auszuziehen, das sie als Nachthemd benutzte. Sowie sie ihre Mutter sah, hielt sie es sich verschämt vor die Brust.

Ally verkniff sich ein Lächeln. Bis vor ein oder zwei Monaten war Jess so flach wie ein Junge gewesen. Dann hatte, zu ihrer großen Verstörung, ein plötzlicher Wachstumsschub eingesetzt. Janey wäre beglückt gewesen, aber Jess war da anders. Das Nachthemd noch immer fest an sich gepreßt, stülpte sie sich einen riesigen Schlabberpulli über.

Ally gab ihr einen Abschiedskuß und schloß die Tür. Auf dem Treppenabsatz stieß sie mit Matt zusammen.

»Wo ist denn Jess, dieser Frechdachs? Sie hat schon wieder meinen Lieblingspulli geklaut.«

»In ihrem Zimmer. Sie hat ihn an. Er kam mir gleich so bekannt vor.«

Matt ging auf die Tür zu.

»Matt?«

»Ja, meine kurz vor der Emanzipation stehende Liebste?«

Ally senkte die Stimme. »Sag bloß nichts über ihren Busen!«

Matt war verletzt. »Hältst du mich für total unsensibel?«

»Entschuldige.«

Matt äugte ins Zimmer. »Hallo, Jessy, was für große –« er sah sich mit einem provokanten Blick nach Ally um – »Pullis du trägst. Also los, runter damit, oder ich sperre dir das Taschengeld.«

Jess verschränkte abwehrend die Arme. »Ich hab' kein Taschengeld mehr gekriegt, seit ich elf war.«

»Dann eben den Unterhalt.«

»Keine Chance«, meinte sie spöttisch. »Ich habe fast einen Tausender auf der Bank, und zwar mit elf Komma fünfundzwanzig Prozent Zinsen.«

»Donnerwetter!« Matt schwieg beeindruckt. »Wirklich? Du könntest mir nicht vielleicht einen Fünfer pumpen, oder?«

»Hol ihn dir doch!« rief Jess, rannte an ihm vorbei die Treppe hinunter und wedelte aufreizend mit den Pulloverärmeln.

»Großer Gott!« murmelte Matt. »Was ist bloß mit der elterlichen Autorität passiert?«

»Die hattest du sowieso nie«, erläuterte Ally und packte ihre Tasche, die regelmäßig am anderen Ende des Hauses zu sein schien, wenn sie sie gerade brauchte. »Du hast ja die ganze Zeit gearbeitet.«

Lächelnd folgte sie Matt und Jess nach unten und griff genau in dem Moment nach ihrem Mantel, als es an der Tür klingelte. Es war Susie.

Mrs. O'Shock führte sie in die Küche, wo Matt mit Sox auf dem Schoß am Tisch saß.

»Na, Sox, altes Mädchen, was meinst du?« Matt beäugte Susie mißtrauisch hinter fünfundzwanzig Kilo massivem Hirtenhund hervor. »Muß ich mir Sorgen machen? Ist heute der letzte friedliche Tag meines Lebens?«

Sox himmelte ihn bewundernd an.

»Sieh es doch mal so.« Susie hielt Ally die Tür auf und deutete auf ihre Uhr. »Du kannst von Glück sagen, daß du bis jetzt damit durchgekommen bist.«

Als Ally und Susie auf dem modernen, sonnigen Gelände der Universität von Sussex angekommen waren, stellten sie sich in die Schlange für die Einschreibung. Ally fragte sich, wie sie eigentlich dazu kam, einen wertvollen Samstag mir nichts, dir nichts für so etwas zu vergeuden. Sie hätte mit Matt zu ihrem Lieblingsitaliener gehen, ihre gewohnten Spaghetti Alfredo essen und ein Glas Chianti zuviel trinken können. Im Prospekt wurde »Ein Tag, der Ihr Leben verändern könnte« versprochen, aber das klang ja wohl nach Wolkenkuckucksheim.

Sie sah sich um und betrachtete die etwa dreißig anderen Frauen, die ihren Samstag geopfert hatten, um hier sein zu können. Manche aus der Gruppe waren schon älter und trostlos gekleidet, aber zu ihrer Verblüffung war mindestens die Hälfte jung und flott. Ein paar von ihnen waren sicher Gattinnen aus der besseren Gesellschaft und todschick in ihren naturweißen Seiden- und Leinenmodellen. Aber es war sogar ein junges Mädchen mit einer rosa-schwarzen Punkfrisur darunter, die nach oben abstand wie bei einem zornigen Kakadu. Außerdem trug sie genug Ketten und Sicherheitsnadeln, um eine Eisenwarenhandlung aufmachen zu können. *Die* konnte doch wohl kaum schüchtern und gehemmt sein?

»Ihr Name, bitte?« Sie hatten den Anfang der Schlange erreicht.

»Susie Mills.« Die junge Frau mit dem Klemmbrett schrieb Susies Namen in einer großen Klosterschülerinnenschrift auf das Schildchen zum Anstecken und wandte sich dann zu Ally. »Und Sie heißen ...?«

»Allegra Adams«, sagte Ally schnell, bevor Susie ›Boyd‹ sagen konnte. Susie sah sie erstaunt an. Sie benutzte ihren Mädchennamen so gut wie nie. »Ich will heute einfach bloß ich selbst sein«, flüsterte Ally, »nicht Frau Berühmtheit.«

»Komm schon, beeilen wir uns besser, sonst futtern uns diese Schreckschrauben in Twinsets und Perlenketten noch die ganzen Vollkornkekse weg.«

Drinnen standen zuerst alle schwatzend herum, bis sie von einer lebhaften dunkelhaarigen Frau gebeten wurden, Platz zu nehmen, und zwar nicht neben einer Freundin. Dann stellte sie ihnen Barbara Major vor, die Königin des Selbstvertrauens und Leiterin des Kurses.

Zu Allys Erstaunen erschien eine Frau in einem Hängekleid mit Batikmuster und mit einem eisengrauen Knoten, der anscheinend von drei Stricknadeln durchbohrt wurde. Matt hätte gelacht. Sie sah eher aus wie eine Keramiklehrerin und nicht wie eine eifernde Feministin, die ihren häuslichen Frieden erschüttern würde.

»Hallo.« Barbaras forscher Ton strafte ihre kunstgewerbliche Aufmachung Lügen. »Um das Eis zu brechen, möchte ich, daß ihr zuerst eine kleine Übung macht. Jane«, sie wandte sich an die dunkelhaarige Frau, die ihre Assistentin sein mußte, »verteilst du bitte Papier und Bleistifte?«

»Oh, toll«, flüsterte Susie unüberhörbar. »Wir spielen Geschichten erfinden.«

Barbara ignorierte sie.

»Zuerst möchte ich, daß jede von euch zehn Worte auswählt, mit denen sie sich selbst beschreiben würde.«

Susie schlug die Augen gen Himmel, nahm dann ihren Bleistift und begann zu schreiben.

Ally lächelte ihr zu und schrieb ihrerseits los.

»Erstens *Mutter*«, schrieb sie spontan, »zweitens *Ehefrau*. Dann hielt sie inne, erstaunt, daß sie nachdenken mußte. »Drittens *Hausfrau*.« Aber war das etwas anderes als Ehefrau und Mutter? Susie war schon fertig, und sie hatte erst drei. Was war sie denn? Mit welchen Worten ließen sich ihre Grundzüge erfassen? »Viertens, *unsicher*.« Das war nur allzu wahr.

Und plötzlich war die Zeit abgelaufen. Als sie ihre Liste betrachtete, stellte Ally fest, daß dies, auch wenn es noch so harmlos aussah, bei weitem mehr Sprengstoff barg als Geschichten erfinden. Nur vier Worte für die Beschreibung von Allegra Boyd, und alle davon zahm und hausbacken? Was war aus dem forschen, optimistischen Mädchen geworden, das mit nur zwanzig Jahren unter Hunderten ausgewählt worden war, um die Nachrichten zu sprechen?

Obwohl alle anderen schon fertig waren, faltete Ally ihren Zettel noch einmal auseinander und schrieb: »Fünftens, *zornig*.«

Barbara stand wieder auf. »Keine Sorge, ihr müßt es nicht vorlesen.«

Alle lachten erleichtert, doch Ally stellte verblüfft fest, daß sie einen winzigen Stich der Enttäuschung empfand. Offensichtlich wirkte die ansteckende Atmosphäre gemeinschaftlicher Bekenntnisse schon auf sie.

»Und nun eine andere kleine Übung, die ihr bestimmt sehr aufschlußreich finden werdet.« Barbara saß mitten in der Gruppe und lächelte. Ally fiel auf, daß die Teilnehmerinnen diesmal nicht so ablehnend reagierten. »Jetzt möchte ich, daß ihr die Frau rechts von euch beschreibt, und zwar auch in zehn Worten. Und seid bitte ehrlich – in unser aller Interesse.«

Einen Augenblick lang war Ally starr vor Entsetzen, aber alle anderen nahmen schon ihre Nachbarinnen in Augenschein und schrieben drauflos. Also nahm sie Zettel und Bleistift und studierte die Frau zu ihrer Rechten.

Diesmal wurden die Beschreibungen vorgelesen, und Ally wappnete sich, als ihre Nachbarin an die Reihe kam. »*Attraktiv*«, sagte sie. »*Groß, schick, selbstsicher, nett, verheiratet, freundlich, warmherzig.*«

Ally lauschte verblüfft.

»Es geht darum«, erklärte Barbara, die mit erstaunlicher Gewandtheit ihre Gedanken las, »daß einen andere Menschen nicht so sehen, wie man sich selbst sieht. Und das ist das Wichtige daran – ihr könnt auch deren Sichtweise wählen statt eurer eigenen.«

Ally hatte einen Kloß im Hals und fühlte sich so maßlos erleichtert, daß sie am liebsten laut losgelacht hätte. Wenn andere Menschen sie als selbstsicher, warmherzig und freundlich sahen, warum *sollte* sie dann nicht selbstsicher, warmherzig und freundlich sein?

Barbara fuhr rasch fort. »Ich möchte, daß jede von euch den anderen erzählt, warum sie heute hergekommen ist.«

Eine nach der anderen gaben die Frauen ihre Schwächen zu. Sie fühlten sich unsicher. Unfähig, sich gegen Mütter oder Schwiegermütter zu behaupten, die ihr Leben dominierten. Wütend auf ihre Ehemänner. Untergebuttert von den Kindern.

»Und du, Allegra? Warum bist du heute hier?«

Einen Moment lang packte Ally die Panik. Was würde geschehen, wenn jemand herausfand, wer sie wirklich war? Aber sie hatte instinktiv erfaßt, daß zwischen den Frauen, die heute hier waren, ein Bündnis bestand. Sie waren gekommen, weil sie die Vergangenheit abschütteln und neu anfangen wollten.

»Ich bin hier«, Ally sprach langsam und bemerkte, daß Susie sie genauso konzentriert ansah wie die anderen, »weil ich achtzehn Jahre lang eine glückliche Hausfrau war und es mir Freude gemacht hat, meiner Familie ein Heim zu schaffen und für sie da zu sein. Ich habe einen reizenden Mann und zwei hübsche Töchter. In mancherlei Hinsicht habe ich großes Glück gehabt. Doch in letzter Zeit fällt mir immer öfter auf, daß mein Mann mindestens ebenso egoistisch wie reizend ist und mich oft gar nicht mehr wahrnimmt, und auch meine zwei hübschen Töchter brauchen mich eigentlich gar nicht mehr.« Sie hielt inne und dachte das Ganze noch einmal durch, wobei sie beinahe vergaß, wo sie war. »Und deshalb habe ich beschlossen, etwas zu unternehmen.« Erstaunt darüber, daß die Veranstaltung doch etwas bewirkt hatte, sah sie in die Runde. Sie hatte schon jetzt mehr Selbstvertrauen. »Ich habe beschlossen, mir einen Job zu suchen.«

»Ein guter Entschluß!« In Barbaras Stimme schwangen Wärme und Anerkennung mit. »Ich bin froh, daß du heute gekommen bist.«

Als sie in Barbaras freundliches Gesicht sah, wußte Ally, daß sie es ehrlich meinte. Dann merkte sie erst, daß alle ihr Beifall klatschten, weil sie ebensogut wie sie wußten, daß sie gerade den ersten Schritt getan hatte, ihrem Leben eine Wendung zum Besseren zu geben.

»Hat jemand Lust auf einen kleinen Drink?« fragte Monica, eine joviale Matrone aus den betuchten Vororten mit einer charmanten, wohltönenden Stimme, als sie nach dem Workshop ihre Sachen zusammensuchten. »Ich habe gegenüber ein Weinlokal entdeckt. Tiddles oder Tipples oder ein ähnlich blödsinniger Name.« Sie schlang sich ihre Umhängetasche mit dem forschen Draufgängertum eines rebellischen Infanteristen über die Schulter. »Denn warum sollen wir sofort zurück zu Heim und Herd eilen und das verdammte Abendessen machen?«

Susie lachte und nahm ihren Arm. »Ganz meine Meinung. Ins Weinlokal!«

»Bei dir ist es ja okay«, meinte Ally, der eingefallen war, daß sie keine Ahnung gehabt hatte, wie lange der Workshop dauern würde, und noch gar nichts fürs Abendessen vorbereitet hatte. »Trevor stellt wahrscheinlich ein Dinner mit sechzehn Beilagen auf den Tisch, wenn du nach Hause kommst.«

»Komm schon, Ally«, schmeichelte Susie, »du bist die Heldin des Tages, unsere Jeanne d'Arc. Diejenige, die ihr Leben ändern wird. Du darfst jetzt nicht nein zu einem Glas chilenischen Cabernet sagen, bloß weil dein Göttergatte beleidigt sein könnte.«

Ally merkte, wie sie schwach wurde. Sie hatte tatsächlich keine Lust, nach Hause zu fahren und ein Abendessen zu kochen. Sie wollte noch ein Weilchen den warmen, aufbauenden Kameradschaftsgeist spüren, der sie mit den anderen verband.

Auf einmal fing sie an zu grinsen und erhob die Faust der weiblichen Solidarität gegen die Unterdrücker mit Pfeife und Hausschuhen, die das ganze Land unsicher machten. »Du hast recht. Wir können ja immer noch Fish and Chips essen.«

»So gefällst du mir!« stimmte Susie begeistert zu.

Ally legte einen Arm um sie und den anderen um Monica. »Und außerdem«, sagte sie, als sie sich in das Weinlokal quetschten, »kann er die verdammt noch mal selbst holen!«

Als Ally um Viertel vor acht aus Susies Auto stieg, fühlte sie sich nicht mehr ganz so heldenmütig. Sie befahl sich selbst, kein Waschlappen zu sein. Gut, es war ein bißchen spät, aber warum sollte denn nicht zur Abwechslung mal sie auf einen Drink gehen?

Sie öffnete die Beifahrertür und dachte an einen Spruch, den ihr Vater immer gebraucht hatte, wenn er etwas angestellt hatte und wußte, daß ihre Mutter an die Decke gehen würde: »Ich werfe lieber erst mal meinen Hut rein.« Als würde ihre Mutter mit dem Nudelholz hinter der Tür lauern.

Doch Matt stand nicht hinter der Tür.

Was hinter der Tür stand, war ungefähr ein Dutzend Tragetaschen von Marks & Spencer, die sich in verschiedenen Stadien des Auspackens befanden. Einige der Waren standen auf dem Tisch, manche waren noch in den Tüten und ein paar hatte jemand in den Kühlschrank verstaut. Matt war einkaufen gegangen.

Sie schaute in die Tasche, die direkt neben ihr stand und holte vier Hummerschwänze in Knoblauchmayonnaise, ein Päckchen Lachs und eine gemischte Platte mit Meeresfrüchten heraus. Sie versuchte, die Preise nicht zu beachten.

Dann schenkte sie sich ein Glas Weißwein ein und begann, die Tüten auszupacken und die Sachen zu verstauen, bevor alles zerlief. Von oben drang kein Geräusch herab, also vermutete sie, daß die Mädchen nicht da waren. Nebenan im Wohnzimmer hörte sie den Fernseher dröhnen und wußte genau, wo Matt war: auf dem Sofa – eingeschlafen.

Zwanzig Minuten später stellte sie die Hummerschwänze mitsamt einem Baguette und einer Schüssel knackigem grünen Salat auf ein Tablett. Er mochte nicht Trevor sein, aber es war ein Anfang.

Am nächsten Morgen wachte Ally herrlich spät auf und dachte daran, daß am Tag zuvor etwas Bedeutendes geschehen war. Sie hatte beschlossen, ihr Leben selbst in die Hand zu nehmen. Voll neuen Tatendrangs stand sie auf, bevor Matt sie ablenken konnte. Beim Anziehen fragte sie sich einen Sekundenbruchteil lang, ob die Zeit zwanzig Jahre zurückgestellt worden war. Sie hätte schwören können, daß von unten äußerst laut ein Hit aus dem Musical *Hair* ertönte. Neugierig ging sie nachsehen.

Auf dem Sofa im Wohnzimmer lag Jess. Sie hatte die Stereoanlage voll aufgedreht und las seelenruhig im *Cosmopolitan*. Ally erkannte, daß es tatsächlich ein Stück aus *Hau* war. Es war wirklich ärgerlich, wie die jungen Leute ständig die Musik ihrer Eltern plünderten, um sie dann mit einem verächtlichen Blick abzuservieren, wenn sie zu sagen wagten: »Das kenne ich von früher.«

»Hallo, Mum. Wie war die Selbsterfahrungsgruppe?« Jess lächelte und streckte eine Hand aus. »Ich vermute, eine Tasse Kaffee ist zuviel verlangt.«

»Mach dir selbst welchen.« Ally warf ein Kissen nach ihr und ignorierte den schmutzigen Teller auf dem Fußboden. »Ich warne dich, junge Dame, in nächster Zeit wird sich hier einiges ändern. Als erstes habe ich beschlossen, mir einen Job zu suchen.«

»Wow! Irgend etwas muß gestern passiert sein.« Jess sprang auf und ging ihr nach, als sie aus dem Zimmer rauschte. »Hast du dein Hosenbein aufgerollt und geschworen, für den guten Zweck deine Familie zu verlassen?«

Ally überhörte das und ging in die Küche. Das erste, was sie sah, war ein Stapel schmutzigen Geschirrs auf der Spülmaschine und eine Bratpfanne, die man ihr lächerlicherweise als nichthaftend verkauft hatte und die nun von dicker, eingebrannter, gelblicher Schmiere überzogen war, da niemand sich die Mühe gemacht hatte, sie wenigstens im Spülbecken einzuweichen.

»Das war nicht ich, das war Janey«, versicherte Jess. »Sie hat mitten in der Nacht einen Hungeranfall bekommen und sich um zwei Uhr morgens einen Microprotein-Big-Mac fabriziert.«

»Und die Omelett-Pfanne?«

»Gut, okay, das war ich. Ich habe mich an Crêpes Suzette versucht.«

»Morgens um zwei Crêpes Suzette?«

»Ich dachte, du wolltest mich dazu bringen, vernünftige Sachen zu essen.«

»Crêpes Suzette sind nichts Vernünftiges. Sie bestehen nur aus Kalorien mit Alkohol obendrauf.«

»Njam, njam! Kein Wunder, daß sie mir geschmeckt haben. Was machst du da?«

Ally hatte zwei große Zettel geholt und sich an den Tisch gesetzt. »Ich will eine Notiz an die Spülmaschine hängen.« In großen Lettern schrieb sie ›REIN, NICHT DRAUF‹ und befestigte den Zettel an der Klappe. Dann fing sie an, das andere Blatt in Spalten zu unterteilen.

»Verehrteste Mutter«, begann Jess und sah ihr argwöhnisch zu, »das wird nicht zufällig ein Haushaltsplan?«

»Du hast also doch ein Gehirn zwischen deinen Kopfhörern. Du und deine Schwester werdet mir in Zukunft bei der Hausarbeit helfen.«

»Und was ist mit Dad?«

»Der auch. Er wird hier unten stehen, sobald er merkt, daß ich ihm keine Tasse Tee gebracht habe.«

»Tut mir leid, Mum.« Jess erhob sich und schob sich auf die Tür zu. »Ich bin Feministin. Wir glauben nicht an Hausarbeit.«

»Räum die Spülmaschine aus!« befahl Ally in einem ungewohnt zornigen Ton.

»Okay, okay.« Jess machte die Klappe auf und fing an, das saubere Geschirr auf dem Tisch zu stapeln. »Mum?«

»Ja?« Ally wappnete sich gegen die nächste lahme Ausflucht.

»Wie viele Feministinnen sind nötig, um einen Witz zu erzählen?«

»Ich weiß nicht. Wie viele denn?«

»Zehn.« Jess stellte noch einen Teller auf den Stapel. »Eine erzählt den Witz, und die anderen zehn sagen: ›Ich weiß nicht, was daran witzig sein soll.‹«

Sie lachten immer noch, als Matt, in Morgenmantel und Hausschuhen, den Kopf in die Tür steckte. »Gibt's vielleicht eine Tasse Tee?« fragte er hoffnungsvoll.

Jess sog hörbar den Atem ein. »Keine Ahnung, Dad. Was sagt denn der Haushaltsplan?«

Ally bedachte sie mit einem finsteren Blick.

»Aber natürlich kannst du eine Tasse Tee haben, mein Liebling. Der Wasserkessel steht da drüben, und der Tee ist in der Büchse, auf der TEE steht. Du gibst einfach den Teebeutel in die Tasse und gießt mit Wasser auf.«

Matt wußte, wann er sich geschlagen geben mußte. »Was ist denn das?« Er zeigte auf den Zettel.

»Das ist der Haushaltsplan.« Jess nahm ihn in die Hand und studierte ihn.

»Wofür in aller Welt brauchen wir einen Haushaltsplan? Wir haben doch dreimal die Woche eine Putzfrau.«

»Haben wir nicht«, korrigierte Jess. »Wir haben Mrs. O'Shock.«

Ally staunte zum hundertstenmal über die Unfähigkeit oder vielmehr Weigerung des männlichen Gehirns, sich vor Augen zu führen, wieviel Arbeit es machte, einen Haushalt zu führen. Männer schienen zu glauben, daß sich schmutzige Wäsche wie von Zauberhand in saubere Unterhosen verwandelte, Spülmaschinen sich irgendwie selbst ausräumten und Klopapierrollen sich auf mysteriöse Weise selbst ersetzten.

»Mrs. O'Shock kommt dreimal die Woche. Die Spülmaschine muß dreimal am Tag ausgeräumt werden.«

»Ehrlich?« Matt nahm den Tellerstapel, den Jess aufgetürmt hatte und schlich auf der Suche nach einem Platz dafür herum wie ein blinder Jagdhund, der gern helfen möchte und den falschen Fasan apportiert.

»Hör mal, Mum«, sagte Jess argwöhnisch. »Janey und ich sind einmal täglich für die Spülmaschine dran, und Dad muß nur jeden zweiten Dienstag den Müll raustragen!«

»Ja. Nun.« Ally schaute verlegen. »Ich dachte, ich sollte ihn langsam anlernen. Übrigens, wo ist Janey eigentlich?«

»Schläft noch.«

»Wie wär's, Jessy?« Ally öffnete den Kühlschrank und holte einen Lachs heraus. »Schneide ein paar Karotten, ja? In einer Stunde ist es Zeit fürs Mittagessen.«

Doch Jess hatte sich bereits in die Stellenanzeigen in der *Sunday Times* vertieft. »Du hast doch gesagt, du willst einen Job. Hier ist was Tolles für dich, Mum. ›Dynamischer Industriekapitän sucht Mädchen für alles, die ihm das Büro führt und sein Leben organisiert.‹ Oder hier, hör dir das an! Laura Ashley sucht eine Leiterin für die PR-Abteilung. Dafür wärst du ideal. Dad hat schon immer gesagt, du solltest zum Fernsehquiz gehen und dir Fragen über den Laura-Ashley-Katalog stellen lassen. Warum bewirbst du dich nicht?«

Matt sah von der farbigen Sonntagsbeilage auf. »Was ist das für ein Gerede, daß du dir einen Job suchen willst? Davon hast du ja noch gar nichts gesagt.«

»Ich hab's auch erst gestern beschlossen.« Sie reichte ihm einen Beutel neue Kartoffeln und einen Kartoffelschäler. »Susie kommt nachher vorbei und hilft mir, einen Lebenslauf zu verfassen.«

»Was für einen Job willst du denn?«

»Keine Ahnung. Irgend etwas, das mein Hirn wieder auf Trab bringt und sich mit Janey und Jess in Einklang bringen läßt.«

»Aber Ally, Liebes.« Matt stand auf und schlang die Arme um sie. »Du hast doch schon einen Job. Du kümmerst dich um mich.«

Über seine Schulter hinweg sah Ally, wie Jess so tat, als würde sie sich würgen, und kicherte. »Das weiß ich doch.« Sie tätschelte ihn liebevoll. »Die Bezahlung ist ja auch hervorragend. Aber schau dir mal die Aufstiegschancen an.«

Das Klingeln an der Türglocke ersparte ihnen weitere Diskussionen. Aus ihrem Korb unter dem Tisch begann Sox wie verrückt zu bellen.

»Wer ist denn das?« fragte Matt, und ihm wurde bewußt, daß er noch den Morgenmantel anhatte.

»Meine Mutter. Ich habe ganz vergessen, dir zu sagen, daß sie zum Mittagessen kommt.«

»Oh, traumhaft. Ich wollte eigentlich heute nachmittag das Rugby-Match sehen.«

»Das schaut sie sich mit dir zusammen an. Sie liebt stramme Schenkel.«

Matt entschwand unauffällig nach oben, um sich umzuziehen, als Elizabeths gräßlicher Pudel in den Raum geschossen kam.

»Granola, hallo!« Jess stürzte sich ihrer Großmutter in die Arme, und Bitzer stürzte sich auf Sox.

»Runter da, du fürchterliches Vieh!« Elizabeth versetzte ihm einen Klaps mit dem Wirtschaftsteil der Zeitung. Da er voll war mit den ganzen Meldungen über Firmen, die Konkurs anmeldeten, war er ganz schön dick. Bitzer jaulte.

»Was ist denn das?« Der Plan, den Ally an die Pinnwand geheftet hatte, entging Elizabeths Adlerauge nicht.

»Entsetzlich, was, Großmutter? Mum zwingt uns zur Hausarbeit.« Scharfsinnig wie sie war, hatte Jess genau vorhergesehen, wie ihre Großmutter reagieren würde.

»Allegra! Du läßt doch nicht etwa Matt im Haushalt mithelfen?« Empört schnaubte sie ihre Tochter an, während Ally sich bemühte, acht verschiedene Dinge gleichzeitig zu tun, wobei ihr niemand Hilfe anbot. »Womöglich versuchst du noch, so einen schrecklichen ›Neuen Mann‹ aus ihm zu machen.«

Ally lachte hohl.

»Das darfst du nicht, Allegra. Er ist so charmant. Er ist einer der wenigen Männer, in deren Gesellschaft man sich noch wohl fühlt.«

»O ja, Matt ist allerdings ein richtiger Mann. Das merkt man schon daran, daß er um Viertel vor eins noch den Morgenmantel anhat.« Ally rührte die Sauce Hollandaise um und behielt den Lachs im Auge, der sachte im Topf köchelte. »Ein bißchen mitzuhelfen kann ihm nicht schaden.«

»Allegra.« Ihre Mutter fixierte sie mit einem unheilschwangeren Blick. »Du hast dich verändert.«

»Findest du wirklich, Mutter?« Ally sah ihre Mutter heiter an. »Sagst du das nicht nur aus Höflichkeit?«

Glücklicherweise ging die Antwort ihrer Mutter unter, als Matt mit seiner schmutzigen Wäsche hereinkam.

»Die Waschmaschine ist dort drüben, Liebling.« Ally zeigte in Richtung des Arbeitsraumes.

»Ich weiß, wo die Waschmaschine steht, Allegra«, wies Matt sie beleidigt zurecht.

»Warum«, fragte Ally und rührte auf einmal ungewöhnlich heftig in der Sauce, »steckst du dann alles in den Trockner?«

Elizabeth beeilte sich, ihm Beistand zu leisten. »Matt, mein Guter, laß mich das machen.«

»Mutter, laß das!« rief Ally entnervt. »Es sind genau solche Mütter wie du, die daran schuld sind, daß die Männer nicht wissen, wo die Küche ist.«

»Elizabeth, ich hab' dich gar nicht gesehen«, log Matt und ließ es zu, daß sie ihm die Wäsche aus den Händen nahm und in die Waschmaschine stopfte. »Wie machen sich die neuen Beißerchen?« Ally sah, wie ihre Mutter angesichts von Matts Interesse an ihren falschen Zähnen dahinschmolz. »Machen sie dir Ärger?«

Ally schlug die Augen zum Himmel, als die beiden eine längere Erörterung anfingen. Matt war erstaunlich. Er brachte es fertig, den ganzen Morgen durch extremen Egoismus zu glänzen und dann ihre Mutter in Grund und Boden zu becircen, weil er daran dachte, sich nach ihrem Gebiß zu erkundigen. Männer!

»Jess, könntest du den Tisch decken und Janey rufen?« Ally hob den Lachs aus dem Topf und manövrierte ihn vorsichtig auf die Platte, die sie im Ofen vorgewärmt hatte.

»Ach, Mum, warum läßt du sie nicht schlafen? Sie hält uns doch bloß wieder einen Vortrag darüber, daß wir Gottes stummen Geschöpfen Leid zufügen.«

»Aber es ist ein Lachs! Das sind Kaltblüter.«

»Weißt du, Mum«, Jess lieferte eine perfekte Imitation von Janey in ihren ökomanischsten Momenten, »auch Fische haben Gefühle.«

Ally setzte sich an das eine Ende des riesigen Eschentisches und sah Matt zu, wie er geschäftig die Weinflasche entkorkte. Warum betrachteten Männer manche Verrichtungen im Haushalt als maskulin, während sie andere nicht einmal mit der Kohlenzange anfassen würden? Sie hatte schon mit dem Gedanken gespielt, eine Abhandlung über »Männer und Tranchieren« zu verfassen, nachdem sie gelesen hatte, daß Männer in der viktorianischen Ära in ihrem eigenen Haus stets selbst den Braten tranchierten, hatten sie aber eine Geliebte, so übernahm sie diese Aufgabe. Tranchieren hatte, ebenso wie das Verkorken von Flaschenhälsen, offensichtlich irgendeine verborgene sexuelle Bedeutung.

Als sie mit dem Lachs fertig waren, servierte Ally das Dessert. Matt wandte sich an seine Schwiegermutter. »Also, Elizabeth, was hältst du denn von Allys Entschluß, wieder arbeiten zu gehen?«

Elizabeth erstickte beinahe an der Crème brûlée, die sie gerade im Mund hatte, und die Ally am Tag vor dem Selbstsicherheitsseminar gezaubert hatte. »Liebes, du hast doch wohl nicht vor, dir einen Job zu suchen? Was ist denn dann mit Matt und den Mädchen?«

Ally funkelte Matt an. Sie hatte geplant, ihre Mutter langsam darauf vorzubereiten. »Ich bin sicher, sie werden es überleben.«

»Und außerdem«, fuhr Elizabeth fort und befühlte den Brie, um zu sehen, ob er reif genug für ihre hohen Ansprüche war. »Was, in aller Welt, könntest du denn schon arbeiten?«

Ally wußte noch gut, welch geringes Interesse ihre Mutter seit jeher an ihren Leistungen gezeigt hatte. Die Fortschritte ihrer jeweiligen Freunde waren immer in den Himmel gelobt worden, während ihre eigenen mit einer gelangweilt hochgezogenen Augenbraue quittiert wurden.

»Vielen Dank, Mum.« Ally knallte die Teller beim Abräumen gegeneinander. »Ich wußte ja, daß ich mich auf deine Unterstützung verlassen kann.«

5. Kapitel

»Okay, dann listen wir mal deine Kenntnisse auf.« Den Bleistift in der Hand, beugte sich Susie über den Block.

Allys Kopf war wie leergefegt. Was für Kenntnisse besaß sie denn? Ihr fiel keine einzige marktgerechte Fertigkeit ein. »Ich glaube, ich habe gar keine.«

»Doch, hast du schon.« Jess sah von der Kummerkasten-Seite des *Cosmopolitan* auf. »Du machst eine traumhafte Crème brûlée, und im Bettenbauen bist du unübertroffen.«

Ally brach in Gelächter aus. »Nun, immerhin ein Anfang. Vielleicht sollte ich Küche und Service in einer Fünf-Sterne-Klinik übernehmen.«

»Zurück zu den Grundlagen. Ausbildung?«

»Als Journalistin. Vor neunzehn Jahren.«

»Hast du Steno gelernt?«

»Ja, aber das kann ich nicht mehr.«

»Das könntest du auffrischen. Gut. Steno. Noch irgendwas?«

»Tja, eine Zeitlang habe ich auf MidWest TV die Nachrichten gesprochen, und als Jess in die Schule kam, habe ich einen Kurs für Eheberatung gemacht.«

»Tatsächlich?« Susie war fasziniert. »Das wußte ich gar nicht. Hat es was genützt?«

»O ja, ungemein. Jetzt weiß ich wenigstens einen Fachausdruck für alles, was mit unserer Ehe nicht stimmt.«

Susie kicherte. »Gut. Ich glaube, das reicht für einen Lebenslauf.«

»Aber du hast doch fast keine Fakten.«

»Fakten?« Susie stand auf. »Wer braucht schon Fakten? Ich war in der Werbung, vergiß das nicht. Komm, Jess, zeig mir mal, wie dein kostbarer Computer funktioniert.«

Als Susie ihr eine Stunde später den Lebenslauf in die Hand drückte, den sie und Jess ausgearbeitet hatten, konnte Ally es kaum fassen. Irgendwie hatte Susie sämtliche Bruchstücke jahrealter Berufserfahrung verquickt, so daß Ally fast hochqualifiziert erschien. Sogar die Zeit, in der sie nicht berufstätig gewesen war, um sich um die Kinder zu kümmern und den Haushalt zu führen, nahm sich wie eine nützliche, praxisbezogene Schulung aus.

»Susie, du bist ein Genie!« Sie fiel ihrer Freundin um den Hals. »Damit komme ich mir schon fast vermittelbar vor.«

»Du *bist* vermittelbar. Weißt du noch, was Barbara in dem Seminar gesagt hat? Du machst einen wesentlich selbstbewußteren Eindruck, als du glaubst. So, jetzt ist die große Frage« – sie schwenkte den Lebenslauf triumphierend in der Luft –, »an welche glücklichen Arbeitgeber wir das schicken?«

Auf der Fahrt zum Studio dachte Matt darüber nach, wie Ally wohl mit ihrer Jobsuche vorankommen würde. Tagelang hatten sie überlegt, was sie tun könnte. Ally meinte schließlich, daß sie gerne beim lokalen Kulturreferat oder im Museumsbereich tätig wäre. Er hatte ihr geraten, ein oder zwei Tage pro Woche für eine gemeinnützige Einrichtung zu arbeiten. Dort freute man sich immer über prominente Namen, vor allem wenn sie nichts kosteten. Doch Ally hatte entgegnet, daß sie einen richtigen Job mit einem Gehalt wolle, egal wie niedrig es war.

Es war nun schon fast drei Wochen her, daß sie ihre Bewerbungsschreiben verschickt hatte, und soweit er wußte, waren noch keine Reaktionen gekommen. In dem von Ally gewählten Bereich war die Konkurrenz groß, und er hoffte, daß ihr keine Enttäuschung bevorstand.

Matt ließ das Verdeck herunter, damit die strahlende Sommersonne hereinscheinen konnte. Erst jetzt wurde ihm langsam bewußt, was er sich bisher nie hatte eingestehen wollen: Ihm gefiel es recht gut, daß Ally zu Hause war.

Als er sich in den Verkehrsfluß der Haupteinfallstraße in die Stadt einreihte, holte er seine Sonnenbrille aus der Jackentasche. Matt fuhr gerne selbst, doch hier gab es öfter Staus, und eine halbe Stunde lang festzusitzen, während die Insassen aus jedem zweiten Auto brüllten »Matt, Matt, du bist es doch, oder nicht, Matt?«, konnte etwas anstrengend werden. Im großen und ganzen aber hatte er Glück mit seinen Fans. Sie waren meist weiblich und kamen zu jeder Show ins Studio, da sie hofften, er würde ihnen einen Blick zuwerfen oder sich an ihre Namen erinnern. Und auch daß er angehimmelt wurde oder alle Jubeljahre mit der Post ein Höschen mit daraufgeschriebener Telefonnummer zugesandt bekam, empfand er lediglich als amüsant.

Matt wandte seine Gedanken von seinen treuen Anhängerinnen weg und einem weit gravierenderen Problem zu: Wie konnte er verhindern, daß Danny Wilde ihnen noch mehr Zuschauer wegnahm? Vielleicht sollte er bald einmal Stephen Cartwright, den Programmdirektor von Century, und seine Frau zum Essen einladen. Dann könnte er versuchen, Stephen sanft dazu zu drängen, ihm eine stärkere Bildschirmpräsenz zu verschaffen, wie Danny Wilde sie zum Beispiel hatte. Außerdem war da noch die kleine Frage, wie man die Show aufpeppen und Bernie Long die dafür nötige Zustimmung abringen könnte.

Nachdem Matt und die Kinder aus dem Haus waren, saß Ally über ihrem Kaffee und umringelte die Stellenangebote in der Zeitung, die halbwegs interessant klangen. Vielleicht lohnte es sich ja, sich auf so viele wie möglich zu bewerben und zu versuchen, einige Vorstellungsgespräche zu absolvieren, um Übung zu bekommen. Darin hatte sie nämlich nicht viel Erfahrung.

Sie seufzte kurz und versuchte, ihren Optimismus aufrechtzuerhalten. Seit drei Wochen sauste sie nun schon Morgen für Morgen hinunter, wenn die Post eintraf, und nichts war gekommen. Nicht einmal ein Ablehnungsschreiben oder eine Eingangsbestätigung. Wie konnte sie auch auf die Idee verfallen, ausgerechnet während der schlimmsten Rezession seit fünfzig Jahren einen Job zu suchen.

Sie schüttelte diese schwarzmalenden Gedanken ab, räumte die Spülmaschine ein und griff nach ihrem Schreibblock, um noch ein paar Bewerbungen zu verfassen.

Matt war gerade auf dem Weg zu Bernie, um ihn wenigstens zu ein paar Veränderungen zu bewegen, als Belinda hinter der Tür des Kopierraums auftauchte und ihn hineinwinkte. Sie hielt einen Aktendeckel an die Brust gepreßt und sah sich nervös um. Als Matt im Raum war, schloß sie die Tür hinter ihm.

»Was hecken wir denn aus?« Matt fühlte sich bei solchen Aktionen immer unwohl. »Die Oktoberrevolution?«

Belindas Anspannung ließ ein wenig nach. »Diese verdammten Großraumbüros! Nirgends ist man ungestört. Die meisten weichen aufs Damenklo aus, aber dorthin kann ich dich ja kaum schleppen, oder? Ich habe ein bißchen über deine Idee nachgedacht, das Konzept aufzupeppen. So kann man mehr Pfiff in die Show bringen.« Sie drückte ihm ein Blatt Papier in die Hand. Darauf waren einige von Grund auf neue Ideen angeführt, und Matt sah sofort, daß sie gut waren, daß Belinda seine Unzufriedenheit begriffen hatte und nun auf seine Stärken einging.

»Hör mal, Matt, ich weiß, daß du mit Bernie Long befreundet bist und ihr schon seit Jahren zusammenarbeitet, aber er ist einfach nicht mehr auf dem laufenden.« Belinda senkte die Stimme ein wenig. »Er wird niemals irgendeinen von diesen Vorschlägen absegnen. ich finde, wir sollten ihn aus dem Spiel lassen und uns direkt an Stephen wenden.«

Matt gab ihr das Blatt zurück. »Da sind ein paar phantastische Ideen dabei. Aber ich bin nicht bereit, Bernie zu hintergehen. Ich möchte lieber versuchen, ihn auf unsere Seite zu ziehen. Ich weiß, daß du ihn für eine Null hältst, aber er hat den besten Riecher in der ganzen Branche.«

»Okay.« Belinda wußte, daß sie keine Wahl hatte. Sie brauchte Matts Unterstützung. »Aber du solltest bald damit anfangen. Damit uns nicht die Puste ausgeht.« Sie schaute noch einmal auf das Blatt in ihrer Hand. Ihren ganzen Nachtschlaf hatte sie dafür geopfert. »Möchtest du eine Kopie?«

Als sie sich hinüberbeugte, um das Blatt in den Kopierer zu legen, hielt sie einen Moment inne und berührte ihn leicht am Arm. »Wir verstehen uns, Matt. Wir denken gleich. Wir könnten die Show zur aufregendsten Fernsehsendung überhaupt machen.«

Matt erwiderte ihren Blick für einen Moment. Sie steckte so voller Überzeugung und Gewißheit. Er war nicht an Frauen gewöhnt, die wie sie wußten, was sie wollten und es auch einforderten. Doch er bewunderte sie dafür.

Sie stand nun so dicht neben ihm, daß er beinahe die Wärme ihres Körpers spüren konnte. Beim Einatmen nahm er den Moschusduft ihres Parfüms wahr.

»Ja«, sagte er leise. »Ja, ich weiß.«

»Gut.« Belindas breiter Mund verzog sich langsam zu einem Lächeln und bildete dabei einen sinnlichen, nach oben geschwungenen Bogen. »Dann sind wir uns ja einig.« Sie wandte sich ab, auf einmal wieder dynamisch und geschäftig, und öffnete die Tür.

»Belinda?« Matt erwischte sie gerade noch.

»Ja, Matt?«

»Willst du nicht lieber deine Kopie mitnehmen?« Seine Augen funkelten spöttisch. »Man weiß nie, wer das sonst noch alles lesen könnte.«

Verwirrt drehte Belinda sich um. Sie war entsetzt darüber, daß sie ein so geheimes Dokument beinahe an einem Ort liegengelassen hätte, wo es jedem in die Hände fallen konnte. Widerstrebend begann sie zu lächeln. Ihr war klar, daß Matt ganz unbemerkt die Kontrolle über die Situation zurückgewonnen hatte. Und das war etwas, das *sie* nicht gewohnt war.

»Ich habe ein Vorstellungsgespräch!« Ally tanzte quer durch die Küche und schwenkte Matt und den Mädchen den Brief entgegen. »Endlich habe ich ein Vorstellungsgespräch!«

»Sagenhaft.« Matt schnappte sich den Brief, um ihn in Augenschein zu nehmen. »Und wofür?«

»Werbeleiterin bei *English Inheritance*.«

Jess lugte ihrer Mutter über die Schulter. »Ist das nicht der Verein, der die Herrenhäuser und so was verwaltet? Mensch, Janey, da könntest du deinen achtzehnten Geburtstag auf einem Schloß feiern!«

»Jetzt mal halblang.« Ally fuhr Jess liebevoll durchs Haar. »Es ist ja nur ein Vorstellungsgespräch.«

»Aber wenn sie dich sehen und merken, wie nett und begabt du bist...«

»Und mit wem du verheiratet bist«, fügte Janey zynisch hinzu.

»...*mußt* du den Job einfach kriegen!«

»Ich erzähle ihnen doch nicht, mit wem ich verheiratet bin«, wies Ally sie zurecht. »Ich habe mich unter meinem Mädchennamen beworben.«

»Ein feiner Zug von dir, Mum«, meinte Janey beifällig. »Beziehungen spielen zu lassen ist echt daneben.«

»Ach, ich weiß nicht.« Jess grinste. »Ich überlege, ob ich nicht meinen Namen per Absichtserklärung in Jessica, Tochter des Matt, abändere, so wie im Alten Testament.«

»Das brächtest du fertig, du Schleimerin. Wann ist denn das Vorstellungsgespräch?«

Ally nahm Matt den Brief aus den Fingern. »Am Dienstag in zwei Wochen um halb drei.«

»Das erinnert mich an etwas.« Matt holte seinen Terminkalender heraus. »Ich wußte doch, daß da eine Verabredung war. An dem Abend kommen Stephen und Patsy zum Essen. Wäre es dir lieber, wenn ich versuche, es zu verschieben?«

Ally überlegte. »Keine Sorge. Das lenkt mich vom Vorstellungsgespräch ab. Länger als eine Stunde wird es sowieso nicht dauern.«

»Wenn du meinst. Es ist ziemlich wichtig.«

»Man weiß ja nie.« Sie küßte ihn auf den Scheitel und fühlte sich so glücklich wie schon seit Wochen nicht mehr. »Vielleicht ist mir ja sogar nach Feiern zumute. Auch wenn ich den Job nicht bekomme, ist es doch auf jeden Fall ein erster Schritt, oder nicht?«

In den nächsten zwei Wochen steckte Ally jedesmal, wenn Matt nach Hause kam, bis über beide Ohren in Broschüren über English Inheritance.

»Soll ich dir ein paar Fragen stellen?« witzelte Matt und goß sich einen Drink ein. »Welcher Architekt hat Castle Drogo gebaut? Wie viele Touristen stapfen über Land's End? Sollte man die Druiden nach Stonehenge lassen?«

»Bestanden.« Ally streckte die Hand aus und ergriff die seine. »Hey, willst du mir nicht auch einen Drink anbieten?«

»Entschuldige, ich dachte, du mußt einen klaren Kopf behalten. »Wie fühlst du dich denn?«

»Hin und her gerissen zwischen dem Bemühen, mir sämtliche Fakten über English Inheritance einzupauken und dem Versuch, meinen Kopf freizuhalten, um spontan sein und auf Unerwartetes reagieren zu können.«

»Ich bin sicher, daß du umwerfend sein wirst.« Er setzte ein verruchtes Grinsen auf. »Und wenn du den Job nicht kriegst, hast du ja immer noch mich.«

»Ja.« Ally entwand ihm die Abendzeitung und setzte sich auf seinen Schoß. »Aber ob mir das genug ist?«

Als sie am nächsten Morgen aufwachte, sah Ally Matt neben dem Bett stehen und eine Tasse Tee für sie einschenken. Sie riß die Augen auf. »Bin ich schon tot und im Himmel?«

Matt überhörte das. »Du mußt unbedingt ordentlich frühstücken heute morgen. Eier mit Speck. Toast. Etwas, was dich für den Tag heute aufmöbelt.«

»Matt, es ist schon fast August.«

»Bei meiner Mutter gab es an dreihundertfünfundsechzig Tagen im Jahr ein warmes Frühstück.«

»Das glaube ich. *Und* sie hat den Preis für die saubersten Mülltonnen gewonnen.«

Matt begann sich anzuziehen. »In all der Aufregung hast du aber nicht vergessen, daß Stephen und Patsy heute abend kommen?«

»Natürlich nicht. Um wieviel Uhr kommen sie denn?«

»Gegen halb acht.«

Ally ließ sich wieder in die Kissen sinken und ging im Geist den Tagesablauf durch. Sie würde eine Gemüseterrine reichen, die zwar sehr zeitaufwendig zu machen war, aber mit ihren drei verschiedenfarbigen Schichten phantastisch aussah. Die konnte sie problemlos heute morgen zaubern. Das Dessert war im Gefrierfach, und das Lamm in Blätterteig hatte sie gestern schon gebacken. Es mußte nur noch aufgewärmt werden.

Dann kam das Vorstellungsgespräch. Sie würde gegen halb eins losfahren müssen. Sie haßte es, in letzter Minute einzutreffen. Matt behauptete immer, sie käme stets so zeitig am Flughafen an, daß sie auch den Flug davor nehmen könnte. Nervös, aber entschlossen, ihr Möglichstes zu tun, sprang sie aus dem Bett.

Doch der Vormittag verlief ganz anders als erwartet. Sowie Matt und die Mädchen das Haus verlassen hatten, ging die Hintertür auf und ihre Mutter schneite herein und bombardierte sie mit Ratschlägen, wie sie das Gespräch führen und was sie tragen sollte. Zuletzt bestand sie noch darauf, Ally solle ihnen sagen, daß sie das Geld eigentlich nicht brauchte und somit zumindest billig wäre.

Als Ally sie endlich los wurde, war es elf Uhr. Sie versuchte, die Ruhe zu bewahren, legte Karotten, Lauch und Spinat für die Terrine bereit und suchte nach der Gelatine. In diesem Moment erschien Susie mit einer Glückwunschkarte und einem Blumenstrauß. Sie erklärte taktvoll, nur fünf Minuten bleiben zu wollen und verabschiedete sich dann nach einer Stunde. Typisch Susie. Nun mußte sie fast schon aufbrechen.

Ally redete sich ein, daß hinterher noch genug Zeit zum Kochen sein würde, und ging nach oben, um sich umzuziehen. Als das Taxi kam, das sie zum Bahnhof bringen sollte, stand sie fertig in der Vorhalle, konservativ – allerdings nicht zu konservativ – gekleidet und froh, daß ihr so wenigstens keine Zeit für eine Panikattacke geblieben war.

Von der Waterloo Station war es nur ein kurzes Stück mit der U-Bahn zur Savile Row, wo English Inheritance seine Büros hatte. Die letzten zehn Minuten verbrachte sie damit, auf und ab zu gehen und die Schneiderläden zu bewundern. Wenn man die Innenlängen von Prinz Charles' Beinen wissen wollte, konnte man sie sicher in einem dieser Etablissements erfahren.

Und dann war es Zeit, hineinzugehen.

»Und wie ist sie so?« Patsy Cartwright, Stephens ultra-direkte amerikanische Ehefrau, blickte über ihre Speisekarte. Sie saßen im Le Caprice, gleich um die Ecke von dem Büro, in dem Ally ihr Gespräch hatte. Patsy war zum Einkaufen in die Stadt gekommen und hatte Stephen bestürmt, sie zum Essen auszuführen. »Auf den Parties habe ich sie immer nur angelächelt, aber nie richtig mit ihr geplaudert.«

»Wer?«

»Allegra Boyd. Unsere Gastgeberin heute abend.«

»Recht charmant.« Stephen schenkte sich noch ein Glas Perrier ein. »Kein streitsüchtiger Typ.«

Patsy grinste. »Nicht so wie ich, meinst du?«

»Nicht so wie du«, stimmte Stephen mit einem Lachen zu. Patsy verabscheute Geschäftsessen; es war ihr zuwider, ständig höflich zu sein und das Richtige sagen zu müssen. Und am verhaßtesten war ihr die Unterstellung, daß sie, nur weil sie zu Hause war, rein gar nichts zu einem Gespräch beitragen konnte.

»Klingt ja nach einem aufregenden Abend.«

»Ach, komm schon. Matt ist sehr unterhaltsam. Die Hälfte aller Frauen in England würde begeistert mit dir tauschen.«

»Ja«, meinte Patsy und entschied sich für Seeteufel im Teigmantel mit Safransauce, »aber ich gehöre zur anderen Hälfte.«

»Wart's ab. Du wirst ihm zu Füßen liegen. Er hat eine ganz unglaubliche Wirkung auf Frauen.«

»Ein richtig altmodischer Chauvi, meinst du? Dann habe ich meine Zweifel«, entgegnete Patsy scharf und nahm einen Schluck von ihrem gekühlten Chardonnay. »Männer mit einer ganz unglaublichen Wirkung auf Frauen sind mir zuwider.«

»Deshalb liebst du ja auch mich.«

»Na, na.« Sie stellte ihr Glas ab und warf ihm einen Kuß zu. »Nicht anbiedern!«

Ally war überrascht und erfreut darüber, wie gut das Gespräch zu laufen schien. Ihr Gegenüber war ein charmanter junger Mann, der überhaupt nicht bedrohlich wirkte. Sie hatten über ihr Interesse an Architektur und Denkmalschutz (darüber hatte Janey ihr einen Vortrag gehalten) gesprochen und darüber, was sie vorschlagen würde, um English Inheritance im In- und Ausland bekannt zu machen. Zweimal hatte Ally der Versuchung widerstanden, auf die Uhr zu sehen, aber als sie es dann doch tat, wobei sie vorgab, etwas in ihrer Tasche zu suchen, sah sie, daß sie schon anderthalb Stunden da war.

Bildete sie sich das nur ein, oder schien ihr Gesprächspartner wirklich von ihr beeindruckt zu sein? Als er schließlich aufstand und sie dachte, damit wäre das Gespräch beendet, überraschte er sie mit dem Vorschlag, gemeinsam kurz in eine Ausstellung zu schauen, die English Inheritance in der Royal Academy hatte.

Bis sie endlich gehen konnte, war es nach halb fünf. Während des ganzen Heimwegs kämpfte sie gegen den immer verlockender werdenden Wunschtraum an, daß sie den Job tatsächlich bekäme. Als sie aus dem Zug stieg, wünschte sie, Stephen und Patsy würden doch an einem anderen Abend kommen. Sie fühlte sich dem Kampf mit einer komplizierten Gemüseterrine in keiner Weise gewachsen. Viel lieber würde sie Susie anrufen und sich mit ihr einen schnellen Drink genehmigen. Sie ging in eine Telefonzelle und verabredete sich mit ihr. Dann stürzte sie in die Lebensmittelabteilung bei Marks & Spencer. Dort prangte tatsächlich eine dreifarbige Gemüseterrine im Regal, zu der auch noch ein Bund orangefarbene und gelbe Kapuzinerkresseblüten zum Garnieren und ein Beutel frische Tomatensauce gehörten. Gelobt sei der Erfinder der Fertigkost, Schutzpatron aller arbeitenden Frauen! Vielleicht war sie ja auch bald eine von ihnen.

Sowie Ally das Haus betreten hatte, nahm sie die Crème brûlée aus dem Gefrierfach und schaltete den Herd an. Dann öffnete sie eine Flasche Weißwein und schenkte sich ein Glas ein. Sie hatte bereits mit Susie eine halbe Flasche getrunken, aber was scherte es sie? Sie fühlte sich gut. Beim Auspacken der Einkaufstüten warf sie einen Blick auf die Küchenuhr. Die Zeit reichte nicht mehr für ein Bad. Aber sie hatte ihre Einsatzbesprechung genossen, und Susie schien die Anzeichen für vielversprechend zu halten.

Ally hatte gerade die letzte Tüte ausgepackt, als sie hörte, wie Matt die Haustür aufsperrte. Er stellte seinen Aktenkoffer ab, kam in die Küche und gab ihr einen Begrüßungskuß. »Was ist denn das? Glaubst du nicht, daß sie beleidigt sein werden, wenn sie fertiggekaufte Speisen vorgesetzt bekommen?«

»Liebling!« Ally war empört. »Für Marks & Spencer gilt das nicht. Das machen alle.« Sie fühlte Ärger in sich hochsteigen und nahm einen großen Schluck Wein. »Ich hatte heute ein bißchen viel um die Ohren, weißt du?«

Plötzlich ging ihm der tiefere Sinn ihrer Bemerkung auf. »Ally. Mein Gott! Entschuldige bitte, Liebes. Wie war es denn?«

»Offen gestanden«, Ally reckte das Kinn in die Höhe und schenkte sich Wein nach, »lief es ziemlich gut. Und jetzt mach dich um Himmels willen nützlich! Sie werden in einer halben Stunde hier sein.«

»Erzähl mir bloß nicht, daß du die verdammte Adresse vergessen hast!« Stephen bellte Patsy wütend an und warf einen Blick auf die Karte, während er das Auto aus dem fließenden Verkehr heraus auf den Grünstreifen lenkte. Sie würden zu spät kommen, verdammt noch mal!

»*Ich* habe die Adresse vergessen?« Patsy starrte ihren Mann ungläubig an. »Er ist doch dein Kollege, nicht meiner. Wieso soll ich seine Adresse haben?«

»Oh, hervorragend!« Stephen war spät aus der Arbeit gekommen, weil er die Zeit nachholen mußte, die ihn das Mittagessen mit Patsy gekostet hatte, und das hatte er nun davon. »Und sie stehen auch garantiert nicht in diesem verfluchten Telefonbuch! Was machen wir denn jetzt?«

»Ich weiß nicht. Du brauchst mich gar nicht anzuschreien. Ich bin nicht deine Sekretärin.«

»Nein«, pflichtete Stephen ihr bei. »Meine Sekretärin hätte die verdammte Adresse gehabt. *Sie* ist schließlich tüchtig. Und überhaupt *will* ich jemanden anschreien.«

»Schau mal, Stephen, du hast jetzt schlechte Laune, weil du lieber den Krimi im Fernsehen angeschaut hättest und weil du weißt, daß Matt Boyd irgend etwas von dir will. Du bist wohl noch gar nicht auf die Idee gekommen, daß ich heute abend auch gern zu Hause geblieben wäre? Da ist übrigens eine Telefonzelle. Jetzt ruf in Gottes Namen deine elende Sekretärin an! Wenn sie so verdammt tüchtig ist, dann wird sie ja Matts Adresse haben.«

Stephen hielt an und ging auf die Telefonzelle zu.

Eine halbe Minute später war er wieder da. »Hast du Kleingeld?«

Patsy rollte mit den Augen und wühlte in ihrer Tasche. Sie waren schon fast eine halbe Stunde zu spät dran. Fünf Minuten später stieg Stephen wieder ein und ließ den Motor an.

»Und? Hatte sie die Adresse?«

»Nein.« Stephen wechselte knirschend die Gänge. »Aber sie meinte, ich solle den Sicherheitsdienst von Century anrufen. Die hatten sie auch tatsächlich, aber sie wollten sie mir nicht geben. Ich mußte erst einen Haufen alberner Fragen beantworten.«

»Ich bin sicher, Matt würde das begrüßen, auch wenn du es nicht gut findest. Wie weit ist es denn?«

»Etwa anderthalb Kilometer diese Straße entlang. Du hast vermutlich nicht an den Wein gedacht, oder?«

»Mein lieber Stephen, zum Abendessen bei einem Mann, der eine halbe Million im Jahr verdient, bringt man keinen Fusel mit. Ich habe einen Blumenstrauß für Allegra besorgt.«

Stephen bog schweigend und mit zusammengepreßten Lippen in Matts Einfahrt ein. Patsy konnte wirklich eine erlesene Giftschleuder sein, wenn sie es darauf anlegte. Es würde ein herrlicher Abend werden.

6. Kapitel

Ally wußte in dem Moment, als sie die Haustür öffnete, daß Patsy und Stephen sich gerade gestritten hatten. Sie strahlten eine gewisse Steifheit aus und sahen einander nicht an. Und als Stephen Patsy am Ellbogen berührte, um sie ins Haus zu geleiten, wich sie kaum merklich zurück. Ally mußte an die unzähligen Male denken, wo sie und Matt sich gestritten hatten. Sie erinnerte sich, daß sie einmal bei einer Essenseinladung gewesen waren, bei der jedes Paar am Tisch sich gerade verkracht hatte.

Der Grund war praktisch immer der gleiche. Ob sie nun zu spät aufgebrochen waren, sich verfahren oder die Adresse vergessen hatten – irgendwie war immer alles die Schuld der Frau. Wie in allen anderen Lebenslagen auch. Allys Erfahrung nach besaßen Männer die unerschütterliche Fähigkeit, die Schuld auf jemand anders zu schieben, und zwar meist auf ihre Frauen.

»Stephen, Patsy. Schön, Sie zu sehen.« Matt führte sie herein. »Meine Frau Allegra kennen Sie ja.«

Ally nahm ihnen die Mäntel ab und hängte sie an die Garderobe.

»Tut uns leid, daß wir zu spät kommen«, entschuldigte sich Stephen. »Wir...«

»Ich weiß.« Ally war klar, daß sie das nicht sagen sollte, aber sie konnte sich nicht zurückhalten. »Sie haben sich unterwegs gestritten. Hatten Sie die Adresse vergessen?«

Patsy und Stephen warfen sich einen kurzen Blick zu. »Woher wissen Sie das?«

»Das passiert uns immer wieder, nicht wahr, Matt? Einmal haben wir ein Paar zum Essen eingeladen, das nicht weiter als bis zur Tiefgarage unter ihrem Haus gekommen ist. Sie hat ihn kritisiert, weil er beinahe an eine Säule gefahren wäre, und das war's dann.«

»Wenigstens haben wir es bis hierher geschafft.« Patsy kicherte und streckte Stephen die Hand hin. Nach kurzem Zögern nahm er sie und gab ihr einen Handkuß.

»Kommen Sie.« Ally wies ihnen den Weg zum Wohnzimmer. »Setzen wir uns und trinken etwas.«

Im Wohnzimmer holte Ally eine Flasche Champagner aus dem Sektkühler.

Patsy hielt ihr ein Glas hin. »Gibt es etwas zu feiern?«

»Ich hatte heute ein Vorstellungsgespräch.«

»Und haben Sie den Job bekommen?«

»Das weiß der Himmel!« Ally lachte und füllte die restlichen drei Gläser. »Ich feiere nur, daß ich mich überhaupt getraut habe.«

Patsy schien überrascht zu sein. »Nun, dann auf Ihr Wohl.«

Ally hob ihr Glas. »Auf mich. Die neue selbstsichere Allegra. Falls sie von Bestand ist.«

Matt sah sie verblüfft an. Er wußte nicht, was heute abend in Ally gefahren war. Sie war wie ausgewechselt. Kokett und kühn. Nicht, daß ihn das störte, es war nur einfach nicht mehr seine gewohnte Ehefrau Ally.

Ally stand auf und ging in die Küche. Patsy folgte ihr.

»Kann ich etwas helfen?« Sie betrachtete die Terrine, die mit der roten Sauce und den gelben Blüten wunderschön angerichtet war. »Faszinierend! Sie müssen Stunden dafür gebraucht haben.«

In Ally regte sich ein leises Schuldgefühl. »Ehrlich gesagt habe ich das Ganze bei Marks & Spencer erstanden. Einschließlich der Kresseblüten!«

Patsy brach in Gelächter aus. »Das ist ja toll! Ich hasse Kochen! Das beeindruckt mich viel mehr, als wenn Sie stundenlang am heimischen Herd geschuftet hätten.«

Sie lächelten sich verschwörerisch zu, und als Ally hinausging, um Matt und Stephen zu sagen, daß das Essen fertig sei, stellte Patsy fest, daß sie Allegra Boyd wesentlich sympathischer fand, als sie erwartet hatte.

Das Essen verlief reibungslos und heiter. Ally führte zum erstenmal ein längeres Gespräch mit Stephen und war erstaunt, wie menschlich er war. Hinter dem harten Manager fand sich sogar eine Spur Verletzlichkeit. Als sie fertig waren, war es bereits zehn Uhr, und Ally schlug vor, den Kaffee im Garten zu trinken.

Matt spazierte mit Stephen davon, um ihm den Garten zu zeigen, während Patsy und Ally unter einem riesigen Jasminbusch Platz nahmen.

»Ich wußte gar nicht, daß Matt gärtnert.«

»Tut er auch nicht.« Ally reichte ihr einen Cognac. »Er möchte Stephen nur dazu überreden, ihm mehr Bildschirmpräsenz zu verschaffen und mehr Trailer für die Show zu senden.«

»Aha.« Patsy nickte. »Stephen hat sich schon so etwas gedacht. Männer sind merkwürdige Wesen. Diese ganzen Machtspielchen. Warum fragen sie nicht frei heraus?«

»Dann würden sie ja eine Schwäche eingestehen.«

»Oh, genau. Das kann man natürlich nicht durchgehen lassen.« Patsy streckte sich und sah nach den Sternen. »Was für eine unglaubliche Nacht. Tja, Mrs. Boyd, Ihr Leben scheint geregelt. Schönes Haus, nette Kinder, berühmter Ehemann. Sie sind bestimmt auf Rosen gebettet.«

Ally lachte. Manche Leute wären sicher schockiert von Patsys Art gewesen, aber ihr gefiel sie.

»Und wie! Nur, daß Matt die meiste Zeit vergißt, daß es mich gibt. Und die netten Kinder werden bald aus dem Haus sein und finden sowieso, daß ich zu viel Getue um sie mache. In Jess' Augen bin ich überfürsorglich und unterbeschäftigt. Deshalb auch das Vorstellungsgespräch heute.«

»Haben Sie noch nie gearbeitet?« Aus Patsys Mund klang es nicht nach Kritik.

»O doch. Witzigerweise habe ich als Nachrichtensprecherin beim Fernsehen angefangen, die jüngste, die es je gab. Ich habe auf Mid-West TV die Meldungen gelesen. Dabei habe ich auch Matt kennengelernt.« Sie schmunzelte bei der Erinnerung. »Damals war ich die große Schau, und die Leute baten *mich* um Autogramme. Ein ganzes Jahr lang war ich berühmter als Matt.«

»Dann waren Sie also ein Fernsehstar!«

»Ja, ich habe sogar Supermärkte eingeweiht.«

»Und dann?«

»Die Kinder. Nach Janey wollten sie mich sogar wieder einstellen, was schon ziemlich bahnbrechend war, aber dann wurde ich mit Jess schwanger, und Matt bekam den Job in London angeboten. Danach wurde er so erfolgreich, daß es mir blödsinnig vorgekommen wäre, weiter zu arbeiten. Er brauchte einen Schlupfwinkel weit weg von dem ganzen Druck, und das waren wir.«

»Und Sie haben nie daran gedacht, eine Modeboutique aufzumachen oder sich mit Inneneinrichtung zu beschäftigen wie all die anderen Ehefrauen? In unserer Straße kommt man kaum noch durch vor lauter Hausfrauen, die kleine Geschäfte betreiben. Nichts allzu Anstrengendes natürlich – schließlich muß ja Zeit für die Maniküre bleiben. Ich bin weit und breit die einzige wirklich faule Schlampe.«

Ally grinste. Patsy gefiel ihr wirklich. »O doch. Ich hatte durchaus meine Unabhängigkeitsphase. Lachen Sie bloß nicht. Als Jess in die Schule kam, habe ich einen Kurs als Eheberaterin gemacht.«

»Wie faszinierend!« Patsy beugte sich vertraulich nach vorn. »Und haben Sie je praktiziert?«

»Eine Zeitlang. Und es hat mir Spaß gemacht. An meiner Schulter heulen sich sowieso alle aus. Anscheinend lade ich einfach dazu ein.«

»Und warum haben Sie aufgehört?«

»Die Klienten fanden mit der Zeit heraus, wer mein Mann war. Einer hat es herausbekommen, als er gerade dabei war, mir seine sexuellen Probleme zu schildern. Und wissen Sie, was er gemacht hat?«

»Keine Ahnung«, sagte Patsy gespannt.

»Er drückte mir sein Exemplar von *Die Wahrheit über den vorzeitigen Samenerguß* in die Hand und fragte, ob Matt es ihm signieren würde.«

Patsy mußte dermaßen lachen, daß ihr das Wasser in die Augen schoß. Diese Allegra war eine tolle Frau! Sie hatte ja keine Ahnung von ihrem Humor gehabt.

Plötzlich wurde Ally unsicher, weil sie so viel von sich erzählte. Sie hob Patsy ihr Glas entgegen. »Genug über mich. Erzählen Sie etwas von sich. Wie lebt es sich denn, wenn man mit dem Big Boß verheiratet ist?«

Patsy rührte in ihrem Kaffee. »So lala. Wir sind sehr glücklich, wenn wir zusammen sind, aber ich sehe ihn ja kaum.« Patsy wunderte sich über sich selbst, daß sie Ally das erzählte. Normalerweise neigte sie nicht zu Geständnissen. Doch irgendwie wußte sie, daß sie Ally vertrauen konnte. »Ich muß gestehen, daß ich ihm nicht gerade eine Stütze bin. Eher ein Pfahl in seinem Fleisch statt eine loyale Gattin. Die Leute von Century langweilen mich zu Tode. Für die ist das Fernsehen der Nabel der Welt.«

»Na, na«, schalt Ally. »Sie haben wirklich die falsche Einstellung. Es ist noch wesentlich wichtiger!« Sie neigte sich ein wenig näher zu Patsy. »Und Kinder wollten Sie nie?«

Ein Anflug von Schmerz huschte über Patsys Gesicht und wurde so schnell von einem Lächeln überdeckt, daß Ally sich fragte, ob sie sich das nur eingebildet hatte.

»Wissen Sie noch, wie W. C. Fields gefragt wurde, ob er Kinder möge? Er hat geantwortet ›Am liebsten gebraten‹, und ich denke so ähnlich.«

»Wirklich?« sagte Ally. »Das überrascht mich. Sie sind ein so warmherziger, witziger Mensch, daß ich Sie für ausgesprochen kinderlieb gehalten hätte.«

Patsy war betroffen. Noch nie hatte irgend jemand ihren Standpunkt angezweifelt. Einen Moment lang starrte sie in ihr Glas. »Offen gestanden«, sagte sie, »konnten wir keine bekommen. Wir haben alles versucht. Tests, Laparoskopie, sogar In-vitro-Fertilisation. Alles Fehlanzeige. Und das schlimmste ist, daß es nicht an Stephen liegt, sondern an mir. Die Ärzte haben ihm gesagt, seine Spermien könnten über den Atlantik schwimmen.« Sie setzte ein ironisches Lächeln auf. »Aber nicht meine Möse hoch.«

Der vulgäre Ausdruck wirkte unpassend, doch Ally war auf der Stelle klar, daß er nur schockieren sollte, um den Schmerz abzutöten. Ohne nachzudenken streckte sie die Hand aus, und Patsy drückte sie kurz, wobei ihr plötzlich bewußt wurde, daß Ally der erste Mensch außerhalb ihrer Familie war, dem sie das erzählt hatte.

Als Matt kurz darauf hinter der Eibenhecke auftauchte, schien es fast wie eine Erleichterung. Er machte einen vergnügten Eindruck. Sein Vorstoß bei Stephen schien erfolgreich gewesen zu sein.

Er setzte sich und schenkte Stephen und sich selbst eine Tasse Kaffee ein. »Also, Liebes«, sagte er. »Wie war denn nun das Vorstellungsgespräch?«

»Ja, erzählen Sie davon«, forderte Patsy sie auf.

»Nun, ich glaube, ich habe ihnen ganz gut gefallen.«

»Seien Sie doch nicht so erstaunt!« Patsy schüttelte den Kopf. »Ihr Engländerinnen verkauft euch unter Wert. Die hätten Sie vom Fleck weg einstellen sollen.«

Ally dachte an Barbara, ihre Selbstvertrauens-Lehrerin. Sie reckte das Kinn in die Höhe und lächelte. »Vielleicht tun sie's ja.«

»Patsy, Liebes«, Stephen zeigte auf seine Uhr, »wir müssen gehen.«

Sie standen auf, und Matt und Ally brachten sie zum Wagen und winkten ihnen nach, als sie davonfuhren.

»Diese Allegra Boyd war wirklich eine Offenbarung!« Patsy drückte auf den Knopf, um die Lehne zurückzustellen und räkelte sich behaglich. Stephen mochte seine Fehler haben, aber zumindest fuhr er den Wagen immer nach Hause. »Eine wunderbare Frau. Sie ist so warmherzig und geistreich, und zugleich hat sie Biß und Witz. Hast du gewußt, daß sie einmal Fernsehstar war und ausgestiegen ist, als die Kinder kamen?« Aus Patsys Stimme konnte man die fein dosierte Empörung über die Unterdrückung der Frau heraushören. »So was nenne ich eine verfluchte Schande. Hoffentlich kriegt sie diesen Job.«

Stephen, der über Matts Bitte um mehr Bildschirmpräsenz nachgedacht hatte, nickte, ohne zugehört zu haben. »Ihr habt euch anscheinend gleich angefreundet. Worüber habt ihr denn geredet?«

»Ach, Frauensachen. Wie wir unsere Jungfräulichkeit verloren und was für große Dinger unsere Männer haben.«

Stephen grinste, als er von der Hauptstraße abbog. Patsy machte es Spaß, obszöne Reden zu führen.

»Offen gestanden«, fuhr Patsy ruhig fort, »hat sie es sogar geschafft, mir aus der Nase zu ziehen, daß ich mich nach einem kleinen Bündel sehne, das mir auf die Schulter spuckt und mir den Nachtschlaf raubt.«

Stephen streckte seine Hand aus und griff nach der ihren. »Tatsächlich? Das hast du doch noch nie jemandem erzählt.«

»Nein.« Die Erinnerung daran war Patsy etwas peinlich. »Wahrscheinlich denkt sie jetzt, ich sei der Typ Frau, die im Stadtbus herumerzählt, wie oft sie schon abgetrieben hat.«

»Das denkt sie bestimmt nicht.« Stephen drückte ihr mitfühlend die Hand. Er wußte genau, daß seine tapfere und couragierte Frau ihre persönliche Tragödie zu begraben versuchte, indem sie Witze darüber riß.

»Wahrscheinlich war ich so redselig, weil sie es geradezu herausfordert.«

Stephen sah zu Patsy hinüber. »Ich weiß. Ich habe ihr zum Schluß von meiner Schlaflosigkeit erzählt.« Er fuhr langsamer, um die Abzweigung nicht zu verpassen. »Ein Jammer, daß sie nicht so jemanden wie sie für *Hello* auftreiben können.« Er sah nach hinten, um den von rechts kommenden Verkehr im Auge zu haben. »Habe ich dir schon erzählt, daß dieser Idiot Bill Ford noch immer keine Kummertante gefunden hat?«

»Nein?« Und wie sie da so in der warmen Dunkelheit saß und sich in das duftende Leder des Sitzes schmiegte, hatte Patsy Cartwright eine Idee. Matt Boyd hatte ihr zwar besser gefallen als erwartet, aber wie die meisten Männer war er sich seiner Frau allzu sicher. Ihm könnte ein wenig Neuorientierung kaum schaden. Und ihr war gerade die ideale Methode dafür eingefallen.

Als sie den Briefträger kommen hörte, stürzte Ally wie jeden Tag seit dem Vorstellungsgespräch hinunter an die Haustür.

Es war ein Riesenstapel Rechnungen gekommen, dazu eingeschweißte Prospekte für den Winterurlaub, obwohl es August war, und Postwurfsendungen, in denen einem erzählt wurde, man sei unter sechs Millionen Menschen ausgewählt worden, eine Ferienwohnung in Mallorca zu besichtigen. Ganz unten lag ein feiner Pergamentumschlag, auf den ein Wappen gedruckt war. Ally hob ihn auf und nahm ihn mit in die Küche.

Matt saß bereits am Tisch und aß ein Milchbrötchen mit Honig. Er sah auf. »Geht's um die Bewerbung?«

Ally nickte und schlitzte den Umschlag mit dem Brotmesser auf. Mit angehaltenem Atem las sie den Brief und gestand sich erstmals ein, wie sehr sie auf eine Zusage hoffte.

Das Schreiben war kurz und sachlich. Ally hatte bei dem Vorstellungsgespräch einen hervorragenden Eindruck gemacht, aber eine der anderen Bewerberinnen hatte aktuellere und eine für diese Position besonders geeignete Berufserfahrung besessen.

Sie lehnte sich zurück und kämpfte mit den Tränen. Es war lächerlich gewesen zu glauben, daß sie so leicht einen Job finden würde. Gehofft hatte sie es aber trotzdem.

»Absage?« fragte Matt. Er nahm den Brief in die Hand.

Jess legte den Wirtschaftsteil der Zeitung beiseite und nahm ihre Mutter in die Arme.

»Ist doch ihr Pech«, verkündete Janey. »Blöder Haufen. Ich wollte meinen Geburtstag sowieso nie auf einem Schloß feiern.»

Ally lächelte und riß sich zusammen. Das Mitgefühl ihrer Familie tat ihr wohl. »Schließlich habe ich ja immer noch euch, oder?«

»Komm schon, Mum, nicht aufgeben.« Jess drückte ihrer Mutter einen Kuß auf den Scheitel. »Es wird sich bestimmt etwas anderes finden.«

»Ich sag' euch was.« Matt steckte den Brief wieder in den Umschlag und erhob sich. »Da heute Samstag ist, könnte ich euch doch einfach zu einem feinen Mittagessen ausführen.«

Als sie am Spätnachmittag zurückkamen, satt, gewärmt von der Sonne und in weinseliger Stimmung, war Ally schon wieder optimistischer. Sie hoffte nur, daß nicht jeder Arbeitgeber auf ›aktueller Berufserfahrung‹ bestand.

Sie beschloß, daß es an der Zeit war, Unkraut zu jäten.

»Mum«, brüllte Jess, die immer als erste am Telefon war, auch wenn es nur einmal geläutet hatte, und manchmal, infolge einer Art jugendlichen siebten Sinns, sogar noch bevor es zu läuten begann, »es ist für dich! Patsy Cartwright.«

Ally ging ins Haus. »Hallo, Patsy.«

»Hallo. Danke für das göttliche Dinner neulich. Und für den Tip mit den Kresseblüten. Die werde ich auf jeden Fall bei unserer nächsten Festivität auftischen.« Patsy lachte. »Aber wie ich mich kenne, wird das erst 1994 sein. Sagen Sie, was ist aus dem Job geworden? Haben Sie ihn bekommen?«

»Nein.« Ally versuchte, es beiläufig klingen zu lassen. »Sie haben jemanden mit mehr Erfahrung genommen.«

»Und ich kann mir auch vorstellen, worin. Diese Fieslinge! Ich wette, es war irgendeine Schnepfe mit einem Diplom in oralem Sex.«

Ally unterdrückte ein Lachen. »Und wie geht es Ihnen?«

»Bestens. Das Gespräch mit Ihnen neulich hat mir gut getan. Ich habe schon zu Stephen gesagt, für eine Britin ist das Mädchen schwer in Ordnung. Sie spricht sogar über ihre Gefühle.«

»Wir sind nicht alle Froschnaturen hier, wissen Sie.«

»Ach, wirklich? Und suchen Sie immer noch einen Job?«

»Allerdings.«

»Okay, ich werde die Augen offenhalten.«

Nachdem sie aufgelegt hatte, betrachtete Patsy ihren im Garten schlummernden Mann. Dieser Augenblick war nicht schlechter als irgendein anderer, um mit ihm zu sprechen. Widerwillig sprang sie über ihren eigenen Schatten und machte ihm eine Tasse seines heißgeliebten Earl-Grey-Tees. Zusammen mit zwei Schokoladenplätzchen stellte sie den Tee auf ein Tablett und trug es hinaus.

Als er sie kommen hörte, schob Stephen seinen Strohhut zurück. »Wie schön du aussiehst mit so einem Tablett in der Hand.«

»Gewöhn dich bloß nicht an den Anblick, Meister. Es handelt sich um ein einmaliges Angebot.« Sie setzte sich neben ihn in einen Korbstuhl. »Ich habe nachgedacht.«

Stephen zog eine Augenbraue hoch und betrachtete das Tablett. »Tatsächlich? Ich nehme an, du wirst mir gleich sagen, worüber.«

»Du hast gesagt, Bill Ford könne keine Kummertante für *Hello* auftreiben.«

Stephen verzog ärgerlich das Gesicht. »Nein, kann er nicht. Wieso? Hattest du mal wieder eine deiner Eingebungen?«

Stephen hatte gelernt, Patsys Vorschläge ernst zu nehmen. Sie tat so, als verachte sie das britische Fernsehen und lache über dessen Anmaßung, das beste auf der Welt zu sein, doch heimlich sah sie viel mehr fern als er. Und sie hatte ein unbestechliches Auge. Schon mehrmals hatte sie einen Neuling entdeckt, der sich als glücklicher Fund für Century erwiesen hatte. Und sie konnten ihre Entdeckungen einkaufen, solange sie noch billig waren.

»Allerdings.« Sie reichte ihm ein Schokoladenplätzchen. »Paß auf, daß es nicht auf deinem weißen Anzug schmilzt, Liebling. Was hältst du von Allegra Boyd?«

»Wie meinst du das, was ich von ihr halte? Sie scheint eine nette

Frau zu sein, warmherzig und einfühlsam. Worauf willst du hinaus?«

»Für *Hello*, meine ich«, sagte Patsy und schüttelte entnervt den Kopf.

Stephen drehte sich um und sah seine Frau erstaunt an. »Patsy, Liebling, Allegra Boyd ist eine Hausfrau. Sie hat keinerlei Fernseherfahrung.«

»O doch, hat sie.« Patsy fand es entsetzlich, wenn Stephen in diesem Ton mit ihr sprach. Es war seine Oberchauvi-Arschloch-Stimme. »Zufällig hat sie ihre berufliche Laufbahn als Nachrichtensprecherin begonnen. Das hat sie mir nach dem Essen erzählt.« Patsy spielte ihren Trumpf aus. »Und sie war einmal Eheberaterin. Sie wäre ideal!«

Stephen schwieg einen Moment. Patsy lächelte ihren Mann geduldig an. Nachdem sie jahrelang der endlosen Erörterung seiner geschäftlichen Probleme gelauscht hatte, wußte sie genau, wie sein Verstand funktionierte.

»Stephen, denk nur an...«

»An was?«

»An die ganze wunderhübsche Publicity, die du bekommst, wenn du die Frau von Matt Boyd als Kummertante engagierst.«

Stephen dachte darüber nach. Alles, was Patsy über Allegra Boyd gesagt hatte, stimmte. Sie war warmherzig und hatte Witz, ohne einschüchternd zu wirken. Schließlich wollten sie ja tatsächlich ein ganz neues Gesicht und einen neuen Typ. Einen Moment lang fragte er sich, was Matt von der Idee halten würde. Tja, dieses eine Mal pfiff er auf Matt! Er war sowieso eine Nervensäge.

»Weißt du was, Patsy, mein Liebling, du könntest recht haben. Ich rufe gleich Bill Ford an. Das dürfte sein Wochenende ruinieren. So muß er wenigstens einmal etwas tun – nämlich sie anrufen.«

»Selbstverständlich habe ich recht, Süßer.« Patsy beugte sich hinüber und gab ihm einen Kuß. »Ich habe immer recht. Was, in aller Welt, würdest du bloß ohne mich anfangen?«

Als sie sich, umgeben von den Sonntagszeitungen, wohlig in der Sonne aalte, hörte Ally das Auto ihrer Mutter in die Einfahrt einbiegen und wünschte sich, sie hätte die Gewohnheit nicht so einreißen lassen, daß sie ständig zum Sonntagsessen zu ihnen kam. Die ersten paar Male war es noch nett gewesen, und alle hatten den beruhigenden Eindruck gehabt, eine richtige Familie zu sein, so wie man sie in Frankreich sah. Doch vielleicht war die durchschnittliche französische Oma nicht ganz so freigiebig mit ihren Ansichten über die Unzulänglichkeiten von allem und jedem, angefangen von der gekauften Mayonnaise bis hin zu Jess' entsetzlichen Tischmanieren. Ally würde sich ein paar sonntägliche Verpflichtungen einfallen lassen müssen, denen sie sich nicht entziehen konnten.

»Hallo, Mutter.« Bitzer bellte, als ihre Mutter aus dem Wagen stieg und Ally einen riesigen Bund Stangenbohnen überreichte. Stangenbohnen hatte sie schon als Kind verabscheut. »Wie geht's?«

»Fürchterlich. Das Gebiß ist ein Martyrium.«

Erfreut sah Ally, wie Matt sich näherte. Er konnte sich um die neuesten Nachrichten über das Gebiß kümmern.

»Ich setze schon mal die Bohnen auf. Möchtest du etwas trinken?«

»Gin Tonic. Ohne Eis und Zitrone.« Ally mixte einen starken Drink, den sie mit lauwarmem Tonic-Water auffüllte, genau wie ihre Mutter es mochte. Sie nippte daran und schüttelte sich. Aber die Generation ihrer Mutter mochte nun einmal deftige Mischungen: Gin und Wermut, trockene Martinis, die so stark waren, daß man sie zum Abbeizen verwenden konnte.

Drinnen klingelte das Telefon. Matt, der hereingekommen war, um Elizabeths Drink zu holen, nahm ab.

»Für dich, Jess!« rief er die Treppe hinauf. »Jemand namens Jeremy. Er möchte wissen, ob du heute abend mit in irgendeine Disco gehst.«

Jess' Kopf tauchte oben am Treppengeländer auf. »Herrje, igitt. Dad, sag ihm, ich sei gestorben. Beulenpest. Plötzlich über Nacht ausgebrochen.«

»Jess«, schalt Ally, »du magst Jeremy. Er ruft dich ständig an.«

»Ich korrigiere, Ma. Er mag *mich*!« brüllte Jess zurück. »Feministinnen wie ich mögen keine Jungs. Wir empfinden sie als tölpelhaft, langweilig und nur an dem einen interessiert. Aber leider kapieren sie das nicht. Sag ihm, ich rufe ihn zurück.« Sie verschwand in Richtung ihres Zimmers. »In zwei Wochen.«

»Jess, du bist gemein zu diesem Jungen!« schimpfte Ally, als Jess endlich zum Mittagessen herunterkam, für das Ally im Garten gedeckt hatte.

»Ich weiß.« Jess grinste und stibitzte eine Garnele aus dem Salat. »Und weißt du, was? Es macht sie nur noch heißer. In fünf Minuten ruft er wieder an, du wirst schon sehen.«

»Das ist ja abstoßend. Solche Mätzchen sind doch seit den fünfziger Jahren out.«

»Nein, sind sie nicht.« Elizabeth trank ihrer Enkelin beifällig zu. »Ich setze sie ständig ein. Ich schaffe es immer noch, nur mit Hilfe meiner Wimpern Türen zu öffnen.« Sie blinzelte verführerisch und sah dabei aus wie eine Tunte, die auf Marlene Dietrich macht.

»Vielleicht solltest du es mal mit der Hand versuchen«, riet Matt. »Das geht wesentlich leichter.«

Jess unterdrückte ein Lachen. Gleichzeitig klingelte das Telefon erneut.

»Geh hin, Mum. Biiitte. Ich verspreche, daß ich ihn zurückrufe.«

»O nein. Jetzt sprichst du mit ihm«, befahl Ally.

Jess holte das schnurlose Telefon aus der Diele und brachte es nach draußen. »Oh, hallo Jeremy. Ich fürchte, Disco ist nicht angesagt. Das Gedröhne halt' ich nicht aus. Kino?« Sie zwinkerte ihrer Großmutter zu. »Da kommt doch nichts Besonderes, oder? Diese ganzen gräßlichen Filme über Jugendliche, die ihre Sexualität entdecken. Ich muß jetzt leider Schluß machen. Wir sind gerade beim Mittagessen, und mein Vater legt großen Wert auf Tischsitten. Bis später dann.«

Die Grausamkeit der Jugend ließ Ally erschaudern. Sie war froh, daß diese Dinge ein für allemal hinter ihr lagen.

Jess, die dünn wie eine Bohnenstange war, lud sich die zweite Portion auf und zog eine dritte in Erwägung.

»Jess, du bist ekelhaft.«

»Denk an die Millionen, die hungern müssen, Mum. Man soll nichts umkommen lassen. Ist noch Hühnchen da?«

Als das Telefon erneut klingelte, schnaubte Matt verärgert und weigerte sich, abzunehmen. »Zum Donnerwetter, Jess, der Typ macht langsam Telefonterror!« Er schob ihr das Telefon hin. »Sag ihm, er soll wenigstens warten, bis wir mit dem Essen fertig sind.«

Mit hoheitsvollem Gebaren nahm Jess den Hörer in die Hand. »Hallo, Jeremy, Jess hier. Okay, gehen wir morgen auf einen Cappuccino.«

Die Stimme am anderen Ende klang verwirrt, und Jess, nun ihrerseits stutzig geworden, hörte einen Moment lang zu.

»Diesmal ist es für dich, Mum.« Sie hielt ihrer Mutter das Telefon hin. »Jemand namens Bill Ford von Century Television. Er sagt, Stephen Cartwright habe ihn gebeten, dich anzurufen.«

Ally warf Matt einen fragenden Blick zu, aber der zuckte mit den Achseln.

Was, in aller Welt, könnte Century Television von ihr wollen?

7. Kapitel

»Verzeihung, würden Sie das noch einmal sagen?« bat Ally. Vielleicht war es ja Susie, die sich am anderen Ende der Leitung einen Scherz erlaubte, um ein bißchen Leben in ihren Sonntag zu bringen. »Sie möchten, daß *ich* vorbeikomme und Probeaufnahmen als Kummertante für die Sendung *Hello* mache?«

Jess begann zu kichern, und Matt sah erstaunt von seinem Teller auf.

»Mein Name ist Bill Ford«, erklärte die Stimme im Telefon. »Ich bin der Produzent von *Hello*. Stephen Cartwright hat mich heute morgen angerufen und mich gebeten, mich sofort mit Ihnen in Verbindung zu setzen. Stephen hat Ihnen sicher erklärt, daß wir für unsere Beratungsschiene jemanden suchen, der ein bißchen anders und nicht unbedingt Fernsehprofi ist.«

»Und Stephen hat *mich* vorgeschlagen?« Ally konnte es immer noch nicht fassen. Der Anruf schien echt zu sein. Stephen hatte sie in keiner Weise auf diesen Überfall vorbereitet.

»Er war sehr angetan von Ihnen. Er meinte, wir sollten Sie so bald wie möglich testen.«

»Tja, ich...« Ally fehlten die Worte. »Das ist sehr freundlich von ihm, aber ich...«

Alles, was dagegen sprach, daß sie eine geeignete Kummertante abgeben könnte, ging ihr durch den Kopf: Sie hatte keine Erfahrung, sie war zu jung, sie hatte zu wenig Berührungspunkte mit dem Leben einfacher Menschen. Eine Kummertante mußte doch bestimmt das sichere Auftreten eines Politikers und die Geduld einer Mutter Teresa besitzen?

Sie sah, wie Matt auf der anderen Seite des Tisches sein Besteck hinlegte und konzentriert lauschte. Plötzlich wurde Ally das Telefon aus den Händen genommen, und sie hörte Jess sprechen.

»Entschuldigen Sie bitte, aber meine Großmutter hat gerade einen Hühnerknochen verschluckt. Wir müssen sofort den Arzt verständigen. Könnte meine Mutter Sie zurückrufen? Herzlichen Dank.«

»Dieses Kind«, befand Elizabeth, »braucht einen Psychiater. Ein unerhörtes Benehmen!«

»Jess«, Ally sah ihre Tochter streng an, »was, um alles in der Welt, soll das?«

»Mum, du warst kurz davor, nein zu sagen. Dieser Bill Dingsbums bietet dir eine Chance, für die die meisten Leute über Leichen gehen würden, und du bist drauf und dran zu sagen, nein, vielen Dank, heute lieber nicht, als wollte er dir eine Versicherung andrehen.« Jess legte das Telefon zur Seite und nahm ihre Mutter bei der Hand. »Denk doch bloß mal einen Moment lang nach, Mum. Seit du diesen Museumsjob nicht gekriegt hast, bläst du Trübsal. Das hier macht womöglich hundertmal mehr Spaß!«

Jessies Logik leuchtete Ally ein. Sie wollte einen Job. Aber vom Bildschirm Ratschläge erteilen? Sie würde vermutlich schauderhaft wirken. Und doch. Die Eheberatung hatte ihr großen Spaß gemacht. Es gab ihr richtig Auftrieb, wenn sie einem Paar auf die Sprünge geholfen hatte. Einen Moment lang spürte sie den Impuls, es einfach zu versuchen, doch dann meldeten sich wieder ihre alten Selbstzweifel.

»Was meinst du, Matt?« Sie sah ihren Mann an, und ihr fiel auf, daß er noch gar nichts gesagt hatte. Doch noch bevor er antworten konnte, hörte sie das schrille Lachen ihrer Mutter.

»Das meinen die doch wohl nicht im Ernst?« fragte Elizabeth und nippte an ihrem Wein. »Also, ich habe noch nie eine so blödsinnige Idee gehört! Du bist ja noch nicht einmal fähig, mit deinen eigenen Problemen fertigzuwerden, geschweige denn mit denen anderer.«

»Du stehst immer voll hinter mir, wenn ich dich brauche, nicht wahr, Mutter?« Die Erinnerung daran, wie sehr ihre Mutter sie stets unterschätzt hatte, ließ Ally jetzt wütend aufbrausen. »Du hattest immer eine solch niedrige Meinung von mir, daß ich jedesmal, wenn mir etwas gelungen war, das Gefühl hatte, dich enttäuscht zu haben.«

Elizabeth starrte Ally ungläubig an und besann sich dann wieder auf die Würde ihres Alters. »Mich geht das sowieso nichts an. Was meint denn Matt? Er ist schließlich derjenige, den es am meisten trifft.«

Auf der Stelle sahen alle drei Frauen Matt an.

Tja, was *meinte* er denn? Ally war tatsächlich warmherzig und einfühlsam, und es stimmte, daß sich alle an ihrer Schulter ausheulten. Ständig war die Küche voller Scheidungsopfer und Teenager, die nicht mit ihren eigenen Eltern reden konnten, aber bis zum Morgengrauen blieben und Ally über ihren Rieseneintöpfen das Herz ausschütteten.

Aber würde sie im Fernsehen gut ankommen? Und – Matt wußte, daß er sich der unbequemen Frage stellen mußte – wollte er das überhaupt? Das Fernsehen war *seine* Welt, und die Familie war sein Hafen, sein Überdruckventil für die Belastungen seines Lebens, in dem er ständig der Öffentlichkeit ausgesetzt war.

»*Möchtest* du denn gern Kummertante sein?« wich er gekonnt aus.

»Warum nicht? Ich fand es schon immer faszinierend, Menschen zuzuhören. Vielleicht würde es mir Spaß machen.«

»Und was ist mit der fernsehtechnischen Seite?« Matt wußte, daß er das nicht sagen sollte, aber er konnte es nicht lassen. »Weißt du, Menschen zum Sprechen zu bringen ist schwieriger, als es aussieht. Es ist etwas anderes, als für MidWest TV die Nachrichten zu verlesen.«

Ally spürte, wie sich erneut der Ärger in ihr regte. Weder ihre Mutter noch ihr Mann glaubten an sie. Beide dachten, sie wäre diesem Job nicht gewachsen.

»So ein Quatsch, du wärst bestimmt hervorragend! Es schleppen doch sowieso immer alle ihre Probleme zu dir. Und so wirst du wenigstens dafür bezahlt.« Jess legte den Arm um ihre Mutter.

»Komm schon, Mum, probier's doch wenigstens erst mal. Du hast nichts zu verlieren. Wenn du gräßlich bist, nehmen sie dich sowieso nicht. Du mußt es wenigstens versuchen. Stell dir bloß vor«, fügte sie hinzu, wie ein Kindermädchen, das einen ganz besonderen Lekkerbissen bereithält, »dann könntest du mit Dad über die Arbeit reden.«

Ally lachte. Wie gut Jess sie kannte! Na schön, warum nicht? Wahrscheinlich würde sie den Job sowieso nicht bekommen, aber wenn sie es nicht versuchte, würde sie sich bis zum Ende ihrer Tage vorwerfen, was sie versäumt hätte.

»Also los.« Sie grinste Jess an und würdigte weder Matt noch ihre Mutter eines Blickes. »Gib mir das Telefon.«

»Hör mal, Mum. Noch einen kleinen Ratschlag, bevor du ihn zurückrufst.«

»Jess, ich bin diejenige, die Ratschläge verteilen soll.«

»Ich weiß, aber du bringst es einfach nicht fertig, hart zu sein. Was auch immer du sagst – es muß sich cool anhören. Er darf nicht auf die Idee kommen, daß du dein Leben lang auf diesen Anruf gewartet hast. Tu so, als wärst du schwer zu kriegen.«

»Jessy, er bittet mich nicht um ein Rendezvous. Wir treffen eine geschäftliche Verabredung.« Sie wünschte, Jess würde ihr nicht ständig das Gefühl vermitteln, sie sei die naive kleine Schwester.

»Das ist genau das gleiche. Je mehr du sie willst, um so weniger wollen sie dich.« Sie reichte Ally das Telefon und murmelte düster: »Denk an Jeremy.«

Ally brauchte einen Moment, bevor sie wußte, was Jess meinte, und bis es so weit war, hatte Bill Ford auch schon den Hörer abgenommen.

»Hallo, Mr. Ford. Hier ist Ally Boyd. Wann möchten Sie denn diese Probeaufnahme machen?«

»Es sollte bald passieren. Donnerstag nachmittag würde uns passen.«

Ally führte sich ihren leeren Terminkalender vor Augen. »Tut mir leid, das geht leider nicht.«

»Freitag vielleicht?«

Der Freitag war so leer, wie der Tag lang war.

»Tut mir leid, Freitag ist unmöglich.«

Sie zog eine Grimasse zu Jess hin, die heftig nickte.

»Wie wäre es mit nächster Woche?« Ally staunte über ihren lässigen Tonfall. »Montag und Dienstag kann ich nicht, aber Mittwoch wäre möglich.«

»Am Mittwoch haben wir unsere Pilotsendung.«

»Könnten wir nicht dabei die Probeaufnahmen machen? Das wäre doch realistischer, oder?« Ally war von ihrer eigenen Kühnheit verblüfft.

Bill Ford zögerte. Sie hatte recht. Es wäre tatsächlich realistischer, wenn sie ihren Probelauf gleich bei der Pilotsendung machte. Dann könnten sie wenigstens feststellen, wie sie mit Maggy Mann und den anderen Moderatoren zurechtkam. Andererseits hätten sie dann fast überhaupt keine Zeit mehr, jemand anderes zu finden, wenn sie ungeeignet war. Das war vermutlich auch genau die Absicht dieser durchtriebenen Nuß. Wenn sie nicht Stephens persönliche Wunschkandidatin gewesen wäre, hätte er ihr gesagt, sie könne ihn mal kreuzweise. Zumindest, so tröstete er sich, war dann auch Stephen dafür verantwortlich, wenn sie auf die Schnauze fiel. Fast wünschte er sich das sogar. Es würde Stephen ganz recht geschehen. Warum mußte er sich auch einmischen!

In dem Moment, als Ally den Hörer auflegte, kam Janey barfuß und verschlafen in den Garten spaziert und hielt sich angesichts der plötzlichen Helligkeit die Hand vor die Augen. Auf der Stelle nahm sie die ungewohnte Spannung, die in der Luft lag, wahr.

»Was ist denn los?« Sie sah von einem zum anderen. »Ist jemand gestorben?«

»Natürlich nicht, du Dussel«, kicherte Jess. »Mum ist gerade gebeten worden, Probeaufnahmen für eine Fernsehsendung zu machen.«

»Aha.« Janey nickte und verstand sofort. »Deshalb sind alle so bestürzt.«

Beschämt von Janeys scharfer Auffassungsgabe, schob Matt seinen Stuhl zurück und sprang auf. Er zog Ally in die Höhe und schloß sie so fest in die Arme, daß sie fast keine Luft mehr bekam. »Und sie wird verdammt umwerfend sein, oder nicht, Allegra?«

Jess zwinkerte Janey zu. »Warte noch eine Woche, und er wird behaupten, es sei seine Idee gewesen.«

Schließlich kämpfte sich Ally aus Matts Umarmung frei und lachte. »Was hältst du denn davon, wenn deine alte Mutter als Kummertante im Fernsehen auftritt?«

»Finde ich gut.« Sie drückte Allys Hand. »Solange du nicht anfängst, *mich* mit Ratschlägen zu überhäufen.«

»Das würde ich nie wagen«, sagte Ally wahrheitsgemäß.

»So.« Janey schnappte sich ein Salatblatt und nagte daran herum. »Dann wird sich hier also einiges ändern.«

»Wahrscheinlich nehmen sie mich sowieso nicht«, meinte Ally. »Sie testen garantiert haufenweise Leute.«

»Komm schon, Dad«, Jess legte tröstend den Arm um ihren Vater. »Kopf hoch. Irgendwann mußte auch dir das passieren. Das ist der unaufhaltsame Vormarsch der Frauen.«

»Ach so, das ist es«, Matt fuhr ihr durchs Haar. »Wenn ich bedenke, daß meine einzige Sorge war, wer mir in Zukunft den Tee macht.«

»Mrs. O'Shock. Sie betet dich an. Was Chauvis angeht, hält sie dich für ein Prachtexemplar.«

Zu Allys Erleichterung schienen am Montag alle die ganze Geschichte vergessen zu haben. Als Matt wegfuhr, winkte sie ihm wie immer im Morgenrock von der Türschwelle aus nach. Aber diesmal empfand sie nicht die übliche Leere, sondern eine Art Vorfreude. Es war wieder ein herrlicher Tag, und sie summte vergnügt vor sich hin. Als sie sich im Garderobenspiegel erblickte, blieb sie kurz stehen. Der jadegrüne Samt des Morgenrocks schmeichelte ihrem Teint. Vielleicht sollte sie zu den Probeaufnahmen Jadegrün tragen?

Sie lachte und mußte an den Rat ihrer Mutter denken, niemals nach halb neun einen Morgenrock zu tragen. Gestern hatte sie ihre Mutter nach dem Grund gefragt, und Elizabeth hatte ihr eröffnet, daß die Leute einen sonst für ein Flittchen halten würden – insbesondere wenn man geschminkt war. Ihre Mutter hatte wirklich ihre Eigenarten. Trotz allem war es sehr untypisch für Ally, sie so anzufahren, wie sie es gestern beim sonntäglichen Mittagessen getan hatte. Aber es war auch befreiend gewesen. Ihr wurde klar, daß dieses Fernsehangebot, so unsicher es auch war, bereits seine Wirkung auf sie ausübte. Und sie mußte zugeben, daß sie diese Wirkung genoß.

»Hallo, spreche ich mit Allegra Boyd? Hier ist Bill Ford. Haben Sie einen Moment Zeit?«

Ally war gerade dabei gewesen, die Wäsche in Buntes, Weißes und Sachen, die Matt nicht einmal in die Nähe von Mrs. O'Shock gelassen hätte, zu sortieren, als das Telefon läutete.

»Ja, kein Problem. Schießen Sie los.« Dann fiel ihr ein, daß sie wohl besser aufschreiben sollte, was er sagte. Warum fand man nie Papier und Bleistift, wenn man es brauchte, und mußte zum Schluß jedesmal mit dem Kajal-Stift auf einen Kontoauszug krakeln?

»Das Konzept für die Pilotsendung sieht so aus, daß wir eine Leserzuschrift auswählen und Sie dann Ihren Rat erteilen. Sie müssen dabei teils zur Kamera gewandt sprechen und teils Maggy Mann, unsere Hauptmoderatorin, ansehen.«

Wie originell, dachte Ally, sagte es aber nicht. Schließlich war nicht sie für die Produktion verantwortlich, sondern er. Bereits jetzt empfand sie eine gewisse Abneigung. Er erinnerte sie ein wenig an einen kleinen Jungen, dem man aufgetragen hatte, seine Oma anzurufen, obwohl er viel lieber im Garten spielen wollte.

»Für den Probelauf nächste Woche haben wir ein Mädchen ausgesucht, das unter dem leidet, was die Seelenklempner Elektra-Syndrom nennen.«

Was, in aller Welt, war das? Ally spürte, wie die Panik in ihr aufstieg. Wie war sie nur auf die Idee gekommen, sie könne so ganz ohne weiteres anderen Leuten Ratschläge geben? Man würde sie als Scharlatanin und Aufschneiderin entlarven. Am besten, sie stand zu ihrer Bildungslücke, sonst käme sie noch in Teufels Küche.

»Was genau *ist* das Elektra-Syndrom?«

»Wenn ein Mädchen tief in ihrem Innersten mit ihrem Vater schlafen möchte, und dann, weil das nicht erlaubt ist, jeden verheirateten Mann bumst, den sie kriegen kann.«

»Ach ja, natürlich.« Ally mußte über seinen teilnahmslosen Tonfall schmunzeln. »Den Typ kenne ich.«

»Vielleicht«, schlug Bill Ford zweifelnd vor, »sollten Sie ein paar Recherchen machen.«

»Um welche Uhrzeit soll ich da sein?«

»Elf Uhr wäre gut. Wir schicken Ihnen einen Wagen.«

»Nur keine Umstände, meine Freundin Susie bringt mich hin.« Sie machte eine Pause. »Um mich moralisch zu unterstützen. Übrigens – was soll ich denn anziehen?«

»Was Sie möchten, Herzchen. Aber denken Sie bitte daran, daß es eine Nachmittagssendung ist, und lassen Sie die Pailletten im Schrank.« Ally hatte ein schickes Hahnentrittkostüm im Sinn, das aussah wie von Chanel, aber von Country Casuals stammte. »Das einzige, was nicht geht, ist blau, weil es sich beim Blue-Box-Verfahren abzeichnet.« Was immer das auch sein mochte – nun war Ally klar, daß es langsam ernst wurde. »Ach, und keine Streifen oder Karos bitte, sonst fängt das Bild zu flimmern an. Möglichst weder Schwarz noch Weiß. Kräftige, klare Farben sind am besten. Rot, Grün oder Gelb.« Damit war das Pseudo-Chanel-Kostüm gestorben. Ally ging im Geist ihre Garderobe durch und suchte nach kräftigen, klaren Farben. Doch Bill Ford war noch nicht fertig. »Und keinen baumelnden Schmuck, es sei denn, Sie möchten klirren wie ein Schloßgespenst. Alles klar?«

Wie dicke Tinte, hätte Ally gerne gesagt.

Während Matt sich noch durch den Montag-Morgen-Verkehr kämpfte, hatte die allwöchentliche Produktionskonferenz bereits begonnen. Als er aus dem Lift stieg, sah er, daß Belinda auf ihn wartete.

»Was ich dich fragen wollte – wie lief es denn mit Stephen?«

»Gut. Er war sehr aufgeschlossen. Er will demnächst jeden Abend einen Trailer senden.«

»Matt...?«

»Ja?«

»Dann sollten wir auch dafür sorgen, daß wir etwas haben, wofür sich zu werben lohnt.«

Ihm war klar, daß das eine Anspielung darauf war, daß er Bernie noch nicht direkt angesprochen hatte. Und sie hatte recht. Es würde langsam Zeit dafür.

Alle blickten sich um, als sie den Raum betraten, und Matt verwünschte sich dafür, daß er nicht so klug gewesen war, allein hereinzukommen. So sah es wie eine Verschwörung aus.

»Bernie, tut mir leid, daß ich zu spät dran bin. Ich wurde aufgehalten.«

Bernie zog eine Augenbraue hoch und sagte nichts. Unterdessen nahm Belinda, die Matt absichtlich nicht ansah, am anderen Ende des Tisches Platz. »Okay, aber laß es bitte nicht einreißen.« Nachdem er gesehen hatte, in wessen Begleitung Matt gekommen war, forderte Bernie seinen Tribut ein. »Wir machen diese Besprechungen hier nicht zum Vergnügen. Wir haben gerade die Organisation für die nächsten Wochen besprochen. Wer liefert mir ein paar zündende Ideen für interessante Gäste?«

Drückendes Schweigen legte sich über den Raum.

Auf einmal überfiel Matt eine ganz untypische depressive Anwandlung. Danny Wilde lief ihm den Rang ab, weil er es wagte, etwas Neues auszuprobieren, während sein eigener Produzent sogar davor zurückschreckte, den Vorspann zu verändern, weil er ja womöglich irgendeiner Oma in Southend so besser gefiel. Im Grunde war Matt in eine Show eingesperrt, die er nicht mehr gerne machte. Und jetzt bekam sogar Ally die Chance, etwas Neues und Aufregendes zu machen.

»Ich habe ein paar Ideen, Bernie.« Belinda sprach in freundlichem und neutralem Tonfall. »Vielleicht möchtest du einen Blick darauf werfen?« Sie reichte ihm das Blatt.

Bernie überflog es. »Belinda, wie oft muß ich es dir noch sagen? Diese Leute sind zu problematisch. Sie passen einfach nicht in die Show.« Sogar Matt konnte sehen, daß Bernie die Liste nicht richtig gelesen hatte.

Belindas Gesichtszüge verhärteten sich.

»Ich finde, daß sie ganz hervorragend in die Show passen. Und ich finde, sie sind genau das, was die Show nötig hat, sonst produzieren wir wieder mal eine Totgeburt.« Sie sah auf, und in ihren dunklen Augen lag ein gefährliches Glitzern. »Und Matt ist auch meiner Meinung, nicht wahr, Matt?«

8. Kapitel

Ally erwachte mit einem Ruck. Ein Gefühl von Panik, wie bei einem Sturz im Traum, durchzuckte sie, und sie setzte sich auf. Es war halb sieben. Sonst wachte sie nie um halb sieben auf. Und dann fiel es ihr wieder ein. Heute fanden die Probeaufnahmen statt.

Matt schlief noch friedlich. Neben ihm im Bett lag sein aufgeklappter Roman, der ihm aus den Händen gefallen war. Was hielt er eigentlich von der ganzen Sache? In der vergangenen Woche war er merkwürdig reserviert gewesen und hatte weder über die Probeaufnahmen noch über irgend etwas anderes viel mit ihr geredet. Sie wußte, daß er sich wegen seiner eigenen Show Sorgen machte und hoffte, daß seine schlechte Laune eher daher kam und nicht, weil er etwas gegen ihren Kameratest hatte.

Sie gestand sich ein, daß es noch einen anderen Grund dafür gab, warum sie nicht ernsthaft mit ihm über die Sache gesprochen hatte. Sie fürchtete, er könne ihr den Mut nehmen. Und im Laufe der vergangenen Woche hatte Ally zu ihrem Erstaunen eines festgestellt: Sie wünschte sich sehnlichst, den Job wirklich zu bekommen.

Als sie in die medizinische Abteilung der Bücherei gegangen war, um sich über das Elektra-Syndrom schlau zu machen, hatte sie sich wieder wie eine Studentin gefühlt, wißbegierig, unbekümmert und frei. In der Bücherei hatte die Bibliothekarin einen großen Stapel von Ausgaben des *British Psychosexual Journal* und eine umfangreiche Enzyklopädie über psychische Störungen für sie ausgegraben. Während sie Seite um Seite des gelehrten Werkes durchblätterte, wurde Ally von zahlreichen Berichten in Bann geschlagen, in denen es um Leute ging, die ihren Kopf durch eine Schlinge steckten, um einen fast tödlichen Orgasmus zu erleben. Sie pinkelten einander an, ohne sich auch nur hinterher die Hände zu waschen, oder fesselten ihre Liebhaber bei lüsternen Spielchen mit Stromkabeln. Hinter den Tüllgardinen und Türen ihrer spießigen Einfamilienhäuschen schienen die Briten hemmungslos alles auszuprobieren. Amüsiert über die außergewöhnlichen Launen des menschlichen Sexualverhaltens, legte Ally die Zeitschrift beiseite. Ob sie den Job nun bekam oder nicht – die Recherchen waren auf jeden Fall erhellend.

Schließlich fand sie einen Artikel über das Elektra-Syndrom. Sie versuchte einen Moment lang, sich Jennifer aus Birmingham vorzustellen, die herumzog und die Ehemänner anderer Frauen verführte, bloß weil sie sie an ihren Daddy erinnerten. Miststück, dachte Ally. Dabei wurde ihr klar, daß es gar nicht so einfach war, Kummertante zu sein. Man durfte keine voreiligen Schlüsse ziehen. Man mußte die Gründe dafür suchen, *warum* jemand dumme, selbstzerstörerische Handlungen beging, die sowohl das eigene Leben als auch das von anderen zu ruinieren drohten. Ally hoffte, daß sie dem gewachsen war.

Jetzt schlüpfte Ally aus dem Bett und ließ sich ein Bad ein. Sobald Matt das Haus verlassen hatte, würde Susie kommen, um sie zum Studio zu bringen. Das Angebot von Century, ihr einen Wagen zu schicken, hatte sie abgelehnt, weil es für sie beruhigender war, von Susies Geplapper abgelenkt zu werden, als eine Stunde lang im Fond eines Autos zu sitzen und an nichts anderes zu denken als an die bevorstehende Tortur. Und sie war nicht in Eile, da sie ja erst gegen elf Uhr dort sein mußte.

Nachdem sie das heiße Badewasser hatte ablaufen lassen, stellte Ally sich in die Wanne und griff zur Handbrause. Sie drehte das Wasser voll auf und stellte den Hebel auf blau. Eiskaltes Wasser strömte über ihre Brüste und nahm ihr den Atem. Seit sie achtzehn war, machte sie das jeden Tag, und es schien gewirkt zu haben. Andere Partien mochten vielleicht nicht mehr so straff sein wie früher, aber ihre Brüste hätten einem jungen Mädchen Ehre gemacht. Plötzlich wurde sie nervös. »Auf keinen Fall«, schärfte sie sich ein, »auf keinen Fall darf ich jetzt die Nerven verlieren.«

»Morgen, Mum.« Jess stand im Bademantel in der Küche und wühlte sich durch die Pakete mit Getreideflocken wie ein Junkie, der einen Schuß braucht. »Wir haben keine Coco Pops mehr.«

»Dann nimm eben etwas anderes. Kleieflocken oder Müsli.«

»Och, Ma, das ist viel zu gesund. Haben wir nichts mehr, was einem schadet?«

»Jess, bring doch bitte Dad diese Tasse Tee hinauf, ja?«

»Warum muß ich immer alles machen?« fragte Jess in gequältem Ton.

»Weil du diejenige bist, die mir ständig vor den Füßen herumläuft, während Janey sich in ihrem Zimmer verbarrikadiert und so laut The Cure laufen läßt, daß sie es nicht hören kann, wenn ich etwas von ihr will.«

»Na gut.« Jess schien diese Logik zu akzeptieren und verschwand nach oben.

Zu Allys Erleichterung schien sich keiner von ihnen an die Bedeutung dieses Tages zu erinnern. Janey schlief noch tief und fest. Wie üblich nutzte sie die Sommerferien dazu, bis zum Morgengrauen aufzubleiben und irgendwelche Videos mit zweifellos sehr unzuträglichem Inhalt anzuschauen.

Matt gab ihr einen Kuß, winkte zum Abschied und fuhr davon. Als sie ihm nachsah, war sie erleichtert, daß er sie nicht geneckt hatte, und zugleich fühlte sie einen nadelspitzen Schmerz, weil niemand in der ganzen Familie Anteil an ihren Belangen zu nehmen schien.

Da kam es ja gerade gelegen, daß sie sich nach einer anderen Aufgabe umsah.

»Hey, du siehst ja toll aus! Ich hab' dich noch nie in Pink gesehen.«

Ally sah, daß die Bewunderung und das Staunen in Susies Augen echt waren, als sie kam, um sie abzuholen.

»Ja. Der Produzent riet mir zu leuchtenden Farben. Komisch, daß ich sonst nie leuchtende Farben trage.«

»Der Produzent hatte recht. Mmm. Sogar den passenden Lippenstift. Ganz die Karrierefrau.«

»Findest du, daß es zuviel ist? Ich möchte nicht wie Joan Crawford aussehen.«

»Ally«, sagte Susie geduldig und legte den Arm um ihre Freundin, »du könntest nie wie Joan Crawford aussehen. Aber du siehst phantastisch aus.«

Ally betrachtete sich im Spiegel, während sie ihre Autoschlüssel nahm und sie Susie in die Hand drückte. Zu ihrer Überraschung stellte sie fest, daß ihre Freundin recht hatte. Sie sah phantastisch aus. Sie beglückwünschte sich zu dieser wertvollen Erkenntnis und schritt in den strahlenden Sonnenschein hinaus. Trotz ihrer Nervosität hatte sie im Hinblick auf den bevorstehenden Tag ein gutes Gefühl. Und falls sie wieder eine Enttäuschung einstecken mußte, wäre sie eben um eine weitere Erfahrung reicher.

»Wer, zum Teufel, ist diese Allegra Boyd?« Maggy Mann, Centurys größter weiblicher Star, lehnte sich im Schminksessel zurück und schloß die Augen. »Ich meine, ich habe noch nie ein Wort von ihr gehört.« Maggy bevorzugte die Komplettbehandlung. Lockenwickler, falsche Wimpern und so weiter. Auch dann, wenn es – wie sooft – dazu führte, daß wegen ihr die Proben verspätet begannen.

»Ich habe keine Ahnung.« Moira, die Produktionsassistentin der Show und Maggys ergebene Klatschbase, schüttelte den Kopf, bis das schwere Gold ihrer Halsketten und Ohrringe laut zu klirren begann.

»Es ist absolut lächerlich.« Maggy sah die Maskenbildnerin an und mußte verärgert feststellen, daß es eine von den jungen war. Warum, in aller Welt, hatte man ihr nicht Elaine zugewiesen, die beste, die es gab, sondern dieses nutzlose Mädchen, das sie nicht kannte? »Ich habe meine Freundin Anne Adamson vom *Sunday Examiner* vorgeschlagen, aber wie üblich wurde ich total ignoriert. Wir brauchen jemand mit Erfahrung, keine blutige Anfängerin. Jede Wette, daß dieser Krüppel von einem Produzenten sie auf einer Party kennengelernt hat und mit ihr ins Bett will.«

»Das würde er nicht wagen.« Moira hielt Maggy ein Kosmetiktuch hin, damit sie den scharlachroten Lippenstift abtupfen konnte, den das Mädchen gerade sorgfältig aufgetragen hatte. Maggy schob es sich zwischen die Lippen und machte den Mund auf und zu. »Für ihn hängt viel zuviel davon ab. Er hat schon mehr Pilotsendungen gemacht, als man zählen kann. Wenn aus dieser hier keine Serie wird, kann er einpacken.«

»Aber natürlich wird eine Serie draus, Moira«, schnurrte Maggy. »Schließlich bin *ich* dabei. Jetzt brauchen wir nur noch die richtige Kummertante, verstehst du?«

Die Schwingtür ging auf, und Elaine, die renommierteste Maskenbildnerin von Century, schwebte herein.

Maggy wirbelte mitsamt ihrem Sessel um neunzig Grad herum und richtete die geballte Kraft ihres umwerfenden Charmes auf Elaine. Elaine arbeitete seit zwanzig Jahren hier. Sie wußte alles.

»Elaine, meine Liebe, du mußt doch irgend etwas über diese Allegra Boyd wissen. Wer, zum Teufel, ist sie?«

Elaine schob die Tiegel und Bürstchen in ihrem mehrstöckigen Make-up-Kasten hin und her. Sie mochte Maggy nicht. Maggy machte immer auf Frauensolidarität und biederte sich bei ihr an, da sie ja beide alleinerziehende Mütter waren. Dabei hätte ihre Lage nicht unterschiedlicher sein können. Beide hatten drei Kinder und keinen Mann. Doch Maggy hatte zwei Kindermädchen, ein Au-Pair für den Abend und eine Perle von einer Putzfrau, die täglich von neun bis zwölf kam. Elaine mußte selbst einkaufen, sauber machen und kochen und hatte drei Schlüsselkinder. Sie fand es selbst erstaunlich, daß sich trotzdem alle drei so gut entwickelt hatten. Maggys Kinder machten dagegen eine Familientherapie und hatten zahlreiche Einzelbehandlungen hinter sich. Als letzte Rettung waren sie jetzt in ein Internat gesteckt worden. Es gab eben doch noch Gerechtigkeit auf der Welt!

»Ja, ich weiß, wer sie ist.«

Maggy streckte die Hand aus, um Elaine davon abzuhalten, wieder zu verschwinden, ohne ihnen etwas erzählt zu haben. Sie erinnerte Elaine an einen hungrigen Kuckuck, der auf einen Leckerbissen aus dem Leben anderer Leute lauert.

»Nämlich wer?«

»Allegra Boyd...« – Elaine kostete den Moment, in dem sie die einzige war, die dieses faszinierende Stückchen Information besaß, weidlich aus – »...ist die Frau von Matt Boyd.«

Ally stellte ihren Sitz in eine bequeme Position und schloß die Augen, während Susie sie zu den Studios von Century chauffierte. Die Hauptverkehrszeit war schon vorbei, und die Sonne schien in den Wagen. Sie hatten reichlich Zeit, um von Fairlawns zu den Studios zu gelangen. Ally überlegte einen Moment lang, ob sie ihre Notizen noch einmal durchgehen solle, entschied sich dann aber dagegen. Am Ende klang sie noch nach Dr. Freud.

Sie lächelte und spürte, wie sie sich völlig entspannte. Es würde doch keine solche Tortur werden.

Nicht einmal das leise metallische Geräusch, das vom hinteren Teil des Wagens ertönte, konnte ihre Gelassenheit beeinträchtigen.

Sie regte sich zu schnell auf. Einmal war sie einem Nervenzusammenbruch nahe gewesen, weil das Auto plötzlich ein merkwürdiges, zischendes Geräusch produziert hatte. Als sie dann auf den Seitenstreifen gefahren war und die Tür geöffnet hatte, um nachzusehen, hatte sie festgestellt, daß der Gürtel ihres Trenchcoats auf der Autobahn entlanggeschleift war.

»Ally –« Als sie Susie sprechen hörte, riß Ally die Augen auf. Sie mußte eingenickt sein. »Was ist denn das für ein Geräusch?«

Es war jetzt lauter, eindringlicher. Mit einem ungläubigen Schaudern erkannte Ally auf der Stelle, was es war. Sie hatten einen Platten.

»Oh, mein Gott, wir haben eine Reifenpanne.«

Susie fuhr an den Rand, und sie stiegen beide aus und beäugten den zerfetzten Gummi. Der Reifen hing nutzlos auf der Felge.

»Kannst du Reifen wechseln?« wandte sich Ally hilfesuchend an die entsetzte Susie.

»Natürlich nicht. Wofür gibt's denn Männer?«

»Aber du bist doch sonst so praktisch.«

»Nicht bei Autos. Mein Traumauto ist eines, bei dem man die Motorhaube nie aufzumachen braucht. Bist du nicht im Automobilclub?«

»Die kannst du doch nicht zum Reifenwechseln rufen. Ich hole mal das Handbuch.«

»Ally!« Susie schüttelte den Kopf über die verquere Logik ihrer Freundin. »Schau dich doch mal an! Du bist aufgedonnert bis zum Gehtnichtmehr.« Sie trat gegen den löchrigen Reifen. »Das ist ein Notfall.«

Aber Ally hatte bereits die Tür geöffnet und durchstöberte das Handschuhfach nach der Bedienungsanleitung. Sie hatte schon öfter einen Reifen gewechselt. Dann ließ sie sich geschlagen in den Sitz fallen. »Jetzt weiß ich es wieder. Matt hat das Heft mit ins Haus genommen, weil er wegen eines Platzes auf der Autofähre die Maße nachschlagen mußte.«

»Dann holen wir besser Hilfe. Ich habe ein Stück zurück eine Notrufsäule gesehen. Die fallen mir immer auf. Das liegt in meiner Natur.«

Ally schwang ihre in hochhackigen, pinkfarbenen Pumps stekkenden Füße aus dem Wagen. Susie warf einen Blick darauf. »Ich gehe mal los und sage, ich wäre du«, meinte sie. »Wo ist denn deine Mitgliedskarte?«

Ally griff nach ihrer Tasche. Als sie das Sammelsurium von Taschentüchern, Stiften, Schminkutensilien, Parfümzerstäubern und ausgedienten Kugelschreibern durchwühlte, fürchtete sie einen Schreckensmoment lang, sie hätte ihre Brieftasche zu Hause liegengelassen. Wie oft hatte sie sich schon vorgenommen, sich einen dieser handlichen kleinen Beutel mit Reißverschlüssen und Seitentäschchen zu besorgen, damit sie nicht jedesmal den gesamten Inhalt ihrer Handtasche auf dem Wagendach ausleeren mußte, wenn sie ihre Autoschlüssel suchte. Aber nein, da war sie ja. Sie reichte Susie die Karte.

»Keine Sorge.« Susie zwinkerte ihr zu. »Ich werde ihnen erzählen, daß ein geisteskranker Vergewaltiger uns bedroht, dann werden sie in nicht mal vier Stunden herbeigeeilt kommen.«

Ally erwiderte ihr Lächeln. Zum Glück hatten sie noch reichlich Zeit.

Sie sah Susie nach, wie sie rasch auf das Telefon zumarschierte. Plötzlich blieb sie stehen. Vielleicht dachte sie, sie bräuchte Kleingeld für die Notrufsäule.

»Ally«, Susies Stimme troff von Mitgefühl. »Ich sage das wirklich nicht gerne, aber deine Mitgliedskarte ist vor drei Monaten abgelaufen.«

»Bill, das ist ja unerhört!« Wie eine Walküre auf Rachefeldzug rauschte Maggy Mann in voller Montur, mit Lockenwicklern und Frisierumhang in den Regieraum.

Bill Ford seufzte. Er hatte diesen Vormittag schon genug Ärger gehabt. Als er im Studio ankam, stellte er fest, daß die Elektriker mit der Beleuchtung eine Stunde im Rückstand waren, die Studiodekoration war statt des erwarteten Pfirsichtons rostrot, und der Graphikdesigner für die Pilotsendung lag mit einem Grippeanfall darnieder. Ein klimakterischer Drachen mit elektrischen Lockenwicklern hatte ihm gerade noch gefehlt.

»Was ist unerhört, Maggy, Schätzchen?« Daß Bill nicht aufhörte, an Schaltern herumzuhantieren und dem Studioteam Anweisungen zuzurufen, statt seine gesamte Aufmerksamkeit ihr zu widmen, brachte Maggy nur noch mehr auf.

»Diese Allegra Boyd in einer Pilotsendung zu testen, die tatsächlich ausgestrahlt wird. Bill, sie ist *Hausfrau.*« Auf Maggys moralischer Skala befand sich der Begriff Hausfrau in puncto Verworfenheit offensichtlich irgendwo zwischen Nymphomanin und Massenmörder. »Das kannst du nicht machen. Wir machen uns ja alle lächerlich.« Sie wühlte in ihrer Tasche. »Soll ich nicht meine Freundin Anne Adamson anrufen, damit sie sich bereithält?«

»Nur mit der Ruhe, Maggy. Ally schafft das schon. Sie hat Erfahrung als Eheberaterin, und sie war früher beim Fernsehen. Niemand verlangt von einer Pilotsendung den letzten Schliff, und wenn sie nicht perfekt ist, wirst du ihr doch gewiß weiterhelfen.«

»Darum geht es nicht, Bill. Sie ist Amateurin. Den Job hat sie nur bekommen, weil sie die Frau von Matt Boyd ist. Was, zum Teufel, verbindet *sie* schon mit den kleinen Leuten?« Maggy Mann, die Heldin der Arbeiterklasse, ließ ihr goldenes Cartier-Feuerzeug klikken und zündete sich eine Zigarette an. »Da du mir offensichtlich nicht zuhörst, werde ich mich an Stephen wenden.«

»Maggy, setz dich und mach dieses ekelhafte Ding aus. Es bringt überhaupt nichts, wenn du dich an Stephen wendest.«

»Warum nicht? Stephen weiß, wie er seine Stars zu behandeln hat.«

»Weil«, Bill überging die beleidigende Anspielung in dieser Bemerkung, »Allegra Boyd Stephens persönlicher Vorschlag ist. Ich hatte nichts damit zu tun.«

Maggy ließ sich schwer in den Sessel des Bildtechnikers fallen. Trotz allem empfand Bill einen unerwarteten Anflug von Mitleid. Maggy Mann erinnerte ihn an eine alternde Diva, die ihrer Nachfolgerin beim Vorsprechen zusehen muß. Dann fiel ihm wieder ein, daß sie etwas gesagt hatte, was er nicht ganz richtig verstanden hatte.«

»Was soll das heißen, sie ist die Frau von Matt Boyd?«

Maggy erholte sich ein wenig. »Was ich gesagt habe, Schätzchen. Ally Boyd ist die Frau von Matt Boyd.«

Stephen Cartwright, du Dreckskerl, dachte Bill. Du Dreckskerl, daß du mir das nicht gesagt hast.

»Wußtest du das nicht, Süßer?« Maggy war sofort wieder obenauf. »Hat sich Stephen nicht die Mühe gemacht, es dir zu sagen?«

Bill Ford ignorierte sie. Sämtliche Anwandlungen von Mitleid waren verflogen. »Es ist mir egal, wessen Frau sie ist. Sie müßte seit einer halben Stunde hier sein. Wo, zum Teufel, steckt sie?«

»Das darfst du mich nicht fragen, Süßer.« Maggy stand auf und sonnte sich in ihrer wiedergewonnenen Macht. »Was erwartest du denn von einer verwöhnten Hausfrau? Vermutlich hat sie Tennisstunde.« Sie schwebte lächelnd aus dem Raum. »Oder läßt sich maniküren.«

Ally stand auf dem Seitenstreifen der A3, sah auf die Uhr und verfluchte die Radmuttern, die offenbar von einem sadistisch veranlagten Automechaniker angeschweißt worden waren. Zum drittenmal trat sie gegen das Radkreuz. Nichts rührte sich. Sie bemerkte, wie hinter ihr ein BMW abbremste, und wartete darauf, daß sein Besitzer ausstieg, herbeispazierte und ihr erzählte, daß sie einen verstellbaren Schraubenschlüssel brauche. *Natürlich* brauchte sie einen verstellbaren Schraubenschlüssel. Nur leider hatte sie keinen.

Der Fahrer stieg aus, und als sie sah, was er in der Hand hielt, fühlte sie sich wie Eva beim ersten Anblick von Adams einzigartigem Apparat. »Bitteschön, junge Frau.« Er reichte ihr den Schraubenschlüssel, und in seinen Augen funkelten zweitausend Jahre männlicher Überlegenheit. »Ich würde es Ihnen ja liebend gern abnehmen, aber ich bin sehr in Eile.« Er tätschelte ihr die Hand. »Sie können ihn behalten. Ich habe immer einen ganzen Satz dabei.«

Ally unterdrückte die Versuchung, ihm entgegenzuschleudern, sie brauche seinen verfluchten Schraubenschlüssel nicht. »Danke«, murmelte sie nur. Der Mann stieg wieder in sein Auto und brauste los.

Ally kniete sich hin. Mit Hilfe des Schraubenschlüssels ließen sich die Muttern endlich lockern, und sie konnte den kaputten Reifen entfernen. Dann rollte sie den Ersatzreifen heran und befestigte ihn. Als sie die letzte Schraube anzog, sah sie wieder auf die Uhr. Sie würde eine halbe Stunde zu spät kommen, aber sie brauchte sich ja nicht ewig in der Garderobe oder bei der Maskenbildnerin aufzuhalten. Sie war schon zurechtgemacht.

Mit steifen Gelenken erhob sie sich.

»Ach du liebe Zeit.« Susie deutete auf ihr Kostüm. Ally folgte ihrem Blick. Über die ganze linke Seite ihrer neuen pinkfarbenen Jacke zog sich eine schmale, aber unübersehbare Ölspur.

»Keine Sorge«, meinte Susie beruhigend und schob sie auf den Beifahrersitz. »Im Studio haben sie bestimmt etwas, das du anziehen kannst. Susie ließ den Motor an und gab Gas. »Und jetzt laß uns zusehen, daß wir dorthinkommen!«

Die nächsten fünfundvierzig Minuten zogen wie im Nebel an Ally vorüber. Glücklicherweise kam der Verkehr nach London zügig voran. Als sie bei Century eintrafen, wurde sie vor dem Gebäude von einer besorgten, molligen Redakteurin erwartet. Sie stellte sich als Nikki vor und meldete Allys Ankunft sofort ins Studio. Ally wurde gleich in die Maske geführt, und die Garderobiere suchte nach einem passenden Kostüm, das ihre ölverschmierte Jacke ersetzen könnte.

Zehn Minuten später erhob Ally sich wieder. Zuerst erkannte sie unter der dicken Puderschicht, dem glitzernden blauen Lidschatten und dem grellen, korallenroten Lippenstift ihr eigenes Gesicht nicht wieder. Was sie aber völlig verblüffte, war das Kostüm, in das man sie gesteckt hatte. Es war von einem leuchtenden Orange, einer Farbe, die sie haßte, hatte riesige Goldknöpfe und einen Rock, der acht Zentimeter über dem Knie endete und sich vermutlich beim Hinsetzen noch weiter hochschob.

»Flott und hell«, zwitscherte die Garderobiere. »Das mögen die Zuschauer zu Hause.«

Während sie noch versuchte, den Rock auf eine anständige Länge herabzuzerren, nahm sie richtig auf, was die Frau gesagt hatte. »Was meinen Sie damit?« Sie hatte sie offenbar mißverstanden. »›Das mögen die Zuschauer zu Hause‹? Es ist doch nur eine Pilotsendung, oder?«

»Selbstverständlich. Aber sie wird trotzdem gesendet. So macht man das heutzutage. Dann läßt sich leichter feststellen, wie es dem Publikum gefallen hat. Hat Ihnen das niemand erklärt?«

Als sie da so stand und die gräßliche Fremde im Spiegel betrachtete, spürte Ally, wie ihr ganzes neugewonnenes Selbstvertrauen zerfloß. Es war ihre eigene Schuld. Sie hatte versucht, besonders schlau zu sein, indem sie darauf bestand, die Probeaufnahmen in der Pilotsendung zu machen.

»Sie werden erwartet, Mrs. Boyd.« Ally drehte sich um. Nikki stand in der Tür. Sie hielt einen riesigen Korb mit Blumen in der Hand. »Die sind übrigens für Sie angekommen.«

Trotz aller Anspannung merkte Ally, wir ihr ein Lächeln übers Gesicht huschte. Die mußten von Matt sein. Mit der einen Hand packte sie ihre Notizen und öffnete mit der anderen den Umschlag.

»Sie werden es schaffen«, stand auf der Karte, »stellvertretend für uns Frauen zu Hause. Herzliche Grüße, Patsy.«

Ally warf einen letzten Blick in den Spiegel. Sie wußte nicht, ob sie lachen oder weinen sollte.

Nikki plazierte Ally in der schmalen, dunklen Galerie, die mit dem Regieraum durch eine Glaswand verbunden war. Von hier aus, erklärte sie Ally, könnte sie den Produktionsleiter und den Regisseur im Regieraum sehen und gleichzeitig auch alles mitbekommen, was im Studio vor sich ging.

Das Saalpublikum hatte bereits Platz genommen, und ein Aufnahmeleiter erklärte gerade, wie es weitergehen sollte, als Maggy Mann ihren Auftritt hinlegte.

Vielleicht war es ihre Herkunft aus der Arbeiterschicht, auf die sie dauernd pochte, oder das von ihr ständig in Szene gesetzte Bild der sitzengelassenen Mutter dreier Kinder, die gegen sämtliche Widrigkeiten kämpft – auf jeden Fall hatte Maggy es geschafft, den Titel »eine von uns« zu erringen. Ein Kritiker, der versucht hatte, ihre Beliebtheit auf den Punkt zu bringen, hatte geschrieben: »Maggy Mann gilt als das Sprachrohr der ungehörten Kundschaft von Billigmärkten«, und giftig angefügt, »ohne jemals einen betreten zu haben.«

Neidisch sah Ally zu, wie Maggy unter donnerndem Applaus das Studio betrat. Hoheitsvoll drehte sie eine Runde durchs Studio und fand auch noch für den letzten Techniker ein freundliches Wort. Der Regisseur, der nicht mehr daran dachte, daß Ally hinter ihm auf der abgedunkelten Galerie saß, verdrehte die Augen zum Himmel. Sie waren schon spät genug dran. »Meine Güte, Maggy«, murmelte er ungeduldig, »spar dir die Lady-Di-Masche und setz dich hin, ja?«

Ally lächelte. Offensichtlich waren doch nicht alle gleichermaßen von Maggys Charme eingenommen. Sie nahm sich von einem Stapel grüner und gelber Skripte eines herunter, um herauszubekommen, wann genau ihr Auftritt eingeplant war. Im ersten Teil wurden die Show und ihre Moderatoren vorgestellt. Dann folgte eine kurze Vorschau auf die festen Programmpunkte. Am Schluß des ersten Teils würde Maggy die Kummertante ankündigen und bekanntgeben, welches Thema besprochen wurde – diesmal der Brief von Jennifer aus Birmingham –, und dann gab es eine kurze Pause mit Werbung.

Nachdem sie wußte, wann sie dran war, entspannte Ally sich ein wenig und sah sich um. Die technische Ausstattung war ganz anders als damals bei MidWest Television. Dekorationen und Beleuchtung waren ausgefeilter, doch die bedeutendste Neuerung war der Teleprompter.

Ally beobachtete Maggy eine Weile. Obwohl sie vermutlich die Worte von einem Bildschirm vor der Kamera ablas, hätte sie nicht lockerer und natürlicher wirken können.

»Mrs. Boyd, Sie werden jetzt erwartet.« Sie war so in das Skript vertieft gewesen, daß sie gar nicht gemerkt hatte, wie Nikki den Kopf in die Tür steckte. Als Ally aufstand, überfiel die Nervosität sie erneut. »Kann ich noch proben?«

»Die Zeit müßte noch für einen kurzen Durchgang reichen, aber leider sind wir so spät dran, daß wir uns beeilen müssen. Das Publikum langweilt sich schon ein bißchen.«

Toll, dachte Ally. Ein gelangweiltes Publikum. Matt hatte so oft gesagt, daß das Publikum über Gedeih und Verderb einer Show entscheiden konnte. Wie, um alles in der Welt, könnte sie die Zuschauer für sich gewinnen?

Der Aufnahmeleiter brachte sie zu ihrem Platz. Sie hatte vergessen, wie grell Studioscheinwerfer sind und mußte wegen der plötzlichen Helligkeit blinzeln. Zu allem Überfluß hielt sie in der ganzen Eile ihre Handtasche umklammert wie eine schüchterne Sechzehnjährige auf ihrer ersten Party. Als sie sich im Sessel niederließ und das Mikrofon an ihr befestigt wurde, fiel Allys Blick auf den Bildschirm neben ihr, und mit Entsetzen mußte sie feststellen, daß die grell aufgemachte Fremde dort sie selbst war.

»Sie müssen Allegra sein.« Maggy neigte sich mit einem klebrigen Lächeln zu ihr hinüber. »Wir haben schon alle auf Sie gewartet, nicht wahr?« Sie wandte sich zum Publikum, als säßen dort ihre alten Freundinnen bei einem gemütlichen Kaffeekränzchen. Ally mußte ihre Virtuosität bewundern. »Haben Sie gewußt, daß Allegra mit Matt Boyd verheiratet ist – mit *dem* Matt Boyd? Also wird sie wohl kaum wie wir anderen an der Bushaltestelle festgesessen haben.«

Verdammtes Miststück. Ally hatte nicht gewollt, daß sie erfuhren, mit wem sie verheiratet war. Wann bist du wohl das letzte Mal mit dem Bus gefahren? schoß es ihr durch den Kopf. Ally spürte, daß die Bosheit Maggy aus allen Poren drang. Sie tut, was sie kann, um mich als hochnäsige Kuh hinzustellen.

»Genau gesagt«, Ally lächelte so warm sie konnte zurück, »hatte ich einen Platten.« Jetzt wandte sie sich ebenfalls ans Publikum. »Und meine ganze Jacke ist mit Öl bekleckert, deshalb mußte ich mir dieses schaurige Kostüm ausleihen.«

Das Publikum lachte auf. Langsam überwand Ally die Mauer der Ablehnung. Auf einmal hatte sie eine Idee. »Haben Sie schon mal einen Reifen gewechselt?« Sie wühlte in ihrer Tasche und zog den verstellbaren Schraubenschlüssel heraus. »Fahren Sie nie ohne ihn hier los. Ich nehme ihn überall mit hin, sogar ins Bett.« Eine Frau in der ersten Reihe kicherte. »Vor allem ins Bett.«

Dieses Mal war das Gelächter lauter. Allys Nackenmuskeln entspannten sich, und sie hatte nicht mehr das Gefühl, eine orthopädische Halsmanschette zu tragen. Nach und nach gewann sie die Sympathie des Publikums.

Und dann wurde es ernst. Sie sah den Aufnahmeleiter drei Finger in die Höhe halten und schaute auf die Uhr. Im ersten Teil hatte sie nichts zu tun, bis Maggy in etwa fünfzehn Minuten ihre Beratungsschiene ankündigen würde. Sie mußte nur aufpassen, wann sie Jennifer aus Birmingham erwähnte.

Zwei Minuten bevor es so weit war, schaute Maggy zu Ally hinüber.

Ally war so damit beschäftigt, die Show zu verfolgen, daß sie überhaupt nicht mehr an die bevorstehende Tortur dachte, sondern sogar anfing, sich zu amüsieren.

Ally so entspannt und in bester Stimmung zu sehen, war zuviel für Maggy. Warum sollte so eine verwöhnte Kuh, die nie etwas Anspruchsvolleres gemacht hatte, als der Haushälterin Anweisungen zu erteilen und die Kinder mit dem Volvo abzuholen, einfach in *ihre* Show einbrechen dürfen, nur weil sie mit dem richtigen Mann verheiratet war? Maggy hatte geschuftet wie ein Pferd, um dorthin zu kommen, wo sie jetzt war.

Ally, die einen halben Meter von ihr entfernt saß, hatte keine Ahnung von ihrer Wirkung auf Maggy Mann. Sie wartete lediglich darauf, vorgestellt zu werden, denn je früher sie ihren Teil hinter sich gebracht hatte, desto eher würde auch ihr Herz aufhören, so zu rasen.

Der Aufnahmeleiter brachte bereits das letzte Interview unter Dach und Fach. Noch dreißig Sekunden. Zwanzig. Fünfzehn. Zehn. Fünf.

Maggy wirbelte zu Ally herum.

»Das wär's für den ersten Teil.« Die Kamera ging von einer Halbnaheinstellung zur Nahaufnahme über. »Im zweiten Teil haben wir dann das Vergnügen mit *Hellos* Kummertante Ally Boyd.« Die Kamera nahm Ally ins Visier. Sie lächelte. Die Zuschauer waren ihr mittlerweile wohlgesinnt. Alles würde gut gehen.

Maggy sprach weiter. »Nach der Pause wird Ally Sandra aus Liverpool beraten.«

Wilde Panik durchzuckte Ally. Sie hatte noch nie von Sandra aus Liverpool gehört. Sie sollte doch Jennifer aus Birmingham beraten.

Maggy blickte direkt in die Kamera. »Sandra ist erst siebzehn und schwanger. Sie würde das Baby gern bekommen, aber ihre Eltern wollen, daß sie abtreibt.« Maggys Stimme troff von gut einstudiertem Mitgefühl. »Was soll sie tun? Schauen Sie nach der Pause wieder zu uns und Ally Boyd rein, dann erfahren Sie es.«

Ally packte ihr Skript und blätterte hastig Seite um Seite um. Wie hatte sie nur einen so entsetzlichen Fehler machen können? Sie wußte absolut nichts über schwangere Teenager.

Als sie im Skript sah, daß tatsächlich Jennifer aus Birmingham vorgesehen war, fiel ihr ein Stein vom Herzen. Das ganze war eine Verwechslung. Gleich würde jemand ins Studio gerannt kommen und Maggy die richtige Ankündigung vorlegen.

Dann sah sie auf. Im Bruchteil einer Sekunde hatte sie den Ausdruck tiefster Befriedigung auf Maggy Manns Gesicht erkannt, und damit auch die Wahrheit.

Maggy Mann hatte sie aufs Kreuz gelegt. Sie wußte ganz genau, daß Ally keine Ahnung von schwangeren Teenagern hatte. Und in wenigen Minuten würden das auch Millionen von Zuschauern wissen.

9. Kapitel

Bill Ford stand im Regieraum und verfluchte die Telefonzentrale, die mitten in der Show einen Anrufer mit einer kleinlichen Beschwerde durchgestellt hatte. Fünf Minuten lang hatte ihm dieser Irre in den Ohren gelegen, weil Maggy das Wort ›Kontroverse‹ falsch ausgesprochen hatte. Während dieser Zeit hatte er die Show nicht verfolgen können.

»Wie läuft's?« bellte er jetzt den Regisseur an. »Hervorragend. Toll«, war die knappe Antwort.

Und so bemerkte niemand Allys verzweifelten Gesichtsausdruck, während sie dasaß und darauf wartete, daß jemand sie rettete.

Trotz der sengenden Hitze der Scheinwerfer begann Ally zu frösteln. Zehn Sekunden lang saß sie mit krampfhaft verschlungenen Händen da und rang mit einer Panikattacke. Was, zum Teufel, konnte sie tun? Sich bei Maggy zu beschweren, war völlig ausgeschlossen. Sie könnte jemanden bitten, Bill mitzuteilen, was passiert war. Doch was, wenn das alles ein makabrer, sadistischer Test war? Aber welcher Produzent würde eine Anfängerin einer solchen Prüfung unterziehen? Die Gefahr für die Show wäre zu groß.

Der Aufnahmeleiter gab bereits das Zeichen, daß die Pause beendet war, und die Titelmusik von *Hello* ertönte. Ally wußte, daß diese Klänge von nun an statt eines Adrenalinstoßes stets Angst bei ihr auslösen würden.

Sie hatte keine Wahl mehr. Es gab nur noch eine Möglichkeit: den Stier bei den Hörnern zu packen. *Denk daran, wie selbstsicher du auf andere Menschen wirkst, und sei es einfach.* Das hatte Barbara ihr im Kurs geraten.

Aus den Augenwinkeln heraus konnte Ally in Maggys Gesicht ein leises, überheblisches Lächeln erkennen, während sie das Publikum zum zweitenmal begrüßte. Und plötzlich wurde sie maßlos wütend. Wie konnte sie es wagen! Welches Recht hatte Maggy Mann, die Erfolgschancen einer anderen Frau zu zerstören, bloß weil sie zufällig etwas gegen sie hatte?

Ally setzte sich so aufrecht hin, daß sie spürte, wie sich ihre Wirbelsäule streckte, und hob herausfordernd das Kinn. Wenn sie Kummertante werden wollte, konnte sie sich sowieso nicht ständig darauf verlassen, daß irgendwelche Fachzeitschriften ihr sagten, was sie denken sollte. Sie würde ihren gesunden Menschenverstand einsetzen müssen.

Als Maggy den imaginären Brief präsentierte, schloß Ally einen Moment lang die Augen und versuchte sich vorzustellen, wie Sandra wohl aussah. Sie war siebzehn, und das Leben lag noch vor ihr. Doch was hieß das schon in diesem Viertel von Liverpool? Sie ließ die Bilder von den verödeten Stadtkernen, den verrottenden Häusern und den Schlangen vor dem Arbeitsamt, die sie im Fernsehen gesehen hatte, vor ihrem geistigen Auge Revue passieren. Sandra klang nicht wie eine angehende Akademikerin – welches Stück vom Kuchen würde sie dann wohl abbekommen? Mit dem Baby hätte sie Anspruch auf eine Sozialwohnung und Ruhe vor ihren Eltern, die Ally kalt und lieblos vorkamen, und sie hätte vor allem jemanden, den sie lieben durfte. Aber ebensogut konnte das das Ende bedeuten. Das Ende aller Träume von Freiheit und der Hoffnung weiterzukommen. Mit Fünfunddreißig wäre sie eine alte Frau.

Einen Moment lang vergaß Ally, wo sie war und überlegte, was sie sagen würde, wenn Janey oder – schlimmer noch – Jess sich an den Küchentisch setzte und verkündete: »Mum, ich bin schwanger.«

»Hallo, Sandra«, Ally versuchte sich einzubilden, daß sie nicht in eine Kamera blickte, sondern in das unglückliche Gesicht eines Mädchens, das von Angst und Unentschlossenheit gequält zu Hause saß. »Zuerst möchte ich dir sagen, daß du – egal was andere meinen – ein sehr tapferes Mädchen bist.«

Vom Regieraum aus starrte Bill Ford völlig entgeistert auf Ally. »Wieso, zum Teufel, labert sie da über schwangere Teenager?«

wollte er wissen, sprang auf und lief im Raum auf und ab. »Sie soll doch irgendeine Tussi beraten, die ständig verheiratete Männer bumst!«

»Woher sollen wir das wissen?« Die Produktionsassistentin drehte sich zu ihm um. Sie war wütend, weil er anscheinend inkompetent war und sie seinetwegen verpaßte, was Ally sagte. »Du bist doch der Produzent. Genau das Thema hat Maggy angekündigt.«

Der Regisseur saß wie gebannt auf seiner Stuhlkante. »Worum es auch geht, misch dich jetzt bitte nicht ein.« Er zeigte auf den Monitor über Kamera vier. »Schau dir mal das Publikum an. Sie sind am Weinen. Herrgott noch mal!« Er wandte sich an den Bildtechniker. »Schnell. Fang ein paar Zuschauerreaktionen ein. Das ist ja unglaublich!«

Bill Ford setzte sich wieder. Er hatte keine Ahnung, was sich da abspielte. Er hätte es auf seinem Skript verfolgen sollen. Wenn die Telefonistin nicht diesen dämlichen Anruf durchgestellt hätte, wäre er jetzt auf dem laufenden. Er schlug die entsprechende Seite auf. Da stand die Einleitung schwarz auf weiß, genau so, wie er sie geschrieben hatte. Über das Mädchen, das verheiratete Männer bumste. Er starrte wieder auf den Monitor, und ein lächerlicher, verrückter Gedanke kam ihm in den Sinn. Nein, das würde Maggy nicht tun. Sie würde es nicht *wagen*. Doch als er ihren düsteren Gesichtsausdruck sah, wußte er auf der Stelle, daß sie es doch gewagt hatte. Dieses Miststück. Sie hatte absichtlich die falsche Einleitung gelesen.

Den Rest der Show erlebte Ally wie im Traum. Sie hätte im Nachhinein kein einziges der besprochenen Themen nennen können. Aber sie hatte es überstanden. Obwohl es nahe gelegen hätte, hatte sie weder den Faden verloren, noch war sie hinausgerannt oder zusammengebrochen, noch hatte sie zu erklären versucht, daß das Ganze ein furchtbarer Fehler war. Sie hatte durchgehalten. Und zumindest darauf war sie stolz. Jetzt mußte sie nur noch sitzen bleiben und abwarten, bis Maggy die Show zu ihrem Ende gebracht hatte. Dann konnte sie sich leise davonstehlen und die ganze Angelegenheit vergessen. Und am Montag würde sie sich bei einer gemeinnützigen Einrichtung bewerben, so wie Matt es vorgeschlagen hatte.

Endlich, nach einer halben Ewigkeit, gab der Aufnahmeleiter Maggy das Schlußzeichen, und die Titelmusik von *Hello* erklang. Die Show war zu Ende.

Als der Abspann vorüber war, stapfte Bill Ford quer durch das Studio. Er sah aus wie ein Vulkan kurz vor der Explosion. Ally stand auf, merkte dann aber, daß das Mikrofon noch an ihr befestigt war, und setzte sich wieder hin. Bevor sie irgend etwas sagen konnte, entfernte Maggy ihres mit einer gekonnten Bewegung und reichte es dem Tonmann.

»Ich weiß, ich weiß, Schätzchen.« Maggy streckte schützend die Hände aus, als Ford auf sie zukam. »Aber geben wir's doch zu, sie brauchte eine echte Feuerprobe. Schließlich machen wir hier Live-Fernsehen. Da muß man auf alles gefaßt sein.«

Ford blieb abrupt stehen. Einen Augenblick lang war er sprachlos angesichts ihrer Unverfrorenheit. »Nun, die hast du ihr ja verschafft.«

Als er sich umdrehte, um Ally zu gratulieren, lächelte er. Eben erst war ihm die Ironie der ganzen Angelegenheit richtig klargeworden. Maggy Mann war mit Pauken und Trompeten in die Grube gefallen, die sie selbst gegraben hatte. Ohne diesen kleinen Schock wäre Ally wahrscheinlich mit irgendwelchem nichtssagenden Schrott angekommen, den sie tagelang vor dem Spiegel geübt hatte. Statt dessen hatte Maggy sie gezwungen, spontan zu sein. Und das hatte Ally brillant gemeistert. Ally Boyd war auf jeden Fall, ganz egal mit wem sie verheiratet sein mochte, eine echte Entdeckung.

»Allegra!« Bill beugte sich herab und gab ihr einen Kuß. »Sie waren phantastisch!«

»Das war sie allerdings«, bekräftigte eine andere Stimme. Erstaunt drehte Ally sich um. Hinter ihr stand Matt mit einem riesigen Rosenstrauß. Janey und Jess flankierten ihn.

»Mum, du warst unglaublich! Ich habe überhaupt nicht mehr gemerkt, daß du es warst.« Janey legte einen Arm um Ally und drückte ihr einen Kuß auf die Wange. »Du hast doch nicht ernsthaft geglaubt, wir würden uns heute einfach ohne ein Wort aus dem Staub machen?«

»Doch, hat sie«, widersprach Jess und gab ihr einen Kuß auf die andere Wange. »Ach, übrigens, Mum, ich weiß nicht, ob ich es schon erwähnt habe« sie lächelte ihre Mutter verschmitzt an, »aber wo wir gerade beim Thema sind – meine Periode ist ein bißchen spät dran...«

Sie duckte sich, bevor Ally ihr einen Klaps versetzen konnte.

»Ich weiß ja nicht, wie es euch geht«, sagte Ally und reichte Matt eine Hand, während die Spannung langsam von ihr abfiel, »aber mir ist nach einem riesengroßen Drink.«

Dieses Mal mußte Ally nur achtundvierzig Stunden warten, bis sie erfuhr, ob sie den Job bekommen würde. Stephen Cartwright rief an und sagte, daß sie in der Pilotsendung brillant gewesen sei. Sie brauche nur noch ja zu sagen, dann könne sie in einem Monat anfangen. Drei Tage in der Woche müsse sie ins Studio kommen und zusätzlich noch einige Aufzeichnungen machen. Die Zahl, die er als Monatsgehalt nannte, verschlug ihr den Atem. Doch nun, da sie nur noch zugreifen mußte, wurde Ally plötzlich von Zweifeln gequält.

»Was soll das heißen, du weißt nicht, ob du das Angebot annehmen sollst?« Susie krächzte vor Entsetzen. Sie war sofort herübergekommen, als sie die Neuigkeit gehört hatte. »Sie bieten dir eine eigene Schiene im Fernsehen an, und du weißt nicht, ob du akzeptieren sollst? Du bist verrückt. Wahnsinnig. Total durchgeknallt.«

Ally mußte lachen, als sie Janeys Jeans vom Treppengeländer klaubte. Susie war sich immer so sicher. Für sie war alles im Leben entweder schwarz oder weiß – ohne Zwischentöne.

»Ich bin nicht verrückt.« Sie legte die Jeans sorgfältig zusammen. »Ich frage mich nur, ob es nicht der Familie schaden könnte. Janey macht nächstes Jahr Abitur, und Jess hat auch bald Prüfungen. Vielleicht ist das kein besonders günstiger Zeitpunkt dafür, meinen kleinen Aufstand zu proben. Jess ist in der Pubertät. Sie hat jetzt das Recht auf Aufmerksamkeit, nicht ich. Vielleicht sollte ich mir einen Job in einer Klinik oder so etwas Ähnliches suchen.«

»Mein Gott, Ally, bei dir würde selbst Mutter Teresa der Geduldsfaden reißen. *Jeder* kann in einer Klinik jobben. Du hast *Talent*. Das ist kein kleiner Aufstand. Du warst unglaublich gut. Jetzt kannst du nicht einfach ablehnen.«

Susie lief ihr nach, als Ally in Janeys Zimmer ging, um die Jeans in den Schrank zu räumen. Auf der Schwelle blieb sie verdutzt stehen. Die Wände waren schwarz gestrichen und die meisten Möbel verschwunden. Der Lead-Sänger der Cure mit seiner kohlrabenschwarzen Mähne blickte in finsterer Byron-Manier auf sie herab.

»Du lieber Himmel, was ist denn hier passiert? Ein Zimmerbrand?«

Ally lachte. »Janey hat es neu gestrichen. Sie ist Gruftie geworden. Nur einen Sarg als Bett habe ich ihr verboten.«

Susie rieb sich die Augen. Als sie das letzte Mal in diesem Zimmer war, war es noch voller Rüschen und Puppen gewesen.

Mitten in dem wilden Durcheinander aus Fan-Magazinen, Silberkettchen und Tiegeln mit schauriger Schminke entdeckte Susie eine Lyrik-Anthologie.

Sie packte das Buch und blätterte es durch. »Ich wußte gar nicht, daß Janey auf Gedichte steht.«

»Abiturfach Englisch. T. S. Eliot.«

Susie stieß einen Jauchzer aus, als sie fand, was sie suchte. »Da! *Er* wußte es! Er hat es begriffen! Willst du etwa ein Leben wie Alfred Prufrock, wo alles an dir vorüberzieht?« Susie hielt das Buch mit ausgestrecktem Arm vor sich hin und deklamierte theatralisch:

> Denn alle hab' ich schon gekannt, sie all gekannt –
> Der Nächte, Morgen, Nachmittage Kreis,
> Ich vertat mein Leben kaffeelöffelweis

»Willst du das etwa auch? Dein Leben kaffeelöffelweise vertun? Du hast Talent. Du bist es dir selbst schuldig!«

»Aber was ist mit Matt? Wie wird es für ihn sein, wenn ich ständig weg bin? Er braucht seine Familie als Zufluchtsort.«

»Ah-ha.« Susie schüttelte wissend den Kopf. »Langsam verstehe ich. Du machst dir Sorgen, wie es auf sein zartes männliches Ego wirken wird. Vergiß es, Ally. Es wird ihm ausgesprochen gut tun.« Susie legte den Gedichtband auf Janeys chaotischen Schreibtisch zurück. »Zeig ihm, daß du mehr bist als ein dämlicher Fahrdienst. Und überhaupt«, sie legte den Arm um ihre Freundin und drückte sie, »wenn du dir wegen Janey und Jess Sorgen machst, warum fragst du sie nicht einfach? Teenager können erstaunlich scharfsinnig sein. Womöglich verraten sie dir sogar, was sie wirklich denken.«

Unten verabschiedete sich Ally mit einer weiteren Umarmung von Susie. Was würde sie nur ohne ihre Freundin machen? Manchmal taten ihr die Männer richtig leid. Bei ihrem Wettlauf nach oben entging ihnen so vieles. Sie schufteten die ganze Zeit, sahen ihre Kinder so gut wie nie und, was am schlimmsten war, sie hatten keine Freundinnen. Nein, das stimmte nicht. Freundinnen hatten sie meist schon, die Mistkerle, was sie nicht hatten, waren Freunde.

An diesem Abend saß Matt am Küchentisch und blätterte die Zeitung durch. Neben ihm saß Jess und las ein Buch. Janey stand am Herd und fabrizierte eine Linsenmousse. Normalerweise las Jess nie am Tisch, schon gar nicht, wenn Matt danebensaß. Es war wohl wirklich das erste Mal seit Wochen, daß die ganze Familie in einem Raum versammelt war. Sie fragte sich, ob sie ihr unbewußt das Bild der Kernfamilie vorspielten.

»Ich bin froh, daß ihr alle da seid.« Ally setzte sich neben Jess. »Ich möchte nämlich mit euch reden.«

»Wow.« Jess legte ihr Buch beiseite. »Eine Familienkonferenz? Dann muß es ernst sein. Verläßt du uns wegen eines anderen Mannes?«

Ally fuhr ihrer Tochter liebevoll durchs Haar. Sie wußte, daß Jess das nur fragen konnte, weil sie die Antwort bereits wußte.

»Du planst eine Geschlechtsumwandlung. Sollen wir dich von nun an Alan nennen?« Ally überlegte, warum Jess wohl immer versuchte, jedes ernste Gespräch ins Lächerliche zu ziehen.

»Ich verlasse euch nicht, und ich plane auch keine Geschlechtsumwandlung. Ich möchte mit euch über dieses Angebot sprechen.«

»Aber ich dachte, du hättest bereits zugesagt. Wieso kam denn sonst heute morgen dieser riesige Rosenstrauß von Century?«

»Ts, ts, Jessy«, klärte Janey sie vom Herd herüber auf. »Du kriegst die Blumen, *bevor* du dich ganz hingibst, klar?«

Ally blickte von Matt zu den Mädchen. »Was meint ihr? Soll ich es annehmen? Das hieße, ich wäre drei Tage oder mehr nicht zu Hause. Bill sagte, es könnten sogar Übernachtungen nötig sein, wenn wir Aufzeichnungen machen. Das würde bedeuten, daß das Haus leer wäre, wenn ihr heimkommt.«

Ob ihnen das wirklich etwas ausmachen würde. Sie hatte stets Wert darauf gelegt, ihnen das Gefühl zu vermitteln, daß ein Zuhause auf sie wartete. Nicht unbedingt ein Kuchen im Backofen, aber immerhin ein warmes und gemütliches Heim. Doch wem bedeutete das eigentlich mehr: ihr oder ihnen?

»Ich meine«, sagte Janey, ohne von ihren Linsen aufzusehen, »du solltest tun, was *du* willst. Ständig bist du für andere dagewesen. Jetzt bist du mal selbst an der Reihe.«

»Und du, Jess?«

»Mach es. Ich wollte schon immer eine berufstätige Mutter haben.«

Ally sah sie erstaunt an.

»Alle sagen, sie seien wesentlich nachgiebiger. So voller Schuldgefühle, daß sie dir einen Mord durchgehen lassen würden.«

»Frechdachs«, sagte Ally freundlich. »Und was meinst du, Matt?«

Matts Blick war unbewußt wieder auf die Sportseite der Zeitung gefallen. »Wozu?«

»Dazu, ob ich den Job bei Century annehmen soll.«

»Willst du ihn?«

»Ich denke schon.«

»Dann sag zu.« Er streckte eine Hand nach hinten zu Janey aus. »Wir werden schon überleben, was, Mädels?«

Sox schüttelte heftig den Kopf.

»Keine Frage«, stimmte Jess zu. »Dad kann seine Anzüge selbst von der Reinigung abholen.«

»Aber sicher«, bestätigte Matt. »Was ist übrigens eine Reinigung?«

»Glaub das bloß nicht«, warf Janey von ihrem sicheren Platz am Herd ein. »Er wird sie von seiner Sekretärin abholen lassen.«

»Allegra, ich weiß nicht, wie sie zu so einer Meinung von mir kommen«, wandte Matt in beleidigtem Ton ein, »als sei ich ein hilfloser, egoistischer Chauvi, der nichts allein machen kann.«

»Das weiß ich auch nicht, Liebling.« Ally überhörte das Gekicher hinter ihrem Rücken. »Wirklich nicht.«

»Ein Problem gibt es aber doch.« Matt verstummte, da er sich nicht sicher war, ob er weitersprechen sollte.

»Und das wäre?«

»Fürchtest du nicht, daß die Leute glauben könnten, du hättest den Job meinetwegen bekommen?«

Ally verlor den Mut. Er hatte recht. Genau das würden die Leute denken. Aber war es nicht vielleicht an der Zeit, daß sie aufhörte, sich darum zu kümmern, was die Leute dachten?

»Wenn sie das denken«, sagte sie und war sich auf einmal sicherer als je zuvor, daß sie es versuchen mußte, »dann werde ich sie eben davon überzeugen, daß sie sich geirrt haben, oder?«

»Also.« Am Morgen ihrer ersten Besprechung für *Hello* reichte Ally Matt ein Blatt Papier, auf dem in ihrer schönen, geschwungenen Handschrift die Termine für den bevorstehenden Tag notiert waren. »Fiona Wilsons Mutter nimmt die beiden Mädchen mit zur Schule. Heute ist Donnerstag, also darf Jess ihre Klaviernoten nicht vergessen. Ach, und sag Janey, daß zum Abendbrot eine Spinat-Quiche im Kühlschrank steht.«

»Du hast doch nur eine Besprechung.« Matt schob sie liebevoll zur Tür. »Gott weiß, wie das werden soll, wenn dir eine Show bevorsteht. Viel Spaß.«

Er sah, wie ihr der Taxifahrer zum Einsteigen die Tür aufhielt. Sie hatte geglaubt, er hätte sie nur aufgrund seiner eigenen Vorbehalte vor dem Neid gewarnt, der ihr begegnen könnte, weil sie mit ihm verheiratet war. Aber er hatte es ehrlich gemeint. Er wußte nur zu gut, wie gehässig Fernsehleute sein konnten. Womöglich standen ihr harte Zeiten bevor.

Doch als er ihr nachwinkte, ahnte nicht einmal Matt, wie hart sie sein würden.

»Also, Leute, Ally Boyd muß ich euch ja nicht mehr vorstellen.« Bill Ford lächelte in die Runde der ungefähr zwanzig Leute, die im Produktionsteam von *Hello* mitarbeiteten.

Es schüchterte Ally ein wenig ein, gleich so vielen Leuten auf einmal gegenüberzutreten. Manche schienen kaum älter zu sein als Janey. Einer der jüngsten, ein Zwanzigjähriger mit frischem Gesicht, sprang sofort auf und bot ihr seinen Platz an. Ally mußte an den schrecklichen Zeitpunkt denken, ab dem sogar die Italiener nicht mehr ›Signorina‹ zu einem sagen. Weil ihr klar war, daß sie sich besonders darum bemühen mußte, dazuzugehören, schüttelte sie lächelnd den Kopf und setzte sich auf den Boden.

Als sie sich umsah, entdeckte sie nur wenige bekannte Gesichter. Nikki, die mollige Redakteurin, die sich bei der Pilotsendung um sie gekümmert hatte, Brian, der Regisseur, die boshafte Maggy natürlich und Moira, ihr persönlicher Wachhund. Die anderen kannte sie nicht.

»Okay, zuerst die Redakteure – die Drohnen, Verzeihung, das Rückgrat des Teams. Wie sie Ihnen bald klarmachen werden, sind sie es, die hier die richtige Arbeit machen, wenn wir in den Groucho Club abzwitschern.«

»Und das ohne Funktelefon«, fügte eine von ihnen hinzu.

»Ich vergesse mein Funktelefon nie«, widersprach Bill. »Ich lasse es nur ausgeschaltet.«

»Brian, unseren Regisseur, kennen Sie ja. Er ist dafür verantwortlich, wenn wir überziehen und uns großartige Publikumsreaktionen durch die Lappen gehen.« Die beiden Produktionsassistentinnen kicherten zustimmend. »An Maggy werden Sie sich bestimmt erinnern.« Er machte eine endlose Pause, bevor er weitersprach. »Diese beiden sind unsere verantwortlichen Produzenten, und dann sind da noch die wichtigsten Personen im Raum – unsere Produktionssekretärinnen.« Eine von ihnen zog zynisch eine Augenbraue hoch, und Ally lächelte ihr zu. Sie wußte noch gut, wie herablassend man sie damals behandelt hatte, als sie selbst am unteren Ende der Leiter stand. Warum merkten das Leute wie Bill Ford nicht?

»Damit hätten wir wohl alle beisammen, Nichterwähnte eingeschlossen.«

Vom Fußboden ertönte Protestgemurmel.

»Habe ich jemanden vergessen?« Bill blickte sich um und warf sich dann von seinem Stuhl auf den Boden. »Louise! Wie konnte ich nur unsere Produktionsleiterin vergessen? Sie ist unentbehrlich. Louise zeichnet Rechnungen ab und genehmigt Taxifahrten. Ich küsse in Unterwerfung deine Gucci-Schuhe.« Und zu Allys Erstaunen tat er das wirklich.

Fernsehleute, das wußte sie von früher, waren eben anders als andere Menschen. Langsam begann Ally sich zu entspannen und sich wohlzufühlen. Sie hatte ganz vergessen, wie sehr ein Fernsehteam einer Familie ähneln konnte. Es gab die gleichen unterschwelligen Strömungen und Rivalitäten wie in einer durchschnittlichen Kleinfamilie. Gleichzeitig gab es aber auch Begeisterung und ein Zusammengehörigkeitsgefühl nach dem Motto ›Wir gegen den Rest‹, das verblüffend stark war.

Nachdem sie etwa eine Stunde lang die Pläne für die anstehenden Sendungen von *Hello* durchgesprochen hatten, erklärte Bill Ford die Sitzung für beendet. »Okay, wer hat Lust auf einen Quickie?«

Nikki und Louise wechselten einen vielsagenden Blick. Bill war ein notorischer Schürzenjäger. Er nutzte seine Machtposition nicht nur dazu aus, Frauen ins Bett zu schleppen, sondern war zu allem Übel auch noch ein miserabler Liebhaber. »Dieser Typ«, hatte eine Produktionsassistentin nach einer vollkommen leidenschaftslosen Nacht berichtet, »glaubt anscheinend, eine Klitoris ist etwas, das man am besten an eine Südwand pflanzt.«

»Ich drücke es mal anders aus.« Bill setzte ein wölfisches Grinsen auf. »Geht jemand mit in die Bar?«

Ally überlegte kurz, ob sie sich ein Taxi schnappen und den großen Stapel Zuschauerpost lesen sollte, der als Reaktion auf die Zeitungsanzeigen von *Hello* eingetroffen war.

»Sie kommen doch mit, Ally?« fragte Nikki und hielt ihr die Tür auf.

Ally faßte einen Entschluß. Wenn sie nein sagte, sähe es so aus, als wolle sie sich nicht anschließen und zum Team gehören. Daß sie in einer von Centurys Limousinen mit Chauffeur nach Surrey davonrauschte, war genau das, was die Leute hier von Matt Boyds Frau erwarten würden. Wenn sie akzeptiert werden sollte, müßte sie mitgehen und selbst eine Runde ausgeben. Außerdem würde es bestimmt lustig werden.

»Aber sicher«, meinte sie. »Vor allem, wenn Bill zahlt.«

Erfreut blickte Nikki auf. Sie hatten sich Ally hochnäsig und schwierig vorgestellt, aber das war sie überhaupt nicht. »Übrigens, ich muß mich für Bill, unseren begabten Produzenten, entschuldigen. Er ist unser Büro-Wüstling. Einmal hat er sogar Maggy einen unsittlichen Antrag gemacht, und als sie ablehnte, erzählte er ihr, daß sie in ihrem Alter doch dankbar sein müsse.« Ally kicherte. Sie konnte sich nicht vorstellen, daß jemand den Mut besaß, Maggy anzumachen. Bei *Hello* zu arbeiten würde jedenfalls garantiert nicht langweilig werden.

Als sie lachend und witzelnd durch die Tür zogen, läutete das Telefon auf Bills Schreibtisch. Maggy, der zur allgemeinen Erleichterung ein dringender Termin eingefallen war und die deshalb nicht mitkam, nahm ab.

»Allegra!« rief sie. »Es ist für Sie.«

Ally wollte die Stimmung nicht verderben, indem sie sich vom Telefon aufhalten ließ. »Danke, Maggy. Würden Sie fragen, ob ich zurückrufen kann?«

»Sicher.« Sie hob den Hörer ans Ohr, sprach kurz und legte dann mit einem unheilschwangeren Lächeln auf. »Es war Patsy Cartwright, die Frau vom Big Boß. Sie meint, Sie brauchten sich nicht die Mühe zu machen, zurückzurufen. Sie wollte Ihnen nur gratulieren und Ihnen sagen, wie froh sie ist, daß sie Sie vorgeschlagen hat.«

Ally bedankte sich und schloß die Tür. Es war nett von Patsy, daß sie anrief, aber das würde Ally nicht unbedingt in ihren Bemühungen unterstützen, in die Herde aufgenommen zu werden.

Viele aus dem Team fühlten sich in Centurys Bar heimischer als zu Hause – weil sie dort mehr Zeit verbrachten. Es war ein langer, niedriger Raum, der die halbe Länge des Gebäudes einnahm und dessen hohe Glastüren auf eine Terrasse mit Aussicht auf die Themse hinausgingen. Manche behaupteten, daß man von dort einen herrlichen Blick auf das Londoner Parlamentsgebäude hätte. Ally fragte sich allerdings, woher sie das wissen wollten, da die meisten an der Bar klebten und der Aussicht den Rücken zukehrten.

»Also, Leute, ich könnte ja ein paar Flaschen Hauswein ordern, und die teilen wir uns dann, okay?« Bill Fords Geiz war ebenso sprichwörtlich wie sein Ruf als Schürzenjäger.

»Tut mir leid, Süßer.« Brian, der Regisseur, der sich als Edelschwuchtel stilisierte, ließ sich nicht so leicht abspeisen. »Ich nehme einen doppelten Malibu. Das Blut in meinem Alkoholspiegel nimmt langsam überhand.«

Fluchend versuchte Bill, sich zwanzig verschiedene Bestellungen einzuprägen, während das Team auf die Terrasse strömte. Es war warm für September, und so saßen sie in der Sonne oder hockten auf dem niedrigen Mäuerchen und ließen sich von dem herrlichen Wetter davon ablenken, daß in wenigen Wochen, wenn die Herbststaffel anlief, *Hello* täglich auf Sendung gehen würde und sie tatsächlich etwas arbeiten müßten.

»Dieser beknackte Stephen Cartwright«, jammerte Brian in seinen Malibu. »Bloß seinetwegen müssen wir fünfzig verfluchte Wochen im Jahr senden. Ich meine«, zornig zermalmte er einen Kräkker, »was ist bloß mit den hübschen Kurzserien geschehen, bei denen man an Ostern und Weihnachten je einen Monat frei hatte?«

»Vorsicht, verrat dein Alter nicht, Brian.« Nikki reichte Ally ein riesiges Glas Weißwein. »Die sind nämlich mit den Schwarzweißfilmen ausgestorben.«

Fasziniert lauschte Ally dem Geplänkel. Sie liebte diese Insider-Gespräche. Es war erstaunlich, daß Matt schon fast fünfzehn Jahre bei Century war und sie keine Ahnung hatte, mit wem er zusammenarbeitete. Abgesehen von Bernie natürlich, den sie leider gleich zu Beginn kennengelernt hatte und dem sie am liebsten nie begegnet wäre. Es war eine merkwürdige Vorstellung, daß Matts Team wahrscheinlich ganz ähnlich wie dieses war. Und manchmal sah er die Kollegen häufiger als sie. Während sie die lachenden Menschen neben sich und die angenehme Umgebung betrachtete, fragte sie sich, inwieweit sein Pflichteifer wirklich reine Notwendigkeit war.

Ohne Vorwarnung erschien auf einmal George Waites, Englands distinguiertester Nachrichtensprecher, in einer der Terrassentüren. Er blieb einen Moment lang mit einem Glas Wein in der Hand stehen, und sein silbergraues Haar schimmerte in der Mittagssonne.

»Hallo, ihr Süßen.« Er äugte hinaus zu ihnen, wie sie da in der strahlenden Sonne saßen, trollte sich dann wieder nach drinnen und murmelte: »Mein Gott, was für ein gräßliches Wetter!«

Ally kicherte. »Der mag wohl die Sonne nicht?«

»Vermutlich hat er einen Kater so groß wie ein Nashorn«, flüsterte Louise. »Verdient hätte er ihn jedenfalls. Der böse Georgie sollte eigentlich vor den Mittagsnachrichten nicht trinken, weil er sonst eine verwaschene Aussprache hat und die Zuschauer dann anrufen und sich beschweren. Der Chef vom Dienst sagt, das mit den Antibiotika glauben sie ihm nicht mehr.«

»Vor allem seit gestern abend«, warf Nikki ein.

»Was war denn gestern abend?« Ally lauschte gespannt.

»Er hat live auf Sendung eine Produktionsassistentin gefragt, wie man Nagorny Karabach ausspricht und dann verkündet ›Wen interessiert das schon‹. Den Botschafter zum Beispiel. Der hat nämlich angerufen und sich beschwert. Hinterher kam Georgie hier in die Bar, sang und zog sich aus.«

Ally lehnte sich zurück und schüttete sich aus vor Lachen. Von nun an würde sie die Mittagsnachrichten mit anderen Augen sehen.

Matt setzte sich an die alte Underwood-Schreibmaschine in seinem Arbeitszimmer und starrte auf das leere Blatt Papier. Eigentlich war es eine Schrulle von ihm, sie immer noch zu benutzen. Er hätte sich längst einen schicken Computer kaufen sollen, doch es war seine erste Schreibmaschine gewesen, und das satte Geräusch, das sie erzeugte, wenn man auf die Tasten drückte, konnte ihm kein Computer dieser Welt ersetzen.

Aber heute konnte Matt sich nicht konzentrieren. Er hatte den Nachmittag frei genommen, um eine Tischrede zu verfassen, die er bei einer Tagung der IBM-Bosse zu halten versprochen hatte. Matt Boyd war für öffentliche Auftritte stets gefragt. Ob es sich nun um Supermarkteröffnungen oder die Übergabe von Lotteriegewinnen handelte, man wußte, wenn Matt moderierte, war das Gelingen der Veranstaltung garantiert. Er war witzig und schreckte nicht mal davor zurück, ein paar Hände zu schütteln und zu plaudern. Außerdem steckte er nicht bloß schnell seinen Scheck ein und verschwand, sobald es mit – oder auch ohne – Anstand möglich war, so wie manch andere Stars. Matt war gern unter Menschen. Trotzdem fragte er sich jedesmal, wenn er bei einer Veranstaltung wie der bevorstehenden zugesagt hatte, warum er das tat. Das Geld brauchte er nicht. Vermutlich war es eine Art Reserve für schlechte Zeiten. Wenn man aus einer Familie wie der seinen kam, wo der Vater Maurer war und das Geld hinten und vorne nicht gereicht hatte, achtete man sehr darauf, der Armut nie wieder ins Gesicht blicken zu müssen. Und die Fernsehbranche konnte so wechselhaft sein. Zehn Jahre war er nun schon ganz oben, länger als irgendein anderer, aber würde das noch einmal zehn Jahre anhalten?

Matt stand auf. Er konnte die verdammte Rede nicht schreiben. Obwohl Mrs. O'Shock im Hintergrund staubsaugte, war es noch viel zu ruhig. Über dem Haus lag eine Art Leblosigkeit, eine mit gähnender Leere gepaarte Stille, die er nicht gewohnt war.

Vielleicht sollte er sich eine Tasse Kaffee machen.

Am Fuß der Treppe bückte er sich, um die Nachmittagspost aufzuheben. Als er sich wieder aufrichtete, wurde ihm klar, was heute anders war.

Ally war nicht da.

Als Ally sich endlich in die Polster des Ford Granada sinken ließ, den Nikki für sie organisiert hatte, und den Heimweg antrat, konnte sie kaum glauben, daß es schon halb vier war. Ein flüssiges Mittagessen aus Weißwein mit nur einem Päckchen Käsegebäck als Festnahrung hatte dazu geführt, daß sie sich abwechselnd schwindlig und überglücklich fühlte.

Um halb fünf knirschte der Wagen über den Kies ihrer Einfahrt. Zu ihrer Überraschung stand Matt vor der Haustür und wartete auf sie.

»Offensichtlich haben wir dir so gefehlt, daß du geradezu nach Hause geeilt bist.«

Ally grinste, als sie aus dem Wagen ausstieg.

»Du hast ja einen sitzen«, schimpfte Matt.

»Ich weiß«, gestand Ally, der klar war, daß Leugnen keinen Zweck hatte. »Es war ungemein lustig. Jetzt weiß ich, warum du immer so lange arbeitest. Du verbringst die Hälfte der Zeit in der Bar.«

Matt lag eine wortreiche Entgegnung auf der Zunge, aber er konnte sich gerade noch zurückhalten. »Verdammt!« Er schnippte in gespieltem Groll mit den Fingern. »Jetzt hat sie mich tatsächlich ertappt.«

»Komm schon.« Ally übersah den grinsenden Fahrer. »Das ist erst der Anfang. Hier wird sich noch einiges ändern.«

Nach einem kurzen Schweigen antwortete Matt. »Ja.« Er streckte die Arme nach ihr aus. »Das habe ich schon gemerkt. Komm rein, dann mache ich dir einen starken Kaffee, damit du wieder nüchtern bist, wenn die Kinder heimkommen.«

»Das klingt gut. Könnten wir ihn nicht im Bett trinken?«

Lachend sah Matt auf die Uhr. »Wir haben doch nur noch sechzehneinhalb Minuten Zeit.«

»Paß mal auf.« Ally nahm ihn bei der Hand und zog ihn zum Haus, während der Fahrer wendete und leise kichernd davonfuhr. »Vergessen wir doch einfach den Kaffee, oder?«

10. Kapitel

»Matt, hast du das gesehen?« Belinda warf mit solcher Wucht ein Exemplar der *Daily Post* auf seinen Schreibtisch, daß beinahe sein ganzer Kaffee übergeschwappt wäre. »Schau dir mal die mittlere Doppelseite an.«

Matt wischte die Kaffeespritzer weg und schlug die Zeitung auf.

Auf der mittleren Doppelseite sprang ihm eine riesige Schlagzeile ins Auge: ›DANNY WILDE IM NEUEN GEWAND: Die Show braucht mehr Biß, sagt der Fernseh-Talkmaster.‹

»Lies den Artikel.« Belindas Gesichtsausdruck ähnelte dem einer Sphinx, aber die weißen Knöchel ihrer Finger, mit denen sie sich an den Stuhl klammerte, und ihre nur mühsam unter Kontrolle gehaltene Stimme verrieten ihm, daß sie vor Wut kochte. »Sie machen es«, murmelte sie mit zusammengepreßten Zähnen. »Verdammt noch mal, sie machen es.«

Matt begann zu lesen. Danny Wilde hatte der *Post* zufolge festgestellt, daß Talkshows immer seichter und abgedroschener wurden, und deshalb wollten sie in der nächsten Staffel die Bandbreite der Sendung ausdehnen. Von nun an würden sie Politiker und deren Hintermänner ebenso einladen wie Filmsternchen und Ivana Trump. Es entsprach fast im Wortlaut den Vorschlägen, die sie Bernie Long für ihre eigene Show unterbreitet hatten.

»Zum Teufel, Matt, sie klauen unsere Ideen.« Belinda begann im Zimmer auf und ab zu streichen wie ein gefangener Tiger. »Wir müssen etwas *tun*. Wir müssen unser neues Konzept vorstellen, bevor ihre nächste Staffel startet, sonst sieht es aus, als äfften wir sie nach.«

Matt überflog den Artikel in der *Post* noch einmal. Belinda hatte recht. Sie mußten etwas tun. Und wenn sie Bernie nicht auf ihre Seite ziehen konnten, mußten sie ihn eben übergehen und direkt mit Stephen sprechen.

Aufgeregt saß Ally in ihrer Garderobe in den Tiefen des Gebäudes von Century Television. Heute ging *Hello* zum erstenmal mit Ally Boyd als Kummertante live auf Sendung. Sorgfältig legte sie ihr Kleid zurecht. Diesmal war es nicht das scheußliche orangefarbene Kostüm, das sie geliehen bekommen hatte, sondern ein fliederfarbenes Kleid mit Spitzenkragen, das raffiniert war, ohne daß sie zu aufgedonnert darin wirkte. Schließlich sollte nicht Ally der Star sein, sondern die Zuschauer, die anriefen.

Sie sah auf die Resopalplatte, die ihr als Schminktisch diente. Sie war übersät mit Glückwunschkarten, deren Absender von Matt bis hin zu ihrem örtlichen Taxiunternehmen reichten. Mit so vielen guten Wünschen konnte ja nichts schiefgehen.

Sie schlüpfte in ihr Kleid, frischte ihr Make-up auf und bürstete sich die Haare. Dann betrachtete sie sich kurz in dem strahlend beleuchteten Spiegel und holte tief Luft.

Es war Zeit, ins Studio zu gehen.

Als sie ihren Platz unter den grellen Scheinwerfern einnahm, fühlte sich Ally plötzlich unsicher und verlassen. Die ganze vergangene Nacht hatte sie das Vorlesen von Zuschauerpost geübt, doch nun kam die Stunde der Wahrheit.

Der Probedurchlauf war zur Hälfte vorüber. In nicht einmal einer Stunde würden sie live auf Sendung sein. Maggy stellte sie vor, und mit angehaltenem Atem wandte sich Ally dem roten Lämpchen zu, das ihr von Kamera drei aus zublinkte.

Und dann begannen ihre Schwierigkeiten.

Als sie versuchte, die Worte abzulesen, die langsam über den Teleprompter vor der Kamera liefen, verhaspelte sie sich. Ihr Sprechrhythmus war abgehackt und unnatürlich. Sie versprach sich erneut.

»Okay, okay«, unterbrach Bill Ford aus dem Regieraum. »Jetzt das Ganze noch mal von vorn.«

Die für den Teleprompter zuständige junge Frau stellte wieder den Anfang ein, und Ally begann erneut.

Aber es wurde nicht besser. Ally, die sich nur allzu deutlich dessen bewußt war, wie viele Leute zuhörten und ihre Ungeduld zu verbergen suchten, blieb wieder stecken.

Und dann überfiel sie die Panik, kalt und grauenvoll. Sie begann ein drittes Mal, schaffte es fließend durch die ersten zwei Absätze und stieß einen Seufzer der Erleichterung aus. Gott sei Dank, das waren die Stolpersteine gewesen. Dann versprach sie sich im letzten Satz.

Während sie noch gegen ihre Angst ankämpfte, wurde ihr klar, woran es lag. Jetzt war es wirklich ernst. Bei der Pilotsendung hatte sie nicht damit gerechnet, den Job zu bekommen. Außerdem war sie so maßlos wütend auf Maggy Mann gewesen, daß sie vergessen hatte, wo sie war und nur noch den Wunsch hatte, Maggy zu zeigen, daß sie es konnte. Und dank Maggys kleinem Trick hatte sie auch nicht vom Teleprompter ablesen müssen. Sie hatte alles improvisiert.

»Versuch's noch mal, Herzchen, *langsam.*« Bill Fords Stimme klang zuckersüß, doch entging ihr der Groll dicht unter der Oberfläche keineswegs.

Dieses Mal würde sie es schaffen.

Sie nahm einen neuen Anlauf. Wie Laurence Olivier klang es zwar nicht gerade, aber zumindest kamen die Wörter diesmal in der richtigen Reihenfolge.

Sie bemerkte, wie das Studioteam einen fast hörbaren Seufzer der Erleichterung ausstieß, und vom Rand der Kulisse hielt ihr Nikki den aufgerichteten Daumen entgegen.

Doch das war nur die Probe gewesen. Wie, in aller Welt, würde es ihr ergehen, wenn es ernst wurde?

»Kann Ally jetzt gehen?« fragte der Aufnahmeleiter.

»Sicher.« Ally konnte Bill über die Gegensprechanlage hören, obwohl sie ihren Ohrstöpsel herausgenommen hatte. »Und sag ihr, daß sie es in Gottes Namen *lernen* soll, ja?«

Mit einem aufmunternden Lächeln kam Nikki zu ihr herüber. »Soll ich das Mädchen, das für den Teleprompter zuständig ist, fragen, ob sie während der Teepause noch einmal mit Ihnen probt? Sie ist unheimlich nett.«

»Ja, bitte«, sagte Ally dankbar. Als sie sich umdrehte, um ihren

Ohrstöpsel abzulegen, begegnete sie Maggys Blick. Maggy war viel zu schlau, um offen zu grinsen, doch um ihre Lippen spielte ein unverkennbares Zucken, das Ally ihrem schwindenden Selbstvertrauen zuliebe zu ignorieren beschloß.

»Bernie, du *mußt* uns zuhören!« Ohne daß sie es bemerkte, war Belindas Ton fordernd geworden. Bernie sah sie über seinen Schreibtisch hinweg an. In seinem Blick lag kalte Abneigung. Jetzt fing diese Kuh auch noch an, ihm Vorschriften zu machen. Bernie wußte genau, was Belinda von ihm hielt. Sie hatte es ihn mehr als deutlich spüren lassen. Sie hielt ihn für einen ausgedienten Veteranen, der verzweifelt versuchte, sich mit den Fingernägeln festzukrallen, wo er endlich loslassen und Raum für jüngere, begabtere Menschen schaffen sollte. Für Menschen wie Belinda.

Doch zu ihrem Pech entsprach das nicht ganz seinem Selbstbild. Er hatte im Laufe seiner Karriere schon einiges überstanden, und er hatte nicht die Absicht, jetzt von Bord zu gehen. Außerdem hatte er sowieso das Gefühl, daß Belinda in ihren Qualitäten als eine der jüngsten Produzentinnen aller Zeiten maßlos überschätzt wurde.

Doch wie, zum Teufel, kam Matt dazu, sie zu unterstützen? Matt und er waren von Anfang an zusammen gewesen. Matt war sein Geschöpf, seine Entdeckung. Er hatte seinen altmodischen Charme gesehen und sofort erkannt, daß es genau das war, was im Fernsehen wirken würde. Und es hatte gewirkt.

Mochte Matt in jüngster Zeit auch ein paar Zuschauer verloren haben, so gab es doch nach wie vor niemanden, der sich mit ihm messen konnte. Egal was Belinda sagte – Danny Wilde war keine ernsthafte Konkurrenz. Er war ein Naseweis. Er erschreckte die Omas in den Vorstädten zu Tode, während Matts Charme drei Generationen vereinte: Teenager, Mütter und Großmütter. Und nun schlugen er und Belinda irgendeine dämliche Neuaufmachung vor, die ebensogut ins Auge gehen und Matts Karriere ruinieren konnte.

»Okay, Matt, du möchtest also etwas anderes.« Bernie ignorierte Belinda geflissentlich und wandte sich direkt an Matt. »Warum fragen wir Stephen nicht, ob wir mit der Show nach Hollywood oder zu den Filmfestspielen nach Cannes gehen können? So könnten wir die großen Namen um uns scharen und aus dem Studio rauskommen.«

»Es geht doch nicht darum, nach Hollywood zu gehen, Bernie.« Matt wußte, daß Bernie ihn nicht verstehen wollte. »Die ganze Richtung der Show muß anders werden. Man kann nicht zehn Jahre lang dasselbe machen und an der Spitze bleiben. Es wird Zeit, daß wir uns weiterentwickeln. Bissiger werden, streitbarer. Gut, dann regen sich die Zuschauer eben auf. Besser, als wenn sie vor dem Fernseher einschlafen.«

»Oder zu Danny Wilde umschalten«, fügte Belinda hinzu.

Matt beobachtete Bernie genau. Sie arbeiteten jetzt schon so lange zusammen, daß er genau wußte, wie er dachte. Bernie glaubte, daß Belinda hinter allem steckte. Er dachte, sie hätte ihn mit ihren kaum vorhandenen Röcken und den noch weniger vorhandenen Manieren eingewickelt und führe ihn nun am Schwanz auf sicherem Weg seinem beruflichen Untergang entgegen. Bernie würde nie verstehen, daß Matts Beziehung zu Belinda rein beruflicher Natur war. Sie teilten den gleichen Traum, nicht das Bett. Auf jeden Fall wollte Bernie nicht zugeben, daß es Matt war, der am eindringlichsten nach einer Veränderung verlangte.

»Hör mal, Bernie, wir sind jetzt schon von Anfang an zusammen.«

»Und kein Tag war ein Tag zuviel«, zitierte Bernie den alten Schlagertext.

»Aber du weißt selbst, was für eine Laune ich in letzter Zeit hatte. Ich langweile mich zu Tode. Und natürlich sieht man das. Ich weiß es. Und du weißt es. Und *sie* wissen es, Herrgott noch mal!«

Belinda wollte sich einschalten. Es gefiel ihr nicht, wie man sie aus dem Gespräch gedrängt hatte, sie war dann aber doch klug genug, den Mund zu halten.

Als er erkannte, daß es Matt ernst war, zuckte Bernie mit den Achseln. »Und was sollen wir da machen, Matt? In diesem Punkt sind wir völlig verschiedener Meinung.«

Matt blickte ihm geradewegs in die Augen. »Ich habe Stephen um einen Termin gebeten, um alles zu besprechen.«

Belindas Kopf fuhr hoch. »Davon hast du mir nichts gesagt.«

»Nein.« Belinda nahm den kleinen Anflug von Ungeduld in Matts Stimme wahr. »Ich wollte es zuerst Bernie sagen. Wir sind schon so lange befreundet.«

»Männerfreundschaft«, murmelte sie gerade noch hörbar.

»Willst du mitkommen«, fragte Matt Bernie, »und deinen Standpunkt verteidigen?« Sie wußten beide, wovon Matt sprach. Matt würde Stephen sagen, entweder müsse sich etwas ändern, oder er würde gehen.

»Nee.« Bernie nahm die Füße vom Schreibtisch, die er nicht vom Fleck bewegt hatte, seit sie in sein Büro gekommen waren. »Du mußt wohl einfach tun, was du tun mußt. Vermutlich kannst du mich in meiner Abwesenheit besser in die Pfanne hauen.«

Obwohl sie beide nicht wußten warum, schüttelten sie einander die Hand.

»Mein Gott, was ist denn mit der Frau los?« Bill Ford legte vorsorglich die Hand über sein Mikrofon, damit ihn Ally nicht hören konnte. Er wollte nicht, daß sie noch schlechter wurde. Es war so schon schlimm genug. Es war ein Allgemeinplatz beim Fernsehen, daß eine gute Pilotsendung zwangsläufig eine miserable Folgesendung nach sich zog, und es sah sehr danach aus, als würde *Hello* den Beweis dafür liefern, wie zutreffend dies war.

Ally Boyd war nicht sein einziges Problem. Die Kulissenmaler, die sich über seine schonungslose Offenheit bezüglich ihrer Arbeit geärgert hatten, hatten nun die Dekorationen in einen besonders gräßlichen Orangeton umgefärbt, der Beleuchter bezog seine Eingebungen zweifellos aus dem Londoner Kerkermuseum, und der Gartenbaufachmann hatte in Manchester sein Flugzeug verpaßt. Nur der Gedanke, daß er sonst nie wieder einen Job bekäme, hielt Bill Ford davon ab, sie alle ihrem Schicksal zu überlassen und mit unbekanntem Ziel zu verschwinden.

Ally saß in ihrer Garderobe und versuchte zum zehntenmal, sich ihren Text einzuprägen. Tief in ihrem Innersten vermutete sie, daß es sinnvoller wäre, ihn wegzuschmeißen, aber das traute sie sich nicht. Nikki steckte den Kopf in die Tür. »Zeit zum Schminken«, mahnte sie. »Und passen Sie auf, daß sich die Maskenbildnerin nicht über sie beugt. Ich habe gerade gesehen, wie sie ein Sandwich mit Lauchzwiebeln gegessen hat.«

Ally lachte und dankte Nikki im stillen dafür, daß sie versuchte, sie von der bevorstehenden Tortur abzulenken. In der Pause hatte sie zehn Minuten mit dem Mädchen, das für den Teleprompter zuständig war, geübt, ohne zu bemerken, daß Maggy noch auf ihrem Platz saß und ein Interview mit sich selbst in *Harper's & Queen* las.

»Was meinen Sie?« hatte Ally Nikki gefragt, als sie fertig waren.

»Warum machen wir's uns nicht leichter«, Maggys Stimme tönte von der anderen Seite des Studios herüber, »und engagieren Pinocchio?«

»Tja, eine Glanzleistung war das nicht, Leute!« Gerade war der Abspann der letzten Sendung in einer katastrophalen ersten Woche gelaufen. Bill Ford spielte mit dem Gedanken, sie aufzumuntern, beschloß dann aber, daß es für alle besser wäre, wenn er deutlich wurde.

Die letzten anderthalb Stunden hatten zu den längsten seines Lebens gehört. Alles was schiefgehen konnte, war schiefgegangen. Maggy Mann war ungefähr so warm und herzlich gewesen wie ein Paket Tiefkühlerbsen, und ein Holzklotz hätte besser vom Teleprompter abgelesen als Allegra Boyd. Anfangs hatte er ja gehofft, daß ihr Lampenfieber sich nach der ersten Sendung legen würde, aber leider vergeblich. Wenn man dann noch bedachte, daß sich die Moderatorinnen offensichtlich haßten wie die Pest, hatte man schon das Rezept für einen Alptraum von Fernsehsendung. Bills einzige Hoffnung war, daß es entweder nächste Woche besser lief oder die Zuschauer die Sendung deshalb weiterempfahlen, weil sie so schlecht war, daß man schon wieder lachen mußte.

Als Ally endlich nach Hause kam, hatte sie nur noch den Wunsch, in einem heißen Bad unterzutauchen und alles zu vergessen. Die gesamte Woche, auf die sie sich mit solchem Überschwang gefreut hatte, war ein totales Fiasko gewesen. Sie zog die Studiogarderobe aus und fing an, das dick überpuderte Make-up so heftig abzuschrubben, daß sie rote Flecken auf Gesicht und Hals bekam.

Eine halbe Stunde später, sauber gebadet wie ein Baby und in ihrem ältesten Jogginganzug, fühlte sie sich den neugierigen Fragen gewachsen, die unten garantiert auf sie einstürmen würden.

»Wie war's, Ma?« kreischte Jess, die ihre Hausaufgaben liegen ließ und ihrer Mutter in die Küche hinterherstürmte.

Ally füllte den Wasserkessel. »Nicht so berühmt«, entgegnete sie und schluckte dabei.

»So schlimm?« Jess nahm ihre Mutter in die Arme. »Aber du warst doch so super in der Pilotsendung.«

Ally griff in die Keksdose, um sich für ihr mißlungenes Fernsehdebüt zu entschädigen. »Ich weiß. Aber vielleicht war das Anfängerglück, oder es lag einfach daran, daß es nur eine Pilotsendung war. Jetzt, wo ich den Job habe, war ich total daneben. Sogar der netten jungen Frau, die für den Teleprompter zuständig ist, war es schon peinlich, wie viele Einsätze ich wiederholen mußte. Und die widerliche Maggy Mann hat sich wie im Himmel gefühlt.«

»Arme Mum.« Jess nahm Ally den Kessel aus der Hand und goß ihr eine Tasse Tee auf. »Vielleicht läuft es ja nächste Woche besser.«

»Guter Gott, das hoffe ich.« Ally setzte sich an den Küchentisch und schloß die Augen. »Lange halte ich das nicht mehr aus, wie die netten Kollegen Mitleid mit mir haben und die Giftspritzen tuscheln: ›Was will man schon erwarten? Sie ist eben bloß eine Hausfrau.‹«

»Komm schon, Mum, es war doch nur die erste Woche. Da baut jeder Mist. Sonst wäre es ja zu einfach, und jeder von uns kleinen Leutchen würde denken, er könnte es genauso. Nimm dir noch einen Keks.« Sie wühlte in der Dose und reichte Ally einen. »Da, nimm den im Goldpapier.«

Ally lächelte. Die im Goldpapier waren Jess' Lieblingskekse.

Als sie zwei Stunden später Matts Auto über den Kies knirschen hörte, überkam Ally bei der Vorstellung, ihre Erfahrungen bei einem Glas Wein mit ihm zu teilen, eine Welle der Erleichterung. Vielleicht hatte er sogar ein paar nützliche Tips für sie. Sie sprang auf und ging hinaus auf die Veranda, um ihn dort zu erwarten. Die schräg einfallenden Strahlen der Abendsonne erzeugten fast genug Wärme, um den Wein hier draußen zu trinken.

Doch in dem Moment, in dem er das Auto verließ, merkte sie, daß etwas nicht stimmte. Sein Gesicht wirkte abgespannt und verschlossen. Normalerweise kam er lächelnd herein, umarmte Janey und Jess und erzählte ihnen blöde Witze, bis sie sich vor Lachen kugelten.

»Was ist denn los, Liebling?« fragte Ally.

Matt beugte sich hinab, küßte sie auf die Wange und sog einen Moment lang ihren Duft ein. »Feiner Duft. Was ist denn das?«

»Matt, du weißt genau, was es ist. Diorissimo. Das nehme ich doch immer. Was ist denn passiert?«

Matt war verblüfft. »Ist es so offensichtlich?«

»Wenn man achtzehn Jahre mit jemandem verheiratet ist, schon. Was ist denn?«

Matt nahm sie bei der Hand und führte sie in den Garten. Im schwindenden Licht des Sonnenuntergangs lag er bereits zur Hälfte im Schatten. »Es ist wegen Bernie Long. Heute ist es endlich zur Kraftprobe zwischen uns gekommen.«

Ally wurde mit einem Schlag leichter zumute. Sie konnte Bernie nicht ausstehen. Wenn Matt sich mit ihm überworfen hatte, würde ihr das nicht das Herz brechen.

»Weswegen?«

Matt pflückte eine Chrysantheme und atmete ihren frischen, starken Duft ein. Er liebte diesen Garten. Wie schlecht seine Stimmung sein mochte, wieviel Arbeit sich auch vor ihm auftürmte – der Garten besaß stets die Macht, ihn zu beruhigen. »Ach, weißt du, ich bin der Meinung, wir sollten die Sendung etwas gewagter gestalten, und Bernie will das alte Konzept beibehalten.«

Er sagte es in beiläufigem Ton, doch sie wußte auf der Stelle, daß es sich um eine grundlegende Meinungsverschiedenheit handelte.

»Und du hast nicht das Recht, zu entscheiden? Es ist doch deine Show. Ohne dich hätten sie nichts.«

»Stimmt.« Er führte ihre Hand an sein Gesicht und ließ sie da. »Und natürlich kann ich jederzeit meinen Hut nehmen. Diese Macht habe ich noch.«

Ally war entsetzt. »Aber so weit ist es doch hoffentlich noch nicht?«

»Nein, keine Angst. Wir werden schon nicht plötzlich auf der Straße sitzen.«

»Das habe ich nicht gemeint.« Unwillkürlich fühlte sie sich durch seine Unterstellung ein wenig verletzt. »Es hat mich nur erstaunt, daß du schon so weit denkst.«

»Tu ich nicht.« Er setzte sein bewährtes Matt-Boyd-Lächeln auf.

»Ich übe mich nur schon ein bißchen im Säbelrasseln, bevor ich nächste Woche gegen Stephen in den Ring trete.«

»Was willst du ihm sagen?«

»Daß die Show umgestaltet werden muß, oder ich moderiere sie nicht mehr.«

Ally überlief ein warmer Freudenschauer. Noch nie hatten sie so miteinander gesprochen. Matt brachte weder im wörtlichen noch im übertragenen Sinn Arbeit mit nach Hause, und obwohl sie wußte, daß er sie nicht absichtlich uninformiert ließ, fühlte sie sich dennoch ausgeschlossen. Jetzt schien es anders zu sein. Bildete sie sich das nur ein, oder könnte es vielleicht tatsächlich daran liegen, daß sie nun – wenn auch nur ansatzweise – ein Teil seiner Welt war, und er deshalb seine Probleme mit ihr besprach?

»Und wie war deine erste Woche?«

»Ganz okay«, log sie. »Am Teleprompter habe ich nicht gerade geglänzt.«

»Das tut doch niemand am Anfang.« Er legte den Arm um sie und drückte sie aufmunternd. »Es ist ja auch ein verflucht unnatürlicher Vorgang, von einer Rolle Klopapier abzulesen und den Zuschauern weiszumachen, man spräche frei. Das wird schon. Sag ihnen, daß du Übung brauchst. Eigentlich sollte der Produzent das vorschlagen und nicht warten, bis du darum bittest.«

Mit einem Mal fühlte sich Ally bedeutend wohler.

»Was gibt's zum Abendessen?« Matt hielt sie fest und küßte sie, bis sie keine Luft mehr bekam. »Oder sollte ich das nicht mehr fragen, jetzt, wo du eine berufstätige Frau bist?«

»Omeletts.« Sie lachte und fügte dann, nachdem sie sich befreit und ihn in die Küche gezogen hatte, hinzu: »Da das ja deine Spezialität ist, dachte ich, du könntest sie backen, während ich den Salat mache.« Trotz ihrer Probleme war sie mittlerweile in Hochstimmung. Und dann fiel ihr etwas ein. »Wenn du die Show umgestalten willst und Stephen dich unterstützt, was passiert denn dann mit Bernie?«

»Er wird aus der Show aussteigen, schätze ich.«

»Und wer produziert sie dann?«

Matt schwieg einen Sekundenbruchteil lang, bevor er antwortete. »Erinnerst du dich noch an Belinda Wyeth, die neue Produzentin?« Er drehte sich zum Geschirrschrank, um einen Whiskybecher herauszuholen, und so konnte er nicht sehen, daß ein Schatten über Allys Gesicht huschte. »Sie ist unglaublich begabt. Ich denke, ich werde sie vorschlagen.«

11. Kapitel

Stephen Cartwright schloß die Tür zu seinem Büro und setzte sich an seinen Schreibtisch. Er griff nach der Fernbedienung und drückte einen Knopf. In einer Ecke des Raumes erschien ein riesiger, leicht nach innen gewölbter Bildschirm. Dann drückte er einen zweiten Knopf, und anderthalb Meter vor ihm tauchte Maggy Mann in höchster Bildqualität auf.

Hello hatte gerade die Hälfte der Sendezeit von neunzig Minuten hinter sich gebracht. Stephen warf einen Blick auf das Blatt mit den Einschaltquoten, das vor ihm lag. Weit davon entfernt, sich als der Knüller zu entpuppen, auf den sie gehofft hatten, schlug sich *Hello* noch schlechter als die fremdproduzierte Familienserie, die es ersetzt hatte. Anfangs hatte er das noch Kinderkrankheiten zugeschrieben, doch nun lief *Hello* schon seit sechs Wochen, und die einzige Errungenschaft der Show war, daß sie die Quoten des Konkurrenzkanals in die Höhe getrieben hatte.

Stephen wunderte das nicht mehr. Die Show war ein heilloses Durcheinander, die Dekoration fade und von vorgestern, die Beleuchtung deprimierend, und die Moderatorinnen sahen einander kaum an. Maggy, die ein weit ausgeschnittenes Kleid trug, das in einer Singles-Bar vielleicht passend gewesen wäre, aber nicht in einer Nachmittagssendung, mühte sich erfolglos ab, mit Hilfe aufgesetzter Späße einen Gartenexperten aus der Reserve zu locken.

Und Allegra Boyd, die in der Pilotsendung so brillant gewesen war, war die schlimmste Überraschung. Sie hockte da und starrte den Teleprompter an wie das Kaninchen die Schlange. Sie besaß ungefähr so viel Charisma wie ein Hilfsbuchhalter. Als er sie da auf dem Bildschirm sah und zugleich an die reizende, temperamentvolle Frau dachte, die sie im wirklichen Leben war, fragte sich Stephen, was, zum Teufel, schiefgelaufen war.

Wütend schaltete er den Fernseher aus. Vielleicht war es ja sein Fehler, daß er Patsys Laune nachgegeben hatte und eine so unerfahrene Person ins Rampenlicht geschubst hatte. Eines stand jedenfalls fest: Wenn die Show nicht besser wurde, mußte er sich nach einem neuen Produzenten umsehen. Doch wo sollte er auf die Schnelle jemanden finden, der die nötige Portion Gespür und Talent besaß, um die Show zu retten?

Das Telefon auf seinem Schreibtisch summte und riß ihn aus seinen Überlegungen. Es war seine Sekretärin Janet.

»Stephen, ich habe Alex Williams von Big Television am Apparat. Er sagt, es sei dringend.«

Stephen saß einen Moment verblüfft da und sagte nichts. Wenn es eine Gesellschaft gab, die direkt mit Century rivalisierte, dann war das Big City Television, und es wurde mitunter mit unfeinen Methoden gekämpft. Im Gerangel um Werbeeinnahmen weigerten sich die Vertreter von Big City, Sendezeit an Firmen zu verkaufen, die auch bei Century warben. Und Century tat natürlich genau dasselbe. Die beiden Gesellschaften standen, um es milde auszudrükken, nicht gerade auf sehr freundschaftlichem Fuß miteinander.

Trotzdem fand Stephen das, was ihm Alex Williams zu sagen hatte, ausgesprochen interessant.

Jeder in der Fernsehbranche wußte, daß die Besitzer von Big City, ein riesiger Unterhaltungskonzern, finanzielle Probleme hatten und Big City abstoßen wollten. Nun hatten sie einen Käufer gefunden. Und dessen Name ließ Stephen aufhorchen: Ritchie Page. Ehemaliger Porno-König, Zar des Videoverleihgeschäfts und gegenwärtiger Eigentümer eines Satellitensenders namens Kids' Club Channel.

Ritchie Page war einer der ersten gewesen, der die Bedeutung des Videos begriffen hatte. Während die Fachleute noch jammerten, daß es sich nie durchsetzen würde, hatte Page bereits eine Kette von Videogeschäften in den großen Einkaufsstraßen aufgebaut. Es hatte nicht lange gedauert, bis ihm aufgegangen war, daß die beliebtesten Videos Gewaltstreifen und Softpornos waren, eben genau das, was die britischen Fernsehsender nicht zeigten.

Mit dem Vermögen im Rücken, das er damit verdient hatte, beschloß Page, seriös zu werden. Als die Satellitensender aufgekommen waren, hatte er eine weitere Marktlücke entdeckt und seinen Kids' Club Channel ins Leben gerufen. Infolge der geschickten Vermarktung seiner Zeichentrickfigur Fred Bär bedrängten Kinder in ganz Europa ihre Eltern, sich eine Satellitenschüssel anzuschaffen.

Jetzt wollte er noch einen Schritt vorankommen und einen Fernsehsender für Erwachsene kaufen.

Stephen hatte Alex Williams noch nie so außer sich erlebt. »Wenn Page Big City in die Finger bekommt, haben wir hier nur noch strippende Hausfrauen.« Williams machte eine Kunstpause, um die Konsequenzen plastisch werden zu lassen. »Und wir sind nur die ersten, Kollege. Ihnen wird es genauso ergehen. Sehen Sie sich bloß die Boulevardzeitungen an. Die zeigen schon, wo es in Zukunft lang gehen wird.«

Alex hatte nicht ganz unrecht. Wenn Big City Page in die Hände fiel, würde es hart für Century werden, wenn sie sich nicht ebenfalls dem Massengeschmack unterwarfen. »Und was kann ich tun?«

»Könnten Sie etwas über ihn bringen? Wir können es nicht machen – es wäre zu offensichtlich. Aber bei *Ihnen* ginge es.«

»Ja, ich denke, das ließe sich machen. Ich werde es mir durch den Kopf gehen lassen.«

Stephen legte den Hörer auf. Das hatte ihm wirklich noch zu seinem Glück gefehlt.

»Warum haßt dich Maggy Mann denn so?« Susie zog ihren Mantel aus und zog fragend eine Augenbraue hoch. Vor einer Stunde hatte sie einen Anruf von Ally bekommen, die darauf bestanden hatte, daß sie alles stehen und liegen ließ und sofort mit ihr zum Mittagessen ging. Ally wollte ihre Sorgen hinunterspülen. Gerade hatte sie ihre bislang miserabelste Leistung vor der Kamera vollbracht. »Man sieht es sogar auf dem Bildschirm.«

»Es gibt tausend Gründe.« Ally schenkte beiden ein Glas Wein ein. »Weil ich mit Matt verheiratet bin, weil er mich und die Kinder nicht wegen einer Jüngeren verlassen hat wie ihr Mann sie, weil Stephen oder, schlimmer noch, Patsy mich vorgeschlagen hat, wo sie doch wollte, daß ihre Freundin Anne Adamson den Job bekäme. Und das schrecklichste für sie ist, daß ich in ihren Augen eine Amateurin bin.«

»Aber du hast doch schon einmal beim Fernsehen gearbeitet.« Susie studierte die Speisekarte und versuchte herauszufinden, ob Crespolini mit Spinat und Ricotta oder Spaghetti Carbonara mehr Kalorien hatten. Die Spaghetti trugen den Sieg davon. Die würde sie essen.

»Das war doch vor der Sintflut. Und vor dem Teleprompter. Der ist mein größtes Problem. Ich höre mich an, als läse ich das Telefonbuch vor. Das klingt nicht gerade nach Ratschlägen, die von Herzen kommen.

»Dir fehlt bestimmt bloß die Übung.« Susie winkte den Kellner herbei und bestellte Brot nach. »Schließlich machst du das ja noch nicht lange.«

»Ich weiß«, bestätigte Ally düster, »aber Maggy Mann findet es anscheinend schon zu lang. Allerdings«, Allys Gesicht hellte sich auf, als ihr wieder einfiel, daß Maggy Mann sie heute morgen zum erstenmal matt angelächelt hatte, »war Maggy heute ein wenig freundlicher zu mir.«

»Ach du Scheiße.« Susie zuckte mitfühlend mit den Schultern. »Das ist ja übel. Dann muß sie wohl wirklich glauben, daß du kurz vor dem Abgang stehst.«

»Hallo, Matt, setzen Sie sich.« Stephen sah überrascht auf, als Matt und Belinda in sein Büro geführt wurden. Als Matt ihn um diese Besprechung gebeten hatte, hatte er angenommen, daß er allein kommen würde oder vielleicht mit Bernie Long. Mit Belinda hatte er nicht gerechnet.

»Belinda Wyeth kennen Sie ja.«

»Natürlich.« Stephen stand auf und reichte ihr die Hand. Er hatte ganz vergessen, wie umwerfend sie war mit ihrem langen Haar und den dunklen, leuchtenden Augen. So wie sie aussah, gehörte sie aufs Titelblatt einer Zeitschrift und nicht in einen finsteren Regieraum. »Sie sind die neue Produzentin in Matts Show. Zuvor waren Sie beim BBC.« Er lächelte. »Der Unterhaltungschef hat mir einen Brief geschrieben, in dem er mir vorwarf, ihm das beste Pferd im Stall mit schnödem Mammon abzuwerben.«

»Es war nicht der schnöde Mammon.« Belinda erwiderte sein Lächeln, und Stephen merkte, daß sie fast zwei Zentimeter größer war als er, sogar mit flachen Schuhen. »Es war die Gelegenheit, mit Matt zusammenzuarbeiten.« Belinda widerstand der Versuchung hinzuzufügen, »und seine beschissene Show auf Vordermann zu bringen«. Sie schärfte sich ein, vorsichtig zu taktieren.

Stephen sah zu Matt hinüber. Es mußte angenehm sein, wenn eine so schöne und begabte junge Frau von einem begeistert war. Jetzt fiel ihm wieder ein, daß er gewisse Gerüchte über Matt und Belinda gehört hatte, die er aber nicht für bare Münze genommen hatte. Fernsehsender würden ohne das Schmieröl bösartigen Klatsches auf der Stelle zum Stillstand kommen. Dennoch fiel ihm eine Art Knistern zwischen ihnen auf, obwohl er nicht sagen konnte, ob es sexueller Natur war oder lediglich dem geistigen Gleichklang zuzuschreiben war. Natürlich konnte das eine sehr schnell zum anderen führen. Stephen hatte das oft genug mit eigenen Augen beobachtet.

»Irgendwie«, sagte Stephen lässig, »glaube ich nicht ganz, daß Sie um diese Besprechung gebeten haben, um mir zu erzählen, wie gern sie zusammenarbeiten.«

»Kaum«, räumte Matt ein. »Sehen Sie, Stephen, ich sag's Ihnen ganz offen. Mir gefällt es nicht mehr, wie die Show läuft. Sie kommt langsam in die Jahre. Wir verlieren Zuschauer, weil die Aufmachung so trist ist, aber Bernie weigert sich, irgendein Risiko einzugehen und etwas zu verändern.«

»Waren Sie deshalb in letzter Zeit so gereizt? Ich bin nicht der einzige, dem das aufgefallen ist.«

Matt lachte. »Das war noch gar nichts. Stephen, ich langweile mich zu Tode.« Er sprang auf und ging im Zimmer auf und ab. »Ich könnte die Gästelisten für die nächsten sechs Shows herunterbeten, so vorhersagbar sind sie. Wir müssen das Konzept ändern, wir müssen etwas gewagter werden und die Grenzen der Talkshow ausdehnen.« Er holte einen Zeitungsausschnitt aus seinem Aktenkoffer. »Und wir müssen es bald tun, bevor Danny Wilde die Nase vorn hat.«

Stephen nahm den Zeitungsausschnitt.

»Und was meint Bernie dazu? Da Sie hier sind und er nicht, nehme ich an, daß er nichts davon weiß.«

»Natürlich weiß er es. Er wollte nur nicht mitkommen«, platzte

Matt heraus. »Bernie und ich arbeiten jetzt schon fünfzehn Jahre zusammen. Ich stünde jetzt nicht hier, wenn es mir gelungen wäre, ihn zur Vernunft zu bringen, aber er hört mir gar nicht zu. Ich finde, es ist Zeit, daß sich etwas ändert.«

Stephen schaute von Matt zu Belinda. Warum war sie mitgekommen, wenn sie nichts sagte?

»Okay, ich kann nichts versprechen«, sagte Stephen, der wußte, daß er Matts Unruhe nicht mehr länger ignorieren durfte. »Aber wenn Sie ein paar Papiere über die Neugestaltung Ihrer Show ausarbeiten, werde ich sie durchlesen.«

»Die kann ich Ihnen gleich geben.« Endlich machte Belinda den Mund auf. Sie reichte ihm einen Hefter mit drei vollständig durchstrukturierten Shows, die sie und Matt ausgearbeitet hatten. Stephen blätterte erstaunt die Seiten durch. Auf einer davon stach ihm ein Name ins Auge, der ihn nicht wieder losließ.

»Hier steht, daß Sie Ritchie Page interviewen wollen.«

»Unbedingt«, bestätigte Matt begeistert. »Er gehört genau zu der Sorte korrupter Geschäftsleute, die ich mit Vergnügen aufs Korn nehmen würde.«

Stephen hatte eine Idee. Es könnte funktionieren. Wenn Matt Boyd Ritchie Page vor einem Millionenpublikum bloßstellte, konnte er kaum noch hingehen und Big City Television kaufen.

Matt sah Stephen forschend an und versuchte zu ergründen, was hinter seinem plötzlichen Schweigen vorging. Vielleicht war dies der geeignete Zeitpunkt, um die Karten auf den Tisch zu legen und ihm zu sagen, daß er nicht bereit war, die Show weiterhin zu moderieren, wenn Stephen die Veränderungen nicht absegnete.

Aber die Drohung war überflüssig. Stephen lächelte.

»Okay, Sie können Ihr neues Konzept ausprobieren.« Matt und Belinda sahen einander angesichts dieser unerwarteten Kapitulation verblüfft an. »Vorausgesetzt, Sie bringen Ritchie Page in der ersten Sendung unter.«

Matt fing Belindas Blick auf und signalisierte ihr diskret, daß sie jetzt gehen sollten, bevor Stephen es sich anders überlegte. Schnell sammelte sie ihre Sachen zusammen und bemühte sich mit übermenschlicher Anstrengung darum, ihr Entzücken nicht zu zeigen, bis sie Stephens Büro verlassen hatten.

»Übrigens«, wandte Stephen sich an ihre davoneilenden Kehrseiten, wobei sich seine Mundwinkel leicht hoben, »Sie gehen vermutlich nicht davon aus, daß Bernie Long das produzieren wird.«

Matt drehte sich um. »Nein. Ich hatte gehofft...« Er sprach nicht weiter.

»Daß Belinda die Show an seiner Stelle produzieren könnte«, führte Stephen seine Gedanken zu Ende. »Okay.« Stephen grinste und sagte sich, daß er womöglich verrückt war. Aber Matt hatte recht. Die Show war in die Jahre gekommen. Vielleicht war gerade Belinda die Richtige dafür, sie aufzumöbeln. Vielleicht. Doch wie, zum Teufel, sollte er das Bernie Long beibringen? Am späteren Vormittag hatte er eine Besprechung mit ihm.

Als er sie mit vor Begeisterung leuchtenden Augen davonstürmen sah, fragte er sich, ob er die richtige Entscheidung getroffen hatte. Und ihm kam kurz in den Sinn, ob er – angesichts der Gerüchte – damit nicht Allegra Boyd einen Bärendienst erwiesen hatte.

»Wir haben es geschafft, Matt!« Belinda war davon ausgegangen, daß dies nur das erste Scharmützel in einem langen Kampf sein würde. Statt dessen war alles erledigt. Sie standen immer noch vor Stephens Büro. Sie stimmte eine Art Triumphgeheul an, und Matt packte sie und zerrte sie hinüber zu den Aufzügen und damit außer Reichweite von Janets mißbilligenden Blicken.

Vor dem Aufzug drehte sich Belinda immer noch lächelnd zu ihm um. »Laß uns jetzt nicht ins Büro zurückgehen. Laß uns feiern.«

Matt erwiderte ihr Lächeln. »Erst wenn ich Bernie gefunden habe. Ich will es ihm selbst sagen, bevor Stephen es tut. Das bin ich ihm schuldig. Geh doch schon mal rüber ins Studio fünf und besetze einen Tisch.«

Er drückte auf den Knopf, und der Lift kam. Belinda stieg ein.

In dem Weinlokal namens Studio fünf – das so genannt wurde, um Ehefrauen, Freundinnen und Chefs zu täuschen, denen man wahrheitsgemäß erzählen konnte, ›er ist in Studio fünf‹ – kämpfte sich Belinda durch den hektischen Mittagsbetrieb und bestellte Champagner.

Zehn Minuten später erschien Matt.

»Hast du ihn erwischt?«

»Ja. Gerade noch rechtzeitig. Er war schon auf dem Weg zu Stephen.«

»Wie hat er es aufgenommen?«

Matt zog die Augenbrauen hoch. »Du kennst doch Bernie. Er wünschte mir viel Glück und meinte, mit dir als Produzentin würde ich das auch brauchen. Es gibt bloß noch eines, das ich bei dem Ganzen nicht verstehe.« Matt schenkte sich ein Glas Champagner ein und füllte das von Belinda auf. »Warum hängt alles davon ab, ob Ritchie Page zusagt?«

»Frag mich nicht.« Belinda zuckte mit den Achseln. »Vielleicht hat Stephen unanständige Videos gekauft.« Sie nahm einen Schluck Champagner. »Meinst du, es ist wirklich sein Ernst, daß wir unser neues Konzept nur verwirklichen dürfen, wenn wir Page in der Show haben?«

Matt führte sich einen Moment lang Stephens Gesichtsausdruck vor Augen. »Ja.« Er leerte sein Glas und stand auf. »Ich schätze, das ist wohl sein Ernst.«

Stephen Cartwright sah seinem nächsten Termin nicht gerade freudig entgegen. Bernie Long war von Anfang an Matts Produzent gewesen, und Stephen hatte sich den Kopf darüber zerbrochen, wie er den Schlag abmildern könnte, den er ihm durch die Mitteilung versetzen mußte, daß er ausgebootet werden sollte – noch dazu von einer Frau. Aber dann mußte er sich gar nicht mehr bemühen. Bernie übernahm das selbst.

Ohne darum gebeten worden zu sein, streckte sich Bernie behaglich auf Stephens Ledersofa aus und verschränkte die Arme hinter dem Kopf. Ausnahmsweise wirkte sein gerötetes Gesicht friedlich. »Sie schieben mich also zugunsten einer Schnepfe ab, die Matt am Schwanz hat und die Show zu einem Abklatsch der Spätnachrichten machen möchte«, erklärte er Stephen gut gelaunt.

Stephen, der geplant hatte, behutsam auf diese Information hinzuarbeiten, war fassungslos.

»Woher wissen Sie das?«

Bernie grinste. »Matt hat es mir gerade gesagt. Er war sehr offen. Meinte, meine Ideen seien das Letzte, aber ich würde immer sein bester Freund bleiben.«

»Sie scheinen es ja sehr gut zu verkraften, muß ich sagen«, meinte Stephen, den Bernies Reaktion vorübergehend aus dem Konzept gebracht hatte.

»O Herr«, tönte Bernie salbungsvoll und faltete die Hände, »gib mir die Gelassenheit, Dinge zu akzeptieren, die ich nicht ändern kann.« Mit gespielter Andacht schloß er die Augen. »Und den Mut, die Dinge zu ändern, die ich ändern kann.« Er machte ein Auge auf und faßte Stephen ins Visier. »Und die Geduld, darauf zu warten, bis der ganze verdammte Scheiß den Bach runtergeht. Amen.«

Stephen versuchte, ihn zu ignorieren.

»Das wird es nämlich, Stephen.« Bernie pulte sich mit einem von Stephens Streichhölzern, auf denen ›Savoy Grill‹ stand, in den Zähnen herum. »Den Bach runtergehen.«

»Wieso?«

»Matt möchte sich freischwimmen, in Ordnung. Er möchte ein risikoreiches Leben führen, gut, warum nicht? Solange er nicht vergißt, daß die Zuschauer ihn wegen seines Humors und seines Charmes schätzen. Aber das ist nicht die richtige Sendezeit. Eine solche Show müßte man am späten Abend bringen.« Er schenkte sich ein Mineralwasser ein, das er beäugte, als könnte es mit Typhusbazillen verseucht sein. »Aber ich muß Ihnen keinen Vortrag über Programmplanung halten. Nun«, Stephen bemerkte, daß Bernie ihm vollständig das Heft aus der Hand genommen hatte, »was für einen schäbigen Trostpreis bieten Sie mir jetzt an? Sechs Wochen für einen Dokumentarfilm auf den Bahamas recherchieren, bis Sie mich zurückholen, um zu retten, was zu retten ist?«

Doch Stephen hörte ihm nicht zu. Soeben war ihm die Lösung eingefallen. Falls er sie Bernie schmackhaft machen konnte. »Diesmal nicht, Bernie. Ich hätte da etwas, wofür Ihr Stil und Ihr Instinkt ideal wären.«

Bernie hielt sich respektlos die Nase zu. »Stinkt nach Bockmist.«

»Unsinn, Bernie«, widersprach Stephen. »Seien Sie nicht paranoid.«

»Und was ist diese einmalige Gelegenheit, die meines unnachahmlichen Stils so dringend bedarf?«

Stephen schwieg kurz und sah ihm dann direkt in die Augen. »Ich möchte, daß Sie *Hello* übernehmen und die Sendung retten.« Er setzte sich neben Bernie auf das Sofa und bedachte ihn mit seinem hinreißendsten Lächeln. »Es hat mich drei Millionen gekostet, die Show ins Leben zu rufen, und ich weiß, daß das Konzept gut ist. Ich werde nicht tatenlos zusehen, wie das Ganze baden geht.«

»Aber das ist im Nachmittagsprogramm.« Bernie schnaubte vor Entrüstung. »Ich arbeite nicht an einer beschissenen Nachmittagssendung.«

»Bernie, die Zeiten haben sich geändert. Da sitzen nicht mehr drei Frauen mit Hund und reden über Blasenentzündung. Unsere Konkurrenz hat vierundzwanzig Millionen Zuschauer, und *Hello* ist nur knapp darunter. Sie müssen die Show bloß ein bißchen aufpeppen, und schon sind Ihnen die Lorbeeren sicher.«

»Aufpeppen?« Bernie lachte ordinär. »Das Volk auf der Straße sagt, es ist ein solches Chaos, daß es schon peinlich ist.«

Stephen verzichtete auf einen Kommentar.

»Und wissen Sie, was man noch sagt?« Bernie begann es zu genießen. »Daß Ihre persönliche Wunschkandidatin, die Gattin des Matthew Boyd, eine einzige Katastrophe ist und nicht einmal eine Speisekarte lesen kann, geschweige denn einen Teleprompter. Man munkelt, daß Maggy Mann nur darauf wartet, ihren Kopf rollen zu sehen.«

»Was letzteres angeht, haben Sie recht.« Stephen sah verwirrt drein. »Aber ich verstehe trotzdem nicht, warum sie in der Pilotsendung so gut war.«

Bernie zuckte mit den Achseln und machte Anstalten aufzustehen. »Ich kenne Ally Boyd seit Jahren, Stephen. Für eine Hausfrau macht sie sich vermutlich als Fernsehmoderatorin noch ganz gut... Jedenfalls brauchen wir das nicht weiter zu besprechen. Ich bin nicht interessiert.«

»Nicht einmal einen Monat lang? Sechs Wochen höchstens? Wenn Sie die Show retten, gehört die Ehre Ihnen, geht sie in die Binsen, schieben wir es auf Bill Ford.«

Bernie lachte. »Sie sind doch nicht so dumm, wie Sie aussehen, Stephen? Aber meine Antwort bleibt die gleiche. Dankeschön, beziehungsweise nein danke.«

»Ich könnte Sie zwingen.«

»Ich weiß, daß Sie das könnten.« Bernie setzte ein gewinnendes

Lächeln auf. »Aber Sie haben schon mal einen zynischen Mistkerl auf die Show angesetzt. Sie brauchen doch nicht noch einen.«

»Schauen Sie sich wenigstens eine Aufzeichnung an und sagen Sie mir, was Ihrer Meinung nach schiefläuft.« Stephen gab Bernie zwei Videobänder.

»Was ist da drauf?« fragte Bernie nach dem zweiten.

»Die Pilotsendung. Schauen Sie sich Allegra an. Sie werden eine Überraschung erleben.«

Bernie nahm die Bänder. Er hatte nicht die leiseste Absicht, sie sich anzusehen, aber es war der einzige Weg, um ohne Stephen zu beleidigen hier heraus und in die Bar zu kommen.

Bernie saß auf einem Barhocker und starrte in einen doppelten Martell. Obwohl er eher dem Laster Alkohol abgeschworen hätte als das zuzugeben, war Bernie von den Ereignissen des Vormittags doch verletzt. Sein Selbstvertrauen, sonst so unerschütterlich wie der Fels von Gibraltar, war vorübergehend angeschlagen. Matts Kritik, daß sie in der Show nur noch kalten Kaffee aufwärmten, fraß sich in seinem Kopf fest. Es gab nur eine Antwort.

Er würde noch einen Cognac trinken.

Er war gerade bei dem Versuch, eine ohne Öl geröstete Erdnuß mit dem Mund aufzufangen, ohne vom Barhocker zu fallen, als Maggy Mann neben ihm auftauchte und ein großes Perrier mit Limonensirup bestellte.

»Bernie, hallo.« Maggy warf einen Blick auf den Doppelten in Bernies Hand und den Nachschub, der bereits vor ihm auf dem Tresen stand. Sie lächelte süßlich. »Wie ich höre, hat man dich endlich aus der *Matt-Boyd-Show* ausgebootet.« Sie hob ihr Glas Perrier und prostete ihm spöttisch zu. »Was ist passiert? Hat dich dein Alkoholproblem endgültig übermannt?«

Einen ausgedehnten und sehr genüßlichen Moment lang erwog Bernie, ihr seinen Drink ins Gesicht zu kippen, doch dann fand er, daß das nur eine Verschwendung edlen Cognacs wäre. Außerdem war ihm der Job wieder eingefallen, den ihm Stephen Cartwright kurz zuvor angeboten hatte. Und damit war er auf eine viel raffiniertere und wirkungsvollere Methode gekommen, wie er es Maggy heimzahlen konnte.

Nach ihrem Mittagessen mit Susie lehnte sich Ally auf dem Weg ins Studio gegen die Brüstung der Lambeth Bridge und ließ sich den scharfen Wind, der seit Anfang November eingesetzt hatte, ins Gesicht blasen. Möwen kreisten über dem Fluß und verfolgten eines der Ausflugsboote, das aber zu dieser Jahreszeit kaum mehr Touristen an Bord hatte.

Es war halb vier, und sie wußte, daß sie ihre Rückkehr ins Büro hinausgezögert hatte. Als sie die Menschen beobachtete, die im Bemühen, um die Stoßzeit herumzukommen, zur U-Bahn-Station eilten, faßte Ally einen Entschluß. So konnte sie nicht weitermachen. Jedesmal, wenn sie das Studio betrat, war fast körperlich spürbar, wie sich die gespannte Atmosphäre noch weiter auflud.

Doch als sie Bill Ford um Gelegenheit zum Üben gebeten hatte, war er seltsam reserviert gewesen. Sie hatte sich sogar gefragt, ob er wollte, daß sie versagte. Und nun war das Gerücht aufgekommen, daß Bill Ford selbst kurz vor dem Abgang stand. Wenn sie nicht aufpaßte, würde sie die nächste sein. Doch wenn sie ganz ehrlich war, wäre das vielleicht sogar eine Erleichterung.

Sie wandte sich vom Fluß ab und marschierte zügig zum Studio zurück. Wenige Meter vor dem Century-Gebäude fiel ihr eine Menschenmenge auf, die lachend und plaudernd aus dem Weinlokal gegenüber strömte. Einen Moment lang beneidete sie sie um ihr Lachen und noch mehr um das Selbstbewußtsein, das es ihnen gestattete, erst weit nach drei Uhr wieder ihre Büros anzusteuern. Sie selbst wagte das kaum jemals und hatte sich bereits über eine passende Ausrede für ihre lange Abwesenheit den Kopf zerbrochen. Dann blieb sie wie angewurzelt stehen. Die letzten beiden, die herauskamen, waren Matt und Belinda. Als sie sie beobachtete, wie sie angeregt plaudernd die Straße überquerten, spürte sie einen plötzlichen Anflug von Angst. Um nicht verdächtig zu erscheinen, winkte sie und ging ihnen eilig entgegen, doch als sie die Treppen zu Century hochhüpfte und das Gebäude betrat, waren sie bereits im Lift verschwunden. Nur der Hauch eines starken Parfüms, Paloma Picasso vielleicht, hing noch in der Luft. Einen Moment lang war Ally versucht, der blanken Stahltür einen Tritt zu versetzen.

Sowie sie ins Büro von *Hello* kam, merkte sie, daß etwas vorgefallen war. Die Redakteurinnen hockten in kleinen Gruppen zusammen und tuschelten. Moira, die Produktionsassistentin und Maggys Vertraute, sah drein, als hätte ihr gerade jemand mitgeteilt, daß sie nur noch drei Monate zu leben hatte.

»Na!« Ally blickte von einem Grüppchen zum andern. »Die Stimmung an Bord scheint ja glänzend zu sein!«

»Haben Sie die Neuigkeit noch nicht gehört?« Nikki löste sich aus dem Menschenknäuel und ging auf sie zu. »Bill Ford ist gefeuert worden. Er hat gerade seinen Schreibtisch geräumt.«

Trotzdem konnte Ally nicht begreifen, warum eine Atmosphäre wie bei einer Beerdigung herrschte. Bill Ford, der Schürzenjäger und Geizkragen, war von niemandem besonders gemocht worden.

»Ja und? Das ist doch wohl nicht das Ende der Welt. Niemand hat ihn gemocht.«

»Stimmt.« Nikki ließ sich auf ihren Stuhl plumpsen. Fünfundachtzig Kilo Bestürzung und Entsetzen blickten pessimistisch zu Ally auf. »Aber Sie wissen noch nicht, wer an seine Stelle tritt.«

12. Kapitel

Als Ally die Augen aufschlug, hatte sie das dumpfe Gefühl, daß sie sich aus irgendeinem Grund nicht auf diesen Tag freute. Und dann fiel es ihr ein. Bernie Long würde seinen Einstand bei *Hello* geben. Sie steckte den Kopf unter das Federbett und wollte am liebsten nie wieder hervorkommen.

»Was habe ich da gehört? Bernie wird dein neuer Chef?« Ally hörte den amüsierten Unterton in Matts Stimme und kam zornig unter der Decke hervor.

Zu ihrem Erstaunen saß Matt auf der anderen Seite des Zimmers auf dem Heimtrainer, den er sich vor drei Jahren gekauft und bisher lediglich als Kleiderständer benutzt hatte. Dabei mußte sie daran denken, wie sie ihn gestern mit Belinda gesehen hatte. Warum war er plötzlich so um seine Fitneß bemüht?

»Du brauchst nicht auch noch zu feixen!« fauchte Ally ihn an. »Bloß weil du damit aus dem Schneider bist und deine verfluchte göttliche Belinda bekommst. Du weißt genau, wie sehr mir vor Bernie Long graut!«

Angesichts von Allys verzweifeltem Ausbruch verkniff sich Matt das Grinsen.

»Ich weiß, aber er ist eure Rettung. Mit dem Vollidioten Bill Ford wärt ihr in ein paar Wochen weg vom Fenster gewesen. Bernie ist der einzige, der *Hello* auf Vordermann bringen kann. Falls er nüchtern bleibt.«

Ally schlüpfte wieder unter die Decke. Mein Gott! An sein Alkoholproblem hatte sie überhaupt nicht gedacht. Matt stieg vom Heimtrainer und verschwand. Ally dachte an Matts neugewonnene Energie, an den begeisterten Blick in seinen blauen Augen und seinen fast jungenhaften Tatendrang, wie sie ihn seit damals bei Mid-West TV nicht mehr erlebt hatte. Sie hoffte, daß seine neue Lebenslust ausschließlich der Umgestaltung seiner Show zu verdanken war.

Auf einmal wurde die Bettdecke zur Seite gerissen, und Matt stand angezogen und abmarschbereit neben dem Bett. Mit der einen Hand balancierte er ein schwankendes Tablett.

»Übrigens, wie kamst du eigentlich gestern zu dem ausgedehnten Mittagessen mit Belinda?« fragte Ally.

»Worauf läuft das denn hinaus?« Matt lachte zu ihr hinunter. »Die Spanische Inquisition? Komm schon, Selbstmitleid bringt dich nicht weiter. Bloß weil *Hello* ein bißchen problematischer ist, als du dachtest.« Er stellte das Tablett ab und zog sie aus dem Bett. »Stürz dich rein und zeig's ihm. Zeig Bernie, was du kannst. In der Pilotsendung warst du hervorragend. Das kannst du auch wieder sein.« Er reichte ihr eine Tasse Tee.

Sie setzte sich auf die Bettkante und klammerte sich an ihre Teetasse wie an einen Rettungsring. »Ich dachte, ich hätte vielleicht noch fünf Minuten.«

Matt schüttelte den Kopf und strich ihr übers Haar. »Trink aus. In einer Viertelstunde kannst du mit mir zur Arbeit fahren.«

»Aber heute ist nicht mein Tag.«

»O doch. Marie hat angerufen. Bernies Sekretärin. Er hat für heute morgen eine Teamsitzung einberufen.«

Ally stellte die Tasse ab. Trotz Matts Protesten zog sie sich die Decke wieder über den Kopf und fragte sich, ob sie nicht einfach kündigen und sich damit die Demütigung ersparen sollte.

Als sie eine Stunde später mit Matt die Stufen zu Century hochstieg, fühlte sie sich wie beim Gang zum Schafott. »Ach übrigens«, sagte Matt, als sie die Eingangshalle betraten, »du hast doch nicht vergessen, daß meine Eltern zu Besuch kommen, oder?«

Ally schloß für eine Sekunde die Augen. Während des ganzen Theaters hatte sie das tatsächlich vergessen. Zwei ganze Wochen mit Mona, ihrer Schwiegermutter. Das hatte ihr gerade noch gefehlt.

In den Büroräumen der Matt-Boyd-Show herrschte Hochbetrieb. Alle teilten Matts Hochstimmung und das Gefühl, daß sie etwas Neues machten.

Belinda kam in einem schwarzen Wollkleid mit weißem Spitzenkragen aus dem Büro, das bis zum Vortag noch Bernies Reich gewesen war. Das Kleid war fast knielang und sandte erstaunlicherweise überhaupt keine sexuellen Signale aus. Es war ausgesprochen geschäftsmäßig. Sie blickte Matt mit glänzenden Augen an und hielt seinen Blick einen Moment lang fest. Sie sah sich um, zog die Augenbrauen leicht hoch und fing an zu lächeln. Genau wie er empfand sie jene ungewohnte und prickelnde Begeisterung, die sich auf sämtliche dreißig Teammitglieder übertragen hatte.

Hoch über dem Fluß, im Konferenzraum im sechzehnten Stock, herrschte eine ganz andere Atmosphäre. Kleine Grüppchen von zwei oder drei Leuten standen herum und warteten darauf, daß Bernie in Erscheinung trat. Nikki verspeiste gerade die dritte Zimtschnecke, um ihre Stimmung zu heben, als Ally zur Tür hereinkam.

»Offensichtlich verkraften es alle ganz gut«, meinte Ally.

»Ich nehme es von der leichten Seite.« Nikki reichte ihr eine Tasse Kaffee und zeigte diskret auf Maggy, die zusammengesunken an einem Ende des langen Tisches saß. »Aber manche Leute machen sich ernsthafte Sorgen.« Sie beugte sich vor und flüsterte Ally ins Ohr: »Als sie es erfahren hat, ist sie zu Stephen Cartwright gestürmt, um sich zu beschweren. Bernie oder sie, hat sie gesagt.« Nikki grinste. »Offensichtlich meinte Stephen, dann müsse eben sie gehen. Nun hat sie ihre Meinung geändert.«

Ally hätte nie gedacht, daß sie Mitleid mit Maggy haben könnte, doch heute gab sie wahrlich ein Bild des Jammers ab.

Ally überlegte einen Moment, ob sie etwas zu ihr sagen sollte, aber dann kam sie zu dem Schluß, daß Maggy auch in dieser Situation Solidarität kaum zu schätzen wissen würde. Doch als sie sich abwandte, bemerkte sie, daß Maggy auf eine auffällige Brosche auf ihrem Kleid hinabblickte, die aus blauer und pinkfarbener Glanzfolie und bunten Büroklammern bestand und zweifellos das teure Produkt eines postmodernen Goldschmieds war.

»Hübsche Brosche«, meinte Ally lächelnd, da sie das Gefühl hatte, etwas sagen zu *müssen*, und setzte sich.

Maggys Züge wurden weicher. »Danke. Die hat mein Sohn gemacht«, und sie berührte sie wie einen Talisman, der eine Wendung zum Besseren bewirken könnte. Trotz allem war Ally gerührt. Es steckte also doch ein Mensch in Maggy.

Zum erstenmal erlebte Ally, wie Maggys Maske fiel und das verschreckte Wesen dahinter zum Vorschein kam. Womöglich hatte Maggy wirklich Angst um ihren Job. Schließlich mußte sie drei Kinder ernähren. Zum erstenmal hatte Ally das Gefühl, sie könnte Maggys stachligen Panzer durchbrechen. Doch in diesem Moment ging die Tür auf, und Bernie Long marschierte herein.

»Morgen allerseits.« Bernie schenkte sich eine Tasse Kaffee ein und setzte sich an die Stirnseite des Tisches. »Okay, sollen wir gleich anfangen? Am besten, ich erzähle euch zuerst, was ich von der Show halte und was ich für Verbesserungsvorschläge habe, und danach könnt ihr mir sagen, wie mies sie sind. In Ordnung?«

Ein oder zwei Leute lächelten matt.

»Um es kurz zu machen – ich finde die Show absolut grauenhaft.«

»Danke für die Blumen«, murmelte Brian, der Regisseur, vor sich hin.

»Ich glaube nicht, daß es viel Sinn hat, um den heißen Brei herumzureden. Die Dekoration ist das reinste Gruselkabinett, die Graphiken sehen aus wie aus der Kinderstunde und die Moderatorinnen behandeln einander, als hätten sie AIDS. Auch wenn euch die Wahrheit nicht gefällt, das ist sie. Stephen sagt, wenn wir die Chose nicht auf die Reihe kriegen, sind wir Weihnachten weg vom Fenster.« Das stimmte zwar nicht, aber Bernie schätzte dramatische Effekte.

Ein betretenes Schweigen trat ein. Bernie schien es tatsächlich zu genießen, der Mistkerl. Stand nicht in sämtlichen Management-Ratgebern, daß man ebenso loben wie kritisieren sollte? Bernie hatte eindeutig keinen davon gelesen. Ally fragte sich kurz, ob er vielleicht den Auftrag erhalten hatte, der Show den Garaus zu machen statt sie neu zu gestalten.

Bernie ergriff wieder das Wort. »Was sind denn nun die positiven Aspekte der Show?« Er betrachtete die verärgerten Gesichter rundum. Manche kritzelten etwas, andere sahen auf ihre Hände oder auf die faszinierende Aussicht, die sich vor dem Fenster bot. »Also, mir fällt da spontan nur eines ein: Wenn man so weit unten ist, kann es nur noch aufwärts gehen.«

Aus unerklärlichen Gründen fand das niemand so ermutigend wie Bernie.

Am selben Abend um sechs Uhr herrschte in den Büros der *Matt-Boyd-Show* noch hektische Betriebsamkeit. Für die beiden ersten Shows hatten sie bereits von den meisten Stargästen eine Zusage bekommen. Der einzige wichtige Gast, der noch nicht geantwortet hatte, war Ritchie Page, und weil von seinem Erscheinen so viel abhing, kümmerte sich Belinda persönlich um die Verhandlungen.

Das Problem bestand darin, daß er wesentlich schwerer zu überreden war, als sie erwartet hatte. Schon seinen Presseagenten festzunageln, war schwieriger, als ein Interview mit Madonna zu bekommen.

Als sie zum drittenmal an diesem Tag nicht telefonisch zu ihm durchdringen konnte, hatte Belinda genug. Sie wandte sich an Matt. »Gehst du mit auf einen Drink?«

Matt war klar, daß es heute psychologisch ratsam war, sich zu den anderen zu gesellen. »Gib eine Runde auf meine Kosten aus, ja?« Er reichte ihr einen Zwanzig-Pfund-Schein. »Ich komme in einer Minute nach.«

Er griff nach dem Telefon und rief Ally an. »Wie war's?«

»Zum Kotzen.«

»Na komm, Bernie übertreibt gerne. Hast du schon gekocht?«

»Nein, ich war zu sehr mit dem größten Gin Tonic aller Zeiten beschäftigt.«

»Gut, dann laß es auch. Ich habe mir schon gedacht, daß du eine kleine Aufheiterung brauchst, deshalb bringe ich etwas mit.«

Ally beschloß, weniger Trübsal zu blasen. Und als Matt zwei Stunden später mit einer großen Tragetasche erschien und Plastikbehälter mit Krabben, Hummer und Geflügelsalat, dazu gefüllte Avocados und als Nachtisch Erdbeeren mit Sahne auspackte, obwohl es November war, schob sie ihre Sorgen beiseite und setzte sich genüßlich zum Abendessen.

Matt liebte sie, und morgen war ja auch noch ein Tag.

Als die Schlußmusik von *Hello* verklang, stützte Bernie Long den Kopf auf die Hände und dachte, daß es ihm nicht wie anderthalb Stunden vorgekommen war, sondern so lang wie ein ganzes Leben. Doch vielleicht war es seine eigene Schuld. Er hatte gehofft, wenn er dem Team Druck machte, würden sie sich angespornt fühlen, nach neuen Ideen zu suchen. Doch statt dessen klammerten sie sich in ihrem Bedürfnis nach Sicherheit nur um so fester an die alten.

Die Mängel der Show ergaben eine endlose Liste. Und ganz oben stand Ally Boyd.

Bernie sah, wie sie ihr Mikrofon abnahm und aus dem Studio raste. Sie wußte eindeutig, daß ihre Leistung miserabel war. Vielleicht würde sie sogar kündigen. Das wäre womöglich nicht einmal die schlechteste Lösung.

Doch fürs erste beschloß Bernie heute abend auszugehen und sich total vollaufen zu lassen. Womöglich war es einer seiner größten Fehler gewesen, *Hello* zu übernehmen.

Auch Ally war froh, daß sie nach der Show so schnell davoneilen mußte. Heute kamen Mona und Joe, ihre Schwiegereltern, und Matt war einkaufen gegangen, um die bodenständigen Lebensmittel zu besorgen, die sie gerne aßen. So wie sie ihn kannte, würde er sich im Feinkostgeschäft bestimmt wieder von luftgetrockneten Tomaten und mit Olivenöl gebackenem Brot verführen lassen und wäre bei ihrer Ankunft noch nicht zurück. Ally mußte zugeben, daß die Aussicht auf eine Begegnung mit ihrer Schwiegermutter nach den heutigen Widrigkeiten im Studio nicht gerade erfreulich war.

Als sie eine Stunde später zu Hause ankam, zitterte sie immer noch. Der Anblick des makellosen Vauxhall Astra ihrer Schwiegereltern, der ordentlich geparkt in der Auffahrt stand, dafür aber weit und breit kein Zeichen von Matts Auto, war zuviel für sie. Er hätte schon vor einer halben Stunde zurück sein sollen. Niemand war dagewesen, um Mona und Joe zu begrüßen, und Ally wußte, wie sehr sie das gekränkt haben mußte. Als sie das Haus betrat, konnte sie in der Küche jemanden reden hören. Sie blieb vor dem Garderobenspiegel stehen und brachte ihr Haar in Ordnung. Dabei erkannte sie mit untrüglicher Sicherheit die Stimmen von ihrer Mutter und ihrer Schwiegermutter. Was, in aller Welt, machte ihre Mutter hier? Dann hörte sie, worüber sie sprachen: über sie.

»Was hältst du denn von dieser Fernsehgeschichte, Mona?« Das war die mißbilligende Stimme ihrer Mutter. »Deswegen ist sie nämlich nicht da, um euch zu begrüßen.« Typisch, dachte Ally. Warum macht sie Matt nicht den Vorwurf, daß er noch nicht zurück ist? Warum ist immer alles mein Fehler? Doch ihre Mutter war noch nicht fertig. »Meinst du nicht, daß dein Sohn jemanden braucht, der ihn empfängt, wenn er nach Hause kommt?«

Toll. Das hatte ihr gerade noch gefehlt. Eine Diskussionsrunde in ihrer eigenen Küche, die erörterte, ob sie ihre hausfraulichen Pflichten vernachlässigte. Monas Ansichten hierüber konnte sie sich vorstellen. Mona hatte ihre Familie stets an erste Stelle gesetzt und schätzte Ally vermutlich so ähnlich ein, wie Joan Crawford in *Meine liebe Rabenmutter* dargestellt wird. Nach ihrer heutigen Leistung brauchte Mona sich wahrscheinlich nicht mehr lange zu sorgen. Ally würde bald wieder an den Spülstein gefesselt sein.

Leider bemerkte Sox in diesem Moment, daß ihr Frauchen zurückgekommen war, und begann freudig zu jaulen. So blieb es Ally erspart, die Meinung ihrer Schwiegermutter zu erfahren.

Ally betrat die Küche. »Mona, Joe. Wie schön, euch zu sehen.« Sie gab beiden einen Kuß, wobei sie Mona ohne die geblümte Schürze kaum erkannte, die ebenso ein Teil ihrer kleinen, rundlichen Schwiegermutter zu sein schien wie das in engen Löckchen dauergewellte Haar oder die Pantoffeln aus Schaffell, die sie im Haus trug. »Hallo, Mutter. Ich wußte gar nicht, daß du vorbeikommen wolltest.«

»Ich hatte es auch nicht vor. Mrs. O'Shaughnessy rief mich an, weil Matt noch nicht zurück war, damit wenigstens *irgend* jemand da wäre, um Mona und Joe zu begrüßen.«

Bevor Ally dazu kam, den Mund aufzumachen, ging die Haustür auf, und Matt kam herein.

»Mum! Dad! Schön, daß ihr da seid! Wie war die Fahrt?«

Als er auf sie zuging, seine Mutter umarmte und seinem Vater die Hand schüttelte, fiel Ally auf, daß sein Akzent, aus dem man seine Herkunft sonst nur schwach heraushören konnte, in Gegenwart seiner Eltern die breitere Aussprache des Westens stärker annahm. So signalisierte er seinen Eltern, daß er trotz allen Erfolgs und Ruhms immer noch der Sohn war, als den sie ihn kannten.

Als sie sich zum Mittagessen setzten, nahm Matt eine Gabel von Newtons berühmter Fleischpastete, die seine Mutter extra für ihn mitgebracht hatte, und schloß verzückt die Augen. Mona strahlte vor Freude.

Nach dem Essen lehnte ihre Schwiegermutter rigoros alle Angebote ab, sich mit ihrem Sohn, ihrem Mann und Elizabeth bei einer Tasse Kaffee zu entspannen, und bestand darauf, Ally dabei zu helfen, die Spülmaschine einzuräumen. Ally rechnete schon fast damit, daß ihre Schwiegermutter etwas so Arbeitssparendes mißbilligte, doch Mona entpuppte sich als begeisterte Überläuferin, die mit Feuereifer über die relativen Vorzüge von Pulver- gegenüber Flüssigspülmittel diskutierte.

»Das einzig Dumme daran ist«, sagte Mona und nahm Ally eine verkrustete Pfanne aus den Händen, die sie in die Maschine hatte stellen wollen, und legte sie zum Einweichen in die Spüle, »daß Spülmaschinen den Gesprächen beim Abspülen den Garaus gemacht haben.« Mona ließ die Spüle vollaufen und gab Spülmittel dazu. »Der einzige Moment, in dem ich Aussichten auf einen netten Plausch mit meiner Mutter hatte, war beim Abspülen.«

Ally lachte. Dieser unvermutete Nachteil moderner Küchentechnologie war ihr noch nie aufgefallen. Dann dachte sie an ihre eigene Kindheit und stellte fest, daß Mona recht hatte. Sie hatte das Abspülen zwar immer gehaßt, doch bestand zwischen der Person, die spülte und der, die abtrocknete, ein bestimmter Rhythmus, der zum Austausch von Geständnissen anregte.

»Wie gefällt dir denn diese Fernsehgeschichte?« fragte Mona.

Genau vor dieser Frage hatte es Ally gegraut. »Gut.« Ihre forsche Schwiegermutter war nicht der Typ, dem man sich anvertraute, auch nicht beim Abspülen.

»Ich habe dich neulich gesehen.«

»Oh?« Ally unterdrückte den masochistischen Drang zu fragen: »Und wie hat es dir gefallen?«

»Diese Maggy Mann ist dir nicht gerade eine Stütze, oder?«

»Nein.« Ally setzte Wasser für den Kaffee auf. »Sie findet, eine Amateurin wie ich sollte gar nicht in der Show auftreten.« Ally schwieg kurz. Die Anspannung des Vormittags war plötzlich wieder hochgekommen. »Vielleicht hat sie ja recht.«

»So ein Blödsinn!« Ally war ganz verblüfft von Monas Ton. »Die ist doch kalt wie eine Hundeschnauze. Wahrscheinlich beneidet sie dich um dein freundliches, warmherziges Wesen.« Ally war sprachlos. Nie hätte sie vermutet, daß Mona ihr ein warmherziges Wesen zuschrieb.

»Offen gestanden«, Ally goß den Kaffee auf, »habe ich vor, den ganzen Kram hinzuwerfen.«

Ally fragte sich, warum sie das ausgerechnet Mona erzählte. Mona war sich garantiert mit ihrer Mutter einig darin, daß Ally zu Hause bleiben sollte. Einmal hatte Mona einen Preis dafür gewonnen, daß sie die saubersten Mülltonnen in Bristol hatte. Hausfrauen wie sie waren Auslaufmodelle.

»Das darfst du nicht, Ally, wirklich nicht.« Ally war völlig perplex angesichts der plötzlichen Heftigkeit ihrer Schwiegermutter. Mona war normalerweise so zurückhaltend, daß Ally sich schon gefragt hatte, ob unter ihren gestärkten Blusen überhaupt Gefühle schlummerten. »Als du damals mit diesem schwangeren jungen Mädchen gesprochen hast, ist die Tochter von unseren Nachbarn nach der Sendung losgegangen und hat sich die Pille verschreiben lassen – bloß deinetwegen.«

Einen Moment lang wußte Ally nicht, ob Mona das gut oder schlecht fand.

»Verstehst du, deshalb darfst du nicht aufgeben. Du hilfst den Menschen. Und heutzutage brauchen die Menschen alle Hilfe, die sie kriegen können.«

Ally überkam das dringende Bedürfnis, Mona zu umarmen und abzuküssen. Bisher hatte sie nur an sich selbst gedacht und daran, wie sie sich auf dem Bildschirm machte. Doch Mona hatte recht. Es *stand* mehr auf dem Spiel.

»Herzlichen Dank, Mona.« Sie drückte ihrer verblüfften Schwiegermutter fast die Luft ab. »Du weißt ja nicht, wie sehr du mir damit geholfen hast, daß du das gesagt hast.«

Allys nächster Studiotermin war ein Freitag, und sie merkte, wie sie sich auf das Wochenende und eine Riesenportion von Matts beruhigender Gegenwart freute.

»Bernie hat heute gute Laune«, sagte Elaine, die Maskenbildnerin, sarkastisch. »Vorhin hat er Maggy erzählt, sie sei eine unbegabte Kuh.«

»Vielleicht ist das ja alles eine Methode, so wie in der Schauspielschule«, spekulierte Nikki und reichte Ally ein Skript. »Erst zerstört man das Ego und baut es danach um so stärker wieder auf.«

»Nun, der erste Teil scheint ja schon ganz gut zu funktionieren.« Ally nahm einen Schluck Kaffee und versuchte, ihre Augenlider ruhig zu halten, damit Elaine sie schminken konnte.

Als sie fertig zurechtgemacht war, schlenderte Ally durchs Studio und zwang ihre Nerven unter Kontrolle, indem sie sich Monas Worte ins Gedächtnis rief. Was sie machte, war *nützlich*. Da sie niemanden in der verdunkelten Galerie hinter dem Regieraum vermutete, stieß sie die Tür auf und stellte ihre Handtasche dort ab. Im Dämmerlicht erkannte sie Bernie Long. Er saß da, rauchte eine Gauloise und trank Kaffee aus einer Papptasse. Als er die Zigarette an die Lippen führte, sah sie durch den beißenden blauen Rauch hindurch, daß seine Hand zitterte. Und dann fiel ihr noch etwas auf: ein intensiver Alkoholgeruch. Er trank nämlich keinen Kaffee, sondern Cognac.

Ally schloß die Tür und ging durch den Regieraum ins Studio. Sie sah auf die Uhr. Es war zwanzig nach neun.

Bernie Long hatte massive Alkoholprobleme.

»Schon irgendwelche Neuigkeiten aus dem Page-Lager?« Matt wirbelte auf seinem Drehstuhl herum und sah Belinda an.

»Sie sind immerhin von einem ›Auf keinen Fall‹ zu einem ›Wir werden es uns überlegen‹ umgeschwenkt. Und das, nachdem ich mich bis zum Gehtnichtmehr aufgedonnert und seinem verdammten Presseagenten zwei Flaschen Schampus spendiert habe.«

»Tja, ich schätze, das nennt man Erfolg.« Matt setzte das berühmte Schmunzeln mit den Lachfältchen auf.

Dann machte er sich wieder an seine Schreibmaschine. Er hatte bereits eine Rohfassung für das Skript zur ersten Show, und es entwickelte sich hervorragend. Der Trick bestand darin, seinen Witz und genug Boydschen Charme beizubehalten, um seine treuen Anhänger nicht zu vergraulen, andererseits aber eine Portion gewagteres Material einzubauen. Wenn er beweisen konnte, daß heitere und problematische Themen nebeneinander bestehen konnten, hätte er es geschafft. Und er war sich seiner Sache sicher.

Belinda beobachtete ihn einen Moment. Er war nicht mehr der Matt Boyd, den sie kennengelernt hatte, als sie bei Century angefangen hatte, nein, er war ein ganz anderer Mensch. Der neue Matt Boyd war nicht nervös und gelangweilt, sondern er sprühte vor Begeisterung. Sie fragte sich kurz, seit wann sie ihn so anziehend fand. Seit sie aus Stephen Cartwrights Büro gekommen und nach gegenüber gegangen waren, um ihr neues Projekt zu feiern? Nein, schon länger. Seit er aus zwölf Minuten besoffenem Jon Leighton eine urkomische Glanzleistung gemacht hatte. Sie wandte sich ab und machte sich mit dem Brieföffner an einem unverschlossenen Umschlag zu schaffen. Dabei fragte sie sich, wie es wohl wäre, wenn einen beim Aufwachen diese blauen Augen vom anderen Kissen her ansahen. Sie versuchte, sich ins Gedächtnis zu rufen, was sie soeben besprochen hatten. »Meinst du, ich soll heute wieder dort anrufen?«

Matt schüttelte den Kopf. »Besser nicht. Du weißt ja, wie es ist. Niemand liebt dich, wenn er denkt, daß du ihn liebst.«

»Ja.« Belinda sah ihn ruhig an. »Ich weiß genau, was du meinst.«

Heute schien es für Ally endlich einmal besser zu laufen. Sie las ihren Text ohne zu stolpern und beriet eine Zuschauerin, die mit ihren halbwüchsigen Kindern nicht fertig wurde, mit Worten, die bewegend und witzig zugleich waren.

Maggy dagegen schien ihren Kampfgeist verloren zu haben. Sie schien auf einmal kleiner und ungepflegter zu sein, und zu Allys Erstaunen zeigten sich graue Ansätze in ihrem pechschwarzem Haar. Als Bernie sie wegen eines mißlungenen Interviews vor einem Zuschauer anschnauzte, widersprach sie nicht einmal. Aber Ally platzte der Kragen. Sie hatte weniger zu verlieren als Maggy. Sie sprang auf und dachte zum Glück noch daran, ihr Mikro abzunehmen.

»Warte mal kurz, Bernie.«

Auf halbem Weg wandte Bernie sich um.

»Wie kommst du eigentlich auf die Idee, daß du so mit uns reden kannst?« Ally wies auf Maggy.

»Weil diese beschissene Show weg vom Fenster ist, wenn ihr nicht ein bißchen Pep reinbringt.« Bernie marschierte weiter. »Allerdings hatte sogar der verfluchte Lazarus mehr Leben im Leib, muß ich sagen.«

»Das sagst du uns die ganze Zeit. Aber was tust du dagegen?« Ally stand nun direkt vor ihm. »Du solltest uns aufbauen, nicht vor den Kopf stoßen. Gib uns ein paar konstruktive Ratschläge, zum Donnerwetter!« Jetzt spürte sie, wie die Wut sie durchströmte, ungewohnt und herrlich. Barbara, ihre Selbstvertrauenslehrerin, wäre stolz auf sie. »Aber vermutlich wärst du sowieso lieber in der Bar, statt deine Zeit für eine erfolglose Sendung zu vergeuden, oder?«

Im Studio herrschte völlige Stille. Die Elektriker hatten aufgehört, mit den Scheinwerfern zu klappern, die Kulissenschieber standen wie angewurzelt da, und der Aufnahmeleiter tat so, als hätte er wegen der Kopfhörer nichts mitbekommen. Aber er hatte jedes Wort verstanden. Genau wie alle anderen im Studio.

Wortlos stolzierte Bernie hinaus. Sowie sich die Tür zum Regieraum geschlossen hatte, setzte der Beifall ein. Ally sah Bernie hinterher und wußte, daß sie gerade den letzten Nagel in den Sarg ihrer neuen Karriere geschlagen hatte.

13. Kapitel

»Und wie war es heute? Lief es besser?« Matt schmiegte sich in ihrem breiten Bett an sie, und sofort spürte Ally die unglaubliche körperliche Wärme, die er ausstrahlte. Auch wenn man Zentralheizung hatte, war es ein Vergnügen, sich an jemanden kuscheln zu können, der so warm wie Matt war.

»Entsetzlich.« Den ganzen Abend hatte sie ihm von dem Zusammenstoß mit Bernie berichten wollen, aber seine Eltern waren ja dagewesen, und es wäre ihr unhöflich vorgekommen, über die Arbeit zu sprechen. »Ich hatte einen Riesenkrach mit Bernie.«

Matt kicherte. »Weswegen?«

»Er hat Maggy vor versammelter Mannschaft angebrüllt.«

»Das kann ich verstehen. Worum ging es?«

»Er ist dermaßen destruktiv. Er mag ja ein guter Produzent sein, aber er raubt einem einfach jegliches Selbstvertrauen. Deshalb habe ich ihm die Meinung gesagt.«

Matt küßte sie auf den Hals. »Und was war deine Meinung?«

Ally seufzte, als er an ihrem Ohr zu lecken begann.

»Daß er ein jämmerlicher Alkoholiker ist und erst vor seiner eigenen Tür kehren soll, bevor er uns zur Schnecke macht.«

Matt hörte auf, an ihrem Ohr zu schlecken und starrte sie verblüfft an. So etwas hatte sie noch nie gemacht. »Und wie hat er es aufgenommen?«

»Er ist hinausgestürmt.« Sie lachte. »Daher nehme ich an, daß ich bald arbeitslos sein werde.«

»Man kann nie wissen.« Er begann sie leidenschaftlich zu küssen, und seine Hand bewegte sich nach unten. Dieser neue, unerwartete Zug an der Ehefrau, die er zu kennen glaubte, erregte ihn. »Vielleicht hat ihm das Respekt vor dir eingeflößt.«

»Wohl kaum«, murmelte Ally, bevor sie Bernie, Century Television und alles andere außer Matts in sie eindringenden Körper vergaß.

Als Bernie Long aufwachte, brauchte er fünf Minuten, um herauszufinden, wo er war. Draußen war es stockfinster, und als er aufstand, trat er direkt auf ein kaltes, hartes Metallstück, das gegen sein dünnes, empfindliches Schienbein schnellte und einen so stechenden Schmerz auslöste, daß ihm schwindlig wurde und er unwillkürlich aufschrie. Er stolperte, hielt sich an einer glatten, schwarzen Platte fest und suchte nach einem Lichtschalter. Zu seiner Verwirrung konnte er keinen finden. Als er sich quer durch den Raum tastete, streifte wie in der Geisterbahn eine Leine sein Gesicht. Er machte einen Satz zurück und hielt sie fest. Grelles, gnadenloses Licht ergoß sich in den Raum. Mein Gott, er war immer noch im Büro! Und neben seinem Schreibtisch, halb verborgen im Papierkorb, stand eine leere Cognacflasche.

Bernie setzte sich an seinen Schreibtisch und schaltete das Licht wieder aus. Einen Filmriß hatte er noch nie gehabt. Herrgott, er hatte sich noch nicht einmal besoffen gefühlt. Jeder hätte hereinkommen und ihn so sehen können. Die Putzkolonne, einer der Wachmänner oder sogar jemand vom Team.

Bernie blieb noch fünf Minuten im Dunklen sitzen, dann tastete er nach seinem Mantel. Ohne das Licht einzuschalten, holte er die Flasche aus dem Papierkorb, steckte sie in seine Aktentasche und ging langsam zum Fahrstuhl.

Ally erwachte mit dem schrecklichen Gefühl, daß etwas geschehen war, dem sie sich nicht stellen wollte. Schlagartig fiel es ihr wieder ein. Sie hatte Bernie Long beleidigt und sich dabei wahrscheinlich um den Job gebracht. Dann stellte sie erleichtert fest, daß heute wenigstens Samstag war. Sie konnte Jess und Janey sich selbst überlassen und mit Mona und Joe in ein Pub zum Essen gehen. Vielleicht hatten sich die Wogen bis Montag geglättet. Wohl kaum. Und die Atmosphäre bei der Sendung würde sich genausowenig ändern. Bernie Long hatte in wenigen Tagen mehr Trübsal erzeugt als Bill Ford während seiner gesamten Zeit bei *Hello*.

Vielleicht war es Zeit, den Tatsachen ins Auge zu blicken. Ihre Arbeit mochte ja nützlich sein, doch hatte es keinen Sinn, daß sie sich dafür demütigte und das Selbstvertrauen wieder verlor, das sie so mühsam aufgebaut hatte.

Am Montag würde sie ihre Kündigung einreichen.

Plötzlich empfand sie eine lächerliche Heiterkeit, als wäre ihr eine

Zentnerlast vom Herzen gefallen. Fernsehen mochte ja aufregend und faszinierend sein, aber für sie war es nichts.

Bernie Long wachte in seiner überladenen, von Dienstpersonal gepflegten Wohnung auf und blickte dem Tag ins Auge. Er haßte diese Behausung, in der alles so perfekt aufeinander abgestimmt war, daß er manchmal das Gefühl bekam, das einzig Unpassende darin zu sein. Es war eine Musterwohnung gewesen, und Bernie hatte sie mit der gesamten Einrichtung gekauft, einschließlich der Bettwäsche und der Kaffeetassen mit den gigantischen Gänseblümchen.

Am Fußende von Bernies Bett lag ein Stapel Videocassetten. Auf einer von ihnen war die Show vom Vortag, die Bernie anschauen wollte, um zu analysieren, wie miserabel sie war. Aus Versehen legte er aber das Band mit der Pilotsendung ein, die anzusehen er sich bisher mit der Begründung geweigert hatte, daß er sich lieber selbst etwas einfallen ließ.

Vom Bildschirm blickte ihm Allegra Boyd entgegen. Ihre Gesichtszüge waren weich und voller Mitgefühl und ihre Stimme warm – und das alles für ein schwangeres junges Mädchen, das sie noch nie gesehen hatte. Trotz seiner Vorurteile war Bernie gerührt.

Als er ihr weiter zusah, überfiel ihn eine unangenehme Erkenntnis. Ally Boyd war keine boshafte Frau wie Maggy Mann. Sie besaß eine natürliche Menschlichkeit, die vom Bildschirm herunter sogar auf ihn wirkte, ihn, den zynischsten aller Zuschauer. Und alles, was sie ihm gestern vorgeworfen hatte, stimmte. Sein Schmerz darüber, daß man ihn aus der *Matt-Boyd-Show* geworfen hatte, hatte ihn zu einem verbitterten, destruktiven Säufer werden lassen. Doch jetzt hatte er die Wahl.

»Haben Sie es schon gehört?« Nikki faßte Ally am Arm, als sie im Studio eintraf. »Bernie Long hat dem Dämon Alkohol abgeschworen. Das hat er heute morgen als erstes verkündet. Maggy sagte, das gehört dazu. Wenn sie aufhören zu trinken, fangen sie alle mit Bekenntnissen an. Versprechen jedem von der eigenen Mutter bis zum Müllmann, daß sie nie wieder trinken werden. Anscheinend ist ihr Ex-Mann am Schluß einer Vorstandssitzung aufgestanden und hat bekanntgegeben, daß er seit Jahren Alkoholiker ist.«

Ally blieb erstaunt neben ihr stehen.

»Außerdem«, fügte Nikki hinzu, »hat er gesagt, er möchte Sie gleich sprechen, wenn Sie kommen.«

Ally nahm ihre ganze Entschlußkraft zusammen. Nach dem Streit am Freitag würde Bernie ihr wahrscheinlich den Stuhl vor die Tür stellen. Doch sie hatte nicht vor, ihm diese Genugtuung zu gönnen.

»Um so besser.« Sie schenkte sich eine Tasse starken Kaffee ein und schnupperte an der Milch. »Zufällig möchte ich ihn auch sprechen.«

Fünf Minuten später kam Bernie aus seinem Büro und sah sich im Raum um. Als er Ally entdeckte, ging er sofort auf sie zu. Ally sah, daß der Ausdruck in seinem schlaffen, verlebten Gesicht derselbe wie immer war und keine Spur von Bedauern aufwies.

»Ally, hast du mal fünf Minuten Zeit?«

Ally, die gerade ihren Text für eine Zuschrift tippte, in der eine Zuschauerin schilderte, wie sie sich in den Mann ihrer besten Freundin verliebt hatte, unterbrach ihre Arbeit und erhob sich.

Als sie ihm in sein Büro folgte, war sie entschlossen, die Initiative zu übernehmen.

Sie saßen noch nicht, als sie bereits zu sprechen begann. »Hör mal, Bernie, ich weiß, daß du mich für eine spießige Hausfrau hältst, die brav zu Hause bleiben und die Kinder zur Schule bringen und wieder abholten sollte...«

Zu ihrem Erstaunen unterbrach er sie. »Aber deswegen bist du ja so gut, das ist deine Stärke! Du klingst wie ein richtiger Mensch, nicht wie irgendein Experte mit der richtigen Antwort auf alles. Du zeigst deine Gefühle.« Ally starrte ihn verblüfft an, doch Bernie war aufgestanden und ging im Zimmer auf und ab. »Ich habe mir am Wochenende die Aufzeichnung von der Pilotsendung angesehen. Ich hätte es schon früher tun sollen, aber ich war zu verbohrt. Du warst phantastisch.«

»Mein Gott, Bernie, ständig erzählen mir alle, wie gut ich in der Pilotsendung war.« Ally stand auf und stellte sich neben ihn. »Wenn ich so umwerfend war, was ist dann seither schiefgelaufen?«

»Ganz einfach.« Bernie ließ die Hände auf den Schreibtisch sinken. »Du hast deine Spontaneität verloren, das ist alles. Denk nicht mehr darüber nach, die Worte in der richtigen Reihenfolge auszusprechen. Zerreiß dein Skript. Sprech frei. Du hast etwas Besonderes, Allegra. Setz es ein.«

Plötzlich schossen Ally die Tränen in die Augen, und weil sie sich albern vorkam, versuchte sie dagegen anzukämpfen. »Du willst also, daß ich weitermache?«

»Natürlich.«

»Ich bin eigentlich hierhergekommen, um zu kündigen.«

Bernie lachte laut auf. »So wie ich mich aufgeführt habe, wundert mich das nicht.« Er nahm ihre Hand. Sein Händedruck war überraschend kühl und fest. »Ich hätte beinahe alles versaut, was? Und dann hätte ich die Schuld auf Bill Ford und dich geschoben. Aber am Wochenende ist mir einiges klar geworden. Ich *muß* aus dieser Show einen Knüller machen. Nicht Century zuliebe. Die können es sich leisten, ein paar Millionen in den Sand zu setzen. Ich tue es für mich. Ich brauche etwas, für das ich kämpfen kann.« Er ließ ihre Hand los und ging zum Fenster hinüber. »Ich könnte es dir nicht verübeln, wenn du jetzt aussteigst. Aber dann würde es wesentlich schwieriger, die Show zu retten.« Er drehte sich zu ihr um, und seine Stimme klang mit einem Mal leise und beschwörend. »Würdest du dabeibleiben und mir helfen?«

Ally sah den Mann an, den sie fünfzehn Jahre lang verabscheut hatte, und lächelte. »Unter einer Bedingung.«

»Und die wäre?«

»Daß du die verdammte Pilotsendung nicht mehr erwähnst.«

»Wie, zum Teufel, sollen wir Ritchie Page dazu bringen, seine Meinung zu ändern?« Matt versuchte sich die Anspannung, die inzwischen an ihm zehrte, nicht anmerken zu lassen. In wenigen Wochen sollte die Show in ihrem neuen Gewand auf Sendung gehen, und Page hatte immer noch nicht eingewilligt zu kommen.

»Weiß der Himmel«, zischte Belinda wütend. Als er sah, wie Belinda die Beherrschung verlor, wurde Matt zum erstenmal klar, wie unendlich weit sie noch von Ihrem Ziel entfernt waren.

Das ganze Team war in dem Büro versammelt, das sich Matt und Belinda teilten, um sich etwas einfallen zu lassen, womit man Ritchie Page in die Show locken könnte. Nur Matt und Belinda wußten, wieviel von der zündenden Idee abhing.

»Gut.« Belinda sprach jetzt ruhiger. »Gibt es irgend etwas, das wir Ritchie Page anbieten können, etwas, das er haben möchte und zu dem wir ihm verhelfen könnten?«

»Ein Höschen von dir?« schlug Paul Wilson vor, der frisch befördert worden war und witzig wirken wollte.

Belinda bedachte ihn mit einem dermaßen vernichtenden Blick, daß er während der gesamten Besprechung kein Wort mehr sagte. Trotzdem merkte sie sich in Gedanken vor, ihn in Zukunft auf miese Stories anzusetzen. Sexismus bei Männern konnte sie nicht ertragen. Bei Frauen war das etwas anderes. Männer waren Freiwild. Sie hatten schließlich jahrtausendelang ihren Willen bekommen – und Unmengen sexistischer Witze machen können.

»Was Ritchie möchte«, warf Matt ruhig ein, »ist Seriosität. Er sieht sich selbst nicht als Pornohändler, sondern hält sich für einen von Grund auf mißverstandenen Mann.«

Alle außer Belinda fingen zu lachen an.

»Das ist es. Genau das werden wir ihm verschaffen. Wir werden ihn einladen, um mit ihm über seinen Fred Bär zu sprechen. Es gibt nichts Seriöseres als über ein knuddeliges Comic-Kerlchen zu reden. Man weiß ja nie«, sie lächelte in die Runde und ließ nicht einmal den sexistischen Jungproduzenten aus, »vielleicht kauft er uns das ab.«

»Du machst einen sehr zufriedenen Eindruck.« Zutiefst dankbar dafür, daß er nach einem streßreichen Tag endlich zu Hause war, schlich sich Matt von hinten an Ally heran, während sie in der Küche herumwerkelte und einen Fischauflauf fürs Abendessen zubereitete. Verstohlen schob er ihr die Hand in den Pullover.

Lachend wischte sie die Hand zur Seite und hoffte, daß Mona und Joe, die im Wohnzimmer vor dem Fernseher saßen, nichts bemerkt hatten.

»Ich habe mich mit Bernie versöhnt.« Sie grinste ihn an. »Er sagt, er wird einen Star aus mir machen.«

Matt gab ihr einen Kuß. »Und wie besoffen war er da gerade?«

»Stocknüchtern. Bernie«, verkündete sie theatralisch und goß sich ein Glas Wein ein, wobei sie leicht bestürzt feststellen mußte, daß die Flasche halb leer war, »hat sich selbst auf Entzug gesetzt.«

»Donnerwetter!« Matt schenkte sich auch ein Glas ein. »Ich glaube, ich brauche einen Schluck zur Stärkung. Dann hat deine kleine Predigt also gewirkt.«

»Weiß der Himmel. Vielleicht war er sowieso gerade völlig am Ende, und ich habe dann das Faß zum Überlaufen gebracht.«

»Seltsam. Getrunken hat er ja immer, aber nicht dermaßen viel.«

»Ich denke, daß er deine Show verloren hat, war ein schwerer Schlag.«

Matt wandte sich ab. »Ich weiß.«

»Es hat doch alles seine guten Seiten. Nun hat er erkannt, daß *Hello* die Herausforderung ist, die er braucht.«

»Und das allein infolge von Tante Allys Tips?« Er pirschte sich wieder an sie heran und nahm sie in die Arme. »Du kannst mir jederzeit sagen, was ich für dich tun soll.«

»Gut.« Sie lächelte unschuldig zurück. »Wie wäre es, wenn du den Tisch deckst? Und zwar genau jetzt.«

»Jetzt, wo du es sagst«, Matt blickte auf die Uhr, »gerade fängt das Fußballspiel im Fernsehen an.«

»Wie schade.« Ally reichte ihm ein Tablett mit Besteck. »Dann verpaßt du es leider.«

Bernie Long saß vor einem Glas Sodawasser, das durch ein paar Spritzer Angostura einem Drink täuschend ähnlich sah, und betrachtete sein Skript. Er hatte schnell herausgefunden, daß der Trick beim Trockenbleiben darin bestand, den Eindruck zu erwekken, als tränke man immer noch. Das hielt jeden davon ab, einem einen doppelten Scotch auszugeben, und verminderte zugleich das Risiko, als Miesmacher zu erscheinen. Allerdings mußte er verärgert feststellen, daß die erwartete Verwandlung vom übergewichtigen Säufer zum perfekten Traummann bislang noch nicht eingetreten war. Positiv ließ sich jedoch verbuchen, daß er keine Fünf-Uhr-Tiefs mehr hatte und nicht mehr das ganze Leben damit zubrachte, darauf zu warten, daß die Bar öffnete. Als größter Nachteil war ihm wiederum aufgefallen, daß er das Gerede seiner Mitmenschen auf einmal verflucht langweilig fand.

Sie saßen in dem kleinen Moderationsstudio, wo Ally auf seine Veranlassung hin mit dem Teleprompter üben konnte.

»Bist du bereit, Bernie?« fragte die junge Frau, die für den Teleprompter zuständig war.

Bernie nickte. Sie ließ den schmalen Papierstreifen mit Allys Text so ablaufen, daß die Worte direkt vor dem Kameraobjektiv erschienen.

Bernie hielt Ally den aufgerichteten Daumen entgegen. Nachdem er ihr ein paar Geheimtips anvertraut hatte, hatte sich ihre Leistung in den letzten Tagen ganz unglaublich verbessert. Doch obwohl Ally Riesenfortschritte gemacht hatte, fand Bernie, daß Übung allein nicht reichte. Er hatte etwas weitaus Spektakuläreres im Sinn. Er grinste in seinen Angostura und fragte sich, wie Ally wohl reagieren würde, wenn er es ihr sagte.

»Habt ihr schon das Neueste gehört? Die ganze Show zieht mit Sack und Pack und Funkmikrofon in irgendein gottverlassenes Lagerhaus im East End.« Maggy Mann war dermaßen außer sich, daß ihre Stimme so piepsig wurde wie die von Minnie Mouse. »Es ist total abgelegen, und nirgends gibt es vernünftige Läden.«

»Warum ziehen wir dorthin?«

»Weil Bernie Long sagt, daß man von dort die Tower Bridge sehen kann und nicht das Gefühl hat, in einem Studio zu sein. Es wird uns lockerer machen, behauptet er, und uns dabei helfen, nicht mehr wie ausgestopfte Marionetten zu agieren, vielen Dank. Wißt ihr, ich glaube, mir war er an der Flasche lieber.«

»Ach, kommen Sie schon, Maggy.« Nikki hatte sich zu ihnen gesellt. »Bloß weil Sie in der Mittagspause nicht zu Harrods gehen können. Ich finde die Idee phantastisch. Es ist, als würde man die ganze Sendung neu starten. Ich bin schon ganz gespannt.«

Während sie Nikki zuhörte, empfand Ally zum erstenmal seit Monaten ebenfalls so etwas wie Spannung. Endlich würde sich etwas ändern. Vielleicht, nur vielleicht, würde *Hello* doch noch gedeihen.

Als sie am nächsten Montag am neuen Drehort ankam, war ihr sofort klar, warum Bernie davon begeistert gewesen war. Der Raum war beeindruckend. Das Gebäude war früher ein Lagerhaus für Jute gewesen, und die Streben des alten Lastenaufzugs hingen noch unter dem Dach. Doch das spektakulärste Detail war eine Glaswand, die direkt auf die Themse und die Tower Bridge hinausging.

»Es ist, als säße man mitten auf einer Postkarte!« Ally lachte, als sie mit Nikki in dem Gebäude herumspazierte. Der Bühnenbildner hatte vier verschiedene kleine Kulissen arrangiert, die alle mit Korbstühlen, leuchtend bunten Kissen und exotischen Blumen dekoriert waren. Im grauen Londoner Winter nahm sich das aus wie ein Strahl heller Sommersonne.

»Hey, also ich finde es toll!« Nikki schüttelte ein rosa Kissen auf. »Denkt bloß mal an das schaurige orangefarbene Gruselkabinett, in dem wir bisher festsaßen.«

Als sie durch das neue Studio streifte, fiel Ally etwas auf, das sie verwirrte: Sie konnte den Platz nicht finden, von dem aus sie ihren Teil der Show moderierte.

»Nikki, wissen Sie, wo Bernie ist?«

Nikki hörte auf, gegen den Getränkeautomaten vor dem Studio zu treten und zeigte nach oben. »Oben, glaube ich. Ist es nicht herrlich? Hier gibt es sogar Büroräume.« Sie machte eine Kunstpause. »Und einen Whirlpool. Wenn Ihnen also der Streß vor der Sendung zuviel wird...«

»Ich bin vollkommen entspannt, dankeschön.«

Nikki betrachtete sie aufmerksam. In diesem gelben Kostüm sah Ally phantastisch aus, und Elaine, die Maskenbildnerin, hatte eine neue Linie ausprobiert, die den Grünton in ihren Augen zur Geltung brachte.

Bernie sprang auf, als sie hereinkam. »Ally. Hervorragend. Ich wollte gerade nach dir schauen. Ich möchte heute ein etwas anderes Konzept testen.«

Ally blickte ihn nervös an.

»Schau nicht so mißtrauisch. Ich meine nur ein paar Live-Anrufe.«

»Live-Anrufe von Zuschauern?« Ally spürte, wie ihr Herz bei der Vorstellung heftig zu pochen begann.

»Genau. Bloß ein paar Anrufer. Keine Ahnung, zu welchem Thema. Wenn einer von ihnen sich im Ton vergreift, schmeißt ihn die Regie aus der Leitung.«

»Aber Bernie, ich bin keine Expertin!« Allys Magen verkrampfte sich vor Panik. »Ich weiß nicht genug, um mit so etwas umzugehen. Ich würde falsche Ratschläge geben.«

»Dann tu es. Sollen sie anrufen und sich beschweren. Die nehmen wir auch auf Sendung. Es wird gut gehen, solange du dich auf dein Gefühl verläßt. Schau mal, du brauchst keine Expertin zu sein, die gibt's wie Sand am Meer. Ich will jemanden haben, der weiß, was die Leute zu Hause bewegt. Und du *hast* es gewußt, Ally, in dieser Pilotsendung. Genau deshalb haben die Zuschauer ihre dämlichen Taschentücher naßgeheult.«

Mit einem Mal schien Ally das gesamte Selbstvertrauen, das sie in den vergangenen Tagen mühsam wieder aufgebaut hatte, zu verlassen. »Bernie, ich weiß nicht, ob ich damit zurechtkomme.«

»Natürlich wirst du das«, verkündete Bernie und packte sie mit festem Griff am Ellbogen. »Deswegen bin ich ja darauf gekommen. Hier hast du die Richtlinien des Verbands unabhängiger Fernsehsender. Geh in deine Garderobe und lies sie. In einer halben Stunde bist du auf Sendung.«

14. Kapitel

»Die Zeit läuft, Ally, noch zehn...« Ally spürte, wie ihre Handflächen feucht wurden, als die Produktionsassistentin mit dem Countdown anfing. »Teil zwei in zehn... neun... acht... sieben... sechs... fünf... vier... drei... zwei... Titeleinblendung... eins... Aufnahme läuft... null.«

Noch ehe Ally in Panik ausbrechen konnte, war schon die erste Anruferin in der Leitung.

»Ally, Mandy aus Sheffield ist am Telefon. Mandy, Sie sind jetzt mit Ally Boyd verbunden. Stellen Sie Ihre Frage.«

Zu Allys großer Erleichterung hatte Mandy eine relativ unkomplizierte Frage zum Thema Adoption, einem Gebiet, mit dem sie sich schon befaßt hatte. Der nächste Fall war schwieriger. Es ging um einen verwickelten Streit zwischen Schwiegerfamilien, der sich vor fünf Jahren an einem so banalen Vorfall entzündet hatte, daß Ally am liebsten gelacht hätte. Dann kam die Frage einer Fünfzehnjährigen über die Gepflogenheiten beim Safer Sex. Zum Glück für alle Beteiligten war das Mädchen mit einer Portion Humor gesegnet.

Ally wurde langsam lockerer. Das Ende war schon abzusehen. Nur noch ein Anruf stand aus.

»Hallo, Ally? Hier spricht Grace aus Castle Millington.«

»Hallo, Grace, worüber möchten Sie sprechen?«

»Es geht um meinen Mann. Er hat ein Verhältnis.«

»Wie lange sind Sie denn schon verheiratet, Grace?«

»Seit drei Jahren.«

»Haben Sie Kinder?«

»Nein, mein Mann sagt, so weit seien wir noch nicht.«

Er ist noch nicht so weit, dachte Ally. »Wie lange hat er das Verhältnis schon?«

»Es ist nicht das erste. Er hat schon zwei andere gehabt.« Ally versuchte, sich Grace vorzustellen, die mit einem Ehemann, der sie nicht achtete, in Castle Millington festsaß. Sie war einmal durch den Ort gefahren. Es war eine triste Industriewüste, die den romantischen Namen Lügen strafte.

»Und über die haben sie einfach hinweggesehen?«

»Ja, aber jetzt kann ich das nicht mehr.« Ally konnte den Schmerz in Graces Stimme hören und wußte sofort, für wen sie Partei ergreifen würde. Verdammte Scheißkerle. »Als ich gestern mittag heimgekommen bin, lag er mit ihr im Bett. Mitten in unserem Bett. Ich hätte ja nichts gesagt«, Grace stockte, »aber ich hatte erst morgens alles frisch bezogen.«

Vielleicht hatte der Gedanke an die frische Bettwäsche ihr den Rest gegeben. Ally wußte, was eine richtige Kummertante jetzt sagen würde: »Ein Verhältnis muß nicht unbedingt auf eine schlechte Ehe hinweisen. Rufen Sie doch bei der Eheberatungsstelle an und vereinbaren Sie einen Gesprächstermin.« Aber es waren nur die Männer, die ein Verhältnis nicht als Indiz für eine schlechte Ehe ansahen. Die Frauen schon. Das Schlimme war nicht der Sex, sondern der Treuebruch. Jetzt waren es bereits drei Treuebrüche in drei Jahren Ehe. Wie viele waren wohl noch zu erwarten, wenn sie erst einmal Kinder hatten und Grace andere Sorgen hatte?

Was hatte Bernie ihr geraten? Verlaß dich auf dein Gefühl. Aber konnte sie sich auf Bernie verlassen? Sie wußte ganz genau, was ihr Gefühl ihr sagte. Warum *sollten* Männer sich so etwas ungestraft erlauben können? Frauen verziehen zu oft. Sie konnten die Risse übertünchen, aber nicht die Wut, die leise vor sich hinschwelte und sie in Schreckschrauben und Hausdrachen verwandelte, bis es schließlich zu spät war, um ein neues Leben anzufangen, und der Mann sie verließ. Stellvertretend für Grace und alle anderen Frauen dieser Welt, die sich mit rücksichtslosen Männern abfanden, ergriff Ally eine maßlose Wut.

»Sind Sie jetzt zu Hause, Grace? Und er ist in der Arbeit?«

»Ja, Ally. Ich bin zu Hause.«

»Also, Grace, ich würde folgendes tun.« Ally merkte, wie der Teufel sie ritt. »Ich würde zum Schrank gehen und seinen Koffer packen. Dann würde ich zum Telefon greifen und ein Taxi rufen.« Ihr fielen eine Million Gründe ein, warum sie diesen Rat besser nicht geben sollte. Vielleicht war der Mann ja gewalttätig oder ein Säufer, womöglich hatte Grace kein Geld, oder sie liebte ihn wirklich, obwohl er so rüde mit ihr umsprang. »Und dann würde ich den Koffer an seine Arbeitsstelle schicken und einen Zettel beilegen, auf dem steht, daß er endlich entscheiden muß, ob er wirklich mit Ihnen verheiratet ist oder nicht.« Maggy starrte Ally entsetzt an. »Und dann würde ich die Schlösser auswechseln.«

Im Regieraum begannen die Anzeigelichter der Telefonleitungen zu blinken, und die Produktionsassistentin kündigte an, daß nur noch zehn Sekunden Sendezeit übrig wären. Ally sah, wie ihr der Aufnahmeleiter das Zeichen gab, zum Abschluß zu kommen.

»Dann würde ich bei meiner besten Freundin vorbeischauen, mit ihr ins Pub gehen und mir ganz fürchterlich die Nase begießen. Meinen Ehemann würde ich eine Weile im eigenen Saft schmoren lassen. Was halten Sie davon, Grace?«

»Wissen Sie was, Ally?« Grace kicherte leise. »Mir ist jetzt schon wohler. Ich hole gleich seinen Koffer.«

»Bye, Grace.«

»Bye, Ally. Herzlichen Dank.«

Im Regieraum wandte sich die Produktionsassistentin schockiert an Bernie: »Damit kommst du nie und nimmer durch. Die Telefonzentrale wird mit Beschwerdeanrufen überflutet werden.«

Bernie erhob sich. »Ich weiß.« Diesmal war das Lächeln auf seinem Gesicht nicht zu übersehen. »Aber Ally hat gerade ausgesprochen, was Millionen von Frauen denken. Die Männer sind Arschlöcher, und warum sollen die Frauen sich das gefallen lassen?« Bernie ignorierte die blinkenden Lichter auf der Schalttafel und fuhr fort: »Eins kann ich euch sagen: Die Show wird die absolute Wucht. Tschau, Leute. Wir treffen uns in fünfzehn Minuten im Büro. Die Drinks übernehme heute ich. Ich glaube, es ist Zeit für eine kleine Feier.«

Als Ally oben ankam, war Bernie bereits vom Spirituosengeschäft gegenüber zurück und hatte eine Kiste Sekt und sechs Pakkungen Bombay Mix geholt. Der Sekt war warm, aber das störte niemanden. Zum erstenmal seit *Hello* auf Sendung gegangen war, lag ein Hauch von Erfolg in der Luft.

Kurz bevor der Sekt alle war, klopfte Bernie mit einem Brieföffner gegen sein Glas.

»Auf Ally Boyd! *Hellos* große Entdeckung!« Er lächelte zu ihr hinüber. »Ich sage voraus, daß sie ein ganz großer Star wird!«

Die letzten Tropfen wurden in die Gläser gekippt, und alle stießen auf Ally an. Bis auf eine Ausnahme: Maggy Mann hatte beschlossen, der Feier fernzubleiben und schnurstracks nach Hause zu gehen.

Am anderen Ende Londons rekelte sich Danny Wilde, Matt Boyds Rivale Nummer eins, in einem ausladenden, weichen roten Sessel, der wie ein Mund geformt war. In der Hand hielt er eine Flasche Bier, und um ihn herum lagen Zeitungsausschnitte über den Star, den er in ein paar Stunden interviewen würde. Trotz seines hohen – und täglich steigenden – Gehalts ließ Danny Wilde seine Wohnung ziemlich leer, abgesehen von seiner umfangreichen Sammlung von Singles und den fünf oder sechs Wurlitzer-Musikboxen, auf denen er sie abspielte. Dazu gesellte sich noch sein Glanzstück, eine Sammlung von Bändern mit sämtlichen Auftritten seines Helden und Idols, Tony Hancock.

Danny schätzte ein unkompliziertes Leben. Sein Kühlschrank war voll Bier, und er aß auswärts, um nicht einkaufen zu müssen. In der Liebe beschränkte er sich auf One-night Stands (und zwar stets mit Kondom, da er schließlich die Safer-Sex-Kampagne der Regierung angeführt hatte), damit er keine nörgelnde Freundin auf dem Hals hatte, die ihm das Bett machte und ihm mit Plüschtieren und Höschen auf der Heizung die stilvolle Einrichtung ruinierte. Der einzige Luxus, den er sich gegönnt hatte, war ein Einbauschrank für die teuren Anzüge in allen möglichen Farben und ein hervorragend erhaltener, vierzig Jahre alter zweifarbiger Rover 90 mit einem Armaturenbrett aus massivem Walnußholz und einem altmodischen Schaltknüppel. Seine Freunde konnten nicht begreifen, daß er keinen Porsche oder BMW fuhr, aber keiner von ihnen ahnte, welch gesteigerte Lust Danny empfand, wenn er ein Mädchen dazu überreden konnte, ihm auf dem Rücksitz eines Autos vom selben Typ zu Willen zu sein, den sein verklemmter, moralischer Vater Zeit seines Lebens gefahren hatte.

Danny war zu vornehm, um sämtliche Konventionen, mit denen er aufgezogen worden war, über Bord zu werfen. Er brach nur mit den wirklich wichtigen.

Angeödet von den unzähligen heuchlerischen Artikeln nahm er die Fernbedienung, schaltete von einem Kanal zum nächsten und suchte die Wiederholung von *Happy Days*. Statt dessen landete er bei der tristen neuen Nachmittagsshow von Century Television, die von Maggy Mann moderiert wurde. Als Danny beim Fernsehen angefangen hatte, war er zuerst als einer von Maggys ›Jungs‹ in ihrer unglaublich beliebten Reiseshow aufgetreten. Für Danny verkörperte Maggy Mann die allerschlechtesten Seiten des Fernsehens. Ihre Betonfrisur, das aufgesetzte Lächeln und die spezielle Art von suggestivem Geschwätz, die sie sich angeeignet hatte, drehten Danny den Magen um. Vor allem weil er wußte, was wirklich dahintersteckte. So schnell wie möglich hatte er sich damals von der Show abgeseilt.

Er war kurz davor umzuschalten, als Maggy die neue Beratungsschiene vorstellte. Danny erinnerte sich dunkel daran, daß Matt Boyds Frau diesen Posten übernommen hatte.

Ally Boyd hatte schulterlanges, sanft gewelltes dunkles Haar, das genau bis zum Kragen ihrer gelben Kostümjacke reichte und, wenn sie den Kopf bewegte, zur Hälfte über eines ihrer blaugrünen Augen fiel. Sie hatte einen blassen, durchscheinenden Teint und ein warmes, humorvolles Lächeln, das sich über die seltsame Beschäftigung, wildfremden Menschen Ratschläge zu geben, beinahe zu mokieren schien. Doch es war nicht ihr Aussehen, das seine Aufmerksamkeit fesselte, sondern das, was sie sagte. Statt des üblichen Sermons, noch einmal alles zu besprechen oder zur Eheberatung zu gehen, empfahl sie doch tatsächlich einer Anruferin, sich auf die Hinterbeine zu stellen und ihren Ehemann vor die Tür zu setzen. Es war wie eine frische Brise.

»Weiter so, Ally!« rief er unwillkürlich dem Fernseher zu. Er konnte sich die Beschwerden vorstellen, die über sie hereinbrechen würden. Und noch deutlicher sah er die Einschaltquote der nächsten Woche vor sich, nachdem empörte Zuschauer allen Bekannten nahegelegt hatten, sich das anzuschauen. Freilich würde man ihr niemals gestatten, sich ein zweites Mal so unverblümt zu äußern. Doch sogar eine bereinigte, abgeschwächte Version wäre noch sehenswert.

Gut, gut, gut. Er trank sein Bier aus und beobachtete Ally, während der Abspann der Show lief. Der alte Matt Boyd hatte Glück. Danny Wilde hatte sich nie etwas aus älteren Frauen gemacht, doch im Fall von Ally Boyd könnte er eventuell dazu bereit sein, diese Einstellung zu überdenken. Er schaltete den Fernseher aus und starrte einen Moment lang den dunklen Bildschirm an. Kam es daher, daß sie die Frau von Matt Boyd war? Zum Teil sicher schon. Doch da war noch etwas anderes. Er mochte Frauen, die aufsässig und stark waren, und was er gerade gesehen hatte, war eine Frau, der ihre eigene Stärke nicht bewußt war. Noch nicht. Er hätte nichts dagegen, sie auf die richtige Spur zu bringen. Vielleicht war es an der Zeit, Maggy Mann anzurufen. In Erinnerung an alte Zeiten sozusagen.

»Wow, Mum, jetzt bist du echt berühmt!« Jess deutete auf eine überdimensionale Schlagzeile auf der Titelseite der *Daily Post*. »ALLY ZEIGT'S IHNEN: Schmeißt eure Männer raus, sagt Fernsehkummertante.«

Die Reaktionen auf Allys letzte Sendung hatten alle außer Bernie verblüfft. Seit ein empörter Zuschauer bei der *Sun* angerufen hatte, um sich zu beschweren, waren die Boulevardblätter voll mit aufgeblasenen Diskussionen über das Für und Wider von Allys Ratschlag gewesen. Sogar die *Times* hatte einen Leitartikel zu dem Thema gebracht.

Die Presseleute hatten sie ununterbrochen mit Anrufen bombardiert. Matt hatte sich geweigert, mit ihnen zu sprechen, und während Ally beim Einkaufen war, hatte Mrs. O'Shock schon drei Interviews gegeben, bevor Mona die Vorsichtsmaßnahme getroffen hatte, als erste ans Telefon zu gehen und allen ein entschlossenes »Kein Kommentar« entgegenzuschmettern. Nun war Ally wieder zu Hause, und das Telefon läutete immer noch.

Das Haus war total in Aufruhr. Joe, der nie etwas Anspruchsvolleres las als die Sportberichte, war ganz aus dem Häuschen, weil er dem Feuilleton-Redakteur des *Daily Star* ein Zitat geliefert hatte, auch wenn es nur besagte, daß Ally nichts mitzuteilen hatte. Er wollte sogar am nächsten Tag eine Ausgabe erstehen, für den Fall, daß sein Name darin auftauchte.

Witzigerweise hatte die Tatsache, daß ihr Sohn zu den bekanntesten Männern Englands gehörte, kaum je irgendwelche Auswirkungen auf Mona und Joe gehabt, die zurückgezogen in ihrer Doppelhaushälfte in Bristol lebten. Nun waren sie zum erstenmal direkt mit dem Prominentenrummel konfrontiert, und sie kosteten es weidlich aus.

»Mum!« brüllte Janey entrüstet aus dem Klo im Erdgeschoß. »Da sitzt ein Reporter im Apfelbaum; das nervt!«

Matt, der gerade Sox zu ihrem gewohnten Spaziergang ausführen sollte, mußte feststellen, daß er erst an einem halben Dutzend Reportern vorbei Spießruten laufen mußte. Alle wollten unbedingt wissen, wie er es fand, daß seine Frau über Nacht zum Star geworden war. Sox würde sich mit einer Runde im Garten begnügen müssen.

Als er sie hinausließ und sie verspielt in dem frostigen Garten herumtollte, wurde ihm klar, daß er über diese Frage noch gar nicht richtig nachgedacht hatte. Beschämt mußte er sich eingestehen, daß er es überaus beunruhigend fand. Vielleicht kam es auch daher, daß Ritchie Page sie immer noch hinhielt oder daher, daß für Ally alles so neu und aufregend war. Woran es auch liegen mochte – auf jeden Fall spürte Matt einen Anflug von Eifersucht.

Als er Sox hereinließ, läutete das Telefon schon wieder. »Zum Donnerwetter noch mal«, hörte er sich selbst fluchen. »Es ist doch bloß Fernsehen! Man könnte glauben, du hättest das Geheimnis der DNS entdeckt.«

»Denk dir nichts«, flüsterte Mona Ally zu, als sie ihr dabei half, den Tisch für ihr letztes gemeinsames Abendessen zu decken. Am nächsten Tag wollten sie wieder heimfahren. »Als sein kleiner Bruder zur Welt kam, hat er sich genauso aufgeführt.« Mona schüttelte weise das Haupt. »Und ihm ständig die Rassel versteckt.«

Ally verkniff sich ein Lächeln. Mona würde ihr fehlen. Als sie einen Topf für die Kartoffeln aus dem Schrank holte, warf sie einen Blick zu Matt hinüber. Er hatte sich hinter dem Kreuzworträtsel in der *Times* verschanzt, und obwohl er kein Wort geäußert hatte, blieb nichts verborgen. Sein Körper sagte alles. An dem aggressiven Winkel seiner Schultern und der Art, wie er ihrem Blick auswich, erkannte sie, daß seine Mutter recht hatte.

Sie hörte, wie das Telefon auf seiner gepolsterten Ablage klingelte und dann klickte, und hoffte, daß es nicht schon wieder ein Reporter war. Doch dieses Mal war es Gott sei Dank nur Jeremy für Jess.

Zu Allys Erleichterung hellte sich Matts Stimmung während des Essens auf, und hinterher war er wieder ganz der alte. Er bemühte sich sehr darum, daß seine Eltern ihren letzten Abend bei ihnen genossen und zumindest ein paar Momentaufnahmen von einem normalen Familienleben mit nach Hause nehmen konnten.

»Goodbye, Mum.« Am nächsten Morgen gab Matt seiner Mutter einen Kuß, während sie in der Diele herumfuhrwerkte, um sich darum zu kümmern, daß Joe vor der Abreise ihre ganzen Habseligkeiten nach unten brachte.

»Es hat uns sehr gefallen.«

»Mit diesen verdammten Reportern, die ständig hier angerufen haben?«

Mona sah ihn mit einem besorgten Blick an. Sie kannte seine Stimmungen besser als irgend jemand sonst, wahrscheinlich sogar besser als Ally. Ohne daß ihr das jemand gesagt hätte, wußte sie, daß er sich wegen seiner Karriere Gedanken machte und momentan unter starkem Druck stand. Sie hatte es durchaus ernst gemeint, als sie zu Ally gesagt hatte, daß er womöglich neidisch auf sie sei, hatte aber zugleich gehofft, daß das nicht der Grund für sein derzeitiges Benehmen war. Sie hatte Matt stets mehr Format zugetraut. Aber bei Männern wußte man ja nie. Wenn man sie wie Kinder behandelte und dafür sorgte, daß sie immer bekamen, was sie wollten, hielt man sie vielleicht bei Laune, aber es ging auf Kosten der eigenen Zufriedenheit. Niemand wußte das besser als Mona, denn sie hatte genau das getan, damit ihre Ehe funktionierte. Und es hatte geklappt. Nach fünfundvierzig Jahren waren sie immer noch zusammen. Doch Mona hatte darüber nicht vergessen, wie viele Wege sie nicht gegangen war und wie viele Türen sie nicht geöffnet hatte. Meistens dachte sie nicht daran und bepflanzte weiterhin ihre Blumenkästen und bügelte die Bettwäsche. Aber als sie sah, wie Ally nach Höherem strebte, kam es wieder an die Oberfläche.

»Matt«, fragte sie vorsichtig und hoffte, er würde ihre Worte nicht übelnehmen.

»Ja, Mum? Ich habe mir schon gedacht, daß irgend etwas in deiner Hausfrauenseele schwelt.«

»Es stört dich doch nicht, das mit Ally, oder?«

»Was mit Ally?«

»Du weißt schon. Daß sie zum Fernsehen geht. Und in der Zeitung steht.«

»Ob mich das stört? Natürlich nicht«, log Matt. »Ich freue mich sehr für sie.«

»Ich dachte nur...« Sie zögerte einen Moment, da sie nicht den Eindruck erwecken wollte, sie würde sich in etwas einmischen, von dem sie vermutlich seiner Meinung nach nichts verstand. »Mir ist bloß eingefallen, daß dieses Theater leichter für dich wäre, wenn du nicht wegen deiner eigenen Arbeit Sorgen hättest.«

»Wie bist du denn auf die Idee gekommen?« fragte Matt eine Spur zu schnell.

»Ach, Matt! Ich bin deine Mutter! Ich kenne doch die Signale. Sie haben sich, seit du nicht mehr bei uns wohnst, kaum geändert. Du langweilst dich und wirst unruhig, genau wie damals, als es dich angeödet hat, bei der Lokalzeitung zu arbeiten und du zum Fernsehen wolltest. Alles, was du gemacht hast, hat dich auf einmal geärgert.«

Matt verzog langsam das Gesicht zu einem Grinsen. »Du bist einfach zu schlau, weißt du.« Er nahm sie in die Arme, wobei sein Kinn auf ihrem Kopf ruhte und er auf den Handflächen die flauschige Wolle ihres selbstgestrickten Pullovers spüren konnte. Es war, als schmiegte man sich an eine Wärmflasche mit Plüschbezug. Als er noch ein Kind war, hatte sie ihm geschenkt, was am wichtigsten war: Liebe und Geborgenheit. Und das hatte er nie vergessen. Er wußte, daß er das Selbstvertrauen, das ihn vor ein Millionenpublikum treten ließ, ihr verdankte, und dafür liebte er sie. »Mir geht's gut. Ehrlich.«

»Wirklich, Matt? Ganz sicher?« Mona schwieg, da sie diesen seltenen Moment körperlicher Nähe nicht zerstören wollte, der für sie doppelt wertvoll war. Sie wohnten zu weit voneinander entfernt und mit ihren fast siebzig Jahren wußte Mona, daß sie solche Momente in Zukunft an einer Hand abzählen konnte. »Mir kommt es so vor, als ob du deswegen ein bißchen verstimmt wärst.«

Matt ließ die Arme fallen. Mona verfluchte innerlich, daß sie diejenige war, die es ihm sagen mußte. Aber dafür waren Mütter eben da – um das Unsagbare zu sagen.

Matt wandte sich mit wachsendem Groll ab. Worauf, in aller Welt, wollte seine Mutter hinaus? Er war doch in jeder Hinsicht hilfsbereit gewesen. *Niemandem* gefiel es, wenn sein Haus von Reportern belagert wurde. Seine Reaktion war völlig normal gewesen.

Dann sah er den Gesichtsausdruck seiner Mutter und begriff, was es sie gekostet hatte, das zu sagen.

»Okay, Mum, du hast mich ertappt.« Er grinste und öffnete wieder die Arme.

Hinter ihnen kämpfte Joe auf der Treppe mit einem schweren Koffer.

»Komm, Dad, laß mich den nehmen.«

»Ich stehe noch nicht mit einem Bein im Grab«, fauchte Joe schroff, klammerte sich an den Koffer und manövrierte ihn unbeholfen die Stufen hinunter.

Matt schob die Hände in die Hosentaschen und hielt sich im Hintergrund. Seit er erwachsen war, war es ihm nicht mehr gelungen, seinem Vater nahe zu kommen. Als er zwölf war und jeden Sonntag Fußball gespielt hatte, während sein Vater als Schiedsrichter fungierte, hatten sie stundenlang über das Spiel und die Liga geplaudert. Doch heute nahmen sich sogar seine Versuche, mit seinem Vater über die Bristol Rovers zu sprechen, herablassend und gezwungen aus. Und so überließen sie beide Mona das Reden.

»Komm schon, Joe, Matt muß jetzt gleich in die Arbeit. Laß uns das Auto beladen.«

Matt verschwand in der Küche und kam mit einer Pappschachtel zurück. »Ally hat euch das als Reiseproviant zurechtgemacht. Ein kleines Picknick. Es tut ihr so leid, daß sie euch nicht mehr gesehen hat.«

Joe trug die Koffer hinaus zum Auto, während Matt hilflos dabeistand. Er wußte, daß Joe ihm den Kopf abreißen würde, wenn er ihm noch einmal Hilfe anbot.

»Ally ist eine reizende Frau.« Mona schaute auf die folienverpackten Sandwiches und die kleinen Portionsschälchen mit frischem Obstsalat. »Es ist nicht mehr so wie früher, weißt du, Matt«, fügte sie geheimnisvoll hinzu.

Matt fragte sich, wovon seine Mutter sprach.

»Die Frauen«, verkündete Mona. »Sie haben heute höhere Ansprüche. Und ich für meinen Teil finde das auch völlig richtig.«

»Okay, Mum.« Matt lächelte wieder. Wenn sie sich etwas in den Kopf gesetzt hatte, war sie so behutsam wie ein Vorschlaghammer. »Ich glaube, ich weiß, worauf du hinauswillst.«

Zum erstenmal seit sie bei *Hello* angefangen hatte, summte Ally vor sich hin, als sie die Stufen zum Tower Bridge House hinaufging. Mochte Maggy auch meckern – Ally fand das neue Studio fabelhaft.

Auf der anderen Seite des riesigen Studioraumes sah sie Bernie stehen, der mit dem Chefbeleuchter sprach. Er winkte und kam zu ihr herüber.

»Wie fühlt man sich, wenn man berühmt ist?« fragte er, nahm sie am Ellbogen und führte sie zu einer in Blau- und Grüntönen gehaltenen Kulisse. »Den Zeitungen nach zu urteilen muß die halbe Fleet Street bei euch draußen gewesen sein.«

»Horden.« Ally rollte mit den Augen. »Und all die Fotografen. Wenigstens war der einzige Schnappschuß, den sie kriegen konnten, Janey auf dem Klo. Die Ärmste. Sie hat eine Heidenangst davor, daß sie mit heruntergelassenen Hosen auf der Titelseite der *Post* abgebildet werden könnte.« Bernie lachte und sah sie dann neugierig an. »Und wie nimmt Matt das alles auf?«

»So lala«, log Ally loyal.

»So schlimm?«

»Er hat im Moment einige Probleme mit seiner eigenen Show.« Sie warf ihm einen Blick zu und fragte sich, wie er darauf reagieren würde, da es bis vor kurzem auch noch seine Show gewesen war. »Sie versuchen, Ritchie Page dazu zu bringen, daß er in der Show auftritt, aber er zeigt sich wenig geneigt.«

»Das wundert mich nicht. Also dann, vergiß mal Matt, das hier ist jedenfalls Ally Boyds Show.«

»Bernie«, begann Ally.

Bernie hörte auf, einen seegrünen Wandbehang glattzustreichen und wandte sich um. Klein und klug blickten seine Augen aus der Nashornhaut heraus.

»Ja, Allegra?«

Ally zögerte, da sie nicht weiter wußte. »Ich wollte nur danke sagen.«

Eines seiner Äuglein zwinkerte. »Dasselbe könnte ich zu dir auch sagen.« Für einen Moment herrschte Schweigen, dann sah Bernie kurz zur Seite. »Danke, daß du mir vertraut hast. Ich habe mich die ganzen Jahre so beschissen verhalten, daß du keinerlei Veranlassung dazu hattest.«

Ally lächelte. »Möchtest du mir noch irgendwelche Ratschläge geben? Der letzte scheint ja gut gewirkt zu haben.«

Bernie musterte ihr Gesicht einen Moment lang. »Du glaubst immer noch nicht an dich selbst, was, Ally?«

Ally zuckte mit den Achseln. »Manchmal. Und manchmal nicht.«

»Mach dir keine Sorgen.« Er nahm sie bei den Schultern und zwang sie, ihn anzusehen. »Deine Verletzlichkeit ist deine Stärke, nicht dein Schwachpunkt. Sie erleichtert dir den Kontakt zu den Menschen.« Er nickte zum Fernsehgerät hin. »Die meisten tun sowieso nur so, als wären sie selbstsicher. In Wirklichkeit haben sie genausoviel Angst wie du.«

»Sogar Maggy Mann?«

»Gerade Maggy Mann. Sie stirbt vor Angst, daß du mehr Talent haben könntest als sie.« Er schwieg kurz und legte den Arm um sie. »Und sie hat auch allen Grund dazu. Und jetzt scher dich raus hier, Herrgott noch mal. Ich habe einen Ruf als chauvinistischer Frauenfeind zu verlieren.«

Ally ging langsam durch das Studio davon und dachte über das nach, was er gesagt hatte.

»Ally?«

»Ja?«

»Wir werden ein hervorragendes Team abgeben.«

Sie schenkte ihm ein herzliches Lächeln, und als sie die Tür öffnete und ihm zum Abschied zuwinkte, fragte er sich, ob Matt wohl eine ungefähre Vorstellung davon hatte, wie berühmt seine Frau werden würde.

Oben in den Büroräumen von *Hello* läuteten die Telefone unaufhörlich. Sowie Nikki Ally erblickte, kam sie herübergesaust.

»Haben Sie den Bericht aus der Redaktion gelesen?« Nikki zeigte ihr die ordentlich vollgetippten Seiten, auf denen jeder Zuschaueranruf verzeichnet war, und Ally fühlte sich wie ein unartiges kleines Mädchen, das zur Rektorin gerufen wird. Fast alle Anrufe waren ablehnend gewesen. Eine unfehlbare Faustregel besagte, daß grundsätzlich nur die Leute anriefen, die sich beschweren wollten. Daß jemand anrief und sagte, toll, wunderbar, die Show hat mir prima gefallen, weiter so, kam praktisch nie vor, und wenn es einmal geschah, vermuteten gleich alle, es wäre die Mutter des Produzenten mit verstellter Stimme.

Ally überflog die ersten zwanzig Gesprächsprotokolle, stöhnte und gab Nikki die Blätter zurück. Sie waren ausschließlich negativ. Wie konnte eine verwöhnte reiche Kuh wie sie es wagen, einem armen, hilflosen Mädchen zu raten, ihre Ehe aufs Spiel zu setzen, indem sie ihren Mann hinauswarf?

»Die Telefonzentrale hat noch einen Schwung mehr entgegengenommen, die aber nicht zum diensthabenden Redakteur vermittelt werden konnten. Einer hat es sogar geschafft, zu Stephen durchzudringen.« Nikki kicherte. »Aber das war zum Glück einer der wenigen positiven Anrufe.«

Auf der anderen Seite des Büros saß Maggy Mann und tat so, als läse sie die Briefe ihrer Zuschauer, eine Pflicht, die sie normalerweise ignorierte, indem sie ihre Sekretärin dazu abkommandierte, sie zu lesen und unter ihrem Namen zu beantworten. Ally fiel auf, daß sie heute vor sich hinsummte.

Nikki wollte gerade die Anruferliste auf Bernies Schreibtisch zurücklegen, von wo sie sie stibitzt hatte, als er am gegenüberliegenden Ende des Raums auftauchte. Schuldbewußt zuckte sie zurück.

»Was ist das?« Bernie deutete auf die Blätter, die Nikki halbherzig hinter ihrem Rücken zu verbergen suchte. »Hat jemand Maggys Spesenrechnung der Presse zugespielt?«

Maggy wirbelte herum und schenkte Bernie ihr hinreißendstes Lächeln, ein Anblick, der die meisten Männer vor Entsetzen hätte erstarren lassen. »Es ist der Bericht aus der Redaktion. Eine Lawine von Anrufen wegen Allys Kummerecke. Alle anti.«

»Oh, gut«, sagte Bernie und nahm Nikki im Vorbeigehen die Blätter aus der Hand. »Genau darauf hatte ich gehofft. Nikki?«

»Ja, Bernie?« antwortete sie nervös und überlegte sich eine Rechtfertigung dafür, daß sie den Bericht an sich genommen hatte.

»Fax das an Kevin Hudson von der *Sun*, ja?« Er gab ihr die Blätter zurück und griff nach dem Rest seiner Post. »Anonym natürlich.«

Nikki grinste und schwebte hoheitsvoll an Maggy Manns Schreibtisch vorüber. »Ist mir ein Vergnügen.«

»Okay, Leute«, verkündete Bernie. »Zeit, daß wir runter ins Studio gehen und die nächste Super-Show produzieren!«

Bernie lehnte sich in seinem Stuhl im Regieraum zurück und sah aus wie eine Katze, die sich in die Molkerei eingeschlichen hat. Zum erstenmal lief die Show richtig gut. Seit sie lockerer geworden war, hatte Ally die Situation im Griff, und sogar Maggy Mann war ganz erträglich gewesen. Sobald das rote Licht ausging, setzte sie zwar wie immer ihr sauertöpfisches Gesicht auf, aber solange sie auf Sendung waren, gelang ihr gelegentlich ein Lächeln. Bernie wunderte sich nur, daß ihr Make-up keine Risse bekam. Die Show hatte begonnen, Spaß zu machen. Wenn sie so weitermachten, liefen sie noch Gefahr, einen Knüller zu landen.

Auf dem Regiepult begann die Anrufanzeige zu blinken, und eine Produktionsassistentin nahm den Hörer ab. »Bernie, es ist die Telefonzentrale. Sie können die Anrufer nicht mehr bewältigen, die alle in Allys Sendung wollen.«

Bernie grinste. »Sag ihnen, sie sollen die Anrufe ins Büro durchstellen und einige Redakteure da oben abkommandieren, sie entgegenzunehmen.«

Allys Kummerecke war eindeutig auf dem besten Weg, der beliebteste Teil der Sendung zu werden. Es war völlig unmöglich, alle Anrufer, die live mit ihr sprechen wollten, in der Sendung unterzubringen.

Am Ende der Sendung war Ally ganz aus dem Häuschen vor Begeisterung. Sie hatte sogar eine Zeitlang vergessen, daß sie auf Sendung war, als sie mit einer jungen Frau sprach, die eine Affäre mit dem Mann ihrer besten Freundin hatte. Und das Erstaunliche war, daß es Ally nicht nur Spaß gemacht hatte, sondern die Anruferin auch den Eindruck erweckte, daß ihre Ratschläge ihr weiterhalfen.

»Möchte jemand mit zurück zu Century fahren?« rief Nikki. »Draußen steht ein Taxi.«

Ally sah auf die Uhr. Halb eins. Matt wäre sicher im Büro. Vielleicht konnte sie ihn dazu verführen, essen zu gehen. Sie brannte darauf, ihre Erleichterung und ihre Freude mit ihm zu teilen.

»Sag ihm, er soll noch ein kleines Momentchen warten, Nikki!« brüllte Ally und sammelte ihre Sachen zusammen. »Ich komme mit.«

Im Taxi mußte sie daran danken, daß sie Matt früher, als sie noch zusammenarbeiteten, jedesmal angerufen hatte, wenn sie beglückt oder betrübt gewesen war. Damals waren sie noch nicht verheiratet und trafen sich sogar nur heimlich in dem Weinlokal um die Ecke, wo sie unweigerlich auf andere inoffizielle Paare stießen, die unter dem Tisch Händchen hielten und vorgaben, über Ideen für Sendungen oder längerfristige Programmplanung zu sprechen. Ally lächelte und spürte, wie aufregend sie es fand, Matt spontan und mitten am Tag zu treffen.

Sie betrat das Foyer von Century, und alle, denen sie begegnete, sagten »Hallo« und beglückwünschten sie. Sogar Bryony, der Rottweiler, lächelte. Der Wachmann sprang auf und rief den Aufzug für sie. Und doch war es erst ein paar Monate her, daß man sie nicht zu Matts geselligem Beisammensein lassen wollte, weil man ihr nicht glaubte, wer sie war.

Es war ein ziemlich gutes Gefühl.

Im Büro der *Matt-Boyd-Show* herrschte rege Betriebsamkeit, obwohl schon fast Mittagszeit war. Der Krach war ohrenbetäubend, und Ally staunte, daß man dabei irgend etwas zustande bringen konnte. Telefone klingelten unaufhörlich, Redakteure brüllten einander quer durch den Raum etwas zu, Produktionsassistentinnen rangen mit der Fertigstellung ihrer Skripte und kläfften einem der Regisseure Fragen entgegen. Matt hatte ihr einmal erklärt, daß Journalisten Lärm brauchten, um effizient arbeiten zu können. Völlige Stille war tödlich für Lohnschreiber, vielleicht weil sie dann die Fragen, die sie stellten, hören konnten und ihnen deren Aufdringlichkeit endlich bewußt wurde.

Außerdem fiel Ally auf, daß es ausgesprochen unordentlich war. Mona hätte Zustände bekommen. Überall stapelten sich Zeitungen und Requisiten aus der Show, ein riesiger Plüschbar, Symbol einer Kinderhilfskampagne, lag zwischen benutzten Papptassen und ungelesenen Pressemitteilungen. Die Kaffeemaschine in der Ecke kochte ohne Wasser vor sich hin. Niemand merkte es.

In dem ganzen Chaos entdeckte sie Matt, der auf einer Ecke von Belindas Schreibtisch saß. Er ließ sich herabgleiten und ging auf sie zu.

»Hallo, Liebling. Das ist ja eine angenehme Überraschung. Wie war es? Alle scheinen völlig hingerissen von dir zu sein.«

Ally sah ihn argwöhnisch an, aber in seiner Stimme lag kein gereizter Unterton, sondern ungetrübte Freude über ihren Erfolg. »Ja, es lief wirklich gut. Offengestanden habe ich mir überlegt, ob du wohl Lust hättest, zur Feier des Tages mit mir Mittagessen zu gehen.«

Matt warf einen Blick in Belindas Richtung und wollte gerade sagen, daß sie soeben den letzten Anruf bei Ritchie Page getätigt hatten und nun auf die Antwort warteten. Doch dann fielen ihm die kritischen Worte seiner Mutter vom selben Morgen wieder ein.

»Ja, prima Idee.«

»Fein.« Ally lächelte. »Ich habe im Savoy einen Tisch bestellt. In einer Viertelstunde. Ich lade dich ein.« Als sie das sagte, stellte sie fest, was es für ein Vergnügen war, das auch zu meinen. Sie würde mit Geld bezahlen, das sie selbst verdient hatte, nicht mit Geld, das er ihr gegeben hatte, egal wie diskret.

»Dann machen wir uns mal besser auf den Weg«, meinte Matt. »Ich sage schnell Belinda Bescheid.«

Als er an ihren Schreibtisch trat, spürte er, daß etwas passiert war

»Wir haben es geschafft, Matt!« grinste sie und sprang auf. »Er hat eingewilligt.«

Matt stieß ein Freudengeheul aus, das sämtliche Mitarbeiter verdutzt aufblicken ließ.

»Kommt, Leute«, brüllte Belinda. »Auf in die Bar! Der Champagner geht auf meine Rechnung.«

Während alle ihre Gespräche beendeten und die Telefonhörer auflegten, blieb Ally unbeweglich stehen und nahm ihren ganzen Mut zusammen. Sie hatte es schon einmal erleben müssen, wie Belindas Pläne ihre eigenen durchkreuzt hatten. Letztes Mal hatte sie es geschehen lassen, doch dieses Mal war es anders. Sie war nicht mehr das arme kleine Frauchen, das sich dankbar nach jeder Krume bückt. Sie war Ally Boyd, Fernsehmoderatorin, und sie würde mit ihrem Mann ausgehen, um ihren Erfolg zu feiern.

»Tut mir leid, Belinda«, sagte Ally deutlich und mit Nachdruck. Sie merkte, wie hinter ihr einige Leute stehenblieben und hersahen. »Aber Matt und ich gehen zum Mittagessen ins Savoy.«

Belinda blieb stehen und sah Matt in die Augen, um ihn zum Widerspruch zu bewegen.

Matt schwankte nur den Bruchteil einer Sekunde. »Es war eine Glanzleistung, daß du ihn dazu überreden konntest, aber dies ist ein besonderer Anlaß. Könnten wir nicht heute abend nach der Show feiern?«

»Geht nicht«, log Belinda, entschlossen, sich nicht öffentlich demütigen zu lassen. »Nach der Show muß ich sofort weg.«

»Dann eben ein andermal.« Er verließ hinter Ally das Büro.

In der Mitte des Raums entdeckte Ally die punkige Redakteurin, die die Ohrringe mit dem Frauenzeichen trug und vor Monaten in der Damentoilette darüber spekuliert hatte, ob Matt und Belinda ein Verhältnis miteinander hatten. Sie hielt ihr zum Glückwunsch den aufgerichteten Daumen entgegen.

Ally lächelte sie an. Und so entging ihr der Ausdruck kalter Abneigung auf Belindas Gesicht, als sie ins Büro zurückging und die Tür schloß.

Das Essen war köstlich und die Aussicht auf den Fluß perfekt. Ein Blick auf Matt hatte den Oberkellner bewogen, die Entscheidung seines Juniors zu übergehen und den beiden einen Tisch am Fenster anzuweisen. Von da an überschüttete er sie mit jeder erdenklichen Aufmerksamkeit. Später erfreuten sie sich ungestörter Ruhe, obwohl einige der betuchten Mittagsgäste, die vermutlich leugneten, einen Fernseher zu besitzen, Matt aber aus unerklärlichen Gründen sofort erkannten, ihm verstohlene Blicke zuwarfen. Sie genossen das herrliche Essen, die frischen Blumen und die blütenweiße Tischwäsche, während lediglich der Weinkellner ab und zu herbeischwebte, um ihre Gläser nachzufüllen.

Die einzige Wolke am Horizont tauchte auf, als Matt telefonieren ging und bei seiner Rückkehr verkündete, daß sie nicht zum Kaffee bleiben könnten. Es fiel ihm wohl schwer, bei ihr zu bleiben, wenn im Büro solche Aufregung herrschte. Vielleicht hätte sie ihn gar nicht erst entführen sollen. Sogar auf eine Entfernung von drei Kilometern und in dieser wundervollen Umgebung spürte er noch den Sog seines Berufes. Sie seufzte. Tja, man mußte es genießen, solange es ging.

Doch als sie das Restaurant verließen, wandte sich Matt nach links und schritt quer durch das Foyer, anstatt zum Hauptausgang hinauszugehen und einem Taxi zu winken.

»Wozu, um alles in der Welt, brauchen wir den Lift?« fragte Ally verwirrt.

Matt lächelte. »Daß wir nicht zum Kaffee bleiben konnten«, er drückte fest auf den ›Aufwärts‹-Knopf, »liegt daran, daß ich uns soeben eine Suite gemietet habe.«

»Matt!« Ally klang entrüstet. »Aber wir haben doch überhaupt nichts dabei!«

»Um so besser.« Er hielt ihr die größte und mit den meisten Ornamenten verzierte Lifttür offen, die sie je gesehen hatte.

»Ich verstehe nicht, warum du dir die Umstände mit der Suite gemacht hast«, sagte Ally beeindruckt. »Wir können doch einfach mit dem Lift auf und ab fahren.«

Matt nahm sie in die Arme. »Da können wir aber nicht das machen, was ich vorhabe.«

Ally warf einen Blick auf den Fahrstuhlführer, aber er starrte nur unbeteiligt vor sich hin. Wahrscheinlich hatte er eine ähnliche Schulung wie die königlichen Palastwachen durchlaufen und war resistent gegen Scherze, Anspielungen, Bestechungsgelder und vermutlich sogar Hotelgäste, die sich im Lift dem Liebesspiel hingaben.

Im zweiten Stock trat er zur Seite und ließ sie hinaus. Ein Page erwartete sie und führte sie zu ihrer Suite. Als er die Tür öffnete, verschlug es Ally beinahe den Atem. Der ganze Raum war in Zartrosa gehalten, mit kunstvollen Stukkaturen, Simsen, riesigen Rosengebinden und Zierleisten, die sich in weiß und dunklerem Rosa absetzten. Die Möbel stammten aus dem Frankreich des 18. Jahrhunderts, und auf dem Sideboard prangte ein Arrangement aus süß duftenden Lilien. Die riesigen Fenster wurden von seidenen Vorhängen eingerahmt und boten einen herrlichen Blick auf den Fluß. Hinter dem Wohnraum konnte sie eine Ecke des Schlafzimmers sehen, in dem ein riesiges Himmelbett mit schneeweißen Laken stand. Aus einem silbernen Weinkühler lugte eine Flasche Champagner hervor. Es war traumhaft, herrlich und wunderbar kitschig.

Zu ihrer großen Erleichterung erwähnte der Page ihr fehlendes Gepäck mit keinem Wort. Matt gab ihm ein großzügiges Trinkgeld, und er entfernte sich schweigend. Ally rang heftig mit sich, um nicht in Gelächter auszubrechen. Jeder Geste seiner Körpersprache konnte sie entnehmen, daß das letzte, was er in ihr vermutet hatte, Matts Ehefrau war.

Schließlich wandte Matt sich ihr zu. Aus seinen Augen strahlten Lust und Lachen. »Und jetzt, Mrs. Boyd…«

15. Kapitel

Ally lag in der einen Meter achtzig langen Badewanne und nippte an ihrem Champagner. »Das war wirklich eine traumhafte Idee«, seufzte sie. »Ich wüßte nicht, was man an einem Mittwoch nachmittag um zehn vor vier schöneres machen könnte.« Sie hatten sich mit stürmischer Leidenschaft geliebt, und alles, was es an Vertrautheit und Gewöhnung zwischen ihnen gab, war in der faszinierend fremden Umgebung verschwunden.

Matt kam nackt auf sie zu. »Nein?« Er begann ihre Brüste einzuseifen und ließ sich dann selbst in das Schaumbad gleiten, wobei das Wasser überlief und auf die dicke weiße Bädematte schwappte. »Ich schon«, meinte er, und verblüffte sie dadurch, wie hart er sich gegen sie preßte. Seit Jahren hatten sie sich nicht mehr zweimal hintereinander geliebt.

»Zieh den Stöpsel raus«, murmelte sie, pragmatisch wie immer, »sonst kommt die Feuerwehr und bricht die Tür auf.«

Matt grinste. »Das sind sie bestimmt schon gewöhnt«, beruhigte er sie und schob die Hand zwischen ihre warmen, nassen Schenkel. »Im Prospekt habe ich gelesen, daß die Badewanne in zwölf Sekunden volläuft.« Sie keuchte leise vor Lust, als er sie zärtlich streichelte. »Und in dreizehn überläuft.« Danach merkte sie nicht mehr, wieviel Wasser auf den Fußboden floß. Sie hatte andere Dinge im Kopf.

»Zweimal Tee mit Kuchen und Schlagsahne, bitte. Suite 117.«

»Matt, wie kannst du jetzt Kuchen mit Sahne wollen? Wir haben gerade erst zu Mittag gegessen.«

Matt drehte sich zu Ally um, die sich nach den ganzen Anstrengungen in einem flauschigen weißen Badetuch trocknen ließ. »Sei doch nicht so spießig.« Er machte einen Versuch, ihr das Handtuch wegzunehmen, doch sie schob ihn beiseite. »Für Sahne gibt es verschiedene Verwendungsmöglichkeiten.«

Ally machte sich daran, die zerwühlten Laken zu straffen.

»Aus dir wäre nie eine Geliebte geworden«, spöttelte Matt. »Du wärst immer viel zu beschäftigt damit, das Schlafzimmer aufzuräumen.«

Sie setzte sich auf die geglätteten Laken und fing an, den Prospekt zu lesen. »Hier steht, daß das Savoy stets darum bemüht ist, daß die Gäste von bekannten Gesichtern bedient werden.«

Da klopfte es auch schon an der Tür, und ihr Freund, der Page, erschien mit Tee, Kuchen und Schlagsahne, wobei er demonstrativ den Blick vom Bett abgewandt hielt, bevor er sich mit einem weiteren dicken Trinkgeld zurückzog. »Wer wünscht sich denn bekannte Gesichter? Weiß man hier nichts vom Charme der Anonymität?«

»Es führt ja nicht jeder Schlimmes im Schilde wie unsereins.«

»Das ist auch besser so. Sonst käme ja kein Mensch mehr zum Arbeiten.«

Matt lachte. Er sah so entspannt und attraktiv aus, daß sie es diesmal war, die ihn aus seinem Handtuch herausschälte. »Was hast du noch über die verschiedenen Verwendungsmöglichkeiten von Sahne gesagt?«

Sie verteilte etwas Schlagsahne auf ihren Lippen und ließ sich verführerisch nach unten gleiten. Sie lächelte, als er bereits aus Vorfreude steif wurde.

»Hat man dir nie beigebracht«, Matt schloß verzückt die Augen, »daß man mit vollem Mund nicht spricht?«

Die letzten fünf Minuten war Belinda in ungläubiger Wut im Regieraum auf und ab gelaufen. Es war eine Minute vor 18 Uhr, und in weniger als einer halben Stunde würden sie live auf Sendung gehen. Was, zum Teufel, sollte sie tun, wenn Matt nicht auftauchte?

Doch nicht einmal fünf Minuten später tauchte er auf. Heiter und gelassen kam er angetrabt und becircte das wartende Publikum.

»Wo, zum Teufel, bist du gewesen?« wollte Belinda wissen. »Wir sind hier fast verrückt geworden und haben schon überlegt, ob wir den Aufnahmeleiter dazu abkommandieren sollen, statt deiner die verfluchte Show zu moderieren.«

»Belinda, immer mit der Ruhe.« Matt war aufreizend kühl. »Es stand doch nie in Frage, daß ich kommen würde. Ich habe noch nie eine Show versäumt.«

»Aber wo *warst* du denn? Du kannst doch nicht bis sechs Uhr zu Mittag gegessen haben!«

Matt lächelte träge. »Die Bedienung im Savoy war sehr langsam.«

»Im Savoy?« Sie starrte ihn an. Irgend etwas an ihm war anders als sonst. Sie hatte schon des öfteren erlebt, wie ihn der Teufel ritt, aber bisher war es jedesmal ein boshafter Teufel gewesen. Dieser hier war alles andere als boshaft. Er war süß und witzig und in grotesker Weise anziehend. Und dann fiel es ihr wie Schuppen von den Augen. *Er war mit seiner Frau im Bett gewesen.*

Belinda wandte sich ab. Der Schmerz durchzuckte sie mit solcher Heftigkeit, daß sie wußte, man würde es ihr ansehen. Obwohl ihr die Abwegigkeit ihrer Position klar war, stieg harte, kalte Wut in ihr auf. Seine Frau sollte auf *sie* eifersüchtig sein! Sie war diejenige, die jung und schön war. Doch weswegen? Sie hatte keinerlei Anspruch auf Matt. Verstrickungen mit verheirateten Männern war sie bisher stets aus dem Weg gegangen. Sie hatte auf ihr *Cosmopolitan*-Heft geschworen, daß ihr das nie passieren würde. Zu oft hatte sie miterlebt, wie Freundinnen diesen Weg eingeschlagen hatten, und sie bedauert. Die Nachmittage in Luxushotels, für die sie ein halbes Jahr später mit einsamen Weihnachten bezahlten. Die nächtlichen Anrufe aus Telefonzellen, während sie allein im Bett lagen und sich einzureden versuchten, daß er natürlich nicht mehr mit seiner Frau schlief. Bei Matt könnte sie sich nicht einmal damit beruhigen.

Aber ausgerechnet heute, wo sie endlich von Ritchie Page grünes Licht bekommen hatten! Sie empfand es wie einen Verrat. Doch es war nicht Matts Fehler, sondern Allys. Sie war schließlich wie eine Dampfwalze ins Büro gestürmt und hatte ihn hinter sich hergezerrt. Ohne sie wäre der heutige Tag so einmalig gewesen, wie er hätte sein sollen.

Belinda beobachtete Matt dabei, wie er im Studio herumspazierte und alles, was sich bewegte, mit seinem Charme überschüttete. Auf einmal sah sie Allys Handlungsweise in einem anderen Licht. Es war eine Warnung gewesen. Ally Boyd hatte ihr gesagt: »Er gehört mir. Finger weg.«

Belinda saß in ihrem Drehstuhl und bekam nichts mehr von dem mit, was sich um sie herum abspielte. Okay, dachte sie, in Ordnung. Wenn wir schon Krieg spielen, dann wollen wir doch mal sehen, wer den Sieg davonträgt. Sie wirbelte herum, so daß niemand im Regieraum ihr Gesicht sehen konnte, und schloß für einen Moment die Augen. Dann nahm sie wieder ihre vorherige Position ein, und ein beglückter Ausdruck zierte ihre ebenmäßigen Gesichtszüge.

»Okay, Leute.« Mit einem Lächeln sprach sie in das Mikrofon auf dem Regiepult. »Laßt uns eine denkwürdige Show produzieren.»

»Was ist denn mit unseren Alten los?« Jess versetzte Janey, die neben ihr am Küchentisch saß, einen Stups, als ihre Mutter und ihr Vater lachend zur Haustür hereinkamen. »Glaubst du, daß sie's miteinander getrieben haben?«

Janey blieb die Luft weg, und beinahe hätte sie die Sekundärliteratur zu Chaucers ›Die geduldige Griselda‹ fallen gelassen, die sie gerade las, während sie nebenher mit einem Auge die Fernsehhitparade verfolgte. »Sei so gut, ja?« Ihr Tonfall troff von Ekel. »Ich versuche gerade, meine Linda-McCartney-Lasagne zu essen.«

Matt und Ally benahmen sich – Jess fachkundiger Ansicht nach – schon seit Tagen wie frisch verliebte Teenager. Sie hielten Händchen und schlichen sich bei jeder Gelegenheit ins Bett. Dad hatte sogar angefangen, Mum nach seiner Show anzurufen und sie nach ihrer Meinung zu fragen!

»Es ist wie die Umkehrung von *Portnoys Beschwerden*«, klagte Jess. »Portnoy hat im Badezimmer immer so lang gebraucht, daß sich seine Mutter gefragt hat, was er dort treibt. Mir geht's genauso mit Mum und Dad.«

»Wieso? Du hast doch deine eigene Dusche.«

»Das ist doch nicht der Punkt. Wie kann ich rebellieren, indem ich mit Sex anfange, wenn meine eigenen Eltern nicht die Finger voneinander lassen können?«

»Vielleicht tun sie's deshalb. Damit wir angewidert sind.«

»Tja, das funktioniert jedenfalls.« Jess warf einen Blick in die Diele, wo Matt und Ally immer noch in den Mänteln standen. »Ich weiß nicht, wieviel von dieser trauten Zweisamkeit ich noch aushalte.«

»Mach dir keine Sorgen«, beruhigte sie Janey, ohne den Blick von der Hitparade abzuwenden. »Ich nehme nicht an, daß es von Dauer sein wird.«

»Hallo, Mum, hallo, Dad. Wie ist das Leben in der Glitzerwelt des Fernsehens – oder seid ihr zu verliebt, um etwas mitzukriegen?«

Ally tat so, als wolle sie Jess mit ihrem Ehering eine Kopfnuß versetzen. »Danke, bestens. Und wie ist das Leben in der Hill Hall-Schule? Hausaufgaben erledigt?«

»Frag sie nicht«, jaulte Janey. »Der machen die Hausaufgaben *Spaß*, dieser Irren.«

»Und wie ist es bei dir?« Ally beugte sich herab und gab ihrer älteren Tochter einen Kuß. »Wie läuft's mit dem Lernen?«

»So lala. Thomas Hardy als erster Frauenrechtler ist okay, aber ›Die geduldige Griselda‹... Würg!« Sie warf das Buch angeekelt beiseite. »Wie kam Chaucer nur darauf, sie als ein Muster wahrer Weiblichkeit darzustellen? Sie ist das ärmste Mädchen der Stadt, bis der gräßliche Gutsherr beschließt, sie zu heiraten. Und nur um festzustellen, ob sie seiner würdig ist, tut er so, als brächte er ihre Kinder um und macht Griselda zum Stubenmädchen. Und die gute alte Grissy erträgt alles, bis der Edelmann enthüllt, daß das Ganze lediglich eine mittelalterliche Version von versteckter Kamera war, und so leben sie glücklich und in Frieden. Und Chaucer nennt sie die Blüte weiblicher Langmut.«

»Klingt ganz wie du, Mum.« Jess nahm ihre Mutter bei der Hand.

»Nicht mehr, Herzchen. Diese Blüte weiblicher Langmut wurde gepflückt.«

Aus unerfindlichen Gründen brachen Janey und Jess in schallendes Gelächter aus. »Du sagst es!« riefen sie im Chor.

Nachdem Page endlich eingewilligt hatte zu kommen, schäumte die Begeisterung in den Büros der *Matt-Boyd-Show* über. Es war noch ein Monat bis Weihnachten, aber in dem ausgedehnten Großraumbüro im zehnten Stock des Century-Gebäudes herrschte jetzt schon Feiertagsstimmung.

Sogar Stephen Cartwright konnte das spüren, als er auf einem seiner seltenen Besuche bei ihnen vorbeikam, um ihnen dazu zu gratulieren, daß sie Ritchie Page zur Teilnahme an der Show hatten bewegen können. Als er durch den betriebsamen Raum ging, in dem Telefone läuteten, Leute zielstrebig hin- und hereilten und Computer eifrig piepten, regte sich in Stephen ein Hauch von Sehnsucht nach den Tagen, als er selbst noch an Sendungen mitgearbeitet hatte. Er wußte, daß dies eine weitverbreitete Krankheit unter Managern war. Ab und zu stieg in ihnen der Wunsch auf, wieder praktisch in der Produktion tätig zu werden, wobei sie vorübergehend vergaßen, mit wieviel Streß, Überstunden und nervenaufreibenden Unwägbarkeiten dies in Wirklichkeit verbunden war. Doch die Begeisterung, die das Team der Show heute ausstrahlte, war tatsächlich ansteckend.

Stephen blieb stehen und schenkte sich eine Tasse Kaffee ein, um seine momentane Stimmung noch ein wenig länger aufrecht zu erhalten. Er beobachtete einen jungen Redakteur dabei, wie er auf Matt zuging, um etwas mit ihm zu besprechen. Alle wollten sich gut mit Matt stellen, das war Stephen schon früher aufgefallen. Matt besaß die Fähigkeit, Menschen ein positives Selbstgefühl zu vermitteln. Es war eine Technik aus dem Manager-Lehrbuch, aber Matt beherrschte sie instinktiv. Und meisterhaft.

Als Stephen an der Tür zu Matts und Belindas Büro angelangt war, kam der junge Redakteur gerade lächelnd heraus. Sicher hatte ein Wort von Matt seinen Tag gerettet.

Matt erhob sich, als er Stephen sah. »Welch seltene Ehre.«

»Ich wollte Ihnen gratulieren.« Stephen setzte sich auf den Stuhl, den Matt für ihn herbeigeholt hatte. Er nahm die Rohfassung des Skripts für die neue Show, an dem Matt gerade arbeitete, in die Hand und begann auf der Stelle zu lachen. Schon in der Einleitung fanden sich zwei klassische Matt-Boyd-Bonmots. Er schüttelte den Kopf. »Woher nehmen Sie nur die Ideen?«

»Ich stehle sie bei anderen.« Matt grinste und nahm das Skript wieder an sich. »Und dann mache ich etwas daraus.«

Stephen fiel ein Stein vom Herzen. Der scharfzüngige, witzige Matt Boyd würde auch in der neuen Show glänzen. Allerdings mit etwas mehr Biß.

»Vermutlich haben Sie sich schon gefragt, warum ich unbedingt Ritchie Page in der Sendung haben wollte.« Matt fiel auf, daß Stephen sich übertrieben lässig gab.

»Ja, wir waren durchaus neugierig, warum er auf Ihrem Wunschzettel ganz oben steht.«

»Ganz einfach.« Stephen schwieg kurz. »Er will Big City Television kaufen.«

»Aber das ist ja ungeheuerlich!« Matt traute seinen Ohren nicht. »Dieser Pornohändler!«

»Die Muttergesellschaft von Big City kümmert das wenig. Sie stecken in einer finanziellen Krise, und jetzt brauchen sie einen Retter. Page bietet einundzwanzig Millionen Pfund. Nun wissen Sie, warum sie die paar Flecken auf seiner weißen Weste gern übersehen.«

»Aber sie können doch nicht einfach an so jemanden verkaufen!«

»Doch, können sie. Es sieht ganz danach aus, als ob die Verhandlungen erfolgreich wären.« Stephen stand auf und schaute aus dem Fenster. Auf dem stahlgrauen Fluß dreißig Meter weiter unten waren nur wenige Boote zu sehen. Er drehte sich wieder zu Matt um. »Es sei denn, Ihr Interview kann ihn aufhalten.«

Ally stand in ihrer Garderobe und atmete tief durch. Trotz oder vielleicht gerade wegen der ganzen Aufmerksamkeit, die man ihr widmete, war sie heute besonders nervös.

Gestern hatte sie sogar sämtliche Frauenzeitschriften am Kiosk erstanden, und ständig beobachtete sie die anderen Kummertanten in den Medien. Jane Spencer war warmherzig und bodenständig. Ally fand es erstaunlich, wie vorurteilslos sie war, egal was für entsetzliche Zustände die Leute ihr schilderten. Doreen Brook strahlte mütterliches Verständnis aus und besprach alles ausführlich. Eve Grey ging nüchterner und nach dem Motto ›hör auf zu jammern‹ vor – vielleicht weil sie jünger war. Wie würde Ally Boyds Linie aussehen? Der Schmeiß-ihn-einfach-raus-Ansatz war nicht unbedingt die Lösung.

Trotzdem – eigentlich war es herrlich, ein Forum zu haben, durch das sie Frauen zu mehr Mut und Selbstsicherheit verhelfen konnte. Komm schon, ermahnte sich Ally selbst, wenn du anderen Menschen helfen willst, kannst du nicht jedesmal zu Wackelpudding werden, wenn du vor die Kamera treten mußt. Wie Bernie gesagt hatte: Gib deiner Verletzlichkeit nicht nach, sondern setze sie positiv ein. Diese Eigenschaft teilst du mit den anderen Menschen. Nutze sie.

Es klopfte an der Tür. Nikki erschien und teilte ihr mit, daß es Zeit sei, hinunterzugehen. Ihr war aufgefallen, daß Nikki, seit sie mit ihr zusammenarbeitete, nicht mehr so viel Scheu davor hatte, Vorschläge zu machen. Außerdem aß sie weniger Schokoriegel.

Vielleicht mache ich wirklich etwas Sinnvolles, sagte sich Ally, als sie durch das Studio ging und mit einem Mal ganz begierig darauf wurde zu hören, was die heutige Schar unglücklicher Anrufer ihr zu berichten hatte.

»Findest du nicht, daß du dir jetzt ein wenig Schlaf gönnen solltest?« Ally nahm Matt sanft die Zeitungsausschnitte über Ritchie

Page aus den Händen. Morgen fand das große Interview statt, und sie wußte, wie nervös er war und daß er es als Prüfstein für die neue Richtung der Show ansah. Noch nie hatte sie erlebt, daß er sich so intensiv auf ein Gespräch vorbereitet hatte. Tagelang hatte er sich in Geschäftsberichte, Finanzierungspläne und Berge von Zeitungsausschnitten über Pages Werdegang vertieft.

Ally knipste das Licht aus und kuschelte sich unter die Daunendecke. Draußen rief eine Eule, und aus der Entfernung konnte sie hören, wie Janeys CD-Player irgendeine grauenvolle Abart von Musik von sich gab, aber sie war zu schläfrig, um hinüberzugehen und ihr zu sagen, daß sie ihn leiser stellen sollte. Auf einmal ertönte ein Klicken von der anderen Seite des Betts, und Matts Nachttischlampe ging an. Sie hielt sich die Hand vor die Augen, um die plötzliche Helligkeit abzuwehren. »Ist alles in Ordnung, Schatz?«

»Ally?« Matt ergriff ihre Hand. »Was ist, wenn ich nicht gut bin? Wenn das Publikum den alten Matt Boyd haben will?«

»Du wirst phantastisch sein.« Sie hob seine Hand an die Lippen und küßte sie. »Woher willst du denn wissen, daß den Zuschauern der neue Matt Boyd nicht gefällt, wenn sie ihn noch gar nicht gesehen haben?«

»Ich liebe dich, Ally.«

»Und ich liebe dich.« Matt machte das Licht wieder aus, und Ally rollte sich hinüber, bis ihr Körper so dicht an seinem lag, daß nicht einmal ein Zigarettenpapier zwischen ihnen Platz gehabt hätte. Sie seufzte zufrieden. Endlich hatte sie das Gefühl, daß sie mehr verband als nur ein Haus und Kinder. Und sie empfand es als Privileg, daß er ihr seine Sorgen anvertraute. Als sie langsam einschliefen, wußte sie, daß sie – obwohl ihnen aufreibende Zeiten bevorstanden – in ihrem ganzen Leben noch nie so glücklich gewesen war.

Belinda saß bei geschlossener Tür in ihrem Büro und las in einer Fernsehzeitschrift. Von der Titelseite lächelte ihr Matt entgegen. Sein Gesicht war so bekannt wie das des Premierministers oder eines Mitglieds des Königshauses. Aus seinen blauen Augen strahlte der herausfordernde Charme, der seinen Fans so vertraut war. Wie würden sie auf den neuen, schonungslosen Gesprächsstil reagieren, den Matt heute abend präsentieren würde?

Belinda sah auf den Block, der neben der Zeitschrift auf ihrem sonst leeren Schreibtisch lag. Sie hatten jeden Schritt ein dutzendmal durchgespielt und sich jede mögliche Wendung überlegt, die das Gespräch nehmen könnte. Sie war überrascht gewesen, wie schnell Matt die Kunstgriffe des Wortgefechts gelernt hatte, nachdem er sich so viele Jahre auf Charme und Witz verlassen hatte.

Sie erhob sich, öffnete die Tür und sah, daß Matt mittlerweile eingetroffen war und auf der anderen Seite des Raums mit einer Produktionsassistentin plauderte.

»Matt«, rief sie ihm zu, »komm und schau dir dein Titelbild auf der *TV Times* an!«

Matt spazierte ins Büro, nahm die Zeitschrift in die Hand und betrachtete sein Gesicht. Als zum erstenmal ein Foto von ihm in der Presse abgebildet war, war er losgerannt und hatte fünf Exemplare für seine Mutter erstanden, aber inzwischen verfolgte er es nicht einmal mehr selbst. »Ausgeprägtes Kinn«, bemerkte er. Er wußte genau, daß sein schwächster Punkt eine leichte Neigung zum Doppelkinn war. »Bei Männern gefällt mir das.«

Unfähig, ihren rastlosen Tatendrang zu unterdrücken, begann Belinda im Raum auf und ab zu laufen.

»Jetzt geht's ums Ganze, Matt.«

Matt grinste. »Ja, ich hab's gemerkt.«

»Wenn wir es hinkriegen, werden alle sehen, daß in einem Matt Boyd mehr steckt als in zehn Danny Wildes.« Sie setzte sich auf die Schreibtischkante und sah ihm dabei zu, wie er ein Skript in die Hand nahm, um noch in letzter Minute ein paar Veränderungen anzubringen. »Wie fühlst du dich?«

Matt sah zu ihr hinauf und lächelte. »Halb wahnsinnig vor Angst.«

16. Kapitel

Matt warf einen Blick auf die Wanduhr in seiner Garderobe. Es wurde langsam Zeit, nach unten in die Maske zu gehen. Ritchie Page war zäh und mit allen Wassern gewaschen, und Matt hatte noch nie eine derartige Sendung gemacht. Er wußte sehr genau, was er in dem Gespräch erreichen wollte: eine klare Zusicherung von Page, daß er die Finger von Big City Television lassen würde. Weniger klar war ihm allerdings, wie gut seine Chancen dafür standen. Er sah in den Spiegel, holte tief Luft und schärfte sich ein, die Nerven zu behalten.

Im Regieraum machte der Bildtechniker gerade einen Probedurchlauf, während Belinda Roy, dem Redakteur, der Ritchie Page in Empfang nehmen würde, Anweisungen gab. Nach längeren Diskussionen mit Stephen hatten sie beschlossen, daß keine Einzelheiten über den Richtungswechsel der Show im voraus an die Presse gehen sollten. Es würde eine komplette Überraschung werden.

»Was immer du tust, halte Page und seine Begleitung von hier und den anderen Gästen fern.« Belinda sprach mit leiser Stimme, so daß sie niemand belauschen konnte. »Ich will nicht, daß irgend jemand Page oder einem seiner Mitarbeiter alles verrät. Er muß völlig unvorbereitet sein.«

»Wird er sich dann nicht fragen, was hier gespielt wird?«

»Nicht, wenn du ihn davon überzeugen kannst, daß alles ganz normal abläuft.«

Roy schien seine Zweifel zu haben.

»Denk dir etwas aus«, fauchte Belinda, der für einen Moment die Nerven durchgingen. »Wozu bist du denn Journalist?«

Belinda sah auf die Uhr. Eine halbe Stunde noch, bis sie auf Sendung gingen. Die längste halbe Stunde ihres Lebens. Die anderen Gäste waren schon in der Maske. Melody Freed, eine Diva aus dem komischen Rollenfach, und Dave McGill, ein Fußballmanager aus dem Norden mit einem begnadeten Talent für trockenen Humor.

Belinda zwang sich, ruhig zu bleiben. Als hinter ihr Stimmen ertönten, wandte sie sich um und entdeckte Stephen, der gerade eine Gruppe von Zuschauern in die verglaste Galerie hinter dem Regieraum führte. Scheiße. Das hatte ihnen gerade noch gefehlt. Sie gestikulierte ihm aufgeregt zu.

»Stephen, was soll das? Heute ist doch wohl kaum der geeignete Tag für einen Ausflug des Rotary Clubs hinter die Kulissen der *Matt-Boyd-Show.*« Sie zeigte mit einer Kopfbewegung in Richtung der Galerie. »Können Sie die nicht anderswo unterbringen?«

»Nein«, beharrte Stephen. »Sie sind nämlich nicht vom Rotary

Club, sondern vom Feinsten, was die Fleet Street an Sensationshaien zu bieten hat.«

»Wissen sie, was gespielt wird?«

»Sie wissen, daß sie hier sind, um Matts neueste Kunststückchen zu sehen. Aber sie wissen nicht, auf wessen Kosten. Wie hält sich Matt?«

»Ganz gut. Ein bißchen nervös.«

»Das wundert mich nicht.« Er griff sich ein Skript. »Ich bin dann im Tonraum.« Stephen zeigte auf das kleine Studio, das sich an den Regieraum anschloß und durch ein Fenster einsehbar war. »Mit den Anwälten. Für den Fall, daß Page uns in Grund und Boden klagen will.«

Nachdem er verschwunden war, ließ sich Belinda in einen Drehstuhl sinken, dessen Lehne so hoch war, daß man sie kaum mehr sah. Schreiberlinge. Anwälte. Ritchie Page und seine fröhlichen PR-Leute. Sie hatte sich für abgebrüht gehalten, aber guter Gott, unter solchem Druck hatte sie noch nie gestanden. Wie mußte es erst für Matt sein?

Hinten im Regieraum kam Matt zur Tür herein. Er blieb stehen und stibitzte von Joan, der Produktionsassistentin, eine Camel.

»Ich wußte gar nicht, daß du rauchst.« Belinda reichte ihm einen Pappteller für die Asche.

»Tu ich auch nicht.« Er sog den gefährlichen, gesundheitsschädlichen Rauch tief in die Lungen ein. »Mmm.« Dann schloß er die Augen. »Herrlich. Wo ist Page momentan?«

»Mit Roy in der Maske.«

Auf einmal stand der Aufnahmeleiter neben ihm. »Es wird Zeit, Matt.«

»Viel Glück!« rief Belinda ihm nach. »Was ist dein letzter Wunsch?«

»Daß diese verdammte Show schon vorüber wäre.«

Sie sah auf die Uhr. »In dreiundvierzig Minuten geht er in Erfüllung.«

Auf dem Weg ins Studio stellte Matt sich vor, wie Page entspannt und ahnungslos in dem Kosmetikstuhl saß, den er erst wenige Minuten zuvor geräumt hatte. Von den Fotos her wußte Matt, daß Ritchie Page der Typ Mann war, der sich gern mit weiblichen Attributen umgab – Feuchtigkeitscreme, Fönfrisur und Goldschmuck –, aber nicht einmal die tuntige Haartracht und das klirrende Armkettchen mit Namensschild konnten die darunterliegende Härte verdecken.

Matt würde sich nicht einschüchtern lassen. Page mochte ein knallharter Bursche sein, aber Matt hatte den Überraschungseffekt auf seiner Seite. Als ihm der Aufnahmeleiter die Tür aufhielt, lächelte Matt das Sendeteam ungerührt an. Dies war nicht der geeignete Moment, um die Nerven zu verlieren.

Elaine betrieb einen solchen Aufwand mit Ritchie Page, als wäre er Warren Beatty. Sie beriet sich mit ihm über Feuchtigkeitscremes, worin er sich als Experte erwies, und darüber, welche Make-up-Schattierung ihm gefiel.

»Was verwenden Sie denn sonst immer?« fragte sie schmeichlerisch. Es hatte ihr zwar niemand etwas gesagt, doch Elaine wußte trotzdem, daß er bei Laune gehalten werden mußte.

Page lachte. »Ich weiß nicht. Da bin ich jungfräulich, ich bin noch nie gefilmt worden. Es ist mein erstes Erlebnis, also gehen Sie sanft mit mir um.«

Roy lauschte verblüfft. Ritchie Page war noch nie im Fernsehen gewesen. Was für ein Knüller für die Show! Und nach dem heutigen Tag würde er wahrscheinlich nie wieder Lust darauf verspüren.

Sowie Elaine ihr Schwämmchen abgesetzt hatte, sprang Page auf. »Okay. Von wo können wir die Show sehen?«

Roy versuchte, die Ruhe zu bewahren und entschuldigte sich. »Es tut mir leid, aber nach Beginn dürfen wir nicht mehr hinein.«

»Dann hoffe ich aber bei Gott, daß Sie eine Flimmerkiste hier haben.«

Roy wechselte den Blick mit Elaine. »Ja«, bestätigte sie unschuldig, »aber ich habe leider die dämliche Fernbedienung verschlampt.«

»Du lieber Heiland!« stöhnte Ritchie Page, nahm einen großen Schluck von dem Wein, den Roy ihm gebracht hatte, und sah die beiden argwöhnisch an. »Und das soll ein gottverdammter Fernsehsender sein?«

Zehn Meter entfernt, in Studio drei, zwang Matt sich dazu, locker zu bleiben und das Beste aus seinen ersten beiden Studiogästen herauszuholen. Melody Freed und Dave McGill gaben eine gute Mischung ab. Seine trockenen Bemerkungen bildeten den passenden Hintergrund für den ihr eigenen Humor einer verwöhnten höheren Tochter. Der erste Werbeblock war schon vorüber, und auf einmal sah Matt zu seinem Erstaunen das Zeichen für den zweiten. Jetzt war es schon fast so weit.

»Drei Minuten vierzig Werbepause für alle«, verkündete die Produktionsassistentin.

Matt sah, wie Page auf der anderen Seite des Studios von Roy hereingebracht wurde. Und dann war er auch schon da.

»Matt, das ist Ritchie Page.«

Matt erhob sich und stellte ihn den anderen Gästen vor.

»Kein großer Einzug?« fragte Page erstaunt, als er sich setzte. »Ich dachte, alle Ihre Gäste bekämen einen großen Bahnhof.«

»Das nutzt sich mit der Zeit ab«, versicherte ihm Matt, während der Tontechniker Page mit einem Mikrofon versah und ihn zum Aussteuern um eine Sprechprobe bat. Aus den Augenwinkeln heraus konnte Matt dankbar erkennen, daß der Aufnahmeleiter drei Finger hochhielt und das rote Licht an der Kamera aufleuchtete. Damit war keine weitere Unterhaltung mehr möglich.

Im Regieraum rutschte Belinda an die Stuhlkante vor. »Viel Glück, Matt«, flüsterte sie in ihr Mikrofon. »Jetzt geht's ums Ganze.«

Anstelle einer Antwort hielt ihr Matt den aufgerichteten Daumen entgegen.

Die vertraute Musik leitete den dritten Teil ein. Sie waren wieder auf Sendung. Matt brachte seinen altbekannten, lässigen Charme zum Einsatz.

»Mein nächster Gast«, Matt unterbrach sich kurz und lächelte, »ist vermutlich der Schrecken aller Mütter und Väter im ganzen Land und darüber hinaus einiger Mères und Pères auf dem Kontinent. Und das einzig und allein wegen dieses kleinen Kerlchens: Fred Bär.«

»Die Einblendung, Kamera drei!« brüllte Belinda.

»Fred Bär, der Moderator vom Kids' Club ist eine Sensation, und seinetwegen werden immer mehr Eltern bestürmt, sich eine Satellitenschüssel anzuschaffen. Dank Fred sind in diesem Jahr bereits

150000 Satellitenschüsseln verkauft worden. Und hier ist der Mann, der hinter dem Kids' Club steht, der Video-Unternehmer Ritchie Page.«

Ritchie Page lächelte, als das Publikum auf Betreiben des Aufnahmeleiters hin laut Beifall klatschte.

»Ritchie, was ist Ihrer Meinung nach das Besondere an diesem Kerlchen, das die Phantasie so vieler Kinder anregt?«

Oben auf der Galerie tat der Unterhaltungsreporter der *Daily News* so, als würde ihm schlecht. Man hatte sie doch wohl nicht von einwandfreien Schlafzimmergeschichten abgezogen, damit sie jetzt Matt Boyd dabei zuschauen konnten, wie er einem Arschloch wie Ritchie Page zu Gratiswerbung verhalf?

»Offen gestanden, Matt«, Ritchie Page begann sich zu entspannen, »glaube ich, daß ihre Eltern ihn sogar noch lieber mögen.« Er hielt einen Fred Bär aus Plüsch hoch, damit Kamera drei ihn in einer Nahaufnahme bringen konnte, die etwa fünf Riesen wert gewesen wäre, wenn er dafür hätte bezahlen müssen. »Fred Bär hat zwei Gesichter: ein freches und ein noch frecheres.«

Pages Berater, die im Gesellschaftsraum saßen, lachten wie verrückt.

»Tja, Ritchie, Sie sind ein Video-Profi. Als wir normal Sterblichen noch damit kämpften, wie man die dämlichen Geräte programmiert, haben Sie schon Millionen mit Ihrem Verleih verdient.«

»Nur ein paar Millionen.« Page war ganz herablassender Charme. »Ich habe ein Videogeschäft in Bestlage gekauft, eine Kette daraus gemacht und das Ganze wieder verkauft.« Im grellen Scheinwerferlicht blitzte seine golden Rolex auf.

»Haben Sie nicht auch selbst Videos produziert?« Matts Tonfall war völlig harmlos und freundlich.

Pages Augen wurden schmal. Diese Wendung des Gesprächs behagte ihm eindeutig nicht. »Nein, nicht richtig. Bloß Amateurzeug.«

Matt dachte an den Stapel Soft-Pornos in Belindas Büro.

»Also, zuerst Video, dann der Satellitensender Kids' Club. Was planen Sie als nächstes? Man hat mir zugeflüstert, daß Sie ins Privatfernsehen einsteigen wollen.«

Dieses Mal war Pages Verärgerung noch deutlicher. Er setzte ein bemühtes Lächeln auf. »Die Gerüchte über meine Interessen sind stark übertrieben.«

»Wirklich?« Matt war jetzt ernst geworden. Jede Spur des lässigen Talkmasters war verschwunden. Melody, die sich vernachlässigt fühlte, wollte eine schlaue Bemerkung machen, hielt sich dann aber doch lieber zurück. Die Lohnschreiber auf der Galerie hörten auf zu meckern. »Ich habe gehört, daß Sie vor einiger Zeit einen Fernsehsender kaufen wollten, aber fürchteten, Ihr Angebot könnte als unerwünscht abgelehnt werden.«

»Das ist ja unerhört!« brüllte Pages Anwalt. »Das ist Verleumdung!«

»Dann wurden die Verkaufsmodalitäten geändert, nicht wahr? Und nun bemühen Sie sich um Big City Television, den anderen Londoner Privatsender, stimmt's, Mr. Page?«

Page erstarrte. »Mr. Boyd, das ist reine Spekulation.«

»Wollen Sie damit sagen, daß Sie *keinen* Fernsehsender kaufen werden?«

Page gab keine Antwort.

»Sie halten sich also für einen geeigneten Bewerber um die Aktienmehrheit an einem Fernsehsender?«

Im Gesellschaftsraum sprang Pages Anwalt auf und suchte ein Telefon.

»Das tue ich in der Tat, Mr. Boyd. Das ist doch alles nur das übliche Gejammer von Fernsehleuten, wenn sie ihr unantastbares Recht bedroht sehen, die Öffentlichkeit zu belehren. Irgend jemand hat einmal gesagt, daß es nichts Lächerlicheres als die Briten gibt, wenn sie einen ihrer regelmäßigen Anfälle von Moral haben. Genau dasselbe trifft auf Fernsehleute zu.«

»Sie sind ja selbst so etwas wie ein Experte in Sachen Moral, Mr. Page. Wissen Sie, ich habe mich schon gefragt, was für Sendungen Sie wohl bringen würden, wenn Sie einen eigenen Fernsehsender hätten.« Er holte die Fernbedienung unter seinem Sessel hervor. »So etwas vielleicht?«

Kamera drei blendete Standbilder von einem Paar in einem fortgeschrittenen Stadium des Geschlechtsverkehrs ein, wobei die anstößigen Körperteile mit schwarzen Balken versehen waren, da die Show ja für die ganze Familie gedacht war.

Ritchie Page lachte. »Mal im Ernst, Mr. Boyd, sollen das Ihre Beweise dafür sein, daß ich nicht dafür geeignet bin, einen Fernsehsender zu besitzen? Heutzutage bringen sie doch schon im Schulfernsehen schlimmere Sachen.«

Matt spürte, wie angesichts der maßlosen Scheinheiligkeit dieses Mannes die Wut in ihm aufstieg. »Und wie ist es damit, Mr. Page?«

Auf dem Bildschirm neben Matt erschienen Bilder eines höchstens zwölf oder dreizehn Jahre alten Mädchens im Babydoll, das von einem bedrohlich aussehenden Mann ausgezogen wurde. »Kommt so etwas auch im Schulfernsehen, Mr. Page?«

Page schien abzuwägen, ob es ihm mehr schaden würde, wenn er kurzerhand das Studio verließ oder wenn er dablieb. Matt erriet seine Gedanken. »Es ist sinnlos davonzurennen, Mr. Page. Ich werde sowieso alles erzählen. Dieses junge Mädchen ist kurz davor, auf äußerst üble Art vergewaltigt zu werden, stimmt's?«

Page war vor Wut die Farbe aus dem Gesicht gewichen.

»Ich möchte Sie nun noch einmal fragen, Mr. Page: Werden Sie Big City Television kaufen oder nicht?«

Im Regieraum saß inzwischen sogar die Produktionsassistentin wie auf Kohlen. Hinter ihr kritzelten die Schreiberlinge hektisch auf ihre Blöcke oder plapperten ihren Nachrichtenredakteuren durch tragbare Telefone die Ohren voll.

Belinda sprang auf und reckte wie ein Boxer in Siegerpose die Faust in die Luft. »Er hat ihn! Jetzt geht es ihm an den Kragen!«

»Ich wiederhole meine Frage: Werden Sie Big City Television kaufen oder nicht?«

Einen Moment lang herrschte Schweigen. Allen, auch dem Regieteam, kam es endlos vor.

Page funkelte ihn eisig an. »Ich werde Big City Television nicht kaufen.«

Matt sprach direkt in die Kamera. »Damit wäre unsere heutige Sendung beendet. Vielen Dank fürs Zuschauen.«

Als der Abspann lief, brach die Hölle los. Wortlos riß Ritchie Page sich das Mikrofon herunter, warf es auf den Sitz und stürmte in die wartenden Arme seines Anwalts. Sein PR-Mann versuchte vergeblich, die Journalisten im Zaum zu halten, die mit Kassettenrecordern und gezückten Notizbüchern Page hinterhereilten.

»Wow!« ächzte Melody Freed. »Das war ja vielleicht ein Interview! Ich hatte gedacht, das hier wäre eine nette, gemütliche Talkshow.«

Als Matt sich umwandte, stand auf einmal Stephen hinter ihm. »Herzlichen Glückwunsch, Matt. Sie haben ihn meisterhaft abserviert. Bei Big City werden schon die Champagnerkorken knallen.«

Neben ihm stand Belinda und lächelte breit. »Wir haben's geschafft, Matt! Wir haben's wirklich geschafft!«

Ihre Stimmung übertrug sich auf Matt. Er warf den Kopf in den Nacken und lachte los. Sie hatten so vieles von diesem Tag abhängig gemacht, und nun hatte es sich ausgezahlt. Erleichterung durchströmte ihn. Er hob Belinda hoch und wirbelte sie herum. »Ich weiß!« Sein Freudenschrei wurde durch ihre lange Mähne gedämpft. »Wir haben ihn geleimt! Wir haben ihn geleimt wie einen blöden Holzklotz!«

Vor dem Studio konnte sich Ritchie endlich den Weg durch die Horde von Schreiberlingen freikämpfen und versuchte den Vorfall als Witz abzutun. Als er merkte, daß ihm das nicht gelang, stieg er in seinen Rolls Royce. Während die Reporter noch den Wagen umringten, gab er dem Chauffeur das Zeichen zum Losfahren, indem er wie üblich gegen die gläserne Trennwand klopfte.

Als sie ihre Verfolger abgeschüttelt hatten, lehnte Page sich in die Lederpolster zurück und schloß die Augen. Sein Anwalt und sein PR-Mann wechselten Blicke. Sie wußten, daß Ritchie am allergefährlichsten war, wenn er sich in sich selbst zurückzog.

»Okay.« Ritchie riß die Augen auf. Sie glühten wie Funken aus einem Hochofen. »Den Schweinehund mach' ich fertig! Ich mag ja gesagt haben, daß ich Big City nicht kaufe.« Er schlug mit der Faust auf die Armstütze. »Aber damit bleibt mir immer noch das gottverdammte Century Television.«

17. Kapitel

»Wow, schaut euch Dad an! Er ist überall drauf!« Jess hielt ein Exemplar der *Sunday Post* in die Höhe, auf dem unterhalb der Schlagzeile ›Boyd beißt zurück!‹ ein riesiges Foto von Matt einem ebenso großen von Ritchie Page gegenüberstand. ›Matt zeigt die Zähne!‹ hieß die Titelstory einer anderen Zeitung.

»Mensch, Dad«, Janey ließ ihre übliche Distanziertheit fallen und klang beeindruckt. »Ich hätte nicht gedacht, daß du *noch* berühmter werden könntest.«

Ally griff nach seiner Hand. »Hallo, Star.« Sie war fast genauso erleichtert wie er, daß das Interview dermaßen eingeschlagen hatte. »Und nun?«

Matt grinste. »Gute Frage. Wir haben nur bis hierher geplant. Jetzt fängt die richtige Arbeit erst an.«

Als Ally aufstand, um den Tisch abzuräumen, erhob sich auch Matt. »Komm, das mache ich.«

»Noch mal wow!« Jess riß in einer ulkigen Grimasse die Augen auf. »Der Erfolg steigt dir wirklich zu Kopf.« Matt warf mit einer Scheibe Toast nach ihr.

»Also«, schaltete sich Ally ein. »Wer weiß, was wir heute für einen Tag haben?«

Sie sahen sie groß an.

»Den ersten Advent! Hat jemand Lust, mir mit dem weihnachtlichen Plumpudding zu helfen?«

»Mum«, wandte Jess ein und schüttelte den Kopf. »Ich bin schon fast sechzehn. Ich weiß, daß es keinen Weihnachtsmann gibt.«

Seit die beiden alt genug waren, einen Löffel zu halten, war dies eine alljährliche Familientradition gewesen. Ally hatte Weihnachten seit jeher geliebt, aber dieses Jahr trübte die viele Arbeit, die damit verbunden war, ihr ein wenig die Laune. Meistens kamen alle Verwandten zu ihnen. Matts Eltern, ihre Mutter und gelegentlich sogar Matts jüngerer Bruder, mit dem er schon seit Jahren nicht mehr gut auskam. Manchmal verstand sie, warum in dieser Zeit des Friedens die Zahl der Morde und Selbstmorde in die Höhe schnellte.

»Okay«, lenkte Jess ein, »wenn ich mir aussuchen darf, welchen Talisman ich bekomme. Den dämlichen Ehering will ich nicht noch einmal. Die Ehe ist für mich eine überholte Institution.«

»Du darfst es dir nicht aussuchen«, machte Janey ihr klar, die an so etwas glaubte, »sonst hast du kein Glück.«

»Ich hab's«, rief Matt wie vom Blitz getroffen aus, »warum fahren wir Weihnachten nicht einfach weg?«

Ally legte die Nelken und den Piment hin, die sie gerade für den Pudding herausgeholt hatte, und fragte sich, ob Matt hellseherische Fähigkeiten besaß, die sie nie in ihm vermutet hätte. »Wohin denn?«

Mit einem Grinsen zog Matt einen Prospekt hervor. »Auf die Insel Rhum. Ich habe gestern gebucht.«

»Ist das in der Karibik?« fragte Jess hoffnungsvoll.

»Nein.« Matt schüttelte den Kopf. »In Schottland. Eine der Inneren Hebriden.«

»Oh, Dad!« Jess stibitzte eine von den Datteln, die ihre Mutter für den Plumpudding zurechtgelegt hatte. »Da gibt es doch nicht einmal einen Videoverleih.«

»Genau.« Matt lächelte selig. »Deshalb hab' ich's ja gebucht.«

Er reichte Ally den Prospekt. Er stammte von einem Hotel namens Murdo Castle, das einfach umwerfend aussah. Wenn sie bloß daran dachte: kein Kochen, keine Verwandtschaft, sondern volle drei Tage nur verwöhnt werden. Himmlisch. Sie warf Matt eine Kußhand zu und fuhr fort, Früchte und Gewürze sowie braunen Zucker, Semmelbrösel und Brandy für den Pudding abzuwiegen. »Gut.« Sie griff nach dem hölzernen Löffel und steckte ihn in die riesige Teigschüssel. »Dann essen wir den eben an Ostern. Wer möchte umrühren und sich etwas wünschen?«

Janey und Jess rührten um und gaben den Löffel an Ally weiter. Sie schloß die Augen. Beim Umrühren stieg ein herrliches Aroma von Zimt und Piment auf, das an Indien oder das Mittelalter denken ließ. Was ihren Wunsch betraf, so stand er für Ally ohne jeden Zweifel fest: daß sie immer so glücklich bleiben würden, wie sie es in diesem Moment waren.

Matt fuhr summend in die Tiefgarage von Century hinunter. Jock, der Wachmann, grüßte und winkte ihm zu. Als Matt ausgestiegen war und sich dem Seiteneingang näherte, beugte sich Jock aus seinem Kasten heraus und brüllte: »Den haben Sie echt zur Schnecke gemacht, Matt! Das wird ihn lehren, seine Dreckpfoten vom Fernsehen zu lassen, was?«

Belinda war gerade dabei, die Zeitungsausschnitte auf dem Schwarzen Brett vor ihrem Büro zu einer Collage zu arrangieren, als Matt hereinkam. Sowie sie ihn erblickten, brachen Roy und einige andere Redakteure in spontanen Beifall aus.

Matt grinste und verbeugte sich mit gespielter Feierlichkeit. In Wahrheit genoß er diese neue Wertschätzung.

»Also, dann los, Leute!« rief Belinda das Team in ihrem Büro zusammen. »Schauen wir mal, wessen Kopf als nächster rollen soll.«

Alle erhoben sich unter Gelächter und Witzen. Die Erleichterung, daß es geklappt hatte, machte sie übermütig. Doch Matt bemerkte noch etwas anderes, was er innerhalb des Teams noch nie festgestellt hatte: Zielstrebigkeit und Begeisterung. Genau davon war auch er erfüllt.

Als die Besprechung beendet war, wurde Matt ausgerichtet, daß Stephen ihn kurz sehen wollte. Matt überlegte, ob das wohl auf schlechte Nachrichten hinwies. Würde Page klagen?

Doch als Matt in Stephens Büro trat, zerstreute dessen Miene sämtliche Bedenken. Stephen lächelte über das ganze Gesicht, wie auch Centurys Anwalt, der im Sessel gegenüber saß.

»Ich wollte Ihnen nur mitteilen«, sagte Stephen, der aufgestanden und hinter seinem wuchtigen Mahagonischreibtisch hervorgekommen war, »daß Alex Williams von der Big City vorhin angerufen hat. Ritchie Page hat sein Angebot heute morgen zurückgezogen.« Er schüttelte Matt die Hand. »Wir haben es geschafft, Matt!«

»Und die Krönung des Ganzen«, fügte der Anwalt lakonisch hinzu, »ist, daß wir keine Vorladung bekommen haben. Ich schätze, wenn er bis jetzt noch nichts in die Wege geleitet hat, wird wohl nichts mehr kommen.«

Ally wachte davon auf, daß ihre Lieblingstasse, gefüllt mit dampfendem Tee, neben ihr auf den Nachttisch gestellt wurde. Sie schlug die Augen auf und rekelte sich genüßlich. Matt strahlte auf sie hinunter. Sie schlang ihm die Arme um den Hals und küßte ihn. In den letzten zwei Wochen, seit dem Interview mit Page, war er fröhlicher und unternehmungslustiger gewesen als die ganzen Jahre zuvor. Bewundernd sah sie ihm dabei zu, wie er auf seinen Heimtrainer hüpfte, sich in die Riemen legte und dazu eine lautstarke Version des ›Eton Boating Song‹ zum besten gab.

Sie lehnte sich zurück, schlürfte ihren Tee und schloß für einen

Moment die Augen. Es waren nicht einmal mehr zwei Wochen bis Weihnachten. Sie hatte noch Unmengen von Dingen zu erledigen. Letztes Jahr hatte sie dreißig Weihnachtsgeschenke besorgen müssen. Matt neigte zu der Vorstellung, Weihnachtsgeschenke kämen fertig verpackt von Harrods, ohne sich klar zu machen, wie lange sie für deren Auswahl Kaufhäuser und schicke Boutiquen durchstöbern mußte.

Trotzdem würde sie dieses Jahr nicht meckern. Schließlich konnten sie sich auf Murdo Castle freuen.

Matt, der noch immer falsch vor sich hinträllerte, hatte den Text vergessen und machte nur noch »Ta, ta, ta, ta-da«. Lachend warf Ally mit einem Kissen nach ihm und setzte ihn damit außer Gefecht, kurz bevor er sein selbstgesetztes Ziel erreicht hatte. In gespielter Wut sprang er von dem Fitneßgerät herunter und marschierte auf sie zu. In seinen Augen funkelten düstere Absichten.

»Vergebung!« kreischte Ally und versteckte sich unter dem Federbett.

Als Matt anfing, sie erbarmungslos zu kitzeln, konnten sowohl Janey und Jess als auch Mrs. O'Shock, die gerade mit dem Bügeln angefangen hatte, Allys Quieken bis hinunter in die Küche hören.

»Eltern!« murmelte Jess finster in ihre Corn-flakes. »Werden die denn nie erwachsen?«

»Wenn sie es jemals werden«, kommentierte Mrs. O'Shock und griff nach ihrer Sprühflasche, »mußt du dir wirklich Sorgen machen.«

Als sie später mit Matt zu Century fuhr, stellte Ally das Autoradio an. Sie spielten Phil Spectors Weihnachtspotpourri und »A Very Merry Christmas« von John Lennon – wohl zum fünfhundertstenmal. Weihnachten schien jedes Jahr früher anzufangen. Ally wischte ein Guckloch in das beschlagene Seitenfenster. Die schmale Nebenstraße, die von ihrem Haus zur Hauptstraße führte, war mit Rauhreif überzogen, obwohl es bereits halb zehn war, und die Bäume sahen aus wie zarte Spinnennetze. Weihnachten war eine merkwürdige Zeit. Für die einen das ersehnte Freudenfest, für die anderen eine Zeit bitterer Einsamkeit.

Plötzlich hatte sie einen Einfall. Sie konnte es kaum erwarten, bis sie an eine Schreibmaschine kam, um ihn auszuarbeiten. In der Stadt gab sie Matt einen Abschiedskuß und stieg unverzüglich in ein Taxi, da sie so schnell wie möglich bei *Hello* eintreffen wollte.

»Bernie, könnten wir nicht eine Woche mit speziellen Weihnachtsproblemen veranstalten?« Ally war so voller Enthusiasmus, daß sie noch nicht einmal Schal und Mantel abgelegt hatte. »Wir könnten Fachleute ins Studio bitten und sie die Anrufer beraten lassen. Du weißt schon – angefangen bei ›Wie werde ich mit einer riesigen Schwiegerfamilie fertig‹ bis zu ›Wie verhalte ich mich bei einem Familienstreit‹.«

»Eine tolle Idee!« zwitscherte Nikki, die gerade mit einem Arm voller Briefe für Ally hereinkam. »Wir könnten sogar noch ein paar Gags einbauen, zum Beispiel die Zuschauer auffordern, ihre Katerrezepte zu verraten.«

»Da könnte ich auch ein paar beisteuern«, meinte Bernie. Er legte um jede der beiden einen Arm. »Weißt du was, Ally? Ich glaube, du bist da auf einer guten Spur. Vergiß den ganzen Scheiß mit Friede, Freude, Eierkuchen. Weihnachten: die Zeit der Liebe und der familiären Spannungen. Wir könnten ja einen Wettbewerb veranstalten, bei welcher Familie die Feiertage am gräßlichsten waren.«

Ally grinste. Auf seine lakonische Art hatte Bernie die Idee umgekrempelt und etwas weitaus Besseres daraus gemacht.

Die nächsten zehn Tage vergingen wie im Flug. Ally und Matt hatten so viel zu tun, daß sie sich fast nur noch im Bett sahen. Doch das machte ihr nichts aus. Sein federnder Gang und seine gelöste Herzlichkeit ihr gegenüber sagten ihr, daß alles in Ordnung war. Wenn er auch mehr Zeit mit Belinda verbringen mochte als mit ihr, wußte sie doch ganz instinktiv, daß sie sich keine Sorgen zu machen brauchte.

Auf einmal kletterte Nikki auf ihren Schreibtisch und hängte eine grellgoldene Troddel und ein Spruchband mit der Aufschrift ›Fröhliche Weihnachten‹ auf.

»Warum sagt denn niemand die Wahrheit«, fragte Maggy Mann, die auf der anderen Seite des betriebsamen Büros saß und in der *Daily Mail* las, »und macht ein Spruchband, auf dem ›Absolut schauderhafte Weihnachten‹ steht?«

Ally lachte. Erstaunlicherweise schien Maggy, anstatt Ally den

Erfolg zu mißgönnen, um eine winzige Nuance freundlicher geworden zu sein. Vielleicht kam das daher, daß die Show als Ganzes langsam auf die Beine kam, und Maggy war nicht so dumm, das Boot zum Kentern zu bringen, in dem sie selbst saß.

»Was machen Sie denn an Weihnachten, Maggy?« fragte Ally.

»Ich fahre mit meinen drei kleinen Scheißern zu meiner Mutter.« Maggy befühlte die Brosche, die ihr Sohn gemacht hatte, und lächelte. Ally wußte, daß Maggy, auch wenn noch so vieles an ihr unausstehlich war, ihre Kinder liebte. »Und Sie?«

»Matt hat in einem Hotel namens Murdo Castle auf einer schottischen Insel Zimmer für uns gebucht.«

»Aha.« Maggy konnte sich eine kleine Stichelei nicht verkneifen. »Dann haben Sie also keine gräßlichen Tage vor sich, in denen Sie sich bei der Zubereitung des Weihnachtsessens für eine undankbare Familie zu Tode schuften wie die meisten Ihrer Zuschauerinnen.«

Ally durchzuckte ein Anflug von Schuldbewußtsein. Es war typisch Maggy, so kräftig auszuteilen. »Dieses Jahr nicht.« Ihr war klar, daß ihr Tonfall rechtfertigend klang. »Aber das ist auch das erste Mal.«

Maggy stand auf. Es wurde Zeit, für ihre letzte Sendung vor Weihnachten ins Studio zu gehen. »Tja dann, viel Spaß. Und verspeisen Sie nicht allzu viele sechsgängige Menüs. Sie könnten Verstopfung bekommen.«

Die letzte Sendung war ein grandioser Erfolg. Bernie Long saß im Regieraum und strahlte vor Entzücken. Sie hätten keinen größeren Knüller landen können, vor allem was Allys Anrufschiene betraf. Die Telefonzentrale wurde überschwemmt von Zuschauern, die katastrophale Weihnachten aus ihrer Vergangenheit schilderten, und die Katerrezepte waren zum Brüllen komisch.

Doch was Bernie am allermeisten beeindruckt hatte, war die herzliche und humorvolle Art, mit der Ally alles steuerte. Sogar er war ein wenig betrübt gewesen, als es vorbei war. Nach Ende der Titelmusik fielen sich im Regieraum alle gegenseitig um den Hals und beglückwünschten sich lautstark. Doch Bernie blieb ruhig sitzen. Ihm war etwas eingefallen. Zwar wollte er Ally nicht zum Spurten zwingen, bevor sie gehen konnte, aber heute hatte er echtes Potential in ihr entdeckt, das über die Grenzen einer kleinen Nische in

Hello hinausging. Sämtliche Fernsehsender waren auf der Suche nach einer britischen Version der großen amerikanischen Talkmoderatorin Oprah Winfrey. Und als er Ally heute zusah, hatte Bernie sich mit spontaner Begeisterung gefragt, ob er sie womöglich gerade gefunden hatte.

Auch bei der *Matt-Boyd-Show* lag an diesem Abend Enthusiasmus in der Luft. Mit atemberaubendem Geschick hatte Matt die schier unlösbare Aufgabe gemeistert, zuerst mit einem Komiker ein Gespräch über Weihnachten in der Normalfamilie zu führen und darauf die vernichtende Bloßstellung des betrügerischen Geschäftsführers einer Wohltätigkeitsorganisation für Kinder folgen zu lassen.

Stephen Cartwright sah in seinem Büro im sechzehnten Stock zu und staunte über Matts Wendigkeit.

Dann kam auch schon der Abspann. Künstlicher Schnee rieselte sachte auf Matts Schultern herab, und ein riesiger Chor erschien und sang »O du fröhliche«. Aus dem Nichts tauchte der Weihnachtsmann auf und entpuppte sich als der Boxer Frank Bruno. Weihnachten im Fernsehland. Doch Matt war es gelungen, der Show ein Flair zu verleihen, das sie originell und spritzig machte.

Aber nicht einmal seine Freude über Matts gelungenen Auftritt konnte Stephen von dem Anruf ablenken, den er kurz zuvor von einem befreundeten Londoner Börsenmakler bekommen hatte. War Stephen die Identität der Person bekannt, hatte dieser gefragt, die ein Paket nach dem anderen von Centurys Aktien aufkaufte?

Stephen starrte weiter auf den Bildschirm, ohne irgend etwas wahrzunehmen. In seinem Hinterkopf regte sich eine Vermutung, der er sich nicht zu stellen wagte. Vielleicht irrte er sich ja. Er *mußte* sich einfach irren. Aber eines wußte er mit Sicherheit: Ihm standen grauenvolle Weihnachten bevor.

Ally war erleichtert, als Matt das Angebot ablehnte, mit dem Hubschrauber anzureisen, und sie den umständlicheren, aber unendlich schöneren Weg wählten, nach Glasgow zu fliegen und dann den Zug zu nehmen, der sich durch eine der faszinierendsten Landschaften der Welt bis nach Mallaig in den westlichen Highlands schlängelte. Von dort würden sie mit der Inselfähre nach Rhum übersetzen.

Die Reise zog sich dermaßen in die Länge, daß es bei ihrer Ankunft dunkel und kalt war, und Janey und Jess jammerten wie ein paar Dreijährige, die mit ihrer Kraft am Ende sind. Sie fielen sofort in die Betten und brachten nicht einmal mehr die Energie auf, etwas zu essen. Ally fragte sich schon, ob es wirklich eine so gute Idee gewesen war, hierherzukommen.

Als sie am nächsten Morgen aufwachte, staunte sie, daß es schon so spät war. Sie schlüpfte aus dem Bett und ging rasch auf die hohen Fenster zu. Die Vorhänge waren aus so schwerem blauem Brokat, daß es sie Mühe kostete, sie aufzuziehen. Sie schüttelte den Kopf über ihre Begriffsstutzigkeit und zog daran. Die Geste war so theatralisch und die Aussicht so umwerfend, daß sie unwillkürlich die Luft anhielt. Vor ihr lagen unberührte, schneebedeckte Berge, hinter denen sich majestätisch das Meer abzeichnete.

Voller Begeisterung wandte sie sich zu Matt um. Jetzt erfaßte sie erstmals die volle Schönheit ihres Zimmers. Es war riesig, hatte vier Rundbogenfenster, eine kunstvolle Stuckdecke und ein gigantisches Himmelbett mit blauen Brokatvorhängen. Auf dem Fußboden lag ein dicker pflaumenblauer Teppich, dessen weite Fläche von scheinbar zufällig verteilten Tierfellen aufgelockert wurde. An das Zimmer grenzte ein marmorverkleidetes Bad, in dem eine Badewanne mit Klauenfüßen aus Messing stand.

Aber es war nicht die Einrichtung, die den Raum so ungewöhnlich machte, sondern die Tatsache, daß überall Krimskrams herumlag: Familienfotos, aufgeschlagene alte Bücher, Schalen mit duftendem Blütenpotpourri oder silberne Haarbürsten. Man hatte das Gefühl, als hätte eine Lady aus der edwardianischen Ära erst eine halbe Stunde, bevor sie eingezogen waren, ihr Schlafzimmer verlassen.

»Matt.« Sie setzte sich neben ihn aufs Bett und gab ihm einen Kuß. »Es ist unglaublich hier.«

Matt erwiderte ihr Lächeln mit einem unwiderstehlichen, selbstgefälligen Grinsen. »Ich weiß. Komm schon, laß uns aufstehen. Ich rieche Würstchen.«

Ally lachte. Sie wußte, wieviel Wert Matt auf ein ordentliches Frühstück legte. Als sie ihren Kimono von der Schulter gleiten ließ, wurde ein verführerischer Spaghettiträger sichtbar. »Möchtest du nicht vielleicht... äh...« Sie zeigte auf das Bett.

»Alles der Reihe nach, altes Mädchen.« Liebevoll schob er ihren Kimono wieder hoch. »Sonst entgehen mir die Bücklinge.«

Ally verzog den Mund zu einem gespielten Schmollen und öffnete eine der vielen Türen des kolossalen Kleiderschranks, um etwas Passendes zum Anziehen herauszusuchen. »Da bin ich ja froh, daß du deine Prioritäten richtig setzt.«

»Das tue ich immer. Frühstück. Eine erfrischende Bergwanderung. Ein herzhaftes Mittagessen. Vor dem Tee ein Nickerchen, und dann kannst du mich zu Tode verführen.« Er lächelte. »Vielleicht lassen wir den Tee sogar aus. Gleich Drinks und dann Abendessen.«

Ally riß die Augen auf. »Wenn man bedenkt, daß heute erst Heiligabend ist.«

»Schieb's nicht zu lang auf. Wahrscheinlich kann ich mich morgen nicht mehr rühren.« Er sah ihr dabei zu, wie sie ein paar schmale Reithosen und einen Kaschmir-Pullover anzog und sich ein mit Sätteln gemustertes Seidentuch um den Hals schlang. Er stieg aus dem Bett, stellte sich hinter sie und ließ die Hand in ihre Hosen gleiten. »In den Klamotten könnte glatt jemand auf die Idee kommen, daß du reiten kannst.«

»Ich *kann* reiten!« betonte Ally pikiert. Sie gab ihm einen Klaps auf die Hand. »Denk lieber an deine Bücklinge.«

»Aber Ally«, ein provokantes Lächeln funkelte in seinen blauen Augen, und sie spürte, wie seine Hand in ihr Höschen schlüpfte, »ich denk' doch an nichts anderes.«

Hand in Hand schritten sie langsam die breite Treppe hinab und zeigten sich gegenseitig die Porträts und die riesige Metallskulptur eines Adlers mit vorgereckten Klauen, die den Treppenabsatz zierte. Während Matt ihr erklärte, daß das Schloß einst der Jagdsitz eines Großindustriellen gewesen sei und genauso erhalten war, wie er es bewohnt hatte, versuchte Ally, nicht an die von Rachitis geplagten Arbeiter in den düsteren, höllischen Fabriken zu denken, die vermutlich seinen Unterhalt finanzieren mußten.

Im Speisesaal saßen Janey und Jess am einen Ende eines sechs Meter langen, auf Hochglanz polierten Mahagonitischs.

Jess strich über die Tischplatte. »Ist das nicht toll? Der war früher auf ihrer Jacht.«

»Stell dir vor, Mum, an unserer Badewanne gibt es acht verschiedene Einstellungen. Es ist, als hätte man zugleich eine eigene Wellenmaschine und einen Whirlpool, aber alles in viktorianischem Stil!«

»Dann kannst du dich also langsam mit dem Luxus anfreunden, oder?« Ally lächelte ihre ältere Tochter an. »Keine allzu großen Sorgen mehr wegen der Arbeiter?«

»Kommt schon«, sagte Matt und zwinkerte Ally zu. »Wer will einen Bückling?«

Weihnachten auf Murdo Castle war so hinreißend, daß selbst Jess zum Abendessen einen Schal mit Schottenkaro trug, was überhaupt nicht zu ihrem Superminirock paßte. Außerdem verpaßte sie die Sondersendung der Hitparade, um dem Chor zu lauschen, der nach dem Essen auf der imposanten Treppe Aufstellung nahm und Weihnachtslieder vortrug.

Es war schon fast Mitternacht, als sie und Janey endlich ins Bett stolperten. Matt und Ally wollten die Mitternachtsmesse besuchen und gingen die hundert Meter zu der winzigen Schloßkapelle zu Fuß durch die eisige Nacht. Der schlichte Gottesdienst führte Ally in ihre Kindheit zurück, und als der Organist ein altes Weihnachtslied anstimmte, rang sie mit den Tränen. Doch sie wußte, daß es Tränen des Glücks und der Hoffnung waren.

Zurück im Hotel nahm sie zwei Strümpfe für die Weihnachtsgeschenke aus dem Koffer und tappte zum Zimmer ihrer Töchter hinüber. Auch wenn sie schon groß waren, hätte es sie betrübt, wenn sie keine bekommen hätten. Als sie in ihr Zimmer zurückkam, stellte sie leicht enttäuscht fest, daß Matt schon schlief. Ihr war aufgefallen, daß ihr gestiegenes Selbstvertrauen den unerwarteten Effekt hatte, auch ihren sexuellen Appetit zu steigern.

Sie schlüpfte in das riesige Bett, lag einen Moment still da und lauschte dem weihnachtlichen Glockenklang, der noch immer von der Kapelle herüberdrang.

Auf der anderen Seite des Betts erschien Matts Kopf. »Hallo, Lady.« Seine Hand schlängelte sich unter der Decke zu ihr hinüber. »Lust auf ein verfrühtes Weihnachtsgeschenk?«

Am Morgen des Weihnachtstages packten sie vor dem lodernden Kaminfeuer in Matts und Allys Zimmer die Geschenke aus und wanderten dann über die kahlen Berge zu einem kleinen See. Der hartgefrorene Boden knirschte unter ihren Füßen. Einmal mußten sie stehenbleiben, weil ein Hirsch, gefolgt von einer kleinen Herde Rotwild, direkt vor ihnen vorbeijagte. Als sie zum Schloß zurückkehrten, waren sie wohlig ausgehungert. Mrs. Robertson, die Frau des Hotelmanagers, erwartete sie mit einem Glas heißen Punsch für jeden am Portal. Dann geleitete sie sie hinein und servierte ihnen das beste Weihnachtsmenü, das sie je gegessen hatten. Sogar Janeys vegetarische Version war so köstlich, daß sie ihren Vater davon abhalten mußte, bei ihr zu stibitzen.

Als Ally schon vollkommen satt war, wurde eine Platte mit einem schweren Silberdeckel gebracht. Sie nahm ihn ab und entdeckte ihren eigenen Weihnachtspudding. Matt mußte ihn heimlich hierher geschmuggelt haben.

»Ich wollte nicht, daß die ganzen Wünsche verlorengehen«, meinte er und zauberte drei Schächtelchen hervor, von denen jedes einen schmalen silbernen Armreif enthielt, an dem sie ihre Talismane befestigen konnten.

»Weißt du was, Matt Boyd?« Ally beugte sich hinüber und gab ihm einen Kuß, obwohl Jess und Janey zu kichern begannen. »Ich liebe dich.«

Matt wischte sich über die Stirn. »Jetzt bin ich aber erleichtert. Dann habe ich ja wenigstens das ganze Geld nicht zum Fenster hinausgeworfen.«

Als sie am nächsten Tag von Murdo Castle Abschied nahmen, standen die Robertsons in der Auffahrt und winkten ihnen nach, bis sie außer Sichtweite waren. Mrs. Robertson hatte Ally erklärt, daß es auf dem Lande üblich war, den Gästen nachzuschauen, bis sie heil um die erste Kurve waren.

Sie winkten zurück und sahen mit Bedauern das Schloß aus ihrem Blickfeld verschwinden, wobei sie hofften, daß sie in nicht allzu ferner Zukunft einmal dorthin zurückkehren könnten. Weder Matt noch Ally hatten die leiseste Ahnung, welche Bombe sie in London erwartete.

»Mein Gott, Stephen, wir müssen doch *irgend* etwas tun können!« Matt ging wütend in Stephens Büro auf und ab. Er war sofort herbeigeeilt, als Stephen ihm mitgeteilt hatte, was vor sich ging. »Wir können uns doch nicht einfach zurücklehnen und zusehen, wie Ritchie Page Century übernimmt. Kann denn der Aufsichtsrat nicht irgendwie gegen ihn vorgehen, zum Donnerwetter noch mal?«

»Sie tun, was sie können. Aber Page hat über Weihnachten die Anteile sämtlicher institutionellen Aktionäre aufgekauft.« Stephen war blaß und wirkte übernächtigt, als hätte er nicht geschlafen. Offensichtlich war ihm klar, daß seine Zukunft ebenso wie die von Matt auf dem Spiel stand. »Das Problem ist, daß er ihnen ein unschlagbares Angebot gemacht hat. Ich habe einen Kontaktmann bei Safe Assurance, denen siebzehn Prozent von Century gehören. Er sagt, Page zahlt weit über Nennwert. Sie konnten nicht ablehnen. Ein solches Angebot läßt sich niemand entgehen.«

»Sogar wenn es sich um jemanden handelt, der einen so schlechten Ruf hat wie Page?«

Stephen zuckte mit den Achseln. »Anscheinend hat Page ihnen zugesichert, weder beim Personal noch beim Programm einschneidende Veränderungen vorzunehmen.«

»Daß er das behauptet, ist doch klar, oder? Schließlich will er, daß sie ihm die verfluchte Gesellschaft verkaufen. Sie glauben ihm doch nicht wirklich, Stephen?«

Stephen saß da und dachte an seine Villa in Surrey, seinen BMW und seine Kranken- und Altersversorgung.

»Wie läuft die Kampagne?« Ally legte die Arme um Matts Hals und drückte ihm einen Kuß auf den Scheitel, während er die Zeitungen nach Meldungen über Ritchie Page absuchte. Seit sie aus Schottland zurückgekehrt waren, war er nervös und fahrig. »Die *News* oder die *Post* werden doch sicher etwas bringen. Ich hätte gedacht, das läge ganz auf ihrer Linie. Sie könnten doch eine ›Rettet-das-Fernsehen-vor-Mr.Schmutzfink-Kampagne‹ ins Leben rufen.«

»Sollte man meinen, nicht?« Matt schlug angeekelt die Zeitung zu. »Aber es ist ihnen schnurzegal. Es war eine Sache, Page mit heruntergelassenen Hosen beim Verscherbeln von Pornos zu zeigen. Aber sie wollen sich nicht allzuweit vorwagen, wenn sich abzeichnet, daß jemand ein großer Medienmogul werden könnte, weil viele von ihnen selbst gern beim Fernsehen einsteigen würden.«

»Und was ist mit der Regierung und dem Verband unabhängiger Fernsehsender? Es muß doch Vorschriften dagegen geben, daß jemand wie Page Besitzer eines Fernsehsenders werden kann.«

»Page spendet riesige Summen an die Parteien. Außerdem«, Matt lächelte sie sarkastisch an, »sind sie wahrscheinlich der Ansicht, er zeige Unternehmergeist. Er ist ein notorischer Gewerkschaftsgegner, und dafür hat die Regierung immer etwas übrig.«

»Armer Matt.«

»Nicht bloß armer Matt.« Er nahm ihre Hand und drückte einen Kuß darauf. »Wir sind alle zu bedauern. Du arbeitest dort genauso.«

Jess sah von der Zeitschrift auf, die sie gerade las. »Heißt das«, fragte sie unschuldig und sah von einem Elternteil zum andern, »daß wir dann Fred Bär auf Century sehen können?«

Als gegen Mitternacht das Telefon klingelte, hatte Ally die Vorahnung, daß es schlechte Neuigkeiten bringen würde. Matt nahm den Hörer ab. Es war Stephen.

»Hallo, Matt, tut mir leid, daß ich so spät noch störe.« Er hörte sich entsetzlich an. »Ich fürchte, es ist alles aus. Der Vorstandsvorsitzende hat mich gerade angerufen und mir seinen Rücktritt mitgeteilt. Ab Montag wird Ritchie Page Mehrheitsaktionär bei Century sein.«

18. Kapitel

In Gedanken vertieft, trommelte Ritchie Page mit den Fingern auf seinen neuen Schreibtisch im sechzehnten Stock des Century-Hochhauses. Rein instinktiv hätte er bei der Übernahme einer Firma als erstes die gesamte Führungsriege gefeuert. Noch dazu, wenn darunter jemand war, der ihn – wie Stephen Cartwright – einmal in die Pfanne gehauen hatte. Doch Century war keine typische Firma. Der Laden war voller schwächlicher Kreativlinge, die sich selbst nicht als Angestellte betrachteten. Sie meinten, man wäre ihnen den Lebensunterhalt schuldig. Er würde ihnen schon zeigen, wie das Leben in der realen Welt aussah. Doch nicht sofort. Im Moment wollte er sich keine schlechte Publicity einhandeln.

Er dachte kurz über Stephen Cartwright nach. Er hielt ihn für einen Schwächling, einen Mann, der sein Gehalt schätzte, sein Aktienbezugsrecht und seine nachgemachte Tudor-Villa. Seine Leistung bei Century war bislang nicht überragend gewesen, und mit über Fünfzig würde er nicht ohne weiteres einen angemessenen Job finden. Und falls Ritchie sich nicht irrte, wußte Stephen das auch. Matt Boyd hatte vermutlich Prinzipien, aber Stephen war Pragmatiker. Wenn man ihm ein entsprechend gutes Angebot machte, würde er bleiben. Wahrscheinlich wäre er sogar mitleiderregend dankbar.

Und er könnte noch nützlich sein, nämlich als Scharfrichter. Es wäre interessant mitanzusehen, wie weit Stephen gehen würde, um seinen gehobenen Lebensstandard zu halten.

Page jonglierte mit ein paar Zahlen. Fünfzigtausend Pfund müßten ein anständiges Schmiergeld sein. Zufrieden drückte er auf den Summer auf dem Schreibtisch und orderte eine Tasse Kaffee.

»Und, Lorraine, sagen Sie Stephen Cartwright, er soll mich anrufen, ja?«

Page sah auf die Tür. Wie lange Stephen brauchen würde, bis er sich meldete, wäre ein aufschlußreicher Anhaltspunkt.

Lorraine servierte ihm den Kaffee in einer schwarz-goldenen Tasse. »Ihr Kaffee, Mr. Page.« Sie stellte die Tasse vor ihm ab. »Mr. Cartwright wartet auf Leitung zwei.«

Ritchie Page lächelte und strich die Zahl auf seinem Block durch. Vielleicht wäre gar kein Schmiergeld nötig.

»Welche Auswirkungen hat das für uns?« Belinda nahm sich ein Tablett und stellte sich hinter Matt in die Schlange vor der Kantine.

»Weiß der Himmel, aber einen Urlaub würde ich jetzt nicht buchen. Womöglich steht dein Schreibtisch nicht mehr da, wenn du zurückkommst.«

Sie suchten sich ihr Essen aus und setzten sich an einen Tisch am Fenster.

»Wirst du bleiben?« Diese Frage stellte sich Matt selbst schon seit Tagen.

»Geh nicht!« sagte sie heftig, als er keine Antwort gab. »Wenn du gehst, war alles umsonst. Dann hat er gewonnen.«

Bevor Matt antworten konnte, erschien Bernie Long mit einer Flasche Rotwein und einem Glas in der Hand. »Hallo, Leute. Sollen wir uns gleich die Kugel geben oder erst später?« Er setzte sich unaufgefordert zu ihnen an den Tisch und entkorkte den Wein. Ohne sich die Umstände mit dem Glas zu machen, nahm er gleich einen Schluck aus der Flasche.

»Ich dachte, du seist zur Zeit auf Entzug«, meinte Matt.

»War ich auch. Zwei ganze beschissene Monate ohne einen Tropfen.« Bernie strahlte. »Jetzt bin ich wieder dabei.« Er hob die Flasche an die Lippen. »Aber ich schätze, ich kann auf Provokation plädieren, oder nicht?«

Als die drei aus der Kantine kamen und auf den Lift zugingen, wurden sie von einem Menschenstrom, der sich in die andere Richtung bewegte, abgedrängt.

»Wo gehen die denn alle hin? Ist heute Feuerübung?« fragte Matt einen von ihnen.

»Zu Studio drei. Stephen hat alle zu einer Besprechung gebeten.«

Studio drei war voller ängstlicher Gesichter. Auf dem Podium, wo später die Sitzgruppe für die *Matt-Boyd-Show* aufgebaut werden sollte, stand Stephen Cartwright.

»Vermutlich sind Sie alle äußerst beunruhigt wegen der neuesten Entwicklungen, aber ich komme gerade von einer Besprechung mit Ritchie Page, und er hat mir versichert, daß es nicht den geringsten Anlaß zur Sorge gibt.«

Matt lauschte ungläubig.

»Man hat ihn gekauft«, zischte Bernie laut.

Stephen ignorierte ihn und sprach weiter. »Er bat mich, Ihnen mitzuteilen, daß kein einziger seinen Job verlieren wird.«

»Vor allem er nicht, der verlogene Glückspilz«, giftete Bernie und genehmigte sich noch einen Schluck.

Matt hörte Stephen zu, wie er einem unblutigen Umsturz den Weg bereitete. Dann hielt er es nicht mehr aus. Rasch drängte er sich durch die Massen zum Podium.

»Stephen weiß ebenso gut wie ich«, Matt hatte sich das Mikrofon von Stephen geschnappt, »daß er gerade einen Haufen Mist geredet hat. Ritchie Page ist ein Gauner, und wenn er in diesem Haus bleibt, werde ich es verlassen.«

Matts Worte gingen in tosendem Beifall unter.

Vom Podium aus konnte Matt sehen, wie sich eine Frau den Weg nach vorn bahnte. Endlich hatte sie es geschafft. Es war Elaine aus der Maske.

»Nun aber halblang, Matt«, sagte Elaine zornbebend. »Das ist mal wieder typisch Mann. Du seilst dich ab und bekommst Ruhm und Ehre, ganz zu schweigen von einer neuen Show im BBC, und wir armen Schlucker mit Kindern und Hypotheken haben Ritchie Page am Hals. Du wirst hier gebraucht. Wer anständig ist und Zivilcourage hat, geht nicht, sondern bleibt und sieht zu, daß Ritchie Page Wort hält.«

»Gut gekontert, Elaine!« gratulierte Bernie. »Sag ihm die Meinung. Schließlich ist er daran schuld, daß Page Century überhaupt gekauft hat.«

»Danke, Bernie«, murmelte Matt sarkastisch, »vielen herzlichen Dank.« Er sah auf die sorgenvollen Gesichter und fragte sich, ob Elaine recht hatte. Vielleicht sollte er wirklich bleiben. Bleiben und kämpfen.

Nachdem Stephen sein Büro verlassen hatte, rief Ritchie Page nach Lorraine und ließ sich Matt Boyds Vertrag bringen. Eine halbe Stunde lang studierte er das Kleingedruckte und legte ihn dann mit einem unwilligen Seufzer zur Seite. Zu seinem Verdruß lief er noch mehr als zwei Jahre. Matt hinauszuwerfen würde fast eine Million Pfund kosten. Und es gab noch ein zweites Problem: Er hatte Matt Boyds Beliebtheit nicht einkalkuliert. Wenn er Matt hinauswarf, so hatte ihm Stephen versicherte, könnte es zum Streik kommen.

Page griff nach einer handschriftlichen Notiz, die am selben Morgen mit dem Vermerk ›privat und vertraulich‹ eingetroffen war, und las sie zum drittenmal.

Das Schreiben stammte von Jack Saltash, dem Agenten von Danny Wilde. Darin schlug er ein Treffen unter vier Augen vor. Ritchie Page rührte nachdenklich in seinem Kaffee. Es mochte ja Neuland für ihn sein, mit Bühnenagenten zu verhandeln, doch war er schlau genug zu begreifen, was dahintersteckte. Es konnte nur heißen, daß Danny Wilde daran interessiert war, bei Century Television einzusteigen.

Ritchie Page lächelte. Das war das Ei des Kolumbus. Danny Wilde war zwar nicht so beliebt wie Matt Boyd. Noch nicht. Aber er war zehn Jahre jünger und neigte – im Gegensatz zu Matt Boyd – nicht dazu, seinen Gönnern in den Rücken zu fallen. Mit Hilfe kluger Programmgestaltung und geschickter Werbestrategien würde er Danny Wilde zu einem großen Star aufbauen, der Matt Boyd bald das Wasser reichen können würde. Page mußte nur noch einen Weg finden, Wilde für Century zu gewinnen. Und Matt loszuwerden.

Er steckte Matts Vertrag in seine Aktentasche. Es gab nur eine Lösung. Er mußte Matt Boyd dazu bringen, von sich aus zu kündigen. Doch wie, zum Teufel, sollte er das bewerkstelligen

»Und wie geht's nun weiter?« Belinda lehnte sich in ihrem Ledersessel zurück und sah Matt forschend an. »Er ist jetzt eine Woche da und hat mit fast jedem gesprochen, von den Wachleuten bis zu den Kulissenschiebern – außer mit uns.«

»Wir machen einfach mit unserer Sendung weiter.« Matt ging das Skript für die bevorstehende Show durch und nahm hier und da eine Änderung vor. »Du weißt ebensogut wie ich, daß er das mit Absicht tut.«

Belinda mußte an den Anruf denken, den sie heute morgen von ihrem ehemaligen Chef bei BBC bekommen hatte. Er hatte sie gefragt, ob sie daran interessiert wäre, bei ihm eine neue und gewagte Interviewschiene zu produzieren. Beinahe hätte sie zugesagt. Warum hatte sie es nicht getan?

Von ihrem plötzlichen Schweigen verwundert, sah Matt zu ihr hinüber und lächelte sie an. Trotz ihrer schlechten Stimmung erwiderte Belinda sein Lächeln. Was hatte sie schon davon, wenn sie sich selbst etwas vormachte? Die ganzen Weihnachtstage hatte sie an Matt gedacht und sich ständig damit gequält, daß sie Szenen seines glücklichen Familienlebens vor ihrem geistigen Auge Revue passieren ließ. Sie wußte verflucht gut, warum sie das Angebot abgelehnt hatte. Und daß es eine idiotische Entscheidung gewesen war. So wäre sie wenigstens *einer* Katastrophe entronnen. Einer Katastrophe, die noch nicht einmal richtig ins Rollen geraten war.

Doch Belinda wußte, daß es nur noch eine Frage der Zeit war.

Im übrigen hatte Matt recht. Sie mußten sich auf die Sendung konzentrieren. Sie betrachtete den braunen Umschlag auf ihrem Schreibtisch. Er enthielt die Zuschauerzahlen für sämtliche Shows, die sie je gemacht hatten. Und die niederschmetternde Wahrheit war, daß die neue Show, auch wenn sie noch so dynamisch und gewagt war, einfach keine Zuschauer anzog.

Belinda faßte einen Entschluß. »Hier.« Sie öffnete den Umschlag und reichte Matt die Blätter. Es hatte keinen Sinn, ihn noch länger zu schonen. »Vielleicht solltest du mal einen Blick darauf werfen.«

Matt las die Zahlen aufmerksam durch. Dabei überfiel ihn ein plötzlicher und ungewohnter Anflug von Angst. Er hatte alles in die neue Show investiert, doch die Zahlen zeigten deutlich, daß sie die Gunst des Publikums nicht erobert hatten. Er überflog die Seiten, um zu sehen, wem sich das Publikum zugewandt hatte. Die meisten waren zu Danny Wilde übergewechselt, ein paar zum BBC, und einige schienen völlig aus der Statistik verschwunden zu sein. Auf einmal fiel sein Blick auf die einzige Sendung von Century, die mit unglaublicher Geschwindigkeit Zuschauer dazugewann.

Er sah hinüber zur linken Spalte, um nach dem Namen der Sendung zu sehen. Es war *Hello*. Und am höchsten war die Steigerungsrate mittwochs und freitags um elf Uhr. Er überlegte kurz, was, in aller Welt, dann lief: Ein Zeichentrickfilm? Ein Interview mit einem Superstar? Und dann ging ihm ein Licht auf.

Es war Allys Anrufecke.

»Wie läuft's denn, Liebling?« Ally drückte Matt einen Kuß auf den Scheitel und setzte sich zwischen Janey und Jess an den Frühstückstisch. Matt versteckte sich hinter seiner *Times*.

»Wie läuft was?« Matt konnte den Groll in seiner Stimme selbst hören, als er die Zeitung sinken ließ.

»Deine Show.« Ally hatte ihn schon die ganze Woche fragen wollen, aber in den letzten Tagen hatte er sich bezüglich seiner Arbeit völlig zugeknöpft gegeben und kaum davon gesprochen. Wahrscheinlich lag es daran, daß er sich wegen Ritchie Page Sorgen machte, doch Ally traf es trotzdem tief.

»Sind die Quoten gestiegen?« In ihrem Wunsch, es möge alles beim alten sein, überhörte Ally sämtliche Warnsignale.

»Sie sind okay.« Er beäugte sie argwöhnisch. »Wieso fragst du?«

»Glaubst du, daß eine spätere Sendezeit günstiger für dich wäre?«

»Seit wann bist du denn die große Expertin?«

Ally war zumute, als hätte sie eine Ohrfeige bekommen, und Janey warf Jess einen erstaunten Blick zu. Noch nie hatte sie ihren Vater so mit ihrer Mutter reden hören.

Früher, dachte Ally, hätte ich um Verzeihung gebeten und sein Ego wieder aufgerichtet. Doch warum sollte ich, wenn er so mit mir spricht? Noch dazu vor den Kindern!

»Wie bist du überhaupt auf die Idee gekommen, unsere Einschaltquoten könnten schlecht sein?« Matt konnte es nicht lassen, Salz in die Wunde zu streuen.

»Bernie hat mal so was erwähnt.«

»Bernie, die berühmte Koryphäe in Sachen Programmplanung! Wenn er so verdammt gut ist, warum mußten wir ihn dann rauswerfen?«

»Vielleicht war das euer erster Fehler.« Sie schenkte sich eine Tasse Kaffee ein und fügte dann, obwohl sie wußte, daß sie das nicht sagen sollte, hinzu: »Schließlich hat Belinda bis jetzt noch nicht viel zustande gebracht, oder?«

Matt schleuderte die Zeitung auf den Tisch und stürmte aus dem Raum. Ally widerstand der Versuchung ihm nachzugehen. »Komm her, Sox!« rief sie der schlummernden Hirtenhündin zu. »Gehen wir raus, ein bißchen frische Luft schnappen.«

Sox hüpfte an ihre Seite, als sie die Tür zum Garten aufmachte. »Gleich wieder da«, sagte sie, entschlossen, Janey und Jess nicht merken zu lassen, wie gekränkt sie war.

Als sich die Tür wieder geschlossen hatte, sah Janey ihre Schwester mit düsterer Miene an. »Tja«, sie nahm ihren Teller und stellte ihn pflichtbewußt in die Spülmasche, »ich hab' dir ja gesagt, daß die traute Zweisamkeit nicht von Dauer sein würde.«

Während in den Studios von Century Spannung und Ungewißheit herrschten, feierte *Hello* auf seiner Insel der Seligen im East End einen Erfolg nach dem anderen. Sogar Maggy Mann taute auf, und eines Tages bat sie Ally zu deren Erstaunen sogar um einen Rat.

»Sie sind doch Kummertante«, begann sie, während sie ihr dickes Studio-Make-up entfernte. »Sollte eine vierzigjährige Frau mit einem Jüngling ausgehen?«

Ally, die sich gerade den knallroten Lippenstift abwischte, den sie vor der Kamera trug, hatte den ausgeprägten Verdacht, daß mehr hinter der Frage steckte, als man auf den ersten Blick erkennen konnte. Es war ungefähr so typisch für Maggy, mit Geständnissen hausieren zu gehen, wie für Madonna, sich in Laura-Ashley-Kleider zu hüllen.

»Kommt darauf an, was sie sich von der Beziehung erhofft. Sex, Spaß oder etwas von Dauer.«

»Mir reichen die ersten beiden.« Maggy umrandete ihre Lippen mit einem braunen Konturenstift und malte sie mit Lip gloss aus. Ally mußte zugeben, daß sie in letzter Zeit wesentlich besser aussah.

»Maggy.« Nikki steckte grinsend den Kopf zur Tür herein. »Da ist jemand, der Sie sprechen möchte.«

Maggy fuhr sich mit der Zunge über die Lippen, um den Glanz noch zu verstärken. »Er soll hereinkommen.«

Ally zerrte gerade am Reißverschluß ihres grauen Wollkleids. Während sie noch mit den letzten Zentimetern kämpfte, schloß er sich plötzlich wie von Zauberhand. Verblüfft wandte sie sich um und blickte in die entwaffnenden grünen Augen Danny Wildes.

»Hi.« Er streckte ihr die Hand entgegen. »Ich bin einer Ihrer größten Fans.«

Danny Wildes Ruf, jede Frau auf Anhieb für sich einzunehmen, war legendär, und Ally war sich dessen sehr wohl bewußt. Normalerweise hätte sie ihn mit spöttischer Strenge behandelt, wie den Freund einer ihrer Töchter, aber sie war immer noch wütend auf Matt. Deshalb warf sie provokativ das Haar zurück.

»Tatsächlich?« Sie hielt seine Hand nur eine Idee zu lange in der ihren. »Dann freut es mich sehr, Sie kennenzulernen.«

Fast drei Wochen nach seinem Einzug ließ Ritchie Page endlich Matt und Belinda mitteilen, daß er sie sprechen wollte.

»Meinst du, er feuert uns?« Endlich stellte Belinda die Frage, die ihr seit Tagen im Kopf herumging.

»Das weiß ich genausowenig wie du.« Matt drückte auf den Knopf für den Aufzug, und sie fuhren schweigend in den sechzehnten Stock hinauf.

»Matt, Belinda, hallo.« Matt hatte sich keine klare Vorstellung davon gemacht, wie Ritchie Page sich verhalten würde, ob er versteckte Drohungen äußern oder offene Feindseligkeit an den Tag legen würde. Auf den beunruhigend freundlichen Teddybär, der in der Tür stand, die goldberingte Hand ausstreckte und ihnen einen Gin Tonic anbot, war er jedoch bestimmt nicht vorbereitet.

Page begann ihnen lang und breit auseinanderzusetzen, daß die *Matt-Boyd-Show* »echtes Qualitätsfernsehen« sei und ihre Zukunft in jedem Fall gesichert war. Sie mußten nur so weitermachen wie bisher.

»Wir haben uns überlegt«, wagte Belinda sich vor, wobei sie Matts Blick auswich, »ob der Show nicht mit einem späteren Sendetermin besser gedient wäre. Um halb zehn vielleicht, nach den Nachrichten.«

»Mein liebes Kind!« Page klang entsetzt. »Ich brauche euch genau da, wo ihr seid. Das Publikum erwartet Matt nämlich dort, nicht in irgendeiner verborgenen Ecke. Die Zuschauer würden ja denken, ich hätte den Glauben an euch verloren.«

Es steckte eine gewisse Logik in dem, was Page sagte, und so beharrte Belinda nicht weiter auf ihrem Vorschlag.

»Und macht euch keine Sorgen um eure Einschaltquoten«, meinte Page, als er sie zwanzig Minuten später hinausgeleitete, »ernsthafter Journalismus ist nicht immer beliebt.«

»Guter Gott!« flüsterte Belinda, als sie den Flur entlanggingen. »Das war ja unglaublich. Er hat uns völlig freie Hand gegeben.«

»Oder eine lange Leine«, meinte Matt mißtrauisch.

»Worauf willst du hinaus?«

»An der wir uns aufhängen können.« Er hielt ihr die Schwingtür auf. »Der Drecksack führt irgend etwas im Schilde. Die Frage ist nur, was.«

Während Matt und Belinda auf den Lift warteten, rieb sich Page die Hände. Es war gar nicht so schlecht gelaufen. Er war ganz ihrer Meinung, als Belinda vorschlug, die Show eventuell auf den späteren Abend zu verlegen. Zu dieser Sendezeit könnte sie tatsächlich gut ankommen. Und genau aus diesem Grund würde er sie nicht verlegen.

Und schon gar nicht jetzt. Gestern abend im Bett war ihm etwas eingefallen. Er würde die *Matt-Boyd-Show* bis zum Sommer laufen lassen. Bis dahin wären die Quoten im Keller, und er würde die Show aus dem Programm nehmen und sie durch irgendeinen Billigimport ersetzen. Bloß den Sommer über. Aus dem Programm genommen zu werden war etwas, das Matt Boyd noch nie erlebt hatte. Er könnte sogar ein paar Meldungen über »sinkende Zuschauerzahlen« lancieren, um den Druck zu verstärken. Wenn er Matts Charakter richtig einschätzte, würde er dann von sich aus kündigen. Im September, wenn alle ihre Herbstprogramme starteten, würde er ihn durch Danny Wilde ersetzen. Ritchie Page lächelte. Der Plan war zwar kühn, aber machbar. Und er war schon immer ein Optimist gewesen.

Er sah auf seinen Terminkalender. Morgen hatte er eine Besprechung mit Bernie Long, dem Produzenten von Allegra Boyd. Das versprach interessant zu werden.

»Wie war das Mittagessen mit Danny?« Ally und Maggy saßen in der Maske und warteten, bis Elaine das Dreifachkinn einer berühmten Schauspielerin weggeschminkt hatte.

»Traumhaft«, sagte Maggy. »Wir waren im Le Caprice. Das paßt zu ihm. Er ist ja so charmant und modern. Nicht voller Komplexe erfolgreichen Frauen gegenüber.«

Ally überkam eine unerwartete Eifersuchtswallung. Sie fragte sich, warum. Danny Wilde war so oberflächlich, so unkritisch. Warum sonst würde er mit Maggy essen gehen? Als ihr mit einem Mal die Herzlosigkeit ihrer Überlegungen klar wurde, warf sie Maggy ein verständnisvolles Lächeln zu. »Ist es nicht seltsam, mit jemandem auszugehen, der so viel…«

»Jünger ist? Schließlich ist er kein Wickelkind mehr. Er ist achtundzwanzig, und ich bin neununddreißig… ungefähr.« Sie zwinkerte. »Und ich habe den Eindruck, er hat bislang nichts anbrennen lassen, meinen Sie nicht auch?«

Ally brach angesichts dieser eindeutigen sexuellen Anspielung in nervöses Lachen aus. »Meine Töchter schwärmen für ihn. Sie bringen Matt damit regelmäßig auf die Palme. Und – ist das nun der Beginn einer wundervollen Beziehung?«

Maggy machte einen leicht niedergeschlagenen Eindruck. »Ich weiß nicht. Das Telefon hat nicht gerade Tag und Nacht geklingelt.«

»Sein Job nimmt ihn sehr in Anspruch«, tröstete Ally sie.

»Und seine Frauen«, seufzte Maggy. »Na ja.« Ihr Optimismus schwand ein wenig. »Vielleicht sollte ich in meinem Alter ja dankbar sein.«

»Maggy«, schalt Ally vorwurfsvoll und warf einen Blick auf die gefeierte Schauspielerin, die aussah, als würde sie schon zum Frühstück drei zarte Jünglinge vernaschen, »was reden Sie denn da?«

Über einen Tisch von der Größe eines Sportplatzes hinweg sah Bernie Long Ritchie Page dabei zu, wie er sich eine Zigarre anzündete, ohne ihm eine anzubieten. Ts, ts. Schlechte Manieren. Doch dann ging Bernie ein Licht auf. Wenn man von ganz unten kam, war Status ausschlaggebend. Das wußten sie beide.

Bernie und Ritchie sprachen dieselbe Sprache. Bernie wußte, daß Ritchie ein Arschloch und ein Schwindler war. Und Ritchie erkannte in Bernie den Trinker und Frauenfeind.

»Ich bin zu Ihnen gekommen«, Bernie machte keinen Hehl aus seiner Abneigung, da beiden klar war, daß Respekt für ihr Verhältnis ohne Belang war, »um Ihnen einen Vorschlag zu machen.«

»Nur zu.«

»Vermutlich haben Sie die Einschaltquoten von *Hello* gesehen.« Bernie breitete zum Beweis mehrere Blätter mit Zuschauerzahlen vor Ritchie aus. Page wischte sie mißbilligend zur Seite, als hätte Bernie bei einem Abkommen unter Ehrenmännern Sicherheiten angeboten. »Jedenfalls sind sie verflucht begeisternd. Und der erfolgreichste Teil der Show ist Allegra Boyd.«

Ritchie zog an seiner Zigarre.

»Ich finde, sie sollte ihre eigene Show bekommen.«

Page häufte einen kleinen Ascheberg auf. Obwohl seine Miene unbeweglich blieb, hatte Bernie den Eindruck, plötzlich sein Interesse geweckt zu haben. »Das ist ein großer Schritt. Sind Sie sicher, daß sie dem schon gewachsen ist?«

»Gewachsen? Und wie!« Bernie stand auf und ging im Zimmer auf und ab. »In dieser Anrufecke verheizen wir sie bloß. Im direkten Kontakt mit den Zuschauern wäre sie phantastisch. Wie Oprah Winfrey. Sie könnte der größte Knüller sein, den dieser Sender zu bieten hat.«

Page schwieg einen Moment, und Bernie dachte schon, er würde ablehnen. »Wie würde denn Matt darauf reagieren, wenn sie ihre eigene Show bekäme?«

Die winzige Pause, bevor Bernie antwortete, sagte Page alles, was er wissen wollte.

Matt Boyd wurde also mit dem Erfolg seiner Frau nicht fertig. Na so was.

Trotz des eisigen Februarregens pfiff Bernie Long vor sich hin, während er das Studiogebäude verließ. Mein Gott, wie er den englischen Winter haßte! Dennoch war er heute gut gelaunt. Page war für die Idee, Ally eine eigene Show zu geben, sehr aufgeschlossen gewesen. Nun mußte er nur noch das richtige Konzept entwickeln.

Und Ally davon überzeugen, daß sie es schaffen würde.

Ally saß im Restaurant der Tate Gallery und wartete auf ihn. Sie betrachtete die herrlichen Wandgemälde von Whistler und fragte sich, was Bernie wohl plante. Die Heimlichtuerei, mit der er dieses Treffen arrangiert hatte, kam ihr vor wie aus einem Agentenroman von John le Carré. Kein Wort zu irgend jemandem, hatte er gemurmelt, als er sie gestern eingeladen hatte. Vielleicht wollte er ja einen Annäherungsversuch machen. So ein Pech. Maggy Mann bekommt Danny Wilde und ich Bernie Long. Sie kicherte, und einige andere Mittagsgäste blickten verstohlen zu ihr hinüber.

Ally bemerkte, wie die Frau am Nebentisch sie ansah, und lächelte. Wahrscheinlich kam sie ihr bekannt vor. Ally wußte, daß sie genau den Bekanntheitsgrad erreicht hatte, an dem die Leute sie vom Sehen, aber nicht mit Namen kannten, und dachte, sie hätten sie auf einer Party kennengelernt. In gewisser Weise war es angenehm, ohne aufdringlich zu sein. Kein Vergleich mit der allgemeinen Bekanntheit, mit der Matt zurechtkommen mußte. Einen Moment lang stellte sie sich vor, wie es wohl wäre, überall sofort erkannt zu werden. Sie würde es gräßlich finden.

Von der anderen Seite des Raums kam Bernie auf sie zu. Als er an ihrem Tisch angelangt war, stand sie auf, um ihm einen Kuß auf die Wange zu geben. Wenn ihr vor drei Monaten jemand prophezeit hätte, daß sie Bernie Long einmal so gern haben würde, hätte sie ihn ausgelacht. Sie wußte ja selbst nicht einmal, wie es dazu gekommen war. Es war einfach passiert. Sie hatte entdeckt, daß unter Bernies harter Schale zwar nicht direkt ein Herz aus Gold schlummerte – dafür war er zu sehr auf seinen eigenen Vorteil bedacht –, aber er besaß eindeutig innere Werte: Witz, Scharfsinn und eine Art kampferprobter Menschlichkeit.

»Allegra, wartest du schon lange?«

»Whistler hatte gerade mit den Wandgemälden angefangen, als ich eintrat«

Er lachte. »Tut mir leid. Ich komme direkt von unserem Pornokönig, und ich möchte es mir mit meinem Arbeitgeber nicht verderben, vor allem nicht, wenn es sich um einen Wolf im Schafspelz handelt.«

»Wie schätzt du ihn ein?«

Bernie überflog die Speisekarte. »Page? Kann ich noch nicht sagen. Er läßt sich nicht in die Karten schauen.« Er winkte der Kellnerin. »Du kennst mich doch. Kurzfristig betrachtet, wird es vielleicht gar nicht so übel. Er scheint für neue Ideen empfänglich zu sein.« Bernie enthüllte noch nicht, um was für Ideen es ging. Das hatte noch Zeit. »Was hat er zu Matt gesagt?«

»Daß sie wie bisher weitermachen und die Quoten ignorieren sollen.« Bernie zog leicht die Augenbrauen hoch. »Matt wurde nicht schlau aus ihm. Er gab sich als der personifizierte Charme.«

Die Kellnerin nahm ihre Bestellung auf.

»Ich hätte gern Elizabeth Cromwells Sommersalat, was immer das auch sein mag.« Ally war fasziniert von den Gerichten aus dem siebzehnten Jahrhundert, die auf der Speisekarte angeboten wurden. Vielleicht hatte Elizabeth das Oliver nach einem harten Tag der Rebellion serviert.

»Und ich hätte gern die Krabbencreme und danach Fleischpastete.«

»Du achtest anscheinend sehr auf deine Cholesterinwerte«, bemerkte Ally spitz.

Bernie grinste. »Ein paar Laster brauche ich doch, jetzt wo ich wieder auf Entzug bin, sonst werde ich noch hundert. Mein Gott, kannst du dir das vorstellen? Ich am Krückstock, wie ich mit neunundneunzig Schwestern in den Hintern kneife?«

»Kann ich, offengestanden.«

Bernie sah düster drein. »Ich auch.«

Er schenkte ihr ein Glas Bordeaux ein und beäugte es neidvoll. Während des Essens plauderten sie ein wenig. Als Ally ihm erzählte, daß Danny Wilde Maggy Mann ausführte, blieb ihm der Bissen im Hals stecken.

»Dann muß wohl mehr an ihr dran sein, als man auf den ersten Blick sieht.«

»Er hat sie nur zum Mittagessen eingeladen.«

»Dann bin ich ja erleichtert.«

»Paß bloß auf«, Ally klimperte pseudoverführerisch mit den Wimpern, »ein Mittagessen ist immer der erste Schritt.«

Bernie prostete ihr mit seinem Mineralwasser zu. »Tatsächlich? Darauf komme ich noch einmal zurück.«

»Also dann, Bernie«, Ally wurde plötzlich energisch, da sie bald nach Hause mußte, »um was geht es denn nun?«

Bernie lachte. Er hatte eigentlich vorgehabt, ihr das mit der neuen Show nach und nach beizubringen. Doch Ally Boyd war dazu viel zu schlau.

»Tja«, begann Bernie schmunzelnd, »du hast doch schon mal den Ausdruck ›die Chance deines Lebens‹ gehört, oder?«

Auf dem Nachhauseweg bemühte Ally sich vergeblich darum, ihre Aufregung im Zaum zu halten. Eine eigene Show! Und Bernie war davon überzeugt, daß sie es schaffen konnte! Als ihre Schiene bei *Hello* immer beliebter geworden war, hatte sie es oft äußerst schade gefunden, daß sie so viele Anrufer abweisen mußten. Die Leitungen waren sogar schon überlastet, bevor die Sendung überhaupt anfing. Seit sie ihre Nervosität überwunden hatte, machte Ally ihre Kummerecke großen Spaß. Manche Probleme, mit denen man sich an sie wandte, waren so tragisch, daß nicht einmal Freud sie hätte lösen können, und schon gar nicht in zehn Minuten live im Fernsehen. Aber manchmal hatte sie nach der Sendung den Eindruck, daß sie doch hatte helfen können. Das war ein schönes Gefühl. Die zehn Minuten, die sie bei *Hello* für vier Anrufer hatte, waren allerdings lächerlich. Doch mit einer halben Stunde könnte sie vielleicht wirklich etwas ausrichten.

Es gab nur ein Problem, das ihre Stimmung trübte: Wie würde Matt reagieren? Seine neugestaltete Show war kein Erfolg für ihn.

»Gottverdammte Scheiße!« Belinda knallte den Hörer auf die Gabel und war froh, daß die Tür geschlossen war und nicht das ganze Büro ihre Niederlage miterlebt hatte. Jordan Reed, ein Herzensbrecher aus den USA mit gewissen Verbindungen zur rechtsradikalen Szene, hatte gerade das Interview abgesagt, das sie Wochen zuvor vereinbart hatten. Er hatte nämlich beschlossen, in der *Danny Wilde-Show* aufzutreten. Sein Agent hatte ihm unverhohlen gesagt, daß er es dort leichter haben würde.

Wie, zum Teufel, sollte sie das Matt beibringen? Er bereitete sich schon seit Tagen auf Reed vor. Zu allem Überfluß hatten sie auch schon die Ankündigung an die Presse herausgegeben. Belinda griff nach dem Telefon, um die Presseabteilung anzuweisen, sie zurückzuziehen. Auf einmal hielt sie inne. Was würden die Aasgeier des Showgeschäfts daraus machen, noch dazu, wenn kurz darauf Big City Television anriefe, um mitzuteilen, daß Jordan Reed in Danny Wildes Show kommen würde? Vielleicht sollten sie es besser verschweigen und hinterher behaupten, es sei eine Verwechslung gewesen. Aber dann würden Massen von Zuschauern anrufen und sich beschweren. Trotzdem wäre das möglicherweise weniger peinlich als eine Schlagzeile wie ›Matt Boyd unterliegt jüngerem Rivalen‹. So etwas hatte ihnen momentan gerade noch gefehlt.

Matt kam herein und setzte sich an seinen Schreibtisch. »Roy hat erzählt, er hätte erstklassiges Material über Jordan Reeds Verbindungen zum Ku-Klux-Klan ausgegraben.«

Die Begeisterung stand ihm ins Gesicht geschrieben, und es war ihr ein Greuel, sie durch das, was sie ihm zu sagen hatte, auszulöschen.

»Matt.« Belinda stand auf und blieb direkt vor ihm stehen.

»Was ist denn los, Frau Doktor? Wollen Sie mir etwa mitteilen, daß ich nur noch drei Monate zu leben habe?«

Belinda lächelte matt. »Offen gestanden geht es um Jordan Reed. Ich fürchte, ich habe schlechte Neuigkeiten.«

Matt erhob sich und verließ wortlos ihr gemeinsames Büro. Ihm war sterbenselend. Es gab nur einen Menschen, den er sehen wollte: Ally. Es war eine verrückte Idee, sich auf den Weg zu ihr zu machen, das wußte er. Er hätte gerade genug Zeit, nach Hause zu rasen und eine halbe Stunde mit ihr zu verbringen, bevor er in einem Höllentempo wieder zum Studio zurückfahren mußte. Doch heute schien es ihm das wert zu sein.

Die Straßen waren frei, und Matts Stimmung besserte sich ein wenig. Als er an die Abzweigung zu ihrem Haus kam, paarte sich seine Erleichterung mit Euphorie, als er sich vorstellte, Ally zu überraschen.

Doch als er sein Auto in die Garage einparkte, überfiel ihn die Enttäuschung wie ein Keulenschlag. Ihr Wagen war nicht da. Sie mußte ausgegangen sein. Einen Moment lang blieb er in der kalten Stille sitzen, und ihm wurde bewußt, wie sehr sie zu seinem Ruhepol geworden war, dem Punkt, der sein Leben im Gleichgewicht hielt. Und doch hatte er sie stets als selbstverständlich hingenommen. Bis jetzt. Bis sie nicht mehr ständig da war. Er spielte kurz mit dem Gedanken, zu wenden und auf der Stelle zurückzufahren. Dann hörte er Sox bellen, und Ally tauchte aus der Richtung des Schuppens auf, die Arme voll mit Scheiten von den Apfelbäumen, die er letzten Herbst im Obstgarten gefällt hatte. In der Kälte gefror ihr Atem zu kleinen Wölkchen. Bei ihrem Anblick fielen ihm Zentnerlasten vom Herzen.

Als sie um die Hausecke bog, war Ally verwundert, Matt aus seinem Auto steigen zu sehen. Heute war sein Studio-Tag. Sie lächelte. Vielleicht konnte sie ihm ihre Neuigkeit erzählen.

»Hallo, Fremder. Was führt dich nach Hause?« Sie hielt ihm die Wange hin, die von der Kälte gerötet und ganz glatt war. Er war noch nie so aufs Geratewohl aufgetaucht. Dann fiel ihr etwas ein. Ihre Augen blitzten ihn an.

»Matt?«

»Ja?« Er nahm ihr die Holzscheite ab.

»Du hast doch nicht etwa gekündigt?«

Er lachte hohl. »Führ mich nicht in Versuchung.« Sie machte

ihm die Haustür auf, und er warf das Holz in den riesigen Korb neben dem Kamin im Wohnzimmer. »Es ist wegen Jordan Reed. Er hat vorhin abgesagt.« Lässig warf er ein paar Holzscheite ins Feuer, aber sie konnte schon an seiner Körperhaltung sehen, wie viel es ihm ausmachte. Er warf ihr einen kurzen Blick zu. »Er sagt, er tritt lieber in der *Danny-Wilde-Show* auf, weil er es da leichter hat.«

»Oh, Matt!« Sie breitete die Arme aus. Bernie hatte vorausgesagt, daß so etwas passieren würde. Während sie ihn umarmte, wurde ihr klar, daß sie ihm auf keinen Fall von dem Plan, ihr eine eigene Show zu geben, erzählen durfte. Als sie schweigend und engumschlungen dastanden, kämpfte in ihr die Enttäuschung gegen die Zärtlichkeit, die sie für ihren Mann empfand. Wenn Matts Karriere auf dem Spiel stand, sollte sie dann überhaupt weitermachen und eine eigene Show planen?

Nach der Show verabschiedete sich Matt von seinem letzten Gast und machte sich auf den Weg zum Gesellschaftsraum. Er wollte mit den anderen vom Team zusammensein und ein paar Bierchen kippen – vielleicht auch ein paar zuviel. Doch als er seine Aktentasche nahm und das Büro verließ, spürte er einen Anflug von Schuldbewußtsein. Heute nachmittag war er nach Hause gerast, weil er Allys Trost brauchte, und nun plante er, sich zu betrinken, um das Gefühl des Versagens zu ersäufen. Er mußte sich zusammenreißen und kein solcher Jammerlappen sein. Warum besorgte er nicht statt dessen eine gute Flasche Wein und einen Blumenstrauß und verbrachte den Abend mit Ally?

Er kritzelte eine Nachricht für Belinda, auf der er mitteilte, daß er nach Hause gefahren war, und klebte sie mitten auf ihren Schreibtisch. Dort würde sie auf jeden Fall hinschauen.

Oben im Gesellschaftsraum sah Belinda auf die Uhr und fragte sich, wo Matt blieb. Sie wußte genau, wie ihm heute zumute war – schließlich ging es ihr genauso. Sie hatte sich schon überlegt, ob es vielleicht an der Zeit wäre, die Initiative zu ergreifen.

Wie jeden Freitag herrschte hier oben ohrenbetäubender Lärm. Die Arbeit war für diese Woche erledigt, und alle hauten auf den Putz. Es war der klassische Abend für den Beginn einer Affäre. Ein berauschender Cocktail aus Alkohol und Gelöstheit. Dynamit.

Unbemerkt schlich sich Belinda hinunter ins Büro, um zu sehen, ob Matt vielleicht am Telefon aufgehalten wurde. Doch die vertraute Aktentasche war nirgends mehr zu sehen. Sie wandte sich um und entdeckte den gelben Zettel. Er war nach Hause zu Ally gefahren. Sie warf ihn in den Papierkorb und eilte zurück in den Gesellschaftsraum, um mit einem Glas Wein ihre bittere Enttäuschung hinunterzuspülen.

Obwohl es schon acht Uhr vorbei und eisig kalt war, hatte der Blumenstand am Bahnhof von Fairley Green noch geöffnet. Der alte Knabe, dem er gehörte, mußte Eskimoblut in den Adern haben, daß er bei diesem Wetter so lange offenhielt. Matt parkte neben dem Bahnhof und suchte ein riesiges Bukett aus roten Rosen aus, das der Blumenhändler mit weißem Schleierkraut einfaßte und dann in Seidenpapier wickelte. »Ein schlimmer Junge gewesen, Matt?«

»Nicht, was Sie denken.« Er grinste und reichte ihm einen Zwanzig-Pfund-Schein.

»Für einen Blumenstrauß verzeihen Sie einem alles.« Die Schultern des alten Mannes hoben und senkten sich unter einem verschwörerischen Kichern. »Deshalb verdient man als Blumenhändler auch so gut. Passen Sie auf«, er hüpfte von einem Bein aufs andere und beäugte Matt scharf, »sie wissen immer, warum sie Blumen bekommen.« Er reichte Matt den Strauß. »Was würden wir bloß ohne sie machen, ohne die Frauen, hm?«

Matt lachte und rannte zurück zum Auto, das er in heikler Position halb auf dem Gehsteig geparkt hatte. Hinter ihm hörte er es noch murmeln: »Verflucht viel besser dran wären wir nämlich, jawoll.«

Als er in ihre Einfahrt einbog, stieg in Matt ein warmes Gefühl der Zufriedenheit auf. Das Haus war hell erleuchtet, und aus dem Schornstein quoll heimelig der Rauch. Beim Öffnen der Haustür stieg ihm das köstliche Aroma von Schweinebraten in die Nase.

Statt direkt in die Küche zu gehen, blieb er einen Moment auf der Schwelle stehen und ließ die Szene auf sich wirken. Jess saß am Tisch und las in einer Illustrierten, während Ally an der Arbeitsplatte stand und winzige grüne Bohnen putzte. Das Radio dudelte unaufdringlich im Hintergrund, und nur ab und zu vernahm man eine der üblichen Platitüden. Auf dem Herd kochten Kartoffeln, wobei hin und wieder Wasser herausspritzte und auf der glühend heißen Oberfläche verdampfte. Es war ein Bild des häuslichen Friedens. Wie, um alles in der Welt, hatte er nur so depressiv werden können, wenn ein solches Zuhause auf ihn wartete?

Lächelnd blickte sie auf, als er mit dem Arm voller Rosen hereinspazierte.

»Matt! Hallo, Liebling.« Ally ging auf ihn zu. »Ich habe dich gar nicht hereinkommen hören. Was für herrliche Rosen!«

Er reichte sie ihr. »Ich wollte danke sagen, daß du für mich da bist.«

»Sie sind wundervoll.« Sie gab ihm einen Kuß, und der Duft ihres Parfüms konkurrierte mit dem der Rosen. »Möchtest du etwas trinken?« Sie schenkte ihm ein Glas Rotwein ein, und während er sich neben Jess am Küchentisch niederließ, hielt er es in die Höhe und bewunderte den rubinroten Schimmer des Weins. Zufriedenheit breitete sich in ihm aus.

Draußen in der Diele begann das Telefon zu läuten, und Matt stieß einen Fluch aus.

Jess sprang auf. »Keine Angst, ich geh' schon ran.«

Kurz darauf steckte sie den Kopf in die Tür. »Es ist der *Daily Express*. Sie wollen vorbeikommen und ein Interview machen.«

Ohne aufzusehen antwortete Matt: »Ist mir recht. Sag ihnen, sie sollen den Termin mit der Pressestelle von Century ausmachen.«

Jess lachte. »Nein, nicht mit dir, Dad. Sie wollen mit Mum sprechen. Es geht irgendwie darum, daß sie eine eigene Show bekommen soll.«

19. Kapitel

»Susie, Trevor, bitte tut mir einen Riesengefallen.« Ally nahm die Champagnerflasche, die Susie und ihr Mann ihr zur Feier des Tages mitgebracht hatten, und stellte sie kalt. »Erwähnt die neue Show nicht in Gegenwart von Matt.«

»Moment mal, Ally.« Susie saß am Küchentisch und goß sich ein Glas Wein ein. »Angenommen, es wäre umgekehrt und *er* hätte gerade eine phantastische neue Show bekommen, würde er dann herumschleichen und seine Freunde bitten, keinen Ton darüber zu verlieren, wenn *du* dabei bist?«

»Ich weiß, ich weiß.« Ally war verletzt. »Aber bitte tu es trotzdem nicht, ja?«

Aber Susie hörte ihr überhaupt nicht zu. »Warum können Männer nicht damit fertigwerden, wenn die Frauen an ihrer Seite anfangen, ein bißchen Erfolg zu haben?« Sie spießte ein Cocktailwürstchen auf und fuchtelte ausdrucksvoll damit herum.

Trevor lächelte seine Frau verwirrt an. »Also, ich hätte nichts dagegen, wenn du erfolgreicher wärst als ich. Ich würde mit dem größten Vergnügen den ganzen Tag zu Hause bleiben.«

»Ja, Liebling.« Susie tätschelte ihn. »Und du würdest eine tausendmal bessere Frau abgeben als ich. Aber wir wissen, daß du eine Ausnahme bist. Wir reden von den anderen Männern.« Ihr Ton wurde ernsthaft, als sie sich wieder Ally zuwandte. »Schau, Ally. Was würde Barbara, unser Guru in puncto Selbstbewußtsein, dazu sagen?«

»Keine Ahnung.« Ally suchte nach einem Topflappen, um den Fischauflauf in den Ofen zu schieben. »Jedenfalls muß sie nicht mit Matt leben, ich schon.«

»Wie nimmt er die Sache eigentlich auf?«

»Er sagt immer wieder, wie sehr er sich für mich freut.« Nervös schob Ally einen Kochtopf auf dem Herd hin und her. »Und versinkt anschließend in zweistündiges Schweigen.«

»Wie, so schlimm? Scheiß Männer. Ich glaube«, Susie nippte nachdenklich an ihrem Wein, »du solltest langsam aufhören, ihn mit Samthandschuhen anzufassen, nur weil sein männliches Ego so zart ist. Warum sollst du denn keinen Erfolg haben dürfen? Und warum sollst du ihn nicht laut hinausposaunen können, anstatt herumzukriechen und so zu tun, als ob nichts passiert wäre?«

»Genau«, sagte Trevor.

Ally, die neben ihm saß, sagte fast flüsternd: »So einfach ist die Sache nicht.«

»Doch. Du hast ein Recht auf deinen Erfolg, und wenn ihm das nicht paßt, dann muß er eben ...« Susie suchte nach dem passenden Wort.

»Gehen«, bot Trevor ihr an.

»Lernen, sich damit abzufinden«, verbesserte Susie ihn. »Du hast verdammt hart dafür gearbeitet, so weit zu kommen, und du hast echtes Talent.«

»Ja, aber ich möchte talentiert sein und trotzdem verheiratet bleiben.«

»Auch wenn das bedeutet, dem männlichen Ego zu huldigen?«

»Susie, ich bin Realistin.« Ally zuckte mit den Schultern. »Verheiratet zu sein heißt, Kompromisse zu schließen.«

»Keine Frage.« Susie angelte sich ein weiteres Würstchen. »Du machst Kompromisse und er keine.«

Ally mußte grinsen.

»Schau, Ally. Jeder weiß, daß Matts Karriere auf dem absteigenden Ast und deine im Aufwind ist. Und ihr beide wißt es auch.«

»Susie. Schschsch. Das darfst du nicht sagen.« Plötzlich spürte Ally, wie die Wut in ihr hochkroch. Die Menschen waren so gehässig. Sie konnten es nicht abwarten, jemand so Populären wie Matt auf die Schnauze fallen zu sehen. »Du kannst unsere Erfolge nicht miteinander vergleichen«, erwiderte sie scharf. »Meiner ist vielleicht nur ein Zufallstreffer. Matt ist länger an der Spitze gewesen als irgend jemand anders.«

Ally blickte sich um. Sie hätte schwören können, sie hätte die Tür hinter sich gehört. Sie stand auf und sah nach. Doch im Flur war niemand. Sie stieß einen erleichterten Seufzer aus. Matt mußte noch im Bad sein.

»Mum!« rief Janey von oben. »Kann Adam diese Nacht hierbleiben, wenn wir in getrennten Zimmern schlafen?«

Janey kam die Treppe hinuntergehüpft. Obwohl es Februar war, trug sie einen winzigen schwarzen Minirock und ein langes schwarzes Unterhemd ohne Ärmel. Ihre Füße steckten in Schuhen, die sie nur einem Polizisten geklaut haben konnte, so klobig, wie sie aussahen. Das Außergewöhnlichste an ihrer Erscheinung aber war ihr Gesicht. Es war so weiß wie das eines Pantomimen. Die Lippen hatte sie in einem perfekten Bogen schwarz gemalt und die Augen mit einem Eyeliner schräg hochgezogen. Ally mußte zugeben, daß sie umwerfend aussah, wenn auch irgendwie exzentrisch.

»Janey, Liebes, wird es dir in dem Unterhemd nicht zu kalt?«

»Mum«, sagte Janey nachsichtig. »Das trägt man doch jetzt. Es ist mir wirklich egal, ob ich mir einen abfriere.«

Ally erinnerte sich an die Sommer, in denen sie selbst in der glühendsten Augusthitze in kniehohen Biba-Stiefeln herumgelaufen war, nur weil es alle taten.

»Du siehst fabelhaft aus.« Sie legte den Arm um die Schulter ihrer ältesten Tochter, stolz auf Janeys Stil und Geschmack, den weder sie noch Jess besaßen und den selbst diese sonderbare Aufmachung nicht ganz verbergen konnte. Ally hatte immer gedacht, daß die gute Fee sich geirrt haben mußte. Anstelle von Schönheit und Reichtum hätte sie Stilempfinden schenken sollen. Das hielt länger.

»Okay«, willigte sie ein. »Adam kann bleiben, vorausgesetzt, er schläft tatsächlich in einem anderen Zimmer. Sonst trifft deinen Vater der Schlag.« Sie versuchte, die Nummer »strenge Mutter« zu spielen. Es mißlang. »Er glaubt immer noch, du seist der zehnjährige Wildfang, den er mit zum Fußballspielen geschleppt hat.«

»Wow, danke. Du bist ein Schatz, Mum.«

»Bin ich nicht. Ich bin ein Trottel, der sich wahrscheinlich nur noch mehr Schwierigkeiten einhandelt und es eigentlich besser wissen müßte.«

»Kann ich ihn zum Abendessen einladen? Er ist bei Freunden in Guildford. In einer halben Stunde wäre er hier. Dann könnte Dad ihn auch gleich kennenlernen.«

Ally war sich nicht sicher, ob Matt schon reif für eine Begegnung mit Adam war. Besonders heute abend nicht. Sie suchte nach einer Ausrede.

»Ist er Vegetarier? Es gibt Lamm und Fischauflauf, und ich habe nichts anderes da.«

»Nein.« Janey wirkte eine Spur niedergeschlagen. »Er ist ein fanatischer Fleischesser. Er kann es kaum erwarten, nach Hause zu Mummies Roastbeef zu kommen. Immer noch.« Ihre Miene hellte sich wieder auf. »Was soll's, nobody's perfect.«

Nun gut, dachte Ally. Das zumindest hatte er mit Matt gemeinsam.

»Wer ist Adam?« flüsterte Susie, als Janey davonrannte, um ihn anzurufen und die gute Nachricht durchzugeben.

»Der neue Freund, von dem ich dir erzählt habe.« Ally nahm für die beiden zusätzlichen Esser noch etwas Gemüse aus dem Fach. Sie lehnte sich einen Moment gegen den Herd. »Und ein Gruftie ist er auch.«

»Du meinst einer von denen, die von oben bis unten in schwarz herumlaufen und mehr Ohrringe tragen als Madonna?«

Trevor schauderte. »Gott sei Dank stehen unsere noch mehr auf Barbiepuppen.«

»Matt hat ihn noch nie gesehen, sagst du? Na großartig.« Susie erhob ihre Augen gen Himmel. »Das wird ein lustiger Abend.«

Eine Stunde später platzte Matt in die Küche. »Was ist das, was da auf dem Sofa sitzt?« Er gestikulierte in Richtung Wohnzimmer, als hätte er gerade eine Begegnung der dritten Art gehabt.

»Das ist Adam. Janeys neuer Freund. Ein Gruftie.«

»Betrachte es doch einfach von der anderen Seite«, sagte Susie und reichte ihm ein Glas Wein. »Er hätte auch ein Rocker sein können.«

Als Adam und Janey sich zu ihnen gesellten, beschloß Ally, das Essen aufzutragen, um so rasch wie möglich das Eis zu brechen.

»Adam, warum setzen Sie sich nicht neben Matt?« Ally dirigierte alle zu ihren Plätzen an den riesigen Eschentisch in der Küche. »Janey, du setzt dich an Dads andere Seite, und ich setze mich hierher. Wo ist Jess?«

»Was glaubst du wohl?« Janey verdrehte die Augen.

»Sag ihr bitte, wenn sie ihren Game-Boy nicht ausstellt, nehme ich ihr die Batterien raus.«

»O Mum«, sagte Janey verächtlich, »den benutzt sie doch gar nicht mehr. Inzwischen steht sie auf dreidimensionale interaktive Holographie.«

Susie lachte. »Die guten alten Zeiten mit Sex, Drogen und Rock 'n' Roll sind wohl endgültig vorbei?«

Ally drohte ihr mit dem hölzernen Servierlöffel. »Das hat sie noch nicht entdeckt, Gott sei Dank.« Ally fing an, das Lamm zu tranchieren. »Obwohl ich manchmal denke, es ist menschenfreundlicher als das, womit sie sich zur Zeit beschäftigt.«

»Nun, Adam.« Matt blickte ungläubig auf die lange schwarze Lederlatte an seiner Seite. »Was machen Sie denn so? Sind Sie auf dem College oder arbeiten Sie?«

»Zur Zeit weder noch.« Adam häufte sich einen Berg mit den knusprigsten Bratkartoffeln auf, einschließlich der leicht angebrannten, auf die Matt ein Auge geworfen hatte. »Ich bin im letzten Semester an der Universität von Surrey ausgestiegen. In Hierarchien kann ich mich nicht entfalten.«

Mühsam verkniff Matt sich jede Reaktion. »Was haben Sie denn studiert?«

»Amerikanistik.«

Das gleiche Fach hatte Janey gewählt. Vorausgesetzt, sie schaffte den nötigen Notenschnitt. »Genau wie du, Janey. Ihr werdet über die Zukunft des großen amerikanischen Romans diskutieren können.« Matt füllte ihr Weinglas.

»Eigentlich«, Janey kippte den zehn Jahre alten Bordeaux, den Matt ihr gerade eingeschenkt hatte, runter wie Coca-Cola, »bin ich mir nicht sicher, ob ich zu Uni gehen soll. Es kommt mir manchmal ein bißchen wie Zeitverschwendung vor.«

Matt und Ally tauschten einen vielsagenden Blick. Sie wußten, woher der Wind wehte und hielten es für klüger, nicht zu widersprechen. Das hatten sie nur Adam zu verdanken, überlegte Matt ärgerlich. Seit Janey mit vierzehn Salingers *Der Fänger im Roggen* gelesen hatte, gab es für sie nichts anderes mehr als amerikanische Literatur zu studieren.

Geschickt wechselte er das Thema. »Was ist mit Ihren Eltern?« Sowie er den Satz ausgesprochen hatte, merkte er, wie sehr er nach seinem eigenen Großvater klang. »Wo leben sie?«

»Sie sind geschieden. Ich habe bei meiner Mutter gewohnt, bis sie wieder geheiratet hat. Ihren neuen Mann habe ich nicht gemocht. Deshalb bin ich ausgezogen, in ein besetztes Haus in Notting Hill. Da wohne ich immer noch.«

Matt war entsetzt. »Ich dachte, damit wäre Ende der Sechziger Schluß gewesen.«

»Tss, tss, Mr. Boyd. Sie müssen Ihre Hausaufgaben machen. Es gibt Tausende von Hausbesetzungen. Die Gemeinden bauen nicht, verstehen Sie?«

Natürlich wußte er, daß die Gemeinden nicht bauten, rechthaberischer Idiotenbubi. Matt konnte es einfach nicht fassen. Er mußte sich von einem Neunzehnjährigen belehren lassen.

»Eigentlich« – Adam zwinkerte Janey zu – »ist es ein sehr vornehmes besetztes Haus, stimmt's, Janey? Mit einer schönen georgianischen Fassade, fließendem Wasser, Strom. Wir haben sogar ein Schloß an der Haustür.« Er wandte sich Ally zu. »Ich liebe georgianische Architektur, Mrs. Boyd. Sie auch?«

Das einzige, was Matt denken konnte, war, daß Janey bei diesem Rüpel im Haus, dem besetzten Haus, gewesen war und daß sie jetzt mit unverhohlener Bewunderung an seinen Lippen klebte. Matt fühlte einen jähen Stich. Was war es? Verärgerung? Groll darüber, daß er abgelöst wurde? Janey war von jeher sein Liebling gewesen. Natürlich liebte er auch Jess über alles, aber sie hatte immer ihrer Mutter näher gestanden. Er und Janey waren unzertrennlich gewesen. Als Kind war sie überall mit ihm hingegangen. Zu Fußballspielen. In den Wald zum Klettern. Auf lange Wanderungen.

Als Matt sich erhob, um die Teller abzuräumen, lehnte Adam sich zu Janey hinüber und ergriff einen Moment ihre Hand. Ein glücklicher Schimmer legte sich über ihr Gesicht, der Matt fast erstarren ließ. Er spürte, wie Feindseligkeit und Wut in ihm hochstiegen. Am liebsten hätte er Adam eine gescheuert.

Du bist eifersüchtig, schalt er sich selbst. Du bist eifersüchtig auf deine Frau, weil sie auf dem besten Weg ist, ein Star zu werden, und du bist eifersüchtig auf deine Tochter, weil sie sich verliebt hat. Was, um Himmels willen, ist bloß mit dir los? Du solltest doch so viel Format haben, ein paar Veränderungen in deinem Leben zu verkraften!

Nachdem er die Teller auf dem Geschirrspüler abgestellt hatte, traute er sich kaum, sich wieder zwischen die beiden zu setzen.

Glücklicherweise brauchte er das auch nicht.

»Hi.« Jess hatte sich doch noch dazu herabgelassen, ihre Aufwartung zu machen. Sie ließ sich auf Matts Stuhl nieder und bediente sich von dem Rest des Fischauflaufs. »Du mußt Adam sein. Ich bin die kleine Schwester. Warum sind denn alle so still?« Sie blickte in die Runde. »Sagt nichts. Ihr habt ihnen gerade erzählt, daß ihr miteinander ins Bett geht?«

»Wir wollen mit der neuen Show dieses ›Ich-bekenne-Gefühl‹ herauskitzeln, so eine Art Beichtbedürfnis, wie bei den Sendungen, wo die Zuschauer anrufen können.« Bernie hüpfte ausgelassen durch das Büro, seine kleinen Augen strahlten vor Aufregung. »Nur wollen wir diesmal, daß sie es im Studio tun, von Angesicht zu Angesicht, und zwar mit dir.«

Ally hatte gedacht, daß die neue Show einfach nur eine längere Version ihrer Schiene von *Hello* sein würde, doch Bernie schwebte Höheres vor.

»Natürlich müssen wir diese Geschichte viel mehr strukturieren als *Hello*. Und nur ein Thema pro Show, damit wir uns die Sache so richtig vorknöpfen können. Alkoholismus, Abtreibung, Arbeitslosigkeit.«

»Weiter, Bernie«, kicherte Ally, »es muß doch noch ein paar soziale Probleme geben, die mit A anfangen.«

Er gab ihr einen Klaps mit seinem Block. »Nimm die Sache ein bißchen ernst, okay? Warum machst du nicht ein paar Vorschläge?«

»Nun gut.« Ally hörte auf zu lachen. »Teenager-Sex. Eifersüchtige Väter. Ehemänner, die mit dem Erfolg ihrer Ehefrauen nicht fertigwerden.«

»Braves Mädchen.« Bernie zwinkerte ihr zu. »Ich sehe schon, die Show ist genau dein Fall.«

»Und du bist sicher...« Ally wußte nicht genau, wie sie sich ausdrücken sollte, ohne ihn zu verletzen, »daß es diese Art von Show nicht schon mal gegeben hat?«

»Nicht mit dir. Ally, meine Liebe. Du bist unsere Geheimwaffe. Wir haben eine kleine Umfrage gestartet. Hast du gewußt, daß 90 Prozent aller Anrufer bei *Hello* noch niemals vorher bei einer Sendung angerufen haben?«

Allys Herz schlug schneller vor Freude. Sie hatte keine Vorstellung davon gehabt, daß sie für eine neue Zuhörerschaft sorgte. Bis vor kurzem noch hatte sie gefürchtet, man würde sie fallenlassen. Aber sie mußte realistisch bleiben. »Glaubst du wirklich, daß ich das packe? Ein ganzes Studio voll mit Leuten und kein Teleprompter?«

»Du mußt nur an dich selbst glauben, Allegra Boyd, nur dieses eine Mal! Abgesehen davon«, er blickte auf seine Uhr und bemerkte, daß er nur noch fünf Minuten bis zur Konferenz über ihren neuen Vorspann hatte, »bist du mit Teleprompter miserabel, erinnerst du dich?«

Auf dem Weg zur Arbeit beschloß Matt, daß es an der Zeit war, ein ernstes Wörtchen mit sich selbst zu reden. Die Person, zu der er sich zu entwickeln begann, gefiel ihm nicht. Der Grund für seine Eifersucht auf Ally war die Tatsache, daß seine eigene Show weniger gut ankam, als er gehofft hatte. Aber das war kaum Ally anzulasten. Sondern ihm.

Entweder machte er die Show zu einem Hit, oder er gab zu, daß er mit dem Konzept falsch gelegen hatte. Er entschloß sich, alles, was in seinen Kräften stand, dafür zu tun, daß sie ein Hit wurde.

Als Matt ins Büro kam, merkte er sofort, daß irgend etwas anders war als sonst. Sogleich erkannte er auch, was. Belinda hatte die Liste mit den Einschaltquoten nicht mehr an die Wand gehängt.

Er ging in ihr Büro. »Belinda, die Zahlen von den beiden letzten Wochen sind nicht da.«

Ihr Blick war abwehrend. »Sie hängen deshalb nicht dort, weil sie so schlecht sind. Ich wollte das Team nicht demoralisieren. Wenn die erst mal anfangen, darüber nachzudenken, daß wir ein Problem haben, dann haben wir schon zwei.«

Matt schüttelte den Kopf. »Du unterschätzt unsere Leute. Du glaubst doch nicht etwa, die wüßten nicht, warum du die Zahlen nicht aushängst?« Er legte seine Aktentasche ab. »Vergiß die verdammten Einschaltquoten. Die gehen an dein Selbstvertrauen. Du triffst keine Entscheidung mehr, ohne gleich die Zahlen zu kontrollieren. So funktioniert Fernsehen nicht. Du mußt dich auf deinen Instinkt verlassen.«

»Mein Instinkt sagt mir, daß wir den Laden dichtmachen können, wenn wir nicht schleunigst was auf die Beine stellen.«

Matt nahm den Umschlag mit den Zahlen und riß ihn langsam in zwei Teile.

»Von jetzt an werden wir die Quoten ignorieren und uns nur noch auf unser eigenes Urteil verlassen.«

»Und was sagt uns unser Urteil? Zurück zu Jason Donovan und anderen Pop-Sternchen?«

Matt grinste. »Nein. Nicht das. Eher sterb' ich. Wir brauchen ein bißchen Glamour. Vielleicht haben wir das Publikum eingeschüchtert. Wir werden es zurückgewinnen, mit einem Megastar. Einem Megastar, der was zu sagen hat.«

»Nennt man so was nicht einen Widerspruch in sich?« fragte Belinda verdrießlich.

Matt tätschelte ihr den Rücken. »Wo ist bloß die mutige Kämpferin geblieben, die Bernie Long angemeckert und ihm nur so ins Gesicht geflucht hat?«

»Sie hat Verdauungsstörungen gekriegt.«

Matt lachte. »Na, komm. Es ist noch nicht zu spät. Wir haben ein ganzes Studio voll mit talentierten Leuten, die an dieser Show arbeiten. Wir können die Sache noch rausreißen. Warum trommeln wir nicht jetzt gleich alle zusammen und strengen unsere Köpfe mal ein bißchen an?«

Belinda spürte, wie sich Matts Energie und Enthusiasmus auf sie übertrugen, ohne daß sie etwas dagegen hätte tun können. Sie stand auf, um das Team zusammenzurufen. An der Tür drehte sie sich aufgeregt um.

»Matt, ich hab's. Syrah Wade!«

»Dieser schwarze Soul-Sänger? Ist das nicht ein langweiliger Mr. Macho?«

»Nicht mehr. Seit es in den Staaten eine Outing-Kampagne gegeben hat – du weißt schon, wenn die Aktivisten Prominente, die schwul sind, zwingen, Farbe zu bekennen. Ich habe ein Interview mit ihm in *Vanity Fair* gelesen. Er ist total sauer. Das wäre eine heiße Story fürs Fernsehen. Er kommt sowieso bald über den Teich.«

»Was ist mit der entscheidenden Frage?«

»Und die wäre?«

»Ist er wirklich schwul?«

»Ich weiß es nicht. Du stellst doch die Fragen, oder?«

Matt fühlte, wie seine Aufregung wuchs. »Glaubst du, daß er auspackt?«

»Keine Ahnung. Aber ich kenne seinen PR-Manager. Soll ich den nicht mal anrufen?«

Matts Nackenhaare richteten sich auf. Mit dieser Show bekämen sie eine Riesenpublicity. Sie wären wieder an der Spitze. Aber zu ihren eigenen Bedingungen.

»Gab es hier nicht mal Leute, die wir Eltern nannten?« Jess saß am Küchentisch und genoß die Wärme der ersten Frühlingsstrahlen auf ihrem Rücken ebensosehr wie das Gefühl, keine Eltern um sich herum zu haben, die sich darüber aufregten, was sie zum Frühstück aß. Vor ihr standen zwei Fruchtzwerge und ein Minipack Capri-Sonne.

Die letzten drei Wochen hatte Ally wegen der Proben für ihre neue Show schon früh das Haus verlassen, und Matt war ebenfalls kurz nach ihr verschwunden.

»Halt dich zurück.« Janey warf einen verächtlichen Blick auf Jess' Frühstücksmenü. »Es ist tausendmal besser als das Schweigen und die Schmollerei.«

»Glaubst du, daß zwischen den beiden noch alles in Ordnung ist?«

»Besser als je zuvor.« Janey versuchte unbekümmert und gesprächig zu klingen. Sie wollte nicht, daß Jess sich Sorgen machte. Sie selbst aber hegte den Verdacht, daß zwischen den beiden nicht alles so war, wie es sein sollte. Sie wußte, daß ihrem Vater die Probleme in seiner Arbeit mehr zu schaffen machten, als er zugeben wollte. Und Belindas Absichten hatte sie von Anfang an nicht getraut.

Und dann erinnerte sie sich plötzlich an einen Satz, den sie zufällig mitgehört hatte, als eine Lehrerin an ihrer Schule über ein anderes Mädchen, dessen Eltern auseinandergegangen waren, sagte: *Wie können sie nur so egoistisch sein und sich gerade jetzt, so kurz vor dem Abitur, trennen!*

Sie selbst hatte noch drei Monate vor sich. Janey verspürte plötzlich keinen Appetit mehr auf ihr Müsli. O Gott, laß so was nicht mit unseren Eltern passieren. Bitte nicht.

Es war fast eine Erleichterung, als der Tag endlich gekommen war, an dem die erste *Tell-it-to-Ally*-Show aufgenommen werden sollte. Für die erste Sendung hatte Bernie das Thema »Rache« gewählt. Inspiriert worden war er durch die Geschichte einer vornehmen Dame, die ihrer Wut über den untreuen Ehemann dadurch Ausdruck verliehen hatte, daß sie das Wort »Ehebrecher« in einen Meter großen roten Buchstaben auf die Fassade seines Bürogebäudes malte. Als sich herausstellte, daß es sich dabei um ein angesehenes

Rechtsanwaltsbüro handelte, landete die Geschichte in allen Zeitungen auf der ersten Seite und hielt die Nation eine Woche lang am Lachen.

Ally hatte Angst, daß die verstoßene Ehefrau sich als mitleiderregendes Opfer entpuppte und sie die ganze Show allein schmeißen müßte. Doch ein einziger Blick auf Susan Closes vornehme Erscheinung, ihr Twinset und ihre Perlenkette, ihren weit geschnittenen Tweedrock und das Funkeln in ihren Augen, als sie ins Studio geführt wurde, genügte Ally um zu wissen, daß alles gut gehen würde. Susan Close war eine Kämpfernatur.

Womit Ally nicht gerechnet hatte, war, daß Susan mehr als nur gut war. Sie war brillant. Witzig, lebhaft und von jener rücksichtslosen Ehrlichkeit, die hinreißend fesselndes Fernsehen garantierte. Sie steckte sie einfach alle in die Tasche, die eingeladenen Eheberater und Partnertherapeuten mit ihren Empfehlungen, vorsichtigere und zurückhaltendere Taktiken zu wählen.

Der tosende Beifall von seiten des Publikums und – was noch bedeutsamer war – von seiten der sonst stets gelangweilten und zynischen Techniker, versicherte Ally am Ende der Show, daß sie ein voller Erfolg war. Denn im Gegensatz zu den Produzenten oder Moderatoren hatten die Techniker kein persönliches Interesse an der Sendung und waren bekannt dafür, daß sie bei Produktionen, die sie für unter ihrem Niveau hielten, grundsätzlich einschliefen.

Den letzten Rest von Zweifel räumte Bernie aus. Als Nikki Susan in den Aufenthaltsraum brachte, rannte er ins Studio und wirbelte Ally in seinen Armen herum.

»Das ist ein Knüller, Mädchen.« Ally lachte und bestand darauf, daß er sie wieder herunterließ. »Du hast alles bekommen. Lachen. Weinen. Es war so verflucht gut!«

»Danke, Bernie.« Ally lächelte glücklich, als er sie Richtung Lift zu der kleinen Feier zog, die er oben vorbereitet hatte.

»Darling, Sie waren wunderbar!« Der Bühnenbildner stellte sein Glas ab, um Ally in die Arme zu nehmen. Als sie sich umblickte, bemerkte sie, daß der Raum gerammelt voll war mit Journalisten aus dem Showbusiness. Selbst bei einer »kleinen Party« durfte für Bernie die Presse nicht fehlen.

Nachdem Ally die Anspannung der ersten Aufzeichnung überstanden hatte, begann sie allmählich, sich zu entspannen und zu amüsieren. Gerade als sie einem Kellner ein Glas Wein vom Tablett nahm, trat Maggy Mann neben sie.

»Was hält Matt eigentlich von Ihrem kometenhaften Aufstieg?« Maggy stellte ihr leeres Glas auf das Tablett und nahm zwei volle herunter.

»Findet er toll«, log Ally.

»Wirklich?« Affektiert strich Maggy über ihre Haare, die Elaine zentimeterdick mit Gel eingeschmiert hatte. »Männer können so empfindlich sein. Als ich anfing, berühmt zu werden, machte sich mein Mann einfach mit seiner Sekretärin aus dem Staub.«

»Matt ist nicht so. Er liebt starke Frauen.«

»Ich verstehe.« Maggy nippte an ihrem Drink. Dann strahlte sie Ally an. »Das mag vielleicht erklären, warum er plötzlich so viel Zeit mit Belinda Wyeth verbringt.«

Eins zu Null für Maggy. Noch ehe Ally den Sinn dieser Bemerkung überhaupt richtig erfassen konnte, schlug Bernie mit der Gabel an sein Glas und bat um Ruhe.

»Ich möchte allen danken, die gekommen sind, um den Start unserer neuen Show zu feiern und unseren neuen Star kennenzulernen: Ally Boyd. Ich kenne Ally schon seit fünfzehn Jahren – aber nicht als Star. Die ersten Worte, die Ally zu mir gesprochen hat, waren über ihren Mann Matt.« Er lächelte zu Ally hinüber, die sich unruhig fragte, was wohl als nächstes kommen würde. »Sie sagte: ›Wissen Sie nicht, daß er eine Frau und Kinder hat, die zu Hause auf ihn warten?‹ Ally fand, daß Matt ab und zu frei haben sollte. Die Zeiten haben sich geändert, und jetzt steht sie selbst hier als gefeierter Star. Aber ihre Jahre als Hausfrau und Mutter sind ihre ganz besondere Stärke. Ally ist keine von uns, sie ist eine von ihnen. Und deshalb öffnen diese Menschen ihr das Herz. Und ich muß noch eine kleine Beichte hinzufügen.« Er zauberte einen riesigen Strauß mit weißen Rosen hinter seinem Rücken hervor. »Während der vergangenen Monate habe ich mich in sie verliebt.«

»Nun, da kommst du leider etwas zu spät.« Ally wirbelte herum. Vor ihr stand Matt, ebenfalls mit einem Strauß. Sie streckte ihre Hand nach ihm aus, und eine Welle der Erleichterung durchflutete sie. Ihn hier zu sehen, konnte nur bedeuten, daß er stolz auf sie war.

Das einzige, was Matt gequält hatte, war, daß seine Show nicht so gut lief. Aber nachdem Syrah Wade zugesagt hatte, zu kommen, war Matt wieder ganz der alte. Witzig und scharfzüngig wie immer. Maggy Mann lag schief. Es lief gut zwischen ihnen.

Auf der anderen Seite des Raums bemerkte Ally Ritchie Page. Normalerweise fürchtete er die Presse wie den Tripper. Matt hatte ihn ebenfalls entdeckt. Er versteifte sich, und während er noch versuchte, mit Ally im Gewühl der Menge unterzutauchen, steuerte Page bereits auf sie zu.

»Allegra, Matt, wie schön, Sie zu sehen«, sagte Page aalglatt. »Sie müssen sehr stolz sein, Matt. Ihre Frau ist ein Naturtalent. Es wäre die reinste Verschwendung gewesen, ihr keine eigene Show zu geben.«

»Ich weiß. Ich bin sehr stolz auf sie«, erwiderte Matt ruhig.

»Das freut mich zu hören.«

Matt verspürte den unwiderstehlichen Drang zu verschwinden. Dieser Schweinehund glaubte ihm kein Wort.

»Ich habe gehört, Sie haben nächste Woche Syrah Wade in Ihrer Show.«

Ally war erleichtert, daß das Thema gewechselt wurde. »Ja«, antwortete Matt kurz angebunden. »Es dürfte ein gutes Gespräch werden.«

»Das hoffe ich für Sie, Matt.« Pages Stimme war samtig und unangenehm. »Denn so was brauchen Sie jetzt sicherlich, nicht wahr?«

Über Pages linke Schulter hinweg entdeckte Matt Belinda, die sich quer durch den Raum kämpfte. Er nahm einem der vorübergehenden Kellner ein Glas vom Tablett und reichte es ihr. Doch sie lehnte ab. Dann bemerkte er ihre ungewöhnliche Erregung, und sein Magen krampfte sich zusammen. Belinda gab ihm mit Zeichen zu verstehen, sich aus der Konversation herauszuziehen und ihr zu folgen. Sowie sie in einer ruhigeren Ecke angekommen waren, wendete sie sich zu ihm um.

Noch ehe sie etwas sagen konnte, kam Matt ihr zuvor. »Es geht um Syrah Wade, stimmt's? Jetzt erzähl mir nicht, er hat abgesagt.«

»Er nicht. Er würde wahnsinnig gerne kommen, um die ganze Sache hochgehen zu lassen. Der Mann fiebert förmlich danach, sein Anti-Schwulen-Mäntelchen auszuziehen. Es ist seine Plattenfirma.« Belinda rieb sich die Augen. Sie wirkte völlig ausgepowert. »Sie sind vollkommen durchgedreht, als sie gehört haben, was er vorhat. Sie haben ihn vor die Wahl gestellt: wir oder sie.« Trotz ihrer Wut und Erschöpfung versuchte sie zu lächeln. »Er hat sich natürlich für sie entschieden.«

»Guter Gott!« Matt mußte mit sich kämpfen, um vor all diesen Leuten die Fassung zu bewahren. »Kann man ihn nicht noch irgendwie überreden?«

Belinda zuckte mit den Schultern. »Ich hab' alles versucht. Ich bin mit meinem Latein am Ende.«

»Ist er jetzt in London?« Matt war entschlossen, nicht aufzugeben. »Nun komm schon. Laß uns noch einen Versuch starten. Wo wohnt er?«

»Im Dorchester.«

»Dann nichts wie hin. Ich sage nur rasch Ally Bescheid, daß ich weg bin.«

Sie schoben sich durch die Körpermassen und bewegten sich behutsam in Richtung Ally, die inzwischen vollständig von Anhängern umringt war.

Als sie Matts Gesicht sah, löste sich Ally aus der Runde.

»Syrah Wade ist ausgestiegen«, erklärte er.

»O Matt. Nicht schon wieder.«

»Wir werden jetzt zu ihm ins Hotel gehen und noch mal versuchen, ihn zu überreden.«

Ally blickte ihnen nach, wie sie sich zum Ausgang drängten. Beide wirkten völlig abgespannt. Warum konnten die Dinge für sie und Matt nicht ein einziges Mal gleichzeitig gut laufen?

Leise wie eine Raubkatze tauchte Page neben ihr auf.

»Nichts Ernstes, hoffentlich?«

»O nein.« Ally drehte sich strahlend zu ihm um. »Jedenfalls nichts, was sie nicht lösen könnten.«

Das Mädchen an der Rezeption des Dorchester erkannte Matt sofort. Nur zu gerne rief sie in Syrah Wades Suite an. Mit sanfter Stimme sprach sie ins Telefon.

»Es kommt sofort jemand.« Sie lächelte ihr 24-Stunden-Dienst-Lächeln. »Möchten Sie solange in der Lounge Platz nehmen? Was darf ich Ihnen zu trinken bringen lassen?«

Matt hockte in der weiß-blauen Terrassenbar, umklammerte sein Mineralwasser und probte Rede und Gegenrede, um Syrah Wade davon zu überzeugen, sich über die Ansichten seiner Plattenfirma hinwegzusetzen. Die Chancen waren minimal, aber wenigstens versuchen mußte er es.

Sie brauchten nicht lange zu warten.

Es dauerte keine fünf Minuten, bis eine junge schwarze Dame auftauchte und auf sie zusteuerte.

»Mr. Boyd?« Sie hatte die feste und klare Stimme einer ausgebildeten Sängerin. »Es tut mir leid, aber es müssen einige Mißverständnisse aufgetreten sein.« Ihr Lächeln war mitfühlend. »Mr. Wade ist bereits nach Paris abgereist.«

Als sie wieder draußen vor dem Dorchester standen, spürte Matt, wie ihn die Niedergeschlagenheit übermannte. Er konnte ihr Pech einfach nicht fassen. »Ich weiß, was wir jetzt brauchen.« Ohne jeden weiteren Kommentar winkte Belinda ein Taxi heran. »Einen unauffälligen und diskreten Ort, wo wir unsere Sorgen ertränken können.«

Matt hatte keine Vorstellung, wohin Belinda ihn führen würde, doch als er in die intime Atmosphäre einer holzgetäfelten Bar eintauchte, merkte er, daß er leicht nervös war. Dieses Lokal war weit von dem entfernt, was er erwartet hatte. Keine abgetakelten Frauen, die herumhingen und nach dem vierzehnten Martini Ausschau hielten, wer sie nach Hause bringen konnte. Der Klub wirkte eher wie ein Kaffeehaus aus dem 18. Jahrhundert oder ein kultivierter Herrenklub. Doch die wirklich neuartige Erfahrung für Matt war, daß niemand von ihm Notiz nahm. Eine junge Frau, die an der Bar saß, blickte nicht mal von ihrem *Guardian* auf, als sie hereinkamen.

»Das liegt daran, daß du beim Fernsehen bist.« Belinda beobachtete ihn, während sie an ihrer Bloody Mary nippte. »Das ist ein Treffpunkt für Theaterschauspieler, Darling. Solange du nicht wenigstens Henry V. gespielt hast, bist du hier ein Niemand.«

Matt mußte lachen. In dieser Umgebung kam er sich fast wie ein normaler Mensch vor, und obwohl er wußte, daß es wahrscheinlich ein Mythos war, war es doch ein erhebendes Gefühl. Langsam fing er an, Syrah Wade und die ganze verdammte Show zu vergessen.

»Weißt du was?« sagte er und erhob sich, während er sein Glas austrank. »Ich werde jetzt etwas machen, was ich schon seit fünfzehn Jahren nicht mehr getan habe.«

Belinda, die gerade dabei war, ihre Zitronenscheibe auszusaugen, lutschte an einem klebrigen Finger. »Und das wäre?«

»An die Bar gehen und mir selbst einen Drink besorgen.«

»Sorry, Matt. Aber das geht nicht.« Sie wischte ihre Hände an ihrem Anzug ab wie ein Kind mit schlechten Manieren. »Du bist nämlich kein Mitglied, verstehst du.«

Matt blickte ihr in die Augen. Es schien ihr eindeutig Spaß zu machen, ihn ins Hintertreffen zu bringen, indem sie ihn daran erinnerte, daß dies ihr Terrain war. Und das Außergewöhnliche daran war, daß er es nach all den Jahren, in denen nahezu jedermann ihn als etwas Besonderes behandelt hatte, aufregend fand. Als ob es ihr Spiel wäre, und er keine andere Chance hätte, als nach ihren Regeln zu spielen.

Als sie ihn eine Stunde später fragte, ob er nicht mit ihr in einem kleinen eleganten Restaurant um die Ecke in Soho essen wolle, sagte er fast zu schnell nein. Aber in Wirklichkeit wollte er nur den Bann nicht brechen.

So blieben sie auch zum Abendessen dort. Matt ermahnte sich, dem heftigen, aber trügerischen Zauber nicht nachzugeben. Auf der anderen Seite der kleinen, unscheinbaren Tür, die mehr wie der Eingang zu einem Striptease-Klub aussah, war die Welt noch genauso wie vorher. Das war die wirkliche Welt, die Welt mit Ally. Und Janey. Und Jess.

»Was für eine verdammt schreckliche Woche.« Belinda hielt ihr Rotweinglas erhoben, während sie zu ihm sprach, so daß sich ein rötlicher Schimmer über ihr Gesicht legte, ein Licht, das ihn an einen ägyptischen Tempel bei Sonnenuntergang erinnerte. Es war eine theatralische Geste, und er wußte es. Sie versuchte ihn anzumachen. »Aber geteiltes Leid ist halbes Leid.«

Für den Bruchteil einer Sekunde streifte seine Hand die ihre. Dann stand er auf, als wenn er sich zu einer Entscheidung durchgerungen hätte.

»Es wird Zeit, daß ich gehe. Ally müßte schon zu Hause sein.« Er legte den Namen zwischen sie wie einen Balken.

»Gut.« Belinda wußte, daß sie sich cool, kultiviert und unbeschwert geben mußte. Eine Chance wie diese würde sie nicht noch mal bekommen. Matts Deckung war ins Rutschen geraten, und sie hatten es beide gemerkt. Sie stand auf und folgte ihm schweigend nach draußen.

Stumm gingen sie die dunkle Straße hinunter. Keiner versuchte die üblichen Spötteleien. Kurz bevor die Gasse in die hellen Lichter von St. Martin's Lane einmündete, blieben beide instinktiv stehen.

Sie legte eine Hand auf seine Schulter, während sie einen halben Meter von ihm entfernt blieb. Ihre Haltung hatte fast etwas Arrogantes. »Stimmt es, was man so hört?« Ihre Augen waren auf gleicher Höhe wie die seinen. »Daß du es lieber hättest, wenn Ally mehr das Heimchen am Herd spielte. Daß du mit ihrem Ruhm nicht fertig wirst?«

Das war eine direkte Herausforderung, und darauf gab es nur eine einzige Antwort. Für den Bruchteil einer Sekunde dachte er an Ally, an ihren betroffenen Blick und daran, daß sie ihm nur das Beste wünschte. Ally, der Star. Und Matt, der Versager.

Er drückte Belinda gegen das kalte Geländer, preßte seinen Körper an ihren und verschloß mit seinen harten Lippen ihren Mund.

20. Kapitel

Matt wachte plötzlich auf und war von einer Sekunde auf die andere hellwach. Er warf einen raschen Blick auf die Frau an seiner Seite und stellte zu seiner großen Erleichterung fest, daß es Ally war und nicht Belinda. Doch als er sich wieder umdrehte, um weiterzuschlafen, merkte er, daß es nicht ging. Wie bei einem Hund, der solange nach einem verbuddelten Knochen sucht, bis er ihn ausgegraben hat, kreisten seine Gedanken immer wieder um die eine Sache – Gedanken, die sowohl Unbehagen als auch Erregung erzeugten.

Er hatte Belinda geküßt. Er schloß die Augen, um das Bild aus seinem Gedächtnis zu löschen. Aber da war es wieder. Wie Belinda ihn herausgefordert, mit Absicht herausgefordert hatte, was ihm vollkommen bewußt gewesen war. Deswegen hatte es ihn irgendwie noch mehr provoziert. Keine billige Anmache mit Schmachtblick oder eine Nummer à la Träger über die Schultern gleiten lassen. Mehr Drohung als Einladung. Wie eine gähnende Löwin hatte sie ihren Mund geöffnet, als er seine Lippen auf die ihren gepreßt hatte. Nicht sanft, unterwerfend, sondern fordernd. Sie nahm sich, was sie wollte.

Im Schlaf drehte Ally sich um und schmiegte sich an ihn. Er spürte ihre Wärme. Matt strich ihr ein paar Haarsträhnen aus dem Gesicht und betrachtete sie.

Ally schlug kurz ihre Augen auf. Sie war noch nicht ganz wach, verspürte aber das Verlangen nach Bestätigung. Sie fing an, sich an Matt zu reiben, bis ihre Brustwarzen sich deutlich unter ihrem dünnen Seidennachthemd abzeichneten.

Während sie ihn küßte und eine Hand zwischen seine Beine gleiten ließ, fühlte er, wie sie ihn erregte. Träumerisch blickte sie ihn an. Die Süße und Sanftheit ihres Lächelns lösten ein derartig heftiges Schuldgefühl bei ihm aus, daß seine Erektion zusammenfiel, als hätte er eine kalte Dusche genommen. Er küßte sie sanft und schob sie behutsam von sich. Dabei vermied er, ihr in die Augen zu schauen.

Ally, noch immer im Halbschlaf, drehte sich weg und kuschelte sich unter ihre Decke. Doch anstatt in einen wohligen Schlaf zu sinken, sprangen ihre Augen auf. Etwas lief falsch.

Belinda wachte auf und streckte sich. Für den Abend war sie zum Essen mit einem Journalisten verabredet, den sie vor einer Woche auf einer Party bei Freunden kennengelernt hatte. Plötzlich verspürte sie keine Lust mehr darauf. Sie wußte, sie würde die ganze Zeit nur an Matt denken müssen.

Voller Elan sprang sie aus dem Bett, zog die schweren Samtvorhänge an ihrem Schlafzimmerfenster zurück und blickte hinunter auf die Straße. Die Leute hetzten zur Arbeit. Diese Tageszeit mochte Belinda am liebsten. Sie verließ ihre Wohnung immer erst, wenn die 9- bis 17-Uhr-Brigade schon lange verschwunden war. Sie mochte zwar entsetzlich viel arbeiten, aber in ihrem Job fingen die Leute wenigstens nicht so früh an wie all diese armen Lohnsklaven mit ihren stumpfsinnigen, angepaßten Jobs.

Wieder mußte sie an Matt denken. Sollte sie die Initiative ergreifen und sich wirklich auf ihn einlassen? Er würde Ally und seine Kinder nicht aufgeben.

Sie schloß die Augen und dachte an den Kuß und die Erregung, die sie wie ein Pfeil durchschossen hatte, als seine Hand ihre Brust berührte. Nie, nicht ein einziges Mal, seit sie mit fünfzehn die ersten intimen Entdeckungsreisen gestartet hatte, hatte sie eine derartige Spannung gespürt. Sie war sich der Risiken wohl bewußt. Matt war keiner von den Rein-, Raus- und Weg-Typen. Eine Affäre mit ihm konnte der Anfang eines großen Abenteuers sein. Oder aber der Beginn einer verzweifelten Seelenqual, mit der sie dann allein fertigwerden mußte.

Warum sollte sie, die sich immer von mächtigen Männern angezogen gefühlt hatte, ausgerechnet Matt Boyd verfallen, dessen Stern gerade im Sinken begriffen war? Sie schloß die Augen. Erneut tauchte sein Gesicht vor ihr auf, die lachenden blauen Augen, der messerscharfe Verstand und die tiefe Zärtlichkeit, die dahinter verborgen lag. Jetzt wußte sie, daß sie bereit war, um ihn zu kämpfen.

»Habt ihr alles?« Ally stand an der Tür, um Matt und die Mädchen zu verabschieden. »Jess, hast du deine Klaviernoten eingepackt? Ich bin früh genug zurück, um dich hinzubringen.«

»Das brauchst du doch nicht.«

»Ich weiß. Aber ich tu's gern.«

»Also«, meinte Jess beruhigend, »wenn es dir bei deinen Schuldkom...«

Lachend versetzte ihr Ally einen Klaps. »Mach, daß du ins Auto kommst.«

Sie beugte sich in das offene Fenster und lächelte Matt zu. Dabei versuchte sie, nicht an die letzte Nacht zu denken. So etwas war noch nie passiert. Müde war er manchmal gewesen. Und sie lustlos. Aber nicht das. Armer Matt. Er mußte im Moment unter einem entsetzlichen Druck stehen. Und trotzdem redete er nicht darüber. Selbst wenn sie ihn nur indirekt fragte, ließ er sie abblitzen. Verdammtes Fernsehen! Sie hatte gedacht, es würde sie zusammenbringen. Statt dessen schien es sie zu trennen.

Jess schwatzte im Auto wie gewöhnlich drauflos, während Janey, die immer schon ein sehr feines Gespür hatte, ruhig auf dem Rücksitz saß. Ohne sich überhaupt darüber bewußt zu sein, hatte sie angefangen, ihre Eltern stärker zu beobachten. Sie wußte, daß zwischen den beiden seit Wochen etwas nicht stimmte, nämlich seit Mum mit der Arbeit an ihrer neuen Show begonnen hatte.

Als Matt an der üblichen Stelle anhielt, sprang Jess heraus und lief davon, während Janey noch sitzen blieb. Sie nahm all ihren Mut zusammen.

»Dad.« Sie lehnte sich zwischen die beiden Vordersitze und gab ihm einen Kuß auf die Wange. »Ich hab' dich lieb, Dad«, sagte sie nur.

Matt drehte sich zu ihr um und spürte, wie sein Herz einen Satz machte. In ihren Augen lag eine Vorahnung, die er noch nie bei ihr gesehen hatte. Sie konnte gar nichts wissen. Es gab doch überhaupt nichts zu wissen. Noch nicht.

»Dad?«

»Ja, Janey?« Er ergriff ihre Hand und drückte sie.

»Warum gehst du nicht heute abend mit Mum essen? Ist dir nicht aufgefallen«, fuhr sie rasch fort, noch ehe er antworten konnte, »daß ihr beide in den letzten drei Wochen nur einen einzigen Abend miteinander verbracht habt?«

»Sei nicht albern, Liebling.« Matt lächelte sie ernst an. »Das war viel öfter.«

»Stimmt nicht«, beharrte sie. »Jess hat es notiert. In einer Tabelle auf ihrem Computer. Ihr seid letzte Woche Mittwoch zusammen essen gegangen. Selbst Mrs. O'Shock ist es aufgefallen, obwohl sie immer sagt, sie und Mr. O'Shock finden, daß es ihrer Ehe gut bekommt, wenn sie sich gelegentlich nicht sehen.«

Matt mußte lauthals lachen bei der unwiderstehlichen Vorstellung, wie Mrs. O'Shock in schwarzem Negligé und schottengemusterten Hausschuhen darauf wartete, daß ihr Held von seiner abendlichen Tour aus dem *Goldenen Löwen* zurückkehrte.

Wieder drückte er ihre Hand. »Das ist eine herrliche Idee, Liebes. Wir kommen bald darauf zurück.«

»Warum nicht heute abend?«

Matt war betroffen von der Eindringlichkeit, die in ihrer Stimme lag. »Darling, ich weiß nicht mal, was Mum heute abend vorhat.«

»Nichts. Sie hat frei. Ich habe ihren Terminkalender gecheckt.

Dad?« Sie fingerte an ihrem Stachelpony herum. »Abgemacht? Ich reserviere den Tisch für den Fall, daß du's vergißt.«

Diesmal lachte Matt nicht. Er schaute Janey besorgt nach, als sie langsam auf die Schule zuging. Was hatte er sich dabei gedacht, als er über Belinda phantasierte? Janey hatte absolutes Vertrauen zu ihm. Wie hatte er überhaupt je den Gedanken hegen können, sie alle zu betrügen? Sobald er in der Arbeit war, würde er Belinda freundlich, aber bestimmt erklären, daß alles ein wahnsinniger Fehler gewesen war.

»Was ist los, mein Engel?« Seit fünf Minuten starrte Ally auf ihr Skript, ohne die geringste Notiz davon zu nehmen. Als Bernie dann noch sah, wie eine Träne auf das gelbe Papier fiel, hatte er beschlossen, den Stier bei den Hörnern zu packen. Als wenn er die Antwort nicht längst schon gewußt hätte.

»Es ist wegen Matt. Ich komme einfach nicht mehr an ihn ran. Es ist, als ob er mit seinen Gedanken ganz woanders wäre.«

»Vielleicht ist er das wirklich. Immerhin hat er's im Moment ganz schön schwer.«

Ally blickte auf. Sie wußte nicht, wieviel sie ihm erzählen sollte. Er schaute sie unverwandt an. In seinen schmalen, wachsamen Augen lag Besorgnis.

»Er will nicht mehr mit mir schlafen.«

»Vielleicht solltest du da etwas Rücksicht nehmen. Zu sehen, wie die Karriere den Bach runtergeht, ist nicht gerade ein Aphrodisiakum.«

»Bernie?«

Er ahnte schon, was als nächstes kam, und ihm graute davor.

»Ja, mein Herz?«

»Hat er eine Affäre mit Belinda?«

Bernie wußte ebensogut wie alle anderen bei Century, wieviel Zeit Matt mit Belinda verbrachte. Aber das war noch lange kein Beweis.

»Keine Ahnung. Willst du, daß ich ihn darauf anspreche?«

»Würdest du das tun?« Ally fühlte sich erleichtert. Bei ihr machte Matt dicht, sooft sie ihn fragte. Vielleicht hatte Bernie mehr Glück.

»Hat jemand Matt gesehen?« brüllte Bernie an diesem Morgen durch die Büros der *Matt-Boyd-Show* und hoffte fast, jemand würde ihm sagen, Matt habe einen Tagesausflug nach Land's End gemacht.

»Im Büro«, sagte Roy, einen Hörer um den Hals gehängt, einen anderen in der Hand, und nickte zu der geschlossenen Tür hinüber. Bernie hörte wütende Stimmen.

»Ich komme später noch mal wieder.« Er drehte sich auf dem Absatz um.

»Bernie, was führt dich denn hierher?« Matt hatte die Tür geöffnet und schien eindeutig darauf aus, wegzukommen.

Bernie zögerte einen Moment. Das beabsichtigte Gespräch konnte er kaum in Anwesenheit von Belinda führen. Sie tauchte hinter Matt auf und versuchte, ihn am Jackett zurückzuziehen. Jetzt erst bemerkte sie Bernie.

Ihm war sofort klar, daß sich zwischen den beiden gerade irgend etwas abgespielt hatte. Er erkannte es an der Art, wie sie gegenseitig ihren Blicken auswichen, wie sie versuchten, die Situation mit jener aufgesetzten Fröhlichkeit zu überspielen, die zu keinem der beiden paßte. Hunderte Male zuvor hatte er so was erlebt, hatte es sogar selbst getan. Matt und Belinda wollten ihn auf eine falsche Fährte setzen, und dafür gab es nur eine einzige plausible Erklärung.

Ally lag richtig mit ihrer Vermutung. Sie hatten tatsächlich ein Verhältnis.

In diesem Moment erschien eine der Sekretärinnen und überreichte Matt eine Nachricht. »Von wem ist sie, Sue?« fragte er.

»Sie hat keinen Namen genannt. Sie wollte, daß ich Ihnen nur ausrichte, sie habe um 21 Uhr einen Tisch für zwei im *La Pomme d'Amour* bestellt.«

Während Matt lächelte, fühlte sich Bernie plötzlich versucht, ihm eine reinzuhauen. War Matt eigentlich noch ganz dicht? Daß er sich mit Belinda eingelassen hatte, war offensichtlich, aber das hier klang so, als ob es noch eine andere gäbe. Mein Gott, arme Ally. Er wurde mit dem Erfolg seiner Frau nicht fertig. Was sie mit Köpfchen schaffte, versuchte er offenbar mit dem Schwanz.

Auf seinem Rückweg ins Studio nach East End ließ er sich Zeit. Auf der Tower Bridge blieb er eine Weile stehen, blickte in das eisige, vom kalten Wind aufgewühlte Wasser und fragte sich, was, zum Teufel, er bloß Ally sagen sollte.

Im Studio trat ihm Ally strahlend entgegen, als ob sie nicht die geringsten Sorgen hätte.

»Du scheinst ja in Hochstimmung zu sein.« Bernie konnte es kaum ertragen, in ihr glückliches Gesicht zu sehen. Ihre Begeisterung war echt.

»Bin ich auch.«

»Wie kommt's?«

»Janey hat Matt und mich dazu verdonnert, heute abend gemeinsam essen zu gehen.« Sie lachte und nahm ihr Skript für die morgige Show. »Die Kinder meinen, daß wir uns zu wenig sehen. Janey hat den Tisch höchstpersönlich reserviert.«

»Sag nichts.« Bernie mußte grinsen. »Um 21 Uhr im *La Pomme d'Amour*.«

»Woher, um alles in der Welt, weißt du das?«

»Habe ich dir nicht immer gesagt«, Bernie zwinkerte ihr zu, »daß meine Großmutter übernatürliche Fähigkeiten besaß?«

Er ergriff ihre Hand und streichelte sie liebevoll. Vielleicht würde ja alles gut werden. Er hoffte es inständig. Matt und Ally waren Menschen, die ihm etwas bedeuteten.

Ally saß in der kleinen, in Pastelltönen gehaltenen Bar des *Pomme d'Amour* und wartete auf Matt. Sie fühlte sich fast ein wenig schüchtern. Sowie Matt zur Tür hereinkam und sie anlächelte, wußte sie, daß er ebenso unsicher war wie sie. Sie entspannte sich.

Nachdem der Kellner ihre Bestellung aufgenommen und beiden ein Glas Kir royal gebracht hatte, zog Matt ihre Hand an seine Lippen und küßte sie. Einen Moment lang fühlte er sich versucht, ihr von Belinda zu erzählen, doch er war sich über die Motive seiner Beichte nicht im klaren. Er wußte, daß Bekenntnisse für denjenigen, der sie aussprach, oft leichter waren als für den, der sie anhören mußte.

Als sie nach zwei Flaschen Wein und dem abschließenden Brandy drei Stunden später im Taxi heimfuhren, lag ihr Haus im Dunkeln. Sogar Sox schlief. Ganz leise öffnete Matt die Haustür und stolperte über eine Schüssel mit Wasser, die Janey für den Hund in den Flur gestellt hatte. Ally und er fingen an zu kichern. In einer Geste weiblicher Besorgnis bestand Ally darauf, daß er sich auf die Treppe setzte, damit sie ihm seine nasse Hose ausziehen konnte.

Oben klopfte Janey leise an die Tür ihrer Schwester. »Glaubst du, das sind Einbrecher, Jessy?«

Jess setzte sich auf und horchte. »Nicht, solange sie mit dem Taxi kommen und die Hausbar plündern. Das müssen Mum und Dad sein. Laß uns nachschauen.«

Vorsichtig krochen sie bis zum Treppenabsatz und lugten nach unten.

Auf der untersten Stufe saß ihr Vater, in der rechten Hand eine Flasche Remy Martin, im linken Arm ihre Mutter und an den Beinen ohne Hose.

»Janey, du bist phantastisch«, flüsterte Jess. »Das hat hingehauen.«

»Hoffentlich.« Janey legte den Arm um ihre jüngere Schwester, damit sie nicht sah, wie ihr die Tränen in die Augen stiegen. »Das will ich verdammt noch mal hoffen.«

Am nächsten Morgen erwachte Ally, als sich die Sonnenstrahlen an den schweren Schlafzimmervorhängen vorbei ins Zimmer stahlen, und strich Matt liebevoll übers Haar. Einen Augenblick lang war sie verwirrt, weil sie beide auf dem Boden lagen. Doch dann erinnerte sie sich an die letzte Nacht und mußte lächeln.

Verschlafen schubste sie Matt, bis sie ihn so weit hatte, daß er ins Bett kroch. Die Decke zog sie hinter sich her. Das Telefon neben dem Bett klingelte. Ally blickte auf die Uhr. Halb zehn!

»Oh, mein Gott!« schrie sie auf. »Das ist meine Mutter. Ich hab' ihr versprochen, sie zum Bahnhof zu bringen.« Sie nahm den Hörer ab. »Tut mir furchtbar leid, Mum, mich hat irgendein Grippeanfall erwischt«, log sie, während Matt begann, mit seinen Lippen ganz langsam über die Innenseiten ihrer Schenkel zu fahren.

»Sag ihr«, gab er Befehl von unten, während sein Mund ihr süße Qualen bereitete, »sie soll sich ein Taxi nehmen.«

Mit geradezu übermenschlicher Willenskraft gelang es Ally, ein Stöhnen zu unterdrücken. Ihre Mutter hielt nichts von Sex nach der Eheschließung.

»Geht es dir gut, Allegra? Wer hat da gerade gesprochen?«

»Habe ich dir nicht gesagt, Mum, daß der Arzt hier ist und mich gerade untersucht?«

Obwohl Matt sein Gesicht zwischen ihren Schenkeln vergraben hatte, mußte er laut auflachen.

Allys Mutter rümpfte die Nase. »Nun, er scheint die Sache ja nicht besonders ernst zu nehmen.«

Diesmal mußte Ally keuchen. »Oh, das würde ich nicht sagen.« Ihr Becken hob und senkte sich unter der schier unerträglichen Lust. »Das würde ich ganz und gar nicht sagen.«

»Auf Wiedersehen, Allegra. Ich hoffe, du fühlst dich bald wieder besser.«

»Be... stimmt..., Mum. Auf Wiedersehen.«

Nachdem sie sich geliebt hatten, schmiegte sich Matt an ihre Seite und streichelte ihr Haar. Wie hatte er an Untreue denken können, wo sein Leben doch so tief mit Ally und seiner Familie verbunden war?

»Matt Boyd beim Telethon fallenlassen?« Stephen Cartwright hätte nicht entsetzter klingen können, wenn Ritchie Page vorgeschlagen hätte, die alljährliche Weihnachtsansprache der Queen abzuschaffen. »Das kann doch nicht Ihr Ernst sein!«

Seit über zehn Jahren war Century Television zusammen mit seinem Konkurrenten Big City Television Mitveranstalter des Telethon, einer großen und angesehenen Wohltätigkeitsveranstaltung. An diesem Abend saßen zwölf Millionen Zuschauer vor den Bildschirmen. Und für diesen Abend unterbrachen die rivalisierenden Fernsehanstalten ihre Jagd nach den höchsten Einschaltquoten, um sich darauf zu konzentrieren, wer das meiste Geld für einen guten Zweck aufbrachte. Matt hatte die Veranstaltung von Anfang an moderiert.

»Warum denn nicht?« Page tippte leidenschaftslos gegen seine Zigarre. »Es ist Zeit für einen Wechsel.« Die Idee war Page erst am vergangenen Abend in der Badewanne gekommen.

»Aber Matt hat es immer gemacht. Er *ist* Telethon.«

»Ständig dasselbe Gesicht – das finden die Leute doch irgendwann langweilig. Wir sollten mal jemand Neues nehmen.«

Stephen fragte sich, was, zum Teufel, Page eigentlich vorhatte. »Und wen schlagen Sie vor?«

Ritchie Page gab sich alle Mühe, seine Stimme so normal wie möglich klingen zu lassen. »Ehrlich gesagt habe ich an Danny Wilde gedacht.«

Stephen blickte Page mit eisigem Blick an. Diesmal würde er einschreiten. »Aber der arbeitet noch nicht mal für Century.«

»Was mir vorschwebt«, Page setzte ein vollkommen undurchschaubares Lächeln auf, »ist ein kleiner Bruch mit der Tradition. Ein Zweiergespann. Danny Wilde als Hauptmoderator und jemand von Century für die Co-Moderation.« Er hielt einen Moment inne. »Eine Frau vielleicht.«

Stephen war ratlos. »Sie meinen Maggy Mann?«

»Nein. Maggy würde niemals die zweite Geige spielen.« Plötzlich sprang auf Pages Schreibtisch sein persönliches Faxgerät an und spuckte ein Blatt Papier aus, das Page kurz überflog und dann in seine Schreibtischschublade legte. Stephen zerbrach sich unterdessen den Kopf darüber, welche andere Frau bei Century so bekannt war, daß sie den Telethon moderieren könnte. Einen Moment später dämmerte ihm, auf was Page hinauswollte.

»Die Frau, an die Sie denken«, fragte er, und zeigte wenigstens dieses eine Mal ein bißchen Mut, »ist nicht zufällig Allegra Boyd?«

»Genau die.«

»Aber sie ist doch gar nicht bekannt genug.«

»Das wird sich bald ändern. Bernie Long hält sie für einen Star. Sie würde nur mitmoderieren. Ich glaube, sie wäre hervorragend.«

21. *Kapitel*

Während der nächsten Wochen behielt Janey ihre Eltern genau im Auge und stellte erleichtert fest, daß ihr Leben offenbar wieder in ruhigeren Bahnen verlief. Zwar waren beide sehr beschäftigt, aber sie fanden trotzdem Zeit füreinander.

»Ich will doch stark hoffen, daß ihr über euren beiden Wahnsinnskarrieren die Bedeutung des 22. März nicht vergessen habt«, verkündete sie eines Morgens.

Ally schlug sich die Hand vor den Mund. »Das ist der erste Frühlingstag. Und ich habe nicht mal mein Druiden-Outfit gewaschen.«

Janey lachte. Sie wußte genau, daß ihre Mutter den Tag nicht vergessen hatte. »Mein achtzehnter Geburtstag.«

»Natürlich«, sagte Ally, als ob sie sich erst jetzt wieder erinnerte. »Und wie willst du ihn begehen?«

»Also«, verkündete Janey feierlich, »eigentlich wollte ich ins Kino gehen und das Geld, das ich sonst für eine Fete ausgegeben hätte, Greenpeace spenden.«

»Was *wir* ausgegeben hätten«, korrigierte Matt sie und zwinkerte Ally dabei zu. »Aber?«

»Aber ich habe mich entschlossen, statt dessen doch eine Party zu geben.«

»Ah ja«, sagte Ally und fügte sich in das Unabwendbare. »Und an was hast du dabei so gedacht?«

»Ach weißt du, eigentlich nichts Besonderes, eine Band, Disko, was zu essen und zu trinken, ein Zelt für ungefähr 300 Leute...« Sie bemerkte Allys entsetzten Blick. »Ich könnte für den Abend auch einen Club mieten«, schlug sie vielversprechend vor.

Ally dachte an die stockfinsteren Höhlen mit ihren besprühten Wänden, in denen Janey gerne verkehrte. Das Zelt im Garten war eindeutig das kleinere Übel. Wenigstens wußten sie dann, was die Gäste so trieben.

Jess kam mit der Post herein. »Rechnungen für Dad«, sagte sie, »und Fanpost für Mum.«

Demonstrativ legte sie ihrer Mutter einen weißen Brief mit handgeschriebener Adresse vor die Nase. Ally war überrascht, daß er von Century kam, doch die Schrift war fremd. Vielleicht hatte ihn die Presseabteilung geschickt.

Während sie ihn öffnete, hing Jess hinter ihr und lugte neugierig über ihre Schulter. Zu Allys Erstaunen war der Brief von Ritchie Page. Sie las den Brief bis zur Hälfte, faltete ihn rasch wieder zusammen und versuchte ihn zurück in den Umschlag zu stecken. Doch Jess hatte schon mitbekommen, um was es ging.

»Wow!« Ihre Stimme dröhnte vor Aufregung. »Das ratet ihr nie. Sie haben Mum gebeten, Telethon zu moderieren! Und was glaubst du, Janey, mit wem? Mit deinem Idol Danny Wilde!«

Ally schloß die Augen. Sie spürte die Wut in sich aufsteigen. Wie konnte Jess nur so dämlich und taktlos sein! Einen Augenblick herrschte Totenstille.

»Ich werde es nicht machen.« Ally nahm den Brief und riß ihn in Stücke. »Kommt überhaupt nicht in Frage. Das sage ich Page auch.«

Matts Gesicht war ausdruckslos. »Das ist die Gelegenheit. Es wäre absolut lächerlich, das Angebot auszuschlagen.« Er blätterte seine Post durch, ohne Ally anzusehen. »Abgesehen davon«, fügte er hinzu, und sie konnte den unterdrückten Zorn in seiner Stimme nicht überhören, »würde es so aussehen, als ob du mich schützen wolltest. Du hast überhaupt keine Wahl. Du mußt.«

Jess blickte von einem zum anderen. Langsam begriff sie, was sie mit ihrem Gequassel ausgelöst hatte.

Matt stand auf und verließ das Zimmer. Ratlos blickte Ally ihm nach. Alles, was sie sagen würde, machte die Sache nur noch schlimmer. Wie hatte Page ihr und Matt das antun können? Was, zum Teufel, sollte sie jetzt tun?

Sie hörte, wie die Haustür zuknallte. Matt ging, ohne sich zu verabschieden und ohne den Mädchen anzubieten, sie mit zur Schule zu nehmen. Sie mußte sich zusammenreißen, um nicht in Tränen auszubrechen, und überlegte, ob sie ihm nachlaufen sollte. Aber was wollte sie ihm sagen? Alles, was sie in der letzten Zeit über seine Arbeit geäußert hatte, hatte falsch geklungen. Gönnerhaft oder gekünstelt freundlich.

Seine Wagentür schlug zu. Vielleicht sollte sie ihm einfach nur sagen, daß sie ihn liebte? Doch plötzlich legte Jess am Frühstückstisch den Kopf in die Arme und fing an zu weinen.

»O Mum«, schluchzte sie. »Es tut mir so leid. Es ist alles *meine* Schuld.«

»Das stimmt nicht.« Ally, die nicht länger wütend auf Jess sein konnte, strich ihr über den Kopf. Sie hörte, wie Matt seinen Wagen startete, und wollte ihm so schrecklich gern nachlaufen, doch sie wußte, daß Jess sie ebenfalls brauchte. Verdammter Ritchie Page.

Der Kies spritzte auf, als Matt mit quietschenden Reifen die Zufahrt hinunter auf die gefährliche Kreuzung mit der Hauptstraße zuschoß. Mit fast 80 Stundenkilometern näherte er sich dem Ende der schmalen Nebenstraße, und er sah, daß der Abstand kaum ausreichte, um vor dem nächsten Wagen noch einzuscheren. Er tat es trotzdem. Er konnte sich nicht erinnern, wann er sich wütender oder mehr gedemütigt gefühlt hatte. Weder Ritchie Page noch Stephen besaßen nach zehn Jahren die Höflichkeit, ihn vorab zu informieren, daß man ihn beim Telethon fallenlassen würde. Und Danny Wilde, der nicht mal für Century arbeitete, an seine Stelle zu setzen, war eine ganz bewußte Brüskierung.

Matt bog in einen Feldweg ab und hielt an einer Wiese an. Er stieg aus und lehnte sich gegen den Zaun. Wenn er ehrlich mit sich selbst war, mußte er zugeben, daß noch mehr hinter seiner Reaktion steckte. Er war nicht nur beleidigt, weil er durch einen zehn Jahre jüngeren Mann ersetzt würde. Damit hatte er irgendwann rechnen müssen. Das Fernsehen brauchte nun mal Veränderungen. Es war ein tückisches Medium. Es verschlang die Leute, kaute sie durch und spuckte sie am Ende wieder aus. Und deshalb wurden sie gut bezahlt. Das Fernsehen brauchte ständig neue Gesichter. Eines davon war Ally. Und er wußte, daß sie gut war.

Eigentlich wurde behauptet, die Männer hätten sich mittlerweile verändert und würden sich freuen, wenn die Frauen ihren Ehrgeiz auslebten. Doch im tiefsten Winkel seiner Seele wußte Matt, daß er mehr Erfolg haben wollte als seine Frau. Für den ›Neuen Mann‹ mochte das völlig inakzeptabel sein, aber Matt empfand es so, und er war sicher, daß viele Männer dieses Gefühl teilten.

Aber hatte Ally nicht dennoch ein Recht, ihr eigenes Leben zu leben, ihre eigene Begabung zu nutzen? War er nicht ein egoistischer Arsch? Matt schloß die Augen. Er wußte einfach nicht mehr, was männlich und was egoistisch war. Susie hätte mit Sicherheit gesagt, es sei ein und dasselbe.

Er dachte an seine Eltern. Wieviel einfacher war es für sie gewesen. Sein Vater war zur Arbeit gegangen und seine Mutter zu Hause geblieben. Jeden Freitag hatte sein Vater ihr die Lohntüte ausgehändigt, und seine Mutter hatte ihm sein Taschengeld gegeben. Obwohl sie nicht zur Arbeit ging, wußte jeder, daß sie die Hosen anhatte.

Heute jedoch wollten Frauen mehr sein als die heimlichen Drahtzieher im Hintergrund. Wer konnte es ihnen verdenken?

Als Matt wieder zum Wagen zurückging, wurde ihm bewußt,

daß es vermutlich unmöglich war, solche Gedanken zu hegen, geschweige denn, sie auszusprechen. Es gab kein Zurück mehr für Ally, genausowenig wie für alle anderen Frauen. Entweder würde er es schaffen, die neue Ally zu akzeptieren, oder es war vorbei mit ihrer Ehe.

Bis er auf dem Parkplatz von Century ankam, hatte er begriffen, daß er seinen Zorn an der falschen Person ausließ. Es war nicht Allys Schuld, sondern die von Ritchie Page. Am Eingang lächelte er Bryony unbekümmert zu und nahm den Lift in den sechzehnten Stock.

Lorraine, Ritchie Pages Sekretärin, schien irritierend ruhig, als er nach ihrem Boß verlangte. Fast so, als ob sie ihn erwartet hätte. Sie nahm den Hörer ab, und wenige Minuten später tauchte Page mit einem breiten Grinsen in seiner Tür auf.

»Matt. Was für eine angenehme Überraschung!« Er streckte ihm seine Hand entgegen wie ein Versicherungsvertreter, der sich auf seine Provision freute. »Was kann ich für Sie tun?«

»Das wissen Sie verdammt gut.« Matt marschierte an der ausgestreckten Hand vorbei in sein Büro. Ritchie Page zwinkerte seiner Sekretärin zu, ehe er sich umdrehte und Matt folgte. »Was, zum Teufel, beabsichtigen Sie damit, wenn Sie Danny Wilde die Telethon-Moderation anbieten, die ich seit Jahren mache?«

Page setzte ein schmeichlerisches Gesicht auf. »Könnten Sie sich nicht vorstellen, daß das Publikum nach zehn Jahren gern ein bißchen Abwechslung hätte? Daß die Leute meinen, jemand anderes sollte auch mal eine Chance bekommen?«

»Aber ich habe einen Vertrag.«

Page lächelte. »In Ihrem Vertrag steht, daß wir Sie bezahlen.« Er griff in seine Aktentasche. Dieses Schwein hatte schon alles durchgearbeitet. »Aber nicht, daß wir Sie einsetzen.«

»Was wollen Sie eigentlich, Page?« Matt blieb stehen. Es hätte zu sehr nach einem gemütlichen Schwätzchen ausgesehen, wenn er sich auf den angebotenen Stuhl gesetzt hätte. »Warum versuchen Sie eigentlich, meine Frau anzuheuern?«

»Weil sie so begabt ist. Weil die Zuschauer sie lieben.« Er hielt inne und tat so, als ob er auf seinem Schreibtisch ein paar Blätter sortiere. »Weil ich finde, daß Ihre Frau und Danny ein hervorragendes Team abgäben. Immerhin geht es beim Telethon nicht um den Egotrip des Moderators, sondern um Geld für kranke Kinder.«

Matt verspürte den unwiderstehlichen Drang, dem scheinheiligen Drecksack seine Zigarre in den Hals zu stopfen.

»Es gibt eine Lösung, wenn Ihnen die Sache so am Herzen liegt.« Page saß in seinem mächtigen grauen Ledersessel und drehte sich so, daß er auf den Fluß sah und Matt nicht in die Augen blicken mußte. »Sie können jederzeit kündigen. Wir würden Sie aus Ihrem Vertrag rauslassen.«

Das also war's! Ohne ein Wort zu sagen, drehte Matt sich um und verließ den Raum. Für den Bruchteil einer Sekunde war er versucht gewesen, Page beim Wort zu nehmen und das Handtuch zu werfen. Aber Page hatte sein Spiel zu offensichtlich gespielt. Er hatte deutlich gemacht, daß er wollte, daß Matt kündigte. Das einzige, was Page wirklich ärgern würde, wäre, wenn er blieb.

Und genau das hatte Matt vor.

»Ist das wahr, Matt?«

Belinda schnappte ihn nach der Show und zog ihn in die dunkle Galerie.

»Was wahr?« Matt spürte, wie sein Ärger anschwoll bei dem Gedanken, daß er sich an solche Fragen wahrscheinlich gewöhnen mußte.

»Daß Danny Wilde zusammen mit Ally das Aushängeschild vom Telethon wird?«

»Da fragst du besser sie.« Matt versuchte, seine Stimme desinteressiert klingen zu lassen. Es mißlang. »Oder ihn.«

In der Dunkelheit ergriff sie seine Hand. »Armer Matt. Ich glaube, sie machen einen lächerlichen Fehler. Danny Wilde kann dir bei weitem nicht das Wasser reichen. Es ist einfach typisch Page. Er versucht nur, dich auszutricksen.«

Ohne eine Vorwarnung lehnte sie sich vor und küßte ihn schnell auf den Mund.

Trotz seiner guten Vorsätze bezüglich Belinda berührte und ermutigte Matt diese Vertrauensgeste. Er lächelte sie an. »Danke. Ich habe immer gewußt, daß du einen guten Geschmack hast.«

Des einen Leid, des anderen Freud, dachte Belinda. Wenn sie ihre

Karten richtig ausspielte, konnte diese Sache ihr Matt näherbringen und einen Keil zwischen ihn und Ally treiben.

Sie überlegte kurz, ob sie ihm sagen sollte, daß ein Reporter von der *Sun* in ihrem Büro angerufen hatte und die Story am nächsten Tag auf der Titelseite ausgeschlachtet werden würde. Sie wollte diesen Moment im Grunde nicht verderben. Doch dann stellte sie sich vor, wie es ihn morgen früh kalt erwischte, und um wie vieles schmerzlicher das für ihn sein würde.

»Matt«, sagte sie behutsam. »Da gibt es etwas, das du wissen solltest.«

Ally lag im Bett, und obwohl Matt nur einen halben Meter von ihr entfernt war, hatte sie das Gefühl, er könnte ebensogut am Nordpol sein. Statt der gewohnten Wärme strahlte sein Körper Kälte und Ablehnung aus.

Es war lächerlich. Sie wollte das verdammte Telethon überhaupt nicht machen. Natürlich war es eine wahnsinnige Chance für ihre Karriere, und unter anderen Umständen hätte sie alles dafür gegeben. Aber nicht auf Kosten von Matts Stolz und Selbstachtung. Vielleicht würde sie Ritchie Page morgen früh anrufen und absagen.

Sie fiel in einen unruhigen Schlaf. Als sie wenige Stunden später aufwachte, war Matt bereits angezogen. Voller Hoffnung, daß sich die Situation ein wenig entspannt hatte, ging sie zum Frühstück hinunter. Doch sie konnte schon an Matts Schulterhaltung ablesen, daß sich nichts geändert hatte. Er saß am Tisch und hatte seinen Ellbogen auf einen Stapel von Zeitungen gestützt.

»Hübsche Schlagzeile«, bemerkte er und hielt die Titelseite der *Post* hoch. »Liebling, jetzt komm' ich. Ally schiebt Matt beim Telethon raus«, war da zu lesen.

»Diese Schweine!« brüllte Ally wütend. »Ich hab' mich doch noch nicht mal entschieden.«

»Ach wirklich?« entgegnete Matt frostig. »Warum hast du ihnen dann erzählt, es sei eine phantastische Chance und du würdest dir nichts mehr wünschen als mit Danny Wilde zusammenzuarbeiten?«

Ally blickte ihn an. Was war nur zwischen ihnen beiden schiefgelaufen, daß er sie für so gefühllos hielt und ihr solche Kommentare zutraute, nur um ihre Karriere voranzutreiben?

»Um ehrlich zu sein, ich habe überhaupt nicht mit der *Post* gesprochen.«

»Und mit wem hast du dann gesprochen? Mit dem Rest von der Klatschpresse? Fest steht jedenfalls, daß du lernst, gute Sprüche zu klopfen, wie alle mittelmäßigen Prominenten.«

Er stand auf und ging hinaus. Die Zeitungen lagen auf dem Tisch. Einige Minuten später schoß sein Wagen geräuschvoll über den knirschenden Kies davon. Er hatte nicht mal Tschüß gesagt.

Ally nahm die Zeitungen und schmiß sie, ohne auch nur einen Blick darauf zu werfen, in den Mülleimer.

Eine Viertelstunde später rief sie die Mädchen, um sie mit zur Schule zu nehmen. Als sie die Auffahrt hinunterfuhren, bemerkte Ally vor dem Tor einen Menschenauflauf. Sie hielt an und blickte sich forschend um. Auf der gegenüberliegenden Seite der Einfahrt standen ungefähr zwanzig oder dreißig Journalisten und Fotografen. Das Rattenpack war da.

Sie hatten Ally entdeckt. Ein Dutzend Blitzlichter flammten auf, und Ally hörte Zurufe wie »Ally! Ally! Wie kommt Matt damit klar?«

Ally war versucht, die Wahrheit zu sagen: Daß er sich wie ein Sechsjähriger aufführte. Doch sie entschied sich anders. Wenn er sich weiter so benehmen wollte, dann würde sie eben das Telethon machen.

Das Ende vom Lied war, daß Ally Susie anrufen mußte, damit sie den Stoßtruppen trotzte und die Mädchen zur Schule brachte.

Als sie eine Stunde später dort vorfuhren, blickte Janey sich nervös um, ob nicht doch noch irgendwo ein Journalist auf der Lauer lag. Es war schon schlimm genug mit einem berühmten Elternteil, aber mit zweien, das war die Hölle. Alle hatten die Story gelesen, und man würde sie den ganzen Tag aufziehen.

Sie schickte ein Stoßgebet gen Himmel, daß ihre Eltern diese Geschichte klärten. Die Atmosphäre heute morgen beim Frühstück war vollkommen vergiftet gewesen. Wieder und wieder ratterte ihr der zufällig aufgeschnappte Satz durch den Kopf. Wie können Eltern nur so egoistisch sein, und sich ausgerechnet dann trennen, wenn ihre Kinder gerade vor dem Abitur stehen? Ihre Prüfungen waren in acht Wochen.

Als Bernie die Schlagzeile sah, schnappte er sich wütend den Hörer und verlangte einen Termin mit Ritchie Page.

»Warum, zum Teufel, haben Sie das nicht mit mir besprochen, Page? Allegra ist mein Star«, fluchte er, als er Pages Büro betrat.

Ritchie betrachtete ihn ungerührt. So was Ähnliches hatte er erwartet.

»Irrtum, mein Freund, sie ist der Star von Century.«

»Ally ist noch nicht soweit. Bis auf die kurze Zeit als Nachrichtensprecherin hat sie überhaupt keine Kameraerfahrung. Sie ist gerade mal seit einem halben Jahr dabei, und da wollen Sie sie als Co-Moderatorin für unsere schwierigste Sendung einsetzen.«

»Ich bin davon überzeugt, daß sie es schafft.«

Bernie, der gemerkt hatte, daß er so nicht weiterkam, spielte seine letzte Karte aus. »Wenn Sie schon an diesem lächerlichen Projekt festhalten, dann lassen Sie es mich wenigstens produzieren.«

Page drehte sich langsam in seinem Sessel um.

»In Ordnung, Bernie. Ich sehe nichts, was dagegen spricht. Sie produzieren Telethon.«

Während der nächsten Tage blieb das Verhältnis zwischen Ally und Matt unverändert schlecht. Es war fast so, als ob sie nicht in einem Hause lebten. Er schien seine Termine so zu legen, daß er nicht mit ihr zusammentreffen mußte, und kam jeden Abend später heim.

Nach einer Woche hielt Ally es nicht mehr aus. Sie hatte das Essen für halb neun vorbereitet, und jetzt war es nach zehn. Gerade, als sie dabei war, die Portion von Matts Teller in den Mülleimer zu schaben, hörte sie die Haustür.

»Na, Matt, wo sind wir denn gewesen?« Sie war entschlossen, nicht wie die nörgelnde Hausfrau zu klingen, aber gefallen lassen wollte sie sich so ein Benehmen erst recht nicht. »Wohl bei der schönen Belinda, oder? Hat sie dir brav die sorgenumwölkte Stirn gekühlt?«

»Wenn du's genau wissen willst, hab ich mir bei Century ein paar Glas Bier genehmigt.« Seine Stimme klang eiskalt. »Aber es wäre auch kein Wunder, wenn ich bei Belinda gewesen wäre. Immerhin ist sie nicht nur ehrgeizig, sondern auch noch menschlich.«

»Ich bin das wohl nicht?«

Matt blickte sie feindselig an, und Ally fühlte sich trotz aller guten Vorsätze geschlagen. Nichts von dem, was sie sagte, schien den Matt, den sie liebte, zu erreichen.

Was, zum Teufel, war nur mit ihrer Ehe passiert?

Fast war Ally erleichtert, daß sie viel zu beschäftigt war, um lange Trübsal zu blasen. Es mußten noch drei Sendungen ihrer Show aufgenommen werden, unter anderem eine einstündige Sondersendung zu dem pikanten Thema »sündige Geheimnisse«. Die Leute im Publikum würden ihr ihre Geheimnisse beichten, und sie mußte sich dann an jedes einzelne erinnern.

Doch mittlerweile war sie ein alter Hase geworden und nicht mehr ganz so nervös. Was den Beruf anging, hatte sie sich nie in ihrem Leben besser gefühlt. Die Energie und Begeisterung, die ihre neue Show auslöste, hatte auch Ally ergriffen. Sie genoß das Vertrauen, das in sie gesetzt wurde, und die Tatsache, daß die Menschen ihre eigene Fähigkeit zu Veränderungen erkannten, inspirierte Ally immer wieder aufs neue.

Bernie war völlig hingerissen von der neuen Show und erzählte ihr ständig, daß sie da einen ganz großen Hit gelandet hätten. Der einzige bittere Gedanke, der sich nicht ganz unterdrücken ließ, war, daß sie ein erfolgreiches Berufsleben offenbar nicht mit einem glücklichen Privatleben vereinbaren konnte.

In den wenigen freien Minuten, die ihr neben den Aufnahmen blieben, war Ally bis über beide Ohren mit den Vorbereitungen für Janeys Party beschäftigt.

So kam es, daß sie das bevorstehende Telethon fast ganz vergessen hatte, als die erste Besprechung dazu stattfand.

Als Ally das Vorzimmer zu Ritchie Pages Büro betrat, war sie erstaunt, wie sehr es sich verändert hatte. Der letzte Vorstandsvorsitzende war ein Mann der alten Schule gewesen, der seine Umgebung mit alten Jagddrucken und Perserteppichen geschmückt hatte. Pages Stil war das genaue Gegenteil.

Getreu seinem Ruf umgab er sich gerne mit Haut. Nur handelte es sich in diesem Fall um die Haut seltener Tiere. Es war offensichtlich, das Page nachts anderes zu tun hatte, als sich über Umweltprobleme den Kopf zu zerbrechen. Das Sofa gegenüber dem Schreibtisch seiner Sekretärin war mit Leopardenfell überzogen und mit schwarzen Lederkissen geschmückt, die in einem exakten Abstand von fünfzig Zentimetern aufgereiht standen. Der gläserne Kaffeetisch daneben ruhte auf einem Elefantenfuß.

Als sie Ally erblickte, teilte ihr Pages Sekretärin Lorraine mit, daß sich Bernie und Page ein wenig verspäten würden.

»Kann ich Ihnen einen Drink anbieten, Mrs. Boyd?«

Sie öffnete einen riesigen chinesischen Lackschrank, in dem mehr Flaschen standen als in den meisten Bars. Ally lehnte einen Cocktail ab, obwohl sie fast versucht war, eine Pina Colada zu verlangen, nur um zu sehen, ob sie diese mit einem Schirmchen serviert bekommen würde. Sie entschied sich schließlich für eine Schorle, und selbst die wurde ihr in einem Luxusglas mit einem goldenen Sektquirl gereicht.

Als Lorraine sie in Pages Büro führte, schrie Ally vor Verblüffung kurz auf. Es hatte die Größe einer Lagerhalle, und sämtliche glatten Oberflächen glänzten schwarz, selbst der Boden und die Decke. Die Möblierung bestand aus Pages Schreibtisch und drei riesigen, zebrafellbezogenen Sofas, von denen jedes einzelne angestrahlt wurde – das war alles.

Der Anblick hatte sie so gebannt, daß Ally zunächst gar nicht merkte, daß jemand hinter dem Schreibtisch saß. Als die Stimme ertönte, machte sie erschreckt einen Satz zur Seite.

»Geschmack ist nicht gerade die stärkste Seite von unserem guten Rich, wie?«

Ally fuhr herum. Vor sich erblickte sie Danny Wilde, der sie respektlos anlächelte. Er trank ein Bier aus der Flasche und hatte die Füße auf Pages Schreibtisch gelegt. Sie errötete. Das letzte Mal, als sie ihn getroffen hatte, hatte er ihr das Kleid zugemacht.

Lorraine lächelte Danny gelassen an. »Kennen Sie Mrs. Boyd, Danny?« fragte sie. Ally bemerkte, daß Lorraine in seiner Gegenwart fast kokett wurde.

»Allerdings. Wir hatten bereits das Vergnügen. Uns verbindet eine gemeinsame Freundin.« Danny erhob sich, als würde er sie in seinem eigenen Büro begrüßen. »Das letzte Mal, als wir uns gesehen haben, habe ich ihr gestanden, daß ich einer ihrer größten Fans bin.« Der leicht spöttische Ton war nun aus seiner Stimme gewichen, und er klang aufrichtig begeistert. »Seit Sie die Show machen, habe ich nicht eine einzige Sendung von *Hello* verpaßt. Was ich am besten finde«, wie um seinen Worten größeren Nachdruck zu verleihen, strich er sich eine Strähne seines dunkelbraunen Haars aus der Stirn, »ist Ihre Art, wie Sie die Leute dazu bringen, den Arsch hochzuheben und ihr Leben *selbst* in die Hand zu nehmen.«

Ally glühte vor Freude darüber, daß er verstand, worum es ihr bei der Show ging. Und er meinte es ernst, ohne die Spur jener gönnerhaften Geste, mit der Matt sie manchmal abfertigte. »Und ich habe mir sagen lassen, daß die neue Show sogar noch besser ist. Ihre neue Produktionsassistentin hat früher mit mir gearbeitet. Sie findet die bis jetzt aufgezeichneten Shows sensationell. Wann werden sie ausgestrahlt?«

Jetzt amüsierte sich Ally über seine Begeisterung. »Wir wissen es noch nicht.«

»Zur besten Zeit, will ich doch sehr hoffen, und nicht irgendwann nach den letzten Nachrichten.« Unvermittelt trat er auf sie zu. Ally, die am Fenster stand, machte einen Schritt nach hinten. Seine körperliche Ausstrahlung war überwältigend. »Sie sind eine gefährliche Frau, Allegra Boyd«, sagte er und beugte sich so nah über sie, daß sie sein Aftershave einatmen konnte. Egoiste von Chanel. Susie hatte es Matt mal zu Weihnachten geschenkt. »Es bedeutet charmanter Scheißkerl«, hatte sie verkündet und ganz offensichtlich eine Reaktion erwartet. Matt aber hatte nur gelacht und gesagt, dann hätte sie die falsche Person damit bedacht. Danny lächelte ihr zu. »Ihnen könnte ich meine sämtlichen Geheimnisse verraten.«

Mit einem Anflug von Verwirrung wurde Ally klar, daß Danny Wildes berühmter Charme auch bei ihr seine Wirkung nicht verfehlte. Auf diese ungeheuer starke Anziehungskraft war sie nicht vorbereitet gewesen. Die Art, wie er einem direkt in die Augen sah, wenn er mit einem sprach. Der Schimmer seines dunklen Haars. Danny Wilde war ein Charmeur.

Sie blickte zu ihm auf. Er betrachtete sie immer noch, direkt und intensiv, als ob er geradewegs in ihr Innerstes schauen könnte. Ein beunruhigendes Gefühl.

Während Danny sie so anblickte, glaubte Ally, das Verlangen in seinen ironischen grünen Augen aufflackern zu sehen. Und zu ihrem absoluten Entsetzen spürte sie, die vernünftige, aufrichtige Ally, deren Ehe einem Scherbenhaufen glich, das gleiche Begehren.

Die nüchterne ›Mach-keinen-Blödsinn-Stimme‹ von Susie befahl ihr, ein für allemal mit dem Quatsch aufzuhören. *Das hast du nicht nötig.*

Als die Tür aufging und Ritchie Page und Bernie hereinkamen, war Ally so erleichtert, daß sie vergaß, wie wütend sie auf Page war.

Erst zwei Stunden später, als Ally sich wieder auf dem Heimweg befand, wurde ihr bewußt, daß sie immer noch nicht genau wußte, was sie beim Telethon eigentlich machen sollte. Was, wenn Matt oder die Kinder sie fragten, wie es gewesen war? Sie blieb einen Moment im Auto sitzen, doch wie sehr sie auch versuchte, das Treffen gedanklich zu rekapitulieren, ihre Gedanken blieben immer wieder an dem Bild von Danny Wilde hängen, wie er eine einzelne Locke aus seinem Gesicht strich und dabei sein langsames Lächeln lächelte. Sie konnte sich die Vorstellung einfach nicht verkneifen, wie es wäre, mit ihm ins Bett zu gehen.

Ally erschrak über sich selbst. Sie war nicht der Typ, der sich Affären leistete. Dazu log sie einfach viel zu schlecht. Bei Freunden hatte sie mitbekommen, wie es ist, wenn man sich gegenseitig betrügt, und sie wußte, sie würde es nicht aushalten. Die Schuldgefühle und die ständige Angst, daß die Sache aufflog. Einige von ihren Freundinnen fanden gerade das so aufregend.

Zum erstenmal fürchtete sie sich davor, ins Haus zu gehen, fürchtete die gespannte Atmosphäre und den übelgelaunten Matt. Es war schon berauschend, jemanden zu treffen, der einen offen bewunderte. Sie sagte sich natürlich, daß er wahrscheinlich auf jede Frau so wirkte. Doch dann fiel ihr wieder ein, wie genau er sie in jeder einzelnen ihrer Shows studiert hatte und daß er begriffen hatte, um was es ihr eigentlich ging.

Sie nahm ihre Tasche, schloß den Wagen ab und ging rasch zum Haus, wobei sie Danny Wilde aus ihrem Kopf verbannte. Gott sei

Dank, daß es die Kinder gab. Matt mochte ihr zwar wehtun, aber sie hatte immer noch Janey und Jess, an die sie denken konnte. Was würden die beiden wohl tun, wenn sie ihre Gedanken lesen könnten?

Als sie durch die Hintertür in die Küche trat, wußte sie, daß etwas anders war als sonst. Als sie heute morgen überstürzt aus dem Haus gehetzt war, weil ihr ein Tag bevorstand, an dem selbst Margaret Thatcher sich einen Energiedrink gemixt hätte, hatte die Küche ausgesehen wie ein Saustall. Jetzt war sie sauber. Zumindest fast sauber. Und das, obwohl Mrs. O'Shock heute gar nicht dran war. Ob das Janey oder Jess gemacht hatten? Doch irgendwie paßte dieses Halbfertige nicht zu ihnen. Auf der abgewischten Arbeitsplatte war eine einsame Fettschliere zurückgeblieben. Jemand hatte im Garten einen Strauß gelbe Narzissen gepflückt und sie mitten auf den Tisch in eine Milchflasche gestellt, obwohl sich massenhaft Vasen im Büfett befanden. Sie öffnete einen der Schränke. Es war alles da, nur am falschen Platz. Dann entdeckte sie den Zettel. *Es tut mir leid. Ich hab' mich benommen wie ein Schwein. Matt.*

Ally war tief bewegt. Solche Dinge taten wahrscheinlich viele Ehemänner, jeden Tag und ohne dafür gerühmt zu werden. Aber bei Matt rührte es sie mehr, als wenn er sie zum Essen eingeladen oder ihr ein teures Geschenk gemacht hätte. Ally ging ins Wohnzimmer. Sämtliche Gedanken an Danny Wilde verloren sich in der Kraft dieser einfachen, alltäglichen Geste.

22. *Kapitel*

Während der nächsten zwei Wochen schob Ally jeden Gedanken an Danny Wilde beiseite. Als Susie in dieser Zeit einmal vorbeikam, war sie fast versucht gewesen, sich ihrer Freundin anzuvertrauen. Aber was gab es schon zu erzählen? Daß sie jemanden getroffen hatte, der ihr das Gefühl gab, sie wäre begabt, klug und wundervoll? Das klang ganz nach einer Hausfrau in den Wechseljahren, die sich in ihren Tennislehrer verknallt hatte. Es war einfach eine dumme Spinnerei. Was wohl würde sie ihren Zuschauern sagen, wenn die sich in so einer Lage befänden? Setz deine Ehe nicht aufs Spiel, solange du nicht hundertprozentig sicher bist, daß sie im Eimer ist. Affären mochten zwar manchmal ein bißchen frischen Wind in eingefahrene Beziehungen bringen, aber sie konnten genausooft den Anfang vom Ende einer Ehe bedeuten.

Glücklicherweise war ihr Leben momentan bis zum Umfallen ausgefüllt mit den Aufnahmen zu ihrer Show, den Vorbereitungen für das Telethon und den letzten Handgriffen für Janeys Fest. Eher würde sie einen Nervenzusammenbruch bekommen, als noch Zeit für eine Affäre haben.

Bernie Long beobachtete Ally, wie sie auf ihrer Tastatur herumhämmerte und gleichzeitig – den Telefonhörer zwischen Ohr und Schulter eingeklemmt – mit dem Weinlieferanten für die Party verhandelte. Seit zwei Wochen hatte man bei ihr den Eindruck, daß sie nur noch aus Aktion bestand. Jeden Abend verließ sie das Büro mit einem Stapel von Unterlagen für die neue Show, und wenn sie damit mal gerade nicht beschäftigt war, war sie bis zum Hals mit Problemen wie Zeltgröße, mundgerecht Pizzaecken oder aufsässige Rockmusiker eingedeckt. Bernie wurde schon beim bloßen Zusehen schlecht. Mehr noch, er war besorgt. Wenn sie so weitermachte, würde sie irgendwann zusammenklappen.

Er stand auf. »Also dann, Zeit für die Telethon-Sitzung.«

»Guter Gott!« Ally blickte verblüfft auf die Uhr. »Schon so spät?... Bernie« sie warf ihm ihr süßestes Lächeln zu, »ich kann heute abend beim besten Willen nicht zur Sitzung. Könntest du dir vielleicht eine Entschuldigung einfallen lassen? Schwierigkeiten mit unserer Show oder so? Ich bin fix und fertig und würde kein Wort begreifen.« Das war nur die halbe Wahrheit. Der andere Grund war, daß sie einen absoluten Horror davor hatte, Danny Wilde wiederzutreffen.

Bernie blickte sie mit seinen scharfen Äuglein an, denen keine List und kein Trick entgingen. »Das sieht dir aber gar nicht ähnlich, Ally.«

Für einen Moment krampfte sich ihr Magen zusammen. Bernie konnte doch unmöglich vermuten, daß sie Danny aus dem Weg gehen wollte.

»Ich weiß. Aber im Moment kommt alles auf einmal. Ich kann

nur hoffen, daß ich es packe.« Sie haßte es, die Nummer von der Doppelbelastung zu spielen. Es war so typisch weiblich. Aber im Moment fiel ihr nichts Besseres ein, womit sie Bernie hätte überzeugen können.

Sein Nashorn-Gesicht hellte sich ein wenig auf. »Okay, dann geh nach Hause, aber ruh dich um Himmels willen aus.«

»Versprochen. In fünf Minuten bin ich weg. Ich mach' nur noch rasch ein paar Sachen für Janeys Party fertig.«

»Also dann, bis morgen.«

Ihre Telefonate zogen sich jedoch fast noch eine Stunde hin. Während sie gähnend anfing, ihre Sachen einzusammeln und in ihre Tasche zu packen, malte sie sich aus, wie schön jetzt ein heißes Bad wäre. Plötzlich vernahm sie eine Stimme hinter sich. Sie schoß herum.

»Das muß ja eine ziemlich dicke Krise sein, wenn Sie dafür Ihren Boß versetzen.« Die Stimme strotzte vor Belustigung, und sie hätte ohne hinzusehen sagen können, von wem die Worte kamen. Er stand in der Tür und hatte sein vertrautes schiefes Lächeln aufgesetzt. In seinen grünen Augen funkelte etwas, das ihr sagte, daß er den wahren Grund für ihr Fernbleiben erraten hatte.

»Lust auf einen Drink?« Ihr Zögern schien seine Belustigung nur zu verstärken. »Rein unter Kollegen natürlich, versteht sich.«

Ally antwortete nicht sofort. Sie wußte, daß sie nicht mit ihm allein weggehen sollte, und dennoch würde es, wenn sie nein sagte, so aussehen, als interpretierte sie zuviel in die Situation hinein.

Sein Lächeln wurde breiter. Mit einem Anflug von Ärger registrierte sie, daß Danny Wilde sie vermutlich durchschaut hatte. Doch dann kam ihr eine Idee, wie sie den Kopf aus der Schlinge ziehen und ihm zeigen konnte, daß er sie kalt ließ.

»Ich kann leider nicht.« Sie erwiderte sein Lächeln ohne eine Spur von Anmache. »Meine Tochter gibt nämlich zu ihrem 18. Geburtstag ein Riesenfest. Sie wäre begeistert, wenn Sie kämen.«

Zum erstenmal in ihrer kurzen Bekanntschaft hatte Ally das Vergnügen zu sehen, wie Danny Wilde die Fassung verlor. Aber nicht lange.

»Sehr gerne.« Er hielt ihr die Tür auf.

Als sie hinausging und dabei verzweifelt jeden Blickkontakt vermied, kamen ihr für einen kurzen Moment Bedenken wegen Matt. Doch persönlich hatte er nichts gegen Danny Wilde, und Janey würde sich wie im siebten Himmel fühlen. Das wäre *die* Sensation. Wie auch immer, er würde sowieso nicht kommen.

»Wie viele Leute erwartest du für morgen?« Matt entwand Janey die Liste. Sie war etwa einen Meter lang. »Das dürfte ungefähr das halbe Londoner Telefonbuch sein.«

»In Wirklichkeit sind es nur um die dreihundert.« Vergeblich versuchte Janey, den Ausdruck wieder in ihren Besitz zu bringen.

Erleichtert registrierte Ally, daß ihre Tochter wieder ganz die alte war, jetzt, wo Matt und sie wenigstens miteinander sprachen.

»Plus Trittbrettfahrer«, stellte Jess klar. Janey warf ihr einen vernichtenden Blick zu. Auf Jess war einfach Verlaß. »Ohne Überraschungsgäste ist eine Party doch null cool. Sie sind das eigentlich Interessante.«

»Mum?« Janey hatte ihr gewinnendes Lächeln aufgesetzt. »Könnten wir Tequila mit Wasser verdünnt trinken? Das ist *der* Drink des Jahres.«

»Nein, das könnt ihr nicht. Es gibt Punsch. Den kann ich literweise mit Orangensaft strecken, wenn du nicht hinschaust. Ich habe nämlich keine Lust darauf, daß deine Freunde mit ihren Minis in den Swimmingpool fahren.«

»Aber Ma, das war doch in den Sechzigern.«

»Vielen Dank, aber wir haben uns in den Sechzigern ausgesprochen anständig benommen«, widersprach Matt.

»Und was war mit freier Liebe und so?« fragte Jess unschuldig.

»Alles Blödsinn. Sie haben einmal bewiesen, daß sich die sexuelle Revolution zwischen sechs Leuten in Chelsea abgespielt hat.« Matt nahm sich noch einen Toast. »Und ich war keiner von den Sechsen. An meinem 21. Geburtstag ist mein Vater sogar mit der Taschenlampe herumgeschlichen, um irgendwelche Sittenstrolche aufzuspüren.«

»Hat er welche gefunden?«

»Nur im Geräteschuppen meinen Freund Larry mit einem Mädchen.«

»Und? Waren sie gerade mittendrin?« Jess war von diesem kuriosen Stückchen Sittengeschichte vollkommen begeistert.

»Natürlich nicht. Sie standen da, als ob sie kein Wässerchen trüben könnten. Es gab nur ein Problem.« Matt nippte grinsend an seinem Kaffee. »Larrys Krawatte klemmte hinten in ihrem Reißverschluß.«

Ally lachte. »Das war das einzige, was er entdeckt hat?«

»Allerdings«, erwiderte Matt aufgeblasen. »Wir wußten damals noch, wie wir uns zu benehmen hatten.«

»Quatsch!« Jess bedeckte ihren Toast mit einer zentimeterdicken Marmeladenschicht. »Vermutlich lagen sie oben auf den Mänteln und bumsten.«

Matt gab sich schockiert. »Gott sei Dank bin ich nicht mehr jung.«

»Was ziehst du morgen an, Mum?« Jess' Frage brachte Ally auf den Boden der Tatsachen zurück. Sie war viel zu beschäftigt gewesen, als daß sie überhaupt auch nur einen Gedanken daran hätte verschwenden können. »Irgendwas Zurückhaltendes«, gab sie zerstreut zur Antwort. »Man stiehlt dem Geburtstagskind nicht die Show.«

»Keine Chance.« Jess stieß einen rauhen Lacher aus. »Hast du gesehen, was sie anziehen will?«

Es verschlug Matt den Atem, als er Janey das großzügige Treppenhaus hinunterschreiten sah, das die Floristen zur Feier des Tages mit Blumen und Grünzeug dekoriert hatten. Sie trug ein ultrakurzes schwarzes Seidenkleid. Ihr Gesicht hatte sie weiß geschminkt und die Lippen schwarz angemalt. Das lange Haar war elegant aufgetürmt und mit einem offenen Fächer geschmückt. Sie sah umwerfend aus, doch in Matts fürsorglichen Vateraugen hatte sie eine beängstigende Ähnlichkeit mit jenen Püppchen, die man in chinesischen Sex-Shops antraf.

»Gott sei Dank gehen wir nicht aus«, murmelte er schließlich. »Sie würden dich einlochen.«

»Adam hat's ausgesucht«, verkündete Janey stolz.

»Nun«, Matt schluckte, »zumindest kann es nicht viel gekostet haben. Da ist höchstens ein Meter Stoff dran.«

»Der Schein trügt.« Sie drückte ihm einen dicken Kuß auf die Wange. »Egal, du wirst es bald wissen. Ich habe es bei Harvey Nichols auf deine Rechnung setzen lassen.«

In gespielter Ergebenheit schloß Matt die Augen. Aus der Küche tauchte Ally auf, die dort nachgeschaut hatte, ob die Leute vom Party-Service alles im Griff hatten. Matt versuchte, sie durch Blicke auf die extravagante Erscheinung ihrer Tochter aufmerksam zu machen, doch Ally war zu sehr in ein Gespräch mit einem Kellner vertieft, um seine Signale zu bemerken.

Als Ally endlich zu ihnen an die Treppe kam, um Janeys Outfit zu bewundern, machte Matts Herz einen Satz. Neben Janeys exotischem Lolitakostüm wirkte Allys Kleidung raffiniert und kultiviert. Und es erhöhte den Reiz, daß sie sich ihrer Wirkung nicht einmal bewußt zu sein schien.

Gerade, als er ihr ein Kompliment machen wollte, klingelte es an der Haustür.

Die ersten Gäste waren da.

Von da an herrschte ein einziges Chaos. Aus eigener Erfahrung wußte Ally nur zu gut, daß Teenager mit Vorliebe ungeladen auf irgendwelchen Parties auftauchten. Die Begründungen reichten von so banalen Erklärungen wie »eine Freundin von meinem Cousin dritten Grades ist gerade hier, und ich *wußte*, du würdest nichts dagegen haben, wenn ich sie mitbringe«, bis zu einem Frontalangriff, indem sich jemand über die Gartenmauer abseilte. Matt hatte sogar einen jungen Mann dabei erwischt, wie er durch das Klofenster im Parterre einsteigen wollte. »Ich bin ein Freund von Adam«, hatte der lederbekleidete Jugendliche entgegenkommend erklärt. Matt überlegte, daß eigentlich alle die Typen, die am schrägsten angezogen waren, Freunde von Adam zu sein schienen. Um Adams Ansprüchen zu genügen, konnte man ganz offensichtlich nicht übel genug erscheinen.

Janey genoß jede einzelne Minute der Party. Besonderes Vergnügen bereitete ihr der von Ally engagierte Zeremonienmeister, der die Gäste ankündigte. Ernie Dowden erweiterte mit Sicherheit an diesem Abend seinen geistigen Horizont.

»Mr. Mojo Williams«, verkündete er mit sonorer Stimme. »Mr. Sting Edwards... Miss Yazz Mcmahon-Wilson.«

Lachend verfolgte Ally die Zeremonie. Mr. Mojo Williams hatte sie schon gekannt, als er noch Mark hieß und in Windeln rumlief. Inzwischen trug er schulterlanges Haar, einen Nasenstecker und eine geliehene Smokingjacke.

Zu Allys Vergnügen verloren ein paar der Gäste beim Anblick von Matt ihre Coolheit und baten um ein Autogramm.

Als Bernie Long angekündigt wurde, stürzte Ally sich dankbar auf ihn. Nicht nur, weil sie es wunderbar fand, sein gerötetes Gesicht inmitten von Jugend und Schönheit zu sehen, sondern auch, weil er Matt Gesellschaft leisten konnte.

Bernie hatte Janey ein signiertes Plattenalbum von *The Cure* mitgebracht.

»Wow! Schau dir das an, Mum!« Janey verschwand mit ihrem Geschenk, um es Adam zu zeigen.

»Wieso weißt du eigentlich so viel besser als wir, was Teenager gut finden?« fragte Ally und reichte ihm ein Perrier.

»Weil er Kapital daraus schlagen will«, ertönte es von hinten. Matt hatte sich herangeschlichen.

Bernie lachte. »Gibt es einen besseren Grund?«

Aus dem Zelt dröhnte Musik. Alle schienen glücklich. In Kürze würden die Sojabohnen-Hot-Dogs, die vegetarischen Burger und die Pizzas serviert, Köstlichkeiten, die für Janeys Clique die Krönung kulinarischer Wünsche waren. Matt hatte gerade Allys Glas aus ihrem privaten Depot gefüllt, das er unter dem Tisch in der Diele angelegt hatte, als der Zeremonienmeister noch ein paar Nachzügler erblickte und zurück an seinen Empfangsplatz schritt.

»Mr. Zit O'Brien und Miss Mandy O'Brien«, deklamierte er in einer Lautstärke, die jede Musik übertönte, während die beiden gräßlichen Nachbarskinder hereinschlenderten. Die Band unterbrach für einen Moment ihr musikalisches Spektakel, um darüber zu beraten, mit welchen Dröhnern sie als nächstes die Gästeohren betäuben sollten. In die Stille hinein gab der Hofmeister die Namen von zwei weiteren Gästen bekannt.

»Miss Petronella Harvey.« Eine anämische Blonde erschien, eingehüllt in mehr Schichten von Schwarz als Morticia Addams, die Mutter der Addams-Family. »Und Mr. Danny Wilde.«

Für einen Moment herrschte Totenstille. Dann rannte Janey, in den höchsten Tönen quietschend, auf ihre Mutter zu: »Davon hast du mir ja gar nichts gesagt, Mum.«

»Mir auch nicht«, echote Matt, und in seiner Stimme schwang Ärger mit.

»Ich habe ihn ganz beiläufig gefragt, weil ich dachte, Janey würde sich freuen.« Während Ally sprach, vermied sie es, Matt anzusehen. »Im Grunde habe ich gar nicht damit gerechnet, daß er wirklich erscheint.«

Danny Wilde kam auf sie zu. Eine dunkle Haarsträhne war ihm in die Augen gefallen.

»Hallo, Allegra. Das sieht ja nach einer tollen Party aus.«

»Hallo, Danny.« Ally hielt es für das Sicherste, einen formellen Ton anzuschlagen. »Kennen Sie schon meinen Mann Matt?«

»Nur über den Äther.« Danny hatte sein entwaffnendstes Lächeln aufgesetzt. »Freut mich, Matt. Die ganze verrückte Telethon-Geschichte tut mir leid. Ich glaube, die machen einen großen Fehler.«

»Vielen Dank.« Matt goß ihm ein Glas Champagner ein. »Das Fernsehen braucht neue Gesichter. Und Sie sind gerade hoch im Kurs.«

»Bernie kennen Sie ja schon, Danny.« Ally beeilte sich, das Thema zu wechseln. Danny Wildes Mitleid war das letzte, was Matt wollte.

»Allerdings. Aber ich habe Ihnen noch nicht gesagt, wie sehr ich mich darüber freue, daß Sie unser Produzent sind. Sie waren ja mal einer von den ganz Großen.« Beim Anblick von Bernies Gesicht wäre Matt fast in Gelächter ausgebrochen.

Schon nach den ersten zwei Minuten ging Wilde Matt und Bernie bereits kräftig auf den Wecker. Tolle Aussichten.

»Komm, Bernie, laß uns zwei Ex-Größen im Wintergarten eine Flasche Perrier knacken.«

Bernie schloß die Tür, so daß die musikalischen Trommelfellattacken in abgeschwächter Form auf ihr Gehör trafen, und ließ sich auf einem Rattansofa nieder. »Du glaubst doch wohl selbst nicht, was du eben da draußen gesagt hast? Von wegen, daß du nichts dagegen hast?«

»Bis zu einem gewissen Punkt, ja.« Matt hatte ihm gegenüber

Platz genommen. »Das Fernsehen braucht tatsächlich ständig neue Gesichter.«

»Scheiße. Natürlich hast du was dagegen.«

»Was ich an dir so schätze, Bernie, ist, daß du so subtil sein kannst.«

»Und weißt du, was ich noch glaube«, sagte Bernie und blickte Matt dabei über den Rand seines Glases hinweg an. »Du hältst ihn für einen Sonnyboy vom Typ große Klappe, nichts dahinter.« Bernie hielt ihm auffordernd sein Glas entgegen. »Und du hoffst, daß er beim Telethon auf den Arsch fällt, damit jeder sieht, was du für ein Profi bist.«

Matt öffnete mit einem lauten Zischen die Mineralwasserflasche und goß Bernie ein. »Darauf trinken wir.«

Matt blickte zur Tanzfläche im Zelt. Danny Wilde war eindeutig der Favorit. Er hatte mit Janey und fast allen ihren besten Freundinnen getanzt. Es gab nur eine einzige Person, die seinem Charme nicht erlegen war. Adam. Verächtlich beobachtete er Danny Wilde. Der Junge schien einen besseren Geschmack zu haben, als er vermutet hatte.

Es war schon fast Mitternacht, als Ally zum erstenmal an diesem Abend auf die Uhr schaute. Während sie zufrieden den Blick in die Runde schweifen ließ, entdeckte sie auf der Tanzfläche Jess und Jeremy, die sich gegenseitig wie Zahnpastatuben drückten und preßten. Der Abend schien ein Erfolg zu sein. Plötzlich spürte sie, wie eine Hand sie leicht an der Schulter berührte. Sie machte einen Sprung, als hätte sie jemand mit der Feuerzange angefaßt. Er war's.

»Grandioses Fest. Trotzdem, für mich wird's Zeit. Leider kein Durchhaltevermögen mehr.«

Ally war dankbar, sich in die Konventionen einer Gastgeberin flüchten zu können. »Es war sehr nett von Ihnen, daß Sie gekommen sind. Hatten Sie einen Mantel dabei?«

»Jemand hat ihn nach oben gebracht.«

»Ich gehe ihn holen. Wie sieht er aus?«

»Kamelhaar. Es ist mein Tarnmantel: kleiner Gauner spielt Börsenmakler.«

Lachend ging Ally zur Treppe. Auf halbem Weg nach oben bemerkte sie, daß er ihr folgte. Plötzlich waren sie allein. Alle anderen befanden sich im Zelt. Sie versuchte, Ruhe zu bewahren, obwohl ihr Atem rascher ging.

Sein Mantel lag auf einem Stapel obenauf. Als sie ihn wegnahm, spürte sie Danny dicht neben sich stehen. Keiner von beiden bewegte sich. Ganz langsam ergriff er ihre Hand. Für einen Moment dachte sie, er würde sie küssen. Sie hielt den Atem an. Statt dessen schüttelte er die Hand in einer komisch-formellen Geste.

»Vielen Dank für die Einladung.« Er warf sich den Mantel über die Schulter. »Ich finde selbst raus.«

Sie blieb stehen, wo sie war, beschämt darüber, daß sie eine Enttäuschung verspürte, die ihr fast körperlichen Schmerz bereitete. Er hatte sich vollkommen korrekt verhalten. Was hatte sie denn erwartet? Daß er sie auf die Mäntel schmeißen und zwischen all den Kunstpelzen leidenschaftlich lieben würde? Und das am 18. Geburtstag ihrer eigenen Tochter?

Sie brauchte ein paar Minuten, bis sie sich wieder so weit gefangen hatte, um hinunter in die Helligkeit zu den frischen, optimistischen Gesichtern mit den betont coolen und gelassenen Mienen zu gehen.

In ihrem Innern loderte ein glühendes, gefährliches Feuer.

Matt suchte unter dem Tisch in der Diele gerade nach einer weiteren Flasche Champagner, die dort sicher vor Janeys plündernden Freunden verborgen lag. Von dort aus hatte er einen guten Blick auf Danny Wildes Gesicht, der mit einem breiten Lächeln die Treppe hinunterkam und das Haus verließ. Kurz zuvor war er mit Allegra hinaufgegangen.

Matt stand wie gelähmt da. Diesen Blick kannte er. Es war der unverwechselbare Siegesblick des Eroberers.

23. Kapitel

Als sie drei Tage später morgens aufwachte, wußte Ally, daß ihr an diesem Tag die größte Herausforderung ihrer Karriere bevorstand. Im selben Moment wünschte sie sich, es wäre nur ein Traum. Während ihr Blick auf dem schlafenden Matt ruhte, schwor sie sich, Danny Wilde zu widerstehen, ganz gleich, wie charmant er sich gab oder wie sehr er sie auch zu verstehen und zu schätzen schien.

Sie stand leise auf, duschte rasch und machte sich dann daran, ihren Kleiderschrank nach etwas Passendem zu durchforsten. Normalerweise hätte sie sich für einen mörderischen Probentag in einen Trainingsanzug geworfen, im stillen Vertrauen darauf, daß Elaine und die Garderobiere von Century später ihre Zauberdienste anwendeten. Aber heute erwischte sie sich dabei, wie sie nach etwas verführerischem griff. Sie mußte über ihre eigene Durchschaubarkeit grinsen und zwang sich, das aufreizende Kashmir-Kostüm zurückzuhängen und statt dessen einen Jogginganzug anzuziehen.

Sie hatte eigentlich nur noch Zeit für eine Tasse Kaffee, doch da Jess ihr zu Ehren sechs Croissants in die Mikrowelle geschoben hatte, die allerdings mehr die Konsistenz eines Granitblocks angenommen hatten, fand sie, daß sie eines essen sollte.

Als es an der Tür klingelte, weil das Taxi da war, war von Matt immer noch nichts zu sehen. Ally überlegte, ob er sich absichtlich nicht blicken ließ, damit er ihr nicht »Viel Glück« wünschen müßte. Also gut. Was erwartete sie auch?

»Tschüß«, nuschelte sie Jess zu, den Mund halb voll mit einem der unverdaulichen Croissants. »Ich muß mich beeilen. Bis später.« Sie schnappte sich Kleidersack und Aktentasche und eilte zur Tür.

Kaum war sie verschwunden, tauchte Matt auf, als ob er es so geplant hätte.

»Willst du Mum kein Glück wünschen?« fragte Jess.

Matts Gewissen hatte ihn ohnehin schon geplagt. Er folgte Jess vors Haus, doch sie kamen zu spät. Allys Taxi bog gerade von der Zufahrt in die Hauptstraße ein.

Als sie wieder in die Küche kamen, war Janey heruntergekommen.

»Wo ist Mum?« fragte sie.

»Weg. Du weißt doch, heute ist ihr großer Tag.«

»Im Moment scheint es nur große Tage zu geben.« Janey versuchte, mit einem Lächeln die Bitterkeit in ihrer Stimme zu überspielen. Es war einfach nur so, als ob es ihre Mutter zur Zeit gar nicht mehr gäbe, so viel Arbeit hatte sie. Und diese Spannung zwischen ihren Eltern hielt auch schon zu lange an.

»Weißt du, was ihr beide braucht?«

»O Gott!« Matt stützte in gespieltem Horror seinen Kopf in die Hände. »Nicht zwei Kummertanten in einer Familie.«

»Ein Wochenende, ganz für euch allein, weg von allen. Warum geht ihr nicht, sobald diese blöde Sendung vorbei ist?«

»Barbara Cartland sagt, daß man mindestens einmal im Jahr zusammen wegfahren soll«, erklärte ihm Jess großspurig. »Zum Wohl der Beziehung.«

»Warum bucht ihr nicht einfach irgendwas?« Janey legte den Arm um ihren Vater und schmiegte sich an ihn. »Ohne uns. Den Sex am Nachmittag wiederentdecken.«

»Oder zumindest den Sport im Nachmittagsprogramm«, verbesserte Jess und griff seinen anderen Arm.

Matt lachte. »Also gut, wenn Barbara Cartland das sagt, was habe ich dann noch für eine Wahl?« Er blickte auf seine älteste Tochter hinab. »Weißt du, Janey, du hast vollkommen recht.« Wenn er und Ally allein waren, rückten die Dinge irgendwie in ein anderes Licht. »Genau wie mit dem Dinner. Du bist ein kluges Mädchen.«

»Kein Wunder.« Janey berührte seine Wange. »Ein wundervoller Mann hat mir das Denken beigebracht.«

Die Liebe und Bewunderung, die in ihrer Stimme lagen, waren fast zuviel für ihn. Vor Rührung schnürte es ihm die Kehle zu. Er und Ally hatten in letzter Zeit den Kontakt zueinander verloren und dabei fast vergessen, wie sehr Janey und Jess davon betroffen waren. Wahrscheinlich war es sein Fehler. Es war bescheuert, sich von Ally bedroht zu fühlen. Okay, daß sie gerade jetzt solchen Erfolg hatte, wo er mit Problemen kämpfte, war schon vertrackt, aber über so was sollte er drüberstehen. Auf Janeys Party hatte er sie sogar im Verdacht gehabt, daß sie was mit Danny Wilde anfing. Wahrscheinlich war es seine Paranoia. Und überhaupt, so wie er sich die ganze Zeit benahm, wäre es kein Wunder, wenn sie die Nase voll hätte von ihrem Ehegemahl.

Entschlossen, dem Rat seiner Töchter zu folgen, fragte er grinsend: »Weiß zufällig jemand, wo der Fünf-Sterne-Hotelführer hingekommen ist?«

Jedes Gefühl von Peinlichkeit, Danny so bald nach dem Fest wiederzusehen, löste sich mit einem einzigen Blick auf ihren Zeitplan auf. Das Programm des Telethon war so dicht und fordernd, daß die Proben jede Sekunde des Tages beanspruchten und keine Zeit für höflichen Small-Talk ließen.

»Nicht vergessen«, erinnerte Bernie sie und reichte ihr das dickste Skript, das sie je gesehen hatte, »die Hauptsache sind die Spenden. Wir wollen über 20 Millionen Pfund zusammenbekommen, ein paar kleine Patzer sind da nicht so schlimm.« Beruhigend drückte er ihren Arm. »Du weißt doch, wie sehr das Publikum darauf steht, wenn mal jemand danebenhaut.«

Nach diesen letzten Anweisungen blieb ihr nicht mal mehr Zeit zum Denken. Das riesige Studio war hell erleuchtet, drei verschiedene Aufnahmeleiter brüllten ihr Instruktionen zu, die Zahl der Schritte, die sie im Kopf behalten mußte, bewegte sich in astronomischen Höhen, und der Sadist von Regisseur ließ sie zehn ganze Minuten lang improvisieren für den Fall, daß eines der Videogeräte blockierte.

Auch wenn Ally nach zwei knallharten Stunden die ersten Anzeichen von stechendem Kopfschmerz wahrnahm, merkte sie, daß ihr die Arbeit Spaß machte. Das Unternehmen war so überwältigend, so komplex, daß es einen einfach mitriß.

Zu ihrer Erleichterung nahmen Danny und sie nur ein einziges Mal Blickkontakt auf, nämlich als über Allys Kopf plötzlich ein Scheinwerfer explodierte. Einen kurzen Moment legte er den Arm um sie und zog sie aus der Gefahrenzone. Er hatte sie schon wieder losgelassen, kaum daß sie sich umgedreht hatte. Reiß dich zusammen, befahl Ally sich selbst. Es ist nichts zwischen euch, und dafür solltest du dankbar sein.

Matt lächelte selbstzufrieden, als er den Hörer auflegte. Er hatte gerade das wunderschöne *Manoir Aux Quat'Saisons* angerufen und das letzte freie Zimmer gebucht. Das schien ein gutes Omen. Er überlegte, ob er im Telethon-Büro eine Nachricht für Ally hinterlassen sollte, aber er wußte, wie beschäftigt die Leute dort waren. Er würde es Ally sagen, wenn sie zurückkam.

Er hatte einen freien Morgen und beschloß, das Beste daraus zu machen. Fröhlich ging er nach draußen, um die Osterglocken aufzubinden, die kurz vor der Blüte standen.

»In Ordnung. Das war's, Leute. Ende der Probe. Wir machen jetzt Teepause.« Der Aufnahmeleiter leitete die Nachricht von Bernie, der im Regieraum saß, an alle im Studio weiter.

Ally stieß einen erleichterten Seufzer aus. Sie konnte sich nicht erinnern, je einen so mörderischen Tag gehabt zu haben. »Wann braucht ihr mich wieder?« Sie spürte, daß die Kopfschmerzen stärker wurden, und sehnte sich nach einer kurzen Entspannungspause in ihrer Garderobe.

Der Aufnahmeleiter sprach in sein Mikrofon.

»Bernie möchte, daß Sie in 45 Minuten geschminkt und für die nächste Runde bereit sind.«

Ally stöhnte. Dieses Zeitbudget machte ihren Wunsch nach einer Ruhephase zunichte.

»Oh, und noch etwas, Ally. Bernie sagt, gut gemacht. Geprobt wie ein alter Hase.«

»Also dann, Allegra, was kann ich für Sie tun?« Elaine dirigierte sie in ihren Schminksessel und legte ihr einen weißen Umhang an.

»Ein neuer Kopf wäre nicht schlecht.« Ally schluckte zwei Paracetamol extra stark. Sie blickte in den Spiegel. Nachdem sie in letzter Zeit immer so spät ins Bett gekommen war, sah sie jetzt aus wie eine Figur aus einem Horrorfilm. Draculas Braut vielleicht. Nein, zu schmeichelhaft. Draculas Schwiegermutter? »Lassen Sie mich bitte einfach nur wie jemand anderes ausschauen, ja?« sagte sie zu Elaine. »Wie Meryl Streep zum Beispiel.«

Lachend griff Elaine zur Grundierung. Mit einem weißen Band schob sie Allys Haar nach hinten und befahl ihr, sich zurückzulehnen und die Augen zu schließen. Ally, die von den Anstrengungen des Tages und dem Streß der vor ihr liegenden Herausforderung restlos ausgelaugt war, gab sich dem Luxus, verwöhnt zu werden, vollkommen hin. Sekunden später war sie eingedöst. Als sie wieder aufwachte, beschlich sie das merkwürdige Gefühl, jemand anderen anzuschauen. Jemand, der glänzender, glamouröser und viel weniger müde war als sie.

»Elaine, Sie sind eine Zauberin! Wer hat diese Frau geschickt?«

Elaine betrachtete ihr Werk. Ally sah in der Tat umwerfend aus. Elaines Experiment mit rosa und gelbbraunen Tönen statt des gewöhnlichen knallroten Lippenstifts ließ Ally um Jahre jünger erscheinen. Sie sah richtig strahlend aus.

»Es ist schon verblüffend«, sagte Elaine, die sich über Allys Verzückung freute, »was man mit so ein bißchen Make-up alles machen kann.«

Wieder in ihrer Garderobe, stellte Ally mit einem erschreckten Blick auf die Uhr fest, daß ihr nur noch zehn Minuten blieben. Sie zog sich rasch aus und warf ihre Klamotten auf die Couch. Wohin, um alles in der Welt, war die Garderobiere mit ihrem Kostüm verschwunden? Sie fluchte. In diesem Raum gab es kein Telefon. Sie konnte also nicht mal Nikki anrufen und sie bitten, der Frau ein bißchen Dampf zu machen. Und sie konnte kaum splitternackt über den Flur rennen, um sich ihre Kleider selbst zu holen.

Sie nahm einen Slip und eine schwarze 10denier Strumpfhose aus ihrer Tasche und zog sie an. Ihr Herz klopfte vor Nervosität, und sie versuchte, sich durch tiefes Ein- und Ausatmen zu beruhigen.

Sie hörte, wie draußen jemand das Kombinationsschloß bediente. Gott sei Dank, das mußte die Kleiderfrau mit ihrem Kostüm sein.

Die Tür wurde genau in dem Moment geöffnet, als Ally einen Fuß auf ihren Stuhl gestellt hatte und behutsam die hauchfeinen Strümpfe glattstrich. Die unerwartete Stille ließ sie aufblicken und in den hell erleuchteten, riesigen Spiegel vor sich starren.

In der Tür stand Danny Wilde und betrachtete sie gelassen. Ally schlug die Hände vor ihren Busen.

»Entschuldigen Sie«, sagte Danny, und es klang alles andere als das. »Ich muß die falsche Kombination eingetippt haben.«

Langsam machte er die Tür zu und ließ Ally mit rasendem Puls und vor Verlegenheit errötend zurück. Sie schloß ihre Augen und versuchte, die Fassung wiederzufinden. Plötzlich merkte sie, daß ihre Kopfschmerzen wie weggeblasen waren.

Zehn Minuten später saß Ally auf der Galerie hinten im Regieraum. Sie war froh, daß ihr Zittern endlich aufgehört hatte und außerdem noch niemand aufgetaucht war und sie in der kühlen Dunkelheit bemerkt hatte.

Okay, sie hatte sich furchtbar erschreckt. Aber es war ein Versehen gewesen, nicht mehr. Das konnte jedem passieren, seit Century neuerdings dieses dumme System mit den Kombinationsschlössern an den Umkleideräumen eingeführt hatte. Das Beste war, die Sache zu vergessen.

Sie knipste das Licht an und nahm ein Skript in die Hand. Sie überflog es kurz, um sich die erste Kameraeinstellung einzuprägen.

»Ally?« Ken, der Assistent des Aufnahmeleiters, steckte seinen Kopf zur Tür herein. »Sie haben nicht zufällig Dannys Skript gesehen? Er kann es nicht mehr finden, und es waren einige Anmerkungen drauf, die er unbedingt braucht.«

Ally hatte Mitleid. Es konnte einen rasend machen, wenn man den Text verlor, auf dem man sich Notizen gemacht hatte. Sie blätterte den Haufen neben sich durch. Es war nicht dabei.

Sie setzte sich wieder auf ihre Bank zurück und strich über das Skript, in dem sie gerade nach ihrem Kameraeinsatz gesucht hatte. Irgend etwas war auf die Vorderseite gekritzelt. Sie stand auf, um hinter Ken herzurufen, doch dann begriff sie, was da stand. In einer Ecke in Dannys unverwechselbarer Klaue die Zahl 3215 notiert. Ally biß sich auf die Lippen. Das war die Nummer von ihrem Kombinationsschloß.

Erneut knipste Ally das Licht aus und blieb für eine Minute im Dunkeln sitzen. Sie wußte, daß sie ärgerlich und wütend sein, daß sie sich verletzt fühlen sollte. Statt dessen aber breitete sich in ihrem Körper eine Hitzewelle aus. Sie erkannte das Gefühl sofort. Sie begehrte ihn.

»Um wieviel Uhr fängt die Show an?« Janey war plötzlich aus ihrem Zimmer aufgetaucht und nahm das Sofa in Beschlag.

Matt blickte hoch. Er mühte sich gerade damit ab, das Videogerät zu programmieren, eine Kunst, die er zu seinem großen Ärger selbst nach seiner Karriere beim Fernsehen immer noch nicht beherrschte.

Jess, die auf eine Party gegangen war, hatte ihn darum gebeten, und Matt hatte mit sich gerungen, ob er sich heute drücken sollte, um es morgen mit ihr zusammen anzuschauen. Das wäre irgendwie weniger schmerzhaft. Und trotzdem wußte er, daß er es nicht anders konnte. Er mußte es live sehen.

»Ich dachte, du wolltest weg.« Er lächelte, unsicher, ob es mit Janey schwerer oder leichter für ihn sein würde.

»Adam ist zu seiner Mutter gefahren. Deshalb habe ich gedacht, ich sollte mich vielleicht ein bißchen als liebende Tochter zeigen und mir meine angucken.«

»Klasse.« Er setzte sich zu ihr, glücklich darüber, daß sie da war, und drückte den Knopf auf der Fernbedienung.

Entgegen all seiner Bedenken war Matt nach fünf Minuten völlig gefesselt. Nur eine Sache irritierte ihn. Viele von Danny Wildes Tricks – der spitzbübische Blick in die Kamera, die Stegreifwitzeleien, die Art, wie er sich selbst auf die Schippe nahm, all das, was so mühelos wirkte und in Wirklichkeit so anstrengend war – kam ihm bekannt vor. Und plötzlich wußte er auch, wieso. Danny Wildes Technik war ›Matt Boyd pur‹.

Ein paar Minuten später trat Ally in einem pinkfarbenen Kostüm auf, das er noch nie an ihr gesehen hatte. Sie war erschreckend schön, aber nicht mit dem gewöhnlichen, todlangweiligen und sterilen Glanz der Durchschnittsmoderatorinnen. Sie war echt.

Als sie eine Mutter interviewte, deren Kind an Leukämie erkrankt war, vergaß man vollkommen, daß es Fernsehen war. Verblüfft verfolgte Matt, wie Ally am Ende der Show einfach aufstand und diese Frau umarmte, unter Müttern. Er spürte, wie sich in den Winkel seines harten Profiauges eine Träne schlich, und wußte, daß er zu so einer Geste niemals fähig gewesen wäre. Trotz all seiner Warmherzigkeit hätte er sich nie so entblößen können. Und er begriff, dies war Allys Geheimnis. Sie ließ sich auf die Menschen ein.

Matt lehnte sich zurück. Ritchie Page hatte gut daran getan, Ally und Danny zusammenzubringen. Zwischen den beiden herrschte eine Spannung, die man förmlich aus dem Bildschirm herausknistern hörte. Es war ihnen sogar gelungen, ihn, der zehn Jahre lang durch die Sendung geführt hatte, vergessen zu lassen, daß er alles andere als ein gewöhnlicher Zuschauer war.

Janey gähnte und blickte auf ihre Uhr. Es war schon halb elf. »Ich bin reif für die Kiste.«

»Willst du nicht warten, bis sie die Summe bekanntgeben?«

Janey schüttelte den Kopf. »Interessiert mich nicht. Aber Mum war großartig. Ich schau mir den Rest morgen mit Jess an.« Sie küßte ihn auf die Wange und ging zur Treppe.

Als die Show sich dem Ende näherte und die Summe, die die Zuschauer telefonisch gespendet hatten, von 15 auf 20 und dann weiter auf 23 Millionen stieg, sah Matt, wie Danny Wilde Ally zuzwinkerte und Ally mit einem Lächeln darauf reagierte. Unwillkürlich mußte er an Dannys Lächeln in jener Nacht denken, und plötzlich schrillte irgendwo in seinem Hinterkopf eine Alarmglocke.

Das feierliche Crescendo der Titelmusik verkündete das Ende der Show, und die Liste der Mitwirkenden und sonstigen Beteiligten begann abzulaufen. Wieder und wieder leuchtete die Endsumme auf, und die Zuschauer jubelten und tobten vor Begeisterung.

Matt sah, wie Danny Wilde sich zu Ally hinabbeugte und sie auf die Wange küßte. Das konnte man einfach als eine kameradschaftliche Geste von einem zufriedenen Moderator interpretieren. Doch Matt spürte, daß es etwas anderes war. Sein Instinkt hatte ihn nicht getrogen.

Ally und Danny verliebten sich gerade ineinander.

»Ally, Liebling, du warst phantastisch!« Der Regisseur stürzte sich auf Ally und drückte ihr einen Kuß auf jede Wange. »Wie du die Mutter in den Arm genommen hast, einfach umwerfend.«

»Das nennt man Spontaneität«, erklärte Bernie ihm. »Davon verstehst du nichts, mein Süßer.«

Ally lachte. Sie war zutiefst dankbar, daß sie die Show ohne jede Blamage überstanden hatte. Um sie herum knallten die Sektkorken, die Leute lachten und lagen sich glücklich in den Armen, stolz über die aufgebrachte Summe und zugleich erleichtert, eine der technisch anspruchsvollsten Unternehmungen im Fernsehen gemeistert zu haben.

Plötzlich vernahm Ally am anderen Ende des Raums ein Geräusch, das wie das Weinen eines Kindes klang. Sie drehte sich um und erblickte an der Hand von Danny Wilde ein etwa sechsjähriges Mädchen auf sie zukommen, das sich die Seele aus dem Leib weinte. Zum erstenmal seit dem Garderoben-Zwischenfall sprach sie wieder hinter der Kamera mit ihm, und sie merkte, wie sie rot wurde.

Beim Anblick des tränenüberströmten Gesichts der Kleinen war jedoch jede Empfindlichkeit rasch vergessen.

»Sie wollte ihr Taschengeld spenden«, erklärte Danny, »aber sie hat es nicht rechtzeitig hierhergeschafft.«

»Oh, mein kleiner Schatz.« Ally hob das Mädchen hoch. Das kleine entschlossene Gesicht erinnerte sie schmerzlich an Jess, als sie so alt war. »Du kannst es uns jetzt noch geben. Wir tun's dazu. Wieviel hast du denn?«

»Fünfzig Pence.«

Ally setzte die Kleine wieder ab und klatschte in die Hände. Alle drehten sich zu ihr. »Hört mal«, verkündete Ally bedeutend, »wir haben einen neuen Stand. Dreiundzwanzig Millionen zweihunderttausend Pfund – und fünfzig Pence.«

Begeisterter Applaus erfüllte den Raum, als die stolze Mutter mit glühenden Wangen ihr Kind abholte.

Als Ally sich umdrehte, blickte sie direkt in Danny Wildes strahlendes Gesicht. »Sie sind wundervoll.« Seine Stimme klang weich und liebkosend. »Hat Ihnen schon einmal jemand gesagt, wie wunderbar Sie sind?«

»In letzter Zeit nicht.« Ally war zwar klar, daß sie besser das Thema wechseln sollte, aber sie konnte sich nicht überwinden.

Sally, eine von den Redakteurinnen, ein fröhliches, liebenswertes, von oben bis unten mit Telethon-Stickern und -Plaketten übersätes Mädchen, hüpfte herbei. »Ally, Danny, ihr beide kommt doch mit zum Essen?« Sie steckte Ally einen Sticker an ihre Kostümjacke. »Telethon spendiert den Kuchen, und der Champagner ist von Century.«

Bedauernd schüttelte Ally den Kopf. Das erste Mal, daß sie überhaupt von irgendeinem Essen hörte. Als sie ihren Blick über die vielen glücklichen Gesichter schweifen ließ, verspürte sie große Lust, mitzukommen. Wenn sie nein sagte, würde es so aussehen, als sei sie nicht mit dem ganzen Herzen dabeigewesen. Aber zu Hause wartete Matt, der sich vielleicht niedergeschlagen fühlte. Sie ging besser heim.

»Ich würde ja wahnsinnig gerne mitkommen.« Zumindest klang ihre Stimme aufrichtig bedauernd. »Aber ich muß nach Hause.«

»Wartet Matt darauf, daß Sie ihm seinen Kakao bringen und ihn beruhigen?« Ally war schockiert von Dannys Sarkasmus. »Sorry«, entschuldigte er sich sogleich. »Das hätte ich nicht sagen dürfen. Aber mir ist der Gedanke, daß Sie zurückfahren und das Heimchen am Herd spielen, wo es doch so ein Triumph für Sie war, einfach unerträglich. Alle hier fanden Sie brillant.«

Ally fühlte sich trotz allem von der offensichtlichen Eifersucht geschmeichelt.

»Es ist hart für ihn, das Telethon an Sie zu verlieren.« Sie wollte kein Mitleid für Matt heischen, aber sie fand, daß einige Erklärungen schon nötig waren.

»Und noch härter ist es für mich, Sie an ihn zu verlieren.«

Ally war dankbar, daß Sally in diesem Moment anfing, die Leute nach unten zu den wartenden Taxen zu drängen und ihr keine Zeit blieb, zu antworten.

Ihre Unentschlossenheit währte nur kurz. »Tut mir wirklich leid, Leute, aber ich muß nach Hause.« Von den Umherstehenden ertönte ein allgemeines Geraune. »Viel Spaß.«

Ally verließ so schnell wie möglich den Raum und ging in ihre Garderobe, um ihre Sachen einzusammeln. In fünf Minuten würde sie alles gepackt und ein Taxi bestellt haben, und in einer Stunde wäre sie zu Hause.

Matt starrte noch immer auf den Fernseher, ohne irgend etwas von dem, was gerade lief, mitzubekommen. Er fühlte sich total deplaziert. Nicht einfach nur im Programm, sondern im Leben. Seine Vernunft sagte ihm, daß dieser Kuß auf die Wange überhaupt nichts zu bedeuten hatte, aber sein Instinkt hielt dagegen.

Nach so vielen Jahren beim Fernsehen wußte er, wie leicht es passieren konnte. Der Zufall würfelte einen zusammen. Es war aufregend, eine Sache gemeinsam durchzuziehen, an die beide glaubten. Man arbeitete bis spät in die Nacht. Und dann? Dann passierte es. Es war nicht mal so, daß die Leute danach suchten, es erwischte sie einfach. Es war so entsetzlich vorhersehbar.

Er schaltete das Fernsehgerät aus. Er mußte sich zusammenreißen. Aus einer plötzlichen Wut über sich selbst heraus unternahm Matt den bewußten Versuch, einfach zu glauben, daß Ally in einer Stunde durch diese Tür hereinkommen, er über seine albernen Verdächtigungen lachen und ihr von dem Wochenende erzählen würde, das er für sie beide gebucht hatte. Alles würde in Ordnung sein. Durch diese Vorstellung auf fröhlichere Gedanken gebracht, schubste er Sox von den Knien und ging in die Küche, um sich einen Kaffee zu machen.

Als sich zehn Minuten später die Lifttüren öffneten, war Ally überrascht, eine kleine Gruppe von Leuten aus ihrer Redaktion noch im Empfang anzutreffen. Verlegen drehte sie sich weg, doch Sally, die lauteste von allen, steuerte auf sie zu.

»Ally, Sie müssen mit! Es ist ohne Sie einfach nicht das gleiche.« Sally wußte, das war Erpressung, aber sie fand den Gedanken, daß Ally fehlte, unvorstellbar. »Denken Sie doch nur daran, wie hart wir gearbeitet haben. Es gibt sogar ein Geschenk für Sie.«

Ally gab sich geschlagen. Sie hatte Danny widerstanden, weil sie es mußte, aber gegen diese Attacke kam sie nicht an.

»Okay«, willigte sie schmunzelnd ein. »Aber ich muß Matt noch anrufen.«

»Sagen Sie ihm, er soll Ihre Pantöffelchen schon mal unter die Heizung stellen und Ihr Essen dem Hund geben«, empfahl ihr eine von den anderen Produktionsassistentinnen, die eine Flasche unter den Arm geklemmt hatte.

Ally benutzte den Apparat an der Rezeption. Von Danny war nichts zu sehen. Entweder war er schon mit den anderen weg oder nach Hause gefahren. Sie vermochte nicht zu sagen, was ihr lieber war.

Als das Telefon läutete, wußte Matt sofort, wer es war. Zu oft war er in der gleichen Lage gewesen. Das Lampenfieber vor der Show, die Aufregung während der Sendung. Und die Euphorie danach. Dann zu viele Drinks in kurzer Zeit, und irgendwann schlug jemand vor, essen zu gehen. Wie oft hatte er in einer solchen Situation an seine Frau und seine Kinder gedacht und höflich abgelehnt?

»Hallo, Matt. Ich bin's, Ally.« Er hörte den leicht entschuldigenden Ton in ihrer Stimme und das kindische Gelächter im Hintergrund. »Alle gehen zur Feier des Tages noch etwas essen. Wir haben 23 Millionen Pfund geschafft!«

»Ich weiß«, sagte er vergnügt. »Ich hab's gesehen.«

Ally war überrascht und bewegt. Das hatte sie nicht von ihm erwartet.

Mach weiter, wollte er gerade sagen, *amüsier dich*.

Wie aus dem Nichts tauchte plötzlich Danny Wilde neben Ally auf. »Komm schon, Star«, sagte er etwas lauter, als unbedingt notwendig gewesen wäre, »es sind schon fast alle weg.«

Von Eifersucht gepackt, schloß Matt am anderen Ende der Leitung die Augen und legte den Hörer auf. Und wie er so im Halbdunkel dasaß, überwältigte ihn ein anderes, bislang fremdes Gefühl: derjenige zu sein, der sitzengelassen wurde.

Draußen auf dem Bürgersteig mußte Ally feststellen, daß Sally und die lärmende Truppe von Produktionsassistentinnen sich zwecks Taxisuche oder mit den eigenen Autos bereits davongemacht hatten und sie und Danny allein zurückgeblieben waren. Sie versuchte, ein Taxi herbeizuwinken.

»Kein Grund zur Sorge. Wir können meinen Wagen nehmen.« Er zeigte auf einen altmodischen Rover, der ein paar Meter weiter geparkt stand.

Ally war verwundert darüber, daß er eine ungefähr vierzig Jahre alte Kiste fuhr und zugleich erleichtert, denn damit hatte sie schon ein Gesprächsthema für die Fahrt zum Restaurant. Er hielt ihr mit einer höflichen Verbeugung die Tür auf und warf ihr dabei jene Art von wissendem Blick zu, den in Pornofilmen die Chauffeure für die Ehefrauen ihrer Arbeitgeber reserviert haben, ehe sie ihnen ins Auto nachsteigen.

»Ach, wunderbar.« Ally lachte, plötzlich nervös wie ein Schulmädchen, und versuchte, seinem Blick auszuweichen, damit er nicht merkte, was in ihrem Innern vorging. Es war ein außergewöhnlicher Wagen. Ihr Onkel hatte das gleiche Modell gefahren, einen Wolseley. Sie konnte sich an das glänzende Armaturenbrett aus Walnußholz und an das kleine Handschuhfach, das man an einem Silbergriff wie eine Kommode öffnete, noch lebhaft erinnern. Neben sich entdeckte sie eine altmodische Armstütze, die sie dankbar herunterzog. Obwohl die Sitze so breit waren, daß keine Gefahr bestand, sich zufällig zu berühren, war seine Nähe körperlich spürbar.

Ally bemerkte nicht, daß jemand in der Rezeption beobachtete, wie sie davonfuhren. Belinda, die lange gearbeitet hatte, wollte sich gerade ein Taxi rufen lassen. Sie änderte jedoch ihre Meinung, machte kehrt und ging wieder zurück in ihr Büro. Privatgespräche führte sie besser von dort.

Ally hatte Glück. Die Fahrt bis zum Lokal dauerte nur zehn Minuten.

»Schau«, sagte sie gutgelaunt und versuchte, ihre Erleichterung zu verbergen, »da steigt Sally gerade aus dem Taxi. Und dort ist eine Parklücke, genau vor dem Restaurant.«

Doch Danny fuhr weiter um den Block herum, bis sie außer Sichtweite waren. Zwanzig Meter weiter sah sie das vertraute gelbe Zeichen für die Tiefgarage.

»Ich lasse den Wagen nicht gern auf der Straße.« Danny drehte seine Scheibe herunter und nahm ein Ticket. »Ich hänge einfach zu sehr daran, als daß ich einem Autoknacker eine Spritztour damit gönnen möchte.«

Sie fuhren hinab in die Betontiefen des Parkhauses, und Ally fühlte sich angesichts der plötzlichen Dunkelheit erleichtert. Verzweifelt versuchte sie ihre Erregung zu verbergen.

Als der Wagen stand, tastete sie nach dem Türgriff. Doch in dem alten Auto befand er sich nicht an der gewohnten Stelle. Mit seinem langsamen, trägen Lächeln lehnte Danny Wilde sich zu ihr hinüber, schob die Armlehne hoch und öffnete die Verriegelung. Dann drehte er sich wortlos zu ihr hin, küßte sie fest auf den Mund und preßte ihren Körper in das Leder des Sitzes.

Matt saß allein im Dunkeln. Er mußte mit jemandem reden, sonst würde er verrückt. In solchen Momenten waren Frauen den Männern haushoch überlegen. Wenn das Ally passiert wäre, hätte sie schon vor einer halben Stunde an der Strippe gehangen und ihre Freundin Susie angerufen, bis jetzt bereits eine Flasche Chardonnay heruntergekippt und kein einziges gutes Haar an ihm gelassen. Nach zwei Flaschen würden sie wie immer zu dem Schluß kommen, daß alle Männer Schweine sind, dann mühelos zu gerechter Entrüstung überwechseln, gefolgt von der Versicherung, wie leid ihnen die Männer täten, die nur von ihren Schwänzen regiert würden.

Er überlegte, ob er Bernie anrufen und diesem Zyniker anvertrauen sollte, daß er befürchtete, seine Frau habe eine Affäre mit Danny Wilde. Bernie würde wahrscheinlich in schallendes Gelächter ausbrechen.

Matt stützte den Kopf in die Hände. Niemals zuvor hatte er einen solchen Schmerz verspürt. Er griff hinter sich in die Hausbar und erwischte eine Flasche Brandy, aber nach einem Schluck stellte er sie wieder zurück. Was sollte das? Wenn er jetzt die Flasche austrank, was seiner Stimmung entsprach, würde er zwar seinen Kummer für heute nacht los, hätte dafür aber morgen früh gleich eine ganze Legion von Männchen mit Holzkeulen neben dem Bett stehen, und das Problem hätte er trotzdem noch am Hals.

Statt dessen erhob er sich und ging nach oben. Janeys Tür stand einen Spalt offen.

Sie hatte ihr Federbett abgeworfen. Ganz sanft deckte er sie wieder zu. Sie schlief friedlich, und ihr Gesicht hob sich leuchtend von dem schwarzen Laken ab. Sie hatte ein T-Shirt an, das er ihr letzte Weihnachten geschenkt hatte. FRAG EINEN TEENAGER, stand in großen Lettern darauf, SIE WISSEN ALLES. Behutsam kniete er sich neben das Bett und strich ihr übers Haar. Er liebte seine Töchter über alles. Aber in dieser Nacht hatte er zum erstenmal die Vorahnung, daß er sie verlieren könnte.

Unten klingelte das Telefon, und er fragte sich, wer um diese Zeit noch anrufen mochte.

24. Kapitel

Verwundert registrierte Bernie, daß Ally und Danny fünf Minuten später als alle anderen hereinkamen. Es hatte heute Momente gegeben, in denen er sich gefragt hatte, ob zwischen den beiden wohl etwas lief. Aber nach Bernies Erfahrung gab es nur eine sichere Methode, das herauszufinden: Kollegen, die eine Affäre miteinander hatten, schenkten sich in der Öffentlichkeit keine Aufmerksamkeit oder behandelten sich oft sogar ruppig, um die Leute auf die falsche Fährte zu locken.

Danny nahm unter großem Hallo-Geschrei Platz und griff sich

gerade die Speisekarte, als die mexikanische Kellnerin auftauchte und ihm ein kleines Glas Tequila mit einer Zitronenscheibe auf den Tisch knallte. Er trank es in einem Zug aus. Das Mädchen nahm ein weiteres Glas aus ihrem ledernen Patronengürtel, den sie um die Schultern geschwungen hatte, und wiederholte die Geste. Tequila war der Drink des Jahres.

Direkt neben Danny war ein Platz frei. Der einzig andere freie Platz war ganz oben am Ende des langen Tisches neben dem Drachen von Produktionsleiter. Ohne zu zögern drehte Ally Danny den Rücken zu und wählte den oberen Platz. Am anderen Tischende zog Bernie eine Augenbraue hoch und goß sich noch ein Aqua Libra ein.

Das Abendessen verlief lustig, besonders, als Ally einen Mini-Oskar aus Plastik und ein Stück Kuchen geschenkt bekam. Dennoch lauerte sie auf die erstbeste Gelegenheit, um sich davonzuschleichen. Sie brauchte unbedingt Zeit zum Nachdenken.

Als Ally sich erhob, um sich zu verabschieden, standen alle mit auf. Doch zu ihrer großen Erleichterung folgte ihr niemand. Sie war so erpicht darauf, nach draußen an die frische Luft zu kommen, daß sie dem Mädchen an der Garderobe eine Fünfpfundnote in die Hand drückte, weil sie kein Kleingeld hatte.

Als Danny Wilde wenige Minuten später ebenfalls aufstand und ging, überraschte das Bernie ganz und gar nicht. Er beobachtete Danny, wie er seine Garderobenmarke abgab und seinen Kamelhaarmantel in Empfang nahm. Ganz verstand er es nicht. Ally war immer so besonnen, so bodenständig. Matt mochte nicht der perfekte Hausmann gewesen sein. Er hatte Ally immer für selbstverständlich genommen und mißgönnte ihr jetzt ihren Erfolg, ganz davon abgesehen, daß er Bernie aus seiner eigenen Show geschmissen hatte. Und dann war da noch Belinda. Doch zu seiner großen Überraschung merkte Bernie, daß seine Sympathien auf Matts Seite lagen und er Mitleid mit ihm hatte, denn er wußte, daß Danny Wilde ein Wolf im Schafspelz war.

Beim zehnten Klingeln nahm Matt ab. Im stillen hoffte er, es wäre Ally, die ihm nur sagen wollte, daß sie es sich anders überlegt habe und lieber nach Hause käme. Mit wem er am allerwenigsten gerechnet hatte, war Belinda.

»Hallo, Matt. Bist du allein?«

»Abgesehen von Janey, die schon im Bett liegt, ja. Warum?«

»Das dachte ich mir. Ich habe gerade Ally gesehen...« Belinda legte ihren Köder aus.

Matt biß an.

»Wo?«

»Direkt vor Century. Wie sie in Danny Wildes Wagen stieg.«

»Ich weiß. Sie hat mich angerufen, daß sie mit dem Team essen geht.« Matt ärgerte sich über den rechtfertigenden Tonfall in seiner Stimme.

»So haben die beiden aber nicht ausgesehen.«

»Wie dann?«

»Wie ein frisch verliebtes Paar bei der ersten Verabredung.« Matt zuckte zusammen. Er hatte sich also nichts eingebildet. Für einige Sekunden war er vor Schmerz so benommen, daß er nichts von dem hörte, was Belinda sagte.

»Matt!« Sie unterbrach seine Gedanken, die bei dem Kuß weilten, den Danny seiner Frau gegeben hatte. »Schau, Matt, warum kommst du nicht einfach herüber? Du solltest diese Nacht nicht allein sein.«

»Hast du's gesehen? Wie fandest du es?«

»Danny kann dir nicht das Wasser reichen.« Das hatte Matt zwar nicht gemeint, aber er ließ es durchgehen. »Ally war gut. Es ist alles eine einzige beschissene Gefühlsduselei, Erpressung, aber sie hat ein Händchen dafür.«

Matt lächelte. Eines mußte man Belinda lassen: Sie war aufrichtig. Und während er ihr zuhörte, wurde ihm klar, daß er ihre ehrliche Bestätigung wollte, daß er es besser gemacht hätte.

»Nun mach schon, Matt. Du brauchst ja nicht zu bleiben. Nur für eine Stunde. Wenn du willst, kannst du wieder zu Hause sein, bevor sie zurückkommt.«

Plötzlich wurde Matt schwach. »Okay. Aber nur für eine Stunde. Bis gleich.«

Belinda legte den Hörer auf. In zehn Minuten würde sie daheim sein und eine Flasche Wein kaltstellen. Oder vielleicht besser zwei.

Kalt blies der Wind vom Fluß herüber. Den Mantel eng um sich geschlungen, wartete Ally an der Kreuzung Victoria Street/ Vauxhall Bridge Road auf ein Taxi. Sie stand vor der wenig beneidenswerten Aufgabe, einen Taxifahrer davon zu überzeugen, daß es die Sache wert war, sie hinaus ins tiefste Surrey zu fahren.

Das Problem war nur, daß heute abend überhaupt keine Taxen unterwegs waren. In der Hoffnung, daß ein paar Fahrer nach Theatergästen Ausschau hielten, ging sie in Richtung Themse. Ebenfalls Fehlanzeige. Sie fühlte sich auf dem Bürgersteig ziemlich auffallend plaziert, und während sie schon überlegte, zur U-Bahn-Station zurückzugehen, hörte sie hinter sich einen Wagen langsam näherkommen. Sie beschleunigte ihren Schritt. Ein Aufreißer würde ihr jetzt gerade noch fehlen.

Das erste, was sie bemerkte, als der Wagen sie erreicht hatte, war das offene Fenster, aus dem Jess' Lieblingsstück mit dem subtilen Titel »Let's Talk about Sex, Baby« dröhnte. Pech für sie. Kein einfacher Straßenrandaufreißer, sondern ein minderjähriger Straßenrandaufreißer.

»Wollen Sie mitfahren, Lady?« Sie erkannte die Stimme sofort.

Er lehnte sich hinüber und öffnete die Tür zu seinem Rover. Sie war durchgefroren und müde und hatte nicht die Kraft zu widerstehen. Doch kaum saß sie im Wagen, hatte sie sich wieder im Griff.

»Sie können mich am Victoria Station absetzen. Da müssen Taxen stehen.«

Zwei Minuten später hielt er vor dem Bahnhof und blickte sie an. Sein irritierendes Lächeln verwirrte sie erneut. Diesmal unternahm er keinen Versuch, sie zu küssen, doch er machte es ihr trotzdem nicht leichter.

»Sind Sie sicher, daß Sie das Taxi nicht von meiner schönen, warmen Wohnung aus anrufen wollen?«

Fast hätte Ally ja gesagt. Sie stellte sich vor, wie es wäre, wenn sie auf seinem Sofa saß und den Hörer abnahm. Vielleicht kam er zu ihr herüber, knöpfte langsam ihre Bluse auf, liebkoste ihre Brüste, während sie Namen, Adresse und was sonst noch vergaß und nichts als die reine Erregung seiner Berührungen spürte.

»Nein, danke«, sagte sie schließlich und hoffte, er nahm den

Hauch von Unentschlossenheit, der in ihrer Stimme mitschwang, nicht wahr.

»Sie könnten richtigen Kaffee und Croissants bekommen«, lockte er verführerisch. »Morgen früh.«

»Ich kann zu Hause richtigen Kaffee und Croissants bekommen.«

»Aber Sie haben noch nie *meinen* Kaffee probiert.« Er lächelte lässig. »Er ist in ganz London berühmt.»

»Davon bin ich überzeugt«, erwiderte Ally trocken. Sie hatte sich wieder unter Kontrolle. »Aber ich bevorzuge Tee.« Sie öffnete die Tür und stieg aus.

Er lehnte sich über den Beifahrersitz, zog die Tür zu und kurbelte das Fenster herunter. »Ich will Ihnen mal was sagen, Mrs. Boyd« – Ally hatte auf der gegenüberliegenden Straßenseite ein Taxi entdeckt und stürzte darauf zu –, »ausgezogen sind Sie mir lieber.«

Ohne zu antworten, rannte Ally quer über die Victoria Street. Als sie im Taxi saß, spürte sie ein solch feuriges Begehren in sich auflodern, daß sie kein Wort über die Lippen brachte.

»Wohin soll's denn gehen, Darling«, fragte der Fahrer.

Danny Wilde war nicht ungefährlich. Im Gegenteil.

Schweigend beobachtete Danny, wie das Taxi verkehrswidrig wendete und dann mit hoher Geschwindigkeit Richtung Themse davonschoß. Er fühlte sich selten wirklich enttäuscht, doch heute abend war es so. Ruhm und Reichtum garantierten ihm normalerweise, daß er bei fast jeder Frau landen konnte. Aber nicht bei Ally. Und er konnte nicht mal sagen, ob er jetzt so scharf auf sie war, weil sie ihn abblitzen ließ, oder ganz einfach nur, weil er sie sehr attraktiv fand.

Er schaltete den Motor wieder ein und nahm Kurs auf seine leere Wohnung. Während der Heimfahrt mußte er plötzlich wieder an Ritchie Pages Anruf vor zwei Tagen denken. Page hatte ihn und seinen Agenten Jack Saltash zu einem geheimen Treffen eingeladen, um darüber zu diskutieren, wie man die *Matt-Boyd-Show* ersetzen konnte. Danny hatte keine Vorstellung, ob Page nur spekulierte, um Matt einen Schrecken einzujagen, oder ob dieser Vorschlag eine echte Option bedeutete. So oder so würde es sicherlich besser sein, sich gefühlsmäßig nicht auf Matts Frau einzulassen. Das könnte unangenehm werden.

Während er an Hyde Park Corner vorbeifuhr, mußte er wieder daran denken, wie wunderschön ihre Brüste waren und wie schutzlos sie ausgesehen hatte, als sie versuchte, ihre Nacktheit mit den Händen zu bedecken. Und er fragte sich, ob es nicht schon zu spät für sie beide war.

Der Taxifahrer hatte sich ohne das übliche Augenverdrehen und den tiefen Seufzer einverstanden erklärt, sie nach Hause zu fahren. Zufällig wohnte er in der gleichen Richtung, und er hatte gerade beschlossen, Feierabend zu machen.

Die Anstrengungen der Show und die Kraft, die es sie gekostet hatte, Dannys Verführungskünsten zu widerstehen, forderten ihren Tribut. Ohne es überhaupt zu merken, schlief sie ein.

»Da wären wir, junge Frau.« Der Taxifahrer schob die Trennwand zurück und drehte sich zu Ally. »Macht 26 Pfund.«

Erstaunt, daß sie schon zu Hause sein sollte, wo sie doch gerade erst die Augen geschlossen hatte, setzte Ally sich auf.

Ein merkwürdiges Gefühl beschlich sie, als sie das Haus betrat. Die Lichter waren aus, und es herrschte eine seltsame Ruhe. Selbst Sox war still. Sie blickte auf ihre Uhr. Ein Uhr vorbei. Was hatte sie denn erwartet? Ein Empfangskomitee vielleicht?

In der vagen Hoffnung, daß Matt auf dem Sofa eingeschlafen war, ging sie ins Wohnzimmer. Doch niemand war da. Er mußte schon zu Bett gegangen sein.

Oben schaute sie zuerst zu den Kindern, ehe ihr einfiel, daß Jess heute woanders übernachtete. Janey lag auf der Seite und hatte ihre Decke wie ein kleines Mädchen bis unters Kinn gezogen. Ally kniete sich einen Moment neben sie, erleichtert, daß sie nicht irgend etwas Dummes getan hatte.

Leise ging sie über den dicken Teppichboden zu ihrem Schlafzimmer und öffnete in der Erwartung, das vertraute und beruhigende Bild von Matt unter der Bettdecke zu sehen, lächelnd die Tür.

Doch von Matt war weit und breit keine Spur. Auf Zehenspitzen ging sie wieder nach unten. Sein Mantel war weg. Sie öffnete die Haustür und rannte über die vom Mondschein erhellte Terrasse zur Doppelgarage. Sein Wagen stand nicht drin.

Dafür muß es eine absolut vernünftige Erklärung geben, sagte sie zu sich selbst. *Ich weiß sie einfach nur nicht.*

Matt kehrte langsam in die Wirklichkeit zurück. Genau in dem Moment, wo er seine rasenden Kopfschmerzen wahrnahm, wurde ihm auch die Peinlichkeit bewußt, ohne Kleidung in Belindas Bett zu liegen. Das einzige, an das er sich noch erinnerte, war, daß er es nicht gewesen sein konnte, der die Sachen ausgezogen hatte. Sie lagen so sauber zusammengefaltet auf einem Rattanstuhl wie in einem Regal bei Benetton. Das hätte er nicht mal nüchtern getan, geschweige denn besoffen. Er verkroch sich unter der weißen Decke. Er war sich nicht sicher, ob er dieser Entwicklung gewachsen war.

»Guten Morgen.« Belindas Weckruf erklang von der Tür her.

Guter Gott, war es Morgen? Er hatte nach Hause gehen, nicht die Nacht hier verbringen wollen. Was mochte Ally gedacht haben, als sie ihn nicht antraf?

»Es tut mir leid, wenn ich das fragen muß«, sagte er kleinlaut, »aber was ist letzte Nacht eigentlich passiert?«

Belinda schaute ihn kurz an und fragte sich, was ihn wohl am meisten beunruhigen würde: zu hören, daß sie es fünfmal miteinander getrieben hätten, oder die Wahrheit – daß es nicht ein einziges Mal war, weil Matt, entweder wegen des überhöhten Alkoholkonsums oder wegen seiner Schuldgefühle, keinen hochgekriegt hatte. Sie vermutete, daß es sich für sie persönlich vorteilhafter auswirken würde, wenn sie sagte, sie hätten miteinander geschlafen. Doch aus einem unerwarteten Anfall von Ehrlichkeit heraus fand sie es besser, bei der Wahrheit zu bleiben. Sie setzte sich auf die Bettkante und nahm seine Hand.

»Du meinst, was letzte Nacht *nicht* passierst ist.« Sie hatte ein ironisches Lächeln aufgesetzt.

Matt steckte seinen Kopf unter die Decke. »Wir haben es versucht, willst du sagen?«

»*Ich* habe es versucht«, verbesserte sie. »Aber irgendwie bist du auf nichts angesprungen.«

»Wie bin ich aus den Klamotten gekommen?«

»Betrachte mich als Krankenschwester.« Belinda tätschelte seine Hand.

Er verkniff sich eine kluge Antwort, die ihm auf der Zunge lag, und beschloß, sich ihr anzuvertrauen.

»Ich glaube, diese Sache mit Ally und Danny geht mir langsam an die Nieren.«

Eine solche Gelegenheit ließ Belinda sich nicht durch die Lappen gehen. »Schau Matt, wenn sie sich in der Öffentlichkeit so benimmt, dann ist es wirklich nicht unloyal, wenn du zu mir ziehst – zumindest für eine Weile.«

Matt war gerührt von diesem Angebot. Sanft streichelte er Belindas Hand und versuchte, seinen Mut zusammenzunehmen und ihr zu sagen, daß er Ally trotz Danny Wilde immer noch liebte und um sie kämpfen mußte.

Ally saß am Küchentisch und starrte auf die Uhr über dem Schrank. Die Minuten verstrichen langsam. Zum erstenmal in ihrer Ehe war Matt über Nacht weggeblieben, ohne eine Erklärung zu hinterlassen. Um sieben war sie aufgewacht, und jetzt war es neun, und von Matt war immer noch nichts zu sehen. Die naheliegenden Ängste, daß Matt vielleicht mit seinem Wagen gegen einen Laternenpfahl gefahren war und jetzt irgendwo im Graben lag, hatte sie bereits durchlitten. Inzwischen – sie war bei ihrer vierten Tasse Kaffee angelangt – verspürte sie nichts anderes mehr als kalte Wut. Sie hatte unzählige Versionen durchgespielt, was sie ihm entgegenschleudern würde, wenn er auftauchte. Dabei wußte sie nur zu gut, daß sie nichts davon sagen würde, wenn er zur Tür hereinkam.

Zunächst hatte sie überlegt, Bernie oder jemand anderen bei Century anzurufen. Doch dann wurde ihr klar, wie dumm sie damit aussehen würde. Beim Gedanken an die kurze, schmerzhafte Pause am anderen Ende der Leitung, wenn Bernie sich dachte, armes Lämmlein, hast du das denn nicht gewußt, lief ihr ein kalter Schauer der Demütigung den Rücken herunter. Und die Wahrheit war, daß sie es wußte. Sie wußte ebensogut wie jeder andere, wo Matt steckte. Während sie Danny Wilde widerstanden hatte, war er zu Belinda unter die Bettdecke geschlüpft. Tröstlich wenigstens, daß bisher weder Jess noch Janey aufgetaucht waren und sich nach ihm erkundigt hatten.

Die Hintertür öffnete sich, und herein kam ein verlegen dreinschauender Matt. Seine ungewohnt linkische Haltung und die Art, wie er die Schultern hängen ließ, sprachen Bände.

Ally fixierte ihn. »Wo bist du letzte Nacht gewesen?« Sie haßte sich im selben Moment für diesen Klischee-Satz.

»Das könnte ich dich genauso fragen.«

Als Matt sie anschaute, bemerkte er, daß sie immer noch das Make-up von der Show trug. Sie sah aus, als ob sie geweint hätte. Er fühlte sich entsetzlich schuldig.

Er wußte, er mußte sich entschuldigen und suchte nach den passenden Worten. Doch Ally kam ihm zuvor.

»Bist du endlich bei Pretty Belinda gelandet? Ich nehme an, sie verdient ein paar Punkte, weil sie sich so für dich ins Zeug gelegt hat.« Die Wut in ihrer Stimme verletzte ihn. »Du kommst einfach nicht damit zurecht, stimmt's?«

»Mit was?«

»Ich dachte, du hättest mehr Format. Ich dachte, du würdest mir mein bißchen Erfolg gönnen.«

»Das habe ich doch.«

»Ach komm, Matt. Du bist so egoistisch wie eh und je. Alle sechs Monate einmal die Küche aufräumen schafft noch lange keine gleichberechtigten Verhältnisse in unserer Ehe. Ich dachte, du könntest dich vielleicht ändern. Aber ich habe mich geirrt. Du bist nur glücklich, wenn du der Mittelpunkt bist, um den alle herumhüpfen. Sobald ich dich nicht mehr von vorne und hinten bedient habe, hast du's nicht mehr ertragen und bist zu Belinda gerannt.«

Matts natürlicher Sinn für Gerechtigkeit und sein männlicher Stolz lagen im Kampf miteinander. Der Stolz gewann die Oberhand. Wie konnte sie es wagen, ihn zu beschuldigen, wenn sie doch selbst Dreck am Stecken hatte?

»Du hast dir doch selbst einen Softie gesucht, bei dem du dich ausweinen kannst.« Er dachte an Danny Wilde und das unterdrückte Verlangen, das er in ihren Augen entdeckt hatte. »Bringt er dir nach dem Bumsen auch einen Tee ans Bett?«

Ally wurde übel. Wie konnte Matt etwas über Danny wissen?

»Auf jeden Fall sorgt er dafür, daß ich mich gut fühle«, schoß sie zurück. »Er respektiert meine Begabung, was mehr ist, als du jemals getan hast.«

Matt war wie vor den Kopf gestoßen. Sie stritt es nicht mal ab. »Natürlich tut er das! Weil er mit dir ins Bett will.« Matt war so wütend, daß er nicht mal wußte, ob er selbst glaubte, was er da von sich gab. »Und warum will er mit dir ins Bett? Weil du ein warmherziges und wunderschönes Geschöpf bist – oder weil du meine Frau bist?« Matt wußte, daß er nur noch um sich schlug, sie verletzen wollte, und konnte trotzdem nicht aufhören. »Siehst du nicht, worauf er aus ist? Er hat meine Show bekommen, und jetzt will er noch damit herumprahlen, er hätte mir zusätzlich noch meine Frau ausgespannt.«

Sowie die Worte heraus waren, bereute Matt sie auch schon. Er hatte einfach nur erwartet, daß sie es verneinen würde, wenn auch nur zum Schein. Aber nicht mal versucht hatte sie es.

»Ach, so denkst du also.« Ally war wie gelähmt. Sie konnte einfach nicht glauben, was sie gerade gehört hatte. »Du glaubst, die ganze verdammte Welt dreht sich nur um Matt Boyd.« Ally war jetzt ebenfalls wütend. »Es ist dir nicht zufällig in den Sinn gekommen, daß Danny Wilde das Telethon deshalb angeboten wurde, weil er Talent hat.«

Zu spät bemerkte sie den Hintersinn ihrer Worte.

»Und ich von gestern bin, meinst du«, fügte er hinzu. »Nun, vielleicht sollte ich dich von meiner mittelmäßigen Präsenz erlösen und das Feld dem Großtalent Danny Wilde überlassen.«

Draußen in der Diele nahm Janey den Walkman ab, den sie von Jess geborgt hatte. Noch nie hatte sie ihre Eltern so schreien gehört. Sie öffnete die Küchentür ein wenig, blieb wie angewurzelt stehen und schlich dann leise in ihr Zimmer hinauf.

Weder Ally noch Matt hatten in ihrer wachsenden Wut und ihren Rechtfertigungstiraden etwas gemerkt.

Ally bebte vor Zorn über Matts männliche Einbildung. Er dachte tatsächlich, daß Danny sich seinetwegen und nicht um ihrer selbst willen um sie bemühte. So, wie er sich jetzt gab, wollte sie nicht weiter mit ihm zusammenleben. »Vielleicht hast du recht. Vielleicht trennen wir uns besser, bis wir wissen, was wir wollen.«

»Keine Angst.« Matt eilte schon in Richtung Diele. »Ich gehe. Dann hast du soviel Zeit zum Nachdenken, wie du willst.«

Ally schloß die Augen, als sie die Haustür zuknallen hörte.

Wollte sie wirklich, daß er ging? Sie hatten sich beide so saublöde Sachen an den Kopf geworfen. Warum rannte sie ihm nicht hinterher und sagte die Wahrheit? Daß sie nicht ein einziges Mal mit Danny Wilde im Bett gewesen war, daß sie ihn abgewiesen hatte, weil sie ihre Töchter liebte. Und ihn.

Als sie sich endlich zu einem Entschluß durchgerungen hatte und zur Haustür ging, sah sie Janey, schneeweiß im Gesicht und zitternd, in ihrem T-Shirt und Bettsocken vor sich stehen. Sie sah aus wie eine Sechsjährige.

»Hallo, Janey, mein Herz.« Ally versuchte sich ruhig zu geben. »Magst du frühstücken?«

Ally hörte, wie draußen der Kies aufspritzte, als Matt aus ihrem Leben davonfuhr.

Janey drehte sich um. Statt daß ihre Eltern gemeinsam auf ein romantisches Wochenende verschwanden, wie ihr Vater es geplant hatte, hatten sie sich fürchterlich gestritten.

Matt brauste mit hoher Geschwindigkeit in Richtung London und versuchte, seine Wut loszuwerden, indem er Sonntagsfahrer anhupte und bei Gelb über die Ampeln raste. Erst als er einen Taxifahrer und einen Kurier sah, die sich einen Schlagabtausch lieferten, nur weil der eine den anderen geschnitten hatte, kam er wieder zu Verstand. Als er die beiden beobachtete, wurde ihm klar, daß er sich genauso pubertär benahm, und er verlangsamte sein Tempo auf Fünfzig und wechselte in die mittlere Spur.

Er wurde sogar noch langsamer. Vor ihm gabelte sich die Straße in zwei Richtungen: in eine Ringstraße, die ihn wieder in die Richtung zurückführte, aus der er gekommen war, und damit heim zu Ally, und in eine Straße, die geradewegs in das Zentrum von London und zu Belindas Wohnung in Battersea verlief.

Er könnte immer noch an der nächsten Kreuzung wenden. Doch warum sollte er? Ally hatte nicht den geringsten Versuch unternommen, eine Affäre mit Danny Wilde zu bestreiten. Er umklammerte das Lenkrad, bis seine Knöchel weiß wurden. Dies machte ihm mehr aus als jede berufliche Rivalität.

Er mußte an Janey und ihre Abiturprüfung denken. Und an Jess, die sich nach außen immer so knallhart gab, aber es im Grunde ihrer

Seele gar nicht war. Er wußte, er konnte sich nicht einfach davonmachen, ohne sich überhaupt zu verabschieden. Seine Stimmung besserte sich ein wenig. Er bog auf die innere Spur ab und nahm die Ringstraße zurück nach Hause zu seiner Familie.

25. Kapitel

Als Matt am anderen Morgen aufwachte, war er froh, in seinem eigenen Bett zu liegen. Ally hatte ihn zwar nicht gerade mit offenen Armen empfangen, aber sie hatten eine Art bedrückenden Waffenstillstand geschlossen. Was ihm immer klarer wurde, war jedoch, daß es weniger ihr Erfolg als vielmehr sein plötzliches berufliches Versagen war, das ihre Ehe trübte. Und dagegen etwas zu tun, lag ganz sicher in seinen Kräften.

In der letzten Nacht war ihm eine phantastische Idee für seine Show gekommen. Jetzt mußte er nur noch Belinda überreden. Aber angesichts ihrer Reaktion am Abend zuvor, als er sie angerufen hatte, um ihr zu sagen, er werde bei Ally bleiben, dürfte das nicht ganz leicht werden.

»Ich glaube, Belinda, ich muß langsam zugeben, daß ich ein paar Fehler gemacht habe.« Matt und sie gingen zusammen einen der endlosen Century-Flure entlang.

»Daran brauchst du mich nicht zu erinnern, Matt.« Belindas Herbheit machte nur zu deutlich, daß sie ihm keineswegs verziehen hatte.

»Okay, okay, ich weiß. Aber ich meine beruflich. Da wir mit unserer Sendezeit feststecken und Page uns nicht wechseln läßt, haben wir die Show vielleicht ein bißchen überfrachtet. Wir brauchen etwas, das scharf und witzig und zugleich anders ist.«

»Und wie willst du das machen?«

»Indem wir den Aufbau noch mal überdenken. Anstatt drei mittelmäßige Gäste zu nehmen, laden wir einen Superstar ein und führen ein großes, intensives Interview. Jemanden, den wir eigens für die Show aussuchen und nicht irgendeinen Star, der sich gerade zufällig im Lande aufhält.«

»Aber die kommen doch nur, um für sich zu werben. Wie wollen wir sie denn kriegen, wenn sie die Werbetrommel nicht rühren dürfen?«

»Wir werden ihnen mit dem Prestige unseres Projekts schmeicheln. Verkaufen es als Ehre. Wir könnten auch die Leute im Publikum auffordern, Fragen zu stellen.«

Seine Stimme klang so eifrig, daß Belinda trotz ihrer Wut auf ihn von seinem Elan angesteckt wurde. Es war keine schlechte Idee. Und sie brauchten wirklich etwas.

»Einverstanden. Laß es uns probieren. Hast du schon jemanden im Kopf, mit dem wir anfangen könnten?«

Matt setzte ein vielversprechendes Lächeln auf. »Eigentlich habe ich an Meredith Morgan gedacht.«

»Aber sie gibt doch zur Zeit keine Interviews.« Die legendäre Sexgöttin aus Hollywood war inzwischen fast achtzig, verschliß gerade ihren achten Ehemann und stand in dem Ruf, Alkoholprobleme zu haben.

»Doch«, versicherte Matt und erzählte ihr davon, wie Meredith ihm auf einer Party in Hollywood in die Arme gelaufen war. Matt hatte sie aus einer Gruppe langweiliger Nichttrinker gerettet und mit ihr seine heimliche Whiskyquelle geteilt. Dafür hatte sie ihm ewige Treue gelobt und einen Besuch in seiner Show versprochen. »Wenn sie weiß, daß ich es bin.«

Zu Bernies Verärgerung mußte Ritchie Page für zwei Wochen nach New York, und der nächstmögliche Termin, den er und Ally bekommen konnte, um noch einmal die Sendezeit ihrer Show zu diskutieren, war nach seiner Rückkehr. Das gab ihnen zumindest die Möglichkeit, zwei weitere Shows aufzunehmen und zu schneiden. Und in der Zwischenzeit konnte Bernie ein sensationelles Band mit Highlights aus allen Shows zusammenstellen. Das mußte Page einfach davon überzeugen, daß Allys Show die beste Sendezeit verdiente.

Plötzlich dachte Bernie an Stephen, mit dem er solche Dinge sonst diskutiert hätte. In letzter Zeit sah er viel glücklicher aus. Man hatte gemunkelt, er sei zum Leiter der Abteilung Corporate Relations wegbefördert worden, und anstatt zu kündigen, wie jeder erwartet hatte, nahm er das Geld und machte sich ein schönes Leben. Manche Leute konnten das.

Bernie lenkte seine Gedanken wieder auf seinen Job. Bevor er Ritchie Page überhaupt irgend etwas zeigen konnte, mußte er Ally nach ihrer Meinung fragen. Er war sich ziemlich sicher, daß sie interessiert sein würde. Er griff zum Hörer. »Schatz, ich brauch' dich hier, damit du dir das Band ansiehst, bevor es hochgeschickt wird. Wann geht's bei dir?«

»Wie sieht's mit übermorgen aus?«

»Wunderbar.« Er war eine Spur enttäuscht, daß sie nicht auf der Stelle in den Wagen sprang und zu ihm kam. »Nebenbei gefragt, wann hast du Geburtstag?«

Ally klang verwirrt. »Im November.«

»Stimmt nicht. Übermorgen. Und du könntest dir kein besseres Geschenk wünschen.«

Als Ally vor dem Bildschirm saß, beschlich sie die Sorge, daß ihr das Band nicht so gefallen würde wie Bernie. Aber dazu bestand gar kein Anlaß. Sie war von der ersten bis zur letzten Sekunde gefesselt.

Anschließend herrschte einen Moment Stille. Breit grinsend erwartete Bernie ihre Reaktion.

Ally suchte nach Worten. Schließlich fiel sie ihm um den Hals und jubelte: »Es war so gut, ich habe ganz vergessen, daß ich es war.«

»Du mein bescheidener Superstar, bist auf dem besten Wege, eine heiße Ware zu werden.«

Ally lächelte und drückte ihn noch fester an sich. Am Ende hatte sie doch etwas gemacht, auf das sie richtig stolz sein konnte. Wenn sie nur Ritchie Page überzeugen konnten, ihnen eine anständige Sendezeit zu geben.

Ally empfand das Treffen mit Page äußerst nervenaufreibend. Page, gerade frisch aus dem Flugzeug gekommen, litt unter den Folgen des Jetlags und wirkte gelangweilt. Ally beobachtete, wie ihm sogar mitten in Bernies Verkaufsargumentation die Augen zufielen. Schlagartig verschwand ihre Nervosität, und sie ging zum Angriff über.

»Sehen Sie, Mr. Page.« Sie stand auf, als ob die Unterredung beendet wäre. »Warum lassen wir Ihnen das Band nicht hier, wenn Sie im Moment offensichtlich viel zu beschäftigt sind, um ein vernünftiges Urteil treffen zu können?« Ihre Stimme, aggressiv wie Schmirgelpapier, schien ihm durch Mark und Bein zu gehen.

»Nein, nein. Ich möchte es gerne jetzt sehen. Legen Sie das Band ein.«

Während er sich die Aufzeichnung anschaute, beobachtete Ally, wie sich Pages Körpersprache von höflicher Langeweile zu einem Grad an Begeisterung wandelte, der sich mit dem von Ally und Bernie fast deckte.

»Aber das Zeug ist ja sagenhaft!« Er saß nun aufrecht und schaute wie ein Schwarzhändler, dem man gerade eine LKW-Ladung gefälschter Uhren angeboten hat. »Absolut wundervoll!«

»Genau das habe ich Ihnen klarzumachen versucht«, erklärte Bernie. »Phantastisch. Fesselnd. Wunderbar. Das wird das Gesprächsthema Nummer eins in jeder Kneipe dieses Landes sein. Die Leute werden sich gegenseitig ihre Geheimnisse anvertrauen. Die Boulevardpresse wird seitenweise darüber schreiben. Es wird Mega. Allerdings nur, wenn Sie uns eine anständige Sendezeit geben. Die Frage ist, haben Sie eine?«

Page schwieg wie eine Sphinx. Ihm war gerade eine Lösung eingefallen, die so perfekt war, daß er es noch nicht richtig glauben konnte. Diese Show verdiente einen großartigen Sendeplatz. Er hatte immer schon vorgehabt, Matt Boyd für den Sommer aus dem Programm zu nehmen und die Show durch eingekaufte Billigserien zu ersetzen. Warum nicht durch Allys Show?

»Ein Sendeplatz wird demnächst frei.« In einer übertrieben lässigen Geste legte Page seine Füße auf den Tisch.

»Und der wäre?« fragte Bernie.

»Freitagabend sieben Uhr, in sechs Wochen.«

»Hey!« Bernie sprang auf, in seinem Kopf arbeitete es wie wild. Das war eine der besten Zeiten überhaupt.

Allys Herz machte ebenfalls einen Hüpfer, doch dann wurde ihr klar, was für ein Platz das war. Sie blickte Page direkt in die Augen. »Das ist Matts Sendezeit.«

»Mein Gott!« Bernie schüttelte den Kopf über seine eigene

Dummheit. »Ich habe die verdammte Show doch zehn Jahre lang produziert. Natürlich.« Darauf also war Page aus, dieser hinterhältige Bastard.

Page bewegte die Füße ein wenig. Seine Stimme klang ruhig und vernünftig, als er sprach. »Das stimmt. Aber ich will die *Matt-Boyd-Show* für den Sommer rausnehmen. Es ist verrückt, sie das ganze Jahr über zu senden. Kein anderer Fernsehsender tut das.«

Bei Pages Worten zerplatzte Allys Traum wie eine Seifenblase. »Weiß Matt davon?« Sie kannte die Antwort bereits. Matt hätte es ihr gesagt, wenn er es gewußt hätte.

»Noch nicht. Ich werde ihn informieren, sobald wir diese Sache geklärt haben.«

»Nein.« Ally wollte zwar eine Spitzensendezeit. Aber nicht um jeden Preis. »Es tut mir leid, Mr. Page, aber das kann ich Matt nicht antun.«

Page zuckte mit den Schultern. »Ich werde seine Show so oder so rausnehmen, ob Sie ihn ersetzen oder nicht.«

Wie hypnotisiert verfolgte Bernie die Szene, hin und her gerissen zwischen Mitleid für Allys Dilemma und seinen eigenen Interessen. Es war die absolut beste Gelegenheit. »Was können Sie uns sonst noch anbieten, wenn wir das nicht wollen?«

Page griff in seine Schublade und holte eine riesige Tabelle hervor. Er studierte sie kurz. »Ich könnte vielleicht am Dienstag um halb vier was freimachen, natürlich nur, wenn die Programmabteilung zustimmt.«

»Das ist doch Scheiße! Die Mütter sind gerade unterwegs, um ihre blöden Kids von der Schule abzuholen. Kein Hund setzt sich um diese Zeit vor die Kiste, geschweige denn, ein Mensch.« Bernie wußte, daß es keinen Sinn hatte, darüber zu debattieren. Es war sowieso nur Show. Page wollte sie am Freitag um sieben Uhr sehen, und alles andere, was er ihnen anbot, würde Mist sein.

Page hob die Schultern. »Sie haben die Wahl.«

»Wir müssen darüber reden.« Bernie nahm seine Unterlagen.

»Da gibt es nichts zu reden, Bernie.« Allys Ton klang unnachgiebig. Egal, wie sehr sie wollte, daß ihre Show lief, so konnte sie Matt nicht verraten.

»Schauen Sie, Allegra.« Page nahm die Füße vom Schreibtisch

und lächelte sein perfektes Zahnpasta-Lächeln, so makellos, daß einem angst und bange werden konnte. »Es wird Zeit, daß Sie begreifen, daß Sie diejenige sind, die oben ist. Matt ist am Ende. Seine Einschaltquoten sind miserabel. Die neue Show ist eine einzige Katastrophe. Wäre er eine kleinere Nummer gewesen, hätte ich ihn schon vor Monaten rausgenommen. Aber ich wollte fair sein. Ihm eine Chance geben. Nun, er hat sie gehabt.«

Ally schloß die Augen. So etwas wollte sie nicht hören. Es klang so, wie wenn einer obszön über jemanden sprach, den man liebte. Es war so unfair! Warum schien denn ihr Erfolg von Matts Mißerfolg abzuhängen?

»Komm Bernie, laß uns gehen.« Sie schnappte seinen Arm und zog ihn fast aus dem Raum, während sie mühsam die Tränen der Wut, der Enttäuschung und des Kummers zurückhalten mußte.

»Denken Sie darüber nach.« Page beschloß, die Tür nicht endgültig zuzuschlagen, ganz gleich, was Ally gesagt hatte. Er stand auf und lehnte sich lächelnd gegen seinen Schreibtisch. »Übrigens«, sagte er, »brauche ich Ihre Zustimmung nicht. Ihre Aufgabe ist es, die Sendung zu machen. Über die Zeitplanung hat keiner von Ihnen zu entscheiden.«

Sobald sie draußen waren, drehte Ally sich zu Bernie. »Das stimmt doch nicht, oder? Er kann ohne unsere Zustimmung nicht einfach meine Show umplazieren.«

»Die Wahrheit ist leider«, Bernie zog sie in einer seltenen Geste von Zärtlichkeit an sein rauhes, altes Tweedjacket, »daß er damit tun kann, was immer er will.«

»Mein Gott, Bernie!« Ally lehnte sich trostsuchend an seine Schulter. »Was, um alles in der Welt, soll ich bloß tun?«

Für einen Moment kämpfte Bernie mit sich selbst. Wenn sie nichts unternahmen, würde Page mit seinen Plänen weitermachen, und sie würden wahrscheinlich einen der besten Sendeplätze im Fernsehen bekommen, vermutlich aber auf Kosten von Allys Ehe. Wenn sie widersprachen, bekämen sie irgendeine beschissene Zeit am Nachmittag aufgebrummt.

Er blickte Ally an. Er wußte, welche Lösung sie bevorzugte. »Ich glaube, du sprichst besser mit Matt, bevor Page es tut.«

Ritchie Page nippte an seinem Cappuccino und lächelte. Die Dinge liefen besser, als er erwartet hatte. Der Stand der Verhandlungen mit Danny Wilde wegen der Übernahme von Matts Show im Herbst war zufriedenstellend, und nun hatte ihm Allegra Boyd einen perfekten Grund geliefert, um ihrem Ehemann die Daumenschrauben anzulegen. Mehr noch, Allys Show war so gut, daß man ihm keine üblen Tricks unterstellen konnte. Tief befriedigt atmete er durch und lehnte sich vor, um den Knopf für die Gegensprechanlage zu drücken. »Lorraine, könnten Sie Matt Boyd auftreiben und ihn bitten, unverzüglich herzukommen?«

Wenngleich in den Büros hektische Betriebsamkeit herrschte, konnte Ally Matt nirgends finden. Belinda kam aus dem gemeinsamen Büro heraus und quittierte ihr Erscheinen mit einem frostigen Lächeln.

»Ich suche Matt. Wissen Sie, wo er ist?«

Belinda wußte es, doch sie wäre blöd, es Ally zu sagen. Sollte sie ihn doch selbst suchen. »Tut mir leid. Vor fünf Minuten war er noch hier. Muß gerade gegangen sein.«

Allys Puls raste. »Könnten Sie ihm bitte ausrichten, daß ich ihn unbedingt sprechen muß? Er kann mich ausrufen lassen.«

Belinda sah ihr nach, wie sie davoneilte, und fragte sich, was wohl im Gange war.

Zehn Minuten später unterbrach ihre Sekretärin sie in einer Sitzung, um ihr zu sagen, daß Ritchie Page dringend nach Matt suche.

»Er ist unten im Tonstudio und bekommt eine neue Hörmuschel angepaßt.« Belinda war so neugierig, daß sie ihre Sitzung vorzeitig beendete. Es war eindeutig etwas im Busch.

»Matt!« brüllte der Tontechniker und legte seine Hand über die Sprechmuschel des Telefons. »Der Pornokönig will dich auf der Stelle sehen. Seine Sekretärin fragt, ob du gleich hochgehen kannst.«

Matt schaute verärgert. »Sag ihr, daß ich beschäftigt bin. Ich rufe zurück, wenn ich frei bin.«

Der Tonmann war beeindruckt. Ritchie Page jagte ihm wahnsinnige Angst ein. Matt hatte Nerven. »Sie sagt, du sollst raufkommen, sobald du fertig bist. Mr. Page wartet auf dich.«

Widerwillig nahm Matt die Hörmuschel ab, die er gerade testete. Er war fasziniert und besorgt zugleich. Page hatte ihn noch nie aus heiterem Himmel zu sich bestellt. Er schlüpfte noch rasch in die Herrentoilette, kippte sich ein paar Hände voll kaltes Wasser ins Gesicht und betrachtete für einen Moment sein entschlossenes Bild im Spiegel. Was immer ihn erwartete, er fühlte sich gewappnet. In der vergangenen Nacht hatten er und Belinda beschlossen, das Interview mit Meredith Morgan so bald wie möglich anzugehen – vorausgesetzt natürlich, sie stimmte zu. Aber davon war Matt überzeugt.

Optimistisch verließ er die Toilette und ging auf die Lifte zu. Genau in dem Moment, als die Türen sich hinter ihm schlossen, kam Ally ins Tonstudio. Sie hatte 30 Minuten gebraucht, um herauszubekommen, wo Matt war. Fünf Minuten zuviel.

Page wartete in seinem glänzenden, schwarzen Büro im sechzehnten Stock und sah genußvoll dem Moment entgegen, wo seine Sekretärin Matt hereinführen würde.

Er saß hinter seinem Schreibtisch, als es an der Tür klopfte. »Herein. Ah, Matt. Es tut mir leid, Sie von dieser wichtigen Anprobe wegzureißen.«

Der Scheißkerl hatte also gewußt, wo er gewesen war. »Kein Problem.« Ohne auf eine Aufforderung zu warten, nahm Matt auf einem der zebrafellbezogenen Sofas Platz. Sie waren wirklich abscheulich. »Also, Ritchie, was kann ich für Sie tun?«

Verärgert blickte Page auf. Er mochte es nicht, wenn jemand sich anmaßte, die Leitung seiner Besprechungen an sich zu reißen. »Es geht um Ihre Show.«

»Das habe ich vermutet.« In seiner Stimme schwang eine Spur Sarkasmus mit.

»Den ganzen Firlefanz rauszunehmen, war zwar ein mutiges Experiment, aber lassen Sie uns ehrlich sein, gebracht hat es nichts.«

»Ich weiß.«

Einen Moment lang fühlte Page sich ausgespielt und schwieg. Er hatte erwartet, daß Matt um jede Sendeminute kämpfen würde.

Matt nutzte die Pause aus und setzte an. »Ich stimme mit Ihnen vollkommen überein. Das schwere Zeug bringt's nicht, das wissen wir beide. Deshalb wollen wir ja auch ein neues Konzept entwikkeln. Ausführliche Interviews mit großen Persönlichkeiten. Wir sind schon dabei, das erste zu organisieren, mit Meredith Morgan.«

»Es tut mir leid, Matt.« Page lehnte sich vor und blickte Matt genau an. »Aber das wird leider nicht gehen.«

»Warum nicht? Die Idee ist großartig, und ich garantiere Ihnen unsere alten Einschaltquoten, plus ein paar mehr, besonders, wenn Sie uns einige Werbeclips für die Sendung geben ...«

»Ich glaube, Sie haben mich nicht richtig verstanden, Matt. Ich habe beschlossen, die *Matt-Boyd-Show* für den Sommer aus dem Programm zu nehmen.«

Ungläubig hörte Matt ihm zu. Bei jedem anderen wäre ihm ein solcher Plan vernünftig erschienen. Century war sowieso die einzige Fernsehgesellschaft, die ihre Hauptunterhaltungsshows das ganze Jahr über ausstrahlte, doch mit Ritchie Page lief nichts gradlinig. Wie er ihn so vor sich sitzen sah, so schnieke und täuschend vernünftig, warnte ihn sein Instinkt, daß seine Show nie wieder über den Bildschirm flimmern würde, wenn sie einmal abgesetzt war.

»Sie wollen sie aus dem Programm streichen, nicht wahr?« Matts blaue Augen blickten plötzlich stahlhart.

»Blödsinn, Matt. Ich nehme über die Sommermonate bloß etwas Geeigneteres.«

»Noch eine australische Seifenoper? Das schlucken die Zuschauer nicht mehr.«

»Vielleicht für einen Abend. Und irgendwas Nettes mit Polizisten an einem anderen. Ich hatte immer schon den Eindruck, daß es nicht genug Gewalt im Fernsehen gibt.« Er lachte über seinen kleinen Witz.

»Es wird einen Aufstand geben, wenn Sie einfach nur Scheiße zeigen.«

»Das glaube ich nicht.« Page machte eine Pause. Es war wie beim Sex: man muß sich zurückhalten, um zum größten Genuß vorzustoßen. »Ich habe da nämlich etwas, das ein Kritikererfolg *und* ein Wahnsinnshit wird.«

»Und das wäre?« Matt wußte, daß Page gerne bluffte. Century hatte so was seit Jahren nicht gemacht.

»Allys Show. Bernie und Ihre Frau waren heute morgen bei mir und haben mich um einen Prime-Time-Sendeplatz gebeten. Ich habe den beiden Ihren versprochen. Nur für den Sommer natürlich.«

Ungläubig hörte Matt zu. Ihm stockte der Atem. Er fühlte sich, als hätte man ihm einen Tritt in die Eingeweide verpaßt. Wie konnte sie ihm so etwas nur antun, wo sie doch wußte, wie intensiv er an seinem neuen Konzept arbeitete und mit wieviel Optimismus dazu.

»Keine Sorge, Matt.« Matts Schweigen verriet Page, daß er gewonnen hatte, daß Matt vor der überwältigenden Übermacht kapitulierte. »Sie können trotzdem weiter an Ihrem neuen Konzept arbeiten. Ich werde Sie vor Ende Juni nicht rausnehmen. Vielleicht sind ja ein paar gute Ideen für Ihren Start im Herbst dabei.«

Matt erhob sich. Er wußte ebensogut wie Page, daß es keinen Start mehr geben würde. Seine Karriere bei Century ging zu Ende, und es kümmerte ihn in diesem Moment überhaupt nicht. Weil es nämlich nicht nur seine Karriere war. Page hatte zusätzlich noch ihre Ehe ins Freudenfeuer geworfen.

»Matt, was ist los?« Belinda war gerade dabei, sich mit einem Produzenten für die morgige Show zu besprechen, doch nach einem einzigen Blick auf Matts Gesicht schickte sie den Mann raus. »Was, um alles in der Welt, ist passiert?«

Matt setzte sich schwerfällig hin. »Ich bin zu einer Audienz mit dem Pornokönig gerufen worden.«

»Und?«

»Er nimmt uns für den Sommer raus.«

»Aber wir haben doch schon alle diese Shows geplant!«

»Die können auch über den Sender gehen. Er läßt uns noch Zeit bis Ende Juni.«

Belinda ließ sich neben ihn auf das Sofa fallen. Sie war nicht besonders überrascht. Die Zuschauerzahlen waren gesunken und hatten sich auf einem niedrigen Level eingependelt. Sie blickte zu

Matt. »Ist es so schlimm? Es wäre nett, eine Verschnaufpause zu bekommen. Zeit, um eine neue, knackige Serie zu planen.«

»Wenn eine neue Serie vorgesehen ist.«

»Wie meinst du das? Er wird uns doch nicht vollständig aufgeben?«

»Er kann so ziemlich genau das tun, was er will, wie er mir in sehr deutlichen Worten zu verstehen gegeben hat.«

»Dann müssen wir ihm eben einfach in den nächsten Wochen zeigen, wie hervorragend wir sein können, damit er seine Meinung ändert.«

Bei ihrem Optimismus mußte er kurz lächeln.

Doch Belinda hatte ihn über die letzten Monate zu gut kennengelernt. Sie merkte, daß ihn noch etwas anderes quälte. »Das ist noch nicht alles, Matt, oder?«

»Das kannst du wohl sagen.« Sie hörte die Bitterkeit in seiner Stimme.

»Was ist es?«

»Du rätst nie, durch wen Ritchie Page uns ersetzen will.« Sein Ton wechselte zu gekünstelter Fröhlichkeit. Es paßte überhaupt nicht zur Situation. Belinda wartete. »*Ally*. Page hatte Ally und Bernie heute morgen da, um ihnen die frohe Botschaft zu verkünden.«

Deshalb also hatte Ally so verrückt nach Matt gesucht. Um den Schlag abzufangen.

»O Matt, wie furchtbar!« Belinda merkte, daß sie an Matts Stelle wütend auf Ally wurde. »Du mußt dich verraten fühlen. Wie kann sie sich selbst noch im Spiegel anschauen?« Sie drehte sich um und wühlte in einem großen Beutel neben ihrem Schreibtisch und zog dann heraus, wonach sie gesucht hatte – ein Paar Schlüssel.

»Nimm die.« Sie warf die Schlüssel auf seinen Tisch hinüber. »Ich brauche sie sowieso nicht mehr, ich hab' noch genügend.« Sie blickte auf sein gequältes Gesicht. »Fühl dich nicht verpflichtet. Du mußt sie nicht benutzen. Nur zu deiner Sicherheit.« Sie versuchte, ihre Stimme bewußt leicht und unbekümmert klingen zu lassen, obwohl sie verzweifelt hoffte, er würde kommen. »Jeder Mensch braucht ein Schlupfloch.«

Matt blickte einen Moment lang unentschlossen auf die Schlüssel. Dann nahm er sie und steckte sie ein. »Danke, Belinda.« Er schaute weg, denn er hatte Angst, sich nicht mehr beherrschen zu können. »Vielen Dank. Ich denke, ich fahre jetzt besser nach Hause. Ally und ich haben eine Menge zu bereden.«

Als Matt daheim ankam, war er froh, das Haus leer vorzufinden. Er setzte sich in sein Arbeitszimmer, starrte in den Raum und versuchte, sich einen Ausweg aus diesem fürchterlichen Durcheinander zu überlegen. Nach einer Stunde stand er schließlich auf. Alle Lösungen waren schmerzhaft. Er würde seiner Familie wehtun, wenn er sie verließ, und er würde Ally und sich selbst wehtun, wenn er bliebe. Sie hatten sich in den letzten Monaten zu sehr auseinandergelebt, und er war nur noch eine Randfigur in ihrem Leben. Er blickte auf die Uhr. Janey und Jess würden in frühestens einer Stunde zurück sein. Bis dahin könnte er seinen Koffer im Wagen haben.

Langsam und voller Schmerz ging er in das gemeinsame Schlafzimmer, nahm sich seine Tasche und fing an zu packen. Er brauchte einfach mal ein paar Tage, um nachzudenken, weg von Ally, selbst weg von seinen Töchtern. Er fühlte sich zu verletzt, um so zu tun, als wäre nichts passiert. Einen Augenblick überlegte er, ob er eine Nachricht hinterlassen sollte, aber das war die feige Art, und Matt war kein Feigling. Er faltete sauber ein paar Hemden und legte ein paar Hosen und einige Anzüge für die Arbeit dazu. Dann ging er ins Badezimmer, um seinen Kulturbeutel zu holen.

Dort konnte er nicht hören, wie der Kies knirschte, als Ally in die Einfahrt bog. Erschöpft und mit hämmernden Schläfen blieb sie noch kurz im Wagen sitzen, und die Kopfschmerzen, gegen die sie den ganzen Tag angekämpft hatte, überwältigten sie.

26. Kapitel

»Was, um alles in der Welt, machst du da?« Matt schnellte herum und erblickte Ally in der Tür.

Diese Situation kannte er aus unzähligen Filmen. Und dennoch wußte er jetzt, da es ihm selbst passierte, nicht, was er sagen sollte.

»Ich verschwinde für eine Weile. Das letzte Mal bin ich zurückgekommen, weil ich dich nicht verletzen wollte. Aber es hat keinen Sinn. Es funktioniert nicht. Uns trennen Welten. Wir kommen nicht mal mehr nachts zusammen.«

Ally beobachtete ihn schweigend. Sie war unschlüssig, ob sie ihrer Wut freien Lauf lassen oder lieber einen letzten Versuch starten sollte, ihre Ehe zu retten. Sie setzte sich auf das Bett, neben dem der Koffer stand, und als ihr Blick auf das Gepäckstück fiel, erinnerte sie sich, wann sie es zuletzt gesehen hatte: auf ihrer Reise nach Schottland, wo sie eine der glücklichsten Zeiten überhaupt miteinander verbracht hatten. Sie streckte die Hand nach ihm aus und wählte ihre Worte sorgfältig, bevor sie ansetzte: »Matt, glaubst du nicht, daß das, was gerade passiert, in Wirklichkeit einfach nur schlechtes Timing ist? Einer von uns ist oben, während der andere sich down fühlt. Ist es das, was uns das Leben so schwermacht?«

Doch sie konnte sehen, wie wenig überzeugt er war. Sein Gesicht wirkte wütend und verschlossen. Den flachsigen, ironischen Matt, den sie liebte, konnte sie darin nicht mehr wiedererkennen.

»Vielen Dank«, fauchte er sie an. »Ich brauche dein Mitleid nicht.«

Die Kälte seines Tons entzündete die Lunte ihrer tief vergrabenen Wut.

»Dann geh doch! Warum gehst du nicht endlich?« brach es aus ihr heraus. »Ich komme auf die Dauer mit einem klaren Bruch besser zurecht. Ich kann dieses Hin und Her einfach nicht länger ertragen.«

Matt blickte sie einen Moment lang an. Dann schloß er seinen Koffer mit einer Endgültigkeit, wie man eine Axt in einen Holzblock rammt.

»Also dann, Tschüß. Ich rufe dich bald an, damit wir vereinbaren können, wann ich Janey und Jess sehen kann. Ich möchte ihnen die Sache gern aus meiner Perspektive erzählen.«

Ally nickte ohne aufzublicken. Sie wollte, daß er verschwand, und dennoch konnte sie es nicht ertragen, ihn wirklich hinausgehen zu sehen. Als er die Tür von außen schloß, rollte sie sich auf die Seite und starrte gegen die Wand.

Belinda sagte ihre letzte Besprechung ab und fuhr eine halbe Stunde früher als sonst nach Hause. Sie konnte sich einfach nicht konzentrieren. Sie war aufgeregt wie ein junges Mädchen, das sich zum erstenmal mit einem Jungen verabredet hatte. Nichtsdestotrotz hielt sie unterwegs an einem Getränkeladen und kaufte einen hervorragenden Wein. Dann stattete sie Marks and Spencer einen kurzen Besuch ab. In der Kühlabteilung schauten sie zwei Hummer anklagend an. Obwohl sie maßlos teuer waren, legte sie die Tierchen in ihren Korb. Was, wenn er überhaupt nicht kommt, du blöde Kuh, fuhr sie sich selbst an. Für das Geld hättest du dir eine neue Hose kaufen können.

»Was zu feiern?« fragte der nette junge Mann an der Kasse.

Belinda lächelte. »Das hoffe ich doch sehr.«

Zuhause angekommen, packte sie ihre Köstlichkeiten aus und stellte den Wein kalt. Sie war noch dabei zu überlegen, ob sie jetzt ein Bad nehmen sollte, als es an der Tür klingelte.

Sie band ihren Bademantel zu. Plötzlich fürchtete sie, daß ihre Zuversicht fehl am Platze war. Matt könnte den Schlüssel benutzen. Er brauchte nicht zu klingeln. Es mußte jemand anders sein.

Belinda legte die Kette vor und öffnete die Haustür ein paar Zentimeter weit. An den Türsturz gelehnt stand Matt und blickte sie unsicher an.

»Hallo«, begrüßte Belinda ihn, und ein breites, triumphierendes Lächeln hellte ihre strengen Gesichtszüge auf. »Warum hast du die Schlüssel nicht genommen?« Sie nahm die Kette weg und trat zurück.

»Es schien mir ein bißchen aufdringlich.«

»Das ist schon okay.« Sie berührte sein Gesicht. »Ich mag aufdringliche Männer. Sie nehmen einem die Entscheidungen ab.«

Matt stellte seinen Koffer hin, drückte sie gegen die Wand und küßte sie. Bevor er auch nur die geringste Chance hatte, seine Meinung zu ändern, schloß Belinda die Haustür, nahm ihn an die Hand und führte ihn hinauf in ihr Schlafzimmer.

Während sie wortlos anfing, ihn auszuziehen, war sie sich dessen bewußt, daß sie geduldig sein mußte. Es war nicht Sex, was er jetzt brauchte. Zum erstenmal in ihrem Leben spürte sie, daß sie bereit war, zu geben und nicht zu nehmen.

Matt war zutiefst bewegt, daß diese zähe, unnachgiebige, energische Frau so zärtlich und einfühlsam sein konnte. Irgendwie hatte er erwartet, daß sie sich privat genauso ungestüm gab wie in der Arbeit. Fordernd selbst in der Leidenschaft. Statt dessen stieß er auf wohltuende Zuneigung. Es war fast zuviel für ihn. Einen Augenblick lang fürchtete er, er könnte schwach werden und ihr gestehen, daß er rasend eifersüchtig war, sich wie ein Versager fühlte und versucht hatte, diese Gefühle vor ihr zu verbergen.

Doch als sie anfing, seinen Hals sanft mit ihren Lippen zu liebkosen, spürte er, wie sehr sie ihn erregte. In ihren Augen lag ein tiefes Verlangen. Plötzlich wußte er, daß er sie wollte, sie mit einer Unbedingtheit begehrte, die ihn alle anderen Gefühle vergessen ließ.

Sie fielen aufs Bett und begannen, sich gegenseitig die Kleider vom Leib zu reißen, mit einer Leidenschaft, die bei ihm jeden Gedanken an Reue und bei ihr jede Vorstellung von zukünftigem Schmerz auslöschte.

Am nächsten Morgen wachte Belinda mit einem Bärenhunger auf. Sie schlich sich in die Küche. Doch als sie den Kühlschrank öffnete, fiel ihr wieder ein, daß sie sich gar nicht getraut hatte, überhaupt bis zum Frühstück zu planen. Es gab weder Croissants zum Aufwärmen noch helles Brot und Frischkäse und auch keinen Räucherlachs. Solche Leckereien zu kaufen, hätte nur bedeutet, das Schicksal zu sehr herauszufordern. Bis auf die zwei Hummer, die sie böse anstarrten und wenig einladend wirkten, war der Kühlschrank leer. Belinda war keine Köchin. Gelegentlich schnitt sie aus der *Cosmopolitan* Rezepte für sechs-Personen-Menüs aus, die in dreißig Minuten fertig sein sollten. Aber in letzter Zeit hatte sie nicht einmal Zeit gehabt, sich auch nur ein Ei zu kochen.

Glücklicherweise gab es gleich um die Ecke einen Laden, der das richtige Essen für Verliebte führte. Italienisches Weißbrot, eingelegte Oliven, die eine anregende Herausforderung an die Phantasie darstellten, was man mit dem Rest des wohlduftenden Öls alles anstellen konnte, indisches Gemüse und griechische Vorspeisen. Ein kulinarisches Labsal, wie geschaffen für ein Picknick im Bett.

»Matt?« Sie stieß ihn sanft an. »Der Kühlschrank ist leer. Ich flitze rasch mal um die Ecke in den Laden.«

»Gute Idee.« Er warf die Decke zurück. »Ich komme mit.«

Matt war verblüfft über die Atmosphäre im Da Gennaro. An jedem Regal standen Paare, die sich eindeutig erst am Abend zuvor kennengelernt hatten und verzweifelt versuchten, sich an ihre Namen zu erinnern, während sie die Körbe mit Taramascreme und italienischem Käse volluden. Dies hier war das Single-Paradies – Hoffnung und Enttäuschung eingeschlossen.

Er mußte an Jess und Janey denken. Was mochte Ally ihnen gesagt haben? Möglicherweise hatte sie drumherum geredet, weil sie genauso unsicher war wie er, was ihre gemeinsame Zukunft betraf. Was, zum Teufel, sollte er eigentlich tun?

Seine Gedanken wurden unterbrochen, als Belinda ihn fragte, ob er lieber Linguine oder Spaghetti hätte. Wie in einer Reflexhandlung nahm er seine Sonnenbrille ab, und genau in diesem Moment tauchte eine Frau hinter dem Regal auf. Sie trug das Haar nach hinten gebürstet und hatte die Augen hinter großen, dunklen Gläsern verborgen. In ihrem Wagen lagen zwei Flaschen Wein und ein einsames Brötchen.

»Hallo, Belinda.« Es wirkte fast komisch, wie die Frau stutzte, als sie sah, wen Belinda im Schlepptau hatte. »Möchtest du mich deinem Freund nicht vorstellen?«

Ganz untypisch für Belinda, murmelte sie irgendwas von wegen zusammen ein Skript schreiben und drängte Matt zur Kasse.

»Scheiße, Scheiße, Scheiße!« nuschelte sie, während sie in ihrer Tasche nach dem Portemonnaie kramte.

»Warum Scheiße?« fragte Matt und versuchte, dem erkennenden Blick der Kassiererin auszuweichen. »Wer war das?«

»Gloria Mizzi.« Mit verdrießlichem Blick reichte Belinda dem Mädchen an der Kasse das Geld. »Sie ist die Klatschreporterin vom *Sunday Star*. Und sie wird uns niemals verzeihen, daß wir sie ohne falsche Wimpern erwischt haben.« Auf dem Rückweg zu ihrer Wohnung wurde sie plötzlich ernst. »Schau, Matt. Wir müssen diese Sache regeln. Wenn du dich wirklich von Ally trennst, dann mußt du das der Presseabteilung von Century melden. Sowie die Boulevardpresse auch nur den leisesten Wind davon kriegt, werden sich die Paparazzis mit Objektiven auf die Lauer legen, die größer sind als jede Pfeffermühle von einem italienischen Kellner.«

Während sie ihre Einkäufe in Belindas Küche auspackten, wurde Matt klar, daß sie recht hatte. Er verfluchte seinen Ruhm. Er wollte keine Presseerklärungen über seine Ehe abgeben. Er wußte ja selbst nicht einmal, wie es weitergehen würde. Wäre er jemand anders, könnte er sich eine Zeitlang zurückziehen und seine Situation überdenken. Aber Belinda hatte völlig recht. In fünf Minuten würde das Rattenpack sich auf Ally werfen und vielleicht auch noch auf seine Töchter. Er mußte sie warnen.

Ally stand an diesem Morgen langsam auf. Die Ruhe im Schlafzimmer war ungewohnt. Keine spontanen Gesänge von Matt, keine Plauderei, kein Streit darüber, daß er lieber Frühstücksfernsehen und sie lieber Radio wollte. Sie hatte kaum geschlafen. Obwohl sie rasend wütend auf ihn war, vermißte sie jetzt, da er endgültig gegangen war, seine Wärme, seinen Körper, das Gefühl, daß neben ihr ein anderer Mensch lag, der sie spüren ließ, daß sie nicht allein auf dieser Welt war.

Die einzige Art, wie sie in dieser Nacht überhaupt ein Auge zubekommen hatte, war, daß sie eine Nackenrolle hinter sich gestopft und so getan hatte, als ob es Matt wäre.

Als sie in ihrem gemeinsamen Badezimmer stand, entdeckte sie eine kleine Flasche Aftershave. Sie drehte sie auf und schnupperte daran. Sie mußte die Augen schließen. Der würzige Duft roch so intensiv nach Matt, als stünde er leibhaftig neben ihr. Rasch verschloß sie die Flasche wieder und schmiß sie in den Abfalleimer.

Nach einem Zwei-Minuten-Bad ging Ally hinunter in die Küche und machte sich einen Kaffee. Verwundert vernahm sie ein kratzendes Geräusch an der Tür, und als Sox ein verzücktes Bellen von sich gab, fiel ihr sogleich wieder ein, was es war. Sie hatte ihre Mutter für heute eingeladen.

Entsetzt starrte Ally auf die Tür und überlegte fieberhaft, ob es nicht irgendeine Möglichkeit gab, ihr zu entkommen. Doch Sox kratzte bereits schamlos am Holz, und hinter der Glasscheibe tauchte das Gesicht ihrer Mutter auf. Sie lugte ins Haus und rief ihren Namen.

Ally seufzte. Was sie jetzt überhaupt nicht gebrauchen konnte, war eine Analyse ihrer Mutter, warum ihre Ehe schiefgegangen war. Für Elizabeth wäre es nur ein weiterer Punkt auf der langen Liste von Enttäuschungen, die ihre Tochter ihr bereitet hatte. Sie würde sich vor allen Dingen bestätigt fühlen. Schließlich hatte Ally den Erwartungen entsprochen: nämlich daß sie zur Versagerin bestimmt war und Glück und Erfolg nur Betriebsfehler in ihrem Lebensprogramm gewesen waren. Inständig hoffte sie, daß ihre Mutter, wie gewöhnlich, so sehr mit sich selbst beschäftigt war, daß sie nichts merkte.

Sie nahm allen Mut zusammen und öffnete mit einem breiten, aufgesetzten Lächeln die Tür. »Mum, wie schön, dich zu sehen!«

Elizabeth betrachtete sie neugierig, während sie gleichzeitig versuchte, Bitzer davon abzuhalten, Sox anzuspringen. »Du scheinst ja bester Laune zu sein.«

»Ich habe ganz vergessen, daß du kommst.« Ally trat zurück und ließ ihre Mutter herein.

»Und mich an der Tür zu sehen, hat deinen Tag gerettet, stimmt's?«

Ally blickte ihre Mutter mißtrauisch an. Doch Elizabeth hatte ihren Kommentar keineswegs ironisch gemeint. »Setz dich. Hast du schon gefrühstückt?«

»Ein bißchen spät, findest du nicht? Wo ist Matt? Doch nicht etwa noch im Bett?«

Noch ehe Ally antworten konnte, tauchte Janey in einem Kimono auf, der halb ihr T-Shirt bedeckte. Sie hatte sich von Jess, die noch schlief, den Walkman stibitzt, denn ihrer war kaputtgegangen. Ally war für die Ablenkung dankbar.

»Hallo, Granola, ich wußte gar nicht, daß du kommst.« Janey küßte ihre Großmutter und strich Bitzer über die Ohren.

»Die anderen offensichtlich auch nicht«, bemerkte Elizabeth taktvoll. »Sie liegen anscheinend noch im Bett. Selbst Matt.«

»Nein, das tut er nicht«, widersprach Janey. »Ich war gerade in eurem Schlafzimmer, um nach der Zeitung zu gucken.« Sie konzentrierte sich darauf, den Wasserkessel einzustecken. »Muß er neuerdings wieder samstags arbeiten?«

Ally fühlte, wie ihre Handflächen feucht wurden. Sie konnte Janey nicht die Wahrheit sagen. Nicht, wenn ihre Mutter danebenstand. Sie mußte ihr ausweichen und später mit ihr reden.

»Er eröffnet ein Freizeitzentrum oder so was«, murmelte sie das Erstbeste, was ihr einfiel.

Wider Erwarten akzeptierte Janey diese Erklärung anstandslos, während Elizabeth mißbilligend die Nase rümpfte. »Wie armselig. Verdient er nicht schon genug, ohne daß er herumtingelt?«

Janey schnappte den Blick ihrer Mutter auf und grinste. »Kann ich mit Bitzer und Sox rausgehen?«

»Im Bademantel?« Ally versuchte, zurückzulächeln.

»Nur in den Garten. Komm Bitz! Sox, bei Fuß!«

Mit fröhlichem Gebell sprangen die beiden Hunde aus der Terrassentür, und Janey lief ihnen mit wehenden Haaren hinterher.

Fünf Minuten später war sie wieder da. »Bitzer, Platz!« Sie versuchte ihn davon abzuhalten, seine matschigen Pfoten auf Allys weiße Hose zu legen, und hatte ihn gerade überzeugt, sich zu setzen, als das Telefon schellte.

In der Hoffnung, es wäre Matt, sprang Ally auf. Doch Janey kam ihr zuvor und nahm ab. Das Lächeln auf ihrem Gesicht gefror.

»Es ist für dich, Mum.« Schroff drehte sie sich zu ihrer Mutter um und hielt ihr den Hörer hin. »Jemand vom *Sunday Star* fragt, ob du bestätigen oder dementieren kannst, daß Dad mit seiner Produzentin zusammenlebt, Belinda Wyeth.«

Janey übergab ihrer Mutter den Hörer und rannte nach oben.

Man hatte ihr die Wahrheit, die sie verdrängen wollte, ins Gesicht geschlagen. Ally schloß die Augen. Dann knallte sie, ohne sich darum zu kümmern, was diese verfluchte Frau denken mochte, den Hörer auf. Wie konnte jemand nur so unsensibel sein?

»Mum«, sie wendete sich zu Elizabeth, die ein verlegenes Gesicht machte, »könntest du in der Küche und im Arbeitszimmer die Telefone ausstecken?« Sie machte keinen Versuch, etwas zu erklären oder abzustreiten, sondern lief Janey hinterher.

Oben zog sie in ihrem Schlafzimmer den Apparat aus der Steckdose und ging dann sofort zu Janey. Jess schlief immer noch. Durch die geschlossene Tür hörte sie Janey schluchzen, und sie verfluchte die Journalisten wegen ihrer haarsträubenden Gefühllosigkeit, mit der sie einem hocherfreut schlechte Nachrichten präsentierten, um sich anschließend brühwarm über die Reaktionen der Betroffenen auszulassen.

Als sie ins Zimmer kam, blickte Janey nicht auf, sondern weinte weiter in ihr Kissen.

Ally setzte sich auf die Bettkante und streichelte ihr übers Haar. Schließlich hob Janey den Kopf und fragte mit tränenerstickter Stimme: »Ist es wahr, was diese Frau gesagt hat?«

»Ich weiß es nicht«, antwortete Ally. »Vielleicht. Wir hatten letzte Nacht eine Auseinandersetzung, und er ist davongestürmt. Er hat nicht gesagt, wohin er geht.«

»Ihr habt euch darüber gestritten, daß du das Telethon gemacht hast, stimmt's?« Janey blickte sie plötzlich beängstigend ruhig an.

Ally nahm ihre Hand. Vielleicht wäre es leichter für sie, wenn sie das glaubte. »Ja, sozusagen.«

Janey stieß sie weg. »Warum hast du überhaupt zugestimmt? Du wußtest doch, daß es ihn verletzen würde.«

Ally schloß die Augen. Sie spürte, wie der Schmerz sie übermannte. Janey hatte durchaus recht, aber nicht so, wie sie dachte. Sie hatte Matt wehgetan. Das merkte sie jetzt.

»Du bist schuld. Du bist diejenige, die sich verändert hat.« Ally verschlug es die Sprache, als sie in die haßerfüllten Augen ihrer Tochter blickte. »Wir waren glücklich, bis du diesen blöden Job beim Fernsehen bekommen hast. Nun schau uns an. Aber wir haben dir ja nicht gereicht, wie?«

Ally glaubte, ihren Ohren nicht zu trauen. Achtzehn Jahre lang war sie zu Hause geblieben, nicht als Märtyrerin, sondern weil es sie glücklich machte, wenn ihre Familie glücklich war. Schließlich hatte sie sich nur nach einer Stelle umgesehen, weil sie und Matt anfingen, sich auseinanderzuleben und sie etwas brauchte, das ihr Halt gab. Und zwar sowohl für ihre eigene geistige Entwicklung als auch zum Wohl ihrer Ehe. Sie hatte geglaubt, daß es für ihre Beziehung eine Bereicherung wäre, wenn sie mehr auf ihren eigenen Füßen stand. Aber ob Janey irgend etwas davon begriff?

»Janey, das ist nicht fair. Ich habe diese Stelle deshalb angenommen, weil ich euch beide loslassen muß. Bald wirst du weg sein. Zur Uni.«

»Ach wirklich?« Ally fühlte sich von Janeys bitterem Ton tief getroffen. »Und was passiert, wenn ich mein Abitur nicht schaffe? Dafür darf ich mich dann bei dir bedanken.«

»Janey, wie kannst du so was sagen? Ich habe immer hinter dir gestanden.«

»Außer, wenn du so sehr damit beschäftigt warst, völlig fremden Leuten gute Ratschläge zu erteilen, daß du nicht mal mehr gemerkt hast, was in deiner eigenen Familie los ist.«

Tränen des Zorns über diese Ungerechtigkeit traten Ally in die Augen. Sie hatte den Job angenommen, weil ihre Kinder sie anscheinend nicht mehr brauchten, und sie hatte geglaubt, alle würden irgendwie davon profitieren. Diese Illusion hatte Janey ihr gründlich genommen.

»Du hast unsere Familie kaputtgemacht! Geh!« Janey fing wieder an zu weinen. Sie nahm ihr Buch von T. S. Eliot und schmiß es auf den Boden. »Verschwinde aus meinem Zimmer. Ich hasse dich!«

Das war fast zuviel für Ally. Daß Matt seine Wut an ihr ausließ, damit wurde sie fertig. Selbst daß er sie verließ, konnte sie ertragen. Aber nicht, daß ihre Kinder sie deswegen beschuldigten und haßten.

Müde verließ sie das Zimmer und schloß die Tür hinter sich. Eins zumindest hatte sie daraus gelernt. Sobald sie sich wieder im Griff hatte, würde sie Jess die Wahrheit sagen müssen. Bevor es jemand anders tat.

Matt saß zusammengekauert in Belindas winzigem Arbeitszimmer und versuchte Ally zu erreichen, um sie vor Anrufen der Klatschreporter zu warnen.

Wieder und wieder versuchte er die Nummer, dankbar für die Wahlwiederholungstaste an Belindas Apparat, doch es war jedesmal besetzt. Nach dem zehnten Mal rief er die Vermittlung an und bat, den Anschluß zu überprüfen. Fünf Minuten später rief die Dame zurück.

Es war kein Gespräch in der Leitung. Entweder lag ein Schaden vor, oder aber jemand hatte vergessen, den Hörer auf die Gabel zu legen.

»Hiya, Ma.« Nachdem Ally an die Tür geklopft hatte und ins Zimmer trat, sah sie Jess im Bett mit ihrem Game Boy spielen. Als Jess jedoch das Gesicht ihrer Mutter sah, schaltete sie ihr Gerät sofort aus.

»Was ist mit Janey los? Hat Adam eine andere Gruftie-Frau kennengelernt?«

Trotz allem mußte Ally lachen. Wenn es nur Adam gewesen wäre, der jemand anderen gefunden hatte, und nicht Matt. Davon hätte Janey sich sicher leichter erholt.

»Es ist leider etwas ernster als das, Darling.« Ally setzte sich zu ihr. »Es geht um Dad. Er ist für eine Weile ausgezogen, um sich über ein paar Dinge klarzuwerden.«

»Oh, Mum.« Jess griff nach ihrer Hand, schien aber nicht überrascht zu sein. »Das braute sich doch schon seit Ewigkeiten zusammen.« Sie legte den Arm um ihre Mutter. »Er ist doch nicht etwa mit Belinda durchgebrannt?«

Ally staunte über Jess' Beobachtungsgabe.

»Mach dir keine Sorgen. Sie wird ihm bald zum Hals raushängen.« Jess klopfte ihrer Mutter beschützend auf die Schulter.

Ally war den Tränen gefährlich nahe, und nur die Tatsache, daß sie die Erwachsene war und Jess ihren eigenen Schmerz hatte, mit dem sie fertig werden mußte, hielt sie davon zurück, loszuheulen.

»Jess, Janey sagt, es sei meine Schuld.« Sie wußte, daß sie so was nicht sagen sollte und daß sie Jess in Schwierigkeiten brachte, weil sie selbst Bestätigung brauchte, doch sie konnte im Moment nicht anders.

»Janey hat Dad immer für vollkommen gehalten.«

»Und du nicht?«

»Ich hab' ihn wahnsinnig gern, aber er muß dir deinen Erfolg lassen. All die Jahre haben wir immer die erste Geige gespielt. Jetzt bist du dran. Das ist nicht mehr als fair.«

»Glaubst du, daß er das auch so sieht?«

»Weiß ich nicht, Ma.« Jess drückte liebevoll ihren Arm. »Du kennst doch den Satz: Hinter jeder erfolgreichen Frau steht mindestens ein Mann, der versucht, sie aufzuhalten.«

»Gott sei Dank habe ich wenigstens euch beide«, versicherte Ally unter Tränen lachend und drückte ihre Tochter fest an sich.

Als Ally wieder nach unten ging, fiel ihr siedendheiß ein, daß ihre Mutter noch da war. Jetzt also zu den Vorwürfen.

Doch zu ihrer großen Verwunderung hatte Elizabeth sich diskret ins Wohnzimmer zurückgezogen. Als Ally eintrat, stand sie auf. »Arme Allegra, wie furchtbar für dich.« Mit ausgebreiteten Armen ging sie auf ihre Tochter zu.

Zum erstenmal seit sie ein kleines Mädchen gewesen war, warf Ally sich hinein und fing an, herzergreifend zu schluchzen.

»Männer«, murmelte ihre Mutter und tätschelte sie sanft, »sind doch alle gleich. Selbst die netten.« Sie setzten sich zusammen aufs Sofa, und ihre Mutter strich ihr über das tränennasse Gesicht. »Willst du ihn wiederhaben? Ich muß gestehen, daß ich Matt immer gemocht habe. Er ist zwar ein Egoist, aber ein lustiger. Die meisten Männer sind einfach nur Egoisten.«

Ally lächelte schwach. »Ich wußte gar nicht, daß du Feministin bist.«

»So ist das Leben.« Elizabeth lächelte zurück. »Es macht dich zur Feministin.«

»Das glaube ich auch.« Sie blickte ihre Mutter an. »Ich kann nicht mal sagen, was ich im Moment will. In letzter Zeit ist es einfach nicht gut zwischen uns gelaufen.«

»Aber ist das ein Grund, eine Ehe zu beenden?« Sie zögerte, ehe sie fortfuhr, denn sie war sich bewußt, daß sie sich mit ihren Worten nicht gerade beliebt machte. »Weißt du, es ist schwer für ihn, daß du deine Flügel so plötzlich ausgebreitet hast.«

»Hätte ich es etwa lassen sollen? Habe ich kein Recht auf ein bißchen Freiheit?«

»Doch. Aber es ist alles so schnell und so öffentlich gegangen. Ich glaube, er ist ein bißchen eifersüchtig auf dein Talent.«

»Matt eifersüchtig auf *mein* Talent?« Ally lachte bitter. »O Mum, mach jetzt bitte keine Witze! Matt ist der Größte im Fernsehen.«

»Ich bin mir nicht sicher, ob *er* das im Moment auch so sieht. Ich glaube, er ist ziemlich verunsichert. Er ist ein großes Risiko eingegangen, und bis jetzt hat es sich noch nicht ausgezahlt. Aber deine Karriere geht steil nach oben.«

Ally schlug die Hände vor ihr Gesicht. War sie tatsächlich viel zu sehr mit ihrem eigenen Erfolg beschäftigt gewesen? Sie wußte es einfach nicht mehr.

»Ally, Liebes«, sagte ihre Mutter in fast unterwürfigem Ton. »Möchtest du, daß ich gehe? Vielleicht willst du lieber allein sein.«

Ally blickte ihrer Mutter in die Augen. Ihr ganzes Erwachsenenleben lang hatte sie versucht, vor ihrer Mutter und ihren verdammenden Ansichten zu flüchten. Jetzt wollte sie plötzlich, daß sie blieb.

»O Mum«, sagte sie und kämpfte erneut mit den Tränen, die ihr einfach so über die Wangen liefen, »geh nicht weg, bitte nicht.«

Stumm hielt ihre Mutter sie einen Augenblick lang fest. Ihre Stimme stockte, als sie sagte: »Weißt du, Allegra, was ich erst jetzt über dich begriffen habe?« Ally erwartete schon halb eine ihrer gräßlichen Moralpredigten, doch ihre Mutter steckte heute voller Überraschungen. »Du gehst nicht unter, egal was passiert. Und weißt du auch, warum?«

»Keine Ahnung.«

»Weil du viel stärker bist, als du denkst.«

Elizabeth war am nächsten Morgen als erste auf und machte sich summend in der Küche eine Tasse Kaffee. Zum erstenmal seit Jahren hatte sie das Gefühl, daß sie wirklich gebraucht wurde. Sie saß an dem sonnigen Frühstücksplatz und hatte einen Stapel Zeitungen neben sich gelegt. Bei ihrem begrenzten Einkommen erlaubte sie sich lediglich den *Sunday Telegraph*, doch hier gab es alles, selbst die richtig dreckigen Skandalblättchen. Vergnügt und voller Erwartung griff sie zur *News of the World* und ließ den restlichen Haufen für Ally liegen. Folglich bemerkte sie die fette Balkenüberschrift des *Sunday Star* nicht.

»Das solltest du besser mal lesen.« Belinda reichte Matt den *Sunday Star* über den weißen Holztisch auf ihrer Terrasse. Sie hatte gewußt, daß so etwas kommen könnte, aber jetzt, wo es passiert war, begriff sie auch, wieviel Schmerz dadurch verursacht wurde.

Ohne von der Lieblingsrubrik seiner Sonntagszeitung aufzusehen, nahm Matt die Zeitung. Erst dann warf er einen flüchtigen Blick darauf.

»Verdammt noch mal, sie hat's geschrieben!« Sein Magen krampfte sich zusammen. »Ohne eine Spur von Beweis.« Er überflog die Zeilen und schmiß die Zeitung auf den Tisch. »Fürchterlicher Journalismus. Nichts als Spekulationen. Keinerlei Fakten. Eine ungenannte Kollegin, die beobachtet hat, wie wir uns ›immer näher gekommen sind‹.« Er las weiter. »Großartig. Während Allys Stern steigt, geht meiner unter. Es ist alles mein Fehler, weil ich nämlich mit dem Erfolg meiner Frau und meinen sinkenden Einschaltquoten nicht fertig werde. Danke für die Blumen, Gloria Mizzi!«

»Das glaubt doch kein Mensch.«

»Janey könnte es glauben. Und Jess auch. Ich muß mit ihnen reden.«

Er ging zum Telefon und wählte die Nummer. Zu seinem Ärger kam er wieder nicht durch. Ally mußte den Hörer neben den Apparat gelegt haben. Ob sie wohl den *Star* gesehen hatte? Seine Hoffnung schwand, als ihm einfiel, daß sie diese Zeitung abonniert hatten.

Das ungewohnte Gefühl, wieder allein aufzuwachen, beschlich Ally auch an diesem Morgen. Den Anflug von Furcht davor, was ihr der neue Tag bescheren würde, bekämpfte sie mit einem ausführlichen Bad.

Während sie in der wohligen Wärme des Wassers lag, beschloß sie zunächst nach der Devise ›Abwarten und Tee trinken‹ vorzugehen. Es war noch zu früh, um über die Konsequenzen, die ein endgültiger Bruch mit sich brachte, nachzudenken, und außerdem waren sie viel zu schrecklich, um sie überhaupt in Erwägung zu ziehen. Die Auswirkungen auf Janey und Jess. Die Aufteilung von Vermögen und Besitz. Fairlawns zu verlassen. Im Moment würde sie erst mal gar nichts tun, sondern nur abwarten und sehen, was passierte. Dieser Gedanke erschien ihr irgendwie tröstend.

Sie stieg aus der Wanne, rubbelte sich heftig ab, bespritzte ihren Busen mit kaltem Wasser und trocknete sich noch mal ab.

Die Klorolle im Bad war leer, und sie holte aus dem Schrank an der Treppe eine neue. Plötzlich mußte sie lachen. Es war einfach zu komisch. Das Leben brach über ihr zusammen und ihr fiel nichts Besseres ein, als eine blöde Klopapierrolle auszuwechseln! Hatte diese Geste nicht auch etwas mit weiblicher Stärke zu tun? Mit der

Fähigkeit, sich an feste Rituale zu halten? Vielleicht war es manchmal nur das Auswechseln einer Klopapierrolle, das Frauen vor dem Wahnsinn bewahrte.

Als sie hinunterging, amüsierte sich ihre Mutter gerade über die frechen Geschichten von einem Transvestiten, der Vikar war, und seinen korrupten Chorknaben. Das waren die Stories, die den Boulevardblättern die Millionenauflagen bescherten.

Ally nahm sich eine der farbigen Beilagen, wobei ihr Blick auch auf den *Sunday Star* fiel. Unter der gewaltigen Überschrift ›Allys und Matts Ehe ein Scherbenhaufen‹ starrte ihr das eigene Gesicht entgegen.

27. Kapitel

Ally spürte, wie ihr das Blut aus den Adern wich. Sie war davon ausgegangen, daß die Zeitungen schwerlich etwas drucken konnten, wenn sie keinen Kommentar abgab. Doch diese logische Konsequenz hatte sich als Irrtum erwiesen. Die Tatsache, daß Ally den Hörer aufgeknallt hatte, war von Gloria Mizzi sogar als nahezu schlüssiger Beweis für einen Nervenzusammenbruch zitiert worden.

Sie wollte die Zeitungsseite in Stücke reißen, war aber gleichzeitig hypnotisiert von dem Machwerk aus Anspielungen und Klatsch, das den Anspruch erhob, das Ende ihrer Beziehung zu schildern. Sie versuchte, die Demütigung außer acht zu lassen und den Artikel nur daraufhin zu lesen, wie stark es Janey und Jess verletzen würde, wenn eine ihrer Schulfreundinnen ihn las. Und dann kam sie zu dem vernichtenden Zitat von ›einer sehr engen Mitarbeiterin der *Matt-Boyd-Show*‹. Diese Kollegin war, so die Zeitung, nicht im mindesten über die Enthüllung überrascht. »Matt und Belinda turteln schon seit Monaten miteinander. Das weiß jeder. Es war nur noch eine Frage der Zeit.«

Ally nahm die Zeitung und schleuderte sie zur Bestürzung ihrer Mutter und der beiden Hunde quer durch den Raum. Sie hatte viel zuviel Mitleid mit Matt gehabt und alles auf ihren Erfolg geschoben. Wenn auch nur die Hälfte von dem stimmte, was sie gerade gelesen hatte, dann hatte die Sache schon vor Wochen begonnen. Das mußte selbst Janey einsehen. Ally dachte nicht mehr an die Demütigung und auch nicht daran, wie ihre Kinder reagieren würden. Sie spürte nur noch eine entsetzliche, erbitterte, vernichtende Wut.

Danny Wilde und sein Agent Jack Saltash wußten nicht, ob sie amüsiert oder eher beeindruckt sein sollten von der Art und Weise, wie Ritchie Page das geheime Treffen inszenierte, das er für den Sonntagmorgen arrangiert hatte. Mit seinem Privathubschrauber wurden sie in den Country Club von Loxley Green geflogen und durch einen Seiteneingang in ein Hinterzimmer geführt. Danny fragte sich, ob Page vielleicht für den Geheimdienst arbeitete.

»Guten Morgen, meine Herren.« Ritchie Page war das personifizierte Lächeln und trug exklusive Freizeitkleidung. Er sah darin völlig deplaziert aus, als fiele ihm Entspannung viel schwerer als Arbeit. »Haben Sie das schon gesehen?« Er reichte Danny eine Ausgabe des *Sunday Star.*

Danny überflog die Zeilen. Arme Ally. Sie hatte kein Wort von Matt und einer Affäre erwähnt. Vielleicht hatte sie es gar nicht gewußt. Wie furchtbar, auf so eine Weise dahinterzukommen!

»Sieh mal einer an«, bemerkte Jack Saltash. »Die perfekte Ehe bröckelt. Könnte sich das schlecht auf unser Geschäft auswirken?«

»Im Gegenteil.« Page lächelte. »Die Leute werden alle das Fernsehen anstellen, um zu sehen, wie die beiden die Sache nehmen.«

»Halten Sie die Geschichte für wahr?« Danny versuchte, seine Stimme möglichst neutral klingen zu lassen. »Immerhin ist es nur der *Star.* Sie könnten die Story erfunden haben.«

»Wie sagt man so schön? Ohne Feuer kein Rauch.« Page schaute äußerst zufrieden. »Er ist immer schon hinter Belinda Wyeth hergewesen, wenn Sie mich fragen.«

»Dann ist es also gar nichts Neues?« Danny wollte zwar nicht zu interessiert klingen, aber es ging ihm nicht aus dem Kopf, daß die Telethon-Geschichte wie ein Katalysator gewirkt haben mußte.

»Das weiß der liebe Gott allein.« Page, den das Thema zu langweilen begann, legte die Zeitung beiseite. »Kommen wir zum Geschäft. Wie Sie wissen, suche ich nach einer Möglichkeit, Matt Boyd rauszusetzen und Sie reinzubringen.«

»Und woran haben Sie dabei gedacht?« Jack Saltash brannte darauf herauszufinden, wie Page Matts Vertrag, der, wie er aus verläßlichen Quellen erfahren hatte, noch fast zwei Jahre lief, umgehen wollte. »Eine Abfindung?«

»Nicht, wenn es auch anders geht. Ich hoffe, ich werde ihn so weit bringen, daß er selbst kündigt.«

»Deshalb haben Sie mir das Telethon angeboten.« Danny Wilde dämmerten allmählich die Zusammenhänge. »Bei allem Respekt...« Danny bemerkte, daß Page plötzlich eine mißtrauische Miene aufsetzte. Wenn man einen Satz schon so anfing, fühlten sich die Leute sofort beleidigt. »Aber warum versuchen Sie, Matt zu kippen? Sicher, seine Einschaltquoten sind angeschlagen, aber zu einer anderen Sendezeit wäre er okay.« Danny Wilde hatte zwar keine Lust, sich ins eigene Fleisch zu schneiden, aber er kam einfach nicht dahinter, worauf Page hinauswollte. »Schließlich ist er immer noch das populärste Gesicht im Fernsehen.«

»Und er ist immer noch der Dreckskerl«, sagte Page langsam, während er frischgepreßten Blutorangensaft in die Gläser goß und sie mit Jahrgangschampagner auffüllte, »der mich vor acht Millionen Zuschauern zur Schnecke gemacht hat. Ich habe Century nur gekauft, damit ich ihn rausschmeißen kann.« Er reichte jedem von ihnen ein Glas. »Und genau das habe ich jetzt vor.«

»Ich verstehe.« Heiliger Strohsack, Page war wirklich ein hinterhältiger Hund. Danny haßte diesen Mann zwar, empfand aber gleichzeitig einen gewissen Respekt für ihn. Schließlich war Danny in Liverpool aufgewachsen, zu einer Zeit, in der brutale, hartgesottene Typen dort als Helden galten und nicht als Schurken. Diese Mentalität hatte ihre Spuren bei ihm hinterlassen. »Und was für ein Angebot würden Sie seinem Nachfolger machen?«

»Wären Sie zufällig daran interessiert?« Page strich sich einen unsichtbaren Krümel von seiner Kaschmirjacke.

»Durchaus möglich.« Danny tauschte einen Blick mit Jack Saltash. Sein Agent hatte ihm geraten, sich bei diesem Treffen keinesfalls festnageln zu lassen. »Mein Vertrag mit Big City läuft in ein paar Monaten aus, und ich habe den neuen noch nicht unterschrieben.« Er setzte sein freches Lächeln auf. »Um Verhandlungsspielraum zu haben.«

»Nun, tun Sie es auch nicht.« Page erhob sein Glas Richtung Danny. »Lassen Sie mir etwas Zeit. Spätestens in vier Wochen weiß ich, wie ich ihn loswerden kann. Verlassen Sie sich auf mich.«

Danny zuckte mit den Achseln. »Ich werde genau beobachten, was in dieser Zeit passiert.«

»Tun Sie das.« Ritchie Page ging zur Tür. »Es wird eine ereignisreiche Zeit für Matt Boyd werden.«

Danny nahm den *Sunday Star* vom Tisch. »In jeder Beziehung.« Unauffällig schob er die Zeitung unter sein Jackett. Das Bild von Ally war nicht schlecht, doch vermutlich konnte man von einem Gesicht wie dem ihren auch gar kein schlechtes Foto machen.

Auf dem Weg zum Helikopter kam ihm zum erstenmal in den Sinn, daß ihn die ganze Sache in einen fürchterlichen Schlamassel bringen konnte.

Ally und Elizabeth stocherten zusammen mit Jess in einem zusammengemixten Lunch herum – Janey weigerte sich nach wie vor, ihr Zimmer zu verlassen –, als es an der Seitentür klopfte.

Ally sprang auf. »Mum, kannst du hingehen? Wenn es irgend jemand von der Presse ist, sag ihnen, sie sollen verduften.«

Vorsichtig öffnete Elizabeth die Tür. Hereingestürzt kam Susie, dicht gefolgt von ihrem Ehemann Trevor.

»Guter Gott, daß draußen geht's zu wie im Krieg! Mindestens zwanzig Pressefritzen liegen auf der Lauer, und es werden jede Minute mehr!« Mit einer Handbewegung fegte Susie sich das Haar aus der Stirn, setzte sich an den Tisch und goß sich unaufgefordert ein Glas Wein ein. »Ally, es tut mir so leid. Wir mußten kommen, nachdem wir gesehen hatten, was im *Star* steht.«

»Arme Ally.« Trevor tätschelte ihre Hand. »Du hast dir eine Menge von Matt gefallen lassen müssen, nicht wahr?« Ally verspürte den geradezu irrationalen Wunsch, sich zum Zwecke der Verteidigung auf Matts Seite zu schlagen. Besonders, wenn Trevor die Alternative war. Sie mußte wieder daran denken, wie er in Susies Schwangerschaftsgruppe für die beste Atemtechnik ausgezeichnet worden war. Susie hatte in der Angst gelebt, daß er bei der Geburt besser als sie sein könnte, doch wie das Leben so spielte, hatte er im entscheidenden Moment schlappgemacht. Die Zeit bis zur Geburt verbrachte er liegend im Krankenhausflur – für Susie eine außerordentliche Erleichterung.

Was hatte sie neulich erst gelesen? Einen Spruch von einer Feministin, die sich wieder von den Frauenrechtlerinnen gelöst hatte. Sie hatte behauptet, daß die Frauen in Zukunft wohl auch auf guten Sex verzichten müßten, wenn sie weiterhin die Männer kastrierten. Ally mußte sich ein Grinsen verkneifen. Guten, scharfen Sex mit Trevor konnte sie sich wirklich nicht vorstellen. Genaugenommen konnte sie sich überhaupt keinen Sex mit ihm vorstellen. Er würde immer nur fragen, ob es so recht wäre, ob man es lieber kräftiger oder sanfter wolle, stärker oder schwächer, oder was er als nächstes tun solle. Matt hatte zumindest immer ein paar gute Ideen gehabt.

»Und der andere Grund«, mischte sich Susie in das Gespräch, »warum wir hier sind, ist, um dir zu sagen, daß Matt bei uns angerufen hat. Er kommt nicht durch, weil der Hörer nicht auf der Gabel liegt. Könntest du ihn anrufen? Hier ist die Nummer. Er sagt, selbst wenn du selbst nicht mit ihm sprechen willst, möchte er zumindest Janey und Jess ein paar Dinge erklären.«

»Ally –« Trevor lehnte sich hilfsbereit nach vorn. »Das könnte sehr riskant für dich sein. Soll ich mit ihm reden?«

»Vielen Dank, Trevor.« Ally versuchte sich das Gespräch vorzustellen. »Aber das mache ich lieber selbst.«

Trevor und Susie machten keine Anstalten zu gehen. Ganz offensichtlich hofften sie darauf, daß Ally das Gespräch in ihrer Anwesenheit führen würde. Doch Ally dachte nicht daran, so daß sie schließlich wieder fuhren.

Kaum waren sie aus der Tür, ging Ally hinauf in ihr Schlafzimmer, steckte den Apparat ein und wählte die besagte Nummer. Zu ihrer großen Erleichterung nahm Matt ab. Sie hätte es nicht ertragen, mit Belinda sprechen zu müssen.

»Ally. Es tut mir leid. Ich versuche dich zu erreichen, seit ich den *Star* gelesen habe. Wie nehmen Janey und Jess die Sache?«

Ally antwortete nicht gleich. Sie wollte die Kinder nicht als Waffe benutzen. Letzten Endes tat sie es aber trotzdem. »Janey hat den Anruf von Gloria Mizzi entgegengenommen. Sie wollte wissen, ob wir bestätigen könnten, daß du mit Belinda zusammenlebst.« Sie wußte, wie sehr ihn diese Worte trafen. Aber warum auch nicht?

Sollte er doch ruhig ein bißchen leiden. Sie mußte es ja auch. »Sie ist ziemlich erschüttert.«

»O mein Gott!« Ally konnte das Schuldgefühl aus seiner Stimme heraushören und fühlte sich ein klein wenig schlecht. »Arme Janey.«

»Jess scheint es zu verkraften. Du kennst sie ja.«

»Ally?«

»Ja?«

»Laß sie mich zumindest sehen. Ihnen die Dinge aus meiner Sicht erklären.«

Ganz gleich, wie wütend Ally auf ihn war, sie wußte, daß sie ihm diesen Wunsch nicht verwehren konnte. »In Ordnung. Solange sie es selbst wollen.«

Sie wußte, das würden sie. Die Sache war deshalb so hart für die Kinder, weil sie ihren Vater liebten. Vielleicht zu sehr.

Ally war dankbar für die tröstende Wirkung harter Arbeit. Sie mußte noch die letzte Show der ersten Serie aufzeichnen. Und wie es das Schicksal so wollte, ging es dabei um Scheidung.

Gott sei Dank verlor die Presse langsam ihr Interesse an der ›Matt-und-Ally-Story‹. Die Reihen vor ihrer Haustür lüfteten sich von Tag zu Tag.

»So eine Verschwendung«, seufzte Susie, während sie Ally bei der Kleiderauswahl für die letzte Show behilflich war, »die ganzen Schreiberlinge da draußen vor dem Gatter liegen zu haben und nicht mit ihnen zu reden. Warum schüttest du ihnen nicht dein Herz aus? Du würdest eine phantastische Publicity für deine Show bekommen.« Susie lächelte beglückt. »Und du könntest gleichzeitig Belinda eins auswischen. Alle sind auf deiner Seite.«

Jetzt erst bemerkte Susie Allys rote Augen. Sie legte den Arm um ihre Freundin. »Vermißt du den Fiesling? Hoffst du, daß er zurückkommt?«

Ally starrte in den Spiegel. Preisfrage. »Es würde nichts ändern. Es geht nicht nur um Belinda. Es geht auch darum, daß ich mich geändert habe.«

»Ich weiß. Du bist nicht mehr das kleine Mäuschen. Gott sei Dank.«

»Wer sich nicht geändert hat, ist Matt.«

»Das tun Männer nie.« Susie drückte sie kurz an sich. »Weißt du noch, was Natalie Wood immer gesagt hat? Man kann einen Mann nur verändern, solange er noch in den Windeln liegt.«

Ally lachte.

»Die große Frage ist«, fuhr Susie fort, »warum Frauen einfach so viel netter sind als Männer. Das könnte einen schon wieder fröhlich stimmen. Fast zumindest.«

Ally entschied sich für ein Kostüm. Das sah immer gut aus, und ihr war nicht danach, sich über ihr Äußeres den Kopf zu zerbrechen.

»Du hast abgenommen«, machte Susie sie aufmerksam.

»Sorgen sind hervorragend für die Linie.« Sie blickte starr in den Spiegel und legte in ihrem aggressivsten Werbeton los: »Ja, liebe Zuschauerinnen, ich kann die 30-Tage-Ehekrach-Diät bestens empfehlen. Warten Sie nicht länger. Verlassen Sie Ihren Mann noch heute, und versuchen Sie es.«

»Wie geht's Mum?« Eigentlich hatte Matt nicht sofort nach Ally fragen wollen. Er hatte die Stimmung so neutral wie möglich halten wollen. Aber es war ihm einfach so herausgerutscht.

»Gut«, antwortete Jess rasch, die nicht wollte, daß ihre Mutter als die Leidende dastand. »Als Star wie immer beschäftigt.«

Der Ober bot Jess die Karte an. Sie lehnte ab. Sie waren schon oft hier gewesen, und sie aß immer das gleiche. »Ich möchte gern Eier Benedict mit einem Extralöffel Sauce Hollandaise und danach einen Pekannußkuchen. Und eine Cola light, bitte.«

Matt mußte lächeln. Zumindest war ihr der Kummer nicht auf den Magen geschlagen. »Was ist mit dir, Janey?« Besorgt blickte er seine ältere Tochter an. Sie hatte bisher kaum ein Wort gesagt.

»Einen Waldorfsalat, bitte.« Sie verfiel wieder in Schweigen.

Matt entschloß sich, zur Sache zu kommen. »Ich möchte euch beiden sagen...« Er brach ab und suchte nach den passenden Worten.

»Daß du uns immer noch liebst, auch wenn du nicht mehr mit uns zusammen wohnst«, unterbrach ihn Jess heftig.

»Ja.« Jess' bittere Verachtung fraß sich wie Säure durch seine sorgfältige Verteidigung.

»Tu uns einen Gefallen, Dad.« Jess ließ ihren Blick schweifen, schaute die Leute an der Bar an und die im Restaurant, nur Matt nicht. »Wenn du uns wirklich lieben würdest, dann hättest du dich doch nicht mit Belinda verpißt.«

»Jessy, es geht nicht um Belinda. Es geht um Mum und mich.«

»Mit anderen Worten, Mum hält dich immer noch für ein egoistisches Arschloch, und du willst es nicht zugeben und auch nicht versuchen, dich zu ändern.«

»Ich bin kein egoistisches Arschloch«, verteidigte Matt sich leicht ärgerlich. »Eure Mutter ist diejenige, die sich verändert hat.«

»Du meinst, sie hat aufgehört, dich von vorne und hinten zu bedienen. Du hast nichts selber gemacht. Sie hat eingekauft, gekocht und den Laden geschmissen. Aber das wurde dir irgendwann zu langweilig, weil sie nämlich bloß eine Hausfrau war und nicht so eine aufregende Produzentin wie Belinda. Und als sie dann selbst einen aufregenden Job bekam, hast du das auch nicht gepackt. Du bist erbärmlich, Dad.«

Einen Moment lang erkannte Matt durch seinen Schmerz hindurch die Wahrheit, die in ihren Anschuldigungen lag. Doch dann mußte er an Danny Wilde denken. »Hör mal, Jessy, so einfach ist das nicht.«

»O doch. Und bitte«, fügte sie hinzu, als der Kellner ihre Cola brachte, »sag jetzt nicht, verheiratet sein sei nicht einfach.«

»Komm zurück, Dad.« Matt blickte auf. Zum erstenmal seit sie das Restaurant betreten hatten, sagte Janey etwas. »Es ist einfach nicht das gleiche ohne dich.«

Matt war betroffen. Schuldgefühl und Schmerz überwältigten ihn. Die beiden Mädchen konnten nichts dafür. Und was zwischen ihm und Ally falsch lief, war zu kompliziert, als daß er es ihnen hätte erklären können.

»Ich kann nicht, Liebes. Ich kann wirklich nicht.«

Janey stand auf, schnappte sich ihren Mantel von der Rückenlehne und rannte aus dem Lokal. Matt sprang ebenfalls auf, warf Jess seine Brieftasche hin und eilte Janey hinterher.

Genau in diesem Moment kam das Essen. Der Ober blickte auf die Stühle, der eine leer, der andere umgeworfen. Er war einer von jenen netten amerikanischen Jungs, die sich als unbeschäftigte

Schauspieler durchs Leben schlugen. »Hi!« Er stellte das Essen ab. »Typischer Familienausflug, was?« Er stellte den Stuhl wieder auf die Beine. »Guten Appetit.«

Matt konnte Janey draußen nirgendwo entdecken. Sie mußte in den Markt von Covent Garden verschwunden sein. Seine beiden Töchter waren so verschieden. Jess mit ihrer verletzenden Art nach dem Motto, bevor du mich trittst, trete ich dich, und Janey, die damit kämpfte, ihre Gefühle zu unterdrücken. Doch eines hatten sie gemeinsam. Er hatte beiden wehgetan. Er fühlte sich genau wie das Arschloch, als das Jess ihn beschimpft hatte, und ging wieder in das Lokal zurück, um sich ihrer rücksichtslosen Kritik zu stellen.

Dem Himmel sei Dank, daß ich meine Arbeit habe, sagte Ally sich zum wiederholten Male. Sie war faszinierend, fordernd, ermüdend und spendete ihr Trost und Freude zugleich. Beides war Balsam für ihre gebeutelte Seele. Selbst Maggy Mann benahm sich ihr gegenüber netter, eine zwiespältige Angelegenheit, denn das brachte langatmige Geständnisse zum Thema ›Männer: Scheißkerle oder Arschlöcher?‹ mit sich.

Doch sie konnte wirklich jede Hilfe gebrauchen. Seit dem Lunch mit Matt sprach Janey überhaupt nicht mehr mit ihr. Sie hatte eine Mauer des Schweigens errichtet, und Ally kam nicht mehr an sie heran. Es machte ihr angst, besonders da Janey in zwei Wochen ihre Abiturprüfungen hatte.

Sie nahm ihr Skript und machte sich auf den Weg ins Studio. Vor ihr lag eine schwierige Show. Es ging um die aufreibende Konfrontation zwischen einer Frau, die gegen ihren Willen verlassen wurde, und ihrem Ex-Mann, der sich in eine andere verliebt hatte. Außerdem würde sie im Studio ein Interview mit den drei Kindern dieses Ex-Paars führen.

Ally hoffte, daß sie der Sache gewachsen war.

Der erste Teil zwischen Mann und Frau lief hervorragend. Zu ihrer großen Erleichterung stellte Ally fest, daß sie sich weder für ihn noch für sie erwärmen konnte. Beide waren schwierige Menschen, die in jeder Ehe Probleme hätten. Doch als die Reihe an die Kinder kam, wurde es schwerer. Das jüngste war ein tapferes Kerlchen von sechs Jahren, der in Allys Augen zehnmal mehr wert war als seine

Eltern. Es war rührend, wie er Ally aus seiner Sicht von der Trennung seiner Eltern erzählte. Völlig unerwartet drehte er sich plötzlich zu seinen Eltern um, und es versagte ihm fast die Stimme, als er sie bat, wieder alles so werden zu lassen wie früher.

Ally stiegen die Tränen in die Augen, und als sie auf den Teleprompter schaute, konnte sie nicht einmal mehr ihren Text lesen.

»Sorry, Bernie«, flüsterte sie ins Mikrofon, »ich muß leider abbrechen.«

Sekunden später tauchte Bernie im Studio auf und führte sie in eine ruhige Ecke. »Ich weiß, Ally, ich weiß.« Er tätschelte sie unbeholfen. »Ich habe mir schon gedacht, daß diese Sache dir unter die Haut gehen würde. Aber wenn es dir ein Trost ist, es macht dich noch sympathischer. Die Zuschauer sprechen total auf dich an.« Er umarmte sie. »Nur noch ein paar Minuten.«

Durch ihre Tränen hindurch lächelte Ally über die Ironie des Fernsehens, in dem echte Gefühle den höchsten Kurs erzielten. Je mehr Schmerz sie empfand, um so besser war ihr Auftritt. Die Tatsache, daß das Kind seine Eltern so angefleht und sie die Show unterbrochen hatte, würde diese Sendung zur stärksten der ganzen Serie machen, ging es ihr bitter durch den Kopf.

»Okay, Bernie. Es geht schon wieder.«

Irgendwie schaffte sie den Rest der Show und stolperte in ihre Garderobe zurück. Fünf Minuten später tauchte Bernie mit einer Tasse heißem Tee auf.

»Du bist ja wie eine alte Tante«, schalt sie ihn.

Bernie lachte und seine kleinen Augen verschwanden fast in den Falten seiner ledernen Haut. »Ich kümmere mich um dich, Allegra Boyd. Nicht nur wegen dem hier«, er machte eine Handbewegung in Richtung Studio, »sondern auch, weil ich mich verantwortlich für den Bruch mit Matt fühle. Wenn wir nicht zu Page gegangen wären...«

»Mach dir keine Sorgen, Bernie. Das hat sich schon lange angebahnt. Es hat nichts mit dir zu tun.«

Bernie war nicht überzeugt. Er lächelte traurig. »Aber die wirklich bedeutende Frage ist jetzt: Kommst du zur Party?«

Die obligatorische Serien-Abschluß-Party war so ziemlich das letzte, wonach Ally jetzt der Sinn stand. Aber es wäre unhöflich und unkollegial gewesen, nicht hinzugehen. Also sprang sie rasch unter die Dusche und zog sich anschließend ein schwarzes Seidenkleid an. Seit der Trennung hatte sie mehr als drei Kilo abgenommen, und sie sah fürchterlich aus. Sie fragte sich, ob diese ultraschlanken Models, die einem das Gefühl vermittelten, ein Tönnchen zu sein, deshalb solche Striche in der Landschaft waren, weil sie tief im Innern sehr litten. Dieser Gedanke stimmte sie schon wieder heiter.

Es war ein ungeschriebenes Gesetz für Serien-Abschluß-Parties, daß diese immer an einem irgendwie äußerst ungünstigen Ort stattzufinden hatten. Auch dieses Fest machte da keine Ausnahme. In einem plötzlichen Anfall von nautischer Begeisterung hatte Bernie das Schlachtschiff *Belfast* gemietet. Glücklicherweise war kein Manöver geplant, so daß es nicht weit von der Tower Bridge entfernt vor Anker lag, allerdings so versteckt, daß Ally eine halbe Stunde suchen mußte, ehe sie es fand.

Als sie schließlich an Bord kletterte, tummelten sich auf dem Deck schon mindestens 100 Gäste. Sie drehten sich zu ihr um, während Bernie ihr bei den letzten drei Stufen die Hand reichte, und empfingen sie mit spontanem Beifall. Schon im Normalzustand hätte sie diese Geste bewegt, doch angesichts ihrer angeschlagenen Seele war es fast zuviel.

Bernie drückte ihr ein Glas Champagner in die Hand und schob sie in die Menge.

»Hol dir deine Lorbeeren. Der Tanz geht bald los.«

Nikki stand ein paar Schritte von ihr entfernt und zog sie in ihre Gruppe. Sie war gerade mittendrin, Maggy Manns morgendlichen Telefonanruf bei einem jungen Popstar zu beschreiben, den sie im Anschluß an ihr *Hello*-Interview nach Hause abgeschleppt hatte.

»Sie sagte also zu ihm: ›Magst du es, wenn man dich mit Fellatio weckt?‹ Und wißt ihr, was er geantwortet hat? ›Eigentlich weckt mich meine Mutter immer mit einer Tasse Tee.‹«

Ally stimmte in das allgemeine Gelächter mit ein. Alle schienen sich zu amüsieren. Nichts war so gut wie die Party am Ende einer Serie, die phantastisch gelaufen war.

»Ally, ich wollte Sie fragen... haben Sie Lust zu tanzen?« Ally drehte sich um. Vor ihr stand einer von den ganz neuen, jungen Redakteuren, und er hatte ganz offensichtlich all seinen Mut zusammengenommen.

Fast automatisch wollte sie ablehnen. Doch dann lächelte sie, nickte, und ließ sich von ihm durch die Menge auf die Tanzfläche führen. Nur am Anfang fühlte sie sich noch unsicher. Dann entspannte sie sich und gab sich dem beschwingten Gefühl hin, das der Champagner in ihr auslöste, der Musik und der Freude, unter dem wunderbaren Nachthimmel auf einem verrückten Schlachtschiff die Sterne glitzern zu sehen. Sie hatte ewig nicht mehr getanzt. Selbst auf Janeys Fest war sie zu beschäftigt gewesen. Nikki winkte ihr zu, und erleichtert darüber, daß von ihrem Tanzpartner absolut keine Bedrohung ausging, winkte sie zurück. Er schien sich einfach nur zu freuen. Als sie so herumschaute, wurde ihr klar, wieviel ihr die Leute im Team bedeuteten. Sie waren richtige Freunde für sie geworden.

Eine halbe Stunde später entschuldigte sie sich erschöpft lachend. Der Schweiß rann ihr zwischen den Brüsten herab. Seit Jahren hatte sie nicht mehr so viel Spaß gehabt. Sie hielt Ausschau nach Bernie, doch da sie ihn nicht erblickte, nahm sie sich noch ein Glas Champagner und schlenderte an Rettungsbooten und Geschützläufen vorbei zum anderen Ende des Schiffs. Dort war es ruhig und dunkel. Sie lehnte sich über die Reling, schaute in das ruhige Wasser und auf die andere Seite des Ufers zu den Lichtern Londons. Plötzlich spürte sie die Niedergeschlagenheit zurückkehren. Matt war für immer gegangen. Sie würden bald über die Scheidung und das Haus reden müssen.

Zumindest für eine Sache war sie dankbar: Immerhin war sie in der Lage, ihren Lebensunterhalt zu verdienen. Und dennoch: Ob sie noch zusammen wären, wenn sie diesen Job bei *Hello* nicht bekommen hätte? Sie schauderte ein wenig und versuchte sich davon zu überzeugen, daß es keinen Sinn hatte, sich darüber den Kopf zu zerbrechen. Sie quälte sich damit nur selbst. Obwohl sie eine unglaublich starke und bestimmte Person war, kostete es sie viel Kraft, der Versuchung dieser Gedanken nicht zu erliegen. Sie zwang sich, wieder zurück in den Trubel zu gehen. Sie mußte nach vorne schauen.

Diesmal entdeckte sie Bernie an der Bar, wie er vor seinem Orangensaft saß und das Gesicht verzog. Als er sie erblickte, spürte er sofort den Kummer hinter ihrem angespannten Lächeln.

Er nahm sie in den Arm. »Du siehst ein bißchen angeschlagen aus unter deiner Kriegsbemalung.« Er beobachtete sie schon seit Wochen und sorgte sich um sie, besonders nach der heutigen Show. Verdammter Matt. Verdammtes Leben. Das hätte ihr größter Moment überhaupt sein sollen. Statt dessen verlor sie ihre Pfunde, hatte dunkle Ringe unter den Augen und sah einfach elend aus.

»Es ist wegen Janey. Sie ist im Moment etwas schwierig. Sie schiebt mir die Schuld für die Trennung zu.«

»Was du jetzt brauchst, ist ein bißchen verwöhnt zu werden. Und Onkel Bernie weiß auch schon genau, wo.«

»Sag?«

»Auf einer Gesundheitsfarm. Eine kräftige Massage, ein paar Kosmetikbehandlungen, Swimmingpool. Genau das Richtige für dich.«

Ally lächelte über Bernies Fürsorge. Sie wußte nicht, was sie ohne ihn täte. Er war einfach wunderbar. Doch sie konnte trotzdem nicht weg.

»Bernie, es geht nicht. Janeys Abiturprüfungen gehen in zwei Wochen los.«

»Ally, mein Herz, ich sorge mich um dich.«

»Also, ich...« Ally sprach nicht weiter. Eine vertraute Gestalt in einem schicken Anzug kam gerade die Gangway heruntergeschlendert. Ally stieg die Röte ins Gesicht. Es war Danny Wilde. Bernie beobachtete sie neugierig. Es war ihm noch gut im Gedächtnis, wie Danny ihr damals nach dem Telethon aus dem Restaurant gefolgt war. Ganz offensichtlich lief irgendwas zwischen den beiden ab, aber so, wie es aussah, war es noch nichts Ernsthaftes. Zweifel stiegen in ihm auf. Irgendwie traute er Danny Wilde nicht über den Weg. Er hatte ihn im Verdacht, daß sich hinter dem zur Schau getragenen Charme und dem betonten Interesse für die weiblichen Anliegen ein Einzelgänger verbarg, dem die Probleme einer richtigen Beziehung und einer Otto-Normalfamilie ein Greuel waren.

Nachdem Danny sie entdeckt hatte, zog er sich unverzüglich aus der Gruppe zurück, mit der er gerade sprach, und kam auf sie zu.

Ally riß sich zusammen. Sie wollte möglichst normal wirken, auch wenn sie sich lächerlich verlegen fühlte. Seit jener Nacht in seinem Wagen war so viel passiert, daß sie vergessen hatte, wie ihr Körper auf seine Nähe ansprach.

»Hallo, Danny.« Bernie reichte ihm einen Drink. »Sie haben sich anscheinend auf unerwartete Besuche spezialisiert.«

Danny grinste. »Eigentlich hat Nikki mich telefonisch eingeladen, und da ich so unglaubliche Dinge über die Show gehört habe, mußte ich einfach herkommen und euch allen gratulieren.«

Schleimer, dachte Bernie.

Mit samtweicher Stimme wendete sich Danny an Matt. »Allegra, es tut mir leid, was ich über Sie und Matt in der Zeitung gelesen habe.«

Nie im Leben, dachte Bernie und half Ally aus der Verlegenheit. »Wir haben uns gerade darüber unterhalten«, Bernie taxierte sein Gegenüber genau, »daß Ally erschöpft ist und ein paar Tage auf eine Gesundheitsfarm sollte.«

Danny blickte sie an. »Bernie hat recht.« Seine Stimme klang wie eine Liebkosung. »Sie wirken müde.«

»Ja ja, ist ja schon gut!« Ally hob ihre Hände, als wollte sie jeden weiteren Druck abwehren. »Ich ergebe mich.« Vielleicht würde es Janey gut tun, wenn sie mal eine Nacht wegblieb.

»Langdon Hall kann ich bestens empfehlen«, sagte Danny. »Ich gehe oft dorthin. Eine Stunde die M1 hoch, und schon sind Sie im Paradies.«

»Vielen Dank für den Tip.« Bernie klang wenig begeistert, ganz so, als wollte er von Danny keinen Rat annehmen. Ally fragte sich, warum. »Ich werde meine Sekretärin Marie bitten, am Montag ein paar Farmen durchzutelefonieren.«

»Gute Idee«, stimmte Danny zu und speicherte diese Information in seinem Hinterkopf.

Matt las das Fax von Meredith Morgans Agenten durch, das Belinda ihm gerade gegeben hatte. Es legte unmißverständlich dar, daß Miss Morgan zur Zeit wegen anderweitiger, dringender Verpflichtungen keinerlei Fernsehauftritte wahrnahm. Sie ließ ihnen über ihren Agenten für die Einladung danken.

»Vielleicht überlegen wir uns besser jemand Neues.« Belinda hatte sich in letzter Zeit so sehr an Ablehnungen gewöhnt, daß sie nicht einmal überrascht war.

»Quatsch.« Matt wühlte in seiner Aktentasche nach seinem Adreßbuch. »Was wetten wir, daß dieser Mistkerl seine geschätzte Klientin nicht einmal gefragt hat, ob sie überhaupt möchte?«

»Aber er ist doch ihr Agent.«

»Na und?« Matt blickte auf seine Uhr. In Beverly Hills war es Vormittag. Eine anständige Zeit. Meredith würde gerade beim zweiten Martini sein. Er wählte die Nummer, die sie ihm damals auf der Party gegeben hatte.

Ein Mann meldete sich. Wahrscheinlich Ehemann Nummer Acht.

»Hallo. Hier ist Matt Boyd aus London. Könnte ich bitte Miss Morgan sprechen?«

»Bedauere, aber Miss Morgan ist gerade bei ihrem Trainer. Kann ich ihr etwas ausrichten?«

Matt überlegte, ob er eine Nachricht hinterlassen sollte, was immer gefährlich war, weil man damit der anderen Partei alle Macht überließ, oder später noch einmal anrufen. Vielleicht verteilte Meredith Morgan ihre Telefonnummer an Hinz und Kunz, um anschließend so zu tun, als hätte sie nicht den blassesten Schimmer, wer anrief. Matt beschloß, sich auf seinen Instinkt zu verlassen.

»Ja. Wenn Sie ihr freundlicherweise sagen würden, daß ich ihr zu Ehren im Juni eine ganze Sendung nur mit ihr machen möchte. Wann denken Sie, könnte sie nach London kommen?«

Der junge Mann zog unschlüssig die Luft ein. »Sie ist wirklich sehr beschäftigt.«

»Würden Sie sie bitte trotzdem fragen?«

»Okay, wir rufen Sie an, wenn Miss Morgan einen Termin frei hat.«

Matt spielte mit der Idee, weiter zu insistieren, ließ es dann aber doch. »Schön. Und richten Sie ihr bitte auch aus, daß ich mich darauf freue, wieder mit ihr zusammen ›The Wild Rover‹ zu singen.« Meredith Morgan hatte irische Vorfahren, und ihr Treffen an einem Swimminpool in Bel Air hatte mit dem Absingen irischer Rebellionslieder geendet.

Während der nächsten halben Stunde gaben sich sowohl Matt als auch Belinda betont beschäftigt. Als das Telefon klingelte und Belindas Sekretärin abhob, schauten sie sich stumm an.

»Matt«, schrie das Mädchen, »es ist Meredith Morgans Mann! Sie kommt mit dem größten Vergnügen zu deiner Show. Du sollst ihren Agenten anrufen.« Merediths Mann übermittelte noch eine weitere Nachricht. »Und sie sagt, das mit der Ehre kannst du vergessen. Sie ist noch nicht tot.«

Matt jauchzte und rannte dreimal um Belindas Tisch herum, bis sie seine Hand packte und ihn auf einen Stuhl drückte.

»Matt?« Sie nagte an ihren Nägeln, bis ein dünner Fetzen Haut herunterhing. »Glaubst du nicht, daß wir nur mit dem Kopf gegen die Wand rennen? Daß Page längst entschieden hat, uns so oder so rauszuschmeißen, und daß es keinen Unterschied mehr macht, ob unsere Show gut oder schlecht ist?«

Matt hatte sich diese Fragen längst selbst gestellt und sie sogleich wieder fallengelassen. Sie mußten einfach kämpfen.

»Blödsinn, mein Mädchen, was redest du denn da? Wenn er das Interview sieht, wird er uns auf Knien anflehen, daß wir im Herbst wiederkommen.«

Belinda lächelte und aalte sich in der wohligen Wärme seiner Zuversicht.

Es war Zeit, ins Studio zu gehen, und Matt erhob sich. Plötzlich mußte er wieder an Page und die Geschichte mit Allys Show denken. Ally hatte ihn hintergangen, und das versetzte ihm immer noch einen heftigen Stich. Er blieb am Fenster stehen und blickte auf die im Abendlicht glitzernde Themse. Was mochte Ally gerade tun?

Ally lag auf dem Tisch der Kosmetikerin, beruhigt und beschützt, und zog den flauschigen weißen Bademantel enger um sich. Das war die höchste Form des Glücks! Noch nie zuvor war sie auf einer Gesundheitsfarm gewesen. Sie hatte immer irgendwelche Einwände gegen solche Orte gehabt. Es war ihr seltsam vorgekommen, körperlicher Perfektion so viel Aufwand zu widmen, und sie hatte sich selbst nicht von dem Gedanken befreien können, daß man für das gleiche Geld lange Urlaub an einem sonnigen Ort machen konnte – und zwar Essen und Trinken inbegriffen. Doch diesmal schien sie es zu brauchen. Jetzt, wo sie hier lag, verstand sie es. Gesundheitsfarmen hatten nichts mit Leiden für die Schönheit zu tun, es war Genuß pur.

»Sie haben noch nie eine Gesichtsbehandlung gehabt?« fragte die Kosmetikerin ungläubig. Allys Bemerkung, das sei ihre erste, hatte sie so fassungslos und geschockt aussehen lassen, als ob Ally gerade verkündet hätte, sie wäre ein Transvestit. »Dann sind Sie sicher jetzt reif dafür.«

Als das Mädchen die feuchten Pads auf Allys geschlossene Augen legte und den Dampf auf ihre gestreßte Haut mit den verstopften Poren leitete, entspannte Ally sich. Bis zum späten Nachmittag hatte sie eine Maniküre und eine Pediküre bekommen, eine halbe Stunde auf der Sonnenbank gelegen, eine Pause im Whirlpool eingelegt und war unter den bedächtigen Blicken pseudogriechischer Statuen zwanzigmal im Pool hin- und hergeschwommen. Um sechs Uhr kehrte sie müde, aber so entspannt wie seit Wochen nicht mehr, zu ihrem Zimmer zurück.

In der Vorfreude auf ein ruhiges Abendessen und eine frühe Nachtruhe drehte sie summend den Schlüssel um. Doch sowie sie die Tür öffnete, spürte sie, daß jemand im Raum war. Ihr Puls raste vor Angst, und sie zog den Bademantel enger um sich.

Auf dem Doppelbett lag, gehüllt in einen Bademantel, dessen weißes Frottee die sonnengebräunte Haut noch betonte, und mit einem verführerischen, provokanten Lächeln auf den Lippen Danny Wilde und las den *Guardian*.

28. Kapitel

Allys Herz machte einen Satz. »Wie, um alles in der Welt, kommen Sie hierher?« Sie versuchte, ihre Stimme so empört wie nur möglich klingen zu lassen.

»Indem ich gelogen habe.« Er reagierte mit aufreizender Gelassenheit. »Ich lüge gut. Eine meiner nützlichsten Eigenschaften. Sind Sie schon massiert worden?«

»Nein.« Ally legte die Illustrierte beiseite, die sie in der Hand hielt. »Wenn ich eine Massage gewollt hätte, hätte ich mir eine geben lassen. Was, zum Teufel, haben Sie in meinem Zimmer zu suchen?«

»Beruhigen Sie sich. Sie sind hier, um sich zu entspannen. Was ich Ihnen anbiete, ist eine echte, eine durch und durch echte Massage. Sie brauchen sich nicht mal auszuziehen. Seien Sie ein liebes Mädchen, und legen Sie sich hin.«

Ally wußte, daß sie sich weigern sollte. Daß sie ihn unverzüglich aus ihrem Zimmer schmeißen sollte, weil seine Gegenwart eine ungeheuerliche Anmaßung war. Doch seit Matt gegangen war und sich auch noch Janey gegen sie gestellt hatte, fühlte sie sich so unendlich einsam, daß sie weich wurde.

Gehorsam legte sie sich auf das Handtuch, das er auf dem Bett ausgebreitet hatte. Das Herz klopfte ihr in den Ohren, während er ihr den Bademantel diskret von den Schultern streifte. Qualvoll war sie sich seiner Nähe bewußt und zugleich überwältigt von dem plötzlichen Verlangen, alles um sich herum zu vergessen und nur noch seine goldbraune Haut auf der ihren zu spüren. Man konnte nicht ewig stark sein.

Mit geschlossenen Augen lag sie da und atmete den Duft des aromatischen Öls ein, das er in ihre angespannten Schultern einmassierte. Die Behandlung wirkte Wunder. Ihr war, als wenn all die Schmerzen der Zurückweisung und des Treuebruchs, des Versagens und der Reue sich in den Nervenknoten auf ihrem Rücken gesammelt hätten, um dort von Dannys geübten Fingern durchgewalkt, geknetet und weggeklopft zu werden.

Sie hielt die Augen weiterhin fest geschlossen und gab sich dem beharrlichen Druck seiner Hände und dem ekstatischen Gefühl der Mischung aus Wollust und Schmerz hin, bis ihr ein erleichtertes Stöhnen entwich.

»Aufwachen, aufwachen. Dr. Wildes Zaubershow ist zu Ende.«

Lächelnd öffnete sie die Augen. Fast tat es ihr leid, daß dieses wunderbare Gefühl unterbrochen wurde.

»Sie können es ja tatsächlich!« sagte sie überrascht. »Sie wissen wirklich, wie man massiert.«

»Sie ahnen gar nicht, was ich sonst noch alles kann.« Sanft streiften seine Lippen über ihren Nacken.

Sie drehte den Kopf zu ihm um und blickte in sein berühmtes schiefes Lächeln. Danny beugte sich zu ihr hinunter und küßte sie auf die Schultern. Dann drehte er sie ganz sanft um und begann, den Gürtel ihres Bademantels aufzuknoten.

»Ich kann ehrlich sagen, Ally Boyd«, er hatte sich vor sie hingekniet und öffnete ihren Mantel, der sich wie ein Fächer um sie herumlegte, »daß ich noch nie auf jemanden so lange gewartet habe wie auf dich.«

Ritchie Page lehnte sich genüßlich in seinen bequemen Ledersessel zurück und lächelte selbstgefällig. Das Ende der Boyd-Ehe hatte zwar nicht zu seinem Plan gehört, aber es hatte der Sache nur gut getan. Matt Boyds Glorienschein verblaßte in den Augen der Öffentlichkeit mehr und mehr, jetzt, da er seine Familie verlassen und zu der anderen gegangen war. Die Tatsache, daß Belinda von der Presse als abgebrühte Karrierefrau dargestellt wurde, hatte den Dingen ebenfalls nicht geschadet. Selbst einige der bis dahin loyalen Kollegen im Team fanden es überhaupt nicht gut, daß Belinda und Matt zusammenlebten.

Alles lief wunderbar. Page griff in seinen Stapel Post und zog, verschiedene wichtig aussehende Briefe mißachtend, die Einschaltquoten der *Matt-Boyd-Show* heraus. Noch mal um ein Prozent gesunken.

Er wußte, daß sie aufgeregt an einem neuen Projekt arbeiteten. Von Bernie Long hatte er erfahren, daß Matts Idee der absolute Knüller sei. Aber es war zu spät. Wenn das Konzept wirklich ankam, würde er die Show jemand anderem geben.

Komme, was wolle.

Ally wachte auf, streckte sich genüßlich und faßte neben sich. Der Platz war leer. Sie riß die Augen auf. Danny war nicht mehr da. Die Erfahrungen der letzten Wochen mußten sie überempfindlich gemacht haben, daß sie jetzt so reagierte. Vermutlich war er nur Schwimmen gegangen.

Zwei Minuten später ging die Tür auf, und hereinspaziert kam Danny mit einem zusätzlichen Bademantel über dem Arm und einem breiten Grinsen im Gesicht. Triumphierend hielt er eine Flasche Weißwein und zwei Packungen Tiefkühlmöhren hoch, die er darunter versteckt gehalten hatte.

Lachend platzte Ally heraus: »Wo hast du das denn her? Laut Vorschrift ist Alkohol hier verboten.«

»Aus der Küche. Es ist Kochwein. Ich habe dem Chef erzählt, daß ich ihn nächste Woche in der Show interviewen werde.«

»Und, tust du's?«

Danny zwinkerte ihr zu. »Wir sind nächste Woche gar nicht auf Sendung.«

»Und was hast du mit den Möhren vor?«

»Den Wein kühlen, natürlich. Was hast du denn gedacht?«

Ally lachte wieder. Sie hatte inzwischen jedes Gefühl dafür verloren, ob das, was sie taten, verrückt oder vernünftig war. Das einzige, was sie wußte, war, daß sie sich nicht mehr verzweifelt fühlte.

Danny legte die Karotten hin. »Komm her, Kummertante. Ich habe ein Problem, das wir in den Griff kriegen müssen.«

»Das kann ich sehen.« Ally schmunzelte, als sie seinen Bademantel öffnete. »Ein richtig großes Problem.«

Er zog sie an sich. »Es hat sich noch nie jemand darüber beklagt.«

Als Ally nach der Nacht auf der Gesundheitsfarm heimfuhr, merkte sie, daß sie ständig grinsen mußte und bei jeder Gelegenheit zu kichern anfing. Beides war für eine Frau in ihrer Situation höchst unpassend. Sie stellte ihren Wagen in der Doppelgarage ab, riß sich zusammen, um wenigstens halbwegs ernsthaft zu wirken, und nahm ihre Reisetasche aus dem Kofferraum.

Jess wartete schon an der Treppe. »Mum! Wow!« Sie schnappte sich ihre Tasche. »Du siehst aus, als kämst du aus den Ferien!«

»Sonnenbänke sind was Tolles!« log Ally. »Wo ist Janey?« Sie hoffte inständig, daß ihre älteste Tochter nicht mehr so verletzt und wütend war.

»Hinterm Haus. Liest mit Adam zusammen irgendein Buch.«

»Das klingt vielversprechend. Hat sie denn auch was für die Schule getan?« Sie sprach leise, denn sie wußte, daß Janey es haßte, kontrolliert zu werden.

»Wenn mit Adam und einem Stapel Pflichtlektüre im Zimmer sitzen zählt...«

»Besser als nur mit Adam.« Ally legte den Arm um Jess. »Laß uns zu den beiden gehen.«

Zu Allys Verwunderung lagen Janey und Adam trotz des wunderbaren Wetters in ihren schwarzen Lederklamotten auf dem abschüssigen Rasen hinterm Haus. Adam erhob sich.

»Hallo, Mrs. Boyd. Sie sehen gut aus.«

»Hallo, Adam. Es war äußerst erholsam.«

Janey hielt sich zum Schutz vor der Sonne die Hand über die Augen und inspizierte ihre Mutter. »Hallo, Mum. Hat's dir gefallen?«

Kein Lächeln, aber auch keine offene Feindschaft mehr, stellte Ally fest. Ein eindeutiger Fortschritt.

»Ich muß schon sagen, du siehst wirklich fabelhaft aus.« Jess beäugte sie neugierig. »Bist du sicher, daß du nicht irgendeinen blendend aussehenden Mann im Whirlpool getroffen hast?«

Ally spürte, wie sie rot wurde, und versuchte, das Thema zu wechseln.

Doch für Janey nicht schnell genug. Ohne noch ein Wort zu sagen, sprang sie auf und rannte ins Haus.

»Bin ich ins Fettnäpfchen getreten?« Verwirrt blickte Jess ihre Mutter an.

»Natürlich nicht«, antwortete Adam und ging dann Janey nach. »Sie ist im Moment einfach nur ein bißchen empfindlich.«

Drei Tage später, als Ally abends mit Danny im Bett lag, wurde ihr bewußt, wie schwer es sein würde, ihre Beziehung geheimzuhalten. Statt sich öffentlich zu treffen, mußte sie, nachdem sie den Begleitkommentar für ihre letzte Show aufgenommen hatte, zu ihm in die Wohnung kommen. Sie würde nicht über Nacht bleiben, wegen der Kinder.

»Weißt du«, sagte Danny und streichelte ihr über den Rücken, »daß du die erste Frau in meinem Bett bist, von der ich keine Telefonnummer habe? Willst du sie mir nicht geben?«

»Natürlich. Aber sag um Himmels willen nicht, wer du bist. Das packt Janey nicht.«

»Klar.« Danny küßte sie. »Wenn du willst, sag' ich, ich bin Tubby, die Tuba.«

Ally kicherte. »Sag einfach, daß du von der Show bist.«

»Du weißt, Ally«, Dannys Gesicht wurde plötzlich ernst, »daß du dir überlegen mußt, was du willst. Wenn wir uns weiter treffen, dann solltest du es ihnen erzählen. Ehe dir jemand zuvorkommt.« Er berührte sanft ihre Wange.

Als sie sich plötzlich schweigend in seine Armbeuge schmiegte, kam ihm in den Sinn, daß das gleiche Argument auch für ihn galt. Wann würde er ihr reinen Wein einschenken? Daß er mit Ritchie Page darüber verhandelte, Matt in seiner Show abzulösen? Auch er sollte es ihr sagen, ehe ihm jemand zuvorkam.

Doch Danny war mindestens so feige wie charmant, und er wußte es. Er wollte den Abend nicht verderben. Deshalb rollte er sich neben sie, und binnen Minuten waren beide eingeschlafen.

Ally setzte sich auf. Es war stockfinster. Sie blickte auf ihre Uhr. Jesus, es war zwei. Rasch huschte sie aus dem Bett und schlüpfte in ihre Klamotten. Sie blickte auf Dannys schlafendes Gesicht. Eigentlich wollte sie ihn nicht stören. Doch dann dachte sie daran, wie verloren man sich fühlte, wenn man aufwachte und die Person, die neben einem liegen sollte, einfach weg war. Sie schubste ihn sanft an.

»Ich muß gehen. Meine Nummer liegt auf dem Nachttisch. Bis bald.«

Schlaftrunken stützte er sich auf seinen Ellbogen. »Hey, das ist eine merkwürdige Umkehr der Verhältnisse. Du hast Angst, deine Kids könnten merken, daß du die ganze Nacht weg warst.« Er warf ihre eine Kußhand zu und verschwand wieder unter der Decke, dankbar darüber, daß er sie zumindest nicht heimfahren mußte.

Ally stellte den Wagen ab und wünschte sich, daß sie etwas anderes als Kies auf ihre Auffahrt getan hätten. Sie schaltete das Licht aus und schlich auf Zehenspitzen ins Haus. Wenn sie Glück hatte, schliefen die beiden Mädchen schon seit Stunden.

In der Küche war alles still. Ally fluchte, weil ihr zu viele Sachen durch den Kopf gingen und sie nicht abschalten konnte. Sie beschloß, sich eine warme Milch zu machen. Gerade hatte sie einen kleinen Kochtopf auf die Platte gestellt, als die Haustür aufging. Einbrecher, dachte Ally, und stand regungslos da. Sie hätte die Kette vorlegen sollen. Im Schein des Mondes konnte sie den kürzesten Rock ausmachen, den sie je gesehen hatte und der bis auf einen schmalen Streifen von einer schwarzen Lederjacke bedeckt war.

»Janey!« Der Schreck saß ihr noch in den Gliedern und ließ ihre Stimme schärfer klingen, als sie beabsichtigt hatte. »Wo, zum Teufel, bist du gewesen? Es ist drei Uhr!«

»Bei Adam. Er hat mich gerade zurückgebracht.« Janey trat auf ihre Mutter zu. »Findest du es nicht ein bißchen stark, daß ausgerechnet du das fragst?« Ihre Stimme war kalt und beleidigend. Ally hatte sie noch nie so reden hören. »Ich meine, aus welchem Bett bist du denn gerade herausgekrochen?«

Tief verletzt hob Ally die Hand und schlug ihrer Tochter ins Gesicht. Im selben Moment, als der scharfe Knall ertönte und in der leeren Küche widerhallte, kochte die Milch über.

Janey flüchtete schluchzend aus dem Raum.

Ally nahm den Topf vom Ofen, setzte sich an den Tisch und legte den Kopf auf die Arme. Sie hatte Janey noch nie geschlagen.

Eine halbe Stunde später schleppte sie sich schließlich unglücklich die Treppe hinauf. Müde stieg sie ins Bett und vergrub das Gesicht im Kissen. War es nicht schon genug, daß sie mit einer gescheiterten Ehe, einem anspruchsvollen Job, einer Affäre, die sie geheimhalten und einer Presse, die sie sich vom Leib halten mußte, fertigzuwerden hatte? Nein, jetzt verachtete ihre eigene Tochter sie auch noch. Als sie endlich in einen unruhigen Schlaf gefallen war, schrillte das Telefon an ihrem Bett. Wütend tastete sie danach. Das konnte nur einer von Dannys blöden Witzen sein.

Doch es war nicht Danny, sondern Matts Mutter Mona. Ally hatte Mona nie anders als die Ruhe in Person erlebt. Jetzt war sie völlig aufgelöst. Sie hatten Joe überraschend ins Bristol General Hospital einliefern müssen, und niemand konnte sagen, wie lange er noch zu leben hatte. Mona wußte offensichtlich von der Trennung, aber nicht, wo sie Matt erreichen konnte. Ally merkte, daß sie hin und her gerissen war zwischen Takt und Panik, als sie nach der Nummer fragte.

Ally kannte sie auswendig. Irrationalerweise mißgönnte sie Belinda das Recht, diejenige zu sein, die bei Matt war, wenn er Trost brauchte.

Mit leicht hysterischer Stimme wiederholte Mona die Nummer, die Ally ihr gegeben hatte.

»Möchtest du, daß ich für dich anrufe?«

»Ally, meine Liebe, würdest du das tun?« Mona klang erleichtert und dankbar. »Ich muß zu Joe zurück.«

»Aber sicher.« Ally versuchte ihren Widerwillen zu verbergen. »Auf welcher Station liegt er?«

»Auf der Clifton-Station. Im zweiten Stock.«

Ally verabschiedete sich und legte den Hörer auf. Sie wartete einen Augenblick, ehe sie Belindas Nummer wählte.

Belinda nahm ab. »Ja?« Ihre Stimme klang ärgerlich und verschlafen zugleich.

»Kann ich Matt sprechen? Hier ist Ally.«

»Allmächtiger Herrgott!« Der Ärger gewann die Überhand. »Wissen Sie nicht, wie spät es ist?«

»Ich weiß sehr genau, wie spät es ist. Sein Vater ist sehr krank.«

Matt übernahm den Hörer. »Ally? Was ist mit Dad?« fragte er aufgeregt.

»Deine Mutter hat gerade angerufen. Er ist im Bristol General Hospital. Clifton-Station. Kannst du hinfahren?«

»O Gott! Was ist passiert?« Sie konnte hören, wie sehr er mit sich kämpfte, um ruhig zu bleiben.

»Das hat sie nicht gesagt. Sie war etwas durcheinander.« Ally fühlte sich miserabel, weil sie sich nicht nach weiteren Einzelheiten erkundigt hatte. »Nur, daß sie fürchtet, er könnte nicht mehr lange leben. Möchtest du, daß ich mitkomme?«

Es trat eine kurze Pause ein. »Es ist besser, wenn ich allein fahre. Aber danke für das Angebot. Ich muß los.«

»Matt...« Ally stockte und suchte nach den richtigen Worten. Die Beziehung zwischen Matt und seinem Vater war in den letzten Jahren sehr distanziert gewesen. »Ich weiß, wie schwer es für dich ist, an ihn ranzukommen, aber er liebt dich immer noch.«

»Ja, Ally.« Matts Stimme wurde weicher. »Ich hoffe nur, daß ich nicht zu spät komme, um ihm zu sagen, daß ich dasselbe empfinde.«

Belinda, die sich im Bett aufgesetzt und ihren Morgenmantel um sich gezogen hatte, fühlte sich mit einem Mal ausgeschlossen. Sie war eifersüchtig. Wenn man die beiden so miteinander telefonieren hörte, klangen sie immer noch wie ein Paar.

Als Matt den Hörer auflegte, hätte Belinda fast gesagt: »Was ist mit der Show morgen?« Doch sie schluckte es herunter. Notfalls mußte eben jemand einspringen. Statt dessen fragte sie, ob er wollte, daß sie mitkäme. Sie lernte schnell. Doch Matt schüttelte den Kopf. Es war besser, wenn er allein fuhr.

Matt stand auf und durchsuchte den Kleiderschrank nach etwas Bequemen. Es war noch dunkel, und die Luft war selbst in der Wohnung kalt und feucht. Sein Herz schlug wie wild, während er in seine Jeans stieg. Großer Gott, laß mich rechtzeitig da sein!

Fröstelnd stand Janey vor der Schlafzimmertür ihrer Mutter. Sie hatte gerade klopfen und sich bei ihr entschuldigen wollen, als das Telefon klingelte. Sie hatte das Gespräch über ihren Großvater mitbekommen.

Ihre gesamte Welt schien auseinanderzubrechen. All die Sicherheiten, an die sie so felsenfest geglaubt hatte. Ihre Eltern, die sie und sich liebten. Ihre Großeltern. Als nächstes würde Adam kommen. Und dann würde sie durch ihre Abiturprüfungen rasseln, und den Studienplatz an der Sussex-Universität konnte sie damit auch vergessen. Sie war sicher, daß es so kommen mußte. Sie rannte in ihr Zimmer zurück und vergrub sich schluchzend unter der Decke.

Ally war, als hätte sie ein Geräusch gehört. Sie überlegte kurz, ob sie der Sache nachgehen sollte, ließ es aber dann, weil sie hundemüde war und sich einer weiteren Konfrontation mit Janey nicht gewachsen fühlte.

Als sie so im Dunkeln lag und lauschte, rang sie sich zu einer Entscheidung durch. Sie würde sich mit Danny solange nicht mehr treffen, bis Janey sich wieder beruhigt hatte. Sie konnte einfach nicht riskieren, daß Janey Wind davon bekam. Es waren nur noch zwei Wochen bis zu den Prüfungen. Es wäre unsäglich egoistisch, wenn sie nicht wartete, bis Janey sie hinter sich gebracht hatte. Es gab nur einen Weg. Sie mußte mit ihm reden und ihm erklären, daß sie die Sache erst mal auf Eis legen sollten. Doch als sie die Augen schloß, fühlte sie sich plötzlich sehr verloren. Schließlich gehörte Danny nicht zu den Typen, die gewohnt waren, zu warten.

Und dann mußte sie noch Joe besuchen. Sie hatte Matts Vater wegen seiner Liebenswürdigkeit immer sehr gemocht. Wenn jetzt etwas passierte, würde sie sich ihr Leben lang Vorwürfe machen, daß sie sich nicht mehr von ihm verabschiedet hatte.

Matt, der die nächtliche Autobahn nur mit ein paar Lastwagen teilte, war hellwach. Seine Eile, möglichst rasch zu seinem Vater zu kommen und Frieden mit ihm zu schließen, ehe es zu spät war, grenzte an Verzweiflung. Sooft hatte er von Leuten gehört, die sich morgens mit bösen Worten getrennt und dann nie mehr wiedergesehen hatten, weil einer einen Herzinfarkt erlitten hatte oder bei einem Autounfall ums Leben gekommen war. Oder Eltern und Kinder, wie bei ihm, die sich über die Jahre fremd geworden waren, weil sie geschwiegen hatten, wo sie besser miteinander geredet hätten, und gesagt hatten, was sie besser verschwiegen hätten.

Zum Tanken und Blumenkaufen hielt er kurz vor Bristol an. Die Verkäuferin erkannte ihn gleich, nannte ihn ›Matt‹ und gab ihm ihren schönsten Strauß. Er mochte die Offenheit dieser Leute im Westen. Sie schubsten sich nicht gegenseitig mit den Ellbogen an und flüsterten, sondern sagten einfach: »Guten Morgen, Matt.«

Matt stieg wieder in seinen Wagen. Das Krankenhaus lag zehn Minuten entfernt. Er blickte auf die Uhr. Viertel nach sieben. Ob man ihn um diese Zeit überhaupt hereinließ?

Die Krankenhauspforte war nicht besetzt, und Matt konnte sich ungehindert auf die Suche nach seinem Vater machen. Über den Liften waren Unmengen von Hinweisen zu den einzelnen Stationen angebracht.

Als Matt endlich auf der Clifton-Station ankam, herrschte dort lebhafter Betrieb. Frühstück und Waschen im Bett. Matt blickte sich nach jemand Verantwortlichen um. Schließlich bemerkte ihn eine hochgewachsene, gutgebaute Krankenschwester, die offensichtlich aus Sri Lanka stammte. »Es tut mir leid, aber die Besuchszeit beginnt erst um neun. Sie müssen bitte draußen warten.« Es sah fast komisch aus, wie sich ihr Gesicht veränderte, als sie begriff, mit wem sie gerade sprach. »Mr. Boyd?« Ihre Stimme klang jetzt nicht mehr ärgerlich, sondern lebhaft. »Ich wußte ja nicht, daß Sie *der* Mr. Boyd sind. Wir alle hier sind große Fans von Ihnen. Ich bin die Stationsschwester. Ihr Vater liegt da drüben.«

Matt war froh, daß er sich die Erlaubnis, seinen Vater zu sehen, nicht erkämpfen mußte. Mit einem berühmten Gesicht hatte man wenigstens ein paar Vorteile. Er folgte ihr und wurde plötzlich nervös.

»Wie geht es ihm?« Matt ging an einem Frühstückswagen vorbei, auf dem matschige Rühreier mit blassen Würstchen lagen. Beim Geruch der zerkochten Speisen mußte er fast würgen. »Was ist überhaupt passiert?«

»Er hat einen Schlaganfall gehabt.« Die Schwester blieb stehen und sprach leise weiter. »Er ist noch nicht wieder bei Bewußtsein, so daß wir über die Folgen noch gar nichts sagen können. Ihre Mutter ist bei ihm.« Sie ging weiter. »Wir hoffen, daß er bald zu sich kommt. Vielleicht hilft ja Ihr Besuch.« Sie blickte über die Station, und Matt bemerkte zum erstenmal, daß alle Blicke auf ihn gerichtet waren. »Bei allen anderen jedenfalls wirken Sie.«

Am Ende der Station erblickte Matt in einem hohen Bett eine kleine, zerbrechliche Gestalt, fast wie ein Kind, die gegen die Kissen gelehnt war. Die Augen waren geschlossen und das Gesicht wirkte leblos. Daneben saß Mona, ruhig strickend, und Matt stiegen vor Rührung die Tränen in die Augen, denn er mußte unwillkürlich daran denken, wie es war, wenn er als Kind krank gewesen war. Ob Keuchhusten, Grippe oder Fieber – immer, wenn er wachgeworden war, hatte seine Mutter strickend an seiner Seite gesessen.

Und dann erblickte sie ihn. »Matt, mein Junge, du bist gekommen.«

Matt nahm sie in die Arme, während die Krankenschwester diskret den Vorhang zuzog, der sie von den anderen Patienten trennte.

»Natürlich bin ich gekommen. Wie geht es ihm?«

Das Gesicht seiner Mutter wirkte abgehärmt. »Sie wissen es noch nicht. Ich wünschte, er würde aufwachen.«

Matt setzte sich aufs Bett und nahm die Hand seines Vaters in seine. Er war besessen von der absurden Vorstellung, daß seine Gegenwart den Vater wieder ins Leben zurückrufen würde. »Hallo, Dad.« Sanft drückte er die kalte Hand. »Ich bin's, Matt.«

Nichts passierte. Es sollte kein Wunder geben. Das Leben war schließlich nicht Hollywood, nicht einmal für Matt Boyd.

Im Bett nebenan bekam jemand einen Hustenanfall und bat stokkend um die Urinflasche.

Matt fühlte sich hilflos. Er stand auf. »Er sollte in einem Privatzimmer liegen. Ich gehe mich mal erkundigen.«

»Nein, mein Schatz.« Seine Mutter zog ihn wieder aufs Bett herunter. »Wir sind normale Leute. Wir verlassen uns auf unser Gesundheitssystem. Dein Vater würde nicht privat liegen wollen. Die Behandlung ist hier wie dort die gleiche. Wir sind immer stolz darauf gewesen.« Sie nahm seine Hand. »Abgesehen davon wird es ihm hier besser gefallen, wenn er aufwacht. Hier gibt es viel zu sehen. Leute, mit denen er über Krankheiten reden kann. In einem Privatzimmer hätte er nur das Fernsehen.«

Matt mußte lachen. *Nur das Fernsehen.* Irgendwie rückte es das Affentheater mit seiner Show in eine ganz andere Perspektive. Seine Mutter hatte recht. Letztendlich war es nur Fernsehen.

Müde und ausgepumpt schloß Matt die Augen.

»Du solltest schlafen gehen. Es wird doch nicht passieren. Ich habe versucht, Tim zu erreichen.« Matts jüngerer Bruder arbeitete bei Shell und wurde rund um den Globus eingesetzt. »Sie versuchen, ihn ausfindig zu machen. Hoffentlich schafft er es rechtzeitig hierher.«

»Aber Mum, sag doch so was nicht. Dad wird's bald wieder besser gehen.« Seine Mutter lächelte matt und tätschelte seine Hand. Im Moment hätte sich Matt am liebsten in ein Fünf-Sterne-Hotel einquartiert, doch er wußte, daß er seine Mutter damit zutiefst verletzen würde. »Gibt es zu Hause noch ein Plätzchen für mich?«

»Natürlich. Ich habe ein zusätzliches Bett frisch hergerichtet.« Seine Mutter lächelte. »Für alle Fälle. Matt?«

»Ja, Mum?«

»Das mit Ally und dir tut uns so leid.«

Matt beschlichen Schuldgefühle. Er hätte zu ihnen fahren und es ihnen persönlich erklären sollen, anstatt die paar Zeilen aufs Papier zu kritzeln, die er ihnen vor ein paar Wochen geschickt hatte.

»Mach dir keine Sorgen. Erzähl es uns, wenn dir danach ist.« Mona wich Matts Blick aus. Die beiden hatten für sie so selbstverständlich zusammengehört. Eine Träne stahl sich aus ihrem Augenwinkel und lief ihr die Wange herunter. Sie schniefte. »Jetzt aber ab mit dir. Komm erst zurück, wenn du dich ausgeschlafen hast.«

»Nein, Ally, das verstehe ich ganz und gar nicht.« Dannys Stimme hatte etwas Trotziges, als er Ally in seine Wohnung führte. »Ich begreife nicht, warum du unsere Beziehung stillegen willst, und ich begreife erst recht nicht, warum du Matt nach Bristol hinterherrennen mußt.«

Seufzend ließ Ally sich auf dem lächerlichen lippenförmigen Sofa nieder. Danny war in seinem Leben von so komplexen Fragen wie gespaltene Loyalität bisher gewiß verschont geblieben. ›Pflicht‹ oder ›Verantwortung für die Familie‹ waren Begriffe, die nicht zu seinem Wortschatz gehörten. Er hatte ihr erzählt, daß er seine Familie zuletzt vor fünf Jahren gesehen hatte. Familie bedeutete für ihn etwas, mit dem man möglichst frühzeitig abschließen mußte.

»Schau mal, Danny«, Ally war sich bewußt, daß sie wahrscheinlich wie seine Mutter klang. »Ich habe Verpflichtungen. Wenn Janey durchs Abitur rasselt, dann wegen mir. Ich kann nicht riskieren, daß sie von unserem Verhältnis Wind bekommt. Und es ist auch nicht Matt, dem ich hinterherrenne. Mein Schwiegervater ist todkrank. Ich möchte ihn noch mal sehen.«

Danny blickte sie skeptisch an. »Dann geh.« Verdrießlich dachte er daran, daß er das Bett frisch überzogen hatte, nachdem sie ihn wenige Stunden zuvor angerufen hatte. »Aber rechne nicht damit, daß ich auf dich warte.«

Ally nahm einen letzten Schluck von dem Wein, den er ihr eingeschenkt hatte. Für solche Mätzchen war sie einfach zu alt. Mit achtzehn hätte sie bei diesem Benehmen an Selbstmord gedacht. Heute war es einfach nur ärgerlich.

»Leb wohl, Danny.«

»Leb wohl, Ally.«

Während er ihr nachsah, kam ihm in den Sinn, daß es so vielleicht am besten war. Es wurde zu ernst für ihn. Wenigstens brauchte er ihr jetzt nicht mehr zu beichten, daß er darüber verhandelte, Matts Show zu übernehmen.

Matt lag in der schmalen Kunststoffbadewanne mit integrierter Badematte, die einen zwar davor bewahrte, abzurutschen, aber gleichzeitig unangenehm am Rücken klebte. Das Badezimmer war eiskalt und roch leicht nach einem Putzmittel, von dem er gar nicht wußte, daß es noch hergestellt wurde. Er spürte, wie sehr er sein luxuriöses Badezimmer mit dem dichten Teppichflor vermißte. Nur, daß es nicht mehr sein Badezimmer war.

Unten klingelte das Telefon. Matt sprang aus dem Wasser, hüpfte auf den flauschig-weichen Badewannenvorleger und nahm sich ein kleines, rauhes Handtuch von der kalten Heizung.

Seine Mutter war am Apparat, und ihre Worte ließen ihn alle Unannehmlichkeiten, unter denen er gelitten haben mochte, vergessen.

»Er ist zu sich gekommen!« Ihre Stimme überschlug sich vor Freude. »O Matt, er ist aufgewacht und in guter Verfassung!«

»Mum, das ist wundervoll!« Sein Handtuch fiel auf den Boden, er merkte es kaum. »Ich komme sofort rüber.«

Schwerbepackt mit mindestens sechs Tüten Obst und dem *Daily Mirror*, der Tageszeitung, die sein Vater gelesen hatte, solange er sich erinnern konnte, betrat Matt eine halbe Stunde später die Station. Matt war erleichtert, aber gleichzeitig auch nervös. Die Beziehung zwischen seinem Vater und ihm war immer schwierig gewesen. Sie hatten nie viel miteinander gesprochen, und Matts Erfolg beim Fernsehen hatte diese Kluft nur vergrößert.

»Dad.« Matt beugte sich zu ihm hinunter und küßte ihn. »Gott sei Dank. Bist du okay?«

Joe klopfte ihm auf die Schulter und blickte sich verlegen um. Mona betrachtete sie kurz und beschloß dann, die beiden allein zu lassen. Sie wußte, wenn sie blieb, würden die Männer sich darauf verlassen, daß sie das Gespräch führte, anstatt sich mit ihren Gefühlen auseinanderzusetzen.

»Ich schaue mal, ob die Cafeteria schon auf hat. Dann bringe ich uns Tee.«

Matt setzte sich neben das Bett, erschreckt darüber, daß er, der große Showmaster, nicht wußte, was er sagen sollte. Ohne es zu merken, ergriff er die Hand seines Vaters. Wann hatte er sie wohl das letzte Mal gehalten? Er mußte daran denken, wie rauh und rissig die Haut immer gewesen war. Sein Vater hatte sein Leben lang auf Gerüsten gestanden und Zement gemischt. Handschuhe waren für Maurer unpraktisch. Doch sein Vater hatte sich niemals beklagt, hatte seine Hände einfach nur ab und zu unter kaltes Wasser gehalten, wenn sie anfingen zu bluten.

Joe blickte hinunter auf seine Hand, die fest in der seines Sohnes lag, und brach die betretene Stille.

»Ich habe mich immer für meine Hände geschämt.« Er versuchte, sich aus Matts Griff zu lösen, doch Matt ließ ihn nicht los. »Maurerhände. Ich habe deine nicht oft gehalten. Ich dachte, du hättest vielleicht Hemmungen, meine zu berühren.«

Matts Augen schwammen in Tränen. All die Jahre hatte er nicht gewußt, warum sein Vater ihn nie angefaßt, ihm nicht einmal die Hand gegeben hatte. Er hatte seinen Vater für distanziert gehalten und gedacht, er würde ihn nicht lieben.

»Ach, Dad.« Matt hob die Hand seines Vaters und küßte sie. Die Tränen rannen ihm dabei übers Gesicht. Matt war froh, daß der Vorhang sie von den anderen Patienten abschirmte. Was für eine Vergeudung! Wieviel Zeit hatten sie verschwendet, in der sie ihre Gefühle hätten zeigen können.

»Nun mal halblang, Junge.« Joe tätschelte seinen Arm. »Ich bin nämlich noch nicht tot. Mir geht's schon wieder besser!«

Matt blickte seinen Vater lächelnd an. Es stimmte. Er hätte sterben können, ohne daß sie dieses Gespräch jemals geführt hätten. Aber er lebte.

»Ich liebe dich, Dad.«

»Ich liebe dich auch, mein Junge.«

»Erste oder zweite Klasse?«

Sowie der Angestellte am Bahnschalter Ally erkannt hatte, drückte er auch schon den Knopf für die erste Klasse. Normalerweise reiste Ally zweiter Klasse, doch zu ihrer Überraschung wurde sie seit dem Telethon von den Leuten erkannt und häufig in ein Gespräch verwickelt. Und im Moment fühlte sie sich einer solchen Situation nicht gewachsen. Die erste Klasse gab ihr zumindest einen gewissen Schutz.

»Gleis drei. In zehn Minuten.«

Schnurstracks machte sich Ally auf den Weg zum Zug, wobei sie den Blicken der Menschen auszuweichen versuchte. Im Abteil konnte sie sich wenigstens hinter einer Zeitung verstecken. Doch bei ihrem Glück würde sie neben jemandem landen, dessen Vorstellung vom Reisen darin bestand, einem vollkommen fremden Menschen hemmungslos seine gesamte Lebensgeschichte zu erzählen.

Anstatt die Zeitung zu lesen, fing sie an zu dösen und stellte sich

Matts Gesicht vor, wenn sie aufkreuzte. Vielleicht hatte Danny recht. Daß sie sich selbst einmal fragen sollte, was sie eigentlich wollte.

»Was war das eigentlich für ein Blödsinn mit dir und Ally und sich trennen?« Genußvoll nippte Joe an seinem Tee, während seine Frau mit der Krankenschwester aus Sri Lanka plauderte. »Wir haben deinen Brief bekommen, und Mona hat mir irgendeinen Artikel aus der *Sun* gezeigt. Ich glaube natürlich kein Wort davon, was in diesen Blättern steht.«

Das war die Frage, vor der Matt sich gefürchtet hatte. »Es ist leider wahr, Dad. Wir leben getrennt. Um zu überlegen, wie es weitergehen soll.«

»Warum, Matt? Wir haben dich immer für glücklich gehalten.«

»Ich wäre froh, wenn ich selbst wüßte, warum es so weit gekommen ist, Dad.« Matt war klar, wie wenig überzeugend das in den Ohren eines Mannes klingen mußte, der seit über vierzig Jahren mit ein und derselben Frau verheiratet war. »Irgendwie haben wir uns auseinandergelebt. Richtig gekriselt hat es, seit sie mit ihrer Arbeit beim Fernsehen angefangen hat. Wir waren beide so beschäftigt. Ich hatte mich wohl zu sehr daran gewöhnt, daß sie zu Hause war.«

»Du meinst, du hast nicht mehr die erste Geige gespielt?«

Matt warf seinem Vater einen raschen Blick zu, um zu erforschen, ob er den Satz ironisch gemeint hatte. Doch sein Vater war alles andere als ein ironischer Mensch. Joe blickte über die Station zu Mona.

»Deine Mutter und ich, wir sind nun seit 43 Jahren verheiratet, und die meiste Zeit davon glücklich.«

»Und?«

»Es gibt trotzdem eine Sache, die sie mir nie verziehen hat.«

Matt war verwirrt. Er hatte niemals Risse in der Ehe seiner Eltern bemerkt.

»Als du elf warst, da wollte sie Lehrerin werden.« Joe trank den letzten Schluck Tee aus seiner Tasse und stellte sie dann auf den Nachttisch. »Sie wollte nicht einfach nur eine Aushilfskraft in der Grundschule sein. Sie wollte eine richtige Lehrerin werden. Die

Mathematik unterrichtet. An einer Realschule. Doch dazu brauchte sie weitere Qualifikationen.«

Verblüfft hörte Matt ihm zu. Seine Mutter hatte nie auch nur ein Sterbenswörtchen davon erwähnt.

»Und um die zu bekommen, hätte sie Seminare besuchen müssen.« Joe zupfte an der abgenutzten Krankenhausdecke.

»Und?«

»Ich habe nein gesagt.«

Langsam fing Matt an, zu begreifen. »Weil du dann nicht mehr an erster Stelle gekommen wärst?«

Joe blickte weg. Er kämpfte damit, die richtigen Worte zu finden. »Nein. Nicht deswegen. Damit wäre ich fertiggeworden.«

Matt mußte bei der stillschweigenden Folgerung, daß er dies offensichtlich nicht schaffte, lächeln.

»Ich habe nein gesagt, weil ich dachte, sie würde mich in den Schatten stellen.«

Matt war geschockt. Er hatte immer gedacht, sein Vater und er wären so verschieden. Dabei hatten sie es beide immer genossen, Mittelpunkt ihrer Familien zu sein. Und zwar nicht, um der Familie ein Gefühl von Sicherheit zu vermitteln, sondern sich selbst. Genau wie sein Vater wollte Matt, daß sich immer alles um ihn drehte. Mit dem einzigen Unterschied, daß er im Gegensatz zu seinem Vater nicht die Ehrlichkeit aufbrachte, es zuzugeben.

»Und weißt du, was?« Sein Vater war noch nicht fertig. »Es war die einzige Wolke, die unsere Ehe verdunkelt hat. Wenn Mona mich morgen noch mal fragen würde, würde ich sagen, mach schon, wir packen das schon. Wir wollen dich bei uns haben, aber wir wollen, daß du glücklich bist! Daß du nicht denkst, du hast etwas verpaßt und das Leben ist irgendwie an dir vorübergegangen.«

Sie sahen Mona in ihrer forschen, tüchtigen Art auf sie zukommen. All die Jahre über hatte Matt geglaubt, sie wäre glücklich mit ihrem Los. Nun wurde ihm klar, daß sie einen anderen Wunschtraum gehegt hatte und ihn nie hatte verwirklichen können.

»Matt«, Joe nahm wieder seine Hand und senkte die Stimme, damit Mona sie nicht hören konnte, »mach nicht den gleichen Fehler wie ich. Ruiniere nicht deine Ehe, weil du nicht das Format hast, Ally ihre Träume zu lassen.«

Matt saß mit geschlossenen Augen da. Sein Vater hatte den Nagel auf den Kopf getroffen. Genau das war der wunde Punkt in seiner Ehe. »Weißt du, Dad«, sagte Matt und öffnete die Augen, »ich werde deinen Rat wohl annehmen.«

Joe lächelte milde. »Das wäre das erste Mal.«

»Was redet ihr zwei denn da?« Mona schaute sie liebevoll an.

»Männersache«, erwiderte Joe barsch.

»Mehr nicht?« Während Mona sich zur Seite drehte, um die Früchte in die Schale zu legen, zwinkerte Joe hinter ihrem Rücken Matt zu. »Ich dachte, es wäre wenigstens einmal was Interessantes gewesen.«

Zur selben Zeit, als Ally den Zug verließ und ein Taxi heranwinkte, wurde Matt von dem Oberarzt beruhigt, daß sein Vater in wenigen Tagen entlassen werden würde. Er fühlte sich unglaublich erleichtert.

Nicht weit vom Krankenhaus entfernt passierte Allys Taxi einen Radio- und Fernsehverleih. Aus acht Geräten gleichzeitig strahlte ihr Maggy Mann entgegen. Das brachte sie auf eine Idee.

»Könnten Sie bitte einen Augenblick hier anhalten?«

In einer Ecke des Schaufensters stand ein Modell, das gerade klein genug war, um es zu tragen. Das war genau das richtige, um Joe aufzuheitern.

Ally hatte großes Vertrauen in Joe. Auf seine eigene, ruhige Art war er ein Kämpfer. Sie glaubte fest daran, daß er wieder auf die Beine kommen würde.

Zu Allys großer Verwunderung erklärte ihr der Verkäufer, daß der Apparat nicht nur ein einfaches Fernsehgerät sei, sondern außerdem auch ein Video. Eine Art Video-Walkman. Herrlich. Sie stellte sich Joes Freude vor, wenn er das Geschenk seinen Zimmergenossen vorführen würde.

Als Matt vor dem Krankenhaus wieder ins Auto stieg, rief er sich die Worte seines Vaters ins Gedächtnis zurück. *Mach nicht den gleichen Fehler wie ich.* Zum erstenmal, seit er Ally verlassen hatte, gestand er sich ein, wie sehr er seine Familie und sein Zuhause vermißte. Beides erschien ihm plötzlich unglaublich und unersetzlich kostbar. Jetzt war ihm alles klar: Er würde heimgehen. Er würde sich bei allen entschuldigen, bei Janey und Jess ebenso wie bei Ally. Er würde zugeben, daß es seine Schuld war. Er würde eine neue Seite im Buch seines Lebens aufschlagen und sich ändern.

Er stellte sich vor, wie sie ihn mit zärtlichem Zynismus anlächeln würden. Doch plötzlich kam ihm ein ganz anderer Gedanke. Was war, wenn ihm ganz einfach nur der blanke Zynismus entgegenlächelte? Er schob diese Überlegung beiseite, gab Gas und verließ den Parkplatz in Richtung Ringstraße, die ihn aus der Stadt und nach Hause leiten würde.

Allys Taxifahrer hupte einen Nadelstreifenchefarzt in einem Range Rover an, der sein Parkmanöver so egoistisch durchführte, daß niemand den Eingang vom Krankenhaus anfahren konnte.

»Manche dürfen sich einfach alles erlauben!« brüllte der Taxifahrer unhöflich.

Der Chefarzt machte weiter, als würde ihm der ganze Parkplatz gehören, was mehr oder weniger stimmte, und ignorierte den aufgebrachten Taxifahrer.

Es verstrichen weitere fünf Minuten, bis Ally endlich vor dem Krankenhaus abgesetzt werden konnte. Da sie niemanden sah, den sie nach der Station hätte fragen können, rannte sie besorgt die Treppen hoch und durch endlos lange und verwirrende Flure, bis sie schließlich Joes Station fand.

Zu ihrer großen Erleichterung saß Joe aufrecht im Bett und unterhielt sich mit dem Mann im Nebenbett. »Ally, was für eine schöne Überraschung!« Auf Joes Gesicht spiegelte sich aufrichtige Freude.

»Joe!« Ally beugte sich zu ihm hinunter und nahm ihn in die Arme. Er fühlte sich schrecklich zerbrechlich an. »Du siehst ja überhaupt nicht krank aus.«

»Das hat er nur gemacht, um uns ein bißchen auf Trab zu bringen.« Mona stand auf und küßte Ally herzlich. »Er wollte uns daran erinnern, wie sehr wir ihn vermissen würden.«

Joe lachte. »Scheint auch gewirkt zu haben.«

»Ich habe dir was mitgebracht, um dich bei Laune zu halten.« Ally reichte ihm den Karton.

Joe strahlte wie ein Kind, das gerade sein Weihnachtsgeschenk bekommen hat. »Ein Fernseher. Menschenskind! So einen kleinen habe ich ja noch nie gesehen.«

»Und nicht nur ein Fernseher.« Lachend zauberte Ally einige Bänder hervor. »Es ist auch noch ein Video.«

»Mein Gott!« Mona grinste. »Du hast ihm hoffentlich nicht irgendwas Gewagtes besorgt. Sonst kriegt er auch noch einen Herzinfarkt.«

»Ich glaube, mit *Die zweihundert besten Fußballtore* besteht dafür keine Gefahr.«

»Ich weiß nicht.« Mona schüttelte zweifelnd den Kopf. »Gab's denn nicht *Taubenzüchten im Alter*?«

Joe klopfte auf den Platz neben sich. »Danke, Liebling. Bis jetzt habe ich nämlich nur einen Roman von Jeffrey Archer und Gedichte bekommen.« Anklagend schaute er Mona an.

»Ich dachte, wenn er schon hier ist, könnte er auch seinen Kopf ein bißchen auf Vordermann bringen.« Mona berührte seine Wange. »Entfaltungsmöglichkeiten gibt es bei dir genug.«

Ally betrachtete die zwei bei ihrer zärtlichen Neckerei und bemerkte erst jetzt, daß Matt fehlte.

»Wo ist Matt? Ich dachte, er wäre hier.«

Mona und Joe tauschten Blicke aus.

»Er ist schon wieder fort, Liebling. Sowie er sich davon überzeugt hatte, daß ich den Löffel noch nicht abgebe, verschwand er wieder.« Joe versuchte, nicht zu wissend zu klingen. »Ich hätte schwören können, er wäre gegangen, um dich aufzustöbern.«

Ally schreckte auf. Joe nahm ihre Hand und betrachtete sie. »Du hast schöne Hände, Liebes.« Er blickte sie an. »Weißt du, Ally, Matt ist schon in Ordnung. Er mag zwar manchmal ein paar Dummheiten machen, aber im Grunde ist er ein guter Mensch.« Er tätschelte ihre Hand und fragte sich, ob sie begriff, was er meinte. »Das bedeutet mir mehr als all dieser Blödsinn mit dem Ruhm.«

Ally starrte in seine wäßrigen blauen Augen, die einst so scharf und leuchtend gewesen waren wie Matts, und er konnte sehen, daß sie ihn verstanden hatte. Sie lächelte und wurde plötzlich ganz aufgeregt. »Dann mache ich mich jetzt besser auf den Heimweg.« Sie strahlte ihren Schwiegervater an und erhob sich.

Unruhig marschierte Danny Wilde in seiner Garderobe auf und ab. Nach dem Abschied von Ally hatte er sich eindeutig erleichtert gefühlt. Es wurde ihm zu kompliziert. Außerdem entsprach es nicht seinem Geschmack, eine Nebenrolle zu spielen. In all seinen anderen Beziehungen war Danny der Star gewesen. Doch die Aussicht, sie überhaupt nicht mehr zu sehen, hatte ihn mit voller Wucht getroffen. Danny rang sich zu einem widerwilligen Entschluß durch: so leicht konnte er sie nicht ziehen lassen.

Das Problem war, daß Ally sich nicht entscheiden wollte. Sie wollte sich ihn warmhalten, für alle Fälle, und Matt sollte auch noch eine Rolle in ihrem Leben zugeteilt bekommen. So könnte es ewig weitergehen.

Außer, er unternahm etwas, um das Gleichgewicht zu stören.

Fast zögernd griff Danny zum Telefon und wählte Allys Nummer.

29. Kapitel

Als Matt ungefähr 20 Kilometer von seinem Zuhause entfernt die Autobahn verließ, fühlte er sich lächerlich aufgeregt. Lächerlich deshalb, weil er wußte, daß es überhaupt keine Hinweise darauf gab, daß sich aus Allys Sicht irgend etwas geändert hatte. Vielleicht war es die plötzliche Erkrankung seines Vaters gewesen, die ihn daran erinnert hatte, wie wertvoll das Leben war. Darüber hatte er alle Zweifel, ob Ally überhaupt noch mit ihm zusammen sein wollte, vergessen. Jetzt hatte er plötzlich regelrecht Angst, ihr gegenüberzutreten.

Zumindest das Wetter schien auf seiner Seite zu sein. Er war zwar nur einen Tag fortgewesen, doch er hatte das Gefühl, in ein anderes Leben zurückzukehren. Das goldene Licht der Spätnachmittagssonne warf zu beiden Seiten der kurvenreichen Straße Schatten auf die Felder. In Fairley Green leuchteten die Rosen in den kleinen Vorstadtgärten. Einen Augenblick lang beneidete er die Leute, die in diesen ordentlichen und gepflegten Reihenhäusern wohnten. Beneidete sie um ihr überschaubares, voraussagbares, geregeltes Leben.

Doch schon im nächsten Augenblick begriff er, wie dumm dieser Gedanke war. Hinter diesen sauberen Fassaden herrschte wahrscheinlich ebensoviel Chaos, Leidenschaft und Kummer wie in seinem eigenen Leben.

Er mußte an Ally denken und stellte sich vor, daß sie auf ihrem Lieblingsplatz unter dem Baum im Garten saß. Vielleicht war es absurd, derart optimistisch zu sein. Vielleicht würde sie ihn ja rausschmeißen wie beim letzten Mal. In weniger als einer halben Stunde würde er es wissen.

Jess lag im Garten, und Janey saß in ihrem Zimmer unkonzentriert über ihrer Pflichtlektüre, als das Telefon klingelte. Jess war als erste am Apparat. Als sie den Hörer abnahm, bemerkte sie, daß der Anrufbeantworter noch eingeschaltet war. *Hallo*, sagte Allys Stimme, *wir können im Moment das Gespräch leider nicht persönlich entgegennehmen. Bitte hinterlassen Sie Ihre Nachricht nach dem Pfeifton.* Jess spürte, daß die Person am anderen Ende der Leitung unsicher war, und wollte fast schon etwas sagen, entschied sich dann aber anders. Anrufbeantworter gaben einem die Macht, ein Gespräch mitzuhören und zu entscheiden, ob man mit dem Anrufer sprechen wollte oder nicht.

»Ally«, flüsterte eine Stimme. »Es hat keinen Sinn. Du mußt mich anrufen.« Es trat eine lange Pause ein, und Jess überlegte, ob der Anrufer es noch schaffte, seine Nachricht in der Zeit, die ihm das Band zur Verfügung stellte, abzuschließen. »Ich liebe dich.«

Jess stand wie angewurzelt da, nicht nur wegen der Nachricht, sondern auch, weil sie die Stimme kannte. Bloß woher?

»Janey!« brüllte sie und rannte die Treppen zwei Stufen auf einmal nehmend hoch. »Komm dir das mal anhören.«

Widerwillig ließ Janey sich nach unten ans Telefon schleppen. Alles war besser als lernen.

»Mum hat einen Verehrer. Ich kenne die Stimme, aber ich komme nicht drauf, wem sie gehört.« Jess spulte das Band zurück und drückte den Knopf für das Abspielen der Nachrichten. »Erkennst du sie?«

Während Janey zuhörte, wich ihr das Blut aus dem Gesicht. »Ja, ich erkenne sie.« Stumm und starr stand sie da, wie unter Schock.

»Also, wer ist es dann?« fragte Jess ungeduldig.

»Danny Wilde.«

»Red keinen Quatsch!« Jess starrte ihre Schwester ungläubig an. Sie mußte sich irren. Das gab's überhaupt nicht, daß ihre Mutter ein Verhältnis mit Danny Wilde hatte. Die beiden kannten sich doch kaum, und überhaupt war er zehn Jahre jünger. Vielleicht hatte sich jemand einen Witz erlaubt. In dem Moment, als sie noch einmal den Abspielknopf drücken wollte, klingelte es an der Haustür. Beide sprangen auf.

Bei Century ließ Belinda gerade den Champagnerkorken knallen und reichte jedem aus dem Team eine Plastiktasse. Matts Anruf hatte eindeutig gewirkt. Der Agent von Meredith Morgan hatte ihnen gerade beleidigt ein Fax geschickt, in dem er die Reisevereinbarung bestätigte. Miss Morgan erwartete, in einer Suite des neuen und sündhaft teuren Lanesborough Hotel an Hyde Park Corner untergebracht zu werden. Ritchie Page konnte sich das leisten.

Matt hatte erzählt, daß Meredith Morgan bei ihrem letzten Auftritt in einer Unterhaltungsshow eine Gucci-Handtasche auf den Zimmerservice hatte setzen lassen. Deshalb zur Rede gestellt, hatte sie bissig erwidert, daß Männer ja auch Nutten unter Zimmerservice abbuchten, sie persönlich allerdings mehr Wert auf Niveau lege.

Auch die *Daily News* hatte schon Wind von Merediths Auftritt bekommen und plante einen Aufmacher über die gesamte mittlere Doppelseite. Alles lief phantastisch. Die *Matt-Boyd-Show* würde wieder zu den Einschaltquoten zurückkehren, die sie verdiente. Und dann wollten sie mal sehen, ob Ritchie Page sie danach noch fallenlassen konnte.

Belinda schloß die Tür zu ihrem Büro und überlegte, wann Matt wieder zurücksein mochte. Obwohl er erst eine Nacht fort war, vermißte sie ihn wahnsinnig. Und was für ein hervorragender Moderator und Talkmaster Matt war, wurde erst offensichtlich, wenn jemand anderer für ihn einsprang. Der Ersatzmann, den sie besorgt hatte, war kompetent und zuverlässig, doch er machte den Unterschied zwischen Können und Charisma augenfällig. Durch eine glückliche Fügung des Schicksals besaß Matt beides.

Heute abend würden sie essen gehen, und sie würde ihm alles über die Show erzählen. Und anschließend würden sie rasch zu ihr fahren und früh ins Bett gehen.

Belinda lächelte.

»Dad!« Jess schlang ihre Arme um Matts Hals und drückte ihn fast zu Tode. »Es ist Dad, Janey!«

Mit dem noch freien Arm drückte er seine älteste Tochter an sich. Matt schloß die Augen. Plötzlich war wieder diese unglaublich starke Liebe da, die er empfunden hatte, wenn die beiden Mädchen, als sie noch klein waren, sich bei seiner Heimkehr von der Arbeit in seine Arme warfen.

Fast eine Minute lang standen sie so aneinandergepreßt da, bis sich Jess als erste löste und ihn nach drinnen zog.

»Warum hast du denn geklingelt?« fragte sie. »Es ist doch dein Haus.«

Er gab keine Antwort, sondern blickte sich um. »Wo ist Ally?«

»In Bristol.«

»Von da komme ich doch gerade.« Er versuchte, seine Enttäuschung zu verbergen. Vielleicht hatte sie auch seinen Vater besuchen wollen. Das paßte zu ihr. »Was macht sie dort?«

»Das hat sie nicht gesagt. Nur, daß sie später zurückkommt. Geht's Opa wieder gut?« Wie ein Keulenschlag traf Janey die Erkenntnis, daß ihre Mutter ihr nicht einmal anvertraut hatte, was sie vorhatte. Sie behandelte sie wie ein Kind oder eine unmögliche Heranwachsende.

»Ja. Es geht ihm eindeutig besser.«

»Was ist mit Opa?« fragte Jess verwirrt. Sie hörte zum erstenmal davon, daß etwas passiert war.

»Er hatte einen leichten Schlaganfall.«

»Mum hat kein Wort davon gesagt.«

»Nein«, sagte Janey gehässig. »Vielleicht ist sie ja gar nicht nach Bristol gefahren, sondern zu ihrem Lover.«

Matt war von der Bitterkeit in Janeys Stimme erschreckt. Er spürte einen heftigen Schmerz und dann das dumpfere Gefühl der Enttäuschung. »Was hat das mit dem Lover auf sich?«

»Also wirklich, Dad.« Jess signalisierte Janey wie wild, die Klappe zu halten, ehe es zu spät war. Doch Janey, die sich durch ihre Mutter verletzt fühlte, wollte jetzt selbst jemandem wehtun. »Du kannst doch nicht der letzte sein, der von Mum und ihrem jungen Liebhaber erfährt.«

Tief deprimiert stellte Matt seinen Wagen in der Tiefgarage von Century Television ab. Janey hatte ihm endgültig die Illusion geraubt, an die ein Teil von ihm bis dahin immer noch geglaubt hatte: daß er mit seiner Vermutung über Ally und Danny Wilde falsch lag. Immerhin wußten die Menschen in dieser boshaften, geschwätzigen Medienwelt schon, daß man eine Affäre hatte, noch ehe man überhaupt die Unterhose wieder anhatte. Doch er hatte nicht einen einzigen Ton über eine Verbindung zwischen Ally und Danny Wilde gehört. Aber wahrscheinlich war er völlig blind. Er war so dumm gewesen, an eine Versöhnung zu denken. Nur die Angst, daß sein Vater starb, hatte ihn zu derart wirklichkeitsfremden Gedanken verleiten können.

Als er die Büros seines Teams betrat, heiterte sich die Atmosphäre dort sichtbar auf. Es war, als wenn die Sonne aufging. Jeder eilte auf ihn zu, um ihm die frohe Botschaft über Stars, Publikum und Pläne für die Sondersendung zu verkünden.

Von der Tür ihres Büros aus beobachtete Belinda die Szene. Sie mußte lächeln, als sie sah, wie alle um seine Anerkennung eiferten und auf ein Wort der Ermunterung hofften. Sie benahmen sich fast wie Kinder, die ihren heimkehrenden Vater begrüßen, und während sie auf ihn zuging, war ihr klar, daß sie sich ebensosehr nach seiner Anerkennung sehnte wie alle anderen.

»Du Vollidiot!« Jess schleuderte die Zeitschrift, in der sie gelesen hatte, auf den Boden und ließ ihren Gefühlen, die sie so sorgfältig verborgen hatte, seit Matt die Familie verlassen hatte, freien Lauf. »Begreifst du nicht, was du angerichtet hast? Du hast alles vermasselt! Er wollte zurückkommen. Ich hab's genau gemerkt. Bis du von Danny Wilde angefangen hast. Du bist schuld! Wenn du nicht dazwischengefunkt hättest, wären sie wahrscheinlich wieder zusammengekommen. Du hast alles kaputtgemacht!« Die ruhige, gleichmütige Jess warf sich aufs Sofa und weinte los.

Das war zuviel für Janey. Seit Jahren hatte sie Jess nicht mehr weinen gesehen. »Warum ist immer alles *mein* Fehler?« Sie stürmte aus dem Zimmer und knallte die Tür hinter sich zu.

War ihr Vater wirklich ihretwegen gegangen? Von plötzlichen Zweifeln überwältigt, warf sie sich aufs Bett. Sie vermißte ihn so sehr, vielleicht sogar stärker als ihre Mutter. Verzweifelt wünschte sie sich, daß er zurückkam.

Der Schmerz, der Kummer und der furchtbare Verdacht, daß Jess recht haben könnte, brachen plötzlich in einem erschütternden Schluchzen aus ihr heraus, bis ihre Kehle rauh und geschwollen war und ihre Augen brannten.

Sie überlegte, ob sie zu ihrem Vater gehen und versuchen sollte, ihn zu überreden, seine Absicht zu ändern. Doch vielleicht schickte er sie einfach fort. Plötzlich fiel ihr jemand ein, zu dem sie gehen konnte. Jemand, der sie wirklich liebte.

Sie sprang von ihrem Bett herunter und drehte die Stereoanlage voll auf, bis der Lärm all ihre Gedanken und auch den Schmerz auslöschte. Dann nahm sie ihren Rucksack aus dem Kleiderschrank und fing an, ihre Klamotten hineinzupacken.

Ally war hundemüde, als sie gegen Mitternacht von ihrer Fahrt nach Bristol heimkam. Nach Joes Andeutungen hatte sie fest mit Matts Wagen in der Einfahrt gerechnet. Was sie statt dessen erwartete, war eine in Tränen aufgelöste Jess, die zusammengesunken vor dem Fernseher kauerte.

»Um Himmels willen, was ist denn passiert?«

»Es ist wegen Janey.« Jess arbeitete sich aus einem Berg von Kissen heraus. »Sie hat sich in ihrem Zimmer eingeschlossen.«

»Warum? Hat sie sich mit Adam gestritten?«

»Nein, mit mir.«

Ally fühlte sich erleichtert. Solange es nur zwischen Jess und Janey war, konnte es nichts Ernsthaftes sein.

»Und um was ging es? Du hast dir doch wohl nicht wieder ihre 501 ausgeliehen?«

Jess wurde still. »Eigentlich war es wegen Dad. Er ist vorbeigekommen, und Janey hat ihm von dir und Danny Wilde erzählt. Deshalb habe ich mich mit ihr angelegt.«

Ally erstarrte. »Was meinst du damit, sie hat ihm von Danny Wilde und mir erzählt?« Ally versuchte, ihre Panik zu unterdrükken. »Was gibt es da zu erzählen?«

»O Mum, nun halt aber mal die Luft an.« Jess zuckte mit den Schultern und stellte das Fernsehen lauter. »Du gehst dir besser mal den Anrufbeantworter anhören.«

Ally schritt so normal wie möglich in die Diele, wenngleich ihr Herz wie wild klopfte. Auf dem Band waren drei Anrufe. Der erste war von ihrer Mutter, und bis zum dritten kam sie erst gar nicht. Der zweite war, wie Jess gesagt hatte, von Danny Wilde. Ungläubig vernahm sie die kurze Nachricht und fragte sich, ob diese Worte wirklich eine Geste waren, ihr seine Liebe zu zeigen, oder eher etwas viel Vernichtenderes.

Sie mußte an Janey denken, die sich oben in ihrem Zimmer eingeschlossen hatte. Arme Janey, jetzt lag sie da und machte sich Vorwürfe, daß ausgerechnet sie das vermasselt hatte. Allys Körper schrie förmlich nach Schlaf, um dem Gefühlschaos, das sie umgab, zu entfliehen, doch sie wußte, daß sie versuchten mußte, zu Janey vorzudringen. Die Feindseligkeit zwischen ihnen war ihr unerträglich. Ally machte auf dem Absatz kehrt und rannte nach oben. Dabei war sie sich darüber im klaren, daß, was immer sie auch tat, vor Janeys Augen keine Gnade finden würde. Sie war eine Sünderin.

Jess, die sich in die Tiefen des gepolsterten Ohrensessels vergraben hatte, lauschte eifersüchtig auf die Schritte ihrer Mutter. Sie hatte gehofft, sie hätte den Anrufbeantworter ausgeschaltet, wäre lachend und witzelnd zu ihr ins Wohnzimmer zurückgekehrt und hätte den albernen Gedanken von der Affäre zwischen ihr und Danny Wilde zurückgewiesen.

Als Janey jemanden die Treppe heraufkommen hörte, wußte sie, daß es nur ihre Mutter sein konnte. Sie schubste den Rucksack unter den Volant ihres Bettes.

Es klopfte. Janey drehte die Musik leiser. Sie hatte sich jetzt, da ihr Entschluß feststand, in der Gewalt und fühlte sich stark. Zunächst hatte sie vorgehabt, gleich am nächsten Morgen zu verschwinden. Doch morgen war Samstag, und damit wäre es für ihre Eltern leichter, ihr zu folgen. Nein. Sie würde ein paar Tage warten. Nächste Woche. Wenn ihr Vater seine Sondersendung hatte. Ihre

Prüfungen fingen nicht vor der darauffolgenden Woche an. Wenn sie sie überhaupt alle machte. Nächste Woche war genau richtig. Auf die Weise hätte sie gute Chancen, zu entkommen.

»Janey!« Ihre Mutter bemühte sich, beruhigend und unvoreingenommen zu klingen. »Kann ich reinkommen?«

Als Ally die Tür öffnete, war sie erstaunt, ihre Tochter gelassen auf der Bettdecke liegen zu sehen, vertieft in die Lektüre von *Tess of the D'Urbervilles*.

»Geht es dir gut, Liebling?« Ihr wurde plötzlich bewußt, daß sie in der letzten Zeit kaum mehr als fünf Minuten in der Woche mit Janey gesprochen hatte.

»Ja, prima«, erwiderte Janey mit einem neutralen Lächeln, als ob es sich um eine dämliche Frage handele. Doch ein mühsames Lächeln war immer noch besser als gar keins. Ally überlegte, ob sie mit ihr über Danny reden sollte. Aber vielleicht war das nicht der richtige Moment. Sie waren beide überreizt. Sie beugte sich hinunter und küßte ihre Tochter auf die Stirn. »Ich wollte dich einfach nur wissen lassen, daß ich dich lieb habe.«

»Hast du das, Mum?« Janey blickte für den Bruchteil einer Sekunde von ihrem Buch auf. »Das ist nett.«

Ally setzte sich aufs Bett. Diese höfliche Zurückhaltung sah Janey ganz und gar nicht ähnlich. Janey war immer sehr emotional gewesen. Wenn sie ihr als Kind gesagt hatte, daß sie sie liebte, hatte sie immer gleich gefragt: *Mehr als Jess?* Diese coole, reservierte Person war Janey überhaupt nicht ähnlich.

Es hatte keinen Sinn, weiter vorzudringen. Sie würde es morgen noch einmal versuchen. Sie mußte beiden Mädchen wieder mehr Zeit in ihrem Leben einräumen. Was war der Erfolg wert, wenn er auf Kosten der Familie ging? Wenn man die Verbindung zu den Kindern verlor?

Beruhigt durch ihre guten Absichten erhob Ally sich. Sie war todmüde und sehnte sich danach, endlich ins Bett zu kommen. Deshalb konnte ihr auch der Rucksack mit Janeys wertvollsten Habseligkeiten unter dem Bett nicht auffallen.

Zu Allys ungeheurer Erleichterung verlief ihr Leben in den nächsten Tagen wieder relativ normal. Sie telefonierte häufig mit Mona und freute sich, daß es Joe von Tag zu Tag besser ging und er bald nach Hause entlassen würde. Sie wußte, daß beide Mädchen ihr übelnahmen, daß sie ihnen nichts von dem Schlaganfall erzählt hatte. Doch schienen sie zumindest Allys Erklärung zu akzeptieren, sie habe gedacht, die Kinder hätten schon ohne diese zusätzliche Sorge genug, womit sie fertigwerden mußten.

Janey arbeitete ruhig ihren Prüfungsstoff durch, verhielt sich aber reserviert. Sie fragte Ally weder, ob sie abends lange fortbleiben dürfe, noch lieh sie sich den Wagen aus. Sie benahm sich wie eine Musterschülerin. So würde sie die Noten schaffen, die sie für ihr Studium brauchte, das im Oktober begann.

Auch Jess hatte erleichtert aufgeatmet, daß sie für ihren Wutanfall nicht büßen mußte. Jetzt, wo sich ihr Leben langsam wieder normalisierte, wußte Ally, daß ihr noch eine Herausforderung bevorstand: Danny wegen seines Benehmens den Marsch zu blasen.

»Ich habe doch nur die Wahrheit gesagt.« Danny schickte sein gewinnendstes Lächeln durchs Telefon und wünschte sich, sie stünde neben ihm, so daß er sie höchstpersönlich von der Tiefe seiner Gefühle überzeugen könnte. Er war selbst überrascht. »Ich liebe dich wirklich.«

Trotz allem mußte Ally lächeln. Die Verwirrung in seiner Stimme war rührend und verräterisch zugleich. Danny war ganz offensichtlich nicht damit vertraut, jemand anderen mehr zu lieben als sich selbst. Und an dem Hauch von Unsicherheit, der in seinen Worten mitschwang, konnte Ally erkennen, daß Danny sich nicht ganz sicher war, ob ihm dieses Gefühl tatsächlich behagte.

Trotzdem, schalt sie sich streng, hatte ihn seine Liebe zu ihr nicht davon abgehalten, etwas zu tun, das ihrem Glück schaden konnte. Liebe konnte so zerstörerisch sein wie Sprengstoff. Das war etwas, was Danny nicht ganz verstand.

»Ich bin froh, daß du mich liebst.« Sie machte eine Pause. War sie es wirklich? Würde es ihr Leben nicht zehnmal komplizierter machen, als es ohnehin schon war? »Aber du hättest diese Nachricht nicht hinterlassen dürfen. Meine Töchter haben sie abgehört, und eine hat sie an Matt weitergegeben.«

Danny blieb stumm.

»Danny, du kannst dich einfach nicht so benehmen. Janey war total aufgelöst.« Sie hielt kurz inne. »Und ich kann dich weiterhin nicht treffen. Es war also alles für die Katz.«

»Ally, bitte.« Schmerz sprach aus seiner Stimme. *Wie ein Kind, dem man sein Spielzeug wegnimmt*, sagte sie sich, *und in fünf Minuten ist alles wieder gut*. Sie dachte gar nicht daran, dieses Spielchen mitzumachen. »Laß uns so nicht auseinandergehen. Laß mich dich wenigstens noch einmal sehen.«

»Danny, es ist doch nicht für immer. Wir reden von ein paar Wochen.« Sie wußte, sie sollte ablehnen. Es wäre sicherer. Aber sie fühlte sich so einsam, und sie war es müde, immer die Starke spielen zu müssen. Sie wollte einfach nur festgehalten werden, von jemandem, der sie wunderbar fand. Und Danny Wilde war so ein Jemand.

»In Ordnung.« Sie fühlte sich jämmerlich und schwach. »Ein allerletztes Mal.«

»Großartig!« Dannys Stimme überschlug sich vor Begeisterung. »Dieses Wochenende?«

»Nein. Ich kann die Mädchen nicht allein lassen.«

»Montag?«

Sie mußte über seinen Eifer lächeln. »Dienstag.«

»Also Dienstag. Du wirst es nicht bereuen.«

Wirklich nicht? dachte Ally, als sie den Hörer zurück auf die Gabel legte. Ihr schwante nichts Gutes.

»Also, Jan Darling, was gibt's Neues an Klatsch und Tratsch aus dem Showgeschäft? Wer bumst mit wem?« Maggy Mann saß im Büro ihrer Agentin, lehnte sich behaglich in das rote Plüschsofa zurück und gab sich dem Genuß hin, von einer der gehässigsten Unterhändlerinnen Londons vertreten zu werden.

Jan Green war um die Fünfzig, blond und überspannt. Wenn nötig, konnte sie sich mädchenhaft geben, doch nur um ihre knallharte Intelligenz und Durchsetzungskraft zu vertuschen. Zu dieser Tarnung gehörte auch eine zentimeterdicke Schicht von Make-up und Wimperntusche, eine Dosis Wasserstoffoxyd und ein auffälliges Dekolleté, das einen gewaltigen Busen präsentierte. Dies hatte sich als äußerst wirkungsvoll erwiesen, besaß Jan doch inzwischen eine Villa in Marbella, einen weißen Mercedes und einige sehr berühmte

Klienten. Im vergangenen Jahr hatte sie sich mit Jack Saltash zusammengetan, der sogar noch mehr Stars vertrat als sie. Schon der bloße Name ihrer gemeinsamen Agentur erschütterte die Gemüter der Kostenplaner und veranlaßte die Produzenten dazu, gleich eine Null mehr in den Finanzplan zu schreiben.

»Also, daß Sonia Shaw mit Tim Winterson schläft, weißt du.« Jans Lachen hallte laut durchs Büro, als sie die Namen der führenden Nachrichtensprecherin und des Unterhaltungsleiters einer der größten Fernsehanstalten nannte. Indiskretionen über Sonia konnte sie sich erlauben. Denn Sonia war Jacks Kundin, und nicht ihre. »Dann wollte Sonia, daß Tim alle ihre Verträge überprüft, bevor sie sie unterzeichnet.« Jan verdrehte die Augen und zuckte mit den Schultern. »Da hat Jack zu ihr gesagt: ›Schau Liebling, du willst ihn als Lover, schön, aber ich bin dein Agent, kapiert?‹«

Beide lachten.

»Kaffee, Darling?« Jans Sekretärin hatte gerade den Kopf zur Tür reingesteckt, um ihre Wünsche entgegenzunehmen.

»Gerne. Ohne Milch und Zucker.«

Jan musterte sie scharf. »Als ich dich letzte Woche in *Hello* gesehen habe, da hat mir dein Doppelkinn ein bißchen zu tief gehangen.« Sie ignorierte Maggys finstere Miene. Klienten mußten sich solche Beobachtungen sagen lassen, besonders, wenn sie über vierzig waren. Es war ein junges Geschäft. »Du mußt mal diese Übungen machen. Eurythmics? Nein, das ist die Popgruppe. Cindy macht sie.« Sie ließ den Namen einer blonden Kundin fallen, die zwanzig Jahre jünger aussah, als sie verdiente. »Es sei denn, man steht auf oralen Sex. Soll sehr gut für den Kiefer sein, hab' ich mir sagen lassen.« Wie zur Bestätigung tätschelte sie sich das Kinn.

Maggy kicherte. Keine Chance.

Als die Sekretärin den Kaffee hereinbrachte, sah Maggy, wie Danny Wilde schwungvoll aus dem gegenüberliegenden Büro herauskam. Maggy lief rot an und lehnte sich zurück, damit sie nicht gesehen wurde. Seit Danny sie nach ein paar Rendezvous abserviert hatte, mied sie ihn, wann immer sie konnte.

»Ich wußte gar nicht, daß du Danny Wilde vertrittst.«

»Jack hat ihn unter Vertrag.« Jan lehnte sich vor. »Er ist dabei, einen Riesenfisch an Land zu ziehen.«

»Mit wem?«

»Darling, meine Lippen sind versiegelt.« Sie lächelte süffisant. »Aber jemand ganz Großes sollte jetzt besser aufpassen.«

»Doch nicht etwa Matt Boyd?«

Jans Lächeln wurde nur unmerklich breiter.

Maggy nippte an ihrem Kaffee. Sie fragte sich, ob irgend jemand es für nötig gehalten hatte, Matt etwas zu sagen.

»Gehst du nicht ein bißchen hart um mit deiner Mutter?« Janey hatte sich unheimlich gefreut, daß Adam sie von einer Telefonzelle aus anrief, um zu hören, wie es ihr ging. Doch die Wendung, die das Gespräch genommen hatte, behagte ihr gar nicht. »Ich habe den Eindruck, daß sie dich wirklich liebt.«

Adam hatte Ally vom ersten Moment an gemocht. Deshalb konnte er Janeys Empörung darüber, daß ihre Mutter sich von einem attraktiven jungen Mann trösten ließ, aus verständlichen Gründen nicht teilen.

»Dann hat sie eine komische Art, es einem zu zeigen. Läßt sich mit Danny Wilde ein.«

»Sie fühlt sich wahrscheinlich einsam, seit dein Vater weg ist.«

»Guter Gott, ich will nicht mal darüber nachdenken. Es ist einfach widerlich.« Janey zuckte zusammen.

»Janey, mein Geld ist gleich alle. Warum bleibst du nicht zu Hause, bis deine Prüfungen vorbei sind? Wenn du dann immer noch weg willst, kannst du zu mir kommen. Vielleicht solltest du mal mit deiner Mutter darüber reden, wie du ihre Beziehung zu Danny Wilde empfindest. Einfach vor dem Examen weglaufen, ist keine Lösung. Damit versaust du dir nur deine Zukunft.«

»Okay«, sagte Janey versöhnlich. Schließlich waren es gerade noch drei Wochen bis zum Ende der Abiturprüfungen. Sie würde ihrer Mutter eine letzte Chance geben. Wenn Mum heute abend heimkam, würde sie sich entschuldigen und das Problem mit ihr durchsprechen. Vielleicht hatte Adam recht. Sie war schon etwas unfair gewesen.

»Matt, kann ich dich mal kurz sprechen?« Wilf Steel, der beliebteste Produktionsleiter von Century, betrat das Büro und war froh, daß

Belinda nicht auch im Zimmer war. Er trug ein dickes Papierbündel bei sich.

Wilf Steel war schon so lange bei Century, wie es diese Fernsehanstalt gab. Dennoch hatte ihn das nicht zu einem Sklaven der Firma gemacht. Dazu hatte er eine zu aufrührerische Natur. Wilf, sonst eher ein fröhlicher und direkter Mensch, wirkte heute ungewöhnlich ernst.

»Ich wollte mich nur vergewissern...« Wilf stoppte. Er hatte viel übrig für Matt, und es gefiel ihm absolut nicht, was gerade im Gange war, »ob du die Sommerpläne schon gesehen hast?«

Er reichte sie Matt.

Matt warf einen neugierigen Blick darauf. Sendepläne gehörten normalerweise nicht zu den Dingen, denen er besondere Beachtung schenkte. Doch dann sah er, worauf Wilf hinauswollte.

Ritchie Page hatte genau das in die Tat umgesetzt, was er gesagt hatte. In vier Wochen würde die *Matt-Boyd-Show* aus dem Programm genommen. Obwohl Page ihn vorgewarnt hatte, hatte Matt nicht daran geglaubt, daß er seine Drohungen wahr machen würde. Aber da stand es, schwarz auf weiß. Keine *Matt-Boyd-Show* mehr. Wieder schaute er auf die Listen. Die Sendung, die statt dessen freitags ausgestrahlt werden sollte, war Allys Kummershow.

Nachdem Wilf aus dem Zimmer war, packte Matt die nackte Wut. Er wußte, daß Moderatoren wenig bis überhaupt nicht mitzureden hatten, wenn es um Sendetermine ging, doch in diesem Fall hätte Ally irgend etwas unternehmen müssen. Und wenn nicht sie, dann zumindest Bernie. Wenn die beiden wirklich gewollt hätten, dann hätten sie diese Entwicklung aufhalten können.

Matt stand auf. Er mußte herausbekommen, ob sie es wenigstens versucht hatte.

Als er in Bernies Büro hineinplatzte, waren Bernie und Ally gerade in einer Besprechung mit der PR-Abteilung. Selten hatte Ally ihn so zornig gesehen. Seine Augen funkelten gefährlich, und sie spürte, wie sich ihr Magen unwillkürlich zusammenkrampfte. Ein einziger Blick genügte den PR-Leuten, daß sie instinktiv ihre Unterlagen zusammenpackten.

»Um Gottes willen, Matt«, pfiff Bernie Matt an, »wir sind gerade mitten in einer Besprechung.«

»Ich störe euch nicht lange.« Er wartete, bis sich die PR-Leute verzogen hatten.

»Also«, Bernie wirkte inzwischen kaum weniger wütend als Matt. »Was ist das große Problem?«

»Eure Show ist das Problem.« Matt fuchtelte mit den Plänen herum. »Ihr wißt ganz genau, wie verrückt wir um unsere Sendung kämpfen, und jetzt werden wir rausgenommen, um für euer verfluchtes Ding Platz zu machen.« Er wendete sich an Ally. »Wie konntest du das tun? Bist du so scharf darauf, ein Star zu werden, daß du vergessen hast, was Loyalität ist?«

Fast hätte Ally laut herausgelacht. Es war einfach zu komisch. Kamen diese Worte doch ausgerechnet von jemandem, der nach neunzehn Ehejahren gerade seine Frau und seine Kinder sitzengelassen hatte.

»Loyalität!« Voller Zorn sprang sie auf. »Was weißt du schon von Loyalität? War es Loyalität, die dich dazu gebracht hat, aus einer gut funktionierenden Ehe auszusteigen, nur weil du nicht mehr der Mittelpunkt warst? War es Loyalität, die dich dazu bewegt hat, bei Belinda einzuziehen und mich den Demütigungen der Klatschpresse auszusetzen?« Ally steuerte auf die Tür zu, dankbar, daß sie zu einem Termin für einen Begleitkommentar mußte. Wenn sie blieb, würde sie ihm womöglich noch eine scheuern. Trotzdem konnte sie sich eine letzte Spöttelei nicht verkneifen. »Ist dir eigentlich schon jemals in den Sinn gekommen, daß die einzige Person, zu der du dich immer loyal verhalten hast, der verdammte Matt Boyd mit seiner dämlichen Unterhaltungsshow ist?«

Stolz, daß sie sich ausnahmsweise traute, ihn einfach stehenzulassen, marschierte sie hinaus.

»Das war's.« Bernie blickte ihr nach. »Das hast du dir gründlich versaut. Was mich interessieren würde«, er bog eine Büroklammer auseinander und fing an, sich die Fingernägel damit sauberzumachen, »wie konntest du nur so lange mit ihr verheiratet sein und sie so wenig verstehen.«

»Bist du jetzt der große Ally-Experte?« Matt starrte Bernie an, verblüfft, wie er ihn all die Jahre über als seinen Freund hatte betrachten können. »Du warst doch derjenige, der sie wegen ihrer Spießigkeit angegriffen hat.«

»Das war, bevor ich sie kannte. Diese Entschuldigung hast du nicht.«

»So, du Fernseh-Guru«, forderte Matt ihn gehässig heraus, »dann sag mir doch mal, was ich nicht verstehe.«

Matts Unfähigkeit, selbst den kleinsten Fehler zuzugeben, brachte Bernie langsam auf die Palme. »Matt. Deine eigene Frau. Glaubst du wirklich, sie würde dich aus Ehrgeiz verraten? Nimm wieder Verstand an, Matt. Gut, Page hat es ihr angeboten. Einen der besten Sendeplätze.« Gnadenlos nagelte er Matt mit seinen kleinen Äuglein fest.

»Überleg doch mal, was für eine perfekte Rache dieses Angebot hätte sein können. Schließlich hast du dich wegen deines Flittchens von ihr abgeseilt. Doch sie hat einfach abgelehnt. Hat nicht mal überlegt. Ich allerdings habe mir Gedanken darüber gemacht, das kannst du mir glauben. Aber Ally sagte, sie würde unter keinen Umständen deinen Platz nehmen. Page hat sich einen Dreck darum geschert. Wir haben nicht mal gewußt, daß er sich endgültig entschieden hat.«

Matt stützte den Kopf in seine Hände. Er fühlte sich entsetzlich beschämt. Es war die Eifersucht auf Danny Wilde, die ihn zu einem solchen Benehmen trieb. Doch in Wirklichkeit trieb er sie Danny Wilde damit förmlich in die Arme. »Bernie, es tut mir leid. Was ist bloß mit mir los? Ich hatte doch keine Ahnung.«

»Nein«, erwiderte Bernie entschieden und beförderte die Büroklammer in den Papierkorb. »Natürlich nicht. Aber du hättest drauf kommen können. Das einzige, was du je getan hast, ist, Ally ihren Erfolg zu mißgönnen. Danny Wilde mag zwar ein Schleimer sein, aber er hat ihr wenigstens ein gutes Selbstwertgefühl vermittelt.« Teilnahmslos blickte er Matt an. »Ich habe dich mal gemocht. Egal, jedenfalls bin ich nicht die Adresse, bei der du deine Entschuldigung abgeben solltest.«

Einen Moment lang dachte Bernie, Matt würde auf ihn losgehen. Statt dessen erhob er sich und marschierte zur Tür. Dort drehte er sich noch mal um, und Bernie entdeckte zum erstenmal einen Ausdruck von Schmerz in seinen Augen. »Danke, Kumpel. Dafür, daß du mir klargemacht hast, was für ein dämliches Arschloch ich gewesen bin.«

Bernies Gesicht verknitterte sich zu einem angedeuteten Lächeln. »Gern geschehen. Du kannst jederzeit ein paar Sitzungen buchen. Sprich einfach mit meiner Sekretärin.«

Ally saß in ihrem Wagen in der Tiefgarage von Century und schäumte vor Wut. Als Matt sie beschuldigt hatte, wollte sie zunächst die Wahrheit sagen. Daß sie das Angebot von Page abgelehnt hatte. Aber warum sollte sie diejenige sein, die etwas erklärte? War es während ihrer neunzehn Ehejahre nicht immer nur sie gewesen, die sich entschuldigt hatte? Sie müßte verrückt sein, wenn sie es jetzt, wo ihre Ehe am Ende war, weiterhin täte.

Als sie die Rampe hinauffuhr, fiel ihr ein, daß sie Danny versprochen hatte, heute abend zu ihm zu kommen. Sie hatte beschlossen, sich endgültig von ihm zu verabschieden. Einen Moment lang bereute sie ihre Zusage. Am Telefon wäre alles viel sauberer gewesen.

Ganz plötzlich beschlich sie ein Gefühl tiefer Einsamkeit, und der Gedanke an Danny und seine offene Bewunderung schien unheimlich verführerisch. Sie brauchte sich ja nur kurz aufzuhalten. Sie hatte Janey sowieso versprochen, früh zurück zu sein, denn sie hatte ihr am Morgen gesagt, sie wolle etwas mit ihr besprechen. Ally überlegte kurz, um was es gehen könnte. Das Mädchen war in letzter Zeit so sonderbar gewesen. Ihre Gedanken schweiften wieder zurück zu Danny, wie er ihre Brüste streichelte, die Knöpfe ihrer Bluse öffnete und sie dabei leidenschaftlich küßte. Als Ally bei seiner Wohnung ankam, waren Janey und ihre Probleme vergessen.

Danny öffnete die Tür mit einer so selbstgefälligen Miene, daß Ally um ein Haar auf dem Absatz kehrtgemacht hätte. Doch sein Gesichtsausdruck wechselte unverzüglich zu Bescheidenheit und spiegelte sogar einen Hauch von Dankbarkeit wider. Entweder war Danny erregt, oder aber er war ein guter Schauspieler. Obwohl sie ihn nun schon seit mehreren Monaten kannte, hätte sie nicht beschwören können, was von beidem es war.

»Du wirkst erschöpft, Liebes.« Die Zärtlichkeit in seiner Stimme war Balsam für ihre strapazierten Nerven.

»Das bin ich auch. Ritchie Page hat uns zu Matts Sendeplatz verdonnert. Matt hat mir die Schuld dafür zugeschoben.« Ally spürte, daß sie Verständnis brauchte.

Danny blickte verlegen. Wenn sie wüßte, daß es nicht nur für den Sommer war. Sollte er es ihr sagen? Es wäre die Gelegenheit. Nein, er würde warten, bis sie empfänglicher für eine solche Hiobsbotschaft war.

»Komm her.« Er zog sie sanft ins Schlafzimmer. »Was du jetzt brauchst, ist eine Danny-Wilde-Spezialbehandlung.«

Diese Massage war himmlischer als alle anderen vorher. Irgendwie wußte er genau, wo sich die Streßknoten in ihrem Rücken und Nacken zusammengedrängt hatten.

Danny spürte, wie Allys Lebensgeister unter seinen knetenden, kreisenden und massierenden Fingern wieder zurückkehrten. Er lächelte. Das war der richtige Moment.

»Ally, ich muß dir etwas sagen.«

Doch Ally hörte gar nicht zu. Als sie sich zu ihm umdrehte, sah Danny jenes verschleierte, verträumte Leuchten in ihren Augen, das nichts anderes war als das pure Verlangen.

Janey schaute auf die Uhr. Kurz vor Mitternacht. Seit Viertel nach acht wartete sie auf ihre Mutter, um mit ihr zu reden. Aus einem plötzlichen Hungeranfall heraus ging sie in die Küche und machte sich eines ihrer Lieblingssandwiches, Pitabrot mit gebratenen Zucchini. Wo, zum Teufel, war Ally geblieben? Sie rutschte von dem Hocker an der Frühstücksbar, um ihren Teller und das Messer in die Spülmaschine zu stellen. Über den Zettel ›REIN, NICHT DRAUF‹ mußte sie schmunzeln. Doch dann fiel es ihr wie Schuppen von den Augen. Es gab nur einen einzigen Grund, warum ihre Mutter noch nicht da war. Wie dumm von ihr! Janey wußte genau, wohin ihre Mutter gegangen war. Zu Danny Wilde.

All ihr Ärger verwandelte sich plötzlich in eine Welle von Wut und Schmerz und zog sie nach unten. Was war bloß mit ihren Eltern los? Kümmerte es denn keinen, wie es Jess und ihr dabei ging?

Janey blickte ein letztes Mal auf die Uhr und fällte dann ihre Entscheidung. Ab morgen würde ihre Mutter die lästige Bürde ihrer Anwesenheit nicht länger zu tragen haben. Sie ging zu Adam, denn er war der einzige Mensch, der sich um sie sorgte. Wenn sie ihr Abitur verpatzte und nicht auf die Uni ging, was machte das schon? Vielleicht würde es ihren Eltern eine Lehre sein.

Zwar verspürte Janey Angst, doch gleichzeitig hellte sich ihre Stimmung auf, jetzt, wo sie sich endlich zu einem Entschluß durchgerungen hatte. Sie rannte nach oben, um ihren Rucksack fertigzupacken.

Ally hatte Dannys Schlafzimmer von Anfang an gefallen. Trotz der spärlichen Möblierung hatte es Ausstrahlung. Danny hatte all den Grau- und Graphittönen, die sich normalerweise so gut für alleinlebende Männer eigneten, widerstanden. Sein Zimmer war in einem raffinierten Lavendelschimmer gehalten, zu blau, um grau zu wirken, und dennoch grau genug, um männlich zu wirken. Es erinnerte sie an die Farbe eines Crêpe-de-Chine-Kleids von Ossie Clark, das sie vor Jahren getragen und immer als die Krönung der Eleganz betrachtet hatte. Die größte Überraschung bildete das Empire-Bett, das fast wie ein Schiff aussah. Aber es war kein Schiff, von dem sie sich diese Nacht aufs Meer hinaustreiben lassen würde. Sie wußte, wenn sie einschlief, würde alles zu spät sein. Dannys Augen waren fest geschlossen, und auf seinem Gesicht lag ein Lächeln, das einem Grinsen gefährlich nahe kam. Diesmal ließ sie es durchgehen.

Sie blieb einen Moment am Bettrand sitzen und betrachtete ihn. Auf seine Art schien er sie zu lieben. Aber wäre ein gemeinsames Leben für sie möglich? Würde er überhaupt begreifen können, daß sie nicht nur für ihn da sein konnte, daß andere Menschen sie ebenfalls brauchten, und manchmal im ungünstigsten Augenblick? Auf der Ablage neben seinem Bett sah sie eine CD liegen, Janeys momentane Lieblingsplatte. Wie ein Blitz traf sie das schlechte Gewissen. Janey hatte mit ihr reden wollen und wahrscheinlich auf sie gewartet. Gott, warum mußte das Leben immer so kompliziert sein?

Leise nahm sie ihre Sachen und zog sich an.

Als Ally eine Stunde später die Haustür öffnete, herrschte im Haus vollkommene Stille. Schnuppernd folgte sie dem leichten Geruch von Gebratenem in die Küche. Sie bemerkte die schmutzige Pfanne und den einzelnen Teller auf der Spülmaschine. Ohne auf ihre feine Kleidung zu achten, nahm sie das benutzte Geschirr und räumte es in den Geschirrspüler. Die Pfanne fühlte sich noch warm an. Janey konnte also noch nicht allzulange im Bett sein.

Auf dem Weg zu ihrem Schlafzimmer steckte sie den Kopf bei Janey hinein. Sie schlief fest. Mit ihrem langen, über das Kopfkissen ausgebreiteten Haar und dem weißen T-Shirt, das sich leuchtend von der schwarzen Bettwäsche abhob, wirkte sie fast wie ein Kind.

Morgen früh, beschloß Ally, würde sie Janey das Frühstück ans Bett bringen und sich entschuldigen. Morgen würde sie alle Zeit der Welt haben, um zuzuhören.

Wie immer, wenn sie nervös war, wachte Janey am nächsten Morgen auf, bevor der Wecker klingelte. Es war fünf Uhr. Jemand aus der Schule hatte ihr erzählt, wenn man den Kopf fünfmal auf das Kissen schlug, wachte man auch um fünf Uhr auf. Das war bei Janey nicht nötig. Sie war auch so aufgewacht. Rasch zog sie sich an und nahm ihren Rucksack.

Die Dielenbretter vor Jess' offener Tür knackten, als Janey dort vorbeihuschte. Doch sie kümmerte sich nicht darum. Jess war unmöglich wach zu kriegen, selbst wenn man es wollte.

Sie schnappte sich den London-Stadtplan vom Telefonbord und nahm ihren Parka vom Haken neben der Hintertür. Dann schlich sie hinaus und machte sich auf den Weg zum drei Kilometer entfernt gelegenen Bahnhof von Fairley Green. Wenn sie Glück hatte, würden um diese Zeit noch keine Väter von Schulfreundinnen auf dem Weg zur Arbeit sein und sie ausfragen, was sie vorhatte.

Am Bahnhof kaufte sie sich einen Fahrschein für eine einfache Fahrt in die City. Der Zug wurde gerade angezeigt. Sie nahm es als gutes Omen und eilte durch die Unterführung. Gott oder irgendwelche guten Geister standen auf ihrer Seite.

In dem riesigen kathedralenähnlichen Bahnhof in der Innenstadt kaufte sie sich zuerst einen Kaffee und ein süßes Brötchen. Sie hockte sich zum Essen an eine Säule. Plötzlich überfiel sie die Panik.

Sie war von zu Hause abgehauen.

Adams Stimme klang ihr noch genau im Ohr. Er hatte ihr geraten, daheim zu bleiben und die Probleme mit ihrer Mutter zu klären. Vielleicht wollte er gar nicht, daß sie aus heiterem Himmel bei ihm aufkreuzte. Vielleicht war ja eine andere bei ihm. Sie ging besser wieder zurück.

Sie trank ihren Kaffee aus und suchte nach einem Abfallkorb. Direkt bei Gleis 14 entdeckte sie einen. Auf dem Bahnsteig sah sie ein kleines, braunhaariges Mädchen, das ein begeistertes Spiel mit seinem Vater spielte. Janey beobachtete, wie die Kleine immer wieder an den Rand des Bahnsteigs lief und dort in der seligen Gewißheit, gerettet zu werden, darauf wartete, daß sein Vater es in die Arme nahm und zurücktrug. Die Tränen traten Janey in die Augen. So mußte sie auch mal ausgesehen haben. War ihr eigener Vater losgerannt, um sie zu retten? Und wenn er sie wirklich liebte, wo blieb er dann jetzt, wo sie ihn brauchte?

Einen Moment lang dachte Janey daran, auch zur Bahnsteigkante zu laufen. Doch es würde niemand da sein, der sie auffing. Sie drückte den Pappbecher zusammen, schleuderte ihn in den Papierkorb und ging zur U-Bahn-Station, um zu Adams besetztem Haus zu fahren.

Ally nahm die Croissants aus der Gefriertruhe und legte sie zum Auftauen in die Mikrowelle. Sie hatte bereits ein Tablett vorbereitet. Auf einem Spitzendeckchen standen Tasse und Untertasse. Das Gedeck paßte zwar nicht zusammen, aber es war Janeys Lieblingsgeschirr, italienischer Ton, in herrlichen pinken und gelben Tönen bemalt. Als Tüpfelchen auf dem I beschloß Ally, noch eine Blume aufs Tablett zu stellen. Sie ging hinaus in den Garten, um nach einer Rose zu suchen.

Einen Moment lang stand sie nur da und überblickte ungefähr ein Dutzend verschiedene Rosenarten. Dann steuerte sie einen großen Strauch ihrer Lieblingsrosen an, Madame Grégoire Staechelin genannt, die sich duftend zu ihr herüberneigten. Mit der Gartenschere schnitt sie drei der zarten, blaßrosa Blumen ab und atmete ihr berauschendes Aroma ein. Obwohl es bereits nach acht war, lag dieser Teil des Gartens immer noch im Schatten. Von den einzelnen Blättern perlte der Tau.

Gerade, als sie wieder in die Küche kam, tauchte Jess auf. Die Enden ihrer Bluse hingen aus dem Rock heraus. Was das Aussehen anderer Leute anging, verfügte sie zwar über einen sicheren Geschmack, nur übertrug sich das leider ganz und gar nicht auf ihren eigenen Stil. Ganz gleich, wieviel Zeit man für ihr Äußeres aufbrachte, spätestens nach fünf Minuten sah sie wieder aus wie ein Strolch. So war es immer schon gewesen. Ally mußte daran denken, wie sie vor Jahren in Frankreich Ferien gemacht hatten. All die kleinen französischen Mädchen hatten Schottenkleidchen mit weißen Kragen und schneeweiße Strümpfe getragen. Jess hob sich deutlich von ihnen ab, weil sie auf ihrer Reithose und einem von Matts Pullovern, der ihr ein paar Nummern zu groß war, bestanden hatte.

»Für wen ist das denn?« Jess zeigte auf das Tablett.

Ally blickte leicht schuldbewußt. »Das ist für Janey. Ich bin letzte Nacht zu spät heimgekommen, um noch mit ihr zu reden, und ich wollte mich dafür entschuldigen.«

»Für mich machst du das nie.« Schmollend schob Jess ihre Unterlippe vor. Es sah so komisch aus, daß Ally lachen mußte.

»Du kommst morgen dran. Nun mach aber voran mit deinem Frühstück.«

»Gibt es denn noch Croissants?«

»In der Kühltruhe.«

»Aber dann sind sie doch gefroren.«

»Höchstwahrscheinlich«, räumte Ally ein. »Leg sie in die Mikrowelle. Eine Minute auf Mittel. Startknopf drücken.«

Jess blieb bei ihrer gekränkten Miene und schaltete das Fernsehgerät ein. Verwirrenderweise flimmerte Matts bekanntes Lächeln durch den Raum. Es war eine Vorschau auf seine Show mit Meredith Morgan, die am Abend laufen sollte. »Hey, Mum, sie zeigen einen Trailer für Dads Sondersendung.«

Bis Ally, die gerade mit dem Fuß die Tür aufstieß, sich umgeblickt hatte, war die Vorschau auch schon vorbei. Mit Meredith Morgan hatte er einen wirklichen Coup gelandet. In der Hoffnung, daß Janey ihr nicht mehr allzu böse war, ging sie nach oben.

Auf der einen Hand balancierte sie das Tablett, mit der anderen klopfte sie an Janeys Tür. Sie schien noch zu schlafen.

»Janey?« fragte Ally sanft und öffnete mit der freien Hand die Tür.

Im Zimmer war es dunkel, so daß es ein paar Sekunden dauerte, bis Ally merkte, daß Janey nicht im Bett lag. Leicht verwirrt stellte sie das Tablett ab und zog die Vorhänge auf. Niemand da. Vielleicht war Janey mit Sox spazierengegangen. Doch Sox hatte in ihrem Korb gesessen.

Die ersten Alarmlichter leuchteten in Allys Hinterkopf auf. Sie sah in Janeys Schrank. Er war nur halbvoll. Sie zog die Schubladen auf. Sämtliche schwarzen Sweatshirts und Leggings, ihre bevorzugte Garderobe, fehlten. Mit immer hektischer werdenden Bewegungen durchsuchte Ally den Kleiderständer. Keines ihrer Lieblingsstücke war mehr da, ihre schwarze Lederjacke fehlte und auch das Minikleid, das sie auf der Party getragen hatte. Und wie als Symbol dafür, daß sie tatsächlich verschwunden und nicht in der Schule war, hing ganz hinten an dem Ständer ihre Schuluniform.

Ally eilte an Janeys Schreibtisch, ein antikes Stück aus Kiefernholz, das Matt und sie ihr gekauft hatten, als sie mit Dreizehn verkündet hatte, sie brauche auch eine Privatsphäre und wolle ihre Hausaufgaben in Ruhe machen. Matt hatte den Schreibtisch selbst ausgesucht und in jede der vielen Schubladen ein Geschenk gelegt.

Ally wußte, daß es ein bestimmtes Fach gab, in dem Janey ihre wichtigen Dokumente aufbewahrte: ihr Scheckheft und ihre Unterlagen für die Bausparkasse. Es war leer.

Ally stand wie angewurzelt da. Sie spürte, wie die Angst in ihr aufstieg.

30. Kapitel

»O Mum, es ist alles meine Schuld«, schluchzte Jess über ihrem halbaufgetauten Croissant. »Ich hätte sie neulich nicht so fertigmachen sollen.«

Tröstend nahm Ally Jess in die Arme. Die Panik ihrer Tochter hatte den unerwarteten Nebeneffekt, daß sie vollkommen ruhig wurde. Hätte Jess wie gewöhnlich ihre ironischen Kommentare abgegeben, wäre es mit ihrer Fassung vorbeigewesen.

»Jetzt laß uns mal einen Moment ruhig nachdenken.« Sie setzte sich zu Jess. »Wo könnte sie hingegangen sein?«

»Zu Granola? Oder zu Mona und Joe?«

Ally schüttelte den Kopf. »Janey weiß, daß Granola sie wieder zurückschicken würde. Und bei Mona und Joe kann sie nicht sein, weil Joe immer noch im Krankenhaus liegt.«

»Stimmt.« Jess blickte auf. »Arme Janey. Sie war immer noch

verletzt, weil du ihr nicht gesagt hast, warum du nach Bristol gefahren bist.«

Ally schloß die Augen. Sie hatte das Gefühl, daß alles ihre Schuld war. Vielleicht hatte sie einfach zu viele Menschen schützen wollen.

»Was ist mit ihren Freundinnen?« Ally zermarterte sich das Hirn, wer in Frage kommen könnte.

»Das bezweifle ich stark. Janey hat zwar haufenweise Bekannte, aber keine richtigen Freunde. Mum?« fragte Jess gedehnt, weil sie Angst hatte, ihre Mutter zu verletzen. »Könntest du dir vorstellen, daß sie zu Dad gegangen ist?«

»Natürlich.« Ally seufzte erleichtert auf. Sie war nicht im geringsten beleidigt. »Vielleicht ist sie wirklich bei ihm.« Sie griff zum Telefonhörer.

Bei Belinda nahm niemand ab. Sie wartete kurz und wählte dann die Nummer von Century, während sie gleichzeitig einen Blick auf ihre Uhr warf. Neun Uhr war vielleicht noch ein bißchen früh für Fernsehleute. Doch am anderen Ende der Leitung meldete sich eine Stimme.

»Hallo, habe ich dort die Redaktion der *Matt-Boyd-Show*? Ist Matt da? Hier spricht Allegra Boyd.«

»Leider nein, Mrs. Boyd. Wir haben heute unsere Sondersendung, und er muß in Soho noch einen Kommentar aufzeichnen. Wir erwarten ihn aber jeden Augenblick zurück. Sowie er kommt, sage ich ihm, daß Sie angerufen haben.«

»Vielen Dank. Würden Sie ihm bitte ausrichten, er soll mich zu Hause anrufen? Es ist dringend.« Sie hielt inne. »Nein, sehr dringend.«

Sie legte den Hörer wieder auf. Janey hätte sich keinen schlechteren Tag aussuchen können. Wenn Matt heute seine Sondersendung hatte, dann konnte sie unmöglich auf seine Hilfe setzen. Zum erstenmal kam ihr der Gedanke, die Polizei einzuschalten. Aber die würde dem Problem keine Aufmerksamkeit schenken. Eine ausgerissene Achtzehnjährige rangierte gewiß am untersten Ende der Dringlichkeitsskala.

»Es käme noch jemand in Frage.« Ally war so in Gedanken versunken, daß sie bei Jess' Worten fast aufgesprungen wäre.

»Wer?«

»Adam.«

Ally fiel ein Stein vom Herzen. Das klang plausibel. Wenn sie nicht bei Belinda war und sich auch nicht bei Century herumtrieb, um ihren Vater zu suchen, dann war Adam die naheliegendste Lösung.

»Wo wohnt er?«

Jess setzte ein betroffenes Gesicht auf, weil sie wußte, daß sie ihrer Mutter einen Dämpfer verpassen mußte. »Das ist ja das Blöde. Ich weiß die Adresse nicht. Nur, daß es in Notting Hill ist. Irgendwo in der Nähe der Portobello Road.«

Ally hatte das Gefühl, als hätte ihr gerade jemand einen Schlag in den Magen versetzt. Diesen Teil von London kannte sie kaum. Sie war nur ein paarmal auf den Antiquitätenmärkten dort gewesen. Sie brauchte unbedingt jemanden, der sich in der Gegend auskannte. Dann fiel ihr ein, daß sie in letzter Zeit irgend etwas im Zusammenhang mit Notting Hill gehört hatte. Was war es nur gewesen? Plötzlich wußte sie es wieder. In den Nachrichten hatte sie einen Bericht über den Karneval in Notting Hill gesehen. Und Danny hatte ihr erzählt, daß er in seinen ersten Londoner Jahren dort gewohnt hatte. Ally begann sich langsam besser zu fühlen. Danny war genau der Richtige. Ihm würden die jungen Leute sogar helfen wollen.

»Hallo, könnte ich bitte Danny Wilde sprechen?« Ally versuchte ruhig zu bleiben. Wenn sie hysterisch klang, würde die Person am anderen Ende der Strippe denken, sie wäre ein verrückter Fan und sie nicht weiterverbinden.

»Wer ist am Apparat?«

Ally antwortete nicht gleich. Was, zum Teufel, sollte sie sagen? Außer ihrer Familie wußte niemand etwas von ihr und Danny Wilde. Verdammt. Das war ein Notfall. »Allegra Boyd. Können Sie ihm bitte sagen, daß es sehr dringend ist? Ich warte.«

Das Mädchen schnalzte gereizt. »Wollen Sie das wirklich? Es könnte länger dauern, bis ich ihn finde.«

»Das ist schon in Ordnung.« Solange sie am Apparat blieb, fühlte Ally sich etwas ruhiger. Sie tat wenigstens etwas.

Die Produktionsassistentin spürte Danny irgendwo in den Tiefen der Tonstudios auf, wo er gerade dabei war, den Begleitkommentar für einen Werbespot aufzunehmen.

»Kann ich sie in zehn Minuten zurückrufen?« Dannys Stimme klang ärgerlich. Ganz gegen seine Art hatte er seinen Kommentar zum drittenmal vermasselt und war auf dem besten Wege, seinen Ruf als unproblematischer Sprecher einzubüßen. Eine Unterbrechung war wirklich das letzte, was er gebrauchen konnte.

»Sie wollte warten. Sie sagte, es sei sehr dringend.«

Danny fluchte leise vor sich hin. Er hoffte nur, daß Ally sich nicht zur Klammertype entwickeln würde. Bis jetzt war sie diejenige gewesen, die ihre Beziehung geradezu besessen geheimgehalten hatte. Er war nicht sicher, ob ihm dieser plötzliche Wechsel lieb war. Die beiden Tontechniker wechselten bereits vielsagende Blicke.

»Wir können auch später weitermachen«, grinste der eine.

»Nein, das geht nicht«, widersprach der andere. »Die Werbung geht in zwei Stunden raus.«

Danny seufzte. »Kannst du das Gespräch nach hier durchstellen?«

Die Produktionsassistentin war genauso ärgerlich. Sie wußte nicht mehr, auf welchem Nebenanschluß Ally war. Sie mußte also wieder nach oben gehen und es abchecken und sie dann verbinden.

Nach mehreren Pausen und Klicks landete Ally schließlich im Tonstudio. Mit einem bedeutungsvollen Blick auf die Uhr an der Wand reichte der Techniker Danny das Telefon.

»Danny, Gott sei Dank.« Die Erleichterung in ihrer Stimme erschreckte ihn.

»Ally, um Himmels willen, was ist los?« So wie sie sich anhörte, erwartete er fast, daß sie sagte, Matt sei mit einer abgesägten Schrotflinte bei ihnen eingedrungen und drohe jetzt, die gesamte Familie zu erschießen.

»Es geht um Janey. Sie ist weggerannt. Wir hatten für gestern abend vereinbart, daß wir miteinander reden, aber statt dessen bin ich zu dir gekommen.«

Danny spürte, wie die Techniker und Redakteure begierig jedes Wort aufschnappten. Er drehte sich weg.

»Ist das alles?« Er mußte an sich halten, um nicht zu lachen. »Sie ist achtzehn, Ally. Sie ist kein Kind mehr.«

Bestürzt hörte Ally ihm zu. »Aber sie hat doch nächste Woche ihre Prüfungen, und ich habe keine Ahnung, wo sie steckt. Sie hat ihre Sachen mitgenommen.«

Danny lächelte. »Du wirst wahrscheinlich bald einen Anruf von ihr bekommen, daß alles in Ordnung ist. Beruhige dich, Ally.«

»Ich vermute, daß sie zu ihrem Freund gegangen ist. Er wohnt in einem besetzten Haus in Notting Hill.« Sie machte eine Pause, denn sie war sich nicht sicher, ob sie Danny um das bitten sollte, was ihr noch fünf Minuten vorher so logisch erschienen war. »Aber ich weiß die Adresse nicht. Du kennst die Gegend doch so gut. Deshalb habe ich mich gefragt, ob du mir nicht suchen helfen könntest.«

Dieses Mal mußte er wirklich lachen. »Ally, ich stecke mitten in einer Sendung.«

»Dann, wenn du fertig bist. Danny, sie könnte hilflos herumirren. Vielleicht ist sie vollkommen fertig und weiß nicht, wo sie hin soll.«

»Findest du nicht, daß du ein bißchen übertreibst? Warum setzt du dich nicht einfach nach draußen in die Sonne und wartest, bis sie anruft? Spätestens wenn ihr das Geld ausgeht, kommt sie wieder nach Hause.«

»Danny, ich kann doch nicht einfach dasitzen und abwarten.«

»Schau, Liebling«, er klang jetzt ungeduldig, »ich bin davon überzeugt, daß es ihr gut geht. Du solltest besser das Telefonieren lassen, damit die Leitung nicht blockiert ist, wenn sie versucht, dich anzurufen. Ich melde mich später, okay? Also bis dann, tschüß.«

Danny vermied die Blicke der Leute um ihn herum, als er den Hörer zurück auf die Gabel legte.

»Gut.« Er begab sich wieder in die Sprecherkabine und klopfte an sein Mikrofon. »Bringen wir diesen verdammten Werbeclip hinter uns.«

Ally hielt den Hörer immer noch in der Hand. Einiges von dem, was Danny gesagt hatte, klang absolut plausibel. Wahrscheinlich würde Janey wirklich anrufen, wenn sie in Schwierigkeiten geriet. Aber er hatte so abschätzig geklungen. Er hatte nicht einen einzigen Gedanken daran verschwendet, wie es ihr gehen mochte. Plötzlich erschien der Altersunterschied zwischen ihnen, der ihr anfangs völlig unwichtig erschienen war, als eine unüberbrückbare Kluft. Danny Wildes Leben war in Wahrheit ein weißes Blatt. Er hatte nicht die leiseste Vorstellung davon, wie ihr bei dem Gedanken zumute war, daß ihr erstgeborenes Kind, das sie vom ersten Atemzug an geliebt hatte, sich einsam und ausgestoßen fühlte und verloren durch London streifte.

Auf eine gewisse Weise hatte er ihr einen Gefallen getan, denn er hatte ihr die Augen geöffnet.

»Danke, Danny«, sagte sie in die tote Leitung hinein. »Ich bin richtig froh, daß ich gefragt habe.« Dann legte sie den Hörer auf. Danny konnte recht haben. Vielleicht versuchte Janey gerade, sie anzurufen.

Eines jedenfalls war ihr klargeworden. Wenn sie ihre Tochter suchen wollte, mußte sie allein los.

»Mum, muß ich heute in die Schule?«

In ihrer Sorge um Janey hatte Ally ganz vergessen, Jess zur Schule zu fahren. Doch dann fiel ihr ein, daß es besser wäre, wenn Jess beim Telefon blieb, für den Fall, daß Janey sich meldete.

»Nein. Aber nur ausnahmsweise.« Sie legte den Arm um ihre Tochter und versuchte, ein beruhigendes Lächeln zu zeigen. Es half, jemanden um sich zu haben, der einen brauchte. »Ich bin sicher, daß wir sie finden. Was ist mit Adam? Gibt es irgend jemanden in seiner Familie, von dem wir die Adresse bekommen könnten?«

Jess überlegte kurz. »Seine Eltern sind geschieden, und sein Vater lebt im Ausland. Wo seine Mutter wohnt, weiß ich nicht. Ich glaube, irgendwo in Somerset, hat er gesagt.«

»Wie ist sein Nachname?«

Jess zuckte mit den Schultern. »Ich habe keinen blassen Schimmer.«

Ally seufzte. Janey hatte es ihr vermutlich nie gesagt. Er hatte immer nur Adam geheißen.

»Wir schauen besser mal in ihrem Zimmer nach.«

»So siehst du aus«, erwiderte Jess trocken. »Wie ich Janey kenne, hat sie jeden Schnipsel, der uns weiterbringen könnte, das Klo runtergespült.«

Ally durchforstete jeden Zentimeter in Janeys Zimmer, aber es war sinnlos. Janey hatte alle wichtigen Unterlagen mitgenommen. Der einzige Hinweis, der ihnen vielleicht nützen konnte, war eine Einladung von Mojo Williams, die an Janey und Adam adressiert war. Mojo alias Mark war der Sohn alter Freunde von Ally und Matt. Zumindest dieser Spur konnte sie nachgehen.

Ally wählte die Nummer der Williams. Zu ihrer großen Überraschung war ein Kind am Telefon.

»Hallo, wer spricht da bitte?«

Ally hielt es für besser, ihren Namen nicht zu sagen, damit sie nicht Mojos Eltern an den Apparat bekam.

»Ist Mojo da?«

»Ich schau mal nach.« Der Junge klang gelangweilt, ganz so, als ob die meisten Gespräche für Mojo waren. Sie hörte, wie er davontrottete und nach oben brüllte. »Mark! Die Mutter von irgend jemandem für dich!«

Trotz ihrer Sorgen mußte Ally schmunzeln.

»Hallo?« Mojo klang wie ein gelangweilter Popstar. Und hörte sich äußerst mißtrauisch an. Ganz offensichtlich war Mojo nicht gewohnt, mit irgendwelchen Müttern zu telefonieren.

»Hier ist Allegra Boyd. Die Mutter von Janey Boyd.« Ally versuchte, so lässig wie möglich und ganz sicher nicht wie eine überfürsorgliche Mutter zu klingen, die ihrer Tochter den Spaß verderben wollte. »Weißt du zufällig die Adresse von ihrem Freund Adam?«

»Ist mit ihm zusammengezogen, wie?« fragte Mojo lakonisch. Er überlegte einen Moment. »Ich glaube, Divinity Road hat er gesagt.«

Die Erleichterung war so berauschend wie ein doppelter Brandy. Gott sei Dank hatte sie einen ersten Anhaltspunkt. Divinity Road kam ihr sogar irgendwie bekannt vor, sie wußte nur nicht, warum.

Mojo hatte nichts mehr hinzuzufügen. »Möchten Sie mit meinen Eltern sprechen?«

»Nein, danke.« Die Aussicht, sich jetzt eine halbe Stunde lang Bunty Williams philosophische Überlegungen über die Kids von heute anzuhören, behagte ihr ganz und gar nicht. »Vielen Dank. Du hast mir sehr geholfen.«

»Wirklich?« Ally fand, daß Mojo eine Spur enttäuscht klang.

Die morgendliche Rush-Hour war gerade vorbei, als Ally, mit einem riesigen Stadtplan auf dem Beifahrersitz, auf den Kreisverkehr am Ende der West Road zusteuerte. Sie fuhr weiter in Richtung Holland Park. Diesen Teil von London kannte sie nicht, und sie hoffte, daß sie sich nicht verfahren würde. Zumindest erkannte sie eine Ecke wieder: die Portobello Road.

Vor vielen Jahren, als Matt und sie nach London gezogen waren, hatten sie oft den Trödelmarkt abgegrast, um nach Schnäppchen zu suchen. Silberne Serviettenringe, vergoldete Bilderrahmen, hübsche Tonarbeiten. Sie hatten damals zwar kaum einen Penny in der Tasche gehabt, dafür aber das wenige mit um so größerem Vergnügen ausgegeben. Matts neuer Job war für beide so aufregend und gleichzeitig so unberechenbar gewesen, daß sie sich im ersten Jahr gefühlt hatten wie auf einem Karussell, das jeden Augenblick quietschend zum Stehen kommen und sie abwerfen konnte. Deshalb hatten sie ihre Wohnung in der Nähe von MidWest TV behalten und sich in London eine gemietet. Sie befand sich in einem großen, alten Haus in der Nähe von St. Pauls Cathedral und war mit dem scheußlichsten Mobiliar eingerichtet, das die beiden je gesehen hatten.

Als sie eines Samstags, es war um den Valentinstag herum gewesen, die Portobello Road herunterspazierten, hatte Matt an einem Stand einen herzförmigen Spiegel entdeckt, der nur aus Muscheln gefertigt war. Er hatte darauf bestanden, ihr diesen Spiegel zu schenken, auch wenn er soviel kostete wie eine Wochenmiete für ihre Wohnung. Das Stück hing immer noch in ihrem Schlafzimmer. Nur, daß es nicht mehr ihr gemeinsames Schlafzimmer war.

Während sie langsam durch die Straßen fuhr, verdrängte Ally die Bilder aus glücklichen Zeiten. Sie mußte versuchen, Janey zu finden. An der Ecke zur U-Bahn-Station von Notting Hill entdeckte sie eine Telefonzelle und stellte den Wagen ab, um sich bei Jess zu erkundigen, ob Matt angerufen hatte oder vielleicht sogar Janey.

Beim dritten Läuten nahm Jess ab.

»Jess, Darling, hat sich irgend jemand gemeldet?«

»Nur Granola. Ich hab' ihr die Story vom Pferd erzählt, sonst hätte sie die Polizei aus sieben Grafschaften zusammengetrommelt. Ja, und dann Bernie Long. Du hättest irgendeine Konferenz gehabt.«

»Was hast du ihm gesagt?«

»Daß du nicht da bist und es vergessen haben mußt.«

»Braves Kind.« Ally dachte daran, daß sie Bernie wahrscheinlich einbeziehen konnte, falls sie wirklich verzweifelt war. »Nichts von Janey oder Dad?«

»Nein. Soll ich ihn noch mal anrufen?«

»Ja, warum nicht. Ich melde mich später wieder.«

Ally ging zu ihrem Wagen zurück und fuhr bis ans obere Ende der Portobello Road. Sie war erstaunt, wie sehr sich hier alles verändert hatte. Die Fassaden leuchteten in einer Palette von Pastelltönen, jedes Haus in einer anderen Schattierung. Blasses, mandelblütenfarbenes Pink, Pistaziengrün, Elfenbeinbeige, Wedgewoodblau, Schlüsselblumengelb. Geranien mit efeuförmigen Blättern fielen aus Terracottatöpfen und Ampeln, berührten herabhängende Lobelien und leuchtendrote Petunien. Die Haustüren waren in Hochglanzfarben gestrichen und das Messing poliert. Allmählich fühlte Ally sich beruhigter. Dezenter Wohlstand – in einer solchen Gegend konnte Janey sicher nichts passieren.

Aber nach der Kreuzung zu Westbourne Grove gab es dann mehr und mehr Antiquitätengeschäfte, die während der Woche mit Stahlgittern verschlossen waren. Die Kneipen begannen furchterregender auszusehen. Schließlich wurden die Antiquitätenläden von den Gemüse- und Früchteständen eines herkömmlichen Straßenmarkts abgelöst.

Ally entdeckte eine Parkuhr und beschloß, den Wagen abzustellen. Laut Stadtplan war die Divinity Road nicht mehr weit entfernt. Nachdem sie geparkt hatte, spürte sie, wie hungrig sie war. Als sie auf die Straßenüberführung zusteuerte, kam sie sich fast vor wie in einer Zeitmaschine. Vor jedem Laden flatterten indische Drucke und Batikkleider sanft im Wind. An Schallplattenständen wurden alte LPs von Tangerine Dream und Grateful Dead verkauft. Hier in der Portobello Road herrschte wieder die Hippiezeit. Von ferne konnte sie sogar den schwachen Gesang von »Hare Rama, Hare Rama, Rama, Rama, Hare Hare‹ der orangegekleideten Anhänger Hare Krishnas hören. Was hatte sie eigentlich für Probleme? Wenigstens hatte Janey sich nicht dieser Gruppe angeschlossen.

Nach diesem Ausbruch von Exotik erschien ihr die vertraute Eintönigkeit von Woolworth geradezu willkommen. Doch anstatt hineinzutauchen und sich eine Tafel Schokolade zu kaufen, wie sie es vorgehabt hatte, ließ sie sich von dem Duft frischgebackenen Brots ein paar Läden weiter zu einer Bäckerei ziehen.

Als sie wieder aus der Bäckerei kam, unterbrach ein Standbesitzer seinen Ruf »Wunderbare Erdbeeren. Zwei Körbchen ein Pfund«, um sie fröhlich zu grüßen. »Hallo, Ally. Ich hab das Telethon wunderbar gefunden«, bemerkte er gutmütig. »Sie und Danny zusammen, das war einfach phantastisch. Was suchen Sie denn, Schätzchen? Einen von den vornehmen Läden auf dem Westbourne Grove?«

Ally zögerte und schlug ihren Stadtplan auf. »Eigentlich will ich zur Divinity Road.«

Der Mann tauschte einen Blick mit dem Verkäufer vom Nachbarstand aus. »Na, na, na.« Abwehrend schüttelte er seinen Kopf. »Das ist nichts für Sie, Darling. Gefährliche Straße. Üble Leute.«

»Sehr üble Leute«, pflichtete sein Freund ihm bei.

»Überhaupt nicht Ihr Niveau, Ally.«

»Hören Sie.« Ally hatte genug von den freundlichen Ratschlägen. Und sie dachte nicht daran, ihnen ihre Lebensgeschichte zu erzählen, nur um ein paar Tips zu bekommen, in welche Richtung sie gehen mußte. »Sagen Sie mir bitte, wie ich gehen muß, ja?«

»Schon gut, schon gut, tun Sie, was Sie nicht lassen können. Biegen Sie bei der Straße dort rechts ab.« Er deutete auf eine Abzweigung auf der gegenüberliegenden Straßenseite. »Sie können es nicht verfehlen. Es ist die Straße, wo an jeder Ecke Bullen stehen und in den Abfalleimern die Spritzen liegen.«

Nervös überquerte Ally die Straße und bog nach rechts ab. Schlagartig veränderte sich die Atmosphäre. Hier war es vorbei mit dem wohlhabenden Chic am oberen Ende der Portobello Road und dem multikulturellen Treiben des Straßenmarkts. Mülltüten lagen auf den Bürgersteigen herum, die Inhalte überall verstreut. Hunde schnüffelten darin herum. Anstelle der Mandelblütenfassaden löste sich der Stuck in dicken Brocken von den Häuserfronten. Manche Hauseingänge waren zum Schutz vor Hausbesetzern mit Brettern vernagelt. An anderen befanden sich mindestens zehn oder zwölf Klingeln. Das mußten die reinsten Schlafkasernen sein.

Eine Gruppe Jugendlicher saß auf einer Eingangstreppe und beobachtete sie schweigend. Ally schauderte. Ihr war, als beträte sie eine andere Welt, in der die Werte, die ihr etwas bedeuteten, verlacht und verschmäht wurden. Sie konnte kaum glauben, daß das Portobello-Paradies nur fünf Gehminuten entfernt existierte. Es war, als hätten die Yuppies, die sich wie die Kolonialherren in die Londoner City gedrängt hatten, eine Linie gezogen, über die hinaus sie sich nicht vorwagten, wie billig die Grundstücks- und Mietpreise auch sein mochten.

Ally erblickte eine weitere Gruppe, die sie von den Stufen aus anstarrte. Den starken, süßlichen Geruch von Marihuana konnte sie sogar noch auf der anderen Straßenseite riechen. Sie hoffte, irgendeinen freundlichen Menschen auf der Straße zu treffen, den sie fragen konnte. Aber sie konnte kaum mit ihrer Geschichte vom rebellierenden Teenager kommen und erwarten, mitfühlende Kommentare wie »Ach ja, die Kinder heutzutage« zu ernten. Oder damit, daß ihr jemand zeigte, wo sie ihre Tochter finden könnte. Sie würden mit den Achseln zucken oder sie ganz einfach auslachen.

Mit einem Mal fühlte Ally sich unheimlich hilflos und ängstlich. Jetzt fiel ihr wieder ein, woher sie den Straßennamen kannte. Vom Fernsehen. Janey hatte sich Londons Drogenumschlagplatz Nummer Eins ausgesucht.

Sie machte auf dem Absatz kehrt und rannte zurück in das pulsierende Leben und die relative Sicherheit der Portobello Road.

Sie war überrascht, daß ihr Wagen immer noch da stand. Doch als sie näher kam, erblickte sie einen gelben Zettel hinter dem Scheibenwischer. In ihrer Aufregung hatte sie ganz vergessen, Geld in die Parkuhr zu stecken. Eine Säufertruppe, die vor einer nahegelegenen Kneipe auf dem Bürgersteig stand, prostete ihr zu, als sie den Zettel wegriß. Ob aus Mitgefühl oder aus Schadenfreude, vermochte sie nicht zu sagen.

Sowie Ally den Wagen aufgeschlossen und sich hineingesetzt hatte, legte sie den Kopf auf das Lenkrad und ließ ihren Tränen freien Lauf. Sie wußte einfach nicht, wo sie anfangen sollte. Verzweifelt wünschte sie sich, Matt wäre bei ihr, doch mit seiner Show heute konnte sie ihn wohl vergessen.

Sie mußte allein zurechtkommen.

Sie richtete sich auf, kämmte ihr Haar, trocknete sich die Wangen und stieg wieder aus. Diesmal vergaß sie nicht, die Parkuhr zu füttern. Fast eine Stunde lang ging sie immer wieder um den Block, bis sie schließlich von einem Polizisten, der sie in den letzten zwanzig Minuten dreimal hatte vorbeikommen sehen, gefragt wurde, ob sie sich verlaufen habe.

Als sie ihm erklärte, warum sie hier sei, zog er ratlos die Schultern hoch. Ungefähr die Hälfte aller Gebäude in dieser Gegend waren besetzt. Beim Anblick ihres verzweifelten Gesichts, das er zwar irgendwoher kannte, aber nicht genau unterbringen konnte, versuchte er, ihr wenigstens ein paar Anhaltspunkte zu geben.

»Es gibt zwei Stellen, bei denen sie es versuchen könnten. Die eine ist die Notting-Hill-Wohnungsbaugesellschaft. Der gehören eine Menge von diesen Buden hier.« Dabei deutete er auf die besseren Gebäude. »Und die kennen die Wohnungen in dieser Gegend in- und auswendig. Die andere ist die Stadt. Deren Wohnungen werden oft besetzt.«

Ally schöpfte Hoffnung. Das waren die ersten ermutigenden Sätze, die sie heute hörte.

Pfeifend ging Matt die Wardour Street entlang. Er kam gerade aus dem Synchronstudio, wo er den letzten Teil für seine Show aufgenommen hatte. Sie waren erst um Mitternacht mit dem Schneiden ihres Filmbeitrags über Meredith Morgan fertiggeworden. Er war brillant. Matt erkannte, daß ihm die letzten Tage mit ihrer rasenden Aktivität soviel Spaß gemacht hatten, wie schon seit Jahren nicht mehr. Es war wie in seiner Anfangszeit beim Fernsehen, als alles noch aufregend und herausfordernd gewesen war. Und diesmal wollte er Page herausfordern. Wenn er die Show erst mal gesehen hatte, würde er mit Sicherheit seine Meinung ändern und sie nicht absetzen. Oder aber er würde mit seinem Konzept irgendwoanders hingehen.

Matt wollte schon ein Taxi heranwinken, als er im Fenster einer Patisserie die verführerischen Auslagen erblickte, bei denen ihm das Wasser im Munde zusammenlief. Er beschloß, hineinzugehen und Kuchen für sein Team zu kaufen. Seine Leute hatten alle so hart gearbeitet, daß sie eine süße Belohnung verdienten.

Jess fühlte sich in ihrer Situation, neben dem Telefon zu sitzen und einfach nur zu warten, fast ebenso hilflos wie Ally. Sie hatte versucht, ihren Vater im Büro zu erreichen, aber dort die schroffe Auskunft erhalten, daß er weg sei und erst nach Mittag zurückkäme. Danach hatte sie sämtliche Freundinnen und Freunde von Janey, die ihr einfielen, angerufen, ob vielleicht jemand von ihnen etwas wußte. Doch überall Fehlanzeige. Plötzlich fiel ihr ein, daß es besser war, wenn sie die Finger vom Telefon ließ, denn es konnte ja sein, daß Janey oder jemand anderes versuchte, anzurufen. Das Warten war das schlimmste.

Sie blickte auf die Uhr. Es war viertel nach zwölf. Fest entschlossen, nach ihrem Vater suchen zu lassen, falls er immer noch nicht in seinem Büro war, rief sie wieder bei Century an. Diesmal wurde sie mit einer weitaus hilfsbereiteren Person verbunden. Im Büro herrschte ein Höllenlärm, die Leute schrien sich gegenseitig an, andere Telefone klingelten, und ein Fernsehgerät dröhnte auf voller Lautstärke. Jess' einzige Hoffnung war, daß die Frau den Ernst der Situation begriffen hatte.

Überwältigt von der Verantwortung und erneut von Schuldgefühlen geplagt, daß sie alles vermasselt hatte, fing Jess an, in die Sofakissen hineinzuschluchzen. Sie hoffte inständig, daß ihr Vater bald zurückrief.

In dem naiven Glauben, daß die Leute jemandem helfen, dessen Gesicht sie vom Fernsehen her kannten, ging Ally zum Wohnungsamt. Ein Koloß von Frau am Schalter machte ihr unmißverständlich klar, daß sie jede Form von Privilegien haßte, besonders, wenn sie in Gestalt eines schlanken, erfolgreichen und wohlhabenden TV-Stars daherkamen. Unter anderen Umständen hätte Ally vielleicht Mitleid mit ihr gehabt.

Die Tatsache, daß Ally eine Tochter hatte, die eine Woche vor ihren Abiturprüfungen in die Divinity Road ausgerückt war, schien für die junge Frau ein Indiz zu sein, daß es wenigstens noch einen Funken Gerechtigkeit auf dieser Erde gab. Sie bedauerte, Ally leider gar nicht weiterhelfen zu können, da die Stadt unter keinen Umständen preisgab, welche von ihren Immobilien besetzt waren.

Ally schaute auf die Uhr. Es war Mittag, und ihre andere Hoffnung, die Wohnungsbaugesellschaft, machte erst am Nachmittag wieder auf. Obwohl sie keinen Hunger verspürte, beschloß sie, sich trotzdem in ein nahegelegenes Lokal zu setzen und etwas zu essen. Vielleicht würde sie ja Janey entdecken oder etwas Nützliches aufschnappen.

Für jemanden mit einem berühmten Gesicht war es nicht ganz einfach, sich in den Hintergrund eines Pubs zu drücken, doch Ally setzte ihre Sonnenbrille auf und stellte den Kragen ihres Mantels hoch. Das hatte bis jetzt immer geholfen. Glücklicherweise bekam sie Konkurrenz vom Newmarket-Pferderennen, und die meisten Stammgäste waren mehr damit beschäftigt, im Wettbüro nebenan ihre Wetten loszuwerden als sie zu begaffen.

Ally blickte sich um. Leere Flaschen und Gläser wetteiferten mit überquellenden Aschenbechern um den Platz auf dem schmutzigen Tisch, und auf dem Boden lagen stapelweise leere Zigarettenschachteln herum.

In einer Ecke des Lokal registrierte Ally eine Gruppe von jungen Leuten. Sie waren allesamt in schwarzes Leder gekleidet, mit pechschwarzem Haar und Nasensteckern. Vielleicht konnten die ihr in irgendeiner Form weiterhelfen.

»Entschuldigt bitte«, begann sie zögernd, »kennt zufällig einer von euch jemanden, der Adam heißt? Groß, langes schwarzes Haar, trägt immer Lederklamotten. Er wohnt in einem besetzten Haus in der Divinity Road.«

Eines der Mädchen blickte sie feindselig an. Ally zählte sechs Ringe in ihrem rechten Nasenloch und weitere sechs in ihrem linken Ohrläppchen. In den Kreisen der Post-Punk-Teenager galt sie vermutlich als der Inbegriff der Weiblichkeit.

»Wer will das wissen?«

Ally schöpfte Hoffnung. Das war besser als ›Nie von ihm gehört‹. »Eine Freundin.«

»Verdammt, ich wette, Sie sind vom Sozialamt und schnüffeln herum, ob er Arbeitslosengeld kassiert.«

»Nein, tut sie nicht«, ging einer von den jungen Männern dazwischen und zwinkerte ihr mit einem schwarzummalten Auge zu, »sie ist nämlich viel zu gut angezogen, stimmt's, Liebling? Sie ist wahrscheinlich stinkvornehm und sucht nach ihrem Süßen.« Er fing an, ihren Seidenrock zu befummeln. »Hat er dich nicht zurückgerufen, Schätzchen? So ein Pech. Wär' dir bei mir nicht passiert.«

Ally drehte sich um und verließ so rasch wie möglich das Pub. Wüstes Gelächter schallte hinter ihr her.

Die Wohnungsbaugesellschaft hatte gerade wieder geöffnet, als sie dort ankam. Sie setzte große Hoffnungen in dieses Unternehmen, weil es in der Divinity Road selbst lag.

Sowie sie das Gebäude betrat, spürte sie, daß es ihr hier besser ergehen würde als beim Wohnungsamt. Eine freundliche Frau mittleren Alters in leicht alternativer Kleidung lächelte sie an und erkundigte sich, ob sie ihr helfen könne. Es gab nur ein einziges Problem: Nicht eine ihrer Immobilien war besetzt. Die Frau fotokopierte ihr einen Plan von der Straße und markierte mit Rotstift alle Häuser, die der Wohnungsbaugesellschaft gehörten. »Zumindest wissen Sie damit, welches es nicht ist.«

Nach einem Blick auf die Karte schöpfte Ally wieder Mut. Es blieben noch ungefähr fünfzig Häuser übrig. Damit würde sie ganz sicher fertigwerden.

»Es gibt noch einen anderen Ort, an dem Sie es versuchen könnten. George's Café. George weiß schon, was los ist, bevor überhaupt was passiert ist.«

Die Atmosphäre bei den Leuten von der *Matt-Boyd-Show* war fast wie an Weihnachten. Roy hatte Brendan bestochen, die Bar eine halbe Stunde früher zu öffnen und ihm ein paar Flaschen Sekt zu verkaufen. Dieser kreiste nun in Plastiktassen durch die Runde, die sich in Matts und Belindas Büro versammelt hatte. Er paßte wunderbar zu Matts Kuchenauswahl.

Seit Monaten machte sich zum erstenmal wieder spürbare Begeisterung breit, angefangen bei Belinda bis hin zum jüngsten Redakteur. Sie wußten, sie hatten eine heiße Spur. Alle waren so davon überzeugt, daß die heutige Sendung hervorragend werden würde, daß sie die Gerüchte über das Ende der Show ignorierten. In wenigen Stunden würden sie beweisen, daß sie Spitzenklasse waren. Und nach der Sommerpause würden sie ruhmreich zurückkehren.

Matt erhob seine Plastiktasse. »Auf uns. Der Beginn einer neuen Ära für die *Matt-Boyd-Show*.«

Das Team prostete ihm zu.

Als Matt seine Tasse abstellte, klingelte im Büro der Sekretärin das Telefon.

»Für dich, Matt!« rief sie herüber.

Immer noch lächelnd beugte Matt sich vor und brüllte zurück: »Eine Ahnung, wer dran ist? Ein Fan oder nur der Präsident von Century?«

»Genaugenommen ist es deine Tochter Jess.« Schuldbewußt fiel dem Mädchen wieder ein, daß Ally schon viel früher eine Nachricht hinterlassen hatte. »Sie sagt, es sei dringend.«

31. Kapitel

Als Jess die Stimme ihres Vaters hörte, brach sie vor Erleichterung in Tränen aus. Jetzt würde alles gut werden.

»Jess. Jessy, Liebling. Was ist los?« Der zärtliche Ton ließ sie nur noch mehr weinen. »Was, um Himmels willen, ist passiert?«

»O Dad«, stieß sie schluchzend hervor, »Ich habe doch nicht gedacht, daß sie es wirklich tut. Ich bin schuld. Wenn ich nicht auf sie losgegangen wäre, weil sie dir das mit Danny Wilde erzählt hat, wär' es nie passiert!«

»Jessy, wovon redest du? Wer hätte was nicht getan?«

»Janey, Dad. Sie ist abgehauen.«

»Mein Gott! Wann?«

»Heute morgen.« Jess klang plötzlich nicht mehr ganz so reuevoll, und man konnte aus dem Tonfall ihrer Stimme heraushören, daß sie stolz darauf war, diejenige zu sein, die Bescheid wußte. »Seitdem ist Mum unterwegs und sucht sie.«

Matt hörte ihr erschreckt zu. »Bist du sicher, daß sie nicht zu irgendeiner Freundin gegangen ist?«

Jess schüttelte den Kopf. »Das glauben wir nicht. Wir haben überall nachgefragt.« Jess kam sich erwachsen und wichtig vor. »Außerdem hat sie all ihre Sachen mitgenommen und den Bausparvertrag und ihr Sparbuch.«

»War denn viel Geld drauf?« Jess war die Sparsame. Janey hatte immer alles, was sie besaß, ausgegeben.

»Mum schätzt, um die vierzig Pfund.«

Damit konnte sie nicht weit kommen.

»Hat Mum eine Ahnung, wohin sie gegangen sein könnte?«

Jess fragte sich, wie ihr Vater wohl den nächsten Brocken schlukken würde. »Wir glauben, zu Adam. Er wohnt in einem besetzten Haus in Notting Hill.«

»Wo in Notting Hill?« Matts Gehirn arbeitete wie wild. Er kannte die Gegend ein wenig.

»Vermutlich Divinity Road. Dort sucht Mum gerade.«

Matt schloß die Augen. Er hatte einen Dokumentarfilm über diese Straße gesehen. Londons Harlem hatten sie die Gegend genannt. Sie war ein Mekka für Crack-Dealer und Heroinhändler. Janey hatte sich den gefährlichsten Ort der ganzen Stadt ausgesucht.

Plötzlich traten Matt die krassen Schwarz-Weiß-Bilder auf den Anti-Drogen-Postern der Regierung vor Augen. Die verhärmten jungen Leute mit den tiefen Ringen unter den Augen, die ihr Leben ruinierten, nur weil jemand sie dazu verführt hatte, sich einen Schuß zu setzen. Töchter und Söhne von anderen Eltern.

Während er Jess zuhörte, kreisten seine Gedanken unentwegt um die eine Frage: Wäre das auch passiert, wenn er seine Familie nicht verlassen hätte?

Was, zum Teufel, sollte er nur tun? In weniger als drei Stunden würde seine Sondersendung mit Meredith Morgan über den Bildschirm flimmern, die Show, die Ritchie Page davon überzeugen sollte, sie nach der Sommerpause wieder ins Programm zu nehmen. Es war eine Live-Sendung, und die Zukunft des gesamten Teams hing davon ab, wie gut oder wie schlecht er war. Wenn er verschwand, bedeutete es das Ende seiner Karriere, und zwar nicht nur bei Century, sondern wahrscheinlich für immer. Es war undenkbar, eine Show aufs Spiel zu setzen, an der das Glück von so vielen Menschen hing.

Und trotzdem? War das die Sache wert? Seine Fernsehkarriere oder Janey? Sie irrte vielleicht ziellos herum. Zu stolz, wieder nach Hause zu kommen, wäre sie sich nur einer Sache sicher: von allen im Stich gelassen worden zu sein. Janey war kein Ausreißertyp. Dieser Schritt mußte sie viel Mut gekostet haben.

Matt blickte auf seine Uhr. Vielleicht reichte seine Zeit nicht, um

Janey zu finden, aber er konnte immerhin in die Divinity Road fahren und sich dort umsehen. Außerdem wollte er Ally zeigen, daß er sie mit ihren Sorgen nicht allein ließ.

Er schnappte sich seine Autoschlüssel. Von hier war er in fünfzehn Minuten an der Portobello Road.

»Matt?« Belinda kam herein und schloß die Tür. Ihr sechster Sinn hatte ihr gesagt, daß Gefahr im Verzug war, doch sie hatte nicht viel von dem Gespräch mitbekommen, so sehr sie auch die Ohren gespitzt hatte. »Wo willst du hin, verdammt noch mal?« Ihre Stimme klang fast schrill.

Matt überlegte, ob er es ihr sagen sollte. Doch er konnte sich ihre Antwort schon denken. »Sagen wir, ein Notfall. Ich laß von mir hören.«

Belindas entsetztes Gesicht sah so komisch aus, daß Matt trotz seiner Sorgen lächeln mußte. »Du kennst doch das Sprichwort: Ein Unglück kommt selten allein.« Mit diesen Worten verließ er das Büro.

»Matt!« schrie Belinda hinter ihm her. »Um Himmels willen, nimm doch zumindest das Telefon mit.« Doch Matt war bereits im Lift verschwunden.

Ausgelassenes Gelächter drang durch die Tür des Büros und erinnerte Belinda darin, wie lange sie darum gekämpft hatten, dieses Gefühl von Begeisterung zu erzeugen. Und jetzt, als sie es beinahe geschafft hatten, setzte Matt ihr gesamtes verfluchtes Unternehmen aufs Spiel. Durch die Glaswand betrachtete sie die angeregten Gesichter. Ihr war nicht mehr nach Feiern zumute.

Ihre Gedanken wurden vom Klingeln des Telefons unterbrochen. Verärgert nahm sie ab.

»Ist dort die *Matt-Boyd-Show*?« Sofort erkannte Belinda Allys Stimme. »Kann ich bitte Matt sprechen?«

Belinda schaute auf die Schwingtür, doch Matt war inzwischen sicher schon aus dem Gebäude. Plötzlich spürte sie einen gewaltigen Zorn: auf Ally, weil sie sich ihren Sendeplatz schnappte und immer noch erwartete, daß Matt sprang, sobald sie pfiff. Und auf Matt, weil er wirklich sprang, wenn sie pfiff. Und ihr war klar, daß sie nicht nur wegen der Show eifersüchtig war.

»Nein, das können Sie verdammt noch mal nicht!« fauchte sie.

»Wenn Sie's genau wissen wollen, er ist gerade aus dem Haus gerannt.«

So erschöpft sie auch war, entging Ally dennoch die Bosheit in Belindas Stimme nicht.

»Ich nehme an«, fragte Belinda gehässig, »daß diese Krise Ihr Werk ist.«

»Natürlich.« Jetzt wurde auch Ally langsam zornig. »Ich habe es absichtlich so arrangiert, daß unsere Tochter wegläuft, um Ihnen die Show zu ruinieren.«

Für einen Augenblick war Belinda aus dem Konzept gebracht. Deshalb also war Matt verschwunden. Um seine Tochter zu suchen. Welch ein Wahnsinn! Wie konnte er nur denken, daß er einen Teenager einfach so wiederfand? Gütiger Himmel, sie machte sich besser an die Arbeit und sah zu, daß sie eine von den alten *Matt-Boyd-Shows* auftrieb und in Reserve hielt. Wenn Ritchie Page davon Wind bekam, wären sie endgültig erledigt.

Belinda, die spürte, daß Ally auflegen wollte, konnte sich einen letzten Hieb nicht verkneifen. »Ich nehme an, Ihnen ist schon klar, daß wir in weniger als drei Stunden mit Matts größter Fernsehgeschichte auf Sendung gehen müssen? Heute sollte sich alles entscheiden.« Belindas Stimme verriet Ungläubigkeit. Es wollte ihr einfach nicht in den Kopf, wie Matt dies hatte tun können.

»Vielen Dank für den Hinweis.« Trotz ihrer Müdigkeit und ihres Kummers wurde Ally leichter ums Herz, und sie lächelte zaghaft. »Heute kann sich für unsere Tochter auch alles entscheiden.«

Matt wurde immer unruhiger, während er langsam die Lancaster Road entlang fuhr. Es war ein heißer Nachmittag, und in der Gegend um die Divinity Road herum wimmelte es von Menschen. Kinder spielten Fußball, ohne auf den Verkehr zu achten. Leute hingen in den Fenstern oder standen an vergammelte Eisenzäune gelehnt und beobachteten ihn desinteressiert. Jedenfalls ließen sie sich nicht anmerken, ob sie ihn erkannten. Hier und da verschwand jemand im Kellergeschoß oder huschte in einen Seitenweg, ganz offensichtlich, um einen Deal abzuwickeln. Matt hatte gelesen, daß die Dealer immer nur ganz wenig Crack bei sich hatten, und den Nachschub irgendwo versteckten. Wenn sich ein Kunde näherte, wanderte das Zeug von Mund zu Mund. Wegen irgendeiner verrückten Gesetzesregelung durfte die Polizei nämlich nicht im Mund suchen.

Eine Gruppe von Polizisten kreuzte auf und versuchte, durch ihre bloße Präsenz zu beeindrucken, was allerdings wirkungslos war. Matt spürte sogar bei den Polizisten einen Widerwillen, den sicheren Schutz ihrer Wagen zu verlassen.

Er fuhr zweimal die Divinity Road auf und ab und hielt dann an. Was sollte er tun, wenn er Ally nicht fand? Wenn sie entmutigt aufgegeben hatte?

Doch da entdeckte er sie plötzlich. Sie stand am äußersten Ende der Straße und sprach gerade mit einem jungen Polizisten. Selbst aus dieser Entfernung konnte er erkennen, wie erschöpft sie war. Er fuhr rasch zu ihnen hin und stieg aus.

»Ally!« schrie er und rannte auf sie zu.

Sie drehte sich um. Ihr Gesicht war weiß und angespannt. »O Matt, Gott sei Dank, daß du da bist!« Er hielt sie fest, und sie spürte, wie sie plötzlich ihre Kräfte verließen. Den ganzen Nachmittag war sie herumgelaufen, hatte an Türen geklopft und war entweder auf eisiges Schweigen gestoßen oder auf offene Feindschaft.

Matt half ihr sanft in den Wagen und setzte sich neben sie. »Ally, du mußt nach Hause. Ich mache jetzt weiter.« Er starrte hinaus auf die Straße. »Hast du eine Ahnung, welche Nummer es ist?«

»Sie ist jedenfalls in keinem von diesen Häusern. Ich habe sie alle überprüft.« Ally reichte ihm den Plan, den sie von der Wohnungsbaugesellschaft bekommen hatte. Weniger als die Hälfte der Häuser waren durchgestrichen. Matt lief ein Schauer über den Rücken. Es würde Stunden dauern, bis er den Rest abgeklappert hatte. »Jemand hat mir den Tip gegeben, es in George's Café zu versuchen. George weiß alles, was sich in dieser Gegend tut. Matt?«

»Ja, Liebling?«

»Hältst du es für besser, daß ich sie bei der Polizei als vermißt melde, bevor ich heimfahre?«

Matt drückte ihre Hand. »Warte noch.« Er wußte, was sie durchgestanden haben mußte. »Wenn ich sie nicht finde, mache ich es nachher. Geh jetzt nach Hause zu Jess.« Er strich ihr leicht übers Gesicht. »Auch sie braucht dich.«

Ally lächelte. Sie wußte, er wollte es ihr erleichtern, aufzuhören, und sie war ihm dankbar. Sie konnte sich kaum noch auf den Beinen halten.

»Was ist mit deiner Show?«

Matt grinste, und der Witz blitzte in seinen blauen Augen auf. »Es ist doch nur Fernsehen, wie meine Mutter sagen würde.«

George's Café entpuppte sich als schmuddelige Kneipe nahe der Ecke Portobello und Westbourne Park Road, und George selbst als freundlicher Zypriot. Es war die Art von Lokalität, die frühmorgens, wenn es noch dunkel war, für die Arbeiter öffnete und solange Speck, Eier, Würstchen, Bohnen und Pommes frites zubereitete, bis der letzte Gast gegangen war. Trotz Georges Herkunft standen weder Döner Kebab noch Baklava auf dem Speiseplan. Im Moment war das Café fast leer.

Als Matt hineinging, wurde er von George wie ein alter Freund begrüßt. Offensichtlich war es für ihn das Natürlichste der Welt, wenn nachmittags um halb fünf ein Fernsehstar in sein Café spaziert kam. »Wie geht's, Matt? Tasse Tee?«

Dankbar nahm Matt eine Tasse und blickte gleichzeitig auf die Uhr. Noch zwei Stunden.

»Also, Matt«, sagte George und hoffte, ein paar Kunden würden ihn sehen, wie er mit dem berühmten Matt Boyd am Fenster saß, »was kann ich für Sie tun?«

Ritchie Page war gerade dabei mit dem Rechtsanwalt von Century Television den Vertrag für Danny Wilde fertig zu machen und arbeitete an den letzten Feinheiten. Jack Saltash hatte seinem Ruf, ein ausgekochter Agent zu sein, mehr als alle Ehre gemacht, und jede Klausel war eine Gratwanderung gewesen. Danny Wilde war im Begriff, ein sehr reicher junger Mann zu werden. Sie waren gerade am Ende von Klausel 56c angekommen, als das Telefon auf Pages Schreibtisch summte.

Seine Sekretärin Lorraine war am Apparat. »Ich dachte, es könnte Sie interessieren, Mr. Page. Ich war gerade unten in der Kantine und habe zufällig gehört, wie eine von den Produktionsassistentinnen der *Matt-Boyd-Show* zu einer Freundin sagte, daß bei ihnen eine ganz schöne Aufregung herrsche. Heute abend liefe die große Show, und Matt habe das Haus verlassen. Offenbar ist seine Tochter von zu Hause ausgerissen, und er hat sich auf die Suche nach ihr gemacht.«

Page warf einen Blick auf seinen Anwalt und lächelte. Er hatte gleich gewußt, als seine Frau ihm heute morgen ein perfektes Vier-Minuten-Ei vorgesetzt hatte, daß es ein guter Tag werden würde. Der Anwalt hatte alles mitgehört und nickte zufrieden. »Nun«, sagte er, »das dürfte mit Sicherheit eine Menge Probleme lösen. Klarer Fall von Vertragsbruch.«

»Ja.« Page grinste und mußte an die 1,5 Millionen Pfund denken, die er durch Matts idealistische Geste einsparte. Er griff hinter sich und holte eine Flasche 22 Jahre alten Malzwhisky hervor, den er eigens für besondere Gelegenheiten aufbewahrte. »Ich finde, darauf sollten wir anstoßen.«

George erkannte Adam nach der Beschreibung sofort. Er teilte sich ein besetztes Haus mit ein paar anderen jungen Leuten, von denen einige Studenten und einige Musiker waren. Sie kamen oft in sein Café und brachten manchmal ihre Gitarren mit. Ab und zu ließ George sie spielen und anschließend einen Hut rundgehen. Er mochte Musik gern.

Begeistert nickte er, als Matt die Divinity Road erwähnte. Doch als er nach der Hausnummer fragte, zeichnete sich Bestürzung auf seinem Gesicht ab. Er hatte wirklich keinen blassen Schimmer.

Matt mußte an sich halten. Er war schon so nahe dran gewesen. George hatte Adam so treffend beschrieben, als säße er an einem der Tische hier. Und jetzt wieder kein Glück. Er war nicht weitergekommen als Ally.

Plötzlich sprang George auf und öffnete die Tür hinter dem Tresen. »Ariadne!« brüllte er die Treppen hinauf. »Meine Tochter«, fügte er erklärend hinzu. »Sie ist mit einem von den Musikern befreundet. Ein Rüpel, deshalb habe ich ihr verboten, sich weiter mit ihm zu treffen.«

Aus der Tür trat ein schlankes, junges Mädchen mit langem, dunklem Haar und geraden schwarzen Augenbrauen. Sie trug ein hübsches Sommerkleid und sah ganz anders aus als die Typen, die sich mit Adams Freunden herumtrieben. Als sie Matt erblickte, stutzte sie.

»Ariadne, Mr. Boyd sucht seine Tochter. Er glaubt, sie ist bei Adam, dem hochgewachsenen Jungen, der nur Lederklamotten trägt, der Freund von deinem Freund. Weißt du, in welchem Haus sie wohnen?«

Das Mädchen blickte mißtrauisch, so als würde sie sich zwangsläufig seinem zypriotischen väterlichen Zorn ausliefern, wenn sie ihm die Information gab, die er verlangte.

Zu Matts übergroßer Erleichterung schien George ihre Sorge zu ahnen. »Ich werde nicht böse, wenn du es mir sagst. Es geht um eine wichtige Sache.«

Das Mädchen wägte einen Moment die ewige Loyalität von Kindern gegenüber den Eingriffen ihrer Eltern ab und ebenso die Aussichten, ob ihr Musiker sie noch einmal einlud. Sie waren ziemlich schlecht.

»Okay«, sagte sie zu Matt gewandt. »Hausnummer 38, gleich neben dem Pub. Soll ich mitkommen und es Ihnen zeigen?«

Halb ging, halb lief Matt den Weg zur Divinity Road zurück. Er brauchte keine Hilfe. Mittlerweile war er die Straße oft genug rauf- und runtergegangen.

Vor dem unattraktiven Gebäude mit der Hausnummer 38 blieb er stehen. Obwohl die Sonne wunderbar schien, waren einige der Vorhänge fest zugezogen. Die Fenster im Keller und im Erdgeschoß waren immer noch mit Brettern vernagelt und offensichtlich hatte man nur ein paar entfernt, um hineinzukommen. Der größte Teil der Eingangstreppe wurde von einem Motorrad beansprucht, das in seine Einzelteile zerlegt war. Aus einem der oberen Räume dröhnte laute Musik. Oben auf einer Fensterbank zwitscherte ein Kanarienvogel fröhlich vor sich hin. Man kam sich fast vor wie irgendwo im Mittelmeerraum und nicht wie in Notting Hill. Die Luft war erfüllt von dem scharfen Geruch würziger afro-karibischer Speisen und den schwachen Ausdünstungen von verfaulendem Abfall.

Als Matt vor dem Haus stand, merkte er erst, wie nervös er war. Seine Handflächen klebten, und sein Atem ging in kleinen, schnellen Stößen, was mit seiner Anstrengung nichts zu tun hatte. Was, wenn sie gar nicht da war? Oder wenn Adam ihn nicht hereinließ?

Auf diesen Moment hatte er sich gedanklich überhaupt nicht vorbereitet.

Er nahm mehr Mut zusammen, als er in seinen zwanzig Jahren beim Fernsehen gebraucht hatte, und zwang sich, auf die Klingel zu drücken.

Es blieb still. Nach ein paar Minuten klingelte er noch mal. Diesmal hörte er von ferne Geräusche und dann jemanden die Treppe hinunterkommen.

Schließlich ging die Tür einen Spalt breit auf, und ein mißtrauischer, langhaariger Jugendlicher linste heraus. Es war nicht Adam. Widersinnigerweise fühlte Matt sich erleichtert. Vielleicht hatte er ja das falsche Haus erwischt.

Der junge Mann musterte ihn genau. »Hey, sind Sie nicht dieser Typ aus der Glotze?« Er ließ seinen Blick schweifen, um festzustellen, ob diese Situation nicht irgendwie arrangiert war und jeden Moment ein Kamerateam angerauscht kam und verkündete, sie wären live im Fernsehen und Millionen von Menschen würden ihnen gerade zusehen.

»Ja, ich bin dieser Typ aus der Glotze. Wohnt Adam zufällig hier?«

Der Junge taxierte ihn genau und zuckte mit den Achseln. Dann drehe er sich um und schrie »Adam! Hier ist jemand, der dich sprechen will.«

Während Matt an der Türschwelle wartete, mußte er sich eingestehen, daß er noch nie in seinem Leben solche Angst verspürt hatte.

32. *Kapitel*

Bald darauf hörte Matt auf der Holztreppe das Stapfen von schweren Stiefeln. Wenig später erschien Adam an der Tür. Er äugte argwöhnisch hinaus.

»Mr. Boyd.« Zu Matts Überraschung klang er fast respektvoll. »Hallo.«

»Hallo, Adam.« Matt beschloß, daß neutrale Freundlichkeit in dieser Situation das Beste war. »Ist Janey hier?«

»Ja, ich...« Ziemlich untypisch für Adam, verlor er für einen Augenblick seine Selbstsicherheit. »Ich... ich gehe sie holen.«

Er verschwand wieder in dem dunklen Haus und ließ Matt an der Tür stehen. Matt war aufgeregt und fühlte sich innerlich zerrissen. Was wäre, wenn Janey sich weigerte, mit ihm nach Hause zu kommen? Er mußte sich ermahnen, jetzt nicht den viktorianischen Vater zu spielen. Hier ging es nicht um seine Autorität, sondern um Janeys Sicherheit und Glück.

Dieselben Stiefel stapften wieder die Treppe hinunter. Adam kam allein. Vielleicht würde er Matt hereinbitten.

»Schauen Sie... Mr. Boyd...« Auf Adams weißen Gruftiebakken zeichnete sich Verlegenheit ab. »Es tut mir leid, aber sie will Sie nicht sehen. Sie sagt, sie fühlt sich hier glücklich.« Er drehte sich langsam wieder weg, allerdings nicht ohne den schmerzhaften Ausdruck in Matts Gesicht zu sehen. Deshalb fügte er noch lahm hinzu: »Ich habe versucht, sie zu überreden. Leider will sie wirklich nicht.«

Behutsam schloß er die Tür und ließ Matt zum drittenmal davor stehen.

Wütend stürmte Matt die Stufen hinab. Undankbares Pack! Wie konnten sie es wagen, ihn einfach wegzuschicken? Auf der gegenüberliegenden Straßenseite erblickte er einen schäbigen Waschsalon. Dort würde es zumindest ein Telefon geben, so daß er Ally anrufen und ihr sagen konnte, daß Janey in Sicherheit war.

Im Gegensatz zu dem abweisenden Äußeren war es im Waschsalon picobello sauber. Der Geruch von Wäsche und Waschpulver rief Erinnerungen an seine Kindheit wach, eine Zeit, in der alles noch so überschaubar und sicher gewesen war. Wirklich? Was war mit den Träumen seiner Mutter gewesen, die sie im Keim erstickt hatte, während sie die Hemden seines Vaters durch die Mangel schob?

Er ließ sich auf die Bank fallen und sog die warme, nach Sauberkeit riechende Luft gierig ein, dankbar, daß niemand außer ihm da war. Er hatte so viel Mist gebaut. Hatte Ally falsch eingeschätzt und seine Ehe verpfuscht, hatte seine Tochter so weit gebracht, daß sie weglief und nicht mehr mit ihm reden wollte. Und heute würde er sich wahrscheinlich den letzten Sargnagel verpassen, das Ende seiner Karriere. Glücklicher Matt Boyd.

Als die Tür hinter ihm aufging, blickte er in der absurden Vorstellung, es könnte Janey sein, auf. Statt dessen schaute er in das Gesicht einer zierlichen Asiatin. Mitten auf ihrer Stirn leuchtete ein roter Punkt, und unter ihrem blauen Nylonmantel trug sie einen Sari. Sie lächelte ihn an und begann, eine prall mit Wäsche gefüllte Tragetasche in eine der Maschinen zu entleeren.

Matt erhob sich und suchte in seinen Taschen nach Kleingeld. Ally nahm beim dritten Läuten ab. Sie war gerade nach Hause gekommen, hatte sich geduscht und fühlte sich trotz der Sorgen inzwischen wieder wohler.

»Ich bin's. Ich hab' sie gefunden. Es war die Nummer 38.«

»Matt, das ist ja wunderbar!« Allys Stimme überschlug sich fast vor Erleichterung und Freude.

»Ally, sie wollte mich nicht sehen.« Schmerz sickerte durch seine Stimme. »Sie hat mich nicht mal reingelassen.«

»O Matt, wie entsetzlich. Aber immerhin ist sie sicher. Jetzt brauchen wir uns wenigstens keine Sorgen mehr zu machen. Vielleicht ändert sie in ein oder zwei Tagen ihre Meinung.« Ally wünschte, sie wäre bei ihm. »Matt, wo steckst du jetzt? Jess hat mir erzählt, daß schon den ganzen Tag Vorschauen auf deine Show gezeigt werden. Schaffst du es rechtzeitig zurück?«

Matt blickte auf seine Uhr. Ihm blieb noch fast eine Stunde. »Ja, das geht gut. Ich melde mich später noch mal.«

»Matt?«

»Ja?«

»Danke, daß du gesucht hast. Ich weiß, wieviel es dich gekostet hat.«

Matt zuckte mit den Achseln. »Sie ist ja auch meine Tochter. Und ich liebe sie.«

»Das weiß ich. Ich weiß, wie sehr du sie liebst.« Ihre Stimme klang unendlich traurig.

Als sie sich voneinander verabschiedeten, fiel ihm ein, daß er auch Belinda anrufen und sie beruhigen sollte. Sie würden sich bei Century vor Angst in die Hosen machen. Doch gerade, als er den Hörer erneut abnehmen wollte, ging bei Nummer 38 die Haustür auf, und eine Gruppe von schwarzgekleideten jungen Leuten strömte auf den Bürgersteig. Unter ihnen waren auch Janey und Adam. Sie lachten. Er brauchte erst gar nicht zu fragen, worüber.

Adam beugte sich hinab, so daß sein langes, schwarzes Haar wie ein Vorhang vor Janeys Gesicht fiel, und küßte sie. In leidenschaftlicher Umarmung führten die beiden ihre Zärtlichkeiten fast eine Minute lang fort, während die anderen jubelten.

Matt spürte eine so starke Wut und Eifersucht in sich hochsteigen, daß es ihm beinahe körperlich wehtat.

Während er sie weiter beobachtete, kam noch ein Jugendlicher heraus und donnerte die Haustür zu. Dann setzte sich die Gruppe lachend und pfeifend in Bewegung.

Wie er so in der warmen Geborgenheit des Waschsalons stand, schoß ihm plötzlich eine Idee durch den Kopf. Es war ein total verrückter und zudem gefährlicher Einfall, doch Matt konnte nicht anders. Was hatte es mit Adam und dem Leben, das er Janey bieten konnte, auf sich, daß sie ihren Eltern mit allem, was sie ihr gegeben hatten, den Rücken kehrte?

Er würde einbrechen und nachsehen.

»Roy«, rief Belinda zur Teebar von Studio drei herüber, »ist Meredith Morgan schon da?«

Roy schnappte sich sein Klemmbrett und kam zu ihr herüber. »Die Lady und ihr Gefolge – und ich meine wirklich Gefolge, sie hat nämlich ihren PR-Mann, ihre eigene Maskenbildnerin *und* ihren Presseagenten mitgebracht – sind gerade am Empfang eingetroffen. Ich gehe jetzt gleich zu ihnen. Offensichtlich braucht Meredith die ganze volle Stunde in der Maske.«

Belinda saß in ihrem Stuhl hinter der Schalttafel und versuchte, die wilde Panik, die in ihr aufstieg, zu verbergen. Ihnen blieb nur noch eine knappe Stunde, und bis jetzt hatte es nicht das kleinste Lebenszeichen von Matt gegeben. Es wimmelte von Presseleuten und dann noch Meredith selbst. Belinda lief es eiskalt den Rücken herunter. Es war schon eine Sensation, wenn eine Hollywood-Legende wie sie überhaupt auftrat. Meredith Morgan machte kaum Talkshows. Sie war zu reich, zu berühmt und zu exzentrisch, um weiter auf Publicityjagd zu gehen. Sie hatte nur deshalb zugesagt, weil sie Matt so gern mochte. Wie, zum Teufel, sollte Belinda ihr erklären, daß sie 10000 Kilometer weit gereist und Matt jetzt nirgendwo aufzutreiben war?

Matt überquerte die Straße. Die Gruppen von Jugendlichen, die tagsüber vor den Häusern gehockt hatten, waren jetzt, wo es kühler geworden war, verschwunden.

Zwei Stufen auf einmal nehmend, stürmte er die Treppe zu Nummer 38 hinauf. Er konnte selbst nicht glauben, daß er seinen Ruf, seine ganze Karriere wegen einer spontanen Eingebung riskierte. Er wußte nur, daß er den Ort, den Janey ihm verweigerte, unbedingt sehen mußte. Es war, als ob dort die Lösung des Rätsels auf ihn wartete, wie er sie zurückgewinnen konnte.

Unruhig blickte Matt sich um, vergewisserte sich, daß niemand ihn beobachtete, und warf sich mit der Schulter gegen die Tür. Sie sprang zwar nicht auf, aber er spürte, daß sie in dem billigen Schloß leicht nachgab. Beim zweiten Mal rannte er dagegen, und sie gab ein bißchen mehr nach. Beim dritten Versuch splitterte das morsche Holz, und die Tür sprang auf. Wenngleich er soeben eine kriminelle Handlung begangen hatte, versuchte er, ruhig zu bleiben. Er wollte sich nur umsehen, nichts stehlen.

Auf der gegenüberliegenden Straßenseite war ein junger Mann gerade dabei, seine Gitarre in einen ziemlich ramponierten Lieferwagen zu verstauen. Er schaute Matt neugierig zu. Er spielte in der gleichen Band wie Joe, einer von Adams Freunden. Er stieg in den Wagen und startete.

Matt schritt über die Schwelle. Er betrat einen dunklen Flur, der mit alten Zeitungen ausgelegt war und zu einem zur Straße gelegenen großen Zimmer führte. Er schaute hinein. Die Dielenbretter waren nackt, und es gab nur hier und da noch Stückchen von gemustertem Teppichboden. Vier oder fünf alte Matratzen, wie Futons gebogen, einige mit indischen Tagesdecken bedeckt, waren gegen die Wand geschoben worden und dienten als Sofas. Die Wände waren in grellen Farben bemalt. Anscheinend hatte sich jeder, der das Bedürfnis dazu verspürte, mit einem persönlichen Kunstwerk verewigt. Überall standen Aschenbecher herum, die von verdächtig aussehenden Kippen überquollen.

Zwei Straßenzüge weiter erblickte der junge Mann mit dem Lieferwagen die Gruppe um Adam und Janey. Vergnügt schlenderten sie die Straße in Richtung George's Café herunter.

»Hey, Joe!« schrie er seinem Freund zu. »Ich habe gerade irgendeinen Opa bei euch einbrechen sehen.«

Die jungen Leute blieben stehen und blickten sich gegenseitig an.

Joe lachte. »Der kann sich ruhig bedienen. In meinem Zimmer ist nichts zu holen.«

Adam fluchte. »Aber bei mir. Ich habe jahrelang für meine Gitarre gespart, und ich denke nicht daran, sie von irgendeinem fertigen Typen für ein paar Mark verscheuern zu lassen, bloß weil er den nächsten Schuß braucht.«

Er drehte sich um und wollte in Richtung Divinity Road davoneilen.

Ängstlich packte ihn Janey am Arm. »Geh nicht allein, Adam. Du weißt, was hier los ist.«

»Also, wer kommt mit?«

Keine Freiwilligen. Kurz vorher hatte Janey einen Polizeiwagen Streife fahren sehen. Während sie noch sprachen, tauchte er langsam wieder auf. Sie winkte ihm.

Der Polizist stoppte und steckte seinen Kopf aus dem Fenster.

»Herr Wachtmeister«, sagte Janey mit ihrer besten Surrey-Debütantinnenstimme, »soeben ist jemand in unser Haus eingebrochen. Wir glauben, daß sie gerade drin sind.«

Der Polizist überlegte kurz, wägte das Risiko, jemanden in dieser Gegend festzunehmen, gegen den Nervenkitzel ab, jemanden auf frischer Tat zu ertappen. Die Aufklärungsrate von Verbrechen war hier katastrophal, und der junge Polizist war noch nicht lange dabei. Er beschloß, daß es die Sache wert war, und öffnete die Wagentür. »Spring rein.«

»Du gehst mit den anderen zu George's.« Adam winkte Janey. »Ich komme später nach.«

Matt fuhr zusammen und lauschte erschreckt. Von oben drangen Geräusche herunter. Es mußte noch jemand da sein. Er wandte sich rasch zur Tür. Plötzlich wickelte sich etwas um seine Beine. Fast hätte Matt laut gelacht. Es war eine Katze.

Er mußte über seine eigene Angst schmunzeln. Wieder ging er den Flur entlang. Neben dem Wohnzimmer befand sich eine kleine Küche. Ein Stapel mit Resten von indischen Schnellgerichten, die immer noch in den Schachteln lagen, stand auf dem Ablaufbrett. Kochen gehörte ganz offensichtlich nicht zu den Hobbies dieser WG.

Matt ging nach oben. Er schätzte, daß es in einem Haus von dieser Größe mindestens fünf oder sechs Schlafzimmer geben mußte. Er öffnete die erste Tür nach dem Treppenabsatz. Der Geruch eines ungemachten Bettes und von muffigem Schweiß schlug ihm entgegen. Doch es gab nichts, was er mit Janey in Verbindung bringen konnte. Während er auf die nächste Treppe zuging, fragte er sich, was er hier eigentlich suchte. Er wußte es nicht.

Auf der zweiten Ebene gab es drei weitere Zimmer. Eines davon mußte Adams sein. Er öffnete eine andere Tür. Inzwischen hatte er sich an die abgestandene Luft gewöhnt. Wie üblich bestand das Bett aus einem Durcheinander von schmutziger Bettwäsche. Klamotten lagen auf dem Boden verstreut. Neben der Matratze stand ein Aschenbecher, randvoll mit Zigarettenstummeln, und mittendrin lagen zwei benutzte Kondome. Matt riß sich zusammen. Ob dies Adams Zimmer war?

In der Ecke neben dem dreckigen Fenster stand ein geöffneter Koffer. Ein Gewirr von Frauenklamotten quoll heraus. Matt beugte sich hinunter. Nichts davon sah nach Janey aus. Absurderweise fühlte er sich erleichtert, und wußte doch gleichzeitig, wie lächerlich er sich benahm. Natürlich schliefen die beiden miteinander. Der nächste Raum lag noch mal eine halbe Treppe höher. Mit angehaltenem Atem öffnete Matt die Tür und blieb einen Moment lang wie angewurzelt auf der Schwelle stehen.

Dieses Zimmer war ganz anders als die anderen. Es war winzig, sauber und strahlte Persönlichkeit aus. Statt des blanken Bodens gab es hier einen alten Teppich, der zusätzlich noch mit staubigen türkischen Brücken bedeckt war, deren Farben zwar ausgeblichen, aber immer noch erkennbar waren. An den Wänden hingen exotische Stoffbahnen, die über dem Bett zu einem romantischen Zelt zusammengebunden waren. Neben dem Bett stand eine Jugendstillampe, die von einem Schal abgedunkelt wurde.

In der Nähe des Fensters erblickte er gegen einen Stuhl gestützt eine akustische Gitarre. Vorsichtig ging er hinüber. Er fühlte sich wie ein Eindringling. Neben der Gitarre lag ein Block. Er nahm ihn in die Hand. Ein Liebeslied. Zwar erkannte er die Schrift nicht, aber die Worte sprangen ihm sofort in die Augen. Es war ein Lied für Janey.

Während er den Text las, wehte plötzlich eine Bö durch das offene Fenster und wirbelte einige Blätter vom Tisch. Als er sie aufhob, um sie wieder an ihren Platz zu legen, bemerkte er, daß der Tisch zu einem Behelfsschreibtisch umfunktioniert worden war. Darauf lag Janeys Exemplar von T. S. Eliot und ein Prospekt von der Sussex Universität. Verblüfft starrte Matt auf die Unterlagen.

Daneben stand eine knallbunte Karte aus der Serie »Liebe ist...« Ein kleiner dicker Junge hielt einem kleinen dicken Mädchen ein Herz hin. »Liebe ist... Einfach dazusein.« Matt öffnete die Karte und erkannte Janeys Handschrift. »Für Adam«, hatte sie geschrieben. »Danke, daß du da bist, wenn alle anderen weg sind.«

Matt spürte, wie der Schmerz ihm die Kehle zuschnürte. Die Tränen schossen ihm in die Augen. Es war so banal und gräßlich, aber Janey hatte recht. Sie hatten sie mit Liebe und materiellen Dingen überhäuft. Aber sie waren nicht in der Lage gewesen, ihr das, was sie wirklich wollte, zu bieten: Sicherheit.

Und genau die hatte Adam ihr auf eine ungewöhnliche und unerwartete Weise geboten. Matt stand so gedankenverloren mit der Karte in der Hand da, daß er die Fußtritte auf der Treppe nicht wahrnahm.

Plötzlich ging hinter ihm die Tür auf. Er schoß herum. Vor ihm stand Adam. Und über seine Schulter blickte ein Polizist, auf dessen Gesicht sich eine komische Verblüffung abzeichnete.

»Wo ist er, verdammt noch mal?« brüllte Ritchie Page, der wie eine Bombe in den Regieraum platzte. In Wirklichkeit war er hocherfreut, doch das wollte er sich auf gar keinen Fall anmerken lassen. »Den ganzen Tag über haben wir die Vorschau auf diese Scheiß-Show laufen lassen. Die halbe Londoner Journaille ist eingetrudelt, und jetzt wollt ihr mir erzählen, daß Matt auf die schwachsinnige Idee gekommen ist, nach seiner verlorenen Tochter zu suchen?«

»Ich weiß, ich weiß.« Belinda versuchte die Ruhe zu bewahren. Das war die einzige Möglichkeit, die nächste Stunde überhaupt lebend zu überstehen. »Aber das Studio hält eine Ersatzsendung bereit.« Das würde sie Matt nie verzeihen. Er zerstörte ihre Karriere ebenso wie seine eigene. In fünfundvierzig Minuten würde die Show beginnen. Mit der Drohung, daß sie beide ihren Schreibtisch noch heute ausräumen könnten, wenn Matt nicht rechtzeitig wieder auftauchte, stürmte Page aus dem Büro. Belinda fragte sich, wieviel Zeit ihr noch blieb, bis sie Meredith Morgan reinen Wein einschenken mußte.

Matt blickte die beiden Männer sprachlos an. Ihm fiel nicht eine einzige vernünftige Erklärung ein, warum er hier stand.

Glücklicherweise kam Adam ihm zuvor.

»Matt!« rief er und ging auf ihn zu, als ob er nichts anderes erwartet hatte, als Großbritanniens berühmtesten Talkshowmaster in seinem Schlafzimmer anzutreffen.

Adam drehte sich zu dem verdutzten Polizisten um. »Mr. Boyd ist der Vater meiner Freundin. Wir hatten ihn gebeten, vorbeizukommen. Janey sollte einen Schlüssel für ihn hinterlegen. Sie muß es vergessen haben. Sie wissen ja, wie Frauen sind.«

Der Wachtmeister, ein neunzehnjähriger Grünschnabel, der noch bei seiner Mutter lebte, nickte weise. Er war erleichtert, daß sie keinen drogensüchtigen Einbrecher festnehmen mußten.

Endlich fand Matt seine Sprache wieder. »Ich hatte keine Lust, stundenlang draußen zu stehen. Deshalb habe ich es ein bißchen übertrieben. Ich bezahle die Tür natürlich.« Er griff zu seiner Brieftasche.

»Läuft heute abend nicht Ihre Show?« fragte ihn der junge Polizist verwundert. »Ich habe unten an der U-Bahn-Station die Werbung gesehen.«

»Allmächtiger!« Erschreckt blickte Matt auf seine Uhr. »Wir gehen in fünfundzwanzig Minuten auf Sendung.«

»Ich mach' Ihnen 'nen Vorschlag«, sagte der Polizist, dessen Mutter eine von Matts größten Fans war. »Wollen Sie 'ne Mitfahrgelegenheit in meinem Streifenwagen? Sie werden entschieden schneller da sein, das verspreche ich Ihnen.«

Matt grinste. »Ich wollte immer schon mal mit Blaulicht ins Studio gebracht werden.« Er streckte Adam seine Hand entgegen. »Vielen Dank.«

»Ich komme mit. Janey kann ich vom Studio aus anrufen«, erwiderte Adam hartnäckig. Matts ausgestreckte Hand ignorierend, gestikulierte er in Richtung Tür. »So was lasse ich mir doch nicht durch die Lappen gehen.«

33. Kapitel

»Senderaum, noch fünfzehn Minuten«, gab die Produktionsassistentin warnend bekannt, ohne den Blick von ihrer Liste mit den Kameraeinstellungen zu nehmen.

Belinda drehte sich um und sah Bernie hinter sich stehen. Der hatte ihr gerade noch gefehlt. »Was, zum Teufel, willst du denn hier?« fauchte sie ihn an. »Mir zu meinem Untergang gratulieren? Dafür mußt du dich hinten anstellen.«

Dieses eine Mal blickte Bernie mitfühlend. »Ich habe gehört, daß Matt sich unerlaubt von der Truppe entfernt hat, und habe mir gedacht, vielleicht könnt ihr meine Hilfe irgendwie brauchen.«

Belinda schaute auf die Uhr an der Wand des Regieraums und fuhr sich mit den Fingern durch die dunklen Haare. »Nur, wenn du zaubern kannst.«

»Wann willst du Meredith Morgan beibringen, daß er noch nicht wieder zurück ist?« Er merkte, daß sie die Hiobsbotschaft bis zur allerletzten Sekunde zurückhielt. Dieses eine Mal bewunderte er sie aufrichtig. Da sollte noch jemand sagen, daß diese Frau keine Nerven hatte.

»In fünf Minuten. Ihren Agenten habe ich mit irgendeinem Mist abgespeist, von wegen, daß Matt mit seinen Gästen nicht vor der Sendung zusammentreffen will, um die Spontaneität nicht zu verderben. Aber langsam wird er mißtrauisch.«

Belinda warf einen flüchtigen Blick auf den mahagonifarbenen Zwerg hinter ihr, der Meredith durch die letzten vierzig Jahre ihres Stardaseins geführt hatte. Er sah alles andere als glücklich aus.

»Und was passiert, wenn Matt es nicht schafft?«

»Das Studio hat eine Reserveshow eingelegt. Sie werden dann so eine Entschuldigung wie ›höhere Mächte‹ präsentieren.«

»Wie nimmt Page die Sache auf?«

»Er tut so, als ob er wütend wäre, aber in Wirklichkeit freut er sich diebisch.«

»Noch zehn Minuten bis zur Sendung«, erinnerte die Produktionsassistentin.

Belinda stieß einen Seufzer aus und zog sich selbst hoch. »Es wird Zeit, daß ich Meredith die Wahrheit beibringe.« Sie schüttelte Bernie die Hand. »War nett, daß du da warst.«

Ritchie Page saß strahlend in seiner Bürosuite und verkündete Danny Wilde am Telefon, daß der Vertrag aufgesetzt sei und am nächsten Tag per Boten zu seinem Agenten gebracht würde.

Mit der Fernbedienung schaltete Page den riesigen Fernsehapparat an, der in einer Ecke seines Büros stand.

»Wenn Sie jetzt den Century-Sender einschalten, Dan, dann können Sie live miterleben, wie Matt Boyd seine eigene Sondersendung verpaßt und vor den Augen von neun Millionen Zuschauern seinen Vertrag mit uns bricht.« Page konnte sein Glück immer noch nicht ganz fassen.

Es war alles viel besser gelaufen, als er je zu hoffen gewagt hatte. Die Ehe der Boyds war im Eimer, die Tochter abgehauen, und jetzt fehlte Matt auch noch bei seiner eigenen Show. Erst vor wenigen Tagen hatte Page sich dazu durchgerungen, Matt auszuzahlen, statt darauf zu warten, daß er kündigte. Doch das brauchte er jetzt nicht mehr. Es gab nichts, was Ritchie Page mehr freute, als ein paar Millionen Pfund zu sparen. Außer vielleicht, Matt Boyd zu ruinieren.

Jock Wilson, der Wachmann, der an diesem Abend am Eingang von Centurys Tiefgarage Dienst schob, dachte, daß der Polizeiwagen, der mit kreischenden Bremsen auf ihn zuschoß, etwas mit der Polizei-Serie zu tun haben mußte, die die Spielfilmabteilung gerade drehte. Ein echtes Polizeiauto würde kaum mit dieser Geschwindigkeit direkt auf die Schranken zurasen. Zu seiner großen Verwunderung entdeckte er Matt Boyd auf dem Beifahrersitz und konnte einen Unfall gerade noch vermeiden, indem er die Schranke blitzschnell hochriß.

»Danke, Jock!« brüllte Matt ihm zu, als er aus dem Wagen stürzte und die Treppen zu den Studios hinaufrannte.

»Noch fünf Minuten bis zur Sendung.« Die Produktionsassistentin kontrollierte ihre Stoppuhr. Der Countdown lief. »Senderaum, bitte Ruhe.«

Während Belinda in Richtung Studio schritt, wünschte sie sich, sie hätte Meredith Morgan nicht gebeten, für die Eröffnungseinstellung zu posieren. Sie erhob ihre Hand und bat um Aufmerksamkeit. »Meine Damen und Herren, sehr geehrte Meredith Morgan, ich habe Ihnen eine Mitteilung zu machen...«

Belinda wurde unterbrochen. Hinten im Studio brach ein Spektakel aus. Dicht gefolgt von einem hochgewachsenen jungen Mann mit pechschwarzem Haar kam Matt.

»Herrgott Sakrament!« brüllte der Regisseur. »Er hat's geschafft.« Belinda schnappte sich jemanden vom Ton. »Schnell. Steckt ihm das Mikro an!« bellte sie.

»Noch drei Minuten bis zum Vorspann«, kündigte die Produktionsassistentin an. Ihre Augen waren so groß wie Suppentassen. So etwas war ihr in ihren gesamten fünfzehn Fernsehjahren noch nicht untergekommen.

Das Publikum blickte verwirrt drein. Plötzlich ließ Meredith Morgan ein langes, tiefes Lachen erschallen. »Holla«, knurrte sie beeindruckt mit ihrer Sex-zum-Frühstück-Stimme, »das war aber ein Auftritt.«

»Danke.« Matt küßte sie auf die Wangen und sauste auf seinen Platz. »Pünktlichkeit war noch nie meine Stärke.«

Belinda flitzte zurück zur Regie, und während die Titelmusik einsetzte, begann Matt, die witzige Beschreibung von Merediths Filmkarriere, ihren acht Ehen und der Tatsache, daß sie Millionen an Immobilien verdient hatte, zu lesen.

»Oh, mein Gott!« Belinda riß es fast vom Stuhl. »Er hat seine Fragen nicht. Er kann keine ganze Stunde aus dem Stegreif bestreiten.«

»Doch, das kann er.« Belinda schnellte herum. Bernie Long stand immer noch da. »Jetzt wirst du sehen, warum Matt Boyd der Beste ist, den es gibt.«

Belinda ließ sich wieder in ihren Stuhl zurückfallen. Sie wußte, daß sie absolut nichts mehr tun konnte. Matt trug nicht mal einen Ohrstöpsel. Er war jetzt vollkommen auf sich allein gestellt.

Janey saß besorgt in George's Café und überlegte, ob sie wegen Adam und dem Einbruch bei der Polizeiwache anrufen sollte. Er sollte längst wieder zurück sein. Von den anderen schien sich keiner Sorgen zu machen. Sie waren viel zu sehr damit beschäftigt, aufs Fernsehen zu starren und brachen in johlendes Gelächter aus, als Georges Lieblingsseifenoper aus den Lautsprechern plärrte.

Hinter der Theke läutete das Telefon. Janey sah, wie Ariadne zu George herübergestikulierte und dann auf sie zeigte. Sie rannte fast hin, mußte sich ihren Weg an Bergen von schmutzigen Tellern vorbei bahnen, die darauf warteten, in die Spülmaschine geräumt zu werden. Es war offensichtlich, daß George seine Gäste nicht ermunterte, das Telefon zu benutzen.

»Adam, Gott sei Dank. Ich habe mich halb zu Tode gesorgt.« In Gedanken hatte sie ihn schon in einer Blutlache liegen sehen, mit einer Kugel im Kopf, die ihm irgend so ein vollgekiffter Verrückter verpaßt hatte. »Was ist passiert? Bist du jetzt bei der Polizei?«

Adam grinste. »Nein. Eigentlich bin ich bei Century im Fernsehstudio.«

Janey glaubte ihren Ohren nicht zu trauen. »Was, um alles in der Welt, machst du denn da?«

»Ich bin bei deinem Vater. Er ist gerade auf Sendung gegangen.« Ungläubig lauschte Janey seinen Worten. »Du solltest dir die Show ansehen. Sie wird phantastisch. Ich muß jetzt Schluß machen. Warum gehst du nicht nach der Sendung zurück in die Divinity Road? Mach dir keine Sorgen, es war kein Einbrecher. Ich erklär's dir, wenn ich wiederkomme. Ich liebe dich.«

Janey hörte, wie es klick machte. Verwirrt starrte sie auf den Hörer. Was ging hier eigentlich vor, verdammt noch mal? Was hatte Adam bei Century zu suchen? Es ergab überhaupt keinen Sinn.

»Schauen Sie mal, Miss Boyd!« schrie George begeistert. »Ihr Vater ist im Fernsehen. Und die Dame mit den vielen Ehemännern.« Er winkte sie herüber. Matt mußte sie bereits gefunden haben, überlegte George, doch offensichtlich hatte sie nicht mit ihm gehen wollen. Englische Männer gingen zu sanft mit ihren Kindern um. Er würde sich von seiner Tochter so einen Blödsinn nicht bieten lassen.

Janey legte den Hörer auf und blickte zur Wand, an der das Fernsehgerät angebracht war. Sie hatte überlegt, wie sehr es ihren Vater aus der Fassung bringen würde, daß sie sich weigerte, ihn zu sehen. Offenbar war er wieder zur Tagesordnung übergegangen.

Sie ließ sich auf einen Stuhl plumpsen, der unter dem Apparat stand, so daß es fast unmöglich war, etwas zu sehen.

Ally und Jess saßen händchenhaltend auf dem Sofa im Wohnzimmer, als die bekannte Titelmusik der *Matt-Boyd-Show* ertönte. Belinda hatte Ally unmißverständlich zu verstehen gegeben, was es bedeutete, wenn Matt es nicht mehr rechtzeitig zur Show schaffte. Und so, wie Ally Ritchie Page kennengelernt hatte, wußte sie nur zu gut, daß Belinda recht hatte.

Als die Musik langsam ausklang, hielten beide den Atem an. Und als die Kamera herüberschwenkte und bei Matt stehenblieb, stießen sie einen Jubelschrei aus. Jess sprang sogar vom Sofa und führte einen Cancan auf. Er hatte es geschafft. Wenn er auch Janey nicht hatte überzeugen können, nach Hause zurückzukehren, so wußten sie jetzt doch zumindest, daß sie nicht durch die Straßen zog und daß er rechtzeitig im Studio gelandet war. Ally sah ihm verwundert zu. So, wie er sich gab, witzig und cool, könnte man nie darauf schließen, unter welch ungeheuer starkem Druck er in den letzten drei Stunden gestanden hatte.

Jess hörte auf zu tanzen und musterte ihren Vater. »Soll ich dir mal was sagen, Mum?« Sie setzte sich wieder neben ihre Mutter, während Matt und Meredith Morgan sich gegenseitig die Bälle zuspielten. »Er wirkt so, als ob er richtig Spaß hätte.«

Ritchie Page saß immer noch in seinem Büro und telefonierte mit Danny Wilde. Er hatte den Ton leise gestellt und sich in seinem Drehstuhl so gedreht, daß er die Füße auf den Schreibtisch legen konnte. In dieser Position verhandelte er am liebsten.

Ritchie war gerade dabei, Danny zu erklären, warum er sich von seinem Agenten wegen der Wiederholungshonorare nicht bevormunden lassen sollte, als Danny anfing zu lachen.

»Was ist denn daran so komisch?«

»Nichts.« Irritiert lachte Danny weiter. »Aber ich glaube, Sie sollten besser mal einen Blick auf Ihren Fernseher werfen.«

Page drehte sich um. Der Anblick riß ihm die Füße vom Tisch. Sein Blutdruck schoß in die Höhe, und ihm wurde leicht schwindelig. Matt Boyd hatte es geschafft, verflucht noch mal. Er stellte den Ton lauter, bis er das gesamte Büro erfüllte. Die Show lief hervorragend.

Zufällig erinnerte sich Matt noch genau an die Fragen, die er vorbereitet hatte und stellen sollte. Aber die Show amüsierte ihn derart, daß er nicht die geringste Lust verspürte, den Fragenkatalog herunterzubeten.

»Meredith, du hast eine absolut bemerkenswerte Karriere gemacht. Oskars und Anerkennungen, ein riesiges Immobilien-Empire. Doch dein Privatleben? Sieben Ehemänner, nicht wahr? Das klingt nach Leichtsinn.«

»Acht«, verbesserte Meredith Morgan ihn lebhaft. »Und der erste war der beste von allen. Diesen Mann habe ich wirklich geliebt.«

Fasziniert hörte Matt ihr zu. »Warum hast du dich dann von ihm scheiden lassen?«

Merediths künstlich bewimperte Augen glitzerten stärker als die Pailletten auf ihrer Halston-Robe. »Weil ich ihn im Bett erwischt habe – mit dem Chauffeur.«

Das Publikum explodierte vor Begeisterung.

»Aber eines habe ich von ihm gelernt. Heirate nie den Mann, den du liebst. Dann stört es dich auch nicht so sehr, wenn du dich von ihm scheiden lassen mußt. Übrigens«, sie tätschelte ihm das Knie, als ob er ein kleiner frecher Junge wäre, »hast du auf diesem Gebiet in letzter Zeit auch nicht besonders geglänzt, was ich so gelesen habe.«

Matt tat so, als ob er sein Gesicht in den Händen verstecken wollte, während die Zuschauer jubelten. »Meredith, eines muß ich dich einfach noch fragen.« Matt lehnte sich vor. Belinda bemerkte, daß alle anderen sich unwillkürlich ebenfalls nach vorne beugten. »Was ist mit deinem Alkoholproblem?«

»Alkoholproblem?« echote Meredith unschuldig. »Ich habe kein Alkoholproblem.« Sie machte eine kleine Pause. »Es sind die anderen, die Probleme mit dem Alkohol haben. Sie können einfach nicht mit mir mithalten.«

Das Publikum applaudierte stürmisch. »Aber im Ernst, Matt. Ich hab' die Trinkerei aufgegeben. Kein Wodka mehr, nicht mal mehr einen klitzekleinen Martini.«

Matt schaute ungläubig.

»Nur eine Flasche Champagner am Tag und keinen Tropfen mehr.«

Matt warf den Kopf in den Nacken und lachte herzhaft. Diese Frau war einfach göttlich. Zum Verlieben.

»Nun, Meredith, einige von unseren Zuschauern sind extra heute hergekommen, um dir ein paar Fragen zu stellen.«

»Na, dann mal los. Sie werden all das hören, was ich meinem Analytiker auch erzähle.«

»Okay, die Dame in blau, dritte Reihe von unten.« Er zeigte auf die betreffende Person, und der Tonmann eilte mit seinem Mikrofongalgen auf sie zu.

»Ich möchte gerne wissen, was Meredith über die Filmschauspieler von heute denkt. Sind sie so, wie die Stars früher waren?« Die Frau lief rot an und setzte sich wieder.

»Ich finde sie wunderbar, göttlich.« Meredith lächelte schalkhaft. »Ich wünschte nur, ich könnte mich an einen einzigen Namen erinnern.«

Eine Frau in der ersten Reihe hob die Hand. »Miss Morgan, gehe ich recht in der Annahme, daß Sie keine besonders hohe Meinung von den Männern haben?«

»Das brauche ich auch gar nicht, meine Süße. Weil sie sich nämlich selbst schon für die Größten halten.«

Bernie, der in der Regie hinter Belindas Stuhl stand, brüllte vor Lachen. »Ich muß schon sagen, sie ist in erstklassiger Stimmung. Wie lange haben wir noch?«

»Fünf Minuten«, antwortete die Produktionsassistentin.

Belinda ließ ihren Blick über die Gesichter der abgehärteten Profis im Regieraum schweifen. Sie alle starrten fasziniert auf Matt. Es war ein großartiges Gefühl.

»Eine Frage noch aus dem Publikum, und dann zurück zu Matt«, wies Belinda den Studioleiter an.

Matt überflog die mehr als hundert Zuschauer und entschied sich dann für eine muntere alte Dame in der zweiten Reihe.

»Miss Morgan, Sie haben acht Ehemänner gehabt, und sie scheinen an allen Freude gehabt zu haben.«

»Nicht an allen«, verbesserte Meredith. »Ich habe mir schon meinen Teil an Idioten dabei eingefangen, das kann ich Ihnen versichern.«

»Aber«, fuhr die alte Dame unverzagt fort, »Sie haben keine Kinder. Mögen Sie Kinder nicht?«

»Noch drei Minuten bis zum Abspann«, erinnerte die Produktionsassistentin.

Jetzt veränderte sich die Atmosphäre in der Show. Während der folgenden dreißig Sekunden versank Meredith in Nachdenken. Für Belinda waren es die längsten dreißig Sekunden ihres Lebens.

»Was ist los?« platzte sie heraus. »Sag was, Matt!« Doch ehe er dazu kam, ergriff Meredith das Wort. »Also, wissen Sie, das ist nicht die ganze Wahrheit. Ich habe einmal ein Kind gehabt.«

Merediths Agent, der hinter Belinda auf der Besuchergalerie saß, sprang auf. Das gehörte ganz offensichtlich nicht zum normalen Repertoire für Talkshows.

»Ich war achtzehn und hatte eine phantastische Karriere vor mir. Das Kind hätte mich behindert. Deshalb habe ich es weggegeben.« Ein Raunen lief durch das Publikum. »Ich habe es nie mehr wiedergesehen. Und später, als ich dann Kinder wollte, stellte ich fest, daß ich keine mehr bekommen konnte.« Sie blickte die alte Dame im Publikum an. »Man kann es wohl die ausgleichende Gerechtigkeit nennen.« Von der witzelnden Person von vorhin war nichts mehr zu spüren. »Aber eines habe ich begriffen: Verglichen mit einem Kind, ist Erfolg ein Dreck.«

Matt saß da wie angenagelt. Sie konnte überhaupt nicht wissen, was ihm heute nachmittag passiert war.

Der Aufnahmeleiter gab Matt das Signal, daß sie noch zwei Minuten hatten. Er wollte Meredith Morgan gerade eine letzte Frage stellen, als ihn die Wirkung ihrer Worte erneut traf. Er wußte, was er tun wollte. Doch würde er den Mut dazu haben? Plötzlich schoß ihm das Bild von Ally, wie sie damals beim Telethon die Mutter umarmt hatte, deren Kind so krank war, durch den Kopf. Er hatte sie dafür bewundert, daß sie Gefühle zeigte, und gleichzeitig aber gewußt, daß er es nie können würde. Hier lag seine Chance.

Überraschenderweise drehte er sich von Meredith weg und schaute direkt in die Kamera.

»Meredith, du kannst gar nicht wissen, wie nahe mir deine Worte gehen.« Belinda warf Bernie einen Blick zu und zuckte mit den Achseln. Sie hatte keine Ahnung, was als nächstes kam, doch irgend etwas an Matt veranlaßte sie, sich aufrecht zu setzen.

»Was die Zuschauer nämlich nicht wissen, ist, daß ich heute beinahe meine Show verpaßt hätte. Man hätte ihnen gesagt, ich sei krank, doch in Wirklichkeit war ich unterwegs, um meine Tochter zu suchen.« Matt machte eine Pause. Im Zuschauerraum herrschte Totenstille. »Sie ist heute morgen weggerannt. Und weil sie mich nicht sehen wollte, habe ich die Tür des Hauses aufgebrochen, in dem sie untergeschlüpft ist.«

Ally schlug sich die Hand vor den Mund. Davon hatte Matt ihr kein Wort erzählt.

»Mein Gott!« brüllte der Regisseur Belinda an. »Was soll ich tun? Den Stecker rausziehen?«

Doch Belinda hörte ihm gar nicht zu. Sie starrte vollkommen gebannt auf Matt. Noch niemals hatte sie ihn im Fernsehen echte Gefühle zeigen sehen.

»Janey«, sprach er weiter. »Ich möchte dir einfach nur sagen, wie leid es mir tut. Wenn du nicht nach Hause kommen willst, gut, das mußt du entscheiden. Aber wir lieben dich. Wirklich.« Matt ergriff Merediths Hand. »Meredith, deine Worte hätten nicht treffender sein können. Kinder bedeuten mehr als jede Karriere.«

Janey glaubte ihren Ohren nicht zu trauen. Sie reckte den Kopf, um besser auf den Bildschirm schauen zu können.

»Da, sehen Sie nicht, wie sehr er Sie liebt!« George sprang auf. Tränen väterlichen Mitgefühls liefen ihm übers Gesicht, und er umklammerte Janeys Schultern.

Einen Moment lang verharrte Janey starr, dann schüttelte sie sich los. »Ja.« Sie drehte sich weg und schnappte ihre Lederjacke von der Stuhllehne. »Das war eine wunderbare Publicity-Nummer, nicht wahr? Um die Versöhnung mit der eigenen Tochter zu bitten. Er würde sie wahrscheinlich sogar am liebsten gleich vor der Kamera durchziehen. Das steigert die Einschaltquoten.« Sie stand auf. »Es gibt nur ein kleines Problem. Er hat vergessen, den Millionen von Zuschauern zu sagen, warum ich fortgelaufen bin.« Mit Tränen in den Augen kämpfte sie sich an den Tischen vorbei. »Weil er uns verlassen hat.«

Die Telefonleitungen auf der Schalttafel blinkten ununterbrochen auf. Belinda wußte, was das bedeutete. Ritchie Page wollte ihr befehlen, Matt umgehend zu unterbrechen. Aber sie dachte nicht daran. Während sie zuschaute, erkannte sie, wie sehr Matt seine Tochter liebte und daß sie mit dafür verantwortlich war, daß Janey sich unglücklich fühlte. Zu ihrer völligen Verwirrung spürte sie einen Kloß im Hals, und sie mußte sich eine Träne wegwischen. Heiliger Herrgott!

Meredith Morgan wandte sich Matt zu. »Hiernach«, und dabei nickte sie in die Kamera, »sollte sie dir besser vergeben.«

Atemlos kam Lorraine in den Regieraum hineingeschlittert. »Mr. Page sagt...«, setzte sie an, doch Belinda schnitt ihr sogleich das Wort ab.

»Lorraine...« Belinda wußte, das würde sie büßen müssen, aber nichtsdestotrotz war es ein gutes Gefühl. Langsam drehte sie sich zu ihr um. »Verpiß dich, verstanden?« Sie hatte ihr entwaffnendstes Lächeln aufgesetzt. »Oder soll ich noch deutlicher werden?«

»Oh, Mum«, sagte Jess und umarmte ihre Mutter, »ich hoffe, Janey hat es gesehen.«

Kaum erschien auf dem Bildschirm der Abspann, brach im Studio schon das Chaos aus. Die eingeladenen Journalisten versuchten, an Matt zu kommen, und mehr von der Geschichte zu erfahren.

Meredith Morgans Presseagent, rundlich und ungehalten, mit einem Schädel so blank wie eine Billardkugel, watschelte heran. »Meredith«, brummte er wütend, »Sie haben mir versprochen, die Trinkerei nicht zu erwähnen.«

Meredith warf Matt ein warmes, natürliches Lächeln zu, das ihren Presseagenten ziemlich erstaunte. »Scheiß auf die Trinkerei. Ich habe gerade die dunkelste Seite meiner Seele preisgegeben. Und ich bereue es nicht im geringsten«, sagte sie zu Matt. »Ich hoffe, deine Tochter kommt zurück. War das eine Rede!«

Während Matt das Mikrofon loshakte und in den Regieraum verschwand, um vor dem Presse-Pack zu flüchten, sah er Ritchie Page auf sich zukommen. Sein Gesicht war weiß wie die Wand, und er wirkte fuchsteufelswild.

Matt, der begriff, daß die Zeichen eindeutig auf Sturm standen, kam ihm zuvor und nahm ihm den Wind aus den Segeln. »Ist schon klar, Page. Sie brauchen mich nicht zu feuern. Ich kündige sowieso.«

Wütend bemerkte Page, daß Matt dafür, daß er gerade 1,5 Millionen verlor, viel zu fröhlich aussah.

»Glückwunsch, Matt. Das ging ja richtig ans Herz.« Adam, der die Show von einem Platz hinter den Kulissen verfolgt hatte, trat grinsend auf ihn zu. »Nur schade, daß wir kein Fernsehen haben.«

Matts Gesicht verzog sich plötzlich zu einem Lachen. Alles für sie, und Janey hatte es wahrscheinlich nicht einmal gesehen. Es war absurd. Immer noch lachend, legte er Adam den Arm um die Schulter.

Adam hatte sich entschieden, Matt zu mögen. Denn er war überhaupt nicht so, wie er sich Fernsehstars vorgestellt hatte. »Macht nichts.« Adam strich eine lange schwarze Haarsträhne aus dem Gesicht und lächelte. »Ich geb' die Botschaft sowieso an sie weiter.«

Maggy Mann hatte ihren Fernseher laufen, während sie sich umzog, um auszugehen. Eigentlich hatte sie nur ein Hintergrundgeräusch haben wollen, denn sie haßte Stille zu jeder Tages- und Nachtzeit. Doch ungefähr nach der Hälfte der Show entschloß sie sich, auf eine weitere Schicht Make-up zu verzichten und statt dessen die Sendung anzuschauen. So hatte sie Matt Boyd noch nie erlebt. Unbekümmert, witzig – und doch fast gefährlich. Und als er unvermittelt zu der Ansprache an seine Tochter überging, mußte sie in ihren Gin Tonic weinen. Jetzt saß sie in ihrem Wohnzimmer, starrte auf den Bildschirm, und überlegte, was sie tun sollte.

Nachdem sie herausbekommen hatte, daß Danny Wilde mit Century in Verhandlungen stand, hatte sie diese Information für spätere Zwecke in ihrem Hinterkopf abgespeichert. Als sie nun Matts Appell hörte, beschlich sie ein unvertrautes Gefühl, so fremd, daß sie eine ganze Weile brauchte, bis sie wußte, was es war: Selbstlosigkeit. Warum sollte Danny Wilde Matts Familie zerstören *und*

Matts Show bekommen? Schon beim bloßen Gedanken an Danny Wilde packte sie die kalte Wut. Dieses gemeine Schwein hatte sie kurzerhand aufs Abstellgleis geschoben, um sich an Ally ranzumachen, und jetzt sollte Matt auch noch seinetwegen rausfliegen. Das einzig Richtige war, Ally anzurufen und ihr von Wildes Plänen zu erzählen.

Noch ehe sie es sich noch einmal anders überlegen konnte, hatte sie schon zum Hörer gegriffen.

Ritchie Page war ein glücklicher Mensch. Matt Boyd hatte gekündigt, ohne daß es ihn auch nur einen Penny gekostet hätte, und als nächstes würde er Belinda Wyeth rausekeln. Er hatte sie noch nie gemocht. Für seine Demütigung damals war sie ebenso verantwortlich gewesen wie Matt. Wie konnte sie es wagen, seine Sekretärin zu beleidigen und Matt mit seiner lächerlichen Sendung weitermachen zu lassen? Sie hätte abbrechen müssen. Danny Wilde würde jede Minute den Vertrag unterzeichnen. Morgen würde er die Presse informieren und gleichzeitig die Nachricht bekanntgeben, daß Matt Century verließ.

Es hatte Zeiten gegeben, in denen Danny fast die Nerven verloren hätte. Er wußte, daß Big City Television von seinen Verhandlungen mit Century Wind bekommen hatte – wahrscheinlich hatte es ihnen sogar sein eigener Agent gesteckt. Die verfluchten Agenten waren dafür bekannt, absolut geheime Informationen durchsickern zu lassen, damit sie eine Fernsehgesellschaft gegen die andere ausspielen und das Honorar ihres Klienten in die Höhe treiben konnten. Big City hatte versucht, Danny zu bestechen, damit er blieb, das war Page klar. Doch Danny war ein schlauer Bursche und wußte, wo seine Zukunft lag.

Aber leider lag Ritchie Page mit seinen Überlegungen in bezug auf Danny Wilde falsch. In Wirklichkeit hatte Wilde die letzte halbe Stunde auf seinem weichen, roten Sofa gelegen und versucht, eine Entscheidung zu treffen. Wie Millionen anderer Menschen auch, hatte er Matt Boyds Appell mitbekommen und war zu dem Schluß gelangt, daß es nach dieser Show sehr schwer werden würde, in seine Fußstapfen zu treten. Außerdem hatte Big City Television tatsächlich sein Angebot erhöht. Genaugenommen hatte man ihm Carte blanche gegeben. Er konnte die Bedingungen stellen. Und irgendwo in seinem Hinterkopf spukte die Gewißheit herum – auch wenn er versucht hatte, den Gedanken als lächerlich herunterzuspielen –, daß er bei Ally völlig unten durch wäre, wenn er die Sache mit Century machte.

Alles in allem, fand Danny und sprang vom Sofa auf, blieb er besser dort, wo er war. Matt Boyd war noch lange nicht am Ende.

Er schritt hinüber zu dem riesigen, aber fast leeren Kühlschrank, machte sich zur Feier des Tages eine Flasche Grolsch-Bier auf und trank sie in einem Zug aus. Dann nahm er sich das Telefon und wählte die Nummer von Ritchie Page.

Von den Ereignissen des Tages ausgepowert, ging Matt zusammen mit Adam die Stufen zur Tiefgarage hinunter. Er hatte vollkommen vergessen, daß sein Wagen immer noch in Notting Hill stand. Matt fluchte, als er die Schar von Journalisten sah, die an der Schranke in Lauerstellung lag. Er drückte sich hinter eine Säule, um zu überlegen, wie, zum Teufel, er an dieser Horde vorbeikommen konnte.

»Guten Abend, Mr. Boyd.«

Matt und Adam drehten sich um. Vor ihnen stand, gegen seinen Polizeiwagen gelehnt, der junge Wachtmeister, der sie hergefahren hatte.

Einen Moment lang wurde Matt ernst. »Wollen Sie mich verhaften?«

Der Polizist grinste. »Heute nicht. Aber ich hätte noch mal eine Mitfahrgelegenheit für Sie.« Er deutete mit seinem Kopf auf das Rattenpack draußen vor der Tiefgarage. »Dann könnten Sie der Bande entkommen. Das heißt, wenn Sie überhaupt wollen.«

»Einverstanden, gern.« Dankbar kletterte Matt hinten in den riesigen weißen Rover mit den roten Querstreifen.

»Tut mir leid, Matt«, sagte der Polizist, »aber Sie müssen sich hinlegen. Ich decke Sie zu.«

Lachend stieg Adam ins Auto und setzte sich neben Matt. »Ich habe mich immer schon gefragt, wozu Reisedecken gut sind.«

Nach einem professionellen Wendemanöver fuhr der Polizist zur Ausgangsschranke. Jock Wilson drückte den Knopf, damit sie hochging. Sie fuhren gemächlich über den Bürgersteig, und die Menge teilte sich vor ihnen wie das Rote Meer.

Als Matt unter seiner Decke daran dachte, welches Bild den Fotografen entging, mußte er schmunzeln. Matt Boyd, wie er in einem Polizeiauto abtransportiert wurde.

»Okay, Matt, Sie können jetzt wieder hochkommen.«

Matt fühlte, wie sein Schutz weggenommen wurde. Gehorsam richtete er sich auf.

»Also dann«, sagte der junge Mann. »Wo darf's hingehen?«

34. Kapitel

Unfähig, auch nur eine Minute stillzusitzen, wanderte Ally unruhig durchs Haus. Ob Janey wohl Matts Botschaft gehört hatte?

Jess beobachtete sie besorgt. »Wir können doch nach all dem nicht einfach nur dasitzen und nichts tun, Mum.« Auch Jess fühlte, daß der Zeitpunkt gekommen war, etwas zu unternehmen. »Warum versuchen wir nicht, Dad anzurufen?«

»Ich weiß nicht, wo er ist.«

Ärgerlich zuckte Jess mit den Achseln. Ihre Mutter konnte einem wirklich manchmal auf die Nerven gehen. »Probier's bei Century. Wahrscheinlich ist er dort.«

Ally wartete fünf Minuten, bis sie schließlich mit der *Matt-Boyd-Show* weiterverbunden wurde. Zu ihrer großen Verblüffung hatte sie Bernie am Apparat.

»Bernie? Ist Matt da?«

»Nein, Ally.«

»Weiß irgend jemand, wo er sich aufhält?« Sie würde verrückt werden, wenn er jetzt den Namen ›Belinda‹ aussprach.

»Ich möchte dich ja nicht beunruhigen, aber einer von den Redakteuren hat ihn in der Tiefgarage in einem Polizeiwagen verschwinden sehen.«

»Oh, mein Gott.« Ally drehte sich zu Jess, die Farbe wich ihr aus dem Gesicht. »Sie glauben, daß Matt verhaftet wurde.«

Sie sank auf den Stuhl, der neben dem Telefon stand. Warum nur hatte Matt vor Millionen von Zuschauern gestehen müssen, daß er irgendwo eingebrochen war? Wenn die Polizei ihn deswegen strafrechtlich verfolgen wollte, hatte er keine Chance, freigesprochen zu werden. Doch dann fiel ihr der Grund ein. Matt hatte nicht an die Konsequenzen gedacht. Er hatte erklären wollen, wie weit ihn die Sorge um Janey getrieben hatte. Es war ein selbstloser Akt gewesen, und sie konnte ihm deswegen keinen Vorwurf machen.

Als wenig später das Telefon klingelte, stürzte Ally sich auf den Apparat. Sie war überzeugt, daß Matt von der Polizeistation das eine Gespräch führte, das man Verhafteten zubilligte.

Sie brauchte ein paar Sekunden um zu begreifen, daß der Anrufer nichts mit Matt zu tun hatte. Es war Maggy Mann.

»Hallo, Maggy.« Ausgerechnet jetzt mit ihrer ungeliebten Kollegin zu sprechen, verlieh der Situation etwas Unwirkliches. »Das ist aber eine Überraschung.«

»Ja.« Maggys Stimme hörte sich zum erstenmal zögerlich an.

»Geht es um Matt?«

»Nein, gar nicht.« Maggy klang überrascht. »Sie werden mich wahrscheinlich dafür hassen, aber es geht um Danny Wilde. Wir werden von derselben Agentur betreut, und ich habe zufällig mitbekommen, daß er mit Ritchie Page darüber verhandelt, Matts Show im Herbst zu übernehmen.«

»Aber das kann er doch nicht.« Eine Woge des Entsetzens überrollte Ally. »Das würde er Matt nicht antun.« Sie fügte nicht hinzu: »Oder mir.«

»Leider doch. Ally?«

Unfähig, die neue Informationen richtig aufzunehmen, arbeitete Allys Verstand wie wild. »Ja?«

»Die Verhandlungen laufen schon seit Monaten. Seit Bernie die Show verlassen hat.«

Ally wurde kalt. Das bedeutete, selbst bevor sie ihn kennengelernt hatte. Und während ihrer gesamten Beziehung. Einen Moment lang fürchtete sie, schwach zu werden und in Tränen auszubrechen. Doch dann erinnerte sie sich, daß Matt vielleicht gerade versuchte, sie anzurufen. »Maggy, ich muß jetzt weg. Danke, daß Sie mich informiert haben.«

»Es tut mir leid, Ally.« Und zu Allys Verwunderung klang es ehrlich.

»Ist es recht so, Matt?« erkundigte sich Kevin, als er das Polizeiauto ohne das übliche Sirenengeräusch, das um diese Zeit nur die Leute hochgeschreckt hätte, in der Divinity Road vor der Nummer 38 zum Stehen brachte. Matt und Adam stiegen aus.

»Tausend Dank«, sagte Matt zu dem Polizisten.

»Keine Ursache. Das war für mich der aufregendste Tag in meinem Job. Ich sag' Ihnen was: Ich bleibe einfach noch ein bißchen hier. Man weiß ja nie, vielleicht brauchen Sie ja noch jemanden, der Sie heimfährt.«

»Werden Sie denn auf der Polizeistation nicht vermißt?«

Kevin grinste, und sein sommersprossiges Gesicht strahlte. »Überhaupt nicht. Ich hatte um sechs Dienstschluß.«

»Und was ist damit?« fragte Matt und zeigte auf den Wagen.

»Der muß morgen zur Inspektion. Sie haben's wahrscheinlich nicht mal bemerkt.«

Matt mußte daran denken, daß sein eigenes Auto irgendwo in der Gegend herumstand, wo genau, konnte er nicht mal sagen. Das Angebot des Polizisten erschien ihm unendlich reizvoller als die Aussicht, durch die Gegend zu trotten und seinen Wagen zu suchen. »Also einverstanden. Dann los.«

»Möchten Sie es nicht noch mal bei Janey versuchen, Matt?« fragte Adam. »Nur um zu sehen, ob Ihre leidenschaftliche Ansprache nicht vielleicht gewirkt hat? Sie brauchen auch diesmal nicht einzubrechen.« Er lächelte herausfordernd. Ich hab' nämlich meinen Schlüssel dabei.«

»Ich dachte, ihr hättet kein Fernsehen«, gab Matt trocken zurück.

»Stimmt. Aber es gibt eins bei George. Hab' ich vergessen.« Er steckte den Schlüssel ins Schloß und drehte sich dann zu Matt um. »Matt?«

»Ja?« Er blickte in Adams dunkle, leuchtende Augen und sein blasses Gesicht und spürte, daß er keine Witze mehr riß. Ihm wurde klar, wie sehr er Adam nach ihrer kurzen Bekanntschaft mochte.

Unerwartet streckte Adam ihm die Hand entgegen. »Viel Glück.«

Matt ergriff sie, merkwürdig bewegt. Dann drehte sich Adam wieder zur Tür.

Ritchie Page versuchte ruhig zu bleiben. Er öffnete die Schublade und nahm ein paar Tabletten heraus, die er wegen seines zu hohen Blutdrucks verordnet bekommen hatte. Er konnte es einfach nicht glauben, daß Danny Wilde ihn so an der Nase herumgeführt hatte. Jetzt stand Century ohne Talkmaster da!

Gerade, als er sich ein Glas Wasser einschenkte, um die Tabletten zu schlucken, erschien Matt Boyds Gesicht auf dem Fernsehschirm. Er war tatsächlich in den Nachrichten!

Page tippte auf seiner Fernsehbedienung den Ton lauter. Sie brachten gerade einen Ausschnitt von seinem Appell an die Tochter. Belinda mußte zugestimmt haben, diese Passage freizugeben. Warum hatte die Kuh nicht zuerst ihn gefragt? Als wenn er die Antwort nicht wüßte.

Die Wirkung dessen, was er gesehen hatte, traf ihn plötzlich und mit voller Wucht. Mit dem Verlust von Matt hatten sie einem Helden den Abschiedskuß gegeben, verdammt noch mal! Natürlich würde aus dem Einbruch eine Staatsaktion gemacht, doch jeder Vater, jede Mutter im Lande würde ihm die Daumen drükken.

Page überlegte noch einen Moment, griff dann zum Hörer und wählte die Nummer des Gesellschaftsraums. Dort klang es verflucht nach Party.

»Belinda.« Er hoffte, sie hatte ein kurzes Gedächtnis, wenn es ihr in den Kram paßte. »Wie schätzen Sie die Chancen ein, daß Matt es sich noch einmal überlegt?«

»Das kann ich Ihnen nicht sagen, Ritchie.« Belinda mußte an sich halten, angesichts dieser Drehung um 180 Grad nicht laut herauszulachen. »Da fragen Sie ihn vielleicht besser selbst. Das heißt«, fügte sie trocken hinzu, »wenn Sie ihn überhaupt finden. Irgend jemand hat gesehen, wie er in einem Polizeiauto davongefahren wurde.«

Page schloß die Augen. Matt Boyd war verhaftet worden. Morgen würde es die ganze Welt wissen.

Belinda legte den Hörer auf. Sie wußte nicht, was sie von dieser Geschichte mit Matt und der Polizei halten sollte.

Eigentlich klang sie höchst unwahrscheinlich, zumal Matt ja schon in Begleitung eines zahmen Bullen angekommen war. Wie sie Matt kannte, hatte er einen Polizisten dazu überredet, ihm Geleitschutz zu geben. Obwohl sie sich nicht hundertprozentig sicher war, hatte sie doch eine deutliche Vorstellung davon, wohin er gefahren war.

Ihr Blick traf sich mit dem von Bernie, der an der anderen Seite des Raums stand, und er begriff, was sie gerade dachte: daß sie Matt vermutlich verloren hatte.

Er kam zu ihr. »Kopf hoch, Mädchen«, sagte er in dem freundlichsten Ton, den sie je bei ihm gehört hatte. »Es war einfach wunderbar, wie du Pages Sekretärin zum Teufel gejagt hast. Ich selbst hätte es nicht besser machen können. Darauf müssen wir trinken. Ich hol' dir einen Drink.«

Belindas Gesicht verzog sich langsam zu einem schwachen Lächeln.

»Einverstanden«, willigte sie ein. »Aber einen ganz großen, bitte.«

Adam drückte die Tür auf und betrat den dunklen Flur. Matt, der spürte, wie seine Zuversicht ins Wanken geriet, blieb taktvoll an der Schwelle stehen, wo ihn niemand sehen konnte. Adam rief vom unteren Treppenabsatz nach oben.

Matt hörte, wie jemand aus einem der oberen Stockwerke heruntergelaufen kam, und erblickte kurz darauf Janeys besorgtes Gesicht über dem Treppengeländer.

»Adam, Gott sei Dank!« Erleichtert hellte sich ihre Miene auf. »Was, um alles in der Welt, hast du denn bei Century gewollt? Ich hab' mir irrsinnige Sorgen gemacht.«

Ihre Stimme hatte einen so zärtlichen und gleichzeitig ängstlichen Klang, daß Matt versucht war, wieder zu gehen. Vielleicht mußte er einfach akzeptieren, daß sie ihnen und dem Leben, das sie ihr bieten konnten, entwachsen war. Sie war auf der Suche nach etwas anderem, das sie offensichtlich hier gefunden hatte.

»Janey, mein Schatz!« rief Adam zu ihr hinauf. »Hier ist jemand, der dich sehen möchte.«

Matt trat jetzt ebenfalls in den Flur und blickte zu ihr hoch.

Ohne ein Wort zu sagen, zog Janey ihren Kopf wieder ein und verschwand.

»Keine Sorge«, sagte Adam. »Sie ist wahrscheinlich immer noch aufgebracht. Lassen Sie mich mit ihr reden.«

»Nein. Das ist einfach lächerlich.« Matt war kurz davor, die Beherrschung zu verlieren. »Ich komme morgen wieder, und wenn sie will, kann sie dann mit mir reden.«

Doch als er sich zum Gehen wandte, tauchte Janey oben an der Treppe wieder auf. Adam war überrascht, wie kalt sie der Anblick ihres Vaters ließ. Sie musterte ihn ruhig, fast als würde sie abwägen, ob er sich als Vater eignete. Adam hoffte, sie würde nachsichtig sein.

»Hallo, Dad.« Sie machte keine Anstalten herunterzukommen. »Ich habe am Fernsehen gesehen, wie du mich gebeten hast, heimzukommen.« Ihre Stimme klang neutral mit einem kleinen Schuß Feindseligkeit. »Es war eine großartige Vorstellung.«

Matt blickte sie hilflos an. Sein Gefühlsausbruch mochte das Publikum bewegt haben, aber nicht seine eigene Tochter.

»Ich möchte nur eins wissen.«

»Und das wäre?«

»Hat es funktioniert? Sind dir damit jetzt deine Spitzeneinschaltquoten wieder sicher?«

Ohne zu antworten machte Matt auf dem Absatz kehrt und ging, selbst Kevin ignorierend, die Straße hinunter. Janey hatte ihn tief getroffen. Wenn sie ihm so sehr mißtraute, dann war wirklich nichts mehr zu retten.

Nach einigen hundert Metern hörte er plötzlich Schritte hinter sich. Er wagte nicht, sich umzudrehen.

»Dad, Dad!« Janeys Hand griff ihn am Ärmel. »Es ist nur so – solche Sachen kenne ich einfach nicht von dir.«

»Vielleicht war das der entscheidende Punkt, Janey.« Immer noch unsicher, wie sie reagieren würde, blickte er sie an. »Vielleicht mußte ich dich erst verlieren, um zu merken, was für ein Dummkopf ich gewesen bin.« Er wandte sich ab. »Du mußt mir nicht glauben.«

Plötzlich ließ sich Janey auf die Stufen des Hauses sinken, vor dem sie gerade standen, legte ihren Kopf in die Hände und fing an zu weinen. Jeder Schluchzer klang, als wenn er den Tiefen ihrer Seele entrissen würde.

»Nicht doch, Janey.« Matt konnte den Anblick nicht ertragen. Er kniete sich neben sie. Passanten blieben gebannt stehen und beobachteten die Szene. Doch er bemerkte sie nicht. »Ich will doch nur, daß du glücklich bist. Bleib bei Adam, wenn dir das lieber ist.«

»Dad?« Janey schaute ihn mit tränenüberströmtem Gesicht an. »Wenn ich nach Hause komme, kommst du dann auch wieder?«

Matt mußte lachen. »Ich weiß nicht, Darling. Das habe ich nicht allein zu entscheiden.«

Janeys Gesicht hellte sich unter den schwarzen Spuren von verlaufener Wimperntusche, die ihr etwas Hexenhaftes verliehen, auf. »Vielleicht werde ich es zur Bedingung machen.«

»Allmächtiger Gott.« Matt fuhr ihr durch die Haare und sagte mit liebevollem Blick: »Du hörst dich ja an wie Ritchie Page.«

Das leichte Hupen hinter ihnen erinnerte sie daran, daß ihr Geleitschutz eingetroffen war.

»Aber ich habe es Ihnen doch bereits gesagt, Mrs. Boyd. Ihr Mann ist diese Nacht nicht verhaftet worden.« Der diensthabende Polizist auf der Wache sprach langsam und geduldig ins Telefon. »Ich habe mit allen Verantwortlichen gesprochen. Niemand hat ihn festgenommen.«

Ally saß auf der untersten Stufe der Treppe in der Diele und lauschte ungläubig den Worten des Wachtmeisters. Sie fühlte sich wie in einem Kafka-Roman. Man hatte Matt in einem Polizeiauto abtransportiert, und kein Mensch wußte darüber Bescheid. Dabei hatte er eines der berühmtesten Gesichter Großbritanniens.

»Warum ist er dann von einem uniformierten Polizisten fortgebracht worden?«

»Ich halte diese Behauptung für höchst unwahrscheinlich.«

»Aber er ist doch gesehen worden. Von einem Journalisten, der an seiner Sendung mitarbeitet.«

»Das mag die Sache erklären. Mit Tatsachen tun sich die doch immer schwer. Vielleicht war es ein Werbegag oder so was.«

Janey machte es sich auf dem überraschend bequemen Rücksitz des Polizeiwagens gemütlich und dachte an all die Verdächtigen, die schwitzend hier gesessen hatten. Gott sei Dank war sie nicht auf dem Weg zu einer öden Gefängniszelle, sondern nach Hause. Adam war neben ihr eingedöst. Das lange Haar hing ihm wie ein Schleier übers Gesicht, und seine Beine hatte er auf den Sitz gelegt. Sie blickte auf ihren Vater, der vorne Platz genommen hatte. Ab und zu schaute jemand aus einem anderen Auto auf ihn, schaute noch einmal und riß vor Verwunderung den Mund auf.

Janey schloß die Augen und begann sich vorzustellen, wie die Begrüßung zu Hause ausfallen würde. Sox würde sie fast umrennen vor Freude, ihre Mutter vielleicht auf der Eingangstreppe auf sie warten, und Jess wäre überwältigt, daß sie die Wiedervereinigung ihrer Eltern bewirkt hatte. Und alle wären sie glücklich und zufrieden bis an ihr Lebensende. Oder doch so ziemlich.

Als sie London im Süden durch die grünen Vororte verließen, blickte ihr Vater aus dem Fenster. Es war ein wunderbarer Abend, überall herrschte noch Leben auf der Straße, als wenn es eine Sünde wäre, sich bei einem solchen Wetter drinnen aufzuhalten. Auf den Bürgersteigen vor den Pubs drängelten sich die Menschen. In den kleinen Vorgärten waren ältere Paare noch mit Rasenmähen und Gartenarbeit beschäftigt. Dieser Blick auf das gewöhnliche Leben erfüllte Matt mit dem Gefühl, etwas verpaßt zu haben, etwas, was er nicht kannte und was ihm fremd war und doch unwiderstehlich schön. In diesem Moment wurde ihm klar, daß diese kleinen Freuden des Alltags etwas waren, das zu verstehen und zu genießen er nie Zeit gehabt hatte. Wenn Ally ihn wieder aufnähme, das schwor er sich, würde er ihr diese Dinge wie ein Geschenk entgegenbringen und mit ihr teilen.

Aber würde sie ihn überhaupt wiederhaben wollen? Er hatte so oft versagt. Hatte ihr den Erfolg mißgönnt und sie mit seiner Affäre gedemütigt. Er mußte daran denken, daß Jess ihn ein egoistisches Arschloch genannt hatte. Ob das angeboren war? Ein Mann zu sein, bedeutete, daß man bestimmte Verhaltensmuster hatte. Aber ein Ehemann zu sein – war das etwas anderes? Es gab gute und schlechte Ehemänner. Ob er das Zeug zu einem guten hatte?

Kevin bremste den Wagen ab, um eine junge Frau die Straße überqueren zu lassen. Sie war groß, dunkelhaarig und hatte einen geschmeidigen Gang. Träge lächelte sie dem Polizisten zu, ohne zu bemerken, wer neben ihm saß. Sie erinnerte Matt schwach an Belinda. Belinda! Was, um alles in der Welt, sollte er mit Belinda machen? Er wußte, daß es für sie beide Zeit wurde, sich zu trennen. Selbst wenn Ally ihn nicht mehr wollte. Denn Belinda würde niemals die Dinge mögen, die er gerade erst für sich entdeckt hatte, die einfachen kleinen Freuden von Heim und Herd.

Als sie einige Kilometer von Fairlawns entfernt die Hauptstraße verließen, verspürte Matt die gleiche Nervosität wie vor wenigen Stunden bei Adam vor der Tür. Was wäre, wenn sie ihm, ebenso wie Janey es getan hatte, den Zutritt verweigerte? Es war ihr gutes Recht, ihn wegzuschicken.

Mit einem katzenartigen Gespür dafür, daß sie sich ihrem Zuhause näherten, reckte sich Janey auf dem Rücksitz und setzte sich aufrecht. Matt kurbelte sein Fenster herunter. Alles war so vertraut und gleichzeitig doch so neu. Der Duft von frischgemähtem Gras und den Abendlevkojen aus Nachbars Garten, die Vogelchöre, die ihre Abendlieder zwitscherten, der leichte, würzige Geruch von Gegrilltem.

Und dann hatten sie endlich die Auffahrt zu ihrem Haus erreicht. Matt hielt den Atem an. Für einen kurzen Moment packte ihn die alptraumhafte Vorstellung, Fairlawns einsam und dunkel vorzufinden, von Ally verlassen, unversöhnlich. Doch da lag es, und wie immer stand das alte Holzpferd mit den drei Beinen – Matt hatte das vierte nie repariert – gegen das Tor gelehnt, damit es offenblieb.

Jess hörte in der Küche den Wagen zuerst. Ohne ein Wort zu sagen, sprang sie auf, schoß durch die Diele, während Sox sich an ihre Fersen heftete, und gemeinsam schlitterten sie über den glatten Holzboden.

»Dad!« kreischte sie und warf sich in seine Arme, kaum daß er es geschafft hatte, auszusteigen. Sox, halb wahnsinnig vor Aufregung, sprang an Janey hoch.

»Janey, Gott sei Dank!« Ally, die inzwischen auch nach draußen gekommen war, schubste Sox mit dem Fuß aus dem Weg und blieb überwältigt und unsicher zugleich stehen. Als sie ihre Tochter zuletzt gesehen hatte, war sie so voller Haß gewesen. Sie breitete die Arme aus, und Janey fiel hinein. An der Intensität der Umarmung spürte Ally, daß ihre Tochter ihr vergeben hatte. »Ich bin ja so froh, daß du wieder da bist.«

Über Janeys Kopf hinweg fing sie Matts Blick auf, in dem eine solche Zärtlichkeit lag, wie schon seit Monaten nicht mehr. Dann erst registrierte sie den Polizeiwagen.

»Matt! Um Himmels willen. Es stimmt also! Sie haben dich festgenommen.«

Matt tauschte einen kurzen Blick mit Kevin aus und lächelte dann. »Das ist eine lange Geschichte.«

Kevin fand, daß für ihn der Zeitpunkt gekommen war, sich diskret zurückzuziehen. Er stieg in den Wagen und winkte der Familie zum Abschied zu. Matt ging zu Ally hinüber, die immer noch besorgt aussah, legte den Arm um ihre Schultern und führte sie ins Haus. »Am besten, wir reden jetzt gleich.« Er machte die Tür vor den entrüsteten Gesichtern von Janey und Jess fest zu.

Drinnen überfiel ihn wieder die Unsicherheit. Er fühlte sich wie ein Gast. Statt daß sie in die Küche gingen, wie er sich vorgestellt hatte, ließ er sich mit ihr auf der Treppe nieder. Er wußte nicht, wie er anfangen sollte.

Ally ergriff als erste das Wort. »Danke, daß du Janey nach Hause gebracht hast.« Sie machte eine Pause und starrte auf den Boden. »Ich weiß, was für ein Risiko du deswegen eingegangen bist.«

Jeder Gedanke an eine sorgfältig vorbereitete Rede löste sich angesichts der Dankbarkeit in ihrer Stimme auf, die er, das wußte er nur zu gut, nicht verdient hatte.

»Mein Gott, Ally, ich bin derjenige, der sich entschuldigen muß. Wahrscheinlich war es meine Schuld, daß sie ausgerissen ist. Ich habe euch alle im Stich gelassen, bin zu Belinda gerannt. In meiner pathetischen männlichen Art hat es mir geschmeichelt, daß sie mich wollte. Ich war so eifersüchtig auf deinen Erfolg. Und dann ging die Sache mit dir und Danny los, und ich habe es einfach nicht ertragen. Dabei habe ich dich mit meinem dämlichen Verhalten fast in seine Arme getrieben.«

Ally blickte auf ihre Hände. Daß er Danny erwähnte, rief nun bei ihr Schuldgefühle hervor. »Wir haben beide Fehler gemacht. Du hattest recht, Matt. Er hat mich begehrt, weil ich deine Frau bin. Genauso, wie er deine Show wollte.«

Matt hörte den Schmerz in ihrer Stimme. Ein Teil von ihm wünschte, daß sie wirklich glaubte, was sie gerade zu Matt gesagt hatte. Denn es stärkte seine eigene Position. Doch er konnte die Verletztheit, die aus ihren Augen sprach, nicht mit ansehen. Ganz offensichtlich fühlte sie sich von Danny zum Narren gehalten.

»Nein, glaub das nicht. Er hat nicht nur so getan. Ich habe gesehen, wie er dich angeblickt hat. Er hat sich wirklich in dich verliebt.« Einen Moment lang fragte sich Matt, ob er eigentlich verrückt war, weil er für Danny Wilde Partei ergriff.

Als Ally sich ihm zuwandte, sah er, daß sie weinte. »Maggy Mann hat mich angerufen, um mir zu sagen, daß er schon monatelang mit Ritchie Page darüber verhandelt, deine Show zu übernehmen.«

Matt schien nicht im geringsten überrascht zu sein. »Das würde zusammenpassen. Aber ich bin trotzdem der Meinung, daß er dich liebt.«

Ally schaute Matt in die Augen. »Entschuldige, Matt. Ich war so geblendet von meinem Erfolg. Alles war so neu, so aufregend. Ich habe einfach nicht daran gedacht, wie du dich dabei fühlen mußt.«

»Aber warum hättest du deinen Erfolg denn nicht genießen sollen? Du hattest ihn doch verdient. Ally, kannst du mir verzeihen? Können wir es noch einmal miteinander versuchen?«

Ally wandte ihren Blick ab. Am liebsten hätte sie einen Freudenschrei ausgestoßen, doch dazu war sie viel zu realistisch. Warum sollte er jetzt anders sein? Ihn noch mal zu verlieren, das würde sie nicht verkraften.

»Ich habe mich verändert, Matt. Ich könnte mich nicht mehr zurücknehmen, wieder in deinen Schatten treten. Ich brauche mein eigenes Leben.«

»Ich weiß. Das verlange ich ja auch nicht von dir.« Der Ton, in dem er mit ihr sprach, verriet, daß er sich Gedanken gemacht hatte. »Dazu bist du viel zu begabt. Du hast mich gelehrt, Risiken einzugehen. Ohne dich hätte ich nie gewagt, was ich heute abend getan habe.«

Ally versuchte ihre Rührung zu verbergen. An der Aufrichtigkeit seiner Bewunderung und seines Respekts bestand nicht der geringste Zweifel. Aber auch sie hatte ein paar Dummheiten gemacht. Innerhalb weniger Monate hatte sie sich vom Fußabtreter zur Karrierefrau entwickelt. Und dann war Danny gekommen...

»Ally«, sagte Matt ernst, »ob du mich nun wiederhaben willst oder nicht, eines möchte ich dir sagen. Es war richtig auszubrechen. Denn ich habe deine Gegenwart einfach zu selbstverständlich genommen.« Er setzte sein altes Lächeln auf. »Aber ich würde den gleichen Fehler nicht noch mal machen.«

Zum erstenmal lächelte Ally zurück. »Die Chance würdest du auch nicht bekommen.«

Ganz langsam beugte Matt sich vor, bis sie den vertrauten Geruch seines Aftershaves roch und ihn tief einsog. Es war so unverwechselbar Matt. In den letzten Wochen hatte sie sich manchmal seinen Duft auf das Handgelenk gesprüht, nur um die Vorstellung zu erzeugen, er stünde neben ihr. »Du hast noch nie gewußt, wieviel man von dem Zeug nehmen muß«, lächelte sie. Dann schlossen sich seine Lippen um ihre und unterbanden damit jeden weiteren Protest.

Das Telefon auf dem Tisch in der Diele begann zu schrillen. Matt blickte sich hoffnungsvoll um, doch weder Janey noch Jess ließen sich blicken.

»Ja?« bellte er entmutigend in den Hörer.

»Hallo, Matt. Hier ist Ritchie Page.«

»Hallo, Page.« Er schnitt Ally eine Grimasse. »Ich habe nicht erwartet, von Ihnen zu hören.«

»Nun, ja ... Bernie Long meinte, ich könnte Sie zu Hause erreichen.«

Ally und Matt tauschten Blicke aus. Typisch Bernie, immer den richtigen Riecher. Zu Matts Überraschung klang Page leicht verlegen. »Also, Matt, weshalb ich Sie anrufe ... Ich wollte Sie bitten, sich Ihre Kündigung noch mal zu überlegen. Die Show heute abend war der Durchbruch, Matt. Das ist genau das, wonach wir alle gesucht haben.«

»Danke.« Matt grinste. Pages Unbehagen war ihm ein zu großer Genuß. »Aber ich möchte im Moment keine Entscheidung treffen. Und was immer ich auch beschließe, ich habe vor, mir einige Zeit frei zu nehmen. Um die einfachen Dinge des Lebens zu entdecken.«

Ally war verblüfft. Matt hatte sich noch nie freigenommen.

»Mehr Zeit für die Familie, Matt?« fragte Page sarkastisch. »Die Leute werden sagen, man hat Sie gefeuert.«

»Ich schere mich einen Dreck um das, was die Leute sagen.«

Ally signalisierte Matt, daß sie auch noch mit Page reden wollte, ehe er auflegte. Er reichte ihr den Hörer.

»Hallo, Ritchie. Ich möchte Ihnen ja den Tag nicht verderben...«

»Tun Sie sich keinen Zwang an«, murmelte Page finster. »Schlimmer kann's nicht mehr werden.«

Doch damit lag er falsch.

»Ich dachte, ich sage Ihnen besser gleich, daß ich mir eine Weile Bedenkzeit nehmen möchte, wenn mein Vertrag ausgelaufen ist.«

»Großartig. Genau jetzt, wo Sie oben sind. Ich sag' Ihnen, überstürzen Sie nichts. Nehmen Sie sich das Wochenende Zeit, ehe Sie sich festlegen. Ally, warum kommen Sie nicht vorbei, und wir diskutieren...« Doch Ally hatte bereits aufgelegt. »Ich verstehe«, nuschelte Page in die tote Leitung, »wir brauchen erst gar nicht zu fragen, ob das glückliche Paar wieder beisammen ist.« Er donnerte den Hörer zurück auf die Gabel und griff nach dem Whisky. Jetzt brauchte er die ganze verdammte Flasche.

»Ally, das war doch wohl nicht dein Ernst?« Matt ergriff wieder ihre Hand. »Du überlegst doch nicht wirklich, ob du den Job aufgibst?«

Ally blickte ihn ruhig an. »Natürlich habe ich das so gemeint. Ich habe in letzter Zeit viel nachgedacht. Ich will nicht, daß das gleiche noch mal passiert, wenn Jess mit ihrem Abitur so weit ist.«

»Ally«, sagte Matt mit eindringlicher Stimme. »Ally, tu's nicht. Hör zu. Ich habe daran gedacht, mich selbständig zu machen. Zu Page habe ich deshalb noch nichts gesagt, weil ich es zuerst mit dir besprechen wollte.« Ally war überrascht. Normalerweise hatte er sie in beruflichen Angelegenheiten immer vor vollendete Tatsachen gestellt. »Ich würde eine eigene Firma gründen. Vielleicht zuerst von zu Hause. Ich würde zwar weniger verdienen, dafür aber mehr Zeit für die Familie haben.« In seinen Augen lag nur die Sorge um sie. »Hör nicht auf. Du hast einfach zu viel Talent. Wir werden das schon alles regeln.«

Er beugte den Kopf und küßte sie wieder.

Keiner von beiden bemerkte, daß Jess die Haustür öffnete und unauffällig wieder schloß. »Wegbleiben«, zischte sie. »Unsere Alten treiben's mal wieder auf der Treppe.«

»Page hat seine Antwort bekommen.« Matt hatte Allys Gesicht in die Hände genommen und blickte in die grünblaue Tiefe ihrer Augen. »Aber ich noch nicht.«

»Du hast mir auch noch keinen Vorschlag gemacht.«

Mit großer Mühe gelang es Matt, vor ihr auf der Treppe niederzuknien. »Willst du, Allegra, mich, Matthew, nehmen und behalten? Ich werde dir jeden zweiten Tag das Frühstück machen und das Klo in jedem Monat putzen, der ein R hat. Ich werde deinen Erfolg mit dir feiern, anstatt ihn dir zu neiden, und ich werde dir nicht die Schuld in die Schuhe schieben für Dinge, die meine Fehler sind.« Er führte ihre Hand an seine Wange. »Gemäß Gottes heiligem Willen gelobe ich hiermit ewige Treue. Willst du mich?«

»Ja«, sagte Ally, ohne von dem Gekichere draußen Notiz zu nehmen.

»Ich finde«, sagte Matt und rutschte wieder neben sie, »wir sollten ein zweites Mal Flitterwochen machen, an denen niemand unter einundzwanzig teilnehmen darf.«

»Hervorragende Idee«, stimmte Ally zu und küßte ihn.

»Glückwunsch!« Die Tür sprang auf, und Jess und Janey erschienen mit Adam, der sich ein paar Schritte hinter den beiden hielt. »Wenn wir schon nicht mit auf Hochzeitsreise dürfen«, Janey grinste von einem Ohr zum anderen, »können wir dann wenigstens irgendwo feiern gehen?«

Matt erhob sich und reichte Ally die Hand. »Ich sehe keinen Grund, der dagegen spricht.«

»O nein!« rief Jess und schlug sich mit der Hand vor den Mund. »Wir können nicht weg!«

»Warum denn nicht?« fragte Adam beunruhigt.

Jess ging durch die Diele und hielt die Küchentür auf. »Weil Dad vergessen hat«, und dabei trat sie zurück, damit alle die belastenden Beweisstücke sehen konnten, »die Spülmaschine auszuräumen!«